어떤 날들

IN BETWEEN DAYS
by Andrew Porter

어떤 날들

앤드루 포터 장편소설 | 민은영 옮김

문학동네

일러두기

1. 주석은 모두 옮긴이주이다.
2. 본문 중 고딕체는 원서에서 이탤릭체로 강조한 부분이다.

In between days

차례

• 1부 •

In between days

1

이혼한 뒤로 엘슨은 퇴근 후 브런즈윅 호텔에 들러 간단히 한잔하는 습관이 생겼다. 그가 브런즈윅 호텔을 좋아하는 이유는 이 도시에 가장 최근에 생긴 호텔 중 하나인데다, 이곳에서는 아는 사람을 만날 우려가 없기 때문이다. 그는 이곳의 익명성이 좋고 삼층 바에서 혼자 마시는 술이 좋다. 창가에 앉아 길 건너편의 초현대식 사무실 건물들과 그 매끈한 유리 외벽을 바라보면서, 그 안에서는 잘 다린 정장을 입은 남녀들이 핸드백이나 서류가방을 챙기며 저녁식사나 술자리 계획을 세우고 있으리라 생각하는 것도 좋다. 그 사람들이 사무실을 떠나는 모습을 상상하고 그들이 문을 나선 후 차에 올라타는 모습을 바라보는 것도 즐겁다. 매일같이 이곳에서 도시가 점점 비워지는 모습, 점점 조용해지고 어두워지는 모습을 바라보고 있으면 이상하게도 마음이 편해진다.

오늘밤, 거의 텅 비다시피 한 바에는 출장온 비즈니스맨 몇 명이 제각기 홀로 앉아 술을 마시고 있다. 창밖 도시는 조용하고, 이젠 가랑비도 내리고 있다. 이맘때 휴스턴에서는 좀 이례적인 차가운 겨울비다. 한 시간 내로 그는 로나 에스트라다를 만날 것이다. 지난 6개월간 같이 잔 여자, 아내가 떠난 직후 친구 데이브 밀하우저의 집에서 열린 바비큐 파티에서 만난 여자다. 로나는 이제 스물일곱이고 그보다 많이 어리지만, 나이에 비해 놀라울 정도로 원숙하다. 그는 가끔 그것이 필리핀 사람들의 가정교육 때문일 거라고, 부모가 엄격해서 그럴 거라고 추측해본다. 때로는 아주 어릴 때 미국에 온 그녀가, 특히 휴스턴 같은 도시에서, 영어가 모국어가 아닌 성인에게 세상이 얼마나 잔인한지 직접 목격해서 그럴 거라는 생각도 든다. 가족 안에서 분야를 막론하고 학위를 받은 유일한 자식으로, 미술관에서 큐레이터로 일하고 있는 로나는 미니멀리즘 건축에 대한 이상하고도 열렬한 관심을 엘슨과 공유하고 있다. 엘슨 자신이 건축가라는 사실, 두 사람이 클라우디오 실베스트린이나 빈센트 반 뒤센이나 소투 드 모라의 작품에 대해 편하게 이야기할 수 있다는 사실이 초반의 끌림에 다소간 작용을 했을 것이다. 하지만 지금은? 엘슨은 의문이 든다. 그 끌림은 이제 어떻게 변했나? 하루를 끝내며 갖는 별 의미 없는 몇 시간. 술 몇 잔 또는 영화. 대부분은 섹스. 이젠 그마저도 의례적인 일이 되어버렸다. 그들이 막 사귀기 시작했던 얼마간은—이게 정말 사귀고 있는 게 맞는다면—둘이 함께 로나 친구들의 집에 놀러가기도 했다. 그리고 대학 시절 그랬던 것처럼, 모두들 술에 취해 모여 앉아 세상 돌아가는 일에 대해, 예술에 대해 이야기를 나누었다. 모인 이들 대부분이 그보다 어렸고 몇몇은 자식뻘이었음에도 그는 그런 자리가 즐거웠다. 깜빡이는 촛불과 벽에 어룽거리는 그림자를 바라보는 것이 좋았다. 막연한 흥미, 아니 어쩌면 질투 같은 것을 느끼며 신중하게 거리를 두고 대화를 듣는 것이 좋았다. 그런 식의 신념을 타인과 공유해본 게 얼마 만이었던가? 나중에 그는 심지어 담배까지 다시 피우기 시작하여, 저녁식사 후 담배를 피우러 마당으로 나가는 작은 무리에 합류했다. 그리고 거기 현관의 전등 밑, 또는 정원의 그림자 속에 서서 로나 쪽을 돌아보며 미소를 지으면 그녀도 항상 미소로 답해주었다.

그때 이후로 무슨 일이 일어난 걸까? 엘슨은 자신이 어떤 식으로든 그녀를 속상하게 했거나 창피하게 만든 건 아닐까, 종종 생각해본다. 아니면 단지 자신이 로나와 그 친구들이 혐오하는 모든 것을 나타내는 사람이어서일까. 두 사람이 퇴근 후 엘슨의 아파트에서 만나는 것 말고 다른 일을 해본 지 한 달 가까이 되었고, 엘슨이 친구들에 대해서 물으면 로나는 말을 얼버무렸다. 친구들이 다들 프로젝트를 수행하거나 행사를 기획하거나 지역 정치인에 대한 반대시위를 하느라 항상 너무 바쁘다는 것이었다. 그 주 초의 어느 날 밤, 그는 로나가 집에 놓고 간 스웨터를 갖다주려고 그녀의 아파트에 들렀다. 가겠다고 미리 말하진 않았지만 로나가 자기를 보면 기뻐할 거라고 생각했다. 문을 여러 번 두드려도 아무 대답이 없자 그는 한동안 그곳에 서서 귀를 기울였다. 맑은 유리창을 통해 문 안쪽에서 웃음소리가 들려왔다. 그는 안에서 나는 사람들 목소리를 들으며 잠깐 더 서 있다가 다시 한번 문을 두드렸다. 한참 뒤 목소리가 잦아들고 부엌의 전등이 꺼졌다. 판단이 서지 않았다. 계속 그곳에 서서 기다리다가 나중에 그들이 밖으로 나올 때 민망함을 안겨줄 것인지, 그냥 자리를 뜨는 편이 좋을지. 결국 그는 문간에 스웨터를 놔두고 그냥 가기로 결심했다. 다음날 밤, 그의 집에 온 로나는 문 두드리는 소리를 듣지 못했다고 했다. 무언가에 대한 집회를 계획하고 있었다고, 다들 정신도 없었고 계획 짜는 데 너무 몰입해 있느라 소리를 듣지 못한 것 같다는 것이었다. 엘슨은 고개를 저으며 미소를 지었다. 됐거든요, 그는 말했다. 로나 자신이 잘 쓰는 표현, 그의 말을 일축하고 싶을 때 그녀가 자주 쓰는 말을 빌려서. 그러고 나서 그는 자리에서 일어나 맥주를 가지러 부엌으로 갔다.

지금, 브런즈윅 호텔 바의 흐릿한 불빛 속에 앉아 엘슨은 그 일을 달리 처리했어야 했는지, 아니 그것이 신경쓸 만한 일이기는 했는지 생각하고 있다. 그는 바텐더가 있는 쪽을 향해 자신의 술잔을 가리켜 보인다. 잠시 후, 바텐더가 다가와 잔을 채운다. 바텐더는 젊고 몸이 탄탄한 남자다. 그를 보니 아들 리처드가 집에 데려오곤 했던 아이들이 생각난다.

"한번 때리려나봐요." 바텐더가 창문 쪽으로 고갯짓을 하며 말한다.

"뭐라고요?"

"폭풍 말이에요." 그가 말한다. "꽤 심할 것 같은데요."

엘슨은 창밖을 내다보곤 하늘이 어두워졌음을 깨닫는다. 동쪽에서 구름이 몰려와 도시 위를 안개처럼 뒤덮고 있었다.

"좋군요." 그가 말한다.

"예?"

"잘됐다고요."

"폭풍을 기다리고 있나요?"

"그렇다고도 할 수 있죠."

바텐더는 재미있다는 듯 그를 쳐다보더니 미소를 짓는다.

"전에 뵌 적 있어요. 그렇죠? 지난주 화요일."

"아마도." 엘슨이 말한다. "여기 자주 오니까요."

바텐더가 고개를 끄덕인다.

"저기요, 전 사실 지난주부터 여기에서 일하기 시작했어요." 바텐더가 그에게 미소를 짓는다. "오스틴에서 막 이사 온 참이죠."

엘슨은 다시 고개를 끄덕인다. 바텐더가 말을 걸고 싶어하는 듯, 아니 어쩌면 뭔가 개인적인 질문을 하고 싶어하는 듯하다. 그가 재빨리 고개를 돌려 저멀리 벽 쪽을 응시하자 마침내 바텐더는 다른 곳으로 간다.

몇 분 후 그가 다시 다가오자 엘슨은 지갑을 꺼내고는 묻는다.

"얼맙니까?"

곧이어 브런즈윅 호텔의 정문 로비 밖에서 차가 나오기를 기다리는 동안, 엘슨은 담배에 불을 붙이며 어두워지는 하늘과 멀리 야자나무가 최면에라도 걸린 듯 바람에 흔들리는 모습을 바라본다. 바에서 왜 그런 식으로 행동했을까, 이제 브런즈윅 호텔은 영영 못 오게 되는 걸까, 그는 생각한다. 그러고는 거리 저편을 보며 로나를 생각하다가 다가올 밤에 대한 전망이 갑자기 사라졌음을 깨닫는다. 그는 집에 가서 한숨 자며 다 떨치고 싶어진다.

주차대행요원들이 등에 호텔 로고가 찍힌 비옷을 입고 있다가, 그의 차가 경사로를 올라오자 모두 그의 주위로 몰려들어 팔을 내밀어 안내를 하고 그의 머리 위로 잽싸게 우산을 씌운다. 엘슨은 그들에게 팁을 후하게 준 뒤 차를 출발시키며, 아마도 조만간은 이곳에 오지 않게 될 것 같다고 생각한다.

휴스턴 도심을 벗어난 후 그는 신호를 기다리며 전화기를 확인한다. 로나가 전화했기를, 막판에 일정이 취소되거나 계획이 바뀌었기를 바랐지만, 전화기에는 전처 케이든스가 직전 삼십 분 동안 몇 분 간격으로 연달아 전화한 기록만이 남아 있다. 도로변에 차를 세우고 그녀에게 전화를 걸 때 그는 불편하고 두려운 마음이 든다. 마지막으로 통화한 것이 거의 한 달 전인데, 그때 그는 이제 다시는 전처와 직접 통화하지 않으리라, 차후의 모든 연락은 이메일로 하거나 제삼자를 통하리라 다짐했다. 최근에 통화했을 때 그녀는 그에게 괴물이라고 했다. 그 말이 어찌나 아팠던지 며칠 동안 뇌리에서 떠나질 않았다.

그는 케이든스가 지난번에 하다 만 얘기를 또다시 꺼내려는 걸 거라고 예상했지만, 전화를 받는 그녀의 목소리는 놀랄 정도로 담담하다.

"무슨 급한 일 있어?" 그가 묻는다.

"무슨 말이야?"

"당신이 전화했잖아, 어디 보자, 일곱 번이나."

"아," 그녀가 잠시 뜸을 들인다. "급한 일 없어."

"그냥 얘기나 하자는 거야?"

"아니." 그녀가 말한다. "뭘 좀 말해주려고."

창밖엔 이제 비가 세차게 내리고 있어서 아무것도 보이지 않는다. 그는 앞유리 와이퍼를 끄고 그녀가 말을 끝내기를 기다린다.

"오늘밤에 클로이가 집에 와서 한동안 나랑 함께 지낼 거라는 얘길 해주려고."

"무슨 말이야?"

"그냥 말한 그대로야."

"학교 수업은 없대?"

"음, 없어. 당장은." 그녀는 잠시 머뭇거린다. "휴학 권고를 받았어."

"학교에서?"

"그래."

엘슨은 맥박이 빨라짐을 느낀다.

"지금 무슨 소리를 하는 거야?"

"말한 그대로야. 클로이가 나머지 학기 동안 휴학하라는 권고를 받았다고."

"퇴학당한 거야?"

"음, 아니. 정확히 그건 아니고. 좀더 복잡한 상황이야."

엘슨은 창밖을 바라본다. 온몸의 맥이 풀리고 머릿속에서는 가능한 몇 가지 시나리오가 어지럽게 떠오른다.

"내 말은, 아직 거기까지 가진 않았다는 뜻이야. 아직 심의중이래."

"누가?"

"학장, 총장, 학생처장. 학생규율위원회의 위원들 대부분." 그녀가 잠시 말을 끊는다. "아까 말한 대로, 거기까지 가진 않기를 바라고 있어."

"세상에, 애가 도대체 무슨 짓을 한 거야?"

"그게," 케이든스는 대답을 하려다가 말머리를 돌린다. "저기, 엘슨. 클로이가 당신한테 직접 얘기하고 싶대."

엘슨은 잠시 그냥 말없이 앉아 있는다.

"당신한테 얘기하지 않겠다고 애한테 말했어."

"이젠 나 모르게 비밀을 만든단 말이지?"

"아니. 그런 게 아니야."

"당신은 언제부터 알았어?"

케이든스는 잠시 말이 없다.

"모르겠어." 그녀가 말한다. "몇 주쯤 된 것도 같고."

"몇 주나 되었다고?"

"봐요, 엘슨. 알았어, 당신한테 이런 식으로 말할 생각 없어. 싸우고 싶지 않아. 난 그냥 오늘 클로이가 집에 온다는 거랑, 걔가 당신만 괜찮다면 내일 만나겠다고 했다는 얘길 하고 싶었던 것뿐이야. 그때 그 아이가 모두 얘기할 거야."

엘슨은 그녀의 말을 곱씹는다.

"걔 데리러는 누가 가지?"

"리처드."

"내가 갈게."

"아니, 엘슨. 그건 우리가 합의한 내용과 달라. 봐요, 내일까지는 당신한테 말하지 않겠다고 애한테 말했어. 아니 약속했어."

엘슨은 왼손으로 계기판 가장자리를 잡고 손가락 마디가 허옇게 될 때까지 꽉 움켜쥔다.

"그래서, 당신은 내가 내 딸을 데리러 그 망할 놈의 공항에 가는 것조차 안 된다고 말하는 거야? 그런 말이야?"

"그 말이야."

"케이든스."

"그만 끊을게, 엘슨."

그가 뭐라 더 말할 새도 없이 전화는 끊긴다.

전화기를 쳐다보던 그는 다시 케이든스에게 전화를 걸지만, 돌아오는 것은 음성사서함 안내 멘트뿐이다. 메시지를 남길까 하다가 그냥 끊기로 한다. 전화기가 바닥에 떨어지고, 가슴이 철렁 내려앉는다. 지금 딸은 어디에 있을까 생각해본다. 비행기 객실에 앉아 공중에 높이 뜬 채 텍사스 동부 조그만 주택가 위의 하늘을 선회하고 있을까, 아직 보스턴의 공항에서 비행기가 출발하기를 기다리고 있을까? 딸의 얼굴을 떠올려보려, 둘이 마지막으로 나눈 대화를 기억해보려 애쓰지만 기억이 가물가물하다. 떠오르는 것은 딸의 어릴 적 모습, 어린 소녀의 모습이다. 서재 문간에 서 있는 아이, 그에게 뭐하느냐고 묻고 다가와 무릎 위에 앉는 아이, 그가 맡은 건물의 청사진을 가지고 작업하는 모습을 바라보는 아이, 자와 펜으로 치수도 재고 도면에 조그만 표시도 하는 그의 손을 살피는 아이. 아이에게서는 거품목욕용 물비누 냄새가 나고 머리는 아직 젖어 있으며 피부는 촉촉하다. 그가 담배에 불을 붙이고 제 쪽으로 고개를 돌리면 아이는 얼굴을 찌푸리며 늘 그러듯 코를 찡긋한다. 아빠, 담배 끊으려는 줄 알았는데. 아이는 말한다. 약속했잖아. 그러면 그는 끊을 거라고, 프로젝트가 끝나면, 다 마무리하고 나면 확실히 끊을 거라고 말한다. 그즈음에서 기억은 끊어지고 엘슨은 주머니에 손을 넣어 방금 전에 뜯은 담뱃갑을 찾는다.

잠시 후, 몬트로즈에 있는 게이 바 앞을 지나다 그는 로나에게 전화를 건다. 손가락이 심하게 떨려 전화기를 잡고 있기도 힘들 지경이다.

전화를 받는 로나의 목소리는 조용하고 조심스럽다. 그녀는 다른 전화기로 통화중이라고 말한다.

"당신 보러 가는 중이야." 그가 말한다.

“준비가 안 되어 있어요.” 그녀가 말한다. “아직 샤워도 안 했고.”

“당장 당신을 봐야 해.” 그가 말한다. “일이 좀 생겼어.”

로나는 말이 없다. 그러더니 묻는다.

“무슨 일인데요?”

하지만 그는 대답하지 않는다. 그는 자신이 너무나 속상하다는 사실, 말로는 제대로 설명할 수조차 없다는 사실을 그제야 깨닫는다.

“가면 말해줄게.” 마침내 그는 말한다.

“이십 분만 여유를 줘요.”

“알았어.” 그는 대답하고 전화기를 조수석 의자에 내려놓는다. 창밖으론 마침내 폭풍우가 치고 있다. 동쪽에서부터 몰려온 육중한 구름이 도시 위를 뒤덮으며 다른 구름들과 합쳐져 거대한 덩어리를 이루고 있다. 그는 길가에 차를 세운다. 이제 더욱 거세진 비가 차를 두드리고, 멀리 지평선을 따라 번개가 번쩍 내리친다. 왼쪽 창밖을 내다보는 그의 눈에 갈색 벽토로 마감한 낡고 어수선한 집들이 줄지어 서 있는 모습이 들어오자, 그는 일종의 패닉 혹은 두려움과도 같은 어떤 느낌과 함께 깨닫는다. 그곳이 전혀 모르는 곳임을, 어딘가에서 차를 잘못 돌렸음을, 어린 시절부터 평생 살아온 이 도시에서 길을 잃어버렸음을.

2

몬트로즈의 반대편, 그의 아버지가 속수무책으로 앉아 있는 차에서 1.5킬로미터도 떨어지지 않은 곳. 리처드 하딩은 마이컬슨 박사 집에서 정기적으로 만나는 소모임 회원들에게 최근에 지은 시의 마지막 연을 읽어주고 있다. 마이컬슨 박사의 집은 널찍하고 그들이 앉아 있는 방에는 어둑한 조명이 켜져 있다. 오래된 바로크풍 서재는 고풍스러운 책장과 먼지 쌓인 책들로 가득하다. 탁자 끝에 앉은 마이컬슨 박사는 은퇴한 영문학 교수로, 라이스 대학의 명예교수를 지냈고, 지금은 여가시간에 시를 좀 끼적거리면서 라이스 대학을 최근에 졸업한 사람들로 구성된 소모임을 대상으로 격주 워크숍을 진행하고 있다. 리처드가 대학 시절엔 마이컬슨 박사를 알지 못했다는 사실이 별문제가 되는 것 같지는 않다. 그는 친구 브랜든 올리어리를 따라 작년 여름 8월 둘째 주에 모임에 들어와, 그후로 고정 회원이 되었다.

리처드가 이내 마이컬슨 박사의 총애를 받게 되었음은 브랜든이나 모임의 다른 회원들 모두 잘 알고 있으며, 리처드는 그 사실이 기쁘기도, 신경쓰이기도 하다. 때로 그는 마이컬슨 박사가 다른 사람들 앞에서 자신을 너무 열렬히 칭찬하지 않았으면, 그가 자신을 좋아한다는 사실을 너무 그렇게 드러내지 않았으면 하고 바란다. 때로 뒤풀이로 바에 가면 사람들은 그의 옆구리를 꼬집거나 머리칼을 흩트리며 농담을 한다. 어이구, 늙은 여왕님께서 너한테 아주 달아올랐더구먼. 또는 야, 늙다리 마이컬슨의 바지가 불룩해진 것 같던데? 모두 웃자고 하는 얘기라는 것, 아마도 그들 나름의 자신감 부족이나 질투에서 나온 농담이리라는 것을 리처드는 안다. 그래도 여전히 마이컬슨 박사의 칭찬이 어디까지 사실일까 하는 의문은 든다. 결국 이런 농담들이 표면을 살짝 가린 진실이 아니면 뭐겠는가?

오늘밤, 그는 천천히, 조용히 낭송한다. 그가 읽는 시구는 바깥에서 험하게 몰아치는 폭풍에 묻혀버린다. 다른 사람들은 딴생각에 빠진 듯, 내리치는 천둥과 갑작스레 잔디밭을 가르는 번갯불에 더 흥미를 보인다. 하지만 마이컬슨 박사는 흐트러짐 없이 리처드에게 시선을 집중한 채, 그가 시를 읽다가 한 번씩 얼굴을 들 때마다 그를 향해 고개를 끄덕인다. 마침내 시 낭송이 끝나자 마이컬슨 박사는 리처드를 보며 미소를 짓는다.

"고맙네, 리처드." 그는 말한다. 그리고 다른 사람들을 보며 묻는다. "덧붙일 말들 있나?"

다들 무슨 말을 해야 할지 몰라 입을 다물고 있다. 보통은 매우 거침없이 의견을 말하는 활발한 모임이지만 리처드가 글을 읽을 때는 늘 조용해진다. 어쩌면 반대의견을 내기가 꺼려져서, 마이컬슨 박사와 엇나가기 싫어서일 수도 있고, 아니면 어김없이 뒤따르는 칭찬에 지칠 대로 지쳐서 그렇게 된 것일 수도 있다.

마침내, 에릭 스티븐슨이 목소리를 낸다.

"전 끝부분이 좀 늘어지는 것 같달까. 왜 있잖아요, 같은 말이 되풀이되면서 끝없이 이어지는 느낌 말이에요."

"더 압축했으면 좋겠다는 건가?" 마이컬슨 박사가 끼어든다. 그러고는 다른 사람들을 쳐다본다. "다른 사람들은 어떻게 생각하지?"

"저도 좀 그런 생각이 드는데요." 다른 한 명이 아주 소심하게 말하고는 얼른 눈길을 돌린다.

마이컬슨이 고개를 들어 그를 본다.

"그런가?"

"어, 예." 그가 말한다. "그런 것 같아요."

다른 몇몇이 조용히 끼어들어 에릭의 의견에 동조한다. 리처드는 자기가 쓴 시를 내려다본다. 최근 이혼한 부모에 대한 시, 어쩌면 너무 긴 것 같기도 하다고 인정할 수밖에 없는 시다. 좀 지나자 다른 사람들도 제각각 의견을 내놓기 시작한다. 두번째 연의 심상이 진부하다, 작품 말미의 시어가 너무 감상적이다, 부모가 결혼생활에서 겪는 문제들이 다소 애매하게 표현되어 있다……

마침내, 마이컬슨 박사가 끼어들어 일단 그들의 빈틈없는 비평을 칭찬한 뒤, 그들의 의견이 모두 타당하기는 하나 이 글의 완벽한 단순함을 간과하고 있다고 설명한다. 즉, 단순함의 미학이 있다는 것이다. 감정이 진솔하다는 것이다. 그는 한참 더 설명을 이어가지만 리처드는 귀기울이지 않는다. 그는 이런 종류의 칭찬, 이런 종류의 찬사를 점점 경계하게 되었다. 그런 말들을 믿어야 할지 말아야 할지 이젠 정말 모르겠다. 그 시는 그가 며칠 동안 끙끙거리며 쓴 작품이지만, 결국 그게 다 무슨 의미란 말인가? 그 자신조차 대답할 수가 없다. 그는 때로 이런 것들이 무슨 의미가 있긴 할까, 지은이를 제외하고 그 시가 진정 무슨 뜻인지 말할 수 있는 사람이 있기는 할까, 자문해본다. 그리고 쓴 사람조차 그 의미를 모른다면 그것이 과연 제대로 된 시이기는 할까? 리처드는 마이컬슨의 눈을 마주볼 수가 없어 제 손만 내려다보고 있다. 그가 사람들에게 이게 바로 진짜 시라고 설명하고 있는데도.

마침내 마이컬슨 박사의 논평이 끝나자 모두 휴식을 위해 주방으로 자리를 옮긴다. 마이컬슨 부인이 작은 쟁반에 음료를 준비해 놓고 기다리고 있다. 오늘은 마가리타예요. 부인은 사람들에게 말하며 윙크를 한다. 학생들은 주위로 모여들며 요란스럽게 감사 인사를 한다. 몇몇은 뜰로 나간다. 보통은 격주 워크숍이 끝나면 모두 수영장으로 몰려가 수영을 한다. 마이컬슨 부인이 가져다주는 음료를 마시며 여덟시나 아홉시까지 물놀이를 한 다음 술집으로 가는 것이다. 하지만 오늘은 모두들 좁은 처마 밑에 소심하게 서서 거센 물결을 그리며 내리치는 비와 잔디밭 가장자리에서 번쩍거리는 번개를 바라보고 있다.

잠시 후 한 명이 수영장 쪽으로 움직인다. 에릭 스티븐슨, 리처드의 시를 좋아하지 않았던 녀석이다. 그의 행동에 다른 사람들이 환호하기 시작한다. 그는 수영장 가에 잠시 서 있더니 옷을 벗고 안으로 뛰어든다. 다른 몇몇이 팬티만 남기고 옷을 벗으며 뒤따르자 마이컬슨 부인이 무슨 일인지 눈치를 채고 문밖으로 나온다. 들어오는 게 좋겠어요, 여러분. 부인이 소리친다. 위험할 것 같아. 하지만 부인이 말을 마치기도 전에 나머지 학생들도 뛰어들고, 주의 자체가 무색해진다. 막 서재에서 나온 마이컬슨 박사가 문간으로 다가와 너무 요란하다 싶게 웃더니 아내의 손에서 음료를 받아들고는 그녀를 문 안쪽으로 데려간다.

"놀게 놔둬요." 그가 말한다. "젊은 애들이잖아."

"위험해요." 부인이 말한다. "번개 좀 봐요."

하지만 마이컬슨 박사는 고개를 저으며 웃는다.

"당신은 비 올 때 수영해본 적 없어?" 그가 말하고는 아내의 손을 쓰다듬는다. "그런 적 있는 거 나도 다 알거든."

아내는 남편을 바라보지만 대답은 하지 않는다.

잠시 후, 마이컬슨 박사가 불을 켜자 수영장이 밝게 빛난다. 전기 불꽃과 같은 밝은 청색. 모두 반라나 다름없는 청년들이 수영을 하며 박사를 즐겁게 한다.

리처드는 방을 가로질러 구석에 모여 있는 무리에게 다가가며 마이컬슨 박사에게서 눈길을 돌린다. 그는 안다. 조금 있으면 박사는 그를 따로 불러 시가 얼마나 훌륭했는지 다시 한번 말하려 할 것이며, 여름학기 대학원 장학금 신청 마감일을 다시 상기시키려 할 것이다. 최근에 박사는 리처드에게 문예창작 대학원 과정에 대해 여러 번 얘기하고 있으나 그는 별 관심이 없다.

모여 있는 사람들에게 다가가자 리처드의 귀에 저런 미친 짓이 다 뭐냐고, 빗속에서—번개는 말할 것도 없고—수영을 하다니 저 밖에서 누가 죽을지도 모른다고 말하는 소리가 들린다. 수영장 저쪽 끝에서 친구 브랜든 올리어리가 물을 튀기며 그에게 손을 흔드는 모습이 보인다. 리처드도 손을 흔들어 답하고는 의식적으로 마이컬슨 박사의 시선을 피하며 문 쪽으로 걸어간다. 그는 잠시 좁은 처마 밑에 서서 브랜든을 기다리다가 마침내 그가 다가오자 미소를 지어 보인다.

"왜 안 들어와?" 브랜든이 묻는다. 볕에 그을린 그의 몸이 물기로 번들거린다.

"안 돼." 리처드가 말한다. "여동생 데리러 공항에 가야 돼."

"클로이?"

"그래."

"무슨 일이야?" 브랜든이 웃으며 묻는다.

"얘기가 좀 길어." 리처드가 말한다. "실은 나도 잘 모르겠어."

브랜든이 고개를 끄덕인다.

"음, 이따간 나와야 돼, 알았지? 라임라이트로."

라임라이트. 새로 생긴 게이 클럽. 말이 클럽이지 사실은 바에 가깝다. 인육시장.

"네가 만났으면 하는 사람이 있어." 브랜든이 덧붙인다.

"일?"

"아니. 일 아니고, 친구."

근래에 브랜든이 그에게 소개하고 싶어한 사람들은 모두 일과 관계된 이들이었다. 브랜든은 그들을 모두 존*이라고 부른다. 격무 후 자신의 BMW 뒷좌석에서 손으로 하는 서비스를 받고 싶어하는 사업가들. 아내 몰래 오락 비슷한 여가를 좀 누릴 뿐이라고, 약간의 휴식을 통해 스트레스를 해소하고 있을 뿐이라고 믿고 싶어하는 남자들. 이런 것이 그의 생활의 일부가 되었다는 사실이 리처드 자신도 조금은 당혹스럽다. 휴스턴의 저명한 건축가의 아들이 어느 안과의사의 차 뒷좌석에서 한 번에 오십 달러씩 받고 손 서비스를 해주는 녀석과 어울리고 있다. 브랜든에게서 처음 그 얘기를 들었을 때는 역겨웠고, 두번째로 들었을 때는 재미있었다. 하지만 지금은 그냥 그런가보다 싶다. 브랜든이 카페 브라질에서 받는 쥐꼬리만한 급여를 보충하기 위해 한 달에 두세 번씩 하는 어떤 일.

"친구라니, 누구?" 리처드가 묻는다.

"전에 만난 사람. 너도 좋아할 거야."

* 성을 사는 남자들을 이르는 속어.

"심각한 건 별론데."

"얀마, 날 믿어. 심각한 사람 아니야. 사실, 진지한 것과는 아예 정반대지."

리처드는 고개를 끄덕인다.

"그렇다고 다른 뭔가를 기대하는 것도 아니지만."

"무슨 뜻이야?"

리처드는 대답하지 않는다.

"내 시 어땠어?"

"좋던데."

"그게 다야?"

"음, 아니. 그게, 좀 슬펐어. 그리고 에릭 의견에도 동의해. 좀 길더라. 그래도 좋긴 했어. 내 말은, 네가 쓴 건 다 좋아. 마이컬슨은 완전히 뿅 갔던데."

리처드는 상관없다는 듯 어깨를 으쓱한다.

"모르겠어." 그가 말한다. "요즘엔 내가 여태 끼적여온 이런 것들이 다 무슨 소용인가 싶다."

"넌 계속 나아지고 있어." 브랜든이 말한다.

"그런 것 같아?"

"그럼. 확실히."

잠시 후 수영장에서 고함 소리가 났다. 물에 있던 사람들이 브랜든에게 어서 합류하라고 손짓한다.

"가봐야겠어." 그가 말한다. "내 핸드폰으로 전화해. 알았지?"

“알았어.” 리처드는 그렇게 대답하고는 수영장으로 돌아가려고 몸을 돌리는 브랜든에게 외친다. “야! 그 사람 이름이 뭐야?”

“누구?”

“네 친구.”

브랜든이 미소를 짓는다.

“비토.” 대답 후 그는 돌아서더니 곧장 옆으로 다이빙해 수영장으로 뛰어든다.

리처드가 주방으로 돌아가자 마이컬슨이 음료를 든 채 기다리고 있다. 그가 그만 가봐야겠다고 하자 마이컬슨은 문까지 함께 가겠다 한다.

“친구들 몇 명과 얘기를 좀 해봤는데 말이야,” 복도를 따라 걸어가며 마이컬슨이 말한다. “하나는 코넬에 있는 친구고 또 하나는 미시간에 있지. 그 친구들에게 자네 얘기를 하고 있는 중이야.”

“아, 그래요?”

“자네가 지원할 생각이 아직 있다면 지원서를 어서 자기들한테 보내라고 하더군. 그러면 제대로 평가받을 수 있을 거라고 말이야.”

리처드는 또 고개를 끄덕인다.

“리처드, 자네 아직도 지원할까 말까 고민중인 건가?”

“아마도요.”

“아마도?”

"예, 그게, 잘 모르겠어요." 그는 잠시 말을 멈춘다. "제 말 뜻은, 그런 학교들이 대부분 들어가기가 정말 힘들잖아요. 그리고 제가 요즘 돈에 좀 쪼들려요. 사실은 시기가 별로 안 좋습니다."

"좋은 시기라는 게 따로 있는 건 아니야." 마이컬슨이 말한다. "그래도 자넨 아직 젊잖은가. 이런 일은 나이가 들수록 더 힘들어지는 법이지."

리처드가 또 고개를 끄덕이자, 마이컬슨은 미소를 지으며 리처드의 어깨에 손을 올리고는 가볍게 주무른다. 최근 들어 리처드는 마이컬슨이 자신에 대해, 자신과 브랜든에 대해, 그리고 이 모임의 다른 녀석들에 대해 알고 있지 않나 싶다. 그들 중 절반 이상이 게이라는 사실. 분명 그 사실을 마이컬슨이 모르고 있지는 않을 텐데, 그는 한 번도 언급하지 않고, 그들이 쓴 시와 관련된 경우가 아니면 그 얘긴 입에 올리려고도 않는다. 아마도 벽장 속에 숨어 산 세월, 아내와 함께 학장의 집에서 열리는 칵테일파티에 다니며 산 세월이 그를 그렇게 만들었을 것이다. 인자하신 부인이 불쌍하군, 리처드는 생각한다. 그 긴 세월을 어떻게 견뎠을까? 그 오랜 시간 동안 이 남자를 어떻게 참고 살아왔을까?

복도 끝에서 마이컬슨은 걸음을 늦추고 그를 물끄러미 쳐다본다.

"리처드, 난 요즘 자넬 잃고 있다는 느낌이 들어."

"무슨 말씀이세요?"

"뭔가 변한 것 같은 느낌이야."

"변한 거 없습니다." 리처드가 말한다. "지금 정말로 바빠서 그래요. 그게 다예요."

마이컬슨이 고개를 끄덕인다.

"일도 그렇고 여러 가지로요."

마이컬슨이 문간을 향해 가는데, 갑자기 리처드는 기분이 나빠지며 이 사람에게 사정을 해명했어야 한다는 생각에 마음이 불편해진다. 스스로도 납득하기 힘들지만, 부모의 이혼 후 거의 아무 일에도 신경을 쓸 의욕이 나지 않는다는 것. 일에도, 시에도, 대학원에도. 심지어 동창 녀석들 몇 명과 함께 쓰고 있는 조그만 아파트에 대해서도.

"저, 자네가 관심이 있을지 모르겠지만," 마이컬슨이 말을 잇는다. 그가 문을 여니 빗줄기가 현관으로 들이친다. "다음주에 친구가 하나 올 거야. 그렇게 알려지지는 않은 시인인데 글이 아주 좋아. 자네가 좋아할 것 같은데."

리처드는 고개를 끄덕인다.

"만나고 싶으면 말만 하게. 그럼 내가 셋이서 만날 수 있도록 저녁식사 자리를 마련할 테니."

리처드는 고민하듯 고개를 끄덕이며 마이컬슨의 속내가 무엇일까 생각해본다.

"일정을 좀 살펴보겠습니다." 그는 말한다. "오시는 날이 언제라고 하셨죠?"

"수요일. 수요일 저녁이야. 당연히 낭독회가 있을 테고, 그런 다음 자네만 좋다면 함께 저녁식사를 하면 돼."

"수요일." 리처드는 숙고하는 척, 진심으로 고려하는 척 말하며 고개를 끄덕인다. "알겠습니다."

그가 손을 내밀자 마이컬슨은 한 박자 정도, 좀 길다 싶게 손을 잡았다 놓는다. 작별인사를 하고 밖으로 나간 리처드는 비를 뚫고 웅덩이를 넘어 엄마의 미니밴까지 뛰어간다.

3

그날 일찍 해가 뜨기 전, 라자는 그녀의 기숙사 방으로 와 그녀가 준 열쇠로 문을 열고 안으로 들어왔다. 옆자리에 몸을 누인 그는 팔로 그녀를 감싸 꽉 껴안았다. 라자는 경찰과 얘기한 뒤 그다음에는 변호사, 그다음에는 부모님과 얘기하느라 밤을 반쯤 새운 뒤였다. 원칙적으로 그는 이제 교정에 발을 들이면 안 되었지만 그는 개의치 않았다. 그 사람들이 나한테 뭘 더 할 수 있겠어, 그는 따져보았다. 이미 당할 만큼 당했는데 뭐가 또 있겠어?

그에게, 혹은 그녀에게 무슨 일이 생길지, 어떤 혐의를 받게 될지 아직 불확실했지만, 그 아침에 라자는 기숙사 방으로 들어와 더 이상 그 문제에 대해 이야기하고 싶지 않다고 말했다. 어쨌든 그날은 그녀가 떠나는 날이었고, 라자가 원하는 것은 그녀와 사랑을 나눈 뒤 밖으로 나가 아침을 먹이고 차로 보스턴 공항까지 데려다주는 것이었다. 두 사람이 다시 만날 때까지 한 달이, 어쩌면 두 달이 걸릴 수도 있는데 함께하는 마지막날을 걱정으로 허비하고 싶지는 않다고 했다. 결국 그녀도 수긍하며 그 얘기는 하지 않기로 했지만 생각까지 떨쳐버릴 수는 없었다. 사랑을 나눌 때 그녀는 울었다. 그러고는 창가에 앉아 텅 빈 사각형 안뜰과 새로 내린 눈, 그 위의 보랏빛 하늘을 쳐다보았다. 구석에서 조용히 옷을 입은 라자가 다가와서는 침대 위 옆자리에 앉아 그녀를 껴안았다. 어찌나 세게 끌어안았는지 그녀는 아마 갈비뼈가 하나쯤 부러졌을 거라고, 그게 아니면 다른 거라도, 영원히 그의 흔적을 남길 다른 무언가가 생겼을 거라고 확신했다.

"부모님께는 얘기하지 않았으면 좋겠어." 그가 마침내 말했다.

"벌써 했어."

"그래. 하지만 이미 말한 것 말고 다른 얘긴 안 했으면 좋겠어."

"왜?"

"그냥 안 그랬으면 좋겠어. 그게 좋을 것 같아."

"누구에게?"

"우리 둘 다에게."

그녀는 고개를 끄덕였지만 너무 비밀스럽고 신중해진 그의 모습이 마음에 걸렸다. 며칠 전 라자는 그녀의 기숙사 방으로 찾아와 그녀의 이메일을, 친구들에게서 받은 개인적인 것들까지 포함해 모두 보여달라고 했다. 그런 다음, 이메일을 하나도 남김없이 모두 삭제하라고 했다. 그녀가 이미 한참 전에 그 일에 대해 아무에게도 얘기하지 않겠다고 약속했음에도 불구하고. 그가 보낸 이메일을 삭제하는 일이 가장 힘들었다. 그것은 마치 그녀 인생의 일부, 과거의 한 부분을 지워버리는 것과 같았다. 책상 뒤에 숨겨둔 조그만 편지 몇 통만 남기고 그녀가 실제로 그를 알았다는 모든 증거, 모든 흔적은 순식간에 사라지고 말았다.

공항으로 가는 길에 두 사람은 간이식당에 차를 세우고 아침을 먹었고, 그뒤로 보스턴까지 가는 내내 침묵을 지켰다. 공항에서 내릴 때도 라자는 오는 내내 그랬던 것처럼 말수가 없고 뭔가 자꾸 피하는 듯했다. 그녀를 도와 가방을 내려준 그는 그대로 서 있다가 그녀를 꽉 껴안았지만 울지는 않았다. 그녀는 라자가 울었으면 했다. 그가 회한의 표현이라도, 그런 사태에 끌어들인 걸 후회한다는 내색이라도, 아니면 최소한 그녀가 그리울 거라는 암시라도 해주길 원했다. 하지만 그건 그의 스타일이 아니었다. 대신 라자는 그녀의 머리를 토닥이고 키스를 했다. 그리고 말했다.

"다 괜찮아질 거야."

"그 말을 믿을 수 있었으면 좋겠어."

"괜찮아져." 그가 말했다. "내가 장담해."

"집에 갈 돈은 있어?" 그녀가 물었다. "기름 넣을 돈 말이야."

그는 뭘 하든 늘 돈이 궁했다. 라자는 그녀를 바라보더니 어깨를 으쓱했다.

"어떻게 될 거야."

"널 다시 못 보게 되면 어떡해?" 그녀가 말했다. 그전까지는 한 번도 해보지 않은 생각이었다.

"그렇게 된다면 그건 기적일걸?" 그가 말했다. "아니면 비극이거나." 그러고는 웃기 시작했다. "아니면 둘 다거나."

지금, 휴스턴 국제공항의 텅 빈 수화물 수취구역에 서서, 그녀는 시간이 얼마나 흘러야 그를 다시 볼 수 있을까 생각한다. 시간이 얼마나 흘러야 그의 목소리를 다시 들을 수 있을까? 라자는 그녀가 사랑한 첫 남자이자 유일한 남자였다. 그를 만나기 전엔 에이든 벨이 있었고, 에이든 전에는 더스틴 오키프가 있었지만 그 둘은 라자와는 비교할 수도 없었다. 그녀는 라자와 함께 있을 때에만 진정한 안정을 느꼈다. 그를 마주하고 있을 때에만 여자들이 잡지나 책에서 사랑에 대해 하는 말들을 이해할 수 있었다. 그에게는 어떤 냉담함, 무심함의 분위기가 있었는데, 사람들은 거기에 끌리는 것 같았다. 라자에게는 그녀가 지금까지 사귄 친구들보다 더 많은 친구들이 있었지만, 그 자신은 그들을 알려는 노력을 전혀 하지 않는 듯했다. 친구들은 밤중에도 아무때나 그의 방에 나타나 책과 정치와 영화에 대해, 자기들 인생 문제에 대해 라자와 얘기하고 싶어했다. 라자가 그녀를 애인으로 택했다는 것은 기적이었다. 그가 원하기만 했다면 어떤 여자와도 사귈 수 있었을 것이다. 인도 여자라면 더더욱. 하지만 그는 그녀를, 남부의 교외에서 자란 백인 여자를, 그의 인도인 부모로선 가장 끔찍한 악몽일 그녀를 택했다. 처음으로 데이트하던 날, 라자는 그녀를 학교 밖에 있는 햄버거가게 타미스로 데려가 칠리소스를 얹은 감자튀김과 맥주를 앞에 두고, 파키스탄을 거쳐 인도에서 보낸 시절에 대해 이야기했다. 이곳저곳을 자주 옮겨다니며 살았다는 얘기. 항상 돈에 쪼들렸다는 얘기. 세 남매가 한방을 썼다는 얘기. 그는 아버지의 여러 직업에 대해서도 많은 얘기를 했는데, 그의 아버지는 제약업계에서 시간제 일자리를 전전하다가 라자가 막 친구를 사귈 즈음이면 어김없이 감원이나 해고를 당했다고 했다. 그들은 늘 옮겨다녔다고 라자는 말했다. 하지만 어떤 것들은 변하지 않고 항상 그대로였다. 예를 들면, 어머니의 요리 같은 것. 어머니가 만들어주던 탄두리와 야채커리의 깊은 맛, 석탄으로 불을 지핀 오븐에 어머니가 구워주던 파라타와 로티의 겹겹이 바삭한 맛. 라자가 어머니의 요리에 대해 말하는 것을 듣고 있자니 그녀는 타미스의 감자튀김을 즐기며 그리도 빨리 먹어치우는 자신이 이상한 사람처럼 느껴질 정도였다.

이야기를 마친 그에게 그녀는 다시 돌아갈 생각이냐고 물었다.

"가보기는 할 거야, 분명히." 그가 말했다. "하지만 살러 가진 않을 거야."

"왜?"

그는 잠시 생각에 잠겼다가 아주 진지하게 말했다.

"내게 이제 그곳은 없는 거나 마찬가지야."

그 말이 무슨 뜻인지 물었지만 그는 대답하지 않았다. 대신 그녀의 손을 잡으며 계산서를 집어들었다.

"내 방 한번 볼래?" 그가 물었다.

휴스턴 국제공항에서 수화물 수취구역 밖으로 나오니 굵은 빗발이 내리치고 있어 시야가 흐리다. 저멀리 길게 줄지은 불빛, 고속도로를 따라 움직이는 차들의 전조등 불빛이 보인다. 그녀는 라자의 얼굴을, 그의 입술을 그려보고, 타미스에서 얘기하던, 둘이 처음 키스하던 밤의 라자를 떠올려본다. 하지만 그의 모습이 떠오르자마자, 그 얼굴이 그려지자마자 울리는 휴대전화 소리에 이미지는 산산이 부서져 사라져버린다. 가방 속에서 전화기를 꺼내들자 잠시 후 수화기 저편에서 오빠의 목소리가 들린다.

"여기야."

"어디?"

"오른쪽을 봐."

고개를 내밀어 쳐다보니 엄마의 미니밴과, 앞자리에서 손을 흔드는 오빠 리처드가 보인다.

잠시 후 차가 주간州間고속도로 위를 달리고 있을 때 리처드는 마치 점검이라도 하듯 동생을 위아래로 훑어보더니, 옆자리로 몸을 기울여 동생의 손을 토닥인다.

"좀 마른 것 같다." 그가 말한다.

"그래 보여?"

"응."

그녀는 어깨를 으쓱한다.

"배고프니?"

그녀는 고개를 젓는다.

"엄마가 너한테 밥 좀 먹이라던데?"

그녀는 오빠를 보며 헛웃음을 짓는다.

"언제부터 내가 혼자 밥도 못 먹는 사람이 된 거지?"

"몰라." 그가 속도를 높이며 말한다. "난 그냥 엄마 말을 전달하는 것뿐이야. 엄마가 좀 많이 놀란 것 같더라."

그녀는 고개를 끄덕이고는 창밖을 내다보며 옷매무새를 가다듬는다. 저멀리 지평선을 따라 어렴풋이 휴스턴의 스카이라인이 보인다.

"그래서, 너 이제 한동안 우리랑 함께 지내게 될 것 같던데, 그렇지?"

"그럴 것 같아."

"거기서 무슨 일이 있었는지 나한테 말할 생각 있어?"

그녀는 대답하지 않는다.

"엄마는 상당히 심각한 문제라던데. 정치적 의견충돌 같은 거라고."

"정치적 의견충돌?" 그녀는 웃음을 터트린다. "정말? 엄마가 그렇게 말했어?"

"응, 왜? 아니야?"

그녀는 오빠를 쳐다보지만 대답은 하지 않는다. 그녀를 쳐다보는 오빠의 얼굴에서 궁금증이 느껴진다. 세상에 리처드보다 더 그녀를 잘 아는 사람, 리처드만큼 그녀를 이해해주는 사람은 없다.

잠시 그녀는 속이 다 들여다보이는 느낌, 쳐다보기만 해도 그녀가 무슨 생각을 하는지 오빠가 다 알 것만 같은 느낌이 든다. 두 사람은 지금껏 늘 그런 식이었다. 리처드가 있고, 그녀가 있고, 그리고 나머지 사람들이 있다. 유년기의 대부분을 오빠는 그녀의 가장 가깝고도 유일한 친구, 단 하나의 방패이자 마음을 터놓는 상대가 되어주었다. 심지어 지금도 그녀는 자기 삶에서 오빠 말고는 그 일과 관련해 신뢰할 수 있는 사람이 아무도 없음을, 오빠가 아니라면 누구에게도 그 얘기를 해볼 생각조차 할 수 없음을 깨닫는다. 하지만 라자를 생각하며 그녀는 얘기하지 않기로, 일단 화제를 돌리기로 결심한다.

"근데 날 어디로 데려가는 거야?" 고속도로 출구를 향해 갈 때쯤 마침내 그녀가 묻는다.

"집에. 엄마 집."

그녀는 오빠를 쳐다본다.

"다른 데 데려가주면 안 돼?"

"다른 데 어디?"

"아무데나. 그러니까, 거기 말고 아무 데나."

리처드는 운전대가 흔들리지 않도록 잘 잡는다.

"음, 이따가 클럽에 갈 예정이긴 한데, 네가 좋아할 만한 클럽은 아니야. 무슨 말인지 알지?" 그는 동생을 보며 윙크를 한다.

"상관없어. 술만 있으면 돼. 게다가 난 게이 클럽이 좋아. 요 근래 내게 잘해주는 남자는 게이들밖에 없어."

그는 깜빡이를 켜고 고속도로를 빠져나간다.

"두 사람은 요즘 어때?" 그녀가 묻는다.

"누구?"

"엄마, 아빠."

그는 동생을 보며 고개를 젓는다.

"지난주에 엄마가 집 자물쇠들을 바꿨어."

"정말? 왜?"

"몰라. 아버지가 집에 몰래 들어와 엄마 물건을 훔쳐가는 게 싫어서 그런 것 같아. 아버지한테 아직 열쇠가 있거든. 아버지가 점심시간에 자꾸 집에 들러서 시간을 보내는 것 같아. 나도 한번 아버지랑 부딪친 적 있거든. 주방에 앉아 와인을 마시면서 신문을 읽고 계시더라고."

"세상에, 진짜 별로다."

"그래."

그녀가 오빠를 쳐다본다.

"그럼, 아직도 둘이 말도 안 하나보네."

"안 해. 서로 음성사서함에 대고 악담을 퍼붓는 걸 말하는 거라고 치지 않는다면."

그녀는 오빠를 보며 한숨을 쉰다. 어떤 면에서 그녀는 아직도 죄책감을 느낀다. 오빠 혼자서 부모를 감당하도록 내버려둔 데 대해, 모든 것이 무너져내릴 때 함께하지 않았다는 데 대해. 그 타격을 감당해야 했던 사람도, 부모의 싸움과 법적 분쟁과 가정의 와해를 모두 견뎌내야 했던 사람도 리처드였다. 10월 말 어느 일요일 밤 그녀에게 전화해 소식을 알려주며 수수께끼 같은 메시지를 남긴 사람도 리처드였다. 여긴 세계제삼차대전중이다, 클로. 농담 아냐. 가족 전선에 문제 있음. 최대한 빨리 전화해. 그녀가 전화했을 때 리처드는 다정했고, 그런 상황이 다 자기 책임이라도 되는 듯 거의 미안해하는 태도였다. 그는 밤새도록 우는 동생의 말을 들어주며 그녀를 위로하고 달래주었다. 그리고 마침내 동생이 울기를 그쳤을 때, 울다가 결국 녹초가 되었을 때, 그는 웃음을 터트렸다. 있잖아, 이런 일에도 좋은 점은 하나 있는 것 같아.

그게 뭔데?

가족 식사는 이제 그만.

그건 둘 사이의 조크였다. 가족 식사. 둘 다 싫어했고 둘 다 경멸했던 시간. 식탁 끝에 앉아 고기를 잘라 나누는 아버지와 남편을 사랑하는 척 그 옆에 앉아 있는 엄마. 식탁의 반대편 끝에 고분고분하게 앉아 잘 관리된 가정의 잘 관리된 자녀인 척하는 두 사람. 그건 최고의 위선이었다. 그런 가족 식사 시간들. 최고의 가식.

고속도로를 빠져나와 좌회전을 해 옆길로 들어서자 휴스턴 시가의 모습이 갑자기 눈에 들어온다. 네온사인을 밝힌 슈퍼마켓, 타코를 파는 멕시코 식당, 바람에 흔들리는 거대한 야자수들. 이 오래되고 익숙한 배경, 유년기의 열대 낙원이 시야에 들어온다. 그녀는 좌석 등받이에 몸을 묻고 그 모든 풍경을 눈에 담는다.

리처드가 다시 한번 옆길로 들어설 때 그녀는 오빠를 쳐다본다.

"있잖아, 오빠가 보내준 시 다 읽었어."

"오, 그래? 어떤 것?"

"전부." 그녀는 오빠에게 미소를 지어 보이며 말한다. "다 좋아."

"정말?"

"음, 그래. 나야 뭐 전문가도 아니지만 오빠 시가 학교 문예지에 실리는 쓰레기들보다 훨씬 좋다는 건 분명해."

리처드는 동생을 보며 미소를 짓는다.

"고마워." 그는 정지신호등 앞에서 정차한다. "저기, 내가 아는 교수가 있는데, 함께 공부하는 모임이 있거든. 근데 이 사람이 문예창작 대학원에 지원하라고 자꾸 권하네. 시를 쓰라고 말이야."

"꼭 그렇게 해."

"그래." 그는 말한다. "한데 아버지가 뭐라 할지 상상 안 되니?"

"아빠랑 얘기해봤어?"

"음, 아니. 그러니까, 하긴 했는데. 아버지한테 말을 꺼낸 적이 있는데 그러더라고. 뭐? 그런 걸 가르치는 학교가 진짜 있단 말이야?"

오빠가 아연실색한 아버지의 목소리를 흉내내자 마침내 그녀가 웃는다.

"아들이 게이인 것도 모자라, 게이 시인이라니. 아버지한테 그건 좀 심한 일인 거지."

그녀는 또 한번 웃음을 터트리며 그렇게 웃어본 게 정말 오랜만이라는 사실을 깨닫는다. 이렇게 제정신인 게 얼마 만인가. 그녀는 모텔 방에 혼자 앉아 있는 라자와 옆방에 있는 그의 부모, 없는 돈을 그러모아 아들의 법률상담료를 대는 그의 부모를 상상한다. 그녀는 그런 영상을 머리에서 몰아내며 고쳐 앉고는 창문을 내린다.

"담배 좀 피울게." 그녀가 말한다.

"좋을 대로."

가방에서 담뱃갑을 꺼내는 사이 가느다란 빗줄기가 창 안으로 들어와 그녀의 허벅지를 적신다. 그녀는 담배를 꺼내 불을 붙인 뒤 눈을 감은 채 얼굴을 때리는 빗줄기를 그대로 맞는다.

"있잖아." 잠시 후 리처드가 말한다. "스트래섬에서 무슨 일이 있었는지 난 몰라. 내 말 뜻은, 내가 꼭 알아야 하는 건 아니라는 거지. 하지만 네가 원한다면 언제라도 말해도 돼. 말하고 싶다는 생각이 들면 말이지, 내가 있다는 걸 알았으면 해." 그는 동생을 본다. "내 말은, 엄마 아빠한테 내가 말할까봐 걱정하지 않아도 된다는 뜻이야."

"그건 알아." 그녀는 미소를 지으며 말하고는 오빠의 손을 토닥인다. "고마워."

그녀는 다시 등받이에 기대며 눈을 감는다.

잠시 후, 리처드의 휴대전화가 울린다. 몇 마디 대화가 오간 뒤 그는 도로변에 차를 세우고 글러브박스에서 펜을 꺼내 손바닥에 무언가를 적는다. 주소? 전화번호? 그는 전화를 끊고 나서 동생을 보며 웃는다.

"계획이 바뀌었어."

"오, 그래? 뭔데?"

"음, 클럽 건은 취소된 것 같아. 날씨 때문인지 뭔지. 어쨌든, 대신 우린 파티에 갈 거야."

"누가 여는 파티야?"

리처드는 라디오 볼륨을 올린 후 속도를 내고, 그녀는 잠시 오빠가 웃고 있다고 생각한다.

"비토." 그가 윙크하며 말한다. "이름이 비토라는 남자가 있어."

4

로나의 절친한 친구 엘리스 엔리케즈가 조리대 앞에 서서 차를 끓인다. 입에는 담배가 물려 있다. 엘리스는 엘슨이 도착하기 직전에 나타났다. 그가 로나에게 무슨 일이 있었는지 말하려고 막 문으로 들어서는 순간이었다. 자기 아파트에 정전이 있었다며 냉장고의 내용물 절반가량을 아이스박스에 넣어 가지고서였다. 상하기 쉬운 재료와 고기 종류를 모두. 그리고 지금은 로나에게 고맙다는 뜻으로 차를 끓여주고 있다.

엘슨은 의자에 등을 기대고 앉아 엘리스를 쳐다본다. 방금 전에 그는 로나를 보며 얼굴을 찌푸렸지만 로나는 못 본 척했다. 그렇게 행동하지 말아야 했나, 좀더 아량 있는 모습을 보여야 했나, 그는 자문한다. 로나와 눈을 마주치려 해보지만 그녀는 고개를 돌린다.

아파트는 조명이 어둑하고 벽에는 로나가 친구들에게서 받은 원화 작품들로 가득하다. 이곳, 이 아파트에는 온기가 있다. 깔끔한 라인과 황량하리만치 텅 비어 있는 벽을 좋아하는 그녀의 미적 감각과는 모순되는 따스함. 이론상으론 미니멀리스트지만 실제론 아니군, 엘슨은 생각한다. 그가 앉은 자리에서 왼쪽으로 보이는 벽에 놓인 책장에는 엘슨이 평생 읽은 책을 합친 것보다 더 많은 책들이 꽂혀 있다. 대부분이 정치인 평전이거나 사회주의 논쟁, 세계 정세에 대한 추상적인 담론 들이다. 오른편 벽에는 로나를 그린 커다란 그림이 걸려 있는데 옛 남자친구가 그린 누드화다. 두 사람이 처음 교제를 시작했을 때 엘슨은 그 그림을 내리라고, 치워버리라고 말했지만 로나는 거부했다. 그가 그림 때문에 불편하다고, 특히 그녀의 친구들이 와 있을 땐 더 그렇다고 말하자 로나는 웃음을 터트렸다. 제 몸을 모두가 볼 수 있게 그런 식으로 전시해놓으면 사람들이 무슨 생각을 하겠느냐고 물었을 때는 친구들이 모두 예술가라 별다른 생각은 안 할 거라고 답했다. 그걸로 얘기는 끝이었다. 그런데 지금 그 그림을 보고 있자니 애초에 왜 그렇게 신경이 쓰였는지 모르겠다. 그림은 그녀와 거의 닮지도 않았다. 기껏해야 모델을 대충 묘사한 스케치에 지나지 않았다. 그는 의자에 등을 기대고 다시 생각에 잠긴다.

"차는 어떻게 드실래요?" 엘리스가 찻주전자를 가스레인지에서 내리며 뒤로 돌아 엘슨에게 묻는다. "크림? 설탕?"

"난 그냥 이거나 계속 마실게요." 엘슨은 좀 전에 한 잔 만들어 놓은 진토닉 쪽으로 고갯짓을 하며 말한다.

로나는 술이 있다는 걸 이제야 알아차렸는지, 술잔을 한번 보고 다시 엘슨을 쳐다본다.

최근에 그들에게, 아니 그녀에게는 규칙이 하나 생겼다. 하룻저녁에 두 잔까지만 마시기. 엘슨이 차를 몰고 로나의 옆집 쓰레기통으로 돌진해서 내용물을 반쯤이나 길거리에 쏟아놓은 후 생긴 규칙이다. 하지만 로나는 그가 브런즈윅 호텔에 갔었다는 사실, 이미 두 잔이나 마신 뒤라는 사실을 모르기 때문에, 사실상 이것이 그의 첫 잔이 되는 셈이다. 공식적인 첫 잔. 처음 마신 두 잔은 몸풀기, 아내의 표현을 빌리자면 이완제에 불과했다고 할 수 있다. 게다가, 그는 생각한다. 딸이 막 대학에서 쫓겨나지 않았는가? 그런 판국에 술 한 잔쯤은 당연한 것 아닌가?

그는 의자에 깊숙이 앉아 두 여자를 쳐다본다.

"저, 안 그래도 축하드리려고 했어요." 로나와 함께 차를 들고 식탁에 앉으며 엘리스가 말한다. "최근에 지으신 건물 관련해서요. 라이스 대학에 들어선 음악관 말이에요. 정말 멋져요." 엘리스가 그를 보고 미소짓는다. "거기 참여하셨다고 들었어요."

"어, 아닌데." 엘슨이 말한다. "사실이 아니에요." 그는 잔을 들어 술을 한 모금 마신다. "처음엔 부르더니 나중엔 빼버리더라고요."

"아." 엘리스가 시선을 떨어뜨린다.

"뭐 드문 일도 아니에요." 엘슨이 만회하려 애쓰며 말한다. "우리 같은 큰 회사에서는 늘 일어나는 일이죠. 어떤 일을 맡기려고 했다가 다른 일을 준다든가. 변동이 많아요. 그 왜, 조직개편 같은 거요."

엘리스는 고개를 끄덕인다.

"네네, 알 것 같아요."

아닌 게 아니라 엘슨이 몸담고 있는 회사와 같은 큰 조직에서는 그런 일이 정말로 흔하다. 사람들은 항상 옮겨다니고, 조직은 늘 개편된다. 하지만 또하나의 사실은 최근에 그런 일들이 엘슨에게 점점 더 자주 일어나고 있다는 것이다. 지난 한 달만 해도 두 번이나 배정받은 일이 바뀌었다. 이에 대해 파트너 건축사들* 중 한 사람인 테드 설리번에게 공식적으로 항의하자 테드는 걱정하지 말라며 곧 다른 좋은 일에 배정해주겠다고 했지만 당연히 그런 일은 일어나지 않았다. 테드가 말하지 않았으나 엘슨이 알고 있는 사실은 그의 미적 감각이 더이상 이 회사에서 통하지 않는다는 것이다. 회사 사람들은 그가 너무 나아갔다고, 그의 건축물들이 너무 극단적이고 차갑다고 생각한다. 의뢰인들 사이에서도 불평이 좀 있던 참이었다. 그중 한 명은 아주 유명한 영화배우였는데, 엘슨을 지목해 설계를 맡겼다가 완공된 건물을 보고는 회사를 고소하겠다고 했다. 그는 그 집이 결혼생활에 감정적 고통을 야기했다고, 자기 아내가 집을 보더니 울었다고, 그곳은 정상적인 인간이 아이들을 키우며 살 수 있는 공간이 아니라고 했다. 엘슨이 1970년대 후반에 국내의 권위 있는 상을 받음으로써 그전 어느 때보다 회사의 인지

---

* 두 명 이상이 동업한 회사에서 일정 지분을 갖고 경영에 참여하여 사업상의 위험과 수익을 모두 공유하는 건축사.

도를 높이고 많은 고객을 유치했다는 사실은 무시해도 좋다. 그의 초기 작품 중, 휴스턴 외곽에 있는 조그만 장로교 예배당이 아직도 대학원 수업에서 단순한 형태미의 전형으로 연구되고 있다는 사실도, 회사에서 일하는 인턴들 중 절반이 설리번 앤 고든을 선택한 첫번째 이유로 엘슨의 존재를 들고 있다는 사실도 마찬가지다. 그것들은 이제 중요하지 않다. 지금 중요한 것은 수익이다. 그것이 핵심이다. 그리고 그의 건축물은 더이상 수익을 내지 못한다. 최소한 예전만큼은 아니다. 그가 택하는 자재가 너무 비싸고 일정도 너무 길다고들 한다. 그런저런 이유들 때문에 그는 파트너가 되지 못했다. 22년간 소속 건축사로 남아 있는 것이다.

그가 술잔을 들고 한 모금 마시려다보니 엘리스와 로나 둘 다 뭔가 반응을 기다리는 표정으로 그를 바라보고 있다.

"정말 말도 안 되지 않아요?" 로나가 말한다.

"뭐가?"

"안 듣고 있었어요?"

그는 잠시 정신이 딴 데 가 있었음을 깨닫는다. 요즘 그런 일이 점점 더 잦아지고 있다.

"미안해." 그는 말한다. "딴생각에 빠져 있었나봐."

두 사람이 그를 빤히 쳐다본다.

"음, 엘리스가 방금 그러는데, 오늘 갤러리에 우디 해럴슨이 와서 그림 세 점을 샀대요. 모두 구즈만의 작품으로. 갤러리에 머문 시간이, 그러니까, 오 분?"

"오 분." 엘리스가 확인해준다.

"우디 해럴슨?" 엘슨이 묻는다.

"아이 참, 엘슨. 우디 해럴슨 알잖아요. 배우 말이에요."

엘슨은 멍하니 두 사람을 쳐다본다.

"세상에, 엘슨. 영화도 안 봐요?" 엘리스가 웃기 시작한다.

"영화 안 좋아해요." 엘슨이 말한다.

두 사람이 믿을 수 없다는 듯 그를 쳐다보자 엘슨은 어떻게든 변명을 해야 할 것 같은 기분이 든다.

"고다르는 좋아해." 마침내 그는 말한다. "그런데 아직도 영화를 만들고 있는지는 모르겠네. 살아는 있나?"

두 여자 모두 그를 보고 웃음을 짓는다. 하지만 그들이 뭐라고 대답하기도 전에 전화가 울리고, 로나는 벌떡 일어나 조리대 쪽으로 달려가 전화를 받는다. 그녀는 무슨 말엔가 웃음을 터트리더니 말한다. "정말 신기하네. 우리 지금 막 자기 얘기하고 있던 참인데." 그러고는 엘리스를 쳐다보며 구즈만이야, 하고 입모양으로 말한다. "음, 자기 이제 스타 되는 거 아니야?" 로나가 웃으며 말을 잇는다. "그래. 알아. 완전 제정신이 아니야. 그치?"

엘슨은 술잔을 들어 남은 술을 입안에 털어넣는다. 구즈만이 누구인지 기억해내려 애쓴다. 지난 한 해 로나의 친구들을 너무 많이 만나서 누가 누군지 분간이 힘들다. 다들 예술가 지망생이었지, 그는 생각한다. 허세쟁이들. 사기꾼들. 그가 엘리스를 보며 담배 하나만 달라고 하자 그녀는 기꺼이 담배를 건넨다.

"이게 뭐죠?" 그가 연한 청록색 담뱃갑을 보며 묻는다.

"아메리칸 스피릿." 엘리스가 말한다. "유기농 담배예요. 화학 물질이 안 들어간."

엘슨은 담배를 쳐다보다 불을 붙인다. 멀리 로나가 아직도 통화하는 소리가 들린다. "아니, 전혀. 괜찮아. 그래. 아무때나 와. 우린 그냥 차 마시고 있어."

엘슨이 로나를 쳐다보자 그녀는 시선을 돌린다. 잠시 후, 전화를 끊은 로나가 식탁으로 돌아온다.

"구즈만이 올 거예요." 그녀가 말한다. "거기도 정전이래요. 몬트로즈 동부는 다 정전인가봐. 어쨌든, 캐리도 데리고 온대요."

"음, 파티가 벌어질 것 같으면……" 엘슨이 진이 든 술병으로 손을 뻗으며 말하다가 말꼬리를 흐린다.

로나가 입술을 삐죽한다.

"난 구즈만이 좋더라." 엘리스가 말한다.

"구즈만이 누구지?" 엘슨이 토닉에 손을 뻗으며 묻는다. 로나 쪽을 보지만 그녀는 이제 그를 보지 않는다.

"아, 언제 만나셨을 텐데." 잠시 후, 긴장을 풀려는 듯 엘리스가 말한다. "키 큰 게이 남자예요. 항상 검은 옷만 입고. 여름에도요. 캐리네 집에서 만났던 것 같은데. 스투네 집이었나. 어쨌든 대단한 화가예요."

"그런 것 같군." 엘슨이 비꼬듯 대답하며 담배를 한 모금 빤다.

"엘슨은 신경쓰지 마." 로나가 엘리스에게 말한다. "오늘 안 좋은 일이 있었나봐."

"어, 그래?" 엘리스가 말한다. "무슨 일인데요?"

엘슨은 남은 술을 재빨리 들이켜고 다시 술병에 팔을 뻗는다.

"딸이 대학에서 퇴학당했어요." 그는 로나의 뒤통수를 쳐다보며 말한다.

마침내 로나가 갑자기 부드러워진 눈빛으로 돌아본다. 놀란 빛이 역력하다.

"정말이에요? 클로이가?"

"응."

"무슨 일인데요?"

"그건 나도 몰라요, 아가씨. 나도 알았으면 좋겠는데, 케이든스가 말을 안 해줘. 내가 아는 거라곤 그애가 이번 학기 동안 집에 와 있을 거라는 것뿐이야."

"그러면 완전히 확정된 건 아닌가봐요?" 엘리스가 묻는다.

"나도 몰라요." 그는 술병을 들어 잔에 따른다. 이번에는 토닉도 생략하고.

"천천히 마셔요." 로나가 그의 손목을 잡는다.

"내 딸이 학교에서 퇴학당했어." 그가 차분히 말한다. 마치 그게 그후로 그녀가 할 모든 질문에 대한 답이라도 된다는 듯.

로나가 손을 놓자, 그는 술을 계속 따른다.

"두 사람이 따로 있을 수 있게 전 이만 가봐야겠네요." 엘리스가 말한다. "여기 있는 건 안 좋을 것 같아요."

"무슨 소리." 엘슨이 손을 저으며 말한다. "우린 그냥 술을 마시고 있는 거잖아. 안 그래요? 그저 친구들이 함께 모여 술 마시고 있는 것뿐이야."

"지금 술 마시는 건 당신뿐이에요." 로나가 지적한다.

"좋아. 그래, 술 마시는 건 나뿐이야. 그게 뭐라고. 그리고 이제 오줌 누러 가려고 일어나는 사람 또한 나뿐이지."

엘슨은 엉거주춤 자리에서 일어나 주위가 빙글 도는 것을 느끼며 복도를 향해 걸어간다. 뒤에서 로나가 엘리스에게 사과하는 소리가 들린다. 이혼이라는 말도 들리고 저이 딸이라는 말도 들린다. 그는 욕실로 가 문을 닫는다. 거울에 비친 자신의 얼굴, 그 일그러진 상을 쳐다보다가 수돗물을 튼다. 갑자기 욕실이 기울어지고 멕시코식 타일의 문양도 뒤틀어진다. 그는 욕조 가장자리에 앉아 자세를 바로잡으려 애써본다. 속이 약간 매스껍고 몸이 좀 안 좋다고 느끼는 순간 그는 바닥에 쓰러져 변기 쪽으로 기어간다. 멀리서 음악 소리가 들린다. 마빈 게이? 포 탑스? 오, 베이비, 베이비. 가수가 노래하는 사이 엘슨은 변기에 대고 두 번 격렬하게 토한다. 음악이 꺼지고, 그의 이름을 부르는 목소리가 들린다. 다시 구토가 나오는데, 올라오는 힘이 어찌나 강한지 내장이 뒤틀리고 위 근육이 조여드는 듯하다. 변기를 보니 도기 가장자리에 조그만 빨간 점들이 흩어져 있다. 그것들은 변기 안에도 떠다닌다. 이마를 닦고 넥타이를 느슨하게 풀며 빨간 점들을 들여다보던 그는 벽 쪽으로 다가가며 긴장을 풀려고 애쓰다가는 그대로 바닥으로 푹 쓰러지고 만다. 셔츠 등이 축축해진 느낌과 함께 정신이 혼미해진다. 잠시 후 누군가 문을 한 번, 또 한번 두드리더니 그의 이름을 부른다. 마침내 문이 열리고 로나의 걱정스러운 얼굴이 안을 들여다본다.

"엘슨?" 로나가 부른다.

하지만 그는 말을 할 수가 없다. 한마디도 할 수가 없다. 그는 한참 그녀를 바라보다가 눈을 감는다.

"엘슨?" 그녀가 다시 부른다. "젠장, 이게 도대체 무슨 일이야!"

그가 다시 누군가의 말을 듣게 되기까지는 꽤 오랜 시간이 걸리게 된다.

• 2부 •

In between days

1

"그때 하던 얘기가 뭐였죠?" 피터슨 박사가 묻는다.

"언제요?"

"지난번에요."

"기억이 안 나는데."

"케이든스."

"모르겠어요. 정말이에요."

"남편에 대해 얘기했던 것 같은데요." 의사가 허벅지에 놓인 파일을 훑어보며 말한다. "제 메모에는 그렇게 쓰여 있어요."

"그랬을 수도 있겠죠." 케이든스가 말한다. "그런데 정말 모르겠어요."

두 사람이 앉아 있는 방은 널찍하고 천장이 높은 진료실로, 유리로 된 벽 너머로 휴스턴 도심의 스카이라인이 내다보인다. 강력하게 냉방이 되고 있는 진료실은 사방이 하얗다. 가구가 많지 않고 모던하다. 분명 흠잡을 데 없는 감각을 가진 스칸디나비아 출신 디자이너가 고른 가구일 것이다. 진료실 양쪽 구석에는 철제 화분에 심긴 야자수가 서 있고, 두 사람이 앉아 있는 조그만 소파 두 개를 제외하면 공간은 거의 비어 있다. 그녀 맞은편에 앉아 있는 피터슨이 펜을 톡톡 두드린다.

"음, 우리가 지금 이렇게 앉아 있는 것도 부분적으론 그 때문 아닌가요?" 피터슨이 막연한 말로 대화를 이어간다. "남편 얘기를 하려는."

"전 제 얘기를 할 줄 알았는데요."

"음, 물론 그것도 있죠. 그러니까 제 말은 당신과 관련된 남편 얘기 말입니다."

"오늘은 아니에요." 그녀는 무뚝뚝하게 대답하고는 창밖을 바라본다.

"왜 아니죠?"

"그냥 오늘은 아니에요."

지난주에 전남편 엘슨이 앰뷸런스에 실려 병원에 갔다는 전화를 받은 이후로 그녀는 그의 이름만 들으면 움츠러든다. 그 전화를 받고 그녀는 꿈에서 깨어났다. 아버지의 농장에 관한 꿈이었다. 꿈에서 깨어나 무슨 일이 있었는지 알게 된 후, 그녀는 새벽 세시에 차를 몰고 도시 반대편까지 달려가 세인트 이그나티우스 로욜라 병원에 도착했다. 그곳에는 침대에 누운 엘슨과 그 곁을 지키는 그의 애인이 있었다. 그녀에게 전화를 한 사람이 그의 애인이었다. 로나. 한줌도 안 될 것 같은 조그만 아가씨. 그다지 눈에 띄는 외모는 아니었다. 하지만 그녀는 케이든스를 지나치리만치 상냥하게 대했고, 그런 상냥함 때문에 그 여자를 도저히 싫어할 수가 없었다. 이런 상냥한 아가씨가 왜 엘슨과 어울리지? 그녀는 궁금했다. 그녀가 도착했을 때 엘슨은 잠들어 있었다. 심장박동 모니터에 연결된 채. 코에는 튜브를 꽂고. 조그만 어린아이, 의지가지없이 홀로 남은 갓난아이 같아 보였다.

엘슨을 내려다보며 함께 서 있는 동안 로나는 어떤 일이 일어났는지 설명하려고 노력했다. 구토를 했어요, 그녀는 말했다. 심하게 구토를 하더니 한순간 완전히 정신을 잃고 욕실 바닥에 쓰러져 버렸어요. 엘슨이 정신을 차릴 때쯤 앰뷸런스가 와서 그를 병원으로, 지금 두 사람이 서 있는 그곳, 중환자실로 데려왔다고 했다. 전화드릴 때만 해도 이 사람 상태가 좀더 심각하다고, 어쩌면 생명이 위험할지도 모르겠다고 생각했는데 지금은 잘 모르겠어요, 로나는 말했다. 병원에서 이이를 보지도 못하게 했어요. 물론 계속 검사를 하고 있었는데, 절차상 기본적으로 하는 검사들 말이에요, 뭘 어떡해야 할지, 어디에 전화해야 할지 알 수가 없어서요, 그래서 연락드리게 된 거예요. 한마디 한마디 할 때마다 이 불쌍한 아가씨는 눈을 아래로 내리깔았다. 그때까지 일어난 일이 당혹스럽다는 듯, 새벽 세시에 케이든스를 잠에서 깨워 도시 반대편까지 달려오게 한 행동이 수치스럽다는 듯.

케이든스는 괜찮다고, 그 상황에서는 자기라도 그렇게 행동했을 거라며 아가씨의 손을 다독여주었다. 그녀는 자기 집 거실 소파에서 엘슨과 여자가 함께 했을지도 모르는 어떤 일에 대한 생각, 아마도 그가 당연히 자신에게 주어야 할 돈으로 그 여자의 수입을 보충해주고 있을 거라는 생각, 어쩌면 공과금, 유선방송 시청료, 집세까지도 내주고 있는지 모른다는 생각 들을 머리에서 몰아낸다. 그녀는 이 모든 것들을 무시하고 여자를 꼭 끌어안으며 괜찮다고 말했다.

"난 저이가 죽지 않아서 기쁠 뿐이에요." 그녀는 그렇게 말하고 미소를 지었다.

엘슨에게 생긴 일은 그다지 심각한 것은 아니었다. 식도열상이라고 했다. 그것이 최종 진단명이었다. 식도열상의 이유가 너무 많이 토해서였는지, 너무 심하게 토해서였는지는 기억나지 않는다. 좌우간, 로나는 그가 뭔가 잘못 먹어서 그런 것 같다고, 알러지 반응이나 식중독 때문일 거라고 했다. 뭔가 잘못 '마셔서'가 아니고요? 케이든스가 물었다. 아, 아니에요. 로나는 말했다. 아닐 거예요. 그 말을 듣는 그 순간에도 그녀는 이 아가씨가 왜 그를 두둔하는 건지 궁금했다. 그 사람이 이렇게 하라고 가르친 걸까, 아니면 다른 뭔가가 있는 걸까. 죄책감일까? 이런 일이 일어나게 된 데 대한? 이 여자는 모르는 걸까? 내가 남편을, 전남편을, 그 누구보다 더 잘 안다는 사실을. 누군가 비난받아야 할 사람이 있다면 그건 분명 엘슨일 거라는 것을. 그녀는 갑자기 여자가 불쌍하다는 생각이 들었다. 자신의 불운, 자신의 짐을 이어받았다는 생각. 헤어질 때 그녀는 여자의 손을 부드럽게 꼭 쥐었다.

"그 사람과 잘해봐요." 케이든스가 말했다. "만만치 않을 거예요."

"예." 로나가 웃었다. "저도 알 것 같아요."

그녀는 로나의 손을 다시 한번 토닥이고 고맙다고 말한 다음 복도를 지나 밖으로 나왔다.

그것이 사건의 전말이다. 하지만 피터슨에게 설명할 수 없는 것, 피터슨에게 설명하고 싶지 않은 것은 그날 밤, 차를 몰고 도시를 가로질러 병원까지 가는 동안 그녀는 두려움으로 거의 마비될 지경이었다는 사실이었다. 지금 엘슨을 잃는다는 생각, 그 모든 일을 겪고 난 지금 그를 잃는다는 것은 도저히 받아들일 수 없었다. 그녀는 그에게 했던 어떤 말, 어떤 행동에 대해 후회하기 시작했다. 자신이 그를 어떤 식으로 대했는지, 그와 어떤 식으로 싸웠는지 떠올리며 죄책감을 느끼기 시작했다. 그러다 어느 순간 그녀는—피터슨에게 설명할 수 없는 것이 바로 이것이었는데—자신에 대해, 이혼에 대해 다시 생각해보게 되었다. 그에게 좀더 잘해줬다 해도, 그를 용서했다 해도, 서로 조금만 더 노력했다 해도 이런 일들이 일어났을까, 의문이 들었다.

이혼에 대해 다시 생각한다고? 세상에나. 이런 말을 들으면 피터슨은 어떻게 나올까? 신나서 주체를 못하겠지. 앞으로 툭하면 그 얘기를 꺼낼 것이다. 그녀는 그의 머리가 어떻게 굴러가는지, 이런 일들을 어떻게 받아들이는지 알고 있다. 그녀는 그가 어떻게 생각할지 정확히 알고 있다. 지난 몇 달간, 피터슨은 그녀의 신경을 건드리고 탐색하고 빈틈을 노리고 드러내고 싶지 않은 것들을 드러나게 하려고 애써왔다. 그의 스타일은 소파에 느긋이 기대어 앉아 기다리는 것, 거기 그렇게 앉아 그녀를 지켜보는 것이다. 하지만 최근에 그녀는 그에게 분석할 거리를 거의 주지 않았으며, 그래서 그가 못마땅해하고 있다는 것을 그녀는 알고 있다. 지난가을 다른 정신과 의사를 내치지만 않았으면 지금쯤 피터슨도 갈아치워 버렸을 것이다. 하지만 다른 무슨 대안이 있단 말인가? 그는 짜증나는 인물이긴 하지만, 얼간이는 아니다. 끊임없이 펜을 바닥에 두드리는 버릇, 태연한 미소, 지나치게 앞서나가는 분석들.

그리고 지금, 그를 바라보는 케이든스는 그가 끝까지 고집을 부릴지 어떨지 궁금하지만, 피터슨은 그냥 잠시 그녀를 바라보다 웃음을 지으며 파일을 덮는다.

"자, 그럼 무슨 얘길 하고 싶어요?" 그가 묻는다.

"모르겠어요. 선생님이 좋아하는 게임이나 하나 해볼까요? 그게 뭐더라? 연상?"

그는 미끼를 물지 않고 그녀를 빤히 바라보며 넥타이를 고쳐 맨다.

"오늘은 그냥 당신 얘기를 좀 해보죠."

"좋아요."

"수업은 어떻게 되고 있습니까?" 그가 질문거리를 찾다가 마침내 묻는다.

"괜찮아요."

"새로 알려줄 얘긴 없나요?"

"없어요. 뭐 별로."

"대화도 나누곤 한다는 그 남자는 어때요? 수업에서 만난 남자. 그 사람 이름이 뭐죠? 거긴 진전이 좀 있나요?"

"진전이요?"

"네."

"글쎄요." 그녀는 잠시 뜸을 들이며 어떻게 설명해야 할지 생각해본다. "몇 가지 진전이 있었다고 말할 수도 있겠네요."

"무슨 뜻이죠?"

"음." 그녀는 뼈다귀를 하나 던져주기로 마음먹는다. "그 남자와 잤다는 뜻이에요."

피터슨은 놀란 기색을 숨기려 애쓰며 그녀를 쳐다본다.

"그래요?"

"네."

"그 말을 하는 데 그렇게 오래 걸렸다는 게 좀 놀랍군요."

"음." 그녀가 웃으며 말한다. "저는 그 남자와 자는 데 그렇게 시간이 걸렸다는 게 좀 놀라운데."

그는 그녀를 빤히 쳐다보다가 파일을 내려다본다.

"그럼 이제 그 남자와 사귀고 있다고 할 수 있겠군요."

"아니요." 그녀는 말한다. "그 남자와 자고 있다고 할 수 있겠죠."

피터슨이 고개를 끄덕인다.

"그 남자, 이름은 있겠죠?"

"아니요." 케이든스는 말을 멈춘다. "지금은 없어요. 지금은 그냥 그 남자라고 부르기로 하죠."

그 말에 피터슨은 미소를 지으며 고개를 젓는다. 그가 알지 못하는 사실, 케이든스가 절대로 말하지 않을 사실은, 그녀가 말하는 남자가 그의 추정대로 동료 학생이 아니라 그 수업의 강사라는 것, 지난 두 해 동안 라이스 대학에서 시간제로 강의를 해온 외래강사라는 점이다. 그 사람과 얽히게 되었다는 사실은 그녀 자신에게도 놀라운 일이지만, 그 점 또한 지금은 피터슨에게 얘기하고 싶지 않다. 오늘은 아니다.

"좋아요." 피터슨이 말한다. "그래서, 그 남자, 매력적인가요?"

"방금 말씀드렸잖아요. 같이 잤다고."

"알아요. 하지만 그건 제 질문에 대한 답이 아닙니다." 그는 잠시 말을 멈춘다. "좋아요. 다른 식으로 말해보죠. 그 남자를 좋아하나요?"

"어떤 의미에서요?"

"어떤 의미에서든."

그녀는 잠시 말을 멈춘다.

"그런 것 같아요."

사실대로 말하자면, 그녀는 그를 좋아하는지 확신이 없다. 그녀가 아는 사실은 단지, 비즈니스 과정의 야간수업을 들으러 일주일에 두 번 라이스 대학에 가서 그가 하는 말을 듣고 있으면 좋다는 것뿐이다. 그가 교실 앞쪽에 서서 학생들에게 추상적 원리와 가설

상의 시나리오에 대해 강의하는 모습을 지켜보며 자신이 그와 잤다는 사실, 그의 몸 어디에 상처가 있는지, 어디에 키스를 해주면 좋아하는지 안다는 사실을 떠올리는 것이 좋다. 두 사람은 수업 첫날 만났다. 그녀는 늦게까지 남아 있다가 수업중에 자기를 지목하지 말아달라고 부탁했다. 특별한 사정이 있어서가 아니라 그냥 그게 싫을 뿐이라고. 다른 학생들보다 스무 살은 많은데, 이목이 집중되는 게 조금 불편할 뿐이라고. 그는 웃음 띤 얼굴로 이해한다고, 자기라도 같은 기분일 거라고 말했다. 그러고는 그녀의 이름을 물었고, 학교에 다시 다니게 된 이유와 다른 것들에 대해 이런저런 질문을 했다. 처음에는 조심하려 했지만 그녀는 이내 엘슨에 대해, 이혼에 대해, 긴 세월이 흐른 지금 순전히 현실적인 이유 때문에 학교에 다시 다니게 되었다는 사실에 대해 줄줄 말하고 있는 자신을 발견했다. 잘 팔리는 사람이 되어보려고 그래요, 그녀는 말했다. 직업시장에서 상품성을 좀 갖추려고요. 그는 웃음을 터트리고는 고개를 내저었다. 아, 그래요. 그는 말했다. 직업시장.

그는 자기 이름이 개빈이라고, 개빈이라고 불러달라고 했다. 그것이 시작이었다. 그다음 주, 두 사람은 함께 나가 커피를 마셨고(그의 제안), 그다음엔 술을 마셨으며(그녀의 제안), 그다음엔 라이스 빌리지에 있는 그의 아파트로 갔다. 그날 밤, 그는 자신도 이혼을 했다고, 두번째라고, 여자 문제에 있어서는 운이 좋지 않았다고 말했다. 그리고 첫번째 결혼에서 얻은 아들이 하나 있는데 경미한 정신지체를 앓고 있다고도 말했다. 그가 하는 모든 일이 아들을 위한 것이라고, 아들이 도움을 받을 수 있도록, 지원을 받을 수 있도록 해주기 위한 것이라고 말했다. 그녀는 그 순간에도 그 말이 혹시 여자를 만나면 항상 하는 작업 멘트 같은 것이 아닐까 의심스러웠지만 결국 아닐 거라고 결론내렸다. 그는 젊고—서른여덟이나 서른아홉쯤—몸도 근사했다. 사실, 처음 그의 몸을 만졌을 때 그녀는 과거로 되돌아간 기분이었다. 지나간 옛날로, 엘슨 역시 몸이 탄탄했던 시절, 그가 테니스를 치고 일주일에 두 번 조깅을 하던 그 시절로.

그렇다. 어떤 면에서 그녀는 그를 좋아했다. 하지만 그녀는 자신이 어떤 상황에 들어서고 있는지 확신이 없었고, 이에 대해 피터슨과 함께 알아볼 생각은 없었다. 오늘은 아니었다. 그녀는 피터슨이 뭐라고 말할지, 어떻게 반응할지, 어떻게 해석할지 알고 있었다. 그가 할 모든 질문들도 마찬가지. 어쨌거나 그게 피터슨의 일이었다. 그의 탐구방식이고 그를 흥분시키는 재료였다. 그녀는 그에게 그런 즐거움을 주고 싶지 않았다. 그래서 지금 앞에 앉아 자신을 빤히 쳐다보는 피터슨을 그녀는 미소 띤 얼굴로 마주보며, 한 단어로 답변하고 있다. 결국 그가 질문을 그만둘 때까지.

"좋아요." 잠시 후 화제를 바꾸며 그는 말한다. "자녀들은 어떻습니까?"

"잘 있어요." 그녀는 대답한다.

"딸이 집에 와 있죠?"

"그래요."

"그 부분에서 새로운 일은 없나요?"

"무슨 의미죠? 딸아이 사건 말인가요?"

"네."

"이제 그 얘기는 하지 않을 거예요."

"왜죠?"

"딸애가 안 그랬으면 해요."

"절대로요?"

"네. 절대로요."

"여기에서 나눈 대화는 모두 비밀에 부친다는 사실 아시죠?"

"알고 있어요. 전 그냥 딸애의 의견을 존중하려는 것뿐이에요. 아시겠죠?"

그녀는 피터슨을 차분히 바라본다. 처음 그 이야기를 꺼낸 이후로 피터슨이 딸의 사건에 이상하게 매료되어 있음을 그녀는 감지하고 있다. 피터슨은 그 일에 대해 듣고 싶어하고 그와 관련된 모든 복잡한 도덕적 문제들을 헤아려보기를 즐기고 있었다. 그녀가 다른 얘기를 하고 있을 때조차도 그 일이 거론되기를 기다리고 있는 듯한 눈치였다. 지금 그는 김이 새는 듯 짜증이 난 얼굴이다. 그가 펜을 바닥에 두드린다.

그녀는 교활한 미소를 짓는다.

"실망하셨나봐요."

"제가 왜 실망하겠습니까?"

"글쎄요." 그녀는 말을 멈춘다.

"뭐 하나 물어볼게요, 케이든스." 피터슨이 잠시 후 말한다. "우리가 이렇게 만나 상담을 하고 나면 뭔가 얻는 게 있다는 느낌이 듭니까?"

"네."

"확실해요?"

"예, 왜요? 제가 얻는 게 없다는 뜻인가요?"

"아니요." 그가 말한다. "그런 뜻이 아닙니다."

그녀는 그를 빤히 쳐다본다. 피터슨. 견딜 수 없는 피터슨. 그녀가 그의 아내라면, 그와 사랑을 나눈다면 어떨지 그녀는 궁금하다. 이렇게 만지면 기분이 좋아? 하고 물어보면 그는 글쎄, 그렇게 만지면 당신 기분은 좋아? 하고 답하겠지. 모든 질문에 질문으로 답하기. 그것이 피터슨이었다. 그것이 그의 거리 두기 방식이었다.

피터슨은 파일을 보며 생각할 수 있는 모든 화제를 아울러 질문 몇 개를 쥐어짜내다가 결국 두 손을 들고 만다.

"당신이 도와줘야 해요, 케이든스." 잠시 후 그가 한숨을 쉬며 말한다. "이건 일방통행로가 아니잖아요."

"알아요. 죄송해요."

그녀는 자신이 그를 안절부절못하게 하고 있다는 것을 느낀다.

"그냥 오늘은 별로 말할 기분이 아닌 것 같아요." 마침내 그녀가 소파에 등을 기대며 말한다. "이제 그만 끝냈으면 좋겠어요."

"정말이에요?"

"네."

피터슨은 그녀를 쳐다보다 고개를 끄덕이더니 파일을 들어 뭔가를 갈겨쓴다. 그녀는 이달에 두 번이나 이렇게 갑작스럽게 상담을 끝내버렸다. 피터슨은 보통은 안 된다며 더 끌고 가려고 하지만 오늘은 개의치 않는 것 같다. 그건 그녀 역시 마찬가지다. 피터슨이 자신을 어떻게 생각할지 신경쓰지 않게 된 지 오래다. 그가 글씨를 갈겨쓰는 동안 그녀는 그를 바라보다가 그의 등뒤 벽에 길게 늘어선 파일 캐비닛을 물끄러미 쳐다본다. 모두 맛이 간 인간들, 그녀는 생각한다. 노란 파일에 알파벳순으로 깔끔하게 정리된 이 모든 사람들. 그녀는 그들 사이에서 자신의 순위가 궁금하다. 맛이 간 정도를 대강 등급으로 나누면 자신은 어디쯤에 있을지.

마침내 피터슨이 기록을 끝내자 그녀는 그를 바라본다.

"그건 그렇고, 저 다음주엔 오지 않을 거예요."

"왜죠?"

"그날 밤에 시험이 있어요. 비즈니스 수업은 아니고 다른 수업이에요."

"그럼 스케줄을 다시 잡죠."

"아니요. 어쨌거나 한 주쯤 쉬고 싶기도 해요."

"좋아요. 그렇게 하죠." 피터슨은 손목시계를 들여다본다. "아직 십오 분이 남았군요."

그녀가 그에게 미소를 짓는다.

"오늘은 할인을 해주시면 되겠네요."

그가 활짝 웃는다.

"유감이지만 그렇게는 안 되겠어요, 케이든스."

"음, 그럼, 제가 선생님께 그 시간을 드리는 걸로 해요. 괜찮죠? 아내분께 전화를 거셔도 되겠네요. 사랑한다고 말하세요."

피터슨이 그녀를 바라보다 마침내 수긍한다.

"좋아요." 그가 웃으며 말한다. "좋아요. 그렇게 해보죠."

그는 자리에서 일어나 그녀와 악수를 하고 문밖까지 배웅한다.

접수대에 들러 진료비를 내지도, 다음 상담일을 정하지도 않은 채 케이든스는 곧장 엘리베이터를 향해 복도를 걸어간다. 이런 무의미한 상담을 또 하다니, 그녀는 생각한다. 하지만 엘리베이터 앞에 도착하자마자, 그리고 그 안으로 들어서자마자, 그녀는 자신이 울고 있음을 깨닫는다. 그런 갑작스러운 감정의 분출이 어디에서 비롯되었는지, 어떤 의미인지 그녀는 모른다. 그저 자기도 모르는 사이에 얼굴을 문지르고 눈가를 훔치고 있음을 알게 된 것뿐이다. 그녀는 가방에서 화장지를 꺼낸다. 엘리베이터 안에 있던 여자 하나가 옆에서 바라보고 있다가 일층 로비에서 함께 내리며 그녀에게 손을 뻗는다.

"괜찮아요?" 여자가 묻는다.

로비 저쪽 높다란 유리창 너머로 멀리 펼쳐진 휴스턴 시가 무르익은 오후의 햇빛을 받아 환하게 빛나는 모습이 케이든스의 눈에 들어온다.

"네." 그녀는 여자의 팔을 잡고 웃으며 말한다. "괜찮아요."

2

클로이는 몇 년 동안 그애에 대해 생각하고 꿈을 꾸었다. 불현듯 이제는 꼭 만나야겠다는 생각이 들었다. 그래서 그날 점심이나 함께 하자고 전화를 했다. 그애가 전화를 받았을 때, 클로이는 마치 그동안 아무 일도 없었던 듯, 시간이 전혀 흐르지 않았던 듯, 쇼핑몰에 가자고 함께 계획을 세우던 고등학교 시절로 되돌아간 듯한 느낌을 받았다. 하지만 그애의 목소리는 좀 달랐다. 클로이는 알 수 있었다. 좀더 담담하달까, 좀더 멀어진 느낌. 그애는 클로이에게 자기 가게로 와 같이 점심을 먹자고 했다. 뒷방에서 뭐든 좀 만들 수 있을 거야, 그애는 말했다. 두부나 간단한 샐러드 같은 거. 그다지 대단하진 않겠지만. 그애는 클로이가 대학에 진학하며 휴스턴을 떠나던 그해에 가게를 차렸다. 뉴에이지 숍인 것 같았다. 영성과 전인적 치유에 관한 책, 허브로션과 구슬 등을 파는. 클로이는 가게 안에 들어가보진 않았지만 차에 탄 채 한두 번 그 앞을 지나가봤고, 인터넷으로 검색도 해보았다. 등 마사지와 명상체험, 타로카드 점 등을 전문으로 하는 곳이었다. 힐컨트리에 가서 영성 보충이라는 것을 하는 피정상품도 제공하고 있었다. 그녀는 그때에도 친구에게 무슨 일이 일어난 것일까, 궁금했다. 노스트롬 백화점에 함께 가곤 했던 소녀, 반 남자애들에 대해 몇 시간이고 함께 수다를 떨곤 했던 그 소녀에게.

이학년 봄에 시몬은 고등학교를 중퇴했다. 갑자기, 예기치 않게 일어난 일이었다. 부모가 그애를 자퇴시켰고, 그뒤로 처음 들은 소식은 시몬이 콜로라도에 있는 어떤 상담시설, 청소년 문제 전문시설에 있다는 것이었다. 그해에 시몬에게 문제가 좀 있었던 것은 사실이었다. 약 문제에 섭식장애, 그녀를 함부로 대하는 남자친구도 있었다. 하지만 그래도, 아이를 자퇴시킨다는 건 좀 극단적으로 느껴졌다.

클로이는 늘 뭔가 다른 이유, 그녀가 모르는 무슨 이유가 있지 않았을까 생각했다. 또한 늘 시몬이 언젠가 돌아오리라, 학교로 돌아오리라 생각했다. 하지만 시몬은 돌아오지 않았다. 처음에는 편지도 썼다. 대체로 학교에서 최근에 돌고 있는 소문들을 알려주는 내용이었고, 가끔 시몬도 답장을 했다. 하지만 시간이 지나면서 편지들은 점점 뜸해졌고, 얼마 지나지 않아 그녀는 편지 쓰기를 그만두었다. 새로운 무리와 어울리기 시작했고 더스틴 오키프와 사귀게 되었으며, 곧 삼학년이 되었고 대학에 진학했다. 그 무렵 시몬은 돌아왔다. 다시 휴스턴으로. 하지만 시몬은 연락을 해오지 않았다. 소문으로 시몬이 고졸학력인증 과정에 다니며 몬트로즈에 있는 유기농 식품점에서 일하고 있다고 들었지만, 거기에서 시몬을 본 적은 없었다. 그런데 대학 첫 학기의 어느 가을날, 친구 하나가 시몬의 가게 홈페이지의 링크를 건 이메일을 보내왔다. 이메일의 제목은 '열라 이상해'였다.

하지만 그 이메일을 받은 후부터 그녀는 늘 예전의 단짝 친구가 만나고 싶었다. 그애의 생활에 대해, 그리고 웹사이트에서 언급한 남편에 대해서도 듣고 싶었다. 그래서 클로이는 그날 아침 그애에게 전화를 했고, 지금 여기 시몬의 가게에 앉아 있는 것이다.

처음 도착했을 때 카운터에는 클로이 또래의 젊은 남자가 일하고 있었고, 그래서 처음에 그녀는 그 사람이 시몬의 남편일 거라고 추측했지만, 나중에 물었더니 시몬은 아니라고 했다. 아, 아니야. 시몬이 말했다. 그냥 듀프리라는 사람이야. 여기서 일해. 듀프리. 남자 이름이 이상한 것이 역시나 히피 청년이 틀림없었다. 클로이가 처음 가게에 들어섰을 때 듀프리는 무심한 눈빛으로 그녀를 보더니 이내 미소를 지어 보이고는 하던 일을 계속했다. 그에게는 어딘가 사람을 무장해제시키는 면이 있었다. 클로이는 결국 그가 시몬의 남편이 아니라서 다행이라고 생각했다. 알고 보니, 시몬의 남편은 조각가, 예술가였다. 가게 뒤에 조그만 스튜디오가 있어, 시몬이 말했다. 그런데 오늘은 전시회 준비 때문에 오스틴에 가 있어. 시몬이 보여준 남편의 사진을 보며 클로이는 좀 늙어 보인다고 생각했다. 볕에 그을린 거친 피부. 마흔이나 마흔 다섯 정도. 턱에 조그만 염소수염을 기른 곱슬머리 남자였다. 그는 마치 1960년대를, 혹은 전쟁을 겪은 사람처럼 보였다.

그들은 한참 시몬의 남편에 대해 얘기했다. 시몬은 두 사람이 마파에 있는 농장에서 만났으며, 그 남자가 농장에서 몇 년 동안 스무 페이지에 달하는 편지들을 보내며 구애를 했다고 얘기해주었다. 그는 당시 농장에서 다른 예술가들 몇몇과 함께 일종의 예술가 공동체를 이루어 살고 있었는데 어느 날 휴스턴에 있는 시몬의 집에 나타나서는 그곳으로 이사하겠다고 했다. 그에게는 집도 직업도 없었기 때문에 시몬은 그를 집에 들였다. 두 달 후, 그들은 결혼했고, 또 두 달이 지난 후 시몬은 가게를 열었다. "그이가 날 완전히 무너트렸지." 시몬이 웃었다. "그래도 그이가 그랬던 게 지금은 다행이야. 부드러운 사람이야. 있잖아, 정말 다정한 영혼."

클로이는 시몬에게 미소지어 보이며 이렇게 잘되어 정말로 기쁘다고 말했지만, 마음 한구석에서는 여전히 친구에게 무슨 일이 일어난 것일까, 왜 이렇게 달라 보일까, 의문을 떨칠 수가 없었다. 시몬은 말을 할 때마다 마치 베일 뒤에서 말하는 것 같았고, 완곡어법을 즐겨 썼으며 모든 것을 긍정적으로 포장했다. 시몬이 말하는 것들은 하나같이 아주 아름다웠고, 언급하는 사람들도 모두 매우 친절하고 매우 다정했다. 듣다보니 클로이는 둘이 같은 세상에 살고 있는 게 맞나 하는 생각이 들었다. 클로이는 시몬에게 둘이 함께 했던 어떤 일들을 상기시키고 싶었다. 칠학년 때 약에 취하려고 체육관 뒤로 숨어들었던 일, 아빠 차를 훔쳐 몬트로즈에서 남자애들 몇 명과 폭주 드라이브를 했던 일, 메이시즈 백화점의 랑콤 매장에서 마스카라를 슬쩍했던 일 등. 그녀는 시몬이 그런 일들을 기억은 하고 있는지, 생각은 하는지, 아니면 그냥 다른 많은 일들처럼 가슴 한구석에 억누르고 있는 것인지 궁금했다.

자신에 대해 이야기를 할 때가 되자 처음에 클로이는 침착하게 말을 시작했다. 그녀는 대학에 대해, 그녀가 듣고 있는 수업에 대해, 좋아하는 교수들에 대해 이야기했다. 대화가 라자와 그 사건에 대한 얘기로 흘러가지 않게 하려고 애썼지만 결국 그 질문은 나오고 말았다. 학기중인데 왜 여기 휴스턴에 와 있는 거야?

처음에는 답할 말이 없었다. 거짓말이 아니고는. 클로이는 잠시 시간을 갖기로 했다고, 좀 쉬면서 마음을 추스르기로 했다고 말했다. 하지만 결국 대화는 라자 이야기로 흘러가, 어느새 그녀는 그에 대해 털어놓으며 누구에게도 말하지 않은 일들에 대해 얘기하고 있었다. 시몬이 그녀를 바라보는 모습 어딘가에, 그녀를 보는 고요한 시몬의 눈빛에, 고백을 하고 싶게 만드는 무언가가 있었다. 클로이는 시몬에게 학교에서 심각한 사건이 있었다고, 그리고 그 사건에 그녀가 관련되어 있다고 생각하는 사람들이 있는 것 같다고 말했다. 클로이는 그 일과 관련된 사람들을 알고 있으며 그중 하나가 남자친구 라자라고 말했지만, 그 이상은 말하지 않았다. 자신이 사건에 연루되어 있다고는 한마디도 하지 않았다. 결과를 얘기하자면, 이 사건에서 심하게 다친 아이가 있는데 지금 중환자실에서 치료받고 있어. 위중한 상태야. 그렇게 말하며 클로이는 시몬을 차분하게 바라보았다. 평정을 유지하려 애를 썼다. 하지만 시몬은 조금도 놀라거나 걱정하는 것 같지 않았다. 그저 거기 그렇게 앉아 담담한, 거의 멍한 눈빛으로 차를 마시고 있을 뿐이었다. 클로이는 시몬이 무슨 생각을 하고 있을지 궁금했다. 자기 말이 거짓임을, 아니 반쪽뿐인 진실임을 그녀가 알고 있을지.

클로이는 다른 일들, 전날 점심을 먹으며 아빠에겐 말하지 않았던 일들에 대해 계속 얘기했다. 라자와 함께 안뜰을 걸어가는 그녀의 흐릿한 스냅사진과 그 아래에 라자의 친구 승의 사진이 실린 학교신문 기사에 대해 얘기했다. 그 기사는 물론 대부분 거짓이었어, 그녀는 말했다. 그런데도 마음에 상처가 되더라. 그 위에 '발각!'이라고 인쇄된 헤드라인도 마찬가지였고. 클로이는 그 일의 여파에 대해, 처음에는 경찰, 그다음에는 학생처장, 학생규율위원회, 대학평의원회, 학생규율 담당 교수위원회 등과 해야 했던 면담들에 대해, 끝없이 이어지던 취조와 심문과 사실관계 확인에 대해 이야기했다. 그들이 그녀에게 쓰려 했던 술수에 대해서도 이야기했다. 실수를 유도하려고, 라자를 배신하게 하려고 그녀에게 어떻게 했는지. 그리고 라자가 체포되었던 일, 한창 수업중이던 대형 강의실 안에서 모든 친구들과 교수 바로 앞에서 수갑을 찼던, 분명 계산된 수모였을 그 일에 대해 이야기했고, 집에 온 후로는 라자와 제대로 대화조차 할 수 없었다는 이야기도 했다.

이야기를 마치면서 그녀는 청문회를 거쳐 평결과 선고를 받았던 일과 엄마에게 전화로 사건에 대해 알려야 했을 때의 수치심에 대해 얘기했고, 그 모든 이야기를 다 끝냈을 때는 거의 눈물을 쏟을 뻔했다. 그런데 맞은편에 앉은 시몬은 그냥 고개를 끄덕이며 쳐다보기만 했다.

잠시 후, 시몬은 탁자 위로 손을 뻗어 클로이의 볼을 어루만지더니 양손으로 그녀의 얼굴을 감싸쥐고는 미소를 지었다.

"괜찮아." 시몬이 말했다.

이제 클로이는 완전히 울고 있었다.

"네가 와줘서 기뻐. 그런 얘기들을 내게 해줘서 기뻐."

그러더니 시몬은 자리에서 일어나 차를 좀더 끓여서 곧 돌아오겠다고 말했다.

클로이는 눈물을 닦고 방을 나가는 그녀를 바라보았다. 가게 뒤쪽에 자리한 그 작은 방에는 사기그릇과 컵 들이 가득했고, 커다란 가마가 하나, 그리고 마당이 보이는 조그만 창문이 하나 있었다. 물을 틀었다가 잠그는 소리, 접시들을 옮기는 소리가 들렸다. 그러고는 한참 동안 고요했다. 그녀는 주전자 소리나 물 끓는 소리가 들리기를 기대했지만 소리는 나지 않았다. 어느 순간 시몬을 불러 보았지만 대답이 없기에 화장실에 갔거나 전화를 받고 있을 거라고 그녀는 생각했다.

하지만 이십 분도 더 지난 지금, 그녀는 무슨 일인가 싶다. 라자가 아무에게도 하지 말라고 했던 모든 이야기를 짐을 부리듯 시몬에게 쏟아낸 자신이 문득 바보처럼 느껴진다. 그녀는 모텔 방에 앉아 있는 라자를 생각하며, 자신이 얘기한 걸 안다면 그가 얼마나 실망할 것인지 생각한다. 마지막으로 통화할 때 라자의 목소리가 어땠는지, 얼마나 우울하게 느껴졌는지 생각한다. 그가 했던 말을 떠올려본다. 지금은 누구에게도, 그 어떤 말도 하지 않는 것이 그 어느 때보다 중요하다던. 라자는 체류중인 모텔 근처 시 외곽의 공중전화에서 전화를 했다. 그는 이제 휴대전화를 믿을 수 없다고, 아마도 도청되고 있을 거라고 했다. 더이상 그녀를 연루시킬 수 없다고, 그건 지금까지 한 것만으로 충분하다고도 했다. 우리가 여전히 접촉중이라는 사실을 그들이 알 리가 없어, 라자는 말했다. 그것이 그가 쓴 표현이다. 여전히 접촉중. 그런 다음 그는 그 사람들, 그러니까 경찰들에게 두 사람이 헤어졌다 말했다고 전했다. 그녀가 헤어지고 싶어했다고. 그 말에 클로이가 울기 시작하자, 라자는 그녀를 보호하기 위해서라고, 그녀를 위해서라고, 불가피한 조치였다고 말했다. 클로이가 자신과 얼마나 밀접한 관계인지 그들이 모를수록 그녀에게 이로울 거라고. 그는 벌써 유죄를 받은 사람처럼, 이미 선고를 받고 쫓겨난 사람처럼 말하고 있었고, 그녀는 그런 점이 신경쓰였다. 초기에 낙관적이던 그의 모습은, 일이 잘 해결될 거라던 굳건한 믿음은 어떻게 된 걸까, 그녀는 생각했다.

전화를 끊고 나서 클로이는 오랫동안 방안에 앉아 울었고, 바로 그때 시몬을 떠올렸다. 자신이 겪고 있는 상황을 누군가 이해해준다면 그 사람은 바로 시몬이었다. 하지만 지금, 여기 앉아 시몬을 기다리는 클로이는 자신이 도대체 무슨 생각을 했던 것인지 의문스럽다. 어떤 이상하고 복잡한 논리를 통해 여기까지 오게 되었는지, 어떻게 이게 좋은 생각이라고 믿게 되었는지. 시몬은 결국 시몬이 아니었다. 이제는 아니다. 시몬은 다른 사람이었다. 걸어다니는 좀비, 세뇌당한 괴짜, 이상한 늙다리 예술가의 첩. 얼마 후 클로이는 허리를 펴고 앉아 방안을 둘러본다. 그녀는 소리쳐 시몬을 부른다.

"차는 어떻게 되고 있어?" 하지만 대답이 없다.

그녀는 자리에서 일어나 부엌으로 가보지만 부엌은 텅 비어 있다. 안을 둘러보니 조리대 위에 조그만 찻주전자가 놓여 있고 그 옆에 조그맣게 포개진 종이컵들이 있다. 뒷방으로 되돌아가 사무실로 들어가니, 책상 위에 어지럽게 흩어진 서류 더미와 빈 의자 하나, 벽에 걸린 수채화 몇 점이 보인다. 하지만 시몬은 없다. 화장실 문 안을 살짝 들여다보지만 화장실은 비어 있다. 시몬이 가버렸다는 것을 이제야 깨달은 클로이는 다시 가게 앞쪽으로 나아간다. 듀프리라는 그 남자가 카운터에 서서 잡지를 뒤적이고 있다. 그가 텁수룩한 앞머리 너머로 그녀를 쳐다보고 웃는다. 그의 머리 위로는 조그만 모자이크와 풍경들, 구슬이 가득 찬 크리스털 화병들이 있다.

"시몬 봤어요?" 클로이가 묻는다.

"그 뒤에 없어요?"

"없어요. 이야기를 하고 있었는데, 그러니까, 제게 줄 차를 끓이고 있었는데, 사라져버렸어요."

듀프리가 고개를 젓는다.

"그렇군요. 자주 그래요. 아마 그냥 가버렸을 거예요."

"정말이에요?"

"으흠."

"돌아오기는 할까요?"

"누가 알겠어요."

"자주 그런다고요?"

"뭐가요?"

"그냥 가버리는 거."

"예, 항상 그래요." 그가 그녀를 바라본다. "스트레스 한계점이 낮거나, 뭐 그런 것 때문일 거예요. 모르겠어요. 이해는 잘 안 돼요. 극도로 자극을 받거나 하면 그냥 내빼버리더라고요."

클로이는 고개를 끄덕인다.

"나사가 몇 개 풀어진 것 같기도 하고, 그래도 뭐 좋은 사람이에요. 너무 힘들거나 부정적인 얘기만 하지 않으면 괜찮을 거예요."

"아." 클로이가 시선을 떨구며 고개를 끄덕인다.

"왜요? 힘든 얘기 했어요?"

"네." 그녀가 말한다. "그런 것 같아요."

"아이고야." 듀프리가 미소지으며 말한다. "근데 어떤 줄 알아요? 영감은 더해요. 그 남편 있죠? 그 아저씨, 정상이 아니에요. 사소한 일로 누가 불평이라도 하면 그 아저씨는 방에서 나가버리든가 아예 무시해버려요. 있잖아요, 혼자 콧노래를 부른다든가 잡지 같은 걸 뒤적인다든가. 엄청 이상해." 그가 클로이를 보며 웃는다.

"그런데 그렇게 이상한 사람들이라면." 그녀가 듀프리를 보며 말한다. "그러니까, 그 사람들이 제정신이 아니라면, 그럼 그쪽은 왜 여기에서 일하는 거죠?"

"글쎄요. 그냥 그렇게 돼버린 것 같아요." 그가 그녀를 보며 말한다. "사실 뭐 대체로는 괜찮은 사람들이에요. 게다가 보수도 좋고. 아주 괜찮은 편이에요." 그가 그녀에게 웃어 보인다. "처음엔 이 사람들 딜러인 줄 알았어요. 아님 직접 재배하거나. 이런 사람들이 그런 거 많이 하거든요. 그래서 부업 좀 할 수 있겠다 싶었죠. 한데 알고 보니 그런 건 손도 안 대는 사람들이더라고요. 그런 건 믿지 않는다나." 그는 웃음을 터트리고는 고개를 젓는다.

"그럼 그쪽은 뭔데요, 딜러?"

"나요? 아니, 딜러는 아니에요. 하지만 원하는 건 뭐든지 구해줄 수 있어요. 관심 있다면 말이죠. 무기든 폭죽이든 말만 해요. 라디오헤드 공연 앞좌석 표를 갖고 싶다, 그럼 날 찾아요. 마리화나 좋아해요? 내부에 있는 사람 알아요. 멕시코에서 직접 들여오는 사람이죠. 거기 관리들과 특별한 거래를 해요. 출입국 관리들 말이에요. 모두 손을 써두었대요."

클로이는 그를 쳐다본다.

"진심. 원하는 건 뭐든 말만 해요."

"알겠어요." 클로이가 말한다. "기억해둘게요."

"그나저나 이름이 뭐예요?"

"클로이."

"클로이." 그가 손을 내밀며 말한다. "듀프리."

클로이는 그의 손을 잠시 잡았다가 바로 놓는다.

"그럼 시몬과는 무슨 사이예요?"

그녀는 어깨를 으쓱한다.

"단짝 친구였어요. 아주 오래전에. 고등학교 다닐 때요."

"아." 듀프리가 고개를 끄덕인다.

"그땐 정말 달랐어요. 그러니까, 진짜 멋진 애였어요."

"예. 그런데 무슨 일이 생긴 거죠?"

"모르겠어요. 아는 게 하나도 없어요. 얘가 그냥 정신줄을 놔버렸던 거 아닌가 싶어요. 오늘 만나서 얘기한 게, 보자, 오 년 만이거든요."

"에구, 정말 애석한 얘기네요."

"그렇죠." 그녀는 고개를 끄덕이며 말한다. 이제야 제대로 상황을 파악하며.

잠시 후, 듀프리는 지갑에서 명함을 꺼내 카운터 건너 그녀에게 내민다.

"마음이 바뀔지도 모르니까."

클로이는 명함을 빤히 쳐다본다. 이름은 없고 호출기 번호만 적혀 있다. 그녀는 명함을 받아들고는 미소를 지으며 핸드백에 넣는다.

"음, 난 이제 가봐야겠어요." 그녀가 말한다. "시몬이 그만 돌아오고 싶을 수도 있으니까."

"아, 그건 걱정 안 해도 돼요." 듀프리가 말한다. "대개 먼저 전화부터 해보거든요."

"그래요?"

"예. 이렇게 사라져버리고 난 다음엔 항상, 대략 한 시간 정도 있다가 전화를 걸죠. 이젠 갔어?"

"설마."

"정말이에요." 그가 웃는다. "정말 좀 돌았죠, 예?"

클로이는 고개를 끄덕이며 생각한다. 명치께에 슬픔이 느껴진다.

"음, 어쨌든 난 가봐야 돼요." 그녀가 말한다. "만나서 반가웠어요, 듀프리."

"동감." 그가 말한다. "기억해둬요. 뭐든 필요하면 날 찾아요."

"기억할게요." 클로이는 미소와 함께 대답한 후 문밖으로 걸어나간다.

밖으로 나오니 휴스턴은 밝고 습하다. 그녀는 집에 온 후로 오빠 리처드와 나눠 쓰고 있는 엄마의 미니밴으로 걸어간다. 차 안에 들어가 에어컨을 켜고 이제 어디로 갈까 생각해본다. 돈이 좀 있었다면 쇼핑몰로 갔을 것이다. 라자에게 연락할 방법을 알았다면 그에게 전화를 했을 것이다. 하지만 돈도 없고 라자에게 연락할 방법도 모르기에 그녀는 그냥 차 안에 앉아 거리를 내다본다. 멀리 지평선 위로 솟아 있는 10번 주간고속도로의 고가도로가 보인다. 그냥 이대로 고속도로를 타고 달려간다면 얼마나 좋을까, 그녀는 생각해본다. 어쩌면 갤버스턴까지, 해변까지 갈 수도 있을 것이다. 어렸을 때 가족과 함께 거기 가서 즐겁게 놀았던 기억이 떠오른다. 리처드와 아빠는 바다에서 견지낚시로 붉은 볼락을 잡고 그녀와 엄마는 해변에 비스듬히 누워 카드놀이를 했다. 다시 그렇게 살 수는 없는 것일까, 그녀는 생각한다. 넷이서만, 한가족이 되어.

잠시 후, 클로이는 차에 시동을 걸고 도로로 나간다. 도로 모퉁이에 커피숍과 옷가게 들이 짧게 늘어선 길을 지나던 그녀는, 어느 커피숍 창가에 앉아 밖을 내다보고 있는 젊은 여자를 발견한다. 클로이는 차의 속도를 늦추고 여자를 본다. 한참 후, 꼬박 일 분 가까이 지나고 나서야 그녀는 그 블라우스를 알아보고 여자가 시몬임을 깨닫는다.

3

“전 정말 그렇게 생각하지 않아요.” 리처드가 말하고 있다. “제 말은 그러니까, 무슨 의미가 있는지 정말 모르겠습니다.”

그는 조그만 야외 카페에서 마이컬슨 박사와 박사의 친구 일런과 함께 앉아 있다. 그들은 음식을 주문하고, 먹고, 이제는 리처드에 대해, 그의 미래와 장래성에 대해 이야기하고 있다. 리처드는 전날 밤 그 주에만 세번째로 갔던 비토네 파티의 여파로 아직도 약간의 숙취를 느끼고 있다. 사람들은 사방에서 잔을 쨍그랑거리며 웃고 마시고 있다. 멀리, 거리 저편 끝에서 야자수 너머로 해가 지는 모습이 보인다.

“좀더 자세히 설명해보겠나, 리처드?” 마이컬슨 박사가 말한다.

리처드는 잠시 뜸을 들이며 두 남자를 쳐다본다.

“제 말씀은 그러니까, 글쓰기를 배우러 대학원에 가는 게 무슨 의미가 있는지 모르겠다는 겁니다. 무슨 말이냐면, 윌리엄 칼로스 윌리엄스는 대학원에 다니지 않았잖아요? 그런 시인들은 많습니다."

그는 스스로도 확신이 없는 주장을 하고 있다. 마이컬슨 박사 역시 이를 감지했는지 잠시 후 그의 말을 끊으며 미소를 짓는다.

"불안해해도 되네, 리처드. 작품을 평가받기 위해 내놓을 때마다 거절당할 위험을 감수해야 하지. 그건 누구라도 감당하기 힘든 일이야. 나도 알아. 내 말을 믿게."

리처드는 아무 대답도 하지 않는다. 그는 무슨 일로든 마이컬슨 박사가 마지막으로 거절당한 일이 무엇이었을까 상상해본다.

"난 마흔일곱 번을 거절당하고 난 뒤에야 시 한 편을 발표할 수 있었다네." 일런이 덧붙인다.

으스대는 말투다. 마치 자신의 대단한 성공사례가 이런 일들이 가능하다는 어떤 증거이기라도 한 것처럼. 하지만 여전히 리처드는 궁금하다. 일런이 이루어낸 것은 진정 어떤 종류의 성공일까?

초저녁에 리처드는 라이스 대학 캠퍼스의 조그만 회의실에 앉아, 이 대학 학생들로 이루어진 작은 청중 앞에서 자신의 시를 낭송하고 있는 일런을 지켜보았다. 시 낭송이 끝난 뒤 일런은 자기 시집에 사인을 해주고 학생들의 질문에 대답해주었다. 좀더 큰 행사를 생각했는지 회의실에는 출장업체에서 준비한 간단한 음식들이 식탁 가득 차려져 있었고, 마이컬슨 박사는 내내 거기 서서 고개를 가로저으며 이게 무슨 일인가 고심했다. 이메일을 보냈는데. 그는 말했다. 안내지도 붙여놨는데 말이지. 사람들이 장소를 못 찾은 걸까? 날짜를 잘못 알았을 수도 있겠지. 이상하게도, 일런 자신은 그런 초라한 참여도가 마이컬슨만큼 곤혹스럽지는 않은 것 같았다. 사실, 그는 이렇게 되리라고 반쯤은 예상하고 있었다고 했다. 게다가 중요한 것은 관객의 수가 아니라 질이라며, 라이스 대학 학생들의 전반적인 수준에 감명받았다고 말했다. 리처드는 그때도 궁금했다. 그냥 하는 소리 아닐까. 어차피 이렇게 된 마당에 늘어놓는 변변찮은 변명? 오직 이 낭독회만을 위해 엘파소에서 달려왔는데, 결국 시집을 몇 권이나 팔았지? 세 권?

행사가 끝난 후 그들은 차를 타고 카페로 갔고, 저녁식사 내내 마이컬슨과 일런은 그들이 아는 사람들, 여러 시인과 편집자 들, 문단의 다양한 권위자들과 고관들에 얽힌 뒷소문들에 대해 떠들어댔다. 누가 누구랑 잤고, 누가 무슨 상을 탔고, 누가 책을 어디에서 냈다는 등의 얘기들이 끝없이 이어졌다. 그러고 나서 일런은 자기 시집 이야기를 꺼내며 시집을 출간하기까지 얼마나 힘들었는지, 기성 문단이 진정으로 혁신적인 작품에 얼마나 배타적인지 이야기했다. 그는 자신의 깊은 천재성이 생전에는 인정받지 못하리라고 진심으로 믿고 있는 듯했다.

리처드는 그의 이야기를 반쯤은 흘려들으며 차라리 비토네 집에 있고 싶다고 생각했다. 지난 며칠간 그는 사실상 비토네 집에서 살다시피 했다. 그 말고도 퇴근 후 저녁마다 그곳에 진을 치는 듯 보이는 다른 남자들이 일고여덟 명은 되었다. 비토의 집을 알게 된 것은 가뭄이 한창일 때 잃어버린 오아시스를 발견한 거나 다름

없었다. 가끔 꿈은 꾸었으나 실제로 존재할 거라고는 믿지 않았던 곳. 자신과 비슷한 젊은 사람들이 무기한으로 머무를 수 있는 곳. 내가 누군지, 앞으로 뭘 하고 싶은지 아무도 묻지 않는 곳. 술과 음식과 약이 바닥나지 않는 곳. 몇 시간, 며칠, 몇 주, 어쩌면 몇 년 동안이고 아무 생각 없이 지낼 수 있는 곳.

지금 당장 그가 있고 싶은 곳은 그곳이지만 그는 마이컬슨과 일런과 함께 여기 앉아 자신에 대해 이야기하고 있다. 가장 얘기하고 싶지 않은 주제에 대해.

"내 말은 그러니까, 리처드, 시인이라는 직업의 공적인 측면, 다시 말해 자네 작품을 사람들이 읽고 평가하도록 내놓는 일은 그 일의 사적인 측면만큼이나 중요하다는 얘기야."

리처드는 고개를 끄덕인다.

"일런을 보게." 마이컬슨이 말을 이어간다. "분명 이 친구는 오늘밤 참여도에 기분이 좋진 않았을 거야. 그런데도 별로 동요하지 않았지, 안 그런가? 뿐만 아니라 거기 서서 시를 낭송하고 책도 몇 권 팔았지."

일런이 마이컬슨을 쳐다보고 담뱃갑에서 담배 한 개비를 빼낸다.

"난 그렇게 나쁘다곤 생각 안 했는데." 그가 말한다.

"이보게, 일런. 별로 대단하진 않았잖아." 마이컬슨이 그렇게 말하고 웃는다.

일런은 시선을 돌리며 담배에 불을 붙인다.

"무슨 말씀이신지는 알겠습니다." 리처드가 마침내 말한다. "전 그냥, 제가 어딘가 도달하고 싶긴 한 건지 어떤지도 잘 모르겠어요. 제 말은요, 저는 두 분처럼 제가 시인이라고 생각하지도 않습니다. 전 그냥 시 쓰는 게 좋을 뿐이에요. 그리고 교수님께서 주관하시는 워크숍에 참가하는 게 좋고요. 지금 당장은 제가 정말 하고 싶은 일은 그것들뿐이에요."

사실이었다. 리처드는 지금 당장 자신이 무엇을 하고 싶은지 알지 못한다. 한편으로는 마이컬슨의 말이 사실이라고 믿고 싶은 마음이 간절하다. 자신에게 훌륭한 시인이 될 재능이 있다는 말, 멀리 있는 어느 도시로 가 다른 훌륭한 시인들 사이에서 시 공부를 할 만한 재능이 있다는 말을. 하지만 그런 믿음의 이면에는 아주 현실적인 또다른 가능성이 있다는 것 역시 알고 있다. 처절하게 실패한 뒤 빈손으로, 아니 가치도 없는 학위와 수천 달러의 빚을 안고 휴스턴으로 되돌아와야 할지도 모르는 아주 현실적인 가능성. 그는 그런 사실을 아버지와 친구들에게 설명해야 하는 상황을 상상해본다. 스물여섯 혹은 스물일곱쯤에 모든 걸 다시 시작해야 하는 상황, 그전까지의 삶에 대해 재평가하고 당장의 현실을 재검토해야 할 그 상황을.

잠시 후, 웨이터가 계산서를 들고 그들이 앉은 테이블로 다가오자 리처드는 자리를 뜰 기회를 잡는다. 마이컬슨이 지갑을 찾는 동안, 그는 천천히 자리에서 일어나 의자를 테이블 아래로 밀어넣는다.

"저는 이만 가봐야 할 것 같습니다." 그가 마침내 말한다.

"농담이겠지." 마이컬슨이 말한다.

"죄송하지만 가보겠습니다."

"아직 이른 시간인데." 그가 만류한다. "밤이 깊으려면 아직 한참이라고."

"아버지를 만나야 해요." 리처드는 거짓말로 둘러댄다. 그날 일찍 아버지가 여동생에 대해 얘기 좀 하자고 전화를 걸어오긴 했으나, 그는 거북한 자리가 달갑지 않아 거절했다. "만나뵈어 반가웠습니다, 선생님." 리처드가 일런에게 인사하자, 그는 여전히 뚱한 표정으로 보일 듯 말 듯 웃어 보인다.

"다음주에 전화하지." 마이컬슨이 말한다. "그렇게 쉽사리 빠져나갈 수는 없을 거야."

"알겠습니다." 리처드는 미소를 짓고는 두 사람에게 다시 한번 감사하다고 말한 뒤 테라스를 가로질러 걸어가기 시작한다.

그날 밤 집으로 돌아가며 그는 생각한다. 일 년 전만 해도 삶이 얼마나 달랐던가, 모든 것이 얼마나 달랐던가. 졸업까지 겨우 몇 달을 남겨둔 그때는 창창한 앞날이 눈앞에 펼쳐져 있었다. 명문대학의 학위, 자신을 사랑해주던 남자친구, 아직은 기능을 하고 있던 가족, 행복하게 대학을 다니던 여동생. 그런데 열두 달이 지난 지금 무엇이 남아 있나? 무슨 일이 일어난 걸까? 요리를 배우겠다며 한국으로 떠난 마코스는 처음엔 잠시 떨어져 있는 거라더니 몇 주 후 완전히 헤어지자고 했다. 클로이는 대학에서 퇴학을 당했다. 부모는 이혼했다. 그리고 대학의 학위는 생각했던 만큼의 가치가 없었다. 카페 브라질에서 시급 육 달러를 받고 일하는 것은 결코 그가 생각한 전도유망한 삶은 아니었다.

그래서 지금 그는 쓸모없는 영문학 학위 외에 변변한 기술 하나 없이 이제 무엇을 할 것인지, 앞날에 어떤 가능성이 있을지 생각해본다. 아버지 말대로라면 그는 무언가 실용적인, 예컨대 경영이나 마케팅 같은 분야를 택해 대학원에 진학해야 하고, 엄마 말대로라면 학위를 활용해 영어를 가르치며 '가장 고귀한 직업'을 받아들여야 하며, 마이컬슨의 말대로라면 대학원에 진학해 문예창작을 공부하면서 '시인으로서의 커리어'를 시작해야 한다. 그리고 이 마지막 가능성이, 그 불확실하고도 이상한 매혹이 그를 가장 동요시키고 있다.

처음 시를 쓰기 시작한 대학 이학년 때, 그는 그것을 단지 한가한 취미, 태평스러운 소일거리, 다른 공부 틈틈이 하는 오락 정도로 생각했다. 그러다가 어느 순간, 무언가 바뀌었다. 시 쓰기에 빠져들었고, 다른 사람들도 읽고 싶어하는 시를 쓴다는 생각에 매혹되었으며, 날마다 말과 말을 조합하는 즐거움에 도취되었다. 시 쓰기는 하루 중 그가 가장 기대하는 일이었고 가장 소중한 도피처였다. 그럼에도 그가 마이컬슨이나 브랜든, 심지어 여동생에게도 말하지 못한 것은, 정말로 시를 직업으로 삼기 위해 휴스턴을 떠난다는 생각만 하면 완전히 공포에 질려버린다는 사실이었다. 거절당하는 것이 두려워서도, 인문학 석사학위 과정의 공부를 감당하지 못할 것 같아서도 아니었다. 그보다는 일단 떠나고 나면, 스스로를 시인이라 규정하고 나면, 거기 전념하기로 결정하고 나면, 더는 무심한 척할 수 없을 것이기 때문이었다. 어느 정도는 그것이 자신임을 인정해야만 할 터였다. 뭔가 하고 싶은 말이 있다고, 다른 사람들이 그 말을 들어주길 원한다고, 세상에 그리고 스스로에게 인정해야만 할 터였다. 지금까지 오랫동안 무심함은 그의 신조였다. 그것은 그를 규정하는 특징이었다. 그 때문에 그는 최저 급여를 받으면서도 카페 브라질에서 일하고, 결코 사랑하지 않을 남자들과 데이트를 하고, 저녁마다 비토네 집 같은 곳에서 빈둥댈 수 있었다. 많은 면에서 지금처럼 살아가는 것이 훨씬 쉬운 길이었다. 밤마다 알코올과 약의 안개 속에서 정신을 놓아버리고, 저녁 내내 남의 집 잔디밭에 실신해 누워 있고, 시는 계속 태평한 취미나 한가한 오락으로만 여기는 삶. 사람들에게 자신을 소개할 때 라이스 대학을 졸업한 지 얼마 안 된, 취업 전망도, 신경쓰는 일도 없는 리처드 하딩이라고 말하는 삶. 물론 영원히 그렇게 살 수는 없겠지만, 한동안은 그렇게 살 수 있을 것이었다. 최소한 앞으로 몇 년간은, 무심한 편안함, 방종으로 정의되는 삶에 따르는 무감각한 자유를 즐기며.

그런 생각을 하며 집으로 돌아가던 그는 길모퉁이에서 차를 돌린다. 지금 이 순간 룸메이트 클레이튼이 제 차를 돌려받으려고 기다리고 있을 아파트에서 멀어져, 오크스 강을 향해, 지금도 분명 파티가 시작되고 있을 비토의 집을 향해 북쪽으로.

4

살인. 딸은 실제로 그 단어를 사용했다. 하나의 가능성으로서 정확하게 그 말을 입에 올렸다. 그애들이 다치게 한 아이가 회복되지 못한다면, 그래서 결국 죽는다면, 딸과 관계가 있는 그 남자애는 살인죄로, 딸은 공범으로 재판을 받을 터였다. 사후공범으로, 단지 그를 안다는 이유로, 단지 그의 여자친구이며 자기가 아는 것을 신고하지 않았다는 이유로. 물론 그것은 가능성이 희박한 가정이며 그렇게까지는 될 것 같지 않지만, 딸이 그 단어를 언급했다는 사실, 자신의 미래와 관련한 일에 그 단어를 사용했다는 사실만으로도 그는 견딜 수가 없었다.

딸과 만난 화요일 이후로 그는 계속 그 일을 곱씹으며 가능한 한 최선의 시나리오를, 가능한 한 최선의 계획을 생각해내려고 애썼다. 그의 변호사인 앨버트 던과도 상의해봤는데, 앨버트는 당장 할 수 있는 최선은 납작 엎드려서 기다리는 거라고, 기다리면서 무슨 일이 일어나는지 두고보는 거라고 했다. 십중팔구는 그냥 애를 겁주려는 걸 거예요, 그는 말했다. 애를 초조하게 만들고 기소한다고 협박해서 남자친구에게 불리한 증언을 하게 만들기 위한 거죠. 이 시점에서 너무 공격적으로 나가면 의심을 살 뿐이라는 게 앨버트의 생각이었다. 어차피 클로이는 아직 조사도 받지 않았으니까. 적어도 공식적으로는. 남자친구와 그의 친구에 대해, 그리고 그 두 사람의 관계에 대해서는 몇 가지 질문을 받았지만 그애 자신에 대해서는 조사받은 게 없지 않은가. 그들이 아는 한 그애는 기숙사 방에서 공부하고 있었고, 클로이 자신도 정확히 그렇게 말했다. 하지만 엘슨은 주초에 딸과 이야기하며 그애가 거짓말을 하고 있음을, 적어도 진실을 다 말하지 않고 있음을, 뭔가 감추는 게 있음을 알 수 있었다. 아이는 고등학교 때 파티에 갔다가 술냄새를 풍기며 집에 돌아와서는 쇼핑몰에 갔었다고 우길 때 보이던 그 눈빛을 하고 있었다. 그 시절에 그는 그냥 웃음을 터트리거나 조용히 미소짓거나 고개를 가로젓곤 했지만 이건 완전히 다른 상황이었다. 엄청난 결과를 가져올 수 있는, 엄청난 이해관계가 걸린 문제였다.

주초에 이 문제로 케이든스와 이야기할 때 그녀는 쓸데없이 참견하지 말라고, 클로이가 이렇게 한참 뒤에야 아빠한테 얘기한 데는 다 이유가 있다고 말했다.

"당신이 다 망쳐버릴까봐 겁내는 거야." 그녀는 말했다. "여기저기 전화해서 물어보고 다닐까봐. 당신은 늘 그러잖아."

"그럼 당신은 걱정이 안 돼?" 엘슨이 물었다.

"물론 걱정돼. 이 문제가 단 일 분도 머리를 떠나지 않는다는 걸 당신이 알기나 해?"

"모르지." 엘슨이 말했다. "내가 어찌 알겠어."

"그건 도대체 무슨 뜻이야?"

"말 그대로야. 당신이 걱정을 하는지 안 하는지 잘 모르겠다고."

"장난해?"

"아니."

"그만 끊을게." 그녀는 그렇게 말하고 전화를 끊었다.

후회되는 대화였다. 지난 일 년간 케이든스와 나눈 거의 모든 대화와 마찬가지로. 그는 무엇보다 먼저 그녀에게 병원에 와주어서 기뻤다고, 그녀가 왔다 갔다는 얘기를 로나에게서 들었다고, 그녀의 그런 행동이 그에게는 아주 큰 의미가 있었다고 말하고 싶었다. 하지만 늘 그렇듯 그가 케이든스에게 하고 싶었던 말과 실제로 건넨 말 사이에는 엄청난 간극이 있었다.

그리고 지금, 진저맨 펍에 앉아 친구 데이브 밀하우저가 화장실에서 돌아오기를 기다리면서, 그는 가족들이 자신을 지나치게 밀어내고 있다는 생각이 든다. 큰아이 리처드마저도 아까 좀 만나자고 전화를 했더니 싫다고 했다. 도대체 뭘 잘못한 걸까, 그는 자문한다. 도대체 뭘 잘못했기에 이런 식의 푸대접을, 이런 식의 경멸을 받아야 하는 걸까?

주변 테이블에서는 대학생들이 맥주를 마시며 깔깔거리고 있다.

따뜻한 조명에 안락한 분위기의 이 펍은 그가 거의 일 년 동안 드나든 곳이다. 데이브와 매주 테니스를 치고 나서 식사를 하러 오다가 지금은 그냥 술을 마시러 오는. 데이브는 라이스 대학 정교수 심사에서 탈락하면서 테니스장 사용은 못하게 되었지만, 여전히 이곳 진저맨에서 술 마시는 것을 즐기고, 여전히 캠퍼스 주변에서 놀려고 하며, 마음이 허할 때는 여전히 자신이 교수라고 믿고 싶어 한다.

이른 저녁 엘슨은 데이브를 도와 그가 예전에 살던 집에서 지금의 새 아파트로 마지막 이삿짐 몇 개를 옮겨주었다. 데이브와 아내 셰릴이 휴스턴 서부의 작고 지저분한 복층 주택에서 이사한 새 아파트였다. 상자를 옮긴 후 진저맨으로 가면서 데이브는 요즘 살림이 좀 쪼들린다고, 라이스의 정교수 심사에서 탈락한 이후로 경제적으로 문제가 좀 있다고 고백했다. 물론 책을 다 쓰고 나면 상황이 달라질 거야, 그는 말했다. 나아지겠지. 하지만 당분간은 그냥 견뎌야 돼. 견딘다고? 엘슨은 생각했다. 아는 사람들 중에 마흔여섯에 아직도 견디고 있는 사람이 데이브 말고 또 누가 있을까? 그가 쓰고 있다는 그 책은 또 어떤가? 데이브가 얼마나 오랫동안 그 책을 붙들고 있는지 엘슨은 이제 헤아릴 수조차 없지만, 예나 지금이나 완성이 요원하기는 마찬가지인 것 같았다. 데이브는 라이스에서 정교수가 되지 못한 주요인도 그 때문이라고 말했지만, 다른 요인들도 엘슨은 알고 있었다. 우선은 강의 실적이 좋지 않았고 학과장과 언쟁도 여러 번 있었으며 회의에 빠지는 일도 잦고 휴강도 잘

하는 편이었다. 그쯤은 모두 그동안 그와 나눈 얘기들로 짐작할 수 있는 사실들이었다. 하지만 엘슨은 혹시 다른 이유가 있진 않을까, 그가 말하지 않은 이유가 있는 건 아닐까 의문이 들었다.

바에 앉아 몸을 뒤로 기대는 엘슨의 귀에 뒤쪽에 있는 대학생들이 뭔가 외치는 소리, 구호 소리 같은 것이 들려온다. 그러고는 요란한 야유가 이어지더니 몇 명이 자리에서 일어나 머리 위로 술잔을 들어올리며 건배를 청한다. 엘슨은 미소짓지 않을 수 없다. 향수가 밀려와 그의 가슴을 채운다. 바텐더를 돌아보며 맥주를 한 잔 더 주문하고 지갑을 꺼내려는 순간 어깨에 묵직한 손이 느껴져 돌아보니 데이브가 옆자리에 슬며시 앉고 있다.

"도움이 될 만한 방법이 생각났어." 데이브가 바에 몸을 바짝 붙이며 말한다. "장담할 순 없지만, 스트래섬에 아는 사람이 하나 있어. 미술사학과 교수인데, 정말 좋은 친구야. 코넬에서 석사학위를 함께 했지. 물론 오래 연락 없이 지냈지만 네가 원하면 몇 가지 물어봐줄 수 있어. 이름은 제프 오코너."

엘슨은 생각에 잠긴다. 진저맨에 온 이후 내내 그는 데이브에게 클로이와 그애의 사건에 대해 이야기하고 있다. 클로이와 케이든스에게 한 약속을 어기며.

"글쎄," 엘슨이 마침내 말한다. "그 사람이 뭘 해줄 수 있을지 모르겠어."

데이브는 어깨를 으쓱한다.

"나도 마찬가지야. 어쩌면 아무것도 없을 수도 있겠지. 하지만 그냥 좀 알아볼 순 있지 않을까. 사람들에게 좀 물어보면서 말이야. 학교 내부에선 이 일을 어떻게 보고 있는지 그 친구가 좀 알아볼 수 없을까 해서."

엘슨은 담배에 불을 붙이며 고개를 끄덕인다.

"그러면 좋긴 하겠지." 그는 웃으며 말한다. "그래, 사실, 아주 좋을 것 같아."

"이봐." 데이브가 말한다. "내가 헤이스팅스에 있을 때—대학원 졸업하자마자 강의했던 학교 말이야—비슷한 일이 있었거든. 기숙사 방에 무기를 가지고 있다가 걸린 학생이 있었어. 골동품 소총 같은 게 엄청 많았지. 그애는 자기가 수집가라고 했지만 학교에서는 믿지 않았고, 몇 주 후에 그애를 퇴학시켰어. 그러고 다시 몇 주 후에 그애는 형사 입건이 되었지."

"클로이한테는 무기가 없었어." 엘슨이 말한다.

"누가 그렇대?"

"그 일에 전혀 관여하지 않았을지도 몰라. 난 그애가 그랬을 거라고 생각 안 해."

"알아. 난 그냥 이런 일에는 신중할수록 좋다는 얘길 하는 거야. 비화될 수 있으니까. 내 말은 단지 그거야."

엘슨은 또 한번 고개를 끄덕인다.

"변호사는 긴장하지 말고 조용히 지내면서 잠잠해지기를 기다리라고 하더군."

"그래." 데이브가 말한다. "사실, 그것도 한 방법이지. 어쨌든 내 말은, 내 딸이 그런 상황이면 난 가능한 한 모든 사실을 알고 싶을 거라는 뜻이었어. 알지?"

엘슨은 맥주를 마시고 담배를 한 모금 빨아들인다. 케이든스가 여기 있다면 뭐라고 할까 생각해본다. 그의 옆자리에 앉아 그녀가 항상 경멸하던 사람에게 조언을 구하는 그의 모습을 본다면 뭐라고 말할까. 마침내 그는 다시 데이브를 쳐다본다.

"좋아. 그 친구한테 전화 좀 해봐줘."

"괜찮겠어?"

"그래." 그가 말한다. "이 문제에 대해서 아무한테도 말하지 마. 알았지?"

"안 해." 데이브가 말한다. 그러고는 엘슨의 어깨를 토닥거린다.

엘슨은 담배를 한 대 더 꺼내 불을 붙인다. 그러고는 로나와의 저녁 약속을 떠올리며 시계를 쳐다본다. 병원에서 퇴원하던 날 아침, 집으로 돌아가는 차 안에서 그는 술을 끊겠다고 로나에게 약속했다. 자기 관리에 최선을 다하겠다고 로나와 의사 모두에게 약속했다. 하지만 이런 일이 있으리라고는 전혀 예상하지 못했다. 클로이에게서 이런 이야기를 듣게 될 줄은, 이런 큰 충격을 받게 될지는 전혀 예상하지 못했다. 그 대화 이후 그는 다시 술독에 빠져 지난 며칠 거의 잠시도 빠져나오지 못했다. 그는 물론 자신이 무슨 짓을 하고 있는지, 어떤 위험을 감수하고 있는지 알고 있었고, 이런 식으로 영원히 살 수 없다는 것도 모르지 않았다. 몸을 이런 식으로 다루시면, 의사가 말했다. 계속 술을 드시고 계속 담배를 피우시면,

의사가 말을 끝내기 전에 로나가 끼어들어 자신이 그를 돌보겠다고, 모두 확실히 끊게 하겠다고 약속했다. 그녀가 그의 손을 꼭 쥐고 그를 끌어당겨 안으며 의사를 향해 미소짓던 모습이 묘하게 찡했던 순간이었다. 그후 집으로 가는 차 안에서 엘슨은 그녀가 진심으로 두려워하고 있음을 알 수 있었다. 정지신호에 멈춰 섰을 때 로나는 그를 진지하게 쳐다보며 말했다. 좀더 자신을 잘 돌보겠다고 약속해줘요. 그는 그녀를 잠시 바라보았고, 그런 다음 약속했다. 그는 로나가 열 살에 아버지를 암으로 잃었다는 사실, 그리고 십대의 대부분을 불안과 두려움 속에서 보냈다는 사실을 떠올렸다. 그날 병원에서 나와 그를 차에 태워 집으로 돌아올 때 그녀의 뇌리엔 온통 그런 생각이었음을 그는 알 수 있었다. 하지만 지금 그는 앞에 놓인, 오늘 저녁 석 잔째 마시다 남긴 맥주를 노려보며 왜 지키지도 못할 약속을 했을까 자문한다.

맥주를 옆으로 밀어놓고 그는 다시 데이브 쪽을 돌아본다.

"뭐 하나만 물어보자."

"그래."

"우디 해리슨이라는 사람, 알아?"

"우디 해럴슨 말이야?"

"그래, 그 사람. 넌 알아?"

"물론이지. 모르는 사람도 있나?"

엘슨은 다시 맥주를 가져다 한 모금 마신다.

"음, 그 사람도 미술품 수집가라는 것 같던데."

"오호?"

"로나가 그러더라고."

데이브가 고개를 끄덕인다. 두 사람을 소개한 사람, 로나와 먼저 알고 지낸 사람이 바로 데이브다. 그리고, 그는 로나와 깊은 사이가 되는 걸 경고했던 사람이기도 했다.

"있지, 거기에 대해 할 얘기가 있어." 데이브가 잠시 후 말한다.

"응?"

"로나에 대해서." 자리가 불편한지 자세를 고쳐앉으며 데이브가 말한다. "사실 이 얘기를 해야 하나 말아야 하나 한동안 고민했는데 말이야. 그러니까, 어쨌거나 두 사람 다 내 친구니까……"

"그냥 말해."

"그래." 그는 한숨을 쉬며 말한다. "음, 몇 주 전이었는데, 그러니까 셰릴이 메닐 갤러리에서 했던 행사, 그 왜, 자기 학생들 대상으로 했다는 그 행사가 있던 날 밤이었어. 어쨌든, 그날 집에 가다가 카페 루즈에 들러서 디저트를 좀 먹기로 했거든. 그래서 카페 루즈에서 디저트를 먹는데, 맞은편에 로나가 헥터라는 녀석이랑 함께 앉아 있는 거야. 알지? 예전에 로나랑 사귀던 녀석."

"그래서?"

"그래서, 뭐 그냥 둘이 함께 있는 걸 봤다고."

"그래, 그럴 수도 있겠지. 두 사람 아직도 친구로 지내."

"그래, 알아." 데이브가 어깨를 으쓱하더니 회피하듯 다른 곳으로 눈을 돌린다.

"뭔데?"

"아니, 난 그냥 둘이 친구 사이로 만나는 것처럼 보이지 않더라는 말이지."

"무슨 뜻이야?"

"몰라. 난 그냥 내가 본 대로 말한 것뿐이야."

엘슨은 데이브를 바라보며 떨쳐버리려 애쓰지만, 마음 한켠에서는 불안이 움튼다. 불과 일주일 전에 그는 로나와 헥터에 대해 얘기했다. 그때 로나는 헥터와 더이상 아무 관계도 아니라고, 심지어는 서로 말도 하지 않는다고 했다. 그렇다면 이건 무슨 뜻일까? 이제 로나는 거짓말까지 하는 걸까? 그런 생각을 떨쳐버리려 애쓰지만 그것은 도저히 뇌리에서 떠나지 않는다. 명치께에서 신맛이 올라온다. 그는 로나의 집에 있는 그림, 헥터가 그녀를 떠나기 직전 그려준 누드화를 떠올린다.

"어이, 분명 아무것도 아닐 거야." 데이브가 덧붙인다. "네 말이 맞을 거야."

"누가 알겠어?" 엘슨이 말한다. "그 여자에 관해서는 아는 게 별로 없어."

"내가 괜한 얘기를 했네."

"아니야, 괜찮아. 정말로." 엘슨은 시계를 본다. "어쨌든 지금은 가야 할 시간이야." 그가 데이브를 보며 말한다. "택시를 불러줘도 될까? 내가 좀 늦을 것 같아."

"셰릴한테 전화해도 돼."

“아냐, 아냐. 괜히 귀찮게 하지 마.” 그렇게 말하며 엘슨은 데이브 앞에 이십 달러짜리 지폐를 내려놓는다.

“나 돈 있어.” 데이브가 말한다.

“나도 알아.” 엘슨은 택시를 부르기 위해 전화기를 꺼내며 말한다. “안다고.”

5

방갈로 아파트* 일층에 있는 개빈의 집 창밖에서 마당의 야자수가 늦은 저녁 하늘을 배경으로 검은 윤곽을 드리우고 있다. 바깥 공기는 습하고 시원하며, 산들바람이 침실의 열린 창문을 통해 불어온다. 지난 이십사 시간 동안 일어난 그 모든 일에도 불구하고 케이든스는 차분한, 거의 놀라울 정도로 차분한 기분을 느낀다. 비록 머리 한구석에서는 몇 시간 전에 클로이와 할 얘기가 있다며 집에 들렀던 남자 둘과 클로이의 모습이 떠나지 않지만.

개빈은 구석 쪽에서 티셔츠에 사각팬티까지 벗은 뒤 어두운 복도를 지나 욕실 쪽으로 걸어간다. 잠시 후 샤워기 소리가 나자 그녀는 다시 침대에 누워 눈을 감는다. 그녀는 방의 냄새를 맡는다.

* 단독주택 형식의 아파트.

개빈의 침대 시트와 이불에서 나는 진한 수컷의 냄새. 사향내 같기도 누린내 같기도 한. 아들 리처드의 대학 시절 기숙사 방에서 나던 것과 그리 다르지 않은. 왜 남자들은 이런 냄새, 이런 악취가 나도록 놔두는 건지, 이런 냄새들을 어떻게 그렇게 모르고 방치할 수 있는지 궁금하다. 눈을 뜨니 방이 어두워져 있다. 그녀는 몸을 틀어 모로 누운 채 다시 한번 클로이와 그 남자들에 대해 생각한다.

처음 집에 도착했을 때 그들은 자신들이 벡위스 가족과 친구라고 소개했지만 그녀는 처음부터 그들을 알아보았다. 일종의 사설탐정이나 정부 수사관들이 분명했다. 경찰 같지는 않았고 사적으로 고용된 사람들처럼 보였다. 분명 북부 출신의, 아마도 동부 해안 지역 사람들 같았던 것이, 휴스턴의 더위에 어울리지 않게 옷을 두껍게 입고 있었다. 그날 아침 비행기로 막 날아온 사람들 같았지만 겁이 나서 차마 물어보지는 못했다. 그녀는 피터슨의 진료실에서 막 돌아온 참이었고, 엘리베이터에서 있었던 갑작스러운 감정의 분출과 타인 앞에서 자신을 노골적으로 드러낸 행동의 여파로 여전히 기분이 언짢고 마음이 어지럽던 상태였다. 그사이 클로이는 문간에서 남자들과 이야기를 하고 있었다. 딸아이는 그녀가 그전까지 한 번도 본 적이 없는, 어른스러워진 듯 신중한 모습이었다. 클로이는 매우 공적인 말투로 그들을 대하면서, 자신은 아무것도 모른다고, 누구와도 사건에 대해 얘기한 적이 없으며 변호사를 대동하지 않은 상태에서는 더이상 말을 하지 않겠다고 밝혔다. 두 남자는 조금은 어안이 벙벙한 듯 확실히 기가 꺾인 표정으로 잠시 클로이를 뚫어져라 쳐다보더니 차를 향해 돌아섰다.

케이든스는 자신 있고 침착한 모습이 좋았다고 딸을 칭찬했지만 클로이는 그저 어깨를 으쓱한 후 집안으로 들어가며 어깨 너머로 말했다. "신경쓰지 마, 엄마. 어차피 저 사람들 다시 올 거야."

그러고 나서 클로이는 오후 내내 자주색 비키니 차림으로 수영장 가에 누워 아이팟으로 음악을 들으며 일광욕을 했고, 부엌에 앉아 마케팅 관련 교재를 들춰보던 케이든스는 문득 이젠 그 책을 읽을 필요가 없다는 사실을 깨달았다.

클로이가 안으로 들어와서 모녀는 단둘이 조용히 저녁을 먹었다. 클로이는 옛 친구 시몬 월시와 있었던 불미스러운 일에 대해 이야기했다. 그 모든 힘든 과정이, 그 모든 정교한 서사가 이상하게만 들렸다. 클로이가 시몬의 가게에 불쑥 나타나고, 시몬은 사라져버리고, 길가의 작은 카페에서 클로이가 시몬을 찾아낸 그 모든 과정이. 그런 것들이 무얼 의미할까, 결국 어떤 결과로 이어질까, 케이든스는 궁금했다. 시몬은 이제 잘 생각도 나지 않았다. 단지 기억나는 것은 그애가 휴스턴에서 자취를 감췄을 때 느꼈던 안도감뿐이었다. 엘슨도 같은 심정이었다. 둘 다 별로 좋아하지 않고 신뢰하지 않았던 아이인데, 이제 와서 클로이는 그애와의 우정을 되살리려 한다고? 말이 안 되는 일이었다. 하나같이 말이 안 되는 일뿐이었다. 클로이의 삶에서 벌어지고 있는 다른 모든 일도 그랬다. 케이든스는 혹시 이게 다른 무언가의 징후는 아닐까, 예전의 반항충동이 딸에게서 다시 나타나고 있는 것은 아닐까, 의심하지 않을 수 없었다. 한 주 내내 클로이는 집안을 돌아다니는 유령 같았다. 한 마디 말도 없이 이 방, 저 방을 배회했고, 이름을 불러도 거의 들은 척을 하지 않았다. 몽유병자 같았다. 딸에 대해 누가 묻는다면 그녀는 바로 그렇게 묘사했을 것이다. 하지만 그날 저녁 식탁에서 클로이는 달라 보였다. 좀더 활기가 있었다고나 할까, 어쩌면 우정을 되살리기를 꺼려하는 시몬 때문에 마음 둘 곳을 잃어, 거의 화가 난 것 같기도 했다. 케이든스에겐 너무나 이상하게 느껴졌다. 클로이는 이상하게도 제 앞에 당면한 진짜 문제, 곧 있을 재판이나 집에 불쑥 나타난 두 남자에 대해서는 입을 다물면서 시몬 이야기만 하려고 했다.

"마치 세뇌당한 사람 같았어." 함께 저녁상을 치우면서 클로이가 말했다. "누군가 머릿속에 들어가서 그 아이의 개성을 모두 지워버린 것처럼."

"둘이 몇 년이나 만나질 못했잖니." 케이든스는 이해해보려 애쓰며 말했다. "얘, 사람은 변하기 마련이야."

"그런 게 아니라니까." 클로이가 말했다. "무슨 좀비 같아, 엄마. 진짜야."

"음, 집에 온 뒤의 네 모습을 누가 봤다면 똑같은 얘길 할 수도 있을걸."

클로이는 엄마를 노려보았다.

"그게 무슨 뜻이야?"

"그냥, 최근에 너랑 대화하기가 그다지 쉽진 않았다는 뜻이야.

그게 다야."

"그럼 엄마는 쉽고?"

"아니, 내가 그렇다는 게 아니라, 그냥 시몬이 기분이 별로인 날 널 만난 걸 수도 있다는 말이야."

순간 클로이는 거의 반항하듯 맥주 캔을 따서 들고 부엌 끝에 있는 계단으로 걸어가기 시작했다.

"난 엄마랑 말을 하려고 애쓰고 있어, 엄마." 아이가 갑자기 뒤돌아서서 말했다. "그런데 엄마는 내 말을 듣지 않아." 그러고는 다시 홱 돌아 계단을 올라갔다.

케이든스는 오랫동안 그 자리에 선 채 바깥의 수영장을 물끄러미 쳐다보았다. 그녀는 딸과 싸우는 게 싫었다. 그래서 아이가 집에 온 후 원하는 대로 있도록 내버려두었고, 저녁에 어디 가는지도 묻지 않았고, 학교에서 무슨 일이 있었는지 말하라고 채근하지도 않았다. 그것이 딸에게 자유를 주는 거라고, 자신의 부모는 절대 허락하지 않았던 그런 자유를 주는 거라고 생각했다. 하지만 언제까지 이렇게 옆에서 바라보기만 해야 한단 말인가? 특히나 모르는 남자들이 집에 나타나 딸과 이야기하려 하고, 아이를 자기 잘못도 아닌 어떤 일에 연루시키려 하고, 그녀와 엘슨이 그렇게 힘들여 만들어준 삶을 아이에게서 빼앗아가려는 지금.

딸과의 작은 말다툼 이후 케이든스는 바로 집을 나와 개빈에게 왔다. 그런데 침대에 누워 그가 욕실에서 나오기를 기다리는 지금 너무나 이상한 기분이 든다. 클로이에게 무슨 일이 생긴 것 같은,

어쩌면 그 남자들이 다시 집으로 찾아왔거나 애를 데려가버린 것 같은. 갑자기 클로이와 통화해야겠다는 생각이 든다. 벗은 몸 그대로 그녀는 침대 가로 몸을 굽혀 가방을 뒤지며 휴대전화를 찾는다. 일단 집으로 전화했다가 아무도 받지 않자 클로이의 휴대전화로 걸어본다. 통화 연결음이 두 번, 세 번 울리고 난 후 클로이가 마침내 전화를 받는다.

"엄마, 전화하지 말라고 했잖아, 응?" 아이가 말한다. "그 얘기 하고 싶지 않다니까."

"무슨 얘기?"

"엄마."

"왜?" 케이든스는 혼란스러워하며 묻는다. "네가 무슨 말을 하는 건지 엄만 하나도 모르겠어."

"내 쪽지 못 봤어?"

"못 봤어."

"그럼 그냥 내 쪽지 봐."

"무슨 쪽지?"

"조리대 위에 쪽지 놔뒀단 말이야."

"클로이, 엄마 겁난다. 지금 어디니?"

클로이는 대답하지 않는다.

"시몬 때문에 이러는 거니?"

"아니야, 엄마. 있지, 그냥 내 쪽지 읽어, 알았지? 해결되면 바로 전화할게. 그냥 상황이 좀 바뀌었어. 더는 말 안 할래."

"상황이 바뀌다니, 무슨 말이야? 언제? 저녁식사 후로 말이니?"

"그래."

"뭐가 바뀐 건데?"

"그만 끊을게, 엄마."

"클로이."

"그냥 날 믿어, 알았지? 전화할게." 그 말과 함께 전화는 끊어진다. 케이든스는 온갖 상상을 다 하며 곧장 재발신 버튼을 누르지만 전화는 클로이의 음성사서함으로 바로 연결된다. 다시 걸어봐도 마찬가지다. 고개를 들어보니 개빈이 복도 끝에 서 있다. 뒤로 빗어넘긴 머리칼엔 깔끔하게 빗자국이 나 있고, 허리에는 수건을 두르고 있다.

"괜찮은 거예요?" 그가 묻는다.

"아니, 아닌 것 같아요."

그가 침대로 다가와 옆에 앉으며 그녀의 무릎에 손을 올린다. 개빈이 이렇게 인정 많고 사려 깊은 사람이 아니었다면 아마 지금쯤 그와 끝나 있었을 것이다. 이렇게 진지해지기 전에 진즉 그를 떠났을 것이다. 하지만 그의 온화함이 그녀를 무장해제시키고 그에게 빠져들게 했다. 온화함, 그것은 지금 당장 그녀에게 필요한 것, 아주 오랜 세월 그녀가 누리지 못한 것이었다.

"내가 해줄 수 있는 게 뭔지 말해줘요." 개빈이 그녀의 등을 어루만지며 말한다.

그녀는 그를 보지만 곧장 대답하지 않는다.

"집에 가야겠어요." 그녀가 말한다.

"당장?"

"네, 당장."

개빈은 그녀를 바라본다.

"같이 가줄까요?"

"아니에요." 그녀는 고개를 저으며 대답하고는 불을 켜기 위해 일어선다. "혼자 해야 하는 일 같아요."

개빈에게 몸을 보여주는 것이, 이 방의 밝은 노란 불빛 아래 자신을 드러내는 것이 쑥스러웠던 때가 있었지만 지금은 전혀 상관하지 않는다. 지금 당장 그녀에게 중요한 것은 딸을 찾는 일이며, 지금 그녀가 느끼는 유일한 감정은 죄책감이다. 옆에 있어주지 못했다는 죄책감, 집에 있어야 했을 때 자리를 지키지 않았다는 죄책감, 여기 이 조그맣고 먼지투성이인 방갈로 아파트 안에서 자기를 완전히 노출시킨 채 거의 알지도 못하는 남자 앞에 서 있다는 죄책감.

"같이 갈게요." 개빈이 오토만 의자 쪽으로 걸어가 바지를 집어 든다.

"그러지 말아요." 그녀는 재빨리 옷을 입으며 말한다. 블라우스만 걸치고 브라는 가방에 쑤셔넣는다. "무슨 일인지 알게 되는 대로 전화할게요. 알았죠?"

개빈은 상체는 벗은 그대로 바지 지퍼를 올리고 있다.

"뒤에서 따라갈게요." 그가 말한다.

하지만 케이든스는 고개를 저으며 복도를 따라 문 쪽으로 걸어간다. 그에게 무슨 말을 한 것도 같은데, 잘 있으라는 인사를 한 것도 같은데, 확신할 수는 없다. 그 순간, 계단을 달려내려가 주차장으로 가면서 유일하게 머리에 떠오르는 것은 딸의 목소리, 그리고 아까 딸이 했던 말이다. 난 엄마랑 말을 하려고 애쓰고 있어, 엄마. 그런데 엄마는 내 말을 듣지 않아.

6

리처드는 침대에서 몸을 뒤로 기대며 눈을 감는다. 몸이 천장으로 붕 떠올라 밤하늘 높이 떠도는 듯한 느낌이 든다. 오늘밤 몇 번을 피웠는지는 모르겠지만, 완벽한 수준의 평온, 완전한 초탈의 순간에 도달했음은 알 수 있다. 진정 이 상태로 영원히 머무르고 싶지만 누군가 다리를 계속 두드려댄다. 아래로 팔을 뻗어 휘저어보지만 아무것도 잡히지 않는다.

눈을 뜨자 많아야 스무 살 정도로밖에 보이지 않는 금발의 여자애가 그를 빤히 쳐다보고 있다. 그를 쳐다보는 표정으로 보아 여자가 막 무슨 말을 한 모양이다.

"미안해요." 그가 말한다. "뭐라고 했죠?"

"넘기라고요."

"예?"

"파이프. 넘겨요."

그는 제 손에 있는 파이프를 내려다본 뒤 여자에게 천천히 건네준다.

여자는 눈을 흘기고는 파이프를 빨아들인다.

그들은 커다랗고 하얀 방안, 커다랗고 하얀 침대에 앉아 있다. 방에는 두 사람 외에 서너 명이 더 있는데, 모두 남자고 그중 둘은 완전히 알몸이다. 다른 방에서 틀어놓은 음악—리듬이 강한 일종의 테크노 음악—이 침실로 흘러들어오고, 리처드는 시간이 얼마나 흘러갔는지 모르고 있음을, 여기 도착한 지 얼마나 지났으며 지금 얼마나 밤이 깊었는지 생각해낼 수 없음을 문득 깨닫는다. 그가 여자를 다시 쳐다보자 여자도 그를 다시 빤히 쳐다본다. 동공이 확장된 여자의 커다란 눈은 깊고 텅 빈 파란색이다.

"그쪽은 아니죠, 그렇죠?" 한참 뒤 그를 보고 웃으며 여자가 말한다.

"예?"

"그러니까, 게이 말이에요. 이 파티에 있는 남자들은 거의 다 게이잖아요."

리처드가 겸연쩍은 미소를 짓는다.

"모르겠어요. 지금 난 정말 그 무엇도 아니에요."

"그게 무슨 소리예요?"

"모르겠어요." 그는 화제를 바꾸려고 덧붙인다. "그나저나 그쪽은 여기 사람들하고 어떻게 친구가 된 거죠?"

"누구랑요?"

"음, 예를 들면, 비토 같은 사람들."

"친구 아니에요. 그냥 그 사람의 파티에 온 것뿐이에요. 그 사람하고는 얘기도 한번 안 해본 것 같은데."

리처드는 고개를 끄덕인다. 어깨를 두드리는 기척에 돌아보니 오른쪽에 있던 남자가 그에게 파이프를 넘긴다. 그는 한 모금 더 빨아들인 후 여자에게 전달한다.

"그나저나 어디 있어요?"

"누구요?"

"비토."

여자가 그를 쳐다본다. 연기를 내뿜는 그녀의 얼굴에 미소가 번지는가 했더니 여자는 기침을 하기 시작한다.

"로마." 여자가 마침내 대답한다.

"로마?"

"네, 출장을 간다나 어쩐다나. 오늘 아침에 떠났을걸요."

"그럼 이 집은 누가 관리해요?"

"집?"

"네."

여자는 파이프를 다른 남자에게 넘기고 다시 웃기 시작한다.

"정말 몰라서 물어요?"

"네."

"이봐요." 여자가 함박웃음을 지으며 말한다. "이 집은 언제나 열려 있다고요."

그러더니 여자는 몸을 숙여 그의 팔을 어루만지고, 그는 손길을 허락한다. 그는 가까이 다가오는 여자의 눈을 바라보다 그녀가 눈을 감자 자신도 눈을 감고 여자의 키스를 받아들인다. 그녀의 입술은 부드럽고 도톰하며, 키스는 불쾌하지 않다. 고등학교 때 여자애들과 했던 모든 키스가 그랬던 것처럼. 그냥 다르고 독특할 뿐. 그러다 문득 그는 자신만 진짜이고 주변의 모든 것이 가짜인 듯한 기분이 들었다가, 이내 자신이 가짜이고 주변의 모든 것은 진짜인 듯한 기분이 든다. 눈을 뜨자 여자가 그를 빤히 쳐다보고 있다. 무표정한 얼굴로.

"게이죠? 그렇죠?" 여자가 말한다.

"예?"

"아무것도 아니에요." 여자는 웃음을 터트리고는 그에게 손을 내민다. 아주 정중한 느낌으로.

"난 에인절이에요." 그녀가 말한다.

"리처드예요."

그녀가 뭔가 다른 말을 하려는 순간, 문이 힘차게 열리고 브랜든이 들어온다. 그의 등뒤로 음악이 쿵쿵 울린다.

"젠장." 브랜든이 리처드를 보며 고개를 가로젓는다. "도대체 어디 처박혀 있었던 거야?"

수영복 반바지 차림에 수건을 걸친 채 서 있는 브랜든의 머리는 아직 젖어 있고 몸에서는 물이 뚝뚝 떨어진다.

"널 찾느라고 거의 한 시간은 돌아다닌 것 같다, 인마." 그러더니 브랜든은 침대에 있는 남자들 중 파이프를 들고 있는 쪽을 쳐다본다. "그 망할 물건은 치우는 게 좋겠어, 친구." 그는 남자에게 말한다. 바로 그때 아래쪽에서 경찰의 사이렌 소리가 들린다. 건물 밖 마당이나 도로쯤에서 나는 것 같은 그 소리는 음악과 어찌나 완벽하게 섞이는지, 진짜 사이렌 소리가 아닌 것처럼 들리기까지 한다.

"이거 장난 아니야." 브랜든이 리처드에게 말한다.

"무슨 일이야?"

"어떤 여자애 머리가 깨졌어. 수영장 가에 부딪쳐서. 완전 난장판이야." 브랜든은 창가로 걸어가 하얀 커튼을 젖히더니 리처드에게 손짓한다. 리처드는 침대에서 일어나 에인절과 다른 남자들과 함께 창가로 걸어간다.

아래쪽 마당에 사람들이 커다랗게 무리를 지어 수영장 주변 콘크리트 바닥에 모여 있고, 들것을 가져온 구급요원 두 명은 바닥에 무릎을 꿇고 있다. 수영장 물 위에는 커다란 아메바 모양의 어두운 반점들이 세 개쯤 떠 있었는데, 얼마가 지나서야 리처드는 그것이 무엇인지 깨닫는다. 그것들은 여자의 머리에서 흘러나온 피였다.

"저 여자, 괜찮을까?" 리처드가 묻는다.

"몰라." 브랜든이 말한다. "그건 그렇고, 여길 빠져나가야 돼. 경찰이 쫙 깔렸어. 그리고 딴 일도 있고."

"뭔데?"

"그냥 따라와봐."

리처드는 에인절을 돌아보고 할 수 없다는 듯 어깨를 으쓱한다. 그러고는 돌아서서 브랜든을 따라 문밖으로 나가, 길고 어두운 복도를 지나 비토의 집 옆문으로 이어지는 계단을 내려간다. 브랜든 옆에 바짝 붙은 채 유리로 된 미닫이문을 연 뒤, 그는 브랜든의 뒤를 따라 좁다란 옆마당을 뛰다시피 가로질러 높은 울타리를 뚫고 이웃집 뒷마당으로 들어간다. 그런 다음 그들은 집안에 있는 사람들 눈에 띄지 않도록 건물 그림자에 바짝 붙어 길 쪽으로 살금살금 걸어간다.

길가에는 차들이 즐비하게 늘어서 있다. 보나마나 비토의 집에 온 수많은 손님들이 가져왔을 그 차들은 결혼식이나 장례식에 온 차량들처럼 나란히 정렬되어 있다. 수영장에 있던 여자를 생각하니 리처드는 속이 매스껍고 머리가 어질어질하다. 브랜든이 그의 손을 잡고 제 차 쪽으로 이끄는데, 멀리 경찰차들의 점멸등이 보이더니 이윽고 순찰차 한 대가 그들 쪽으로 다가온다. 브랜든이 그를 땅바닥으로 내리누르고, 두 사람은 SUV 뒤에 쭈그리고 앉아 경찰이 지나가기를 기다린다. 도로의 자갈이 무릎을 파고든다. 경찰이 마침내 시야에서 사라지자 브랜든은 그의 팔을 틀어쥐고는 "얀마, 어서!" 하며 그를 끌어올린다.

"차를 어디에 세웠는지 잊어버렸어." 리처드가 말한다. 그는 문득 그것이 사실임을, 그리고 심지어 여기 도착했던 기억마저 없음을 깨닫는다.

하지만 브랜든은 손가락으로 그의 입술을 누르고는 그를 조수석

쪽으로 끌고 간다.

"걱정 마." 그가 속삭인다. "내가 운전할게. 네 차는 내일 가져가자. 알겠지?"

그가 차 문을 열자 리처드는 안으로 들어간다.

브랜든은 운전석 쪽으로 차에 올라타 시동을 켜고는 차를 천천히 옆으로 뺀 뒤 도로 중간에 멈춰서 기다린다. 잠시 후, 뒤로 다른 차 몇 대를 사이에 두고 서 있던 차 한 대가 전조등을 켜더니 그들 뒤로 와 멈춘다.

"뒤에 누구야?" 리처드는 브랜든에게 물어보며 뒤차를 돌아보다 눈부신 상향등 불빛에 눈을 찡그린다.

브랜든은 대답하지 않는다. 그가 차를 움직여 가장 가까운 교차로에서 모퉁이를 돌자 뒤차 역시 따라온다. 브랜든은 몇 블록을 직진한 후 다시 한번, 그러고 나서 또 한번 모퉁이를 돈다. 돌아보니 그 차는 아직도 뒤에 있다. 그는 차의 전조등을 한참 쳐다보며 안에 누가 있는지 보려 하지만 아무것도 보이지 않는다.

마침내 그는 브랜든 쪽으로 고개를 돌린다.

"브랜든, 젠장, 도대체 누구냐고?"

7

조명이 은은한 로나의 집 부엌에서 물방울이 맺힌 코로나 병을 들고 서 있는 엘슨은 맥주를 한 모금 마신 뒤 심문을 이어간다.

"두 번?" 그가 묻는다. "세 번은 아니라고 확신할 수 있어?"

로나가 진이 빠진 듯한 얼굴로 그를 바라본다. 두 사람은 한 시간 가까이 실랑이중이다.

"세 번일 수도 있죠. 어쩌면요. 근데 그게 무슨 차이가 있죠?"

"내겐 차이가 있어." 엘슨은 그렇게 말하며 식탁에 앉아 있는 로나 쪽으로 걸어가 멈춰 선다.

"좀 앉지 그래요?" 로나가 말한다.

"난 서 있는 게 더 좋아."

로나는 눈을 흘기며 자기 맥주를 집어든다.

"이렇게 사람을 괴롭히는 성격인 줄 몰랐어요."

"그게 당신이 생각하는 나란 말이지?"

"내가 생각하는 당신 모습은 여러 가지예요." 그녀는 그렇게 말하며 그를 바라본다. "이제 그만 저녁 먹으러 가면 안 돼요? 배고파 죽겠다고요."

"입맛도 없어졌어."

"아, 정말." 로나는 자리에서 일어나 맞은편 벽 쪽으로 걸어가서는 자동차 키를 집어든다. "난 저녁 먹으러 갈 거예요. 당신은 여기 있고 싶으면 맘대로 해요. 난 이제 지겨워서 더는 안 되겠어요."

"딱 한 가지만 더 물어볼게. 그리고 난 갈 거야. 다신 날 보지 않아도 돼."

"협박해요?"

"아니." 그가 말한다. "바닥까지 파보고 싶은 것뿐이야."

"이미 다 했잖아요, 엘슨. 나 참. 가끔 헥터 만나요. 우린 친구니까. 그리고 그런 얘기를 당신한테 안 하는 건, 당신이 때로 얼마나 편집광적인지 알기 때문이고. 딱 이렇게 나올 걸 알기 때문이라고요. 그리고 솔직히 우리가 만나는 게 뭐가 문제인지도 모르겠어요. 그 사람, 이제 여자친구도 있어요. 그리고 나한텐 당신이 있고요. 이제 보니 내 착각이었나 싶기도 하지만. 그리고 우리 만나면 그런 얘기 안 해요. 우리 얘긴 안 한다고요. 그냥 정치나 미술, 아니면 그놈의 휴스턴 라키츠* 얘기만 하니까. 우리 얘길 녹음해서 들어본

---

* 휴스턴을 연고지로 하는 프로 농구팀.

다면 아마 지루해서 못 견딜걸요."

엘슨은 그녀를 쳐다본다. 그 말을 믿고 싶고, 또 진정성이 느껴지기도 하지만, 어쩐지 그게 전부일까 하는 의심이 든다.

"그러면 안 만나면 되잖아. 그러니까, 그렇게 지루한데 왜 그냥 안 끊어버리냐고!"

"그럴 필요가 없으니까요. 그게 원칙이니까요. 내가 원하는 사람을 내가 원할 때 만날 수 있어야 하고, 당신은 그걸 문제삼지 말아야 하니까요. 정상적인 사람들은 사귈 때 그렇게 하는 거니까요."

문득 이 싸움에서 지고 있다는 생각이 들자 엘슨은 맥주를 한 모금 더 마시고 주머니에서 담배를 꺼낸다. 그런데 담배에 불을 붙이고 보니 로나는 이미 거실을 지나 현관문 잠금장치를 열고 있다. 그는 정상적인 사람들이 서로 사귈 때 어떻게 하는지에 대한 자신의 감각이, 로나가 암시한 대로, 정말로 삐뚤어졌거나 구닥다리인 건가 자문해본다.

"나 저녁 먹으러 가요." 그녀가 문을 열며 말한다. "같이 가고 싶다면 좋아요. 안 갈 거면 나갈 때 문 꼭 잠가줘요. 알겠죠?"

"하나만 물을게." 엘슨이 말한다.

하지만 로나는 그의 말을 무시한다. 그녀는 잠시 그 자리에 서서 그를 기다린다. 이렇게까지 할 생각은 아니었는데, 이 순간 그는 차마 굴복할 수가 없다. 물러날 수가 없다. 결국 로나는 고개를 가로젓고 뒤돌아서서는 그를 한번 힐끗 돌아본 뒤 쾅 닫히는 문 뒤로 사라진다.

로나의 집으로 오면서 엘슨은 이런 짓을 하지 않으리라, 이런 결과에 이르게 하지 않으리라, 심지어 그 말을 꺼내지도 않으리라 다짐했다. 그런 행동은 로나를 쫓아버리는 거나 마찬가지임을 그는 알고 있었다. 그가 케이든스를, 그리고 여태 사귀었던 거의 모든 여자들을 쫓아버렸던 것처럼. 신뢰불능, 그것은 자기 성격의 근본적인 결함이라고 그는 판단했다. 아버지에게서 물려받은, 핏줄을 통해 그에게까지 전해진 결함. 로나가 진실을 말했다면 날 경멸하는 건 당연하겠지. 하지만 내가 무슨 수로 알겠어? 알 수 없다는 것, 그것이 그는 죽도록 괴로웠다. 바로 그 때문에 그는 이런 추한 모습을 드러내고 만 것이었다.

엘슨은 부엌 저쪽으로 걸어가 싱크대에 담배를 버린 후 그 위로 물을 튼다. 당장이라도 로나의 차가 되돌아오는 소리가 들리기를, 그녀가 사과하며 집안으로 걸어들어오는 소리가 들리기를 그는 기대한다. 하지만 몇 분이 지나도록 로나의 기척은 없고 집 앞쪽에서도 아무 소리가 나지 않자, 그녀가 이번엔 진심으로 화가 난 것 같다는 생각이 고개를 든다. 엘슨은 아파트 안을 서성거리다가 로나의 책상 앞에서 걸음을 멈춘다. 실내 한가운데 간이 서재처럼 꾸며진 책상 앞에 그는 앉는다.

책상 맨 위 선반에는 그녀의 가족과 친구들의 다채로운 사진들이 나란히 놓여 있다. 필리핀에 있는 친척들, 갤러리의 동료들, 휴스턴 미술계에 관여하며 알게 된 여러 화가들과 정치활동가들. 지금 그런 생각을 한다는 게 이상하긴 하지만, 로나는 어린 나이에 아버지를 여읜 후 유년기에 여러 역경을 겪고도, 휴스턴에서 꽤 멋진 삶, 사랑이 가득한 삶, 엘슨은 꿈에서나 바랄 만한 무조건적인 지지와 호의로 채워진 삶을 일구어냈다. 그가 로나에게 끌린 것은 여러 의미에서 바로 그것, 그녀의 풍요로운 삶 때문이었다. 아직도 그는 데이브 밀하우저의 집에서 파티가 열렸던 밤 그녀가 어떻게 그의 눈길을 끌었는지 기억하고 있다. 그는 마당 건너편에서 자신을 뚫어져라 쳐다보던 로나와 눈길이 마주쳤고, 나중에 그녀가 불쑥 나타나 자신을 소개하며 그의 작품의 팬이라고, 오래전부터 그가 설계한 건물들에 심취해 있다고 말했다. 처음에는 너무도 쉬운 상대, 전혀 진지할 것 없는 유혹처럼 느껴졌다. 그는 로나에게 건축과 미술에 대해 이야기했고, 그녀는 상대에게 홀딱 반한 여학생에게나 어울릴 법한 넋 나간 표정으로 그의 말에 귀를 기울였다. 그리고 오래지 않아 그는 그녀의 침대에, 그녀는 그의 가슴에 자리 잡았다. 하지만 이렇게 되고부터, 그가 저 자신의 불안과 두려움에 떠밀려 이상한 의심으로 그녀를 밀어내면서부터, 그런 시절은 끝나고 말았다.

로나의 컴퓨터, 책상 가장자리에 놓인 조그만 노트북으로 눈길을 돌리던 그는 문득 깨닫는다. 그녀가 자기 아파트에 그를 혼자 둔 것이 이번이 처음임을, 그만큼 그를 신뢰한 것이 이번이 처음임을. 그는 먼지가 내려앉은 모니터를 잠시 바라보다 마음을 다잡는다. 스크린의 상단에는 파일들이 세 줄로 깔끔하게 정렬되어 있는

데, 대부분이 '대출'이나 '업무 관련' 등의 평범한 제목을 달고 있지만, '갖고 싶은 것'이라든가 '휴가 계획'같이 좀더 흥미를 끄는 파일 제목들도 있다. 스크린 왼쪽 하단에 있는 이메일 아이콘을 발견한 그는 마우스를 클릭한다. 미처 자기 행동의 결과를 고려할 사이도 없이 그는 그렇게 로나의 이메일 페이지로 들어가 화면을 스크롤하며 그녀가 주고받은 메일들을 훑어본다. 그녀가 아직도 헥터를 사랑하고 있다는 어떤 징후 내지는 표시를 찾아. 하지만 그가 찾은 것은 대부분 일과 관련한 교신들이고, 친구들에게서 받은 메일이 몇 건, 그리고 그녀의 어머니가 보내온 메일이 꽤 여러 건이다. 헥터의 이름을 넣어 검색을 해보지만 아무것도 나오지 않는다. 심지어는 메일 본문에 언급된 경우도 없다. 그러다 그는 '사랑'이나 '자기야' 같은 단어로 다시 검색해보지만 역시 아무것도 없다. 결국 풀이 꺾이고 허탈해진 그는 의자에 등을 기대고 맥주를 홀짝인다. 바로 그렇게 로나의 이메일 페이지를 노려보고 있던 그때, 그는 스크린 아래쪽에서 케이든스의 이름과 그에 딸린 이메일을 발견한다. 그는 제 눈을 의심하듯 한참 동안 그것을 바라보다 아무 생각 없이 마우스를 클릭한다. 이메일들을 보내주어 정말 고마워요. 메일엔 그렇게 쓰여 있다. 그이가 잘 지내고 있다는 소식을 들으니 기뻐요. 그리고 저도 로나 씨와 다시 얘기 나누고 싶어요. 케이든스. 이메일들? 얘기? 그는 다시 메시지를 읽는다. 하지만 지금 그를 사로잡는 생각은 로나가 케이든스와 연락하고 있었다는 사실이 아니라 어찌되었든 그녀가 그걸 숨기고 있었다는 사실이다. 그녀가 두 사람의 교신에 대해 언급하지 않았다는, 심지어 내색조차 하지 않았다는 사실에 그는 격분한다. 이건 일종의 배신이야, 그는 생각한다. 지금 로나의 이메일을 훑어봄으로써 내가 저지르는 배신보다 더 나을 것도 못할 것도 없는 배신. 얼마나 오랫동안 지속된 일일까? 그는 생각한다. 이런 비밀은 언제 시작된 걸까? 처음에는 헥터, 이제는 케이든스. 이것 말고 또 숨기는 건 없을까? 어쩌면 완벽한 이중의 삶, 아니 삼중 사중의 삶이 거미줄처럼 얽히고설켜 있는 건 아닐까?

갑자기 엘슨은 그의 세계를 둘러싸고 있던 정돈된 벽이 무너지고 있는 듯한 느낌을 받는다. 그리고 바로 그때, 전화기를 꺼내려고 막 주머니에 손을 넣고 있을 때, 로나에게 따질 만반의 준비가 된 그때, 전화가 울리기 시작한다. 예상치 않았던 소리가 너무 요란하게 울리는 바람에 그는 하마터면 전화기를 바닥에 떨어뜨릴 뻔했다. 더듬거리며 전화기를 연 후 그는 퉁명스럽게 대답한다. 하지만 반대편에서 들리는 목소리는 그가 예상했던 로나가 아니라 케이든스다. 목소리에 짜증이 역력하다.

"어디야?" 그녀가 묻는다.

"뭐?"

"지금 어디냐고."

"집이야."

"말도 안 되는 소리 마, 엘슨. 나 지금 당신 아파트 앞이니까."

"있잖아, 케이든스. 나 지금 처리해야 할 일이 있어." 그는 그렇게 말하고는 다시 이메일을 보며 거기에 대해 말해야 하나 말아야 하나 따져본다. "응급상황이 아니라면—"

"클로이가 없어."

"뭐?"

"애가 없다고. 사라졌어."

그 말에 그는 의자에서 일어나 전화기를 다른 쪽 귀에 바꿔대고, 그녀가 하는 말을 이해하려고 애쓴다. "사라졌다니 무슨 소리야?"

"차를 가지고 떠났다고."

"떠났는지 아닌지 어떻게 알아?"

"나한테 쪽지를 남겼어, 엘슨."

"대체 어디로 갔다는 거야?"

"모르겠어. 안다면 지금 당신에게 전화하고 있진 않겠지, 안 그래?" 그녀가 잠시 말을 끊는다. "당신한테 연락 안 했어?"

"아니." 머리에 과부하가 걸린 듯 멍해진다. 이런 정신없는 와중에 딸이 사라져버렸다는 사실, 그것은 지금 그가 감당하기엔 너무 버거운 사실이다. 그는 담배를 꺼낸다.

"경찰에 연락해야 할 것 같아."

"기다려봐." 엘슨이 담배에 불을 붙이며 말한다. "잠깐만 천천히. 쪽지는 무슨 내용이야?"

"저한테 사십팔 시간만 달래. 그리고 경찰에 연락하지 말라고."

"사십팔 시간 동안 뭘 하겠다는 건데?"

"몰라."

"그게 다야?"

"아니. 상황이 바뀌었다고도 했어. 며칠 내로 전화해서 모두 설명하겠다고."

엘슨은 세상의 명료함이 흐려지고 그가 서 있는 방이 흔들리고 있는 듯 느껴진다.

"있잖아." 그가 마침내 입을 연다. "경찰에 연락하지 마. 알았지? 좀더 깊이 생각해봐야 해. 세상에, 이건 정말 말도 안 돼."

"엘슨."

"정말이야. 아무 짓도 하지 마. 알겠어?"

그는 컴퓨터로 눈을 돌려 그 수수께끼 같은 이메일을 바라보다 다시 한번 딸을 생각한다.

"십 분만 줘, 알겠지? 십 분 내로 그쪽으로 갈 테니까 십 분 동안 아무 짓도 하지 않고 기다리겠다고 약속해. 알았어?"

케이든스는 말이 없다.

"여보?"

"그렇게 부르지 마."

"십 분이야."

"알았어."

"약속해."

"약속할게."

엘슨은 다시 이메일을 보며 내용을 한번 더 읽어보지만 이제 그의 생각은 딴 곳에, 딸아이와, 방금 일어난 일의 황당함에 가 있다.

그는 아파트 안을 가로질러 가면서 맥주를 쓰레기통에 버리고 조리대에 남은 라임 조각들을 치운 후 손으로 대충 훔쳐내고는 의자에 앉아 숨을 고른다. 공황 발작이나 그 비슷한 뭔가가 시작될 것만 같다. 숨이 가빠지고 심장이 조여든다. 그는 문득 의사의 경고를 떠올리며 마음을 가라앉히려고 최선을 다한다. 그러고는 다시 휴대전화를 꺼내 딸의 번호로 전화를 건다. 당연히 말이 안 되지만 클로이가 전화를 받기를 바라며. 심지어 발신음이 음성사서함 안내멘트로 바뀌어버린 그 순간에도, 그애가 사실은 아빠가 연락해주기를 바라고 있을 거라고 믿으며.

8

"그 여자 이름이 뭐야?" 리처드가 묻는다.

"누구?"

"수영장의 그 여자."

그들은 타코 카바나의 주차장에서 시동을 켠 채 차 안에 앉아 지난 십 분 동안 그들을 뒤따라오던 SUV가 모퉁이를 돌아 나오기를 기다리고 있다. 아직도 브랜든은 그 차 안에 누가 있는지, 그 사람이 무엇을 원하는지 말해주지 않았다. 그리고 눈부신 전조등 때문에 리처드는 그 차가 큰 차라는 것, SUV나 미니밴일 거라는 것 말고는 아무것도 알아볼 수 없었다. 가장 그럴싸한 추측은 그 사람이 브랜든의 고객이거나 파티에서 브랜든에게 약을 팔겠다고 제안한 사람이 아닐까 하는 것이다. 언젠가 한번 브랜든이 새벽 세시에 바람을 쐬자며 그를 갤러리아의 주차장으로 데려간 적이 있는데, 주차장에 도착하고 나서야 브랜든은 대마초를 사러 왔음을 실토했다. 몇 분쯤 지나자 CR-V*를 모는 젊은 여자애가 차를 옆에 대고는 그들의 차 안으로 대마초가 든 조그만 봉지를 던져넣더니 브랜든의 손에서 현금뭉치를 낚아채서는 곧장 차를 몰고 사라졌다. 브랜든의 편집광적인 성향—본인 표현으로는 신중함—은 그 정도였다.

"몰라." 브랜든이 마침내 대답한다. "전에 본 적 없는 애야." 그는 주머니에서 담뱃갑을 꺼내 담배 한 개비에 불을 붙인다.

앞쪽으로 보이는 타코 카바나의 주차장은 텅 비어 있다. 리처드는 벽토를 바른 연분홍색 건물의 정면과 야자수로 둘러싸인 야외 테이블 쪽을 응시한다. 그는 그 여자를 생각하고 있다. 수영장의 피, 구급차의 전조등, 그리고 아연실색한 채 혼란스럽고 멍한 표정으로 주변에 서 있던 사람들의 모습이 떠오른다. 그는 그 여자가 혹시 아는 사람은 아닐까, 전에 만난 적 있는 사람은 아닐까 생각해본다. 그러다가 지금 그가 느끼는 슬픔이 진짜인지 아니면 마리화나의 영향인지 의문이 든다. 내일 아침에 잠에서 깨면 아무런 느낌도 없는 건 아닐지.

"야." 브랜든이 한참 후 말한다. "내 말 듣고 놀라지 않았으면 좋겠다."

"무슨 말?"

브랜든이 잠시 말을 끊고 창밖을 바라본다. "저기, 내가 파티에

---

* 혼다 자동차의 SUV 차종.

서 너 엄청 찾아다녔다고 말한 거 기억하지?"

"응."

"어, 널 찾아다닌 거, 네 여동생이 나타나서 그랬던 거야."

"파티에?"

"그래."

리처드는 이해가 안 된다는 듯 브랜든을 바라본다.

"그애한테 무슨 문제가 있는 것 같아. 나도 모르겠어. 걔가 무슨 말을 하는지 잘은 몰라도 어쨌든 너를 찾는 거 같았거든. 그러더니, 우리집에서 며칠 지내도 되는지 묻는 거야. 걔랑 걔 친구랑."

"무슨 친구?"

브랜든은 어깨를 으쓱하더니 담배를 한 모금 빤다.

"야, 인마, 나보다 걔가 더 잘 설명해주겠지. 네 동생이 네가 질겁해서 부모님께 전화하는 일이 없도록 확실히 해달라고 하더라."

"그럼 저게 그애야?"

"뭐가?"

"우리 뒤에."

브랜든이 고개를 끄덕인다.

리처드는 한참 브랜든을 빤히 쳐다본다. 그가 하는 말이 정리가 되지 않아서. 한마디도 이해할 수가 없어서. 저멀리 젊은 부부가 주차장 구석자리에 차를 대고는 식당을 향해 천천히 걸어가는 모습이 가로등 불빛 아래 실루엣으로 보인다. 그렇게 식당으로 들어가는 두 사람의 모습을 지켜보고 있는데, 몇 초 뒤 엄마의 미니밴이 모퉁이를 돌아나와 멈춰 선다. 오륙 미터 거리를 두고 주차된 차의 앞좌석에 두 사람의 형체가 흐릿하게 보인다. 리처드는 한참 동안 차를 바라보며 두 사람이 차에서 내리기를 기다리지만 그들은 내리지 않는다.

"대체 무슨 일이야?" 리처드가 말한다.

"젠장, 난들 알겠냐? 네 동생이 여기에서 네 엄마 차를 너한테 넘기고 저랑 친구는 나랑 함께 가려는 것 같은데."

"네 집으로?"

"그래."

"왜 네 집이야?"

"몰라." 브랜든이 어깨를 으쓱한다. "그게 안전하다고 생각하는 거 아닐까?"

"뭐로부터 안전하다는 거야?"

브랜든이 그를 쳐다본다.

"그건, 친구야, 네 동생한테 물어야지."

리처드는 다시 미니밴으로 눈길을 돌린다. 그러자 운전석 문이 열리고 클로이가 차 밖으로 나온다. 회색 후드티를 입은 클로이는 모자를 얼굴 앞까지 깊숙이 당겨쓴 채 손에는 커다란 탄산음료 잔을 들고 있다. 잠시 후, 다른 쪽 문이 열리더니 키가 크고 비쩍 마른 남자애가 나온다. 피부색이 어둡고, 야구모자를 푹 눌러써 눈을 거의 가린 모습이다.

클로이는 머뭇거리며 한 손을 든다. 동생을 쳐다보던 리처드는 갑자기 무슨 일인지 깨닫고는 손을 흔들어 답한다.

"저 녀석 알아?" 브랜든이 묻는다.

"그래." 리처드가 고개를 끄덕이며 말한다. 시선은 여동생에게 향한 채로. "그런 것 같아."

• 3부 •

In between days

1

스트래섬 대학에서 처음 맞는 한 학기 동안, 클로이는 캠퍼스 동쪽에 있는 조그만 기숙사에서 생활했다. 기숙사는 담쟁이가 뒤덮인 오래된 벽돌 건물로, 북쪽으로는 스트래섬 강을, 남쪽으로는 교정 중앙의 사각형 안뜰을 향해 있었다. 그 건물을 보고 있으면 영화에서 자주 본 대학들의 모습, 즉 뉴잉글랜드 특유의 확고한 분별력, 동부의 고전적인 우아함 등이 떠올랐다. 하지만 그 황량한 복도를 지나다니며 그녀는 깨져버린 약속, 타락한 과거를 감지했다. 클로이가 스트래섬 대학을 선택한 것은, 그곳이 한때 대학이 지녀야 한다고 그녀가 믿었던 모든 것을 대변하는 곳이라고 생각했기 때문이다. 학교는 예스러운 뉴잉글랜드 도시에 위치해 있었고, 다양성과 진보적 교육을 강조하며 인문학 과정들을 홍보했다. 열정적인 교수들과 그보다 더 열정적인 학생들을 약속했다. 하지만 지금 그때를, 스트래섬 대학에서 보낸 첫 육 개월을 돌아보면, 그녀는 그 기간 대부분을 자발적 고립상태에서 보냈음을 깨닫는다. 우선, 기숙사의 다른 학생들과 달리 클로이는 처음에 친구를 사귀기가 너무 힘들었다. 친구를 사귀고 싶지 않아서도, 사교성이 부족해서도 아니었다. 단지 그녀는 스트래섬에서 이루어지는 방식의 어울림이 싫었다. 다들 양 치는 목동들처럼 서로를 이끌고 다녔고 양떼처럼 무리지어 움직이며 집단의 이익에 복종했다. 그것은 그녀가 대학에 대해 들었던 모든 것과 정반대의 모습 같았다. 개성을 존중한다더니? 그녀는 속으로 물었다. 자신이 누구인지, 무엇을 원하는지 발견하라더니? 신입생 오리엔테이션에서 그토록 강조했던, 학교 소개책자에 쓰여 있던 그 모든 것은 다 어떻게 된 거야?

클로이는 기숙사에 형성된 일학년 그룹들 중 어느 하나에 합류하는 대신 자기만의 방식대로 생활하기로 결심했고, 그 결과 혼자 지내는 일이 잦았다. 식당에도 혼자 가고 수업에도 혼자 들어갔으며 때로는 혼자서 파티에 가는 일도 있었다. 가끔씩 같은 기숙사 여학생 무리 중 하나로부터 수업 끝나고 술 마시러 가자는 제안을 받기도 했지만 그런 초대들은 그저 동정이나 연민 때문인 것 같았다. 그래서 대개 그녀는 할 일이 많다거나 다른 약속이 있다고 핑계를 대며 제안을 거절했다. 그리고 어쩌다 다른 여학생들을 따라간 경우에는 그저 웃는 얼굴로 앉아서, 지금 휴스턴 집에 있다면 얼마나 좋을까, 기숙사로 돌아가서 리처드에게 뭐라고 말할까, 하는 생각들을 하지 않으려고 애썼다. 그즈음 그녀는 리처드와 일주일에 서너 번씩 밤에 통화를 했다. 오빠는 정신이 온전한 세계로 그녀를 이어주는 생명줄이었다. 여기 애들은 다 너무 바보 같아. 그녀는 투덜댔다. 정말이야. 걔들이 얼마나 한심한지 말해줘도 오빠 믿지 못할 거야. 그러면 리처드는 웃음을 터트리거나 때로는 위로를 하고 때로는 충고를 하며 결국에는 다 좋아질 거라고 장담했지만 클로이 자신은 그렇게 될 것 같지 않았다.

그 시기에 유일한 구원은 수업시간이었다. 그녀는 수업시간이면 모든 기지와 활력이 되살아나 거기에 온 정신을 쏟았다. 강의실은 그녀가 편안함을 느끼는 유일한 곳이자 자기 모습 그대로일 수 있는 유일한 곳이었고, 그 때문에 그녀는 수업중에 말을 많이 해서 자신이 다른 학생들보다 우월함을 강조했다. 다른 때라면 교정에서 알은척도 하지 않았을 아이들, 식당에서 앉을 자리를 찾고 있으면 못 본 척하던 아이들, 미리 알리지 않고 파티에 나타나면 매번 그녀를 무시하던 그 아이들보다 낫다는 것을 보여주기 위해. 아주 드문 일이기는 했지만, 실제로 파티에 가면 그녀는 보통 구석에 홀로 서서 천천히 맥주를 홀짝이며 아는 사람이나, 자신에게 개인적 앙심이 없는 사람이나, 그녀를 괴짜라고 생각하지 않을 사람들을 찾아 방안을 둘러보곤 했지만, 대개 보이는 것은 모르는 사람들이거나 원래 알았지만 이젠 알은척하지 않는 사람들뿐이었다. 그 무렵 그녀는 전공을 사학으로 정했고, 그래서 그런 파티에서 다른 사학 전공 학생들을 가끔 만나기도 했지만, 그런 학생들 역시 그녀와 한두 마디 말을 나눈 뒤 바로 돌아서서 친구들에게로 돌아갔다. 시간이 얼마쯤 지나면 그녀는 맥주를 탁자나 창틀에 내려놓고 뒷문으로 빠져나오곤 했는데, 그래도 안에서는 알아차리는 사람이 아무도 없었다.

클로이는 기숙사 방에서 마르크스주의와 포퓰리즘 이론들, 프랑스 지성사 등을 읽으며 긴 시간을 보냈다. 그녀는 프란시스 후쿠야마와 프리드리히 니체, 데이비드 콜브 등의 책을 읽었고, 기숙사의 다른 여학생들이 술 탄 젤로를 빨아들이듯 책들을 빨아들이려 했지만 책갈피에서 얻는 자양분은 얼마 되지 않았다. 대개는 기숙사 방바닥에 쓰러져 잠들기 일쑤였고, 룸메이트 리지에게 남자친구가 생기고 나서는 도서관 부속 건물에서 졸곤 했다. 밤에 체육관이 비면 두세 시간 운동을 했다. 그녀는 특히 늦은 밤에 느껴지는 체육관의 으스스한 고요함이 좋았고, 노틸러스 기구들이 내는 기계음, 금속이 금속과 맞부딪치는 소리, 벽에 어른거리는 그림자가 좋았다. 체육관이 문을 닫으면 여자 탈의실로 가 샤워를 한 뒤 거울 앞에 서서 자기 모습을 빤히 들여다보았다. 체지방이 줄어들고 근육이 잡히면서 가슴이 작아지고 있었다. 클로이는 대단한 미인, 그러니까 아버지식으로 말하자면 '쌔끈한 여자'는 아니었지만 귀엽고 매력적인 편이었는데, 이젠 점점 남자 같은 분위기로 변해가고 있었다. 그런 모습은 그녀가 어느 날 머리를 짧게 자르기로 결심하면서 더욱 완벽해졌다. 그즈음 유행하던 스타일이긴 했지만 머리를 자른 클로이는 남학생처럼 보였다. 그날 밤 그녀는 룸메이트 리지가 파티에 가고 없는 방에서 혼자 울다가 잠이 들었다. 집을 떠나기 직전에 엄마가 했던 질문이 생각났다. 그래, 대학은 어떤 곳일 것 같니, 우리 딸? 엄마는 무심히 던진 질문이었지만 클로이는 뭐라 대답해야 할지 모르고 멍하니 서서 엄마를 쳐다보았었다. 대학이 어떤 곳인지는 잘 모르겠지만 이런 곳은 정말 아니라는 생각만은 확실했다.

나중에 클로이는 생각해보았다. 파티마 무커지가 처음에 관심을 보인 것은 그녀의 그런 갑작스러운 외모 변화, 그런 갑작스러운 중성적 분위기 때문은 아니었을까? 파티마 무커지. 동양사 수업에서 만난 여자아이. 어느 날 수업이 끝나고 그녀에게 다가와 함께 저녁을 먹자고 청했던 아이. 클로이는 항상 강의실 뒤편에서 아무 말도 하지 않고 앉아 있던 파티마에게 감탄하던 참이었다. 클로이는 수업시간에 아무 생각 없이 말을 하는 경우가 너무 많았고 교수가 하는 모든 질문에 답하려 했으며 거의 모든 토론을 장악하려 들었지만, 그녀와 달리 파티마는 조용히 앉아 듣기만 했다. 파티마는 단어들을 신중히 골라서 썼고, 그애가 일단 입을 열면 모든 학생들이 하던 말을 멈추고 귀를 기울였다. 그녀는 분명 매우 총명하고 아는 것이 많은 것 같았는데, 특유의 신중함과 절제 때문에 더욱 그렇게 보였다. 그래서 그날 파티마가 다가와 저녁을 먹자고 했을 때 클로이는 뭐라 말을 해야 할지 알 수 없었다. 약간 놀라고 당황했는데, 단지 누군가가 말을 걸어왔다는 사실 때문만이 아니라 그 사람이 그녀가 우러러보던 바로 그 사람이었기 때문이다.

"난 파티마야." 파티마가 다정하게 말하며 손을 내밀었다. 세미나실 밖 복도에 서 있는 두 사람 옆으로 다른 학생들이 스쳐지나갔다.

"그래, 나도 알아." 클로이가 말했다.

"알아?"

"응, 그게, 있잖아, 수업시간에."

"아, 그래." 파티마가 미소를 짓고는 주위를 돌아보며 물었다. "어쨌든, 저녁은 어떡할래?"

"저녁 말이지." 클로이가 고개를 끄덕이며 말했다. "좋아, 같이 먹자."

그들이 간 곳은 캠퍼스 외곽에 있는, 앰배서더라는 고급 인도 음식점으로, 주로 그 대학의 교수나 교직원들이 즐겨 찾는 곳이었다. 처음 가본 식당이었으나, 클로이는 안으로 들어서는 순간 그곳에 반하고 말았다. 야채커리의 진한 향과 은은한 조명, 인도 시타르 음악의 한결같은 리듬. 파티마는 그곳이 그 도시의 괜찮은 식당들 중에서 유일하게 정통 인도 음식을 파는 곳이라며, 자기도 특별한 날에만 오는 곳이라고 했다. 그녀는 클로이를 차분하게 쳐다보며 미소를 지었다.

"널 이곳에 데려오고 싶다고 생각한 지 한참 됐어." 파티마가 말했다.

"정말?"

"그래."

"왜?"

파티마의 얼굴이 빨개졌다.

"네가 수업중에 하는 말들이 좋아. 흥미로운 정신의 소유자라는 생각이 들어."

"그렇게 생각해?"

"그래." 파티마가 고개를 끄덕였다. "그렇게 생각해."

식당으로 걸어가면서 클로이는 자신에 대한 파티마의 관심이 완전히 플라토닉한 것만은 아니겠다는 느낌이 들었는데, 이제 그 의혹이 확인된 듯했다. 하지만 식사를 하며 좋아하는 교수들, 듣고 있는 수업들, 기숙사 사람들 등에 대해 얘기를 나누는 내내, 클로이는 파티마가 그녀 역시 동성애자일지 모른다고 생각하도록 내버려두었다. 그녀는 열심히 얘기를 들으며 가끔 미소를 지었고, 과거의 연인에 대해 얘기할 때도 애매한 용어들을 사용했다. 전 애인들을 언급할 때는 성별이 드러나지 않는 어휘를 썼고, 파티마가 교내 연애에 대해 거론할 때마다 클로이는 그저 눈을 굴리며 말했다. 아, 세상에. 생각하기도 싫다.

클로이는 파티마가 좋았고, 그래서 그 자리를 망치고 싶지 않았다. 누군가와 친교라고 할 만한 것을 해본 지가, 다른 사람과 이렇게 즐거운 시간을 보내본 지가 너무나 오래된 참이라 이런 기분을 끝내고 싶지 않았다. 그래서 그냥 가만히 앉아 파티마의 얘기를 들었다. 가만히 앉아 파티마의 얘기를 듣고 미소를 지었다.

클로이를 기숙사까지 바래다주는 길에, 교정의 가로수길을 함께 걸으며 파티마는 다음날 밤에 캠퍼스 근처 어느 바에서 어떤 밴드의 연주가 있다고 했다. 친구 두 명이 그 밴드에 있는데 꽤 잘하는 애들이라고, 일종의 포스트인더스트리얼 펑크록 스타일의 음악이라고 그녀는 말했다.

클로이는 고개를 끄덕였다.

"음악 좋아해?"

"좋아해."

"그럼 꼭 와."

클로이가 웃으며 그러겠다고 대답하자 파티마가 클로이의 어깨에 손을 올리고는 꽉 잡았다.

"잘됐다." 그녀가 말했다. "네가 온다니까 정말 좋다."

잠시 후, 기숙사 앞에 다다랐을 때 클로이는 갑작스러운 후회가 들었다. 파티마가 오해하게 만들었다는 죄책감. 그녀는 리처드를 떠올리며 오빠라면 뭐라고 했을까 생각했다. 그들은 기숙사 옆 돌계단에 서 있었고, 봄꽃 향기가 대기를 가득 채우고 있었고, 멀리서 해가 지고 있었다.

"이 말을 꼭 해야 할 것 같아." 클로이가 땅바닥을 내려다보며 말했다.

"말해봐."

"어떻게 말해야 할지 잘 모르겠는데, 그냥 내가 동성애자가 아니란 말을 해야 할 것 같아서. 그러니까, 난 남자를 좋아해."

파티마의 얼굴에 미소가 번지기 시작하더니 마침내 웃음을 터트렸다.

“지금 장난하니?” 그녀가 말했다. “난 전혀 몰랐네.”

클로이가 그녀를 쳐다보았다.

“지금 장난하는 거지?”

“그래, 장난이야.”

“그럼 알고 있었어?”

“물론 알았지.”

갑자기 안도감을 느끼며 클로이 역시 웃기 시작했다.

“아이고, 나 정말 바보 같다.”

“그러지 마.” 파티마가 웃으며 팔을 뻗어서는 다시 한번 그녀의 어깨를 잡았다. “그럼, 내일?”

“그래.” 클로이가 말했다. “내일. 내일 아주 좋아. 그럼 그때 보자.”

다음 몇 주 동안, 클로이와 파티마는 점점 더 많은 시간을 함께 보내기 시작했다. 수업이 끝난 저녁이면 두 사람은 파티마가 같은 학년의 다른 여학생 세 명과 함께 사는 조그만 집에서 자주 어울려 놀았다. 파티마의 룸메이트 세 명 모두가 동성애자라는 사실은 그들 사이에선 아무런 얘깃거리도 안 되는 것 같았고, 클로이 역시 그 점을 자연스럽게 받아들였다. 양고기커리에 와인을 마시며 그들은 성 정치학에 대해, 브리트니 스피어스에 대해, 펑크록의 쇠퇴에 대해 이야기했다. 그들은 와인을 많이 마시고 담배를 많이 피웠으며, 때로는 파티마가 싱크대 밑에 숨겨둔 마리화나를 꺼내 피우기도 했다. 파티마와 대화를 나누면서 클로이는 그래픽 노블의 중요성과 고대 인도 요리법과 부치*와 팜**의 차이 등에 대해 알게 되었다. 파티마가 대학 일학년 때 버네사 홀트라는 여자애를 만나면서 공식적으로 커밍아웃을 했으며, 버네사에게 너무나 깊은 상처를 받아 지금도 그 이름을 언급하면 움찔하게 된다는 것을 알게 되었으며 파티마가 부모를 경멸한다는 것, 그래서 거의 말도 하지 않고 지낸다는 것, 근로장학금을 받으며 대학을 다니고 있다는 것도 알게 되었다. 또한 파티마가 언젠가는 현대정치사 교수가 되고 싶어한다는 것, 그래서 이미 박사과정까지 이수할 계획을 세워두고 있다는 것 역시 알게 되었다. 클로이는 파티마가 좋았다. 그토록 확신에 차 있으면서도 다정하고 가식이 없는 그녀의 성격이 좋았다. 파티마 옆에 있으면 스스로가 멍청하다거나 틀렸다는 생각이 들지 않아서 좋았고, 파티마의 목소리, 특히 깊은 밤 와인을 많이 마시고 그녀의 집 소파에 늘어져 있을 때 듣는 그녀의 목소리가 좋았다. 경쾌하게 높아지다가 부드럽게 낮아져 한참을 균일하게 이어지는 목소리가 좋았고, 그런 목소리를 자장가 삼아 잠드는 것이 좋았다. 어릴 적 엄마의 목소리를 자장가 삼아 잠들었듯이.

파티마를 알고 나서 생긴 또다른 장점은 그녀의 친구들 모두에게 다가갈 수 있다는 점이었다. 금방 알게 되었지만 파티마에게는 친구가 아주 많았다. 파티마는 모르는 사람이 없는 것 같았고, 특

* 여성 동성애자들 중에서 남성 역할자.

** 여성 동성애자들 중에서 여성 역할자.

히 학생회와 학교의 모든 정치적인 일에 관련된 학생들을 많이 알고 있었다. 그녀는 학생조합, 아시아학생연합, 민주당 대학생 지부를 포함해 몇 개 학생단체의 회원으로 활동하고 있었다. 또한 그녀는 '정치사상 공개토론회'라고 불리는 단체의 회원이자 공동설립자였고, 그것은 클로이가 처음으로 가입한 학생단체이기도 했다. 일주일에 한 번씩 저녁마다 그들은 학생조합 건물 별관 삼층에 있는 조그맣고 어둑한 회의실에 모여 그때그때 정한 다양한 정치적 주제에 대해 토론했다. 그 단체는 '공개'토론회라고, 모든 정치적 관점을 환영한다고 내세웠지만, 머지않아 클로이는 모임에 참석하는 대다수 학생들이 급진적인 성향임을 알 수 있었다. 그들은 캠퍼스 혁명가들이자 불순응주의자들이었다. 환경운동가, 여성운동가, 마르크스주의자, 토속신앙인 들. 클로이는 그들의 흥미진진한 토론에 들떴고 그들의 소란스러움에 취했다. 토론회의 학생들은 그녀는 품어본 적 없는 깊이 억눌린 분노를 표출하는 것 같았다. 그녀는 고함치고 열변을 토하는 그들, 연좌농성과 시위에 대해 이야기하는 그들, 학교 행정당국을 '돈에 굶주린 양떼'라고 표현하는 그들이 좋았다. 그들의 관점에서 보면 스트래섬 대학은 일종의 대기업에 지나지 않았으며, 따라서 모든 대기업들이 보이는 관료주의적 허섭스레기들로 가득찬 곳이었다.

토론회가 끝나면 보통 멤버들은 학교 근처에 있는 조그만 술집 코브로 가서 커다란 피처에 든 밀러 라이트를 마시며 토론을 이어갔다. 그때쯤이면 보통 파티마는 녹초가 되어 있었다. 모임에서 토론의 사회를 보느라 기진맥진한 파티마는 다른 이야기들을 하고 싶어했다. 가령 〈식스 핏 언더〉*에서 누가 누구랑 사귀는지, 배우 미라 소르비노는 요즘 왜 활동이 뜸한지, 클로이가 바른 립글로스는 어떤 종류인지 등등. 클로이는 그저 자리에 앉아 그녀를 응시하곤 했다. 파티마가 토론중의 격한 감정을 차단하고 순식간에 열기를 식히는 모습이 경이롭게 느껴졌다. 클로이는 모임에서 거의 말을 하지 않는 편이었지만 때로 화를 주체하지 못하고 토론을 계속 끌고 가려 할 때가 있었고, 그러면, 파티마는 그냥 클로이를 바라보며 웃기만 했다. 파티마는 클로이의 말이 모두 옳다고, 하지만 어떤 시점에서는 일단 말을 멈출 필요도 있다고 말하곤 했다.

그즈음, 클로이는 다시 머리를 길렀고 그전 겨울에 감량했던 체중을 거의 다 회복한 상태였다. 그녀는 다시 건강한, 심지어 여자답기까지 한 외모를 갖게 되었다. 모임이 끝나고 코브에 가면 말을 걸려고 다가오는 남자애들이 생기기 시작했다. 그들은 그녀가 앉은 테이블에 맥주잔을 쾅 내려놓고는 그녀에게 팔을 두르고, 때로는 농담도 걸었다. 집으로 초대하기도 했고 전화번호를 달라는 경우도 있었으며 때로는 술집 뒤로 가서 대마초를 피우자고 하는 애들도 있었다. 상황이 그쯤 되면 파티마는 여자 친구들 중 하나를 쳐다보며 고개를 가로젓거나 눈을 굴리곤 했고, 그러면 파티마의 친구가 조심스럽게 테이블 앞으로 몸을 숙이며 그들에게 이 테

* Six Feet Under. 2001년부터 2005년까지 방송된 미국의 드라마 시리즈로, 장의사를 운영하는 가족들의 삶과 애환을 그렸다.

이블에 있는 여자들은 남자를 좋아하지 않는다고 설명했다. "우린 다른 팀을 응원하고 있어." 그렇게 설명하면 남자들은 풀이 죽거나 어리둥절한 모습으로 돌아서서 자기들 자리로 돌아갔다.

"불쾌해하지 않았으면 좋겠어." 파티마는 가끔 클로이의 팔을 만지며 말했다. "내 말은, 너도 쟤들 별로 맘에 안 들잖아, 안 그래?"

그러면 클로이는 상관없다는 뜻으로 고개를 젓곤 했지만 가끔은 언짢기도 했다. 때로 그녀는 남자들의 관심을 갈망했다. 파티마와 그 친구들이 혁명을 갈망하듯이. 때로 그녀는 자신이 레즈비언의 자기장에 둘러싸여 있는 것 같아 답답하기도 했다.

그런 자기장의 힘을 감안하면 라자를 만날 수 있었다는 건 지금 생각해도 놀라운 일이다. 두 사람이 어떻게 만나게 되었는지는 언제 생각해도 신기하지만. 단지 기억나는 것은 어느 날 밤 파티마와 그 친구들과 함께 코브에 앉아 있는데, 어느 순간 파티마의 친구들이 자리에서 일어나 다른 곳으로 갔고, 그러고 나서 몇 분 후 남자애들 몇 명이 다가와 합석했다는 사실이다. 아시아학생연합의 회원인 그들은 파티마도 괜찮게 생각하는 아이들이었고, 곧 모두들 주말께에 있을 시위에 대해 이야기하기 시작했다. 그 시위는 스트래섬에서 인기 있는 어느 교수의 부당 해고에 항의하기 위한 것이었는데, 그 교수 역시 아시아계 미국인이었다. 선리 킴이라고, 영문과의 중국계 미국인 조교수인데 정교수 심사에서 탈락했어, 그들은 말했다. 내일 영문과 건물 밖에서 시위를 할 예정인데, 그때 영문과 학과장에게 탄원서를 제출할 거야. 서명한 애들이 삼백 명도 넘어.

이 모든 걸 설명한 사람은 이름이 승이라는 한국계 미국인 남학생이었는데, 파티마와 친한 친구라고 했다. 합석한 다른 두 남자는 인도인이었다.

"학교에서 설명은 했대?" 어느 즈음엔가 클로이는 그렇게 물었다.

"설명?" 승이 반문했다.

"그 사람이 왜 정교수 심사에서 탈락했는지 말야."

승은 눈을 굴리며 말했다.

"했지. 빤한 얘기지 뭐. 그러니까, 출간 저서가 부족하고, 학과의 요건을 충족하지 못했다는 식의."

"음, 그럼 그건 정당한 거 아닌가?" 클로이는 그렇게 말하는 자신의 목소리를 들었다.

순간 좌중이 고요해졌고, 파티마의 시선이 느껴졌다. 술기운이 올라오는 느낌도 들었다.

"내 말은 그러니까, 굳이 따지고 들자면." 클로이는 소심하게 말을 이었다. "그 사람이 학과 요건을 충족하지 못한 게 사실이라고 가정해봐. 그러니까, 해야 할 일을 제대로 하지 않았다는 관점에서 생각해보자고."

"그런 문제가 아니야." 승이 말했다. "그 사람은 훌륭한 선생이야. 게다가 입에 올리기도 싫은 엉터리들이 얼마나 많은데. 별 희한한 쓰레기들. 내 말은, 그러니까 다 개판이라고. 완전히. 내 말

믿으라고."

클로이는 고개를 끄덕이며 바닥을 내려다보았다. 그런데 순간 세상이 빙글빙글 돌고 실내가 흐릿해지더니 뱃속이 매스꺼워지기 시작했다. 그러고 몇 초 뒤 누군가 그녀의 어깨에 손을 얹었고, 고개를 들어보니 인도 남자애 두 명 중 과묵하고 잘생긴 쪽이 그녀 옆에 서 있었다.

"괜찮아?" 그가 물었다.

그녀는 고개를 가로저었다.

"나가서 바람 좀 쐴래?" 그가 팔을 뻗어 그녀를 일으켜 바 밖으로 데리고 나갔다.

밖으로 나온 뒤 보도에서 그녀는 커다란 금속 쓰레기통에 대고 두 번 토했고, 그사이 남자는 그녀의 머리를 잡고 어깨를 주물러주었다. 그는 괜찮다고, 아마 술을 너무 많이 마셔서 그럴 거라고, 누구나 경험하는 일이라고 말했다. 그러고는 그녀를 보도의 연석에 앉히고 바에서 가지고 나온 물잔을 건넸다.

"이거 마셔." 그가 잔을 입에 대주며 미소를 지었다. 마음을 진정시키는 미소였다.

그 외에 그날 밤에 대해 기억나는 건 거의 없었다. 그 남자애와 연석 위에 오래 앉아 있었다는 것, 둘이 담배 몇 대를 나눠 피웠다는 것, 그리고 그녀가 창피하면서도 이상하게 평온한 느낌을 받았다는 정도만 기억났다. 또하나 기억나는 것은, 어느 순간 그 남자애가 바에서 좀 전에 그녀가 했던 말, 킴 교수에 대한 그녀의 의견에 자기도 동의한다고, 일리 있는 말이라고 했다는 점이었다.

"정말이야?" 그녀가 물었다.

"그래." 그가 말했다. "나 역시 비슷한 생각이야."

"그런데 왜 아무 말도 안 했어?"

그는 웃음을 터트리며 눈을 굴렸다.

"승, 그 녀석 말이야. 녀석이 일장연설을 시작하면 그냥 고개 처박고 피해버리는 게 나아."

클로이는 미소를 지으며 담배를 한 모금 빨고는 그를 쳐다보았다. 뭔가 더 말하고 싶었지만 미처 입을 열기도 전에 바 문이 활짝 열리며 파티마가 나오더니 손가락을 흔들며 다가왔다.

"너!" 술에 취한 파티마가 클로이를 향해 손가락을 까딱거리며 말했다. "나한테 큰 돈 빚진 거 알아, 자기야?"

파티마는 깔깔 웃으며 약간 비틀거렸고, 클로이는 재빨리 달려가 파티마를 껴안고 사과했다. 그때쯤 다른 남자애들 둘이 밖으로 나와 연석에 앉아 있던 친구와 합류했다. 그들은 담배에 불을 붙이며 웃다가는 어느 순간 모두 뒤돌아 자리에서 일어나기 시작했다.

"우린 이만 물러갑니다, 아가씨들." 거리를 걸어가며 승이 등뒤에 대고 소리쳤다. "즐거웠다!"

그렇게 그 남자는 가버렸고, 클로이는 그 자리에 남아 거리 저편으로 멀어지며 불규칙적으로 오르락내리락하는 그의 뒤통수를 쳐다보았다.

"있잖아." 그들이 떠난 뒤 클로이가 말했다. "재 누구야?"

"누구?" 균형을 잡기 위해 우편함 한쪽을 붙잡으며 파티마가 물었다.

"나랑 이야기하던 남자애."

파티마가 그녀를 보며 웃었다.

"왜? 관심 있어?"

"아니. 그냥 궁금해서."

파티마는 웃음을 거두지 않은 채 자리에서 일어섰다.

"음, 이름은 라자 키타파. 그런데 말이지, 클로, 그애 가까이 하면 안 돼."

"왜?" 클로이가 물었다.

"왜냐하면 말이지." 파티마가 미소를 지었다. "여자친구가 있으니까."

2

그후 몇 달이 지나고 나서야 클로이는 라자 키타파의 연락을 받게 되었다. 스트래섬에서 삼학년 가을학기가 시작된 지 몇 주가 지난 참이었다. 그 무렵 그녀는 친구도 있고 사교생활도 있고 금요일 밤이면 할 일도 있는 여학생으로 탈바꿈해 있었다. 그해 봄에는 거의 모든 주말에 외출을 했고, 파티를 중심으로 짬짬이 공부시간을 끼워넣는 습관을 들였으며, 파티마만큼 친한 친구가 많진 않았지만 이젠 사람들이 자신을 안다는 사실, 안뜰을 지나갈 때 손을 흔들어주고 식당에 들어가면 웃어주는 사람들이 있다는 사실에 자부심을 느끼기 시작했다. 사실 이들 대부분이 파티마를 통해 만난 사람들이었지만, 그들이 자신을 보듬어주고 그들의 세계에 받아들여주고 자신을 친구로 여겨주는 것이 그녀는 좋았다.

라자가 전화를 한 날 밤에도 클로이는 그 친구들 중 하나와 외출을 했었다. 그가 전화를 했다는 사실은 지금 생각해도 놀랍다. 그때 그녀는 르 카페 루즈 뒤에 있는 좁고 침침한 화장실에 있었다. 캠퍼스에서 조금 떨어진 곳에 있는 어두컴컴한 그 카페에서는, 파티마와, 고급 시 창작 수업을 듣는 다른 여학생들이 구어체 시와 그들이 '즉흥시'라고 이름 붙인 창작시를 낭송하고 있었다. 공연중 잠깐 쉬러 나왔다 전화를 받은 클로이는 처음엔 그의 목소리를 알아듣지 못하다가 그가 이름을 밝힌 후에야 누구인지 알아차렸다. 그러고 나자 그날 밤의 기억이 모두 되살아났고, 잠시 그녀는 얼어붙은 듯 그 자리에 서서 거울에 비친 제 모습을 보며 말을 잇지 못했다. 처음에 라자의 목소리는 차분했다. 자신이 누군지 그녀가 기억하면 좋겠다고 말했고, 불쑥 전화해서 미안하다고 했고, 다음날 타미스에서 저녁식사를 함께 하지 않겠느냐고 물었다. 그는 전부터 전화하고 싶었지만 용기가 없었다고 했다.

그녀는 여전히 무슨 일인지 실감하지 못한 채 꼼짝 않고 제자리에 서 있었다.

"잘 모르겠어." 그녀가 마침내 말했다. "너 여자친구 있는 거 아니니?"

"있었지." 그가 말했다.

"그런데 지금은 아니고?"

"지금은 아니야."

클로이는 거울 속의 제 모습을 쳐다보았다.

"그애 한 번 본 적 있어. 네 여자친구." 그녀는 캠퍼스 식당에서 파티마가 가리키던 아름다운 인도 여자애를 떠올렸다. "예쁘더라."

"그래." 라자가 웃음을 터트렸다. "음, 예쁘기만 한 건 아니지만 말이지."

그의 말투가 갑자기 신랄해져 클로이는 괜한 얘기를 했다는 생각이 들었다.

"그나저나." 그가 말했다. "그럼, 내일? 타미스에서?"

"좋아. 거기로 가면 될까?"

"아냐, 아냐. 내가 네 기숙사로 갈게. 보자, 일곱시쯤 어때?"

"괜찮아." 그녀는 전화를 끊은 후 카페의 홀로 달려갔다. 마침 파티마가 무대에서 내려오고 있었다.

"야, 너 뭐야?" 자신을 향해 달려오는 클로이를 보며 파티마가 물었다. "도대체 왜 그렇게 활짝 웃고 있는 거야?"

다음날 저녁 라자는 약속대로 일곱시에 그녀를 데리러 왔고, 둘은 걸어서 타미스에 갔다가, 식사 후에는 캠퍼스 반대편에 있는 그의 기숙사 방으로 갔다. 방도 주인과 마찬가지로 신비스러울 거라고 생각했지만 그렇지는 않았다. 오히려 너무 평범해서 놀라울 정도였다. 문 맞은편 벽에는 높은 책장들이 한 줄로 놓여 있었고 구석에 놓인 조그만 소파베드 위에는 여러 록밴드들의 포스터가 너덜너덜한 채로 붙어 있었다. 벨 앤 세바스찬, 지저스 앤 메리 체인, 가이디드 바이 보이시스. 클로이는 구석에 놓인 책상에 앉아 조그만 은색 사진틀에 끼워진 그의 가족사진들을 유심히 보았다. 그의 어머니와 아버지, 여동생이 모두 전통 인도 의상을 입고 찍은 것이었다.

"이 사진들은 어디에서 찍은 거야?" 그녀가 사진 하나를 집어들며 물었다.

"결혼식일걸?" 라자는 그녀에게 다가와 어깨에 손을 얹었다. 그날 밤 두 사람의 몸이 닿은 것은 그때가 처음이었다.

"누구 결혼식?"

그가 클로이를 쳐다보았다.

"몰라. 기억 안 나." 그는 그녀를 향해 웃어 보였다. "말해봐. 우리 가족한테 왜 그렇게 관심이 많아?"

"모르겠어." 클로이는 어깨를 으쓱했다. "재미있는 사람들 같아."

"그래 보여?"

"그래."

"음, 사실은 그렇지 않아." 라자가 그렇게 말하고는 웃었다. "사실 우리 가족은 놀라울 정도로 재미가 없어."

"진짜?"

"그래. 진짜."

"음." 그녀가 말했다. "우리 가족도 그렇다고 말할 수 있으면 좋겠다."

그때까지 가족 얘기를 용케도 피해왔던 클로이지만 그 말과 함께 어떤 문을 열어버렸다는 생각이 들었다. 하지만 놀랍게도 라자는 더이상 캐묻지 않았다. 대신 잠시 그냥 그대로 서 있었다. 그러더니 그는 손으로 그녀의 얼굴을 감싸고 고개를 숙여 키스했다. 부드럽고 순수한 키스. 급류가 온몸을 훑고 지나가는 것 같았다.

"정말 좋았어." 나중에 그녀가 말했다. 그러고는 갑자기 부끄러워져서 덧붙였다. "내 말은 그러니까……"

라자가 그녀를 보며 웃었고, 클로이는 바닥을 내려다보며 얼굴을 붉혔다.

"아, 아냐." 그가 그녀의 팔을 어루만지며 부드럽게 말했다. "네 말이 맞아. 정말 좋았어."

그후 몇 주 동안 클로이와 라자는 항상 붙어다녔다. 함께 밥을 먹었고 수업이 끝나면 함께 커피를 마셨고 저녁을 먹은 후엔 도서관에서 함께 공부했다. 저녁식사 후 그의 기숙사 방에 갈 때면 그녀는 외박에 대비한 작은 가방을 챙기곤 했다. 아직 잠자리를 하진 않았지만 그런 소지품을 챙길 때마다 오늘밤이 바로 그날이 될지도 모른다는 생각이 스쳐지나갔다. 하지만 라자는 밀어붙이거나 압박을 주지 않았다. 그는 모든 게 천천히 흘러가기를 바라는 것 같았다. 그는 때가 오기를 기다리는 듯했다. 클로이 역시 그 편이 좋았다. 당분간은 그냥 침대에 함께 누워 그의 품안에서 저녁을 보내는 것만으로도, 그의 목소리나 오디오에서 흘러나오는 음악 소리를 들으며 잠드는 것만으로도 만족했다. 그들은 많은 저녁들을 그렇게 보냈다. 그냥 침대에 누워 이야기를 하거나 음악을 들으며. 라자는 그녀에게 이야기해주는 걸 좋아했다. 파키스탄과 인도에서 보낸 어린 시절, 그리고 나중에 뉴저지에서 보낸 고등학생 시절 이야기. 그런 대화들을 통해 그녀는 그의 어머니가 가난하게, 그의 아버지보다 더 가난하게 자랐으며, 아직도 영어를 거의 못 한다는 사실을 알게 되었다. 그의 어머니가 처음 미국에 왔을 때 거의 일주일에 한 번은 울었다는 사실, 뉴저지를 싫어한다는 사실, 미국 자체를 싫어한다는 사실, 가끔, 특히 그들이 여기 살기 시작한 첫해에, 집을 나가버린다고 협박했다는 사실 등을 알게 되었다. 그는 부모님이 미국의 학교 시스템을 불신한다는 얘기, 그들이 그의 선생들과 자주 면담했으며 한번은 아버지가 교장에게 편지를 써 선생 한 명을 해고해달라 요구하기도 했다는 얘기도 했다. 미국에서 보낸 첫해엔 모든 것이 달랐어, 그는 말했다. 부모님은 당신들이 아직도 뭄바이에서 살고 있는 것처럼 하더라고. 라자와 그의 여동생은 다른 인도 아이들이나 부모의 친구들 외에 다른 사람들과 어울리는 것을 금지당했고, 외식을 한 적도, 미국 음식을 먹은 적도 한 번도 없었다고 했다. 철저히 통제된 환경에서 사는 것 같았지, 그가 말했다. 그런데 시간이 지나니까 부모님도 마음을 놓고 좀 느슨해지시더라. 시간이 지나면서 그들은 저녁식사 자리에서 영어로 말하기 시작했고, 비디오가게에서 미국 영화를 빌려도 혼나지 않았으며, 주말에 미국인 친구들 집에서 자고 오는 일까지도 가능하게 되었다고 했다. 그래도 사라지지 않는 게 있었어, 그가 말했다.

미국에 대한 이상한 불신과 뭄바이에 대한 그리움. 일종의 향수가 아닌가 싶어. 영원히 사라지지 않는 향수. 그리고 그는 언젠가 부모님이 그곳으로 돌아갈 것임을, 아버지가 은퇴하고 여동생이 독립하면 영영 돌아가 살 것임을 알고 있었다. 하지만 그에 대해 어떻게 생각하느냐고 클로이가 물었을 때 라자는 별말 없이 단지 부모의 삶—부모의 결정—은 그들의 것이지 자기 것이 아니라고만 말했다.

"그래도 신경 안 쓰여?" 클로이가 물었다.

"신경쓰고 말고의 문제가 아니야." 라자는 그렇게 대답하며 시선을 돌렸고, 그뒤로는 오랫동안 그의 부모 얘기는 나누지 않게 되었다.

십대 시절에 겪은 그런 어려움에도 불구하고 라자는 그때까지 스트래섬에서의 생활을 즐기고 있는 것 같았다. 그는 이 학교에서 아주 많은 친구들을 사귀었고, 그 수는 클로이가 여태 사귄 친구의 수보다 많았다. 그들은 수업이 끝난 후 저녁시간에 그의 방으로 자주 찾아왔다. 그 친구들은 교수 주변을 맴도는 학생들처럼 라자의 주변을 맴도는 듯 보였다. 그들은 라자의 의견을 중시했고 그의 조언을 존중했으며 인생의 다양한 문제들을 그와 상담했다. 클로이는 그런 그의 친구들이 친구가 아니라 '환자' 같다고 놀리며 그에게 경쟁력 있는 가격을 정해 상담료를 청구하라고 말하곤 했다.

"여기에 소파라도 하나 갖다놓자." 그녀는 어느 날 라자에게 말했다. "그리고 말이야, 복도에 접수대를 설치하는 거야. 내가 비서

하면 되겠다."

"그러게." 라자가 웃음을 터트리더니 클로이를 이상한 표정으로 바라보다가 얼굴을 찡그렸다. "솔직히 말하면, 있지, 난 걔들이 왜 날 찾아오는지 잘 모르겠어. 내 말은, 그러니까, 왜 내가 자기들을 도울 수 있다고 생각하는지 정말 모르겠어. 오히려 반대가 되어야 할 것 같은데 말이야."

하지만 클로이는 내심 은근히 좋았다. 스트래섬의 많은 학생들이 라자를 우러러보는 것 같아서, 그리고 그녀의 눈에 보이는 그의 내면이 그들 눈에도 보이는 것 같아서. 라자는 친절하고 다감한 영혼, 자기가 사랑하는 사람들을 위해 무엇이든 기꺼이 할 남자였다. 이런 남자와는 한 번도 사귀어본 적이 없었고 그렇게 되리라 믿지도 않았다. 물론 얼마 지나지 않아 스트래섬에 있는 많은 여자애들이 그녀와 같은 생각을 갖고 있다는 걸 알게 되었지만. 사실, 저녁에 라자의 방에 들르는 아이들 중 여학생의 수가 남학생의 두 배는 되는 것 같았다. 클로이가 불편하게 여기는 사람들은 대부분 그런 여학생들이었다. 그들은 아무때나 불쑥 나타나 라자의 침대 가장자리에 앉아 머리카락으로 손장난을 하거나 수업에 대한 불만을 쏟아내기 시작했고, 때로는 라자의 컴퓨터 앞에 앉아 자기 이메일을 확인하기도 했다. 그런 여자애들 대부분은 인도 여학생들이었는데 어떤 애들은 아주 예뻤다. 그리고, 하나같이 라자에게 푹 빠진 아이들이었다. 그들은 클로이를 거의 쳐다보지도 않았지만, 보더라도 거의 관심도 없는 것 같았고, 대개는 방안에 있는 클로이의 존재를 완전히 무시한 채 라자와 이야기했다.

그녀는 대부분의 경우 개의치 않았고 예민하게 받아들이지 않으려고 노력했다. 자신의 불안과 두려움을 관계에 개입시키는 그런 여자친구는 되고 싶지 않았다. 하지만 어떤 때는 믿을 수 없을 정도로 냉랭한 그 여자애들 때문에 울고 싶어지기도 했고, 어느 날 밤 급기야 눈물을 보이고야 말았다.

두 사람이 사귀기 시작한 지 몇 주쯤 지난 10월 초의 어느 밤이었다. 클로이와 라자는 그의 기숙사 방에서 같은 층 학생들과 함께 중국 음식을 사다 먹으며 놀고 있었다. 대부분 클로이가 모르는 사람들이었지만 그들 중 최소한 한 명은 예전에 라자와 사귄 적이 있는 여자애였다. 그날 밤 내내 클로이를 무시하던 그 여자애는 맥주가 몇 병쯤 비고 나자 어느 순간 클로이의 과거를 캐고 들며 그녀의 신입생 시절에 대해 묻기 시작했다. 재가 그 또라이 아니었나? 그애가 말했다. 파티에 항상 혼자 나타나던 그 또라이 말야. 걔를 뭐라고 불렀더라? 그 여자애는 계속 질문을 늘어놓았다. 걔 이름이 뭐였지? 라자를 포함해 방에 있던 사람들 누구도 그 여자애가 말하는 대상이 누군지 모르는 것 같았지만 클로이는 알고 있었다. 그리고 한참 후 그녀는 자리에서 일어나 방을 뛰쳐나갔다.

나중에 뒤따라온 라자가 기숙사 밖 안뜰의 좁은 숲길에서 그녀를 찾았을 때 클로이는 주체할 수 없이 울고 있었다. 라자는 주저 없이 달려와 그녀를 품에 안았다.

"무슨 일이야?" 그가 클로이의 머리를 쓰다듬으며 말했다. "아까 걔가 뭐라고 한 거야? 무슨 말을 한 거지?"

하지만 클로이는 대답하지 않았다. 신입생이던 그때를 생각조차 않게 된 지, 그리고 아무도 그에 대해 암시조차 않게 된 지 너무나 오래되어, 클로이는 제 인생의 그 부분은 막을 내렸다고, 다 지난 일이라고, 이제 아무도 기억하지 못할 거라고 믿고 있었다. 하지만 기억하는 사람들은 있었다.

그날 밤 늦게 그의 침대에 함께 누워 클로이는 라자에게 그 이야기를 했다. 스트래섬에서의 처음 몇 개월에 대해, 그뒤로 이어졌던 몇 주, 몇 달의 시간에 대해, 외톨이로 보낸 일 년 반에 대해 이야기했다. 그 모든 것을 털어놓으며, 그녀는 어쩌면 이번이 그와 나누는 마지막 대화가 될 수도 있겠다는 생각에 정신이 번쩍 들었다. 하지만 라자는 흔들리지 않았다. 그는 줄곧 그녀의 눈을 바라보며 이야기를 들어주었고, 그의 표정에는 실망이 아닌 걱정이 가득했다. 그리고 마침내 클로이가 이야기를 마치자, 그는 그녀의 머리에 손을 올려 자기 쪽으로 끌어당겼다.

"내게 말해줘서 기뻐." 라자는 그녀의 입술에 키스했다. "그런 일을 겪어야 했다니 정말 안쓰러워."

"이젠 내가 좀 못나 보이지?"

"물론 아니지." 그가 웃음을 터트렸다. "그건 있을 수 없는 일 같은데."

그러면서 라자는 그녀의 몸에 팔을 둘러 자신의 몸 위로 끌어올렸다. 그녀를 꽉 끌어안는 그의 몸짓을 느끼며 클로이는 무슨 일이 일어나고 있는지, 그가 무엇을 원하는지 알아차렸다.

클로이는 그전에 딱 한 번 섹스를 해본 적이 있었다. 집을 떠나 대학에 입학하기 몇 주 전, 고등학교 때 남자친구 더스틴 오키프와 있었던 일이었다. 그때 그녀는 얼른 해치워버리는 거라고, 처녀인 채로 대학생이 되지 않으려고 그러는 것뿐이라고 스스로에게 말했다. 하지만 이번에는 달랐다. 여전히 조금 아프기는 했지만 더스틴과 했을 때와는 다른 아픔이었다. 아프지만 기분이 좋았다. 라자는 믿기 힘들 정도로 다정했고 믿기 힘들 정도로 부드럽고 차분했으며 그녀를 만지는 손길이 너무나 확신에 차 있어서, 클로이는 그것이 전에도 해본 적 있는 경험이라는 사실을 잠시 잊을 정도였다.

잠시 후 땀에 젖은 채 함께 누워 있을 때 라자는 몸을 기울여 그녀의 머리를 헝클어트렸다. 그는 그녀를 바라보며 미소를 지었다.

"기분 어때?" 그가 물었다.

"무슨 뜻이야?"

"바로 지금, 기분이 어떠냐고 묻는 거야."

"좋아."

"확실하지?"

"응. 왜? 좋으면 안 되는 거야?"

"아니, 아니." 그가 웃으며 그녀의 팔에 입을 맞췄다. "그냥 확인해보고 싶었어."

그리고 다음 몇 주는 시간이 어떻게 지났는지 기억나지 않는다.

나중에 클로이는 그때가 인생에서 가장 행복한 시간이었음을 깨닫게 되었다. 아침마다 라자 곁에서 일어나고, 함께 걸어서 아침 수업에 들어가고, 늦은 오후에 그의 방에서 비밀스럽게 만나고, 밤에는 그의 친구들과 모여 캠퍼스 밖에 있는 바나 식당, 파티에 다니던 그때. 다른 생활은 점점 줄어드는 것 같았다. 예전처럼 과제에 온 정성을 쏟지 않았고 시험에 대해서도 그리 크게 걱정하지 않았다. 이메일도 잘 열어보지 않았고 전화도 받지 않았다. 심지어는 하루에 적어도 한 번은 전화를 걸어 음성사서함에 대고 어디 있는지 물어대는 파티마와도 얘기를 나누지 않았다. 다른 모든 것들은 멀어져가는 것 같았다. 라자만 빼고 모든 것들이. 그리고 당분간은 라자만으로 충분한 것 같았다.

설명하기는 힘들었지만 라자에게 끌리던 그 마음은 다른 사람에게서는 한 번도 느껴본 적이 없는 마음이었다. 거기엔 어떤 논리도 없었다. 가만히 앉아 냉정하게 행동하려고, 자제하는 모습을 보이려 애쓰다가도, 어느 순간 저도 모르게 손을 뻗어 그를 만지게 되는 것이었다. 통제불능상태나 마찬가지였다. 때로는 꿈속에 있는 듯한 느낌도 들었다. 꿈속에서 스스로 행동을 통제할 수 있다고 믿고 있다가 갑자기 엉뚱한 행동을 하고 있는 자신을 바라보며 사실은 그럴 수 없다는 것을 깨달을 때와 비슷한 느낌. 라자와 함께 있을 때 그녀는 바로 그런 기분이었다. 마치 그녀의 외부에 자신보다 더 센 어떤 힘이 있어 그의 옆에 있지 않을 수 없게, 함께 있을 때면 그를 만지지 않을 수 없게 만드는 것 같았다.

그 시절 클로이가 라자와 함께 하던 가장 즐거운 일은 수업이 끝난 저녁에 그가 일하는 곳으로 찾아가는 것이었다. 그곳은 캠퍼스 반대편에 있는 조그맣고 어두침침한 극장이었는데, 연극예술과 건물 별관 이층에 있었다. 라자는 근로장학금을 받는 조건으로 스트래섬의 영화 전공 학생들과 수업을 위해 일주일에 두세 번씩 영화를 틀어주는 일을 맡고 있었다. 대개는 제목도 들어본 적 없는 잘 알려지지 않은 유럽 영화들이었지만 클로이는 그런 영화들을 보는 것이 좋았다. 그녀는 특히 연극예술과 건물 뒤편 계단으로 몰래 올라가 영화를 틀어주고 있는 라자를 놀래주는 것이 가장 좋았다. 가끔씩 그녀는 커다란 팝콘 봉지와 여섯 개들이 맥주를 가지고 가서 라자와 함께 그곳에 앉아, 스크린의 은색 불빛에 잠긴 채 눈앞에 펼쳐지는 영상을 숨죽이고 바라보는 관객들을 내려다보곤 했다.

관객들이 줄지어 나가고 나면 라자는 영사실 뒷방으로 클로이를 데려갔다. 먼지가 부옇게 내려앉은 넓은 방에 필름들이 여러 줄로 꽂혀 있던 그곳은 스트래섬 대학 영화과의 모든 자료를 모아놓은 도서관이었다. 그곳에서 라자는 명작 필름들을 이것저것 보여주며 그 하나하나가 왜 중요한지, 그 작품들이 자신의 삶에 어떤 영향을 미쳤는지 상세히 설명해주었다. 그러고 나서 그는 무심히 그녀를 돌아보며 하나 고르라고 말하곤 했다.

"이러면 안 되는 거 아니야?" 그가 처음 권했을 때 클로이는 그렇게 물었다.

그는 웃으며 고개를 저었다.

"나한테 열쇠가 있잖아." 그는 주머니를 툭툭 치며 말하고는 방 안을 휘익 둘러보았다. "자." 그는 웃으며 말했다. "뭘 고를래?"

그렇게 자정 즈음부터 새벽 네시까지, 일주일에 두세 번씩 그들은 지난 반세기의 걸작들을 섭렵했다. 베르그만과 파스빈더, 트뤼포와 고다르의 영화를 보았고, 미켈란젤로 안토니오니의 〈정사〉와 사티야지트 라이의 〈대지의 노래〉를 보았으며, 메이즐스 형제의 오래된 다큐멘터리 영화들과 테런스 맬릭과 존 캐서비티스 같은 미국 감독들의 짧은 독립영화들을 보았다. 그들은 깊은 경외감을 품고 이 영화들을 관람했다. 영사실 가장자리에 걸터앉아 어두운 극장을 내려다보며, 영사기가 조용히 돌아가는 소리에 최면에 걸린 듯 영화에 빠져들었다. 가끔 라자는 중요한 장면에서 영사기를 멈추고 자신의 평을 덧붙이며, 왜 그 장면의 카메라 각도가 대단한지, 조명은 얼마나 훌륭한지 설명하곤 했다. 때로 클로이가 라자를 쳐다보면, 그는 눈앞의 장면에 매료된 듯 꼼짝도 하지 않고 화면을 응시하고 있었다. 라자는 화학을 전공으로 택했지만 클로이는 그것이 그의 결정이 아니라 아버지의 결정임을, 그리고 라자가 뜻대로 할 수 있었다면 영화학을 택했을 것임을 알고 있었다. 그럼에도 클로이는 그런 생각을 드러내놓고 말하거나 함께 얘기해보자고 나서지 않았다. 딱 한 번 넌지시 말했을 때 라자는 시무룩하고도 냉랭해졌다. 이제 와서 전공을 바꾸는 건 말도 안 돼, 그는 말했다.

"하지만 그렇다고 생각도 안 해보는 거야?" 함께 안뜰을 걸으면서 클로이가 물었다. 새벽 네시였고, 그제야 극장에서 돌아가는 중이었다. 모두들 기숙사에 잠들어 있는 시간, 교정은 고요하고 어두웠으며 가을이 되고 처음 부는 상쾌한 바람이 얼굴을 때리고 있었다.

클로이의 질문에 라자는 한참 말이 없더니 단호한 얼굴로 그녀를 보았다. 그녀에게 그런 표정을 보인 것은 그때가 처음이었다.

"아니." 마침내 그가 말했다. "솔직히, 난 그런 생각 안 해."

나중에 라자의 방으로 돌아간 후 클로이는 그 말을 꺼내서 미안하다고 사과했고, 그는 괜찮다고 했다.

"그냥 네가 그걸 너무 좋아하는 것 같아서 그랬어." 클로이가 말했다.

"좋아해." 라자가 말했다. "하지만 넌 우리 가족을 이해 못해. 내가 영화를 전공하면 그건 모욕이자 망신이 되는 거야."

"유명한 감독이 된다 해도?"

"그래." 그가 바닥을 내려다보며 말했다. "유명한 감독이 된다 해도."

나중에 클로이는 그날의 대화를 후회했다. 그것은 그토록 완벽한 행복의 나날에 몇 번 없었던 어색한 순간이었다. 또한 그것은 모든 것이 틀어지기 전 라자와 마지막으로 나눈 일상적인 대화이기도 했다. 다음날 밤, 수업이 끝나고 제 방으로 돌아온 클로이는 음성사서함에 남겨진 리처드의 운명적인 메시지를 듣게 되었다.

여긴 세계제삼차대전중이다, 클로. 농담 아냐. 가족 전선에 문제 있음.

오빠에 따르면 부모님 사이의 문제는 한참 쌓여온 것이라고 했다. 이런 날이 올 줄 알았어, 리처드는 말했다. 클로이가 대학으로 떠난 후로 불화가 계속 심해지고 점점 더 불편해졌다고 했다. 엄마는 아버지가 집에 못 들어오게 문을 잠그기까지 했어, 그는 말했다. 아버지는 물건을 때려부수고. 리처드가 집에 와보니 아버지가 술에 취해 속옷만 입고 거실 바닥에 누워 있거나, 엄마 혼자 벽장에 앉아 구두들을 상자에 싸면서 울고 있던 날도 있었다고 했다. 무슨 특별한 문제가 있는 건 아니래, 그가 말했다. 여러 가지 작은 문제들이 곪아터졌고, 불행 속에 살아온 긴 세월이 결국 이런 결과를 가져온 거라더라. 어쨌든 부모님은 그렇게 설명했다고, 전날 저녁식사 자리에서 아들에게 앞으로 일어날 일에 대해 얘기하며 그렇게 말했다고 했다. 그런 소식을 전하는 리처드의 목소리는 차분했지만 클로이는 오빠가 걱정하고 있음을 알 수 있었다. 오빠 자신 때문이 아니라 동생 때문에.

"엄마랑 아버지가 내일 밤에 너한테 전화하신댔어." 리처드가 설명을 마치며 말했다. "너한테 귀띔을 좀 해줘야 할 것 같아서. 그러니까, 마음의 준비를 좀 하라고."

클로이는 아무 말도 하지 않았다. 아직 눈물이 나거나 하지도 않았다. 실제로 울게 된 건 나중의 일이었다. 그때는 그저 생각을 정리하려고, 오빠가 하는 말을 이해하려고 애를 썼다.

"일단 별거를 하지 그런대?" 클로이가 마침내 물었다. "내 말은, 그러니까, 왜 꼭 그렇게 끝장을 봐야 하는 거냐고."

"모르겠어, 클로." 리처드가 말했다.

다시 한번 긴 침묵이 흐르고 난 뒤 클로이가 말했다.

"근데, 누구였어?"

"무슨 소리야?"

"그러니까, 이혼을 먼저 요구한 게 누구였냐고. 엄마야, 아빠야?"

"모르겠어, 클로. 그냥 얘기하다가 함께 결론을 내린 거겠지. 안 그래?"

"그건 불가능해. 항상 요구하는 사람이 있는 거야. 이야기를 먼저 꺼낸 사람 말이야."

리처드는 한참 말이 없다가 입을 열었다.

"모르겠어. 그래도 추측을 해본다면 엄마가 아닐까 싶은데, 어떻게 알겠어? 그리고, 사실 그건 지금 당장 생각할 문제도 아니고."

"어, 그래? 그럼 내가 지금 무슨 엿같은 생각을 해야 하는 건데? 정말로 리처드, 제발 오빠가 좀 가르쳐줘."

그리고 바로 그렇게 클로이는 무너졌다. 바로 그렇게, 그녀는 마침내 사태를 실감하고 저도 모르게 울기 시작했다. 클로이가 온몸을 부들부들 떨며 숨넘어가도록 우는 동안 수화기 저편에서는 그녀의 오빠가 동생을 달래고 미안해하고 다 괜찮아질 거라고 위로했다. 침착한 리처드. 예민한 리처드. 그녀의 천사 같고 완벽한 오빠는 언젠가 이런 일이 있을 거라 짐작하지 않았느냐고, 오랫동안 쌓여온 일이라는 걸 알지 않느냐고 말했다. 오빠의 말이 맞는다는 사실은 클로이도 물론 알고 있었다. 지난여름에 직접 목격한 일이었다. 아빠는 거의 매일 밤 친구 데이브 밀하우저와 어울리며 늦게 들어왔고, 엄마는 틈만 나면 아빠에 대한 불만을 쏟아냈으며, 두 사람은 침실에서 문을 닫고 몇 시간이고 계속 다투곤 했었다. 그럼에도 클로이는, 어리석고 이기적인 생각인 줄 알면서도, 부모가 따로 사는 것보다는 불행하게라도 함께 살았으면 좋겠다고 생각했다. 리처드에게 그렇게 말하자 그 역시 맞장구를 쳤다. 그리고 리처드는 한 시간 가까이 수화기 저편에서 동생의 말을 들어주었다. 정작 동생은 우는 것 외엔 별말도 하지 않았지만.

다음날 아침, 조각조각 모으면 한 시간이나 될까 싶게 자고 일어난 클로이는 아침 수업을 빼먹기로 마음먹고, 캠퍼스 맞은편 공원으로 가서 강이 내려다보이는 조그맣고 그늘진 벤치에 앉아 있었다. 클로이는 그곳 벤치 가장자리에 앉아 줄담배를 피우며 계속 울었다. 라자에게 전화할까 했다가 그러지 않기로 마음먹었다. 그리고 그냥 거기 앉아, 이 모든 일이 어떤 여파를 불러올지, 당장 그녀 자신에게는 어떤 의미가 있는지 생각해보았다. 이제부터 가족 휴가는 어떻게 될지, 크리스마스에 집에 가면 어떤 상황이 벌어질지 궁금했다. 부모님은 어디에서 살 것이며, 집은 누가 갖게 될지, 집을 팔게 되진 않을지 궁금했다. 부모가 재혼을 해 각기 다른 사람과 함께 있는 모습을 본다면 기분이 어떨지, 이제 부모와 각각 따로, 성인으로서 대화하게 되면 그 기분은 어떨지도 궁금했다. 멀리 안뜰의 낙엽 위에서 학생들 여럿이 럭비공을 주고받으며 노는 모습이 보였다. 하늘은 흐리고 어두컴컴했다. 오랜만에, 거의 일 년 만에 처음으로, 클로이는 휴스턴 집에 가고 싶어졌다.

정오 무렵 클로이는 마침내 집에 전화를 했지만 엄마는 약속이 있어 막 나가려던 참이었다. 수화기 너머로 긴 침묵이 흐른 뒤 엄마는 먼저 말해버린 리처드에 대해 화를 냈다. 네가 이런 식으로 알게 되는 걸 원치 않았어. 엄마는 말했다. 하지만 엄마의 말이 끝나기도 전에 클로이는 전화를 끊어버렸다. 그날 늦게 아빠가 전화를 걸어왔을 때 그녀는 전화를 받지 않고 음성사서함으로 연결되도록 기다렸다가 아빠의 메시지를 듣고 또 들었다. 왜 이런 일이 일어났는가에 대한 아빠의 우회적이고도 신중한 설명. 네 엄마와 내가 오랜 세월을 함께한 건 너도 알겠지, 우리 딸…… 물론 우린 서로를 많이 사랑하지만, 때로 사랑만으론 안 되는 일이 있어. 때로 인생은 복잡하게 꼬이고…… 클로이는 아빠가 술에 취한 건가, 술집에서 이런 일장 연설을 하고 있는 건가, 의문이 들었다. 수화기 너머로 유리잔 부딪치는 소리, 사람들 웃는 소리가 들렸다. 아빠가 집에서 나와버린 건 아닌지, 그녀는 궁금해졌다.

클로이는 하루종일 라자를 생각했다. 그와 이야기하고 싶었고, 무슨 일이 일어났는지 말하고 싶었고, 그가 전화에 남겨놓은 수많은 메시지에 답하고 싶었다. 아침부터 여섯 시간 동안 라자는 거의 한 시간에 한 번씩 음성메시지나 문자로 그녀가 어디 있는지 물었다. 하지만 마음 한켠에서는 라자와는 그런 얘기를 하고 싶지 않다는, 사귄 지 얼마 되지도 않았는데 자신을 그렇게 다 드러내고 싶지는 않다는 생각이 들었다. 그래서 클로이는 그의 전화에 답하는 대신 파티마에게 전화를 걸어 그녀에게 가겠다고 했다.

"너 여태 살아 있었니?" 클로이가 전화하자 파티마는 비꼬는 듯 물었다. "응? 난 너 죽은 줄 알았지 뭐야." 하지만 클로이의 목소리에서 무언가를 읽은 건지, 훌쩍이는 소리를 들은 건지, 파티마의 말투가 바뀌었다. "응, 자기야." 파티마가 부드럽게 말했다. "무슨 일 있는 거야?"

클로이는 대답하지 않았다.

"자기야!"

"나 거기 가도 돼?"

"당연하지." 파티마가 갑자기 근심 가득한 목소리로 말했다. "당장 와."

파티마의 집에서 클로이는 모든 것을 쏟아냈다. 라자에겐 말할 수 없는 모든 것을 파티마에게 이야기했다. 이런 일을 벌인 부모가 얼마나 미운지, 미숙한 대처 방식 때문에 얼마나 더 미워지는지, 왜 그런 진부한 말로 설명하는지, 왜 오빠에게 먼저 말했는지, 결혼생활을 유지하기 위해 왜 좀더 노력하지 않았는지.

"그래, 결혼생활에 문제가 있다 쳐." 클로이가 말했다. "분명 큰 문제지. 그럼 상담을 받든가. 잘되게 만들어야지. 빌어먹을 이혼을 꼭 해야 하는 건 아니잖아."

그러자, 역시 부모의 이혼을 경험한 파티마도 동조했다.

"인간은 약한 존재야. 나이가 들수록 더 실감하게 되더라고."

그렇게 둘은 계속 이야기를 나누었다. 밤이 늦도록 그들은 연거푸 와인을 마셨고 연거푸 담배를 피웠으며, 각자의 부모에 대해 핏대를 올리며 욕했고, 싸움 이야기들을 서로에게 늘어놓았으며, 서로의 과거를 측은히 여겼고, 결혼의 무익함에 대해 논했다. 그사이 클로이의 음성사서함에는 메시지가 차곡차곡 쌓이고 있었다. 엄마와 아빠와 리처드와 라자에게서 온 메시지들. 클로이는 모두 무시하고 계속 술을 마셨다. 그러다가 어느 사이엔가 파티마가 싱크대 밑에 숨겨둔 마리화나를 조금 꺼내 말았다. 두 사람은 식탁에 앉아 그것을 끝까지 피웠다. 그후엔 거실에 가서 티브이를 보려 했지만 스크린의 영상이 너무 빨리 움직이는 듯 느껴졌고, 곧 속이 울렁거리기 시작했다. 얼마 지나지 않아 클로이는 파티마의 집 뒷마당에 나가 잔디밭에 속을 게워냈다. 등뒤로는 부엌 조명을 배경으로 문간에 서 있는 파티마의 실루엣이 보였는데, 잠시 후에 보니 다른 누군가가 그 옆에 서 있었다. 눈을 가늘게 뜨고 쳐다보았지만 누구인지 알아볼 순 없었다. 그때 그 사람이 그림자 밖으로 나왔다. 눈이 어둠에 적응하면서 그녀는 순간 그 사람을 알아보았다.

"다 괜찮아질 거야." 라자가 그렇게 말하고 있었다. 그러면서 잔디밭을 걸어온 그는 차가운 풀밭에 무릎을 대고 앉아 그녀를 품에 안았다. "파티마가 말해줬어." 그가 속삭였다. "정말 마음이 아프다."

그녀는 울고 있었고, 라자는 그녀의 머리를 안고 있었으며, 갑자기 세상이 느리게 움직였다. 내용은 기억나지 않지만 라자가 계속 뭐라고 속삭였고 클로이는 계속 울었다. 그의 외투에서는 퀴퀴한 담배 냄새가, 입에서는 술냄새가 났다. 어디 있었느냐고 물어도 라자는 대답하지 않았다. 그냥 계속 그녀의 어깨를 문지르며 다독일 뿐이었다. 처음 만났던 그날 밤처럼. 그러다 마침내 고개를 든 클로이의 눈에 라자의 볼에 난 상처와 부어오른 눈가가 들어왔다.

"야," 클로이가 말했다. "네 얼굴 왜 이래?"

라자는 그저 고개를 저었다.

"나중에 이야기하자. 다음에. 지금 당장 중요한 건 널 집으로 데려가는 거야."

순간 클로이는 깨달았다. 그가 말한 집이란 자신의 기숙사 방을 두고 한 말이라는 것을. 그에게는 그의 기숙사 방이 두 사람의 집이라는 것을.

3

시간이 흐른 뒤, 클로이는 그날 라자의 전화를 받았다면, 파티마의 집에 가지 않았다면 이런 일을 막을 수 있지 않았을까 생각해보았다. 라자가 그날 밤 자신과 함께 있었다면 친구들과 어울려 코브에 가지 않았을 것이고, 그랬다면 그 남자애들과 마주치지도 않았을 것이다. 라자는 타일러 벡위스가 누군지도 몰랐을 것이고, 타일러 벡위스는 병원 신세를 지지 않았을 것이다. 하지만 뒤늦게 그런 생각을 해봤자 아무 소용 없는 일이었다.

사실 당시에는 그날 밤 무슨 일이 있었는지 알지 못했다. 라자도 그 일에 대해 거의 아무 말도 하지 않았다. 다음날 클로이가 물었을 때도 그는 화제를 피하며 애매하게 대답했다. 실랑이가, 어떤 오해가 있었다고만 말하고는 더이상 얘기하고 싶지 않다고 했다. 설명할 가치도 없는 일이야, 그는 말했다. 정말 아주 멍청한 짓이었어. 하지만 클로이는 그날 밤 함께 있었던 친구 승과 사힐로부터 다른 얘기를 듣게 되었다.

그날 밤 바에서 타일러 벡위스라는 남자애가 승에게 다가와 시비를 걸었다고 했다. 승이 바 한쪽에서 타일러 벡위스의 여자친구—승과 현대건축 수업을 함께 듣는 키가 작고 얼굴이 하얀 여학생—와 대화를 나누고 있었는데 타일러 벡위스가 그것을 못마땅하게 여겼다는 것이었다. 승이 미처 깨닫기도 전에 타일러가 바짝 다가와 그를 밀쳐대며 욕을 했다고 했다. 누렁이. 째진 눈. 생각할 수 있는 모든 험한 말들. 꼭 꿈속 같았어, 승이 말했다. 전혀 이유 없는 도발이었거든. 그 자식이 완전 취했더라고. 어쨌든 어느 순간 라자가 끼어들어 승을 지키고 싸움을 막으려고 했지만 타일러가 라자를 밀쳤고, 라자는 온 힘을 다해 그에게 달려들었다고 했다. 그다음에 일어난 일은 뭐가 뭔지 잘 모르겠다고 했다. 아는 거라곤 결국 라자가 그 타일러라는 녀석을 술집 바닥에 찍어누르고 그의 여자친구를 포함해 모두가 보는 앞에서 모욕을 주었다는 것. 게다가 사과할 때까지 놓아주지 않았다고 승이 말했다.

"알잖아." 승이 덧붙였다. "우리 선수, 럭비 하던 애라는 거."

"라자가?"

승이 고개를 끄덕였다.

"몰랐어?"

"응." 클로이가 고개를 저으며 말했다. 그녀는 정말 모르고 있었다. 처음 듣는 얘기였고, 라자에 대한 다른 설명들과 마찬가지로 쉽게 납득이 되지 않았다. 사실 그 어느 것도 납득이 되지 않았다. 승과 사힐이 묘사하는 라자는 그녀가 생각하는 라자의 이미지와 전혀 어울리지 않았다. 라자는 물론 힘이 센데다 보통 남학생들보다 키도 훨씬 크긴 했지만, 싸움에, 특히 술집에서 벌어지는 싸움에 휘말릴 사람처럼 보인 적은 한 번도 없었다.

그런데 클로이가 그 얘기를 꺼내기만 하면 라자는 말머리를 돌리거나, 승과 사힐이 한 얘기는 모두 과장된 헛소리라고 주장했다.

"그럼, 예전에 럭비 했다는 건 사실이야?" 클로이가 물었다. 그의 방에 함께 앉아 있던 어느 날 밤이었다.

그 말에 클로이를 쳐다보던 라자가 마침내 고개를 끄덕였다.

"한 학기 동안. 일학년 때였어. 왜?"

"몰라. 그냥, 럭비는 너무 폭력적인 게임인 것 같아서. 그리고 넌 정말 평화주의자 같고."

"나 평화주의자 맞아." 라자가 말했다.

"술집에서 사람들 두들겨팰 때만 빼고. 그치?"

클로이는 라자에게 윙크를 했지만 그가 그 농담을 싫어한다는 걸 알 수 있었다.

"그건 실수였어." 마침내 그가 말하며 등을 돌렸다. 두 사람이 그 사건에 대해 이야기한 것은 그때가 마지막이었다.

실제로, 그때 이후로 클로이는 그 일에 대해 다시 언급하지 않았다. 그들은 다른 이야기들을 했다. 라자의 기숙사에 새로 생긴 커플에 대해서라든가 그곳에서 일어나는 다양한 사건들에 대해. 새로운 교무처 당국의 결점과 위선적인 교수들과 〈허핑턴 포스트〉에서 본 최신 기사들에 대해. 그들은 마치 세상 모든 것에 대해 다 얘기하는 듯했다. 라자의 술집 사건과 클로이 부모님의 이혼에 대해서만 빼고. 클로이는 그전 어느 날 밤 라자에게 말했다. 한 시간 가까이 열을 내고 난 뒤였다. 그녀는 이제 이혼 문제에 대해서는 더 이상 얘기하고 싶지 않다고, 너무 고통스럽다고, 그냥 잊어버리고 무시하고 머리에서 몰아내는 게 편할 것 같다고 말했고, 라자는 그만의 우회적인 방식으로 그 바람을 존중했다. 뭐든 네 마음이 편안해지는 쪽으로 해. 그가 말했고, 클로이는 마음이 편안해지는 유일한 방법은 그와 함께 있는 것이라고 말했다.

그동안 집에서는 한 편의 드라마가 펼쳐지고 있었다. 이혼 전문 변호사들을 고용하고 자산 명의를 변경하고 재산을 분배하고 소유권에 대해 협상하는 과정. 클로이는 그런 일들에 대해 리처드를 통해, 그리고 가끔은 아빠를 통해 단편적으로 들을 수 있었다. 아빠는 며칠에 한 번씩 전화를 해 엄마가 자신을 어떻게 '약탈'하고 있는지에 대해 불평했다.

이상한 일이지만 그러는 내내 클로이는 아빠에 대해서는 거의 생각하지 않았다. 클로이는 아빠와 오랫동안 껄끄러운 관계였다. 아빠와 정상적인 대화, 그러니까 싸움으로 끝나거나 어떤 종류든 의견 충돌로 이어지지 않는 대화를 해본 게 너무도 오래전이었다. 이젠 옛날 얘기가 되어버렸지만, 밤늦게까지 자지 않고 아빠가 집에 오기를 기다리던 시절이 있었다. 식탁에 함께 앉아 아빠와 시사에 대해 얘기하고 이런저런 주제로 논쟁하던 시절이 있었다. 미국의 이라크전 참전, 에너지 위기, 최근 부시 행정부의 몰지각한 행태 등등. 부녀는 오랫동안 정치 현안에 대해 논쟁하며 유대를 키웠다. 고등학교 시절 내내 아빠와 그렇게 지냈건만 언제부터인가 무언가 바뀌어버렸다. 우호적인 의견 대립이 변질되면서 본격적인 언쟁으로 이어지곤 했다. 정치와는 아무 관련이 없고, 모든 것이 엄마와, 그리고 아빠가 엄마를 대하는 태도와 관련된 언쟁들이었다. 정서적으로 부재하는 아빠에 대해서, 집에서 저녁식사를 하지 않는 아빠에 대해서, 주말 내내 다른 식구들은 다 무시하면서 낮에는 뜰에서 화초들만 돌보다가 저녁이 되면 수영장 가에서 혼자 신문을 읽으며 시간을 보내는 아빠에 대해서.

어느 날 저녁, 수업이 끝난 후 코브에서 술을 마시며 클로이는 라자에게 그 모든 것을 설명하려 했다. 라자는 그녀의 얘기를 들으며 고개를 끄덕였지만 그의 얼굴과 눈빛은 어딘가 달라 보였다. 딴 생각에 빠져 있는 것 같기도 하고 냉담한 느낌도 들었다. 클로이가 무슨 일이 있느냐고 묻자 그는 대답을 피하려 했다.

"그냥 좀 피곤해서. 화학 실험을 너무 많이 했나봐." 그러면서 그는 그녀의 손을 톡톡 치며 윙크했다.

그날 밤, 시간이 좀더 흐른 후 승과 그의 여자친구 배를 함께 만났다. 클로이는 배를 전에 한 번 만난 적이 있었지만 그때는 별로 좋아하지 않았는데, 그날 밤에는 달라 보였다. 좀더 생기 있고 활발한 분위기였다고나 할까. 둘이서 정오부터 지금껏 술을 마시고 있어, 승은 바에 들어서자마자 말했고, 어쩌면 조금은 그런 이유도 있는 것 같았다. 중심가에 있는 술집은 거의 다 들른 것 같아, 그는 말했다. 그러고는 그들의 여정에 대해 상세하게 묘사했다. 술집 하나하나, 마신 술 하나하나.

시간이 흐른 후, 승과 라자는 아시아학생연합의 새로운 회장에 대해 언쟁을 벌였다. 승은 새 회장이 너무 느슨하고 안일하고 쉽게 만족하는 사람이라고 생각하는 것 같았다. 그 녀석은 가슴속에 불길이 없어, 승은 말했다. 하지만 라자는 전임 회장이었던 서맨사 조가 항의와 불평을 끊임없이 늘어놓는 바람에 결국 교무처 전체와 소원해지기만 하지 않았느냐고 따졌다.

"그래도 그 아이는 두려움은 없었잖아." 승이 말했다. "최소한 자기 생각을 말하는 걸 두려워하진 않았다고."

"어휴." 라자가 웃음을 터트렸다. "그래, 그건 인정. 그 여잔 자기 생각 하나는 확실히 밝혔지."

라자와 승은 자주 그렇게 언쟁을 벌였다. 승은 라자에게 자기감정을 너무 억누르고 있다고 비난했고 라자는 승에게 너무 극단적이라고 비난했다. 하지만 보통 라자는 승과의 언쟁에서 이길 도리가 없다는 것, 특히 그가 취했을 때는 더욱 그렇다는 것을 깨닫고 얼마 지나지 않아 물러서곤 했다.

하지만 그날 밤에는 뭔가 달랐다. 술 때문이었는지 밤이 깊어서 그랬는지, 라자는 물러서지 않았고, 한참 후 승은 부루퉁해져서 생각에 잠겼다. 꼬박 일 분을 말없이 앉아 있던 승이 어느 순간 고개를 들어 라자를 보며 말했다.

"야, 라지, 이건 네 방문에 붙은 그 쪽지 사건과 다를 게 없어. 네가 거기에 대해 아무 조치도 안 하겠다면, 좋아. 하지만 교무처에는 알려야 한다고. 그 일에 대해 사람들이 알아야 해. 그런 짓을 한 사람들은 퇴학시켜야 한다니까."

클로이가 라자를 쳐다보았지만 그는 바닥만 보고 있었다.

"무슨 쪽지?" 그녀가 물었다.

"아무것도 아냐." 라자가 대답했다.

"얘가 말 안 하던?" 승이 묻더니 배 쪽을 보며 말했다. "장난 아니다, 정말."

"다른 얘기 하면 안 될까?" 라자가 말했다. 노려보는 라자의 눈빛에 승은 말꼬리를 내렸다.

"맘대로 하셔." 승이 양팔을 치켜들며 말했다.

클로이는 어리둥절한 얼굴로 사람들을 둘러보았다. 뭔가 자신만 모르는 게 있는 것 같은데 아무도 말을 해주지 않고 있었다.

마침내 배가 입을 열었다.

"있잖아. 승의 말이 맞아. 그러니까, 라지, 네가 말하고 싶지 않다면 그건 좋아. 맘대로 해. 하지만 위에 있는 누군가가 알아야 할 문제인 건 사실이야."

라자는 클로이를 쳐다보더니 지갑을 꺼냈다.

"우리 그만 가자." 그는 클로이에게 말하며 테이블 위에 이십 달러짜리 지폐를 몇 장 내려놓았다.

클로이가 승을 쳐다보니 그는 고개를 설레설레 젓고 있었다.

"그래." 그녀가 대답했다.

집에 가는 길에, 그녀가 그 일에 대해 좀더 캐물으려 하자 라자는 짜증난 기색으로 대답을 회피했다. 아무것도 아니야, 그가 말했다. 멍청한 짓이야. 멍청한 장난이라고. 지금까지 살면서 내가 겪어온 일들과 하나도 다를 게 없어. 그들은 캠퍼스를 둘러싸고 있는 좁다란 가로수길을 아주 빠른 걸음으로 걷고 있었다. 라자는 화난 기색이 역력했다.

"그런데 언제 그런 일이 있었던 거야?" 어느 순간 클로이가 물었다.

라자가 그녀를 쳐다봤다.

"그게," 그가 말했다. "며칠 전일 거야."

"며칠 전이라고?"

"그래."

"저기, 그 쪽지, 누가 붙인 건지는 알아?"

라자는 고개를 저었지만 클로이는 그가 거짓말을 하고 있음을 알았다.

"그래도, 뭐라고 쓰여 있었는지 정도는 말해줄래?"

라자는 길 복판에서 걸음을 멈추고 그녀를 쳐다보았다.

"있잖아." 그가 입을 열었다. 그새 목소리가 조용하고 차분해져 있었다. "네 부모님 얘기, 네가 하고 싶지 않다고 하니까 난 캐묻지 않잖아. 그렇지?"

그녀는 고개를 끄덕였다.

"이것도 같은 경우야. 그냥 내가 지금 말하고 싶지 않은 일이야. 알겠지?"

클로이가 다시 고개를 끄덕이자 라자가 미소를 지었다.

"고마워." 그는 그렇게 말하며 그녀의 어깨에 팔을 둘렀다. "네가 걱정할 만한 일이라면 당연히 말할 거야. 약속할게."

두 사람은 더이상 그 얘기를 하지 않았고 그후 며칠은 평범하게 흘러갔다. 클로이는 프랑스 계몽주의에 관한 세미나의 과제물을 주말 전까지 제출해야 했기 때문에 수요일과 목요일 대부분을 방에 틀어박혀 지냈다. 금요일이 되자 그녀는 과제를 제출한 뒤 곧장 코브로 갔고, 그곳에서는 파티마와 라자가 이미 술을 마시고 있었다. 돌이켜보면 클로이에게는 그날이 스트래섬에서 보낸 최고의 밤이었다. 쉬지 않고 마시던 술과 막힘없이 흐르던 대화의 밤, 사람들이 계속 모여들어 함께 이야기를 나누던 밤, 함께하는 사람들은 계속 불어나고 음악은 쿵쿵 울려대고 아무도 집에 가고 싶어하지 않던 밤. 어둑하고 담배연기 자욱한 술집에서 클로이는 라자의 티셔츠 속으로 손을 집어넣었고 술에 취해 그에게 키스했다. 그리고 사랑한다고 말했다.

시간이 흐른 후, 클로이는 그 순간을 정지화면에 담아 영원히 간

직할 수 있기를 바랐다. 그 밤에 라자의 방이 아니라 그녀의 방으로 돌아가 완벽한 밤을 완벽하게 마무리할 수 있었다면 얼마나 좋았을까 생각했다. 물론 그런 일은 일어나지 않았으며, 실제로 어떤 일이 있었는지는 나중에 돌이켜봐도 잘 기억나지 않았다.

기억할 수 있는 것은 코브에서 나와 술에 취해 비틀거리며 집에 갔다는 것과 라자의 기숙사 뒤편 계단 난간을 붙잡고 기어오르다시피 올라가며 연신 웃어댔다는 것뿐이었다. 이층으로 올라가는 계단참에서 멈춰 서서 라자에게 길게 키스했고, 그러고 나서 그가 복도를 따라 방 쪽으로 걸어가기 시작했다는 사실도 기억났다. 하지만 그뒤는 기억이 흐릿했다. 어느 순간 라자가 달리기 시작했고, 문까지 빠른 속도로 달려간 후 무언가를, 종이 한 장을, 쪽지 하나를 뜯어내고 욕을 하기 시작했다는 것까지는 기억이 났다. 클로이가 가까이 다가갔을 때 라자는 눈에 띄게 동요하는 모습으로 구겨진 종이를 손에 감추고 있었다.

"보여줘." 그녀가 말했다. 하지만 그는 고개를 저었다.

"그 망할 종이, 어서 보여달란 말이야!" 그녀가 그렇게 말하며 그의 손을 움켜쥐고 억지로 손가락을 펼치려 하자 결국 그가 종이를 내놓았다.

"대체 누가 이딴 걸 쓴 거야?" 쪽지를 읽고 그녀가 물었다.

라자는 대답하지 않았다. 그냥 그 자리에 서 있을 뿐이었다. 아무 행동도 하지 않았다. 그뒤로도 계속 마찬가지였다. 쪽지가 매일같이, 한 달 가까이 나붙었어도, 누군가 그의 차 타이어를 칼로 찢어놓았을 때도, 그가 생명의 위협을 느꼈을 때도, 주변 사람들 모두가 조치를 취하라고, 경찰에 알리라고, 고소를 하라고, 학생처장에게 알리라고 사정을 해도. 그래도 그는 여전히 아무런 행동도 하지 않았다.

비록 그런 날이 오래가지는 않았지만.

• 4부 •

In between days

1

카페 투나잇의 실내는 어둑하다.

주변에는 사람들이 다들 쌍으로, 또는 조그맣게 무리지어 앉아 세상사를 논하고 에스프레소를 홀짝이고 서로의 담배에 불을 붙여주고 있다. 한쪽 구석에서는 라이스에 다니는 아시아계 여학생이 마이크를 설치하고 있다. 일주일에 한 번씩 이곳에서 라디오헤드 노래들을 어쿠스틱으로 부르는 사람이다. 그리고 시야에서 가려져 있기는 하지만, 맞은편에서는 브랜든이 카운터 뒤 자기 자리에서 고객과 이야기하는 소리가 들린다.

여섯시에 교대를 한 뒤로 리처드는 시를 써보려고 애를 쓰고 있지만, 종이를 쳐다보기만 하면 생각은 이내 그의 부모에게로, 그리고 자신이 부모에게 했던 말로 되돌아가고 만다. 부모님이 전날 연락도 없이 아파트에 나타났을 때의 모습이 떠오른다. 아버지는 폴

로셔츠와 면바지 차림이었고 엄마는 여름 원피스를 입고 있었다. 아버지가 집을 나간 이후 처음으로 함께 있는 부모님을 보며 리처드는 불현듯, 저 얼마나 정상적인 모습인가, 얼마나 정상적인 삶처럼 보이는가, 하는 생각이 들었다. 부모님은 물론 다른 핑계를 댔지만 속내는 클로이가 혹시 오빠와 함께 있는지, 혹시 그 집에 살고 있는 건 아닌지 확인하러 온 것이었다. 그러면서 말로는 아들에게 점심이나 사 먹이러 들렀다고 했다. 집밖으로 나가기 전에 아버지는 화장실을 좀 쓰자고 하더니 복도를 따라 걸어가면서 미심쩍은 듯 룸메이트들의 방을 하나하나 살폈다. 클로이 거기 없어요, 아버지, 하고 외치는 리처드의 말에 아버지는 아무 대꾸도 하지 않았다.

얼마 후 시내 중심가에 있는 고급 멕시코 음식점에서 김이 모락모락 나는 치킨 엔칠라다를 앞에 두고 앉아 아버지는 심문을 시작했다. 클로이 만난 적 있니? 연락 온 적은? 그애가 있을 만한 곳을 알고 있니? 시외로 떠나진 않았겠지? 그애 친구들은? 고등학교 친구들 중에서 아직 연락하고 지내는 애들 있니? 친구들 이름 좀 알려줄래?

리처드는 아버지의 질문 하나하나에 완곡하고 애매하게 대답하면서 자신이 알고 있는 것을 말하지 않으려고 애썼다. 그는 동생을 보지 못했다고, 연락도 받지 못했고 지금까지 연락하는 고등학교 친구는 없는 걸로 안다고 대답했다. 그리고 추측건대 아마도 지금쯤 휴스턴을 떠나지 않았을까 싶다고 했다. 마지막 말은 불필요했고 거짓이었으며 돌이켜 생각해봐도 자신이 왜 그런 말을 했는지

의아했다. 그 말에 부모님은, 특히 엄마는 겁을 먹은 모습이었다. 왜 그런 말을 하는 거니? 엄마는 어느 순간 그렇게 물었고, 그가 그저 어깨를 으쓱하자 불쑥 자리에서 일어나 화장실로 달려갔다. 몇 분 뒤 엄마는 울고 난 뒤의 붉게 부은 눈으로 자리로 돌아왔다. 만회를 해보려고 그건 단지 추측일 뿐이라고 덧붙였지만 소용이 없었다. 이미 엎질러진 물이었다.

나중에 집에 돌아와 혼자 있게 되자 죄책감이 새록새록 밀려들었다. 그는 집에 오자마자 클로이에게 전화해 자신이 부모님에게 한 얘기를 전했고, 동생은 고맙다고 하면서 그런 이상한 처지로 내몰아서 미안하다고 사과했다. 그는 별문제 아니라고 말했지만 사실은 내색한 것 이상으로 크게 신경이 쓰였다. 화장실로 달려가던 엄마의 모습, 재판에서 이기려고 기를 쓰는 늙은 변호사처럼 같은 질문을 지겹도록 반복해대던 아버지의 모습이 머릿속을 떠나지 않았다.

하지만 그 순간에도 그는 자문했다. 달리 무슨 대안이 있었겠어?

부모의 이혼 후 그는 엄마나 아버지와 함께 있는 것이 힘들었다. 설명하기는 어렵지만, 부모님이 그에게 말하는 방식과 관련이 있는 듯했다. 이제 부모님이 하는 말은 모두 숨은 의미나 어떤 암호가 담긴 것처럼 들렸다. 부모님이 자신에게서 정보를 캐내려고 하거나 상대방과 이간질시키려 들 때면 화가 났다. 그는 오랫동안 엄마에게 공감했고, 그래서 편을 들었지만, 이젠 엄마 역시 다를 바가 없었다. 그걸 어떻게 받아들여야 할지 알 수 없었다. 이제 확실해진 것은 동맹이 이루어졌다는 사실뿐이었다. 엄마와 아버지가 한 팀이었고 그는 클로이와 한 팀이었다. 그가 누군가를 배신해야 한다면 그건 절대 클로이는 아니었다. 하지만 그렇다 해도 동생을 위해 거짓말을 해야 한다는 사실, 이런 입장에 서야 한다는 사실이 조금은 화가 났다. 그가 동생의 상황에 공감할수록, 그리고 그애의 미래에 대해 걱정이 될수록, 클로이 스스로가 그 라자라는 아이와 엮이면서 이런 상황을 초래했다는 생각이 드는 것은 어쩔 수 없었다. 그날 밤, 타코 카바나에서 그들과 처음 얘기를 나눈 날, 그는 동생에게 그만 손을 떼라고 말하고 싶었다. 더이상의 피해를 막으라고, 그 아이와 헤어지고 네 길을 가라고. 하지만 그때 이미 그는 동생에게 무슨 말을 해도 소용이 없을 것임을, 그애가 이미 마음을 먹었음을, 그래서 좋건 싫건 견뎌낼 것임을 알아차렸다. 사랑에 빠졌어. 클로이는 지난가을 이메일에 그렇게 썼다. 오빠는 아마 죽었다 깨어나도 모를 거야. 그날 밤 타코 카바나 밖에 서 있는 동안 그는 그것을 두 눈으로 확인했다.

그럼에도 두 사람이 이제 옛날과 얼마나 다른지 생각해보면 기분이 이상했다. 자라면서 클로이는 늘 오빠보다 세 살만큼 뒤처졌고, 그 나이 차이는 같은 관심을 나누고 같은 친구들과 어울리기에 충분할 정도로 가까우면서도 동생에 대해 항상 희한한 보호본능을 느끼게 할 만큼 멀기도 했다. 클로이가 처음 고등학교에 들어갔을 때 리처드는 즉시 동생을 품어안았다. 점심시간에 그와 친구들 옆으로 와 앉게 했고 어떤 선생을 피해야 하는지 알려주었으며 상급 학생들이 대부분인 파티에도 데려갔다. 클로이가 맥주를 처음 마신 것도 나중에 마리화나를 처음 피운 것도 그와 함께였으며, 대마초를 마는 섬세한 기술을 보여준 사람도 그였다. 그는 클로이에게 수업시간에 선생 몰래 빠져나가는 다양한 기술을 상세히 설명해주었고 부모님이 학교에 보내는 편지를 위조하는 방법과 파티에 갔다가 취해서 집에 돌아올 때 들키지 않는 요령도 알려주었다. 그때 리처드는 가만 놔둬도 동생이 결국 발견할 세계를 자신이 접하게 해주면서 그것이 동생을 감독하고 보호하는 거라고, 그래서 너무 정신 나간 짓은 하지 않도록 지켜주는 거라고 스스로를 납득시켰다. 하지만 이제 와서는 확신이 들지 않았다. 때로 그는 동생을 너무 빨리 너무 많은 것에 노출시켜, 자기만 아니었다면 몰랐을 나쁜 길로 인도한 것은 아닌지 의구심이 들었다. 그는 때로 자신이 동생에게 미치는 힘이 어느 정도인지, 동생이 그를 얼마나 신뢰하고 얼마나 우러러보는지를 과소평가했다. 리처드는 또한 자신이 동생을 좀더 챙겼더라면, 자신이 지나온 비행의 길을 동생에게 보여주지 않았더라면, 동생이 라자와 이렇게 얽히는 일도 없지 않았을까 하는 생각이 들었다.

이제 다시 시에 정신을 모으며, 리처드는 일관성 없는 그런 생각들을 끼적거리기 시작한다. 하지만 어떤 의미 있는 구상에 도달하기도 전에 구석에서 음악과 함께 여자가 노래를 부르기 시작했고, 잠시 후에는 브랜든이 새로 끓인 커피 한 잔을 들고 온다.

"담배 있어?" 브랜든이 묻는다.

리처드는 그를 올려다보고는 미소지으며 담뱃갑을 넘겨준다.

"시는 잘돼?" 브랜든이 담배에 불을 붙이며 묻는다.

"아니."

브랜든이 옆에 앉아 종이를 집어들고 시를 읽기 시작하자 리처드는 얼른 종이를 낚아챈다.

"망나니 같은 놈."

브랜든은 웃음을 짓는다.

"너 오늘 왜 그래?"

"모르겠어." 리처드가 어깨를 으쓱하며 맞은편을 바라본다. "아무것도 아니기도 하고 전부 다이기도 하고." 리처드가 펜을 내려놓는다. "그냥, 클로이 일로 난리도 아니라, 뭐가 어떻게 된 건지 정신이 없어."

"뭔데, 말해봐." 브랜든이 말한다. "걔랑 같이 사는 것도 아니면서."

리처드는 친구의 얼굴을 보며, 문득 괜히 불평했다는 생각이 든다. 브랜든은 그와 클로이를 위해 단순한 협조 이상을 해주고 있다. 클로이와 라자가 그의 집에 들어간 이후 브랜든은 자기 차를 쓰게 하고 음식을 주고 원하면 언제든 인터넷을 사용할 수 있게 해주고 있다. 브랜든의 말로는 두 사람이 매우 고마워하며 상냥하게 행동한다는데, 밤늦은 시간에 소리 죽여 이야기하는 소리, 때로 울거나 싸우는 소리도 들린다고 한다. 그날 오전에 브랜든은 어젯밤

방에서 나와보니 클로이가 소파에 웅크리고 누워 울고 있더라고 전해주었다. 왜 그러느냐고 물었더니 아무 말도 안 하고 그냥 쳐다보다가 고개를 젓고는 다른 방으로 가버렸다고.

"그나저나, 걘 어떻게 지내?" 리처드가 묻는다.

"몰라. 사실, 얼굴도 잘 못 봐. 걔들이 집밖에 자주 나가기도 하고, 아니면 그냥 방에 틀어박혀서 얘기만 하는 것 같아."

"항상?"

"그래, 모르긴 해도, 최소한 내가 집에 있을 때는 그래." 브랜든이 담배를 한 모금 빤다. "어제 클로이가 며칠만 더 우리집에 있어도 되겠느냐고 묻더라. 뭐, 처음엔 그러라고 했는데, 아무래도 영 눌러앉는 건 곤란하다고 말했어."

리처드가 고개를 끄덕인다. 이해할 수 있다.

"뭐 재수없는 놈처럼 굴고 싶진 않아. 나 네 동생 좋아하잖아. 그래도, 걔들이 뭔지 모르지만 열라 구린 진창에 빠진 것 같은데, 나한테까지 똥물 튀기는 건 안 된다, 이 말이야." 그가 리처드를 쳐다보더니 어깨를 으쓱한다.

"그래." 리처드는 한숨을 쉬며 말한다. "솔직히 말해, 나도 무슨 일인지 잘 몰라." 그는 담배를 하나 꺼내 불을 붙인다. 부모님 말로는 어제 경찰이 집에 찾아와서 라자는 이제 도망자로 간주된다고 했다는데, 클로이에게 물었더니 그애는 사실이 아니라고 했다. 그렇게 심각한 문제는 아니라고, 부모님이 과장하고 있는 거라고. 하지만 지금도 누구 말을 믿어야 할지 모르겠다. "걔는 나한테 아무 말도 안 해." 리처드가 마침내 입을 열었다. "그러니까, 스트래섬에 있는 어떤 애가 다쳤다 하고, 그걸 라자가 한 일이라고들 한다는 건 알겠는데, 그게 전부야."

브랜든이 고개를 끄덕인다.

"그래. 음, 걔들은 나한텐 입도 뻥끗 안 하니까. 그건 확실해."

두 사람은 구석에 있는 여자 쪽을 본다. 그녀는 낮고 음울한 목소리로 〈노 서프라이즈〉를 막 부르기 시작했다. 잠시 후 브랜든이 손목시계를 보더니 자리로 돌아가야겠다고, 휴식시간이 끝났다고 말한다.

"오늘 비토네 갈래?" 그가 묻는다.

리처드는 고개를 젓는다.

"아마 안 될 듯. 마이컬슨 교수를 만나야 해."

"어디서?"

"여기."

"바로 여기?" 브랜든이 미심쩍은 듯 주위를 둘러보며 묻는다.

"그래. 그게, 한 시간 정도 후겠네."

"면담 시간으로는 좀 늦지 않나? 안 그래?"

리처드는 어깨를 으쓱한다.

"내가 뭐, 그 사람 학생도 아니고."

"안마. 좋겠다. 그 영감, 나랑은 면담하자고도 안 해."

"네가 좀만 더 부드럽게 굴면 또 모르지."

"그렇겠지, 아니면 거길 빨아주거나." 브랜든은 리처드에게 음흉한 미소를 짓는다. “말이 나왔으니 말인데, 오늘밤 늦게 누굴 만날 건데, 관심 있어? 친구를 데리고 나올 수도 있을 텐데.”

리처드는 브랜든을 쳐다보며 눈을 흘긴다.

“농담이지, 응?”

“그래.” 브랜든이 돌아서며 말한다. “물론, 빌어먹을 농담이다.”

마이컬슨은 여덟시가 다 되어, 갑자기 불어난 사람들로 늦은 저녁의 카페가 꽉 차 있을 때 도착한다. 그때까지 삼십 분 정도 리처드는 윌리스 스티븐스가 아내에게 보낸 편지를 모은 두꺼운 책을 대충 넘겨보고 있었다. 마이컬슨이 지난번에 만났을 때 주었던 책이다. 책 속의 편지들은 매우 격식을 차리긴 했지만 여태 읽은 글 중 이렇게 아름다운 글은 많지 않았다고 리처드는 생각한다. 이런 편지를 받는 기분은, 또 쓰는 기분은 어떨지 궁금하다. 그러다 마코스가 한국에 처음 도착한 뒤 그에게 보낸 이메일들이 생각난다. 서로 연결도 잘 되지 않는 소식들을 되는대로 적은 그 이메일에는 앞뒤가 안 맞는 문장과 철자 오류가 가득했다. 우리 세대에 굳이 편지를 쓰려는 사람이 남아 있긴 할까? 그는 생각한다. 관심이나 있을까? 편지 쓰기는 이제 사라져가는 예술이 된 걸까? 그런 생각을 하고 있을 때 마이컬슨이 나타난다. 갑자기, 숨을 헐떡거리며, 손에 커피 한 잔을 들고.

“늦어서 정말 미안하네.” 마이컬슨이 커피를 든 채 자리에 앉으며 말한다. “오래 기다리진 않았지, 어때?”

리처드는 고개를 젓는다.

"교대시간 끝나고 잠깐 기다린 것뿐이에요."

"아, 그렇지." 마이컬슨이 웃으며 말한다. "자네가 여기에서 일한다는 걸 항상 잊어버리는군."

"브랜든도요."

"응?"

"우리 수업에 나오는 애요. 브랜든." 리처드가 카운터 뒤에서 우유 거품을 올리며 손님과 수작을 부리고 있는 브랜든 쪽을 가리킨다.

"아, 그렇군." 마이컬슨은 잠시 자신 없는 눈길로 브랜든을 쳐다보며 말한다. "브랜든, 그렇지." 그는 다시 눈길을 리처드와 그가 손에 든 책으로 돌리더니 갑자기 얼굴이 환해진다. "아, 스티븐스의 편지들을 읽고 있었군."

"네. 정말 멋져요."

"그렇지?" 마이컬슨이 미소를 짓는다. "그래. 자네가 좋아할 줄 알았지." 그러더니 마이컬슨은 윙크를 한다. 그 모습을 보니 리처드는 마음이 불편해진다. 그 말에 무슨 숨은 뜻이라도 담겼나 싶은 게 발가벗겨진 듯한 기분이 든다.

그는 아직도 애초에 마이컬슨이 왜 만나자고 했는지, 그가 무엇을 원하는지 모른다. 그날 앞서 마이컬슨은 그에게 긴 음성메시지를 보내 여기에서 그를 만나고 싶다며 긴히 의논할 일이 있다고 말했다. 하지만 리처드가 전화를 하자 그는 만남의 성격에 대한 즉답을 피하며 꼭 만나고 싶다고만 했다. 하지만 지금 그는 마이컬슨이 원하는 게 뭔지 여전히 알 수가 없고, 이 만남이 다른 것을 위한 핑계, 어떤 큰 계획의 일부에 지나지 않는 건 아닐까 궁금해진다. 마이컬슨의 어깨 너머로 브랜든을 넘겨다보니 그는 홀딱 반한 사람의 눈빛을 흉내내며 웃음을 터트리고 있다.

"그래, 내가 왜 만나자고 했는지 궁금하겠지." 한참 뒤 마이컬슨이 웃으며 말한다. 리처드는 고개를 끄덕인다.

"음, 실은 자네에게 아주 좋은 소식이 있다네, 리처드." 그가 말한다. "사실, 좋은 소식도 있고 나쁜 소식도 있는데, 일단 좋은 소식부터 말하기로 하지. 괜찮겠지?"

리처드는 그를 쳐다보며 아무 대답도 하지 않는다.

"내가 미시간에 친구가 있다고 했던 거, 기억나지?"

리처드가 고개를 끄덕인다.

"그게, 내가 내 맘대로 자네 시 몇 편을 그 친구에게 보냈었네. 그런데 그 친구가 상당히 인상적이라고 하더군. 아주 인상적이라고 했어. 그 말을 하려고 내게 직접 전화를 했더라고."

"제 시를 보내셨다고요?" 리처드의 목소리가 갈라진다.

"음, 그래. 한데 들어보게. 그 친구 말이, 입학 사정 기간이 지난 후에 학생을 받는 경우가 아주 없진 않대요. 특히 학생의 재능이 특출한 경우엔 말이지. 그 친구는 자네가 그런 학생이라고 생각하고 있어. 흔하진 않지만 그런 경우가 있다는군. 다시 말해, 그 친구는 자네에게 기회가 있다고 생각한다는 거야." 그는 리처드를 보며 웃는다. "나쁜 소식은, 자넬 받아들이려면 다른 교수들이 만장일치로 동의를 해줘야 하는데 그러기 위해서는 설득작업이 좀 필요하다는군. 그리고 이번 주말까지 자네가 성적증명서랑 입학 목적을 설명하는 자기소개서를 보내야 한다고." 그러고는 마이컬슨은 말을 멈춘다. "리처드, 기분이 상한 건가?"

"무슨 권리로 그러신 거죠?"

"어, 아니, 자네가 좋아할 줄 알았는데."

"제가 대체 왜 좋아하겠습니까? 그 시들은 완성작도 아닌데요. 초고에 불과하다고요."

"음, 그래. 그중 몇 편은 자네 말대로 좀더 다듬어야 되겠지만 자네 재능을 드러내기엔 충분하다고 생각했어."

"세상에. 전 거기 가고 싶다고 한 적도 없습니다."

"그렇게 말했잖아."

"아니요. 그렇게 말한 적 없습니다."

마이컬슨은 잠시 말이 없다.

"리처드, 이게 얼마나 귀한 기회인지 굳이 설명할 필요는 없을 것 같은데."

리처드는 그를 쳐다본다. 몇 달 동안, 마이컬슨은 미시간 대학의 문예창작 대학원 과정을 권하며 그게 그에게 어떤 의미가 있을지, 거길 가면 얼마나 훌륭한 동료들을 만나게 될 것인지 등등에 대해 얘기해왔다. 하지만 리처드에게 미시간은 밀밭과 농부들, 끝없이 펼쳐진 광활하고 황량한 풍경만 떠오르게 할 뿐이다. 그리고 매서운 겨울과 서리로 뒤덮인 창문, 구석에 책상 하나 달랑 놓인 어두운 침실과 텅 빈 아파트. 실패할 것이 분명하다. 사람들 앞에서 굴욕과 창피를 당할 것이다. 그 모든 것을 그는 지금 당장 생각하고 싶지 않다.

"어떻게 그러실 수 있는지 믿기지가 않습니다." 리처드가 다시 말한다. 이번에는 좀더 강조해서. "그 시들은 우리끼리만 보자고 보내드린 거였는데."

"리처드, 자넨 지금 큰 그림을 놓치고 있어."

"전 그렇게 생각하지 않습니다. 제가 시를 몇 편 보내드렸고, 선생님께서는 그걸 받아서 제게 묻지도 않으시고 생판 모르는 남에게 보내신 거예요. 큰 그림은 대충 그런 것 같은데, 아닌가요?"

"자네 말이 맞네." 마침내 마이컬슨이 한숨을 쉬며 말한다. "어쩌면 내가 쓸데없는 짓을 했나보군. 자네 말이 맞아. 자네한테 먼저 물어봤어야 했겠지. 하지만 자네가 이해해줬으면 좋겠네. 다 자넬 위해 한 일이었어."

"저를 위해서요?" 리처드가 소리내어 웃으며 말한다. "저를 위하는 일이 뭔지 도대체 선생님이 어떻게 아셔서요. 절 알기나 하세요?"

"그래, 잘 모르지." 마이컬슨이 말한다. "하지만 자네 시는 알아."

리처드는 마이컬슨을 빤히 쳐다본다. 그가 상처받았음을, 기가 꺾였음을, 자신의 반응에 놀랐음을 알 것 같다. 어쩌면 그는 리처드가 펄쩍 뛰면서 자신을 안아줄 거라 생각했을 것이다. 하지만 지금 그는 너무 짜증이 나고 화가 나 마이컬슨을 쳐다보기조차 싫다. 그는 고개를 돌린다.

"이보게, 리처드." 마이컬슨이 말을 잇는다. "오늘밤 자면서 생각해보면 어떻겠나? 내일은 생각이 달라질지도 모르니."

"자면서 생각해볼 필요도 없습니다. 솔직히 정말 필요 없어요."

그 말에 마이컬슨이 발끈한다.

"이해가 안 되나, 리처드? 자네가 지금 이렇게 발을 빼면 자네만 손해를 보고 끝나는 게 아니야. 나 또한 선생으로서 몹시 난처해진다는 걸 정말 모르겠나?"

그 말에 리처드는 자리에서 일어난다. 그는 더이상 분노를 주체할 수 없어 가방을 챙기기 시작한다. 한때 존경했던 사람에게서 최악의 방식으로 유린당하고 배신당했다는 기분이 든다. 그는 브랜든 쪽을 쳐다본다. 브랜든은 웬일인지 모르겠다는 듯 혼란스러운 표정으로 리처드를 바라보고 있다.

"저기," 리처드가 마이컬슨에게 말한다. "저한테 더는 연락하지 마십시오. 아시겠죠? 그리고 제게 더이상 이런 호의를 베풀지 마세요. 제가 부탁하지 않은 이상은요." 그리고 그는 다른 손님들 사이를 지나 브랜든도 무시하고 문 쪽으로 걸어간다. 브랜든이 그를 따라 거리로 나온다.

"야, 리치!" 브랜든이 그에게 소리친다. "도대체 어디 가는 거야?"

하지만 늦었다. 리처드는 이미 달리고 있다. 엄마의 미니밴을 향해 어둠 속을 달린다. 반얀나무들과 정원의 잔디밭에 자라는 열대 수목을 지나고 쓰레기통과 스프링클러와 넘어진 자전거들을 지나 전속력으로 달린다. 그런 질문에 단 한 번이라도 대답할 수 있기를, 도대체 자신이 어디를 향해 가고 있는지 단 한 번이라도 알 수 있기를 바라면서.

2

엘슨은 지금까지 삼십 년 가까이 함께 식사를 해왔던 부엌의 식탁에서 아내의 맞은편에 앉아, 예전의 낙관주의는 다 어떻게 된 거냐고 속으로 묻고 있다. 다 어디로 간 걸까? 우리 관계가 시작되던 시절 느꼈던 흥분은 모두 어떻게 된 걸까? 유가가 배럴당 삼십구 달러이던 그 시절, 이 나라 사람들 모두가 휴스턴으로 몰려들어 그 활기의 한 자락이라도 잡아보려고, 그 파도의 물마루에 올라타려고 하던 시절. 모두 다 어디로 간 걸까? 시장의 폭락이 모두 집어삼켜버린 걸까? 이젠 하나도 남은 게 없는 걸까? 우리의 결혼 역시 그 시절의 다른 모든 것과 마찬가지로, 시장만큼 덧없고 모호하고 빈약한 것일까? 그는 그 시절 케이든스에게 느끼던 그런 욕정을 마지막으로 느낀 게 언제였는지 기억해보려 애쓴다. 엘리베이터에서도 차의 뒷좌석에서도 식당의 화장실에서도 늘 그녀를 덮치고 싶게 만들던 그런 욕정. 약속을 취소하거나 일찍 퇴근하거나 병가를 내고 집에 달려오게 만들던 그런 욕정. 알 수가 없다. 지금 앞에 앉은 이 사람이 그 시절 몇 시간이고 함께 사랑을 나누던 그 여자, 그가 주말만을 기다리며 하루에도 서너 번씩 전화를 하던 그 여자, 단지 보고 싶다는 이유만으로 정신 나간 충동에 휩싸여 암스테르담까지 날아가게 만들었던 그 여자란 말인가? 그때와 지금 사이에 대체 무슨 일이 있었기에 그들은 이제 싸우지 않고는 같은 방에 일 분도 함께 있기 힘든 지경까지 오게 된 걸까?

맞은편에서 케이든스는 딸의 수첩과 일기를 넘겨보고 있다. 애가 어디에 있을지 단서를 얻기 위해 주소록을 찾던 그녀가 딸의 방에서 발견해 가지고 내려온 것들이다. 여태 그들은 엘슨의 주장에 따라 딸의 소망을 존중해 경찰에 연락하지 않았지만, 오히려 경찰에서 먼저 그들을 찾아와 몇 가지 탐문을 하고 갔다. 간밤에 스트래섬 경찰서에서 경찰관 몇 명이 찾아와 클로이와 대화를 요구했고, 아침에는 케이든스가 전에 만난 적이 있다는 검은 양복 차림의 두 남자가 찾아왔다. 지금까지 그들은 아무 말도 하지 않았고, 클로이가 시외에 사는 친구를 만나러 갔으며, 그들이 찾는 남자애와는 연락한 적이 없다고만 했다. 그러나 그 과정에서 알게 된 사실들 때문에 두 사람은 불안하다. 그들이 찾고 있는 아이가 스트래섬 경찰서의 관할지역을 벗어났다는 사실, 보석중에 사라져 며칠 동안 종적을 감췄다는 사실, 그리고 아직 공식적으로 기소되지는 않았지만 현재 도망자로 간주되고 있다는 사실.

엘슨은 자기라도 평정을 유지하려고, 케이든스가 늘 그에게 바라던 든든한 지지대가 되어주려고 노력하고 있다. 딸이 없어진 것을 알게 된 날 밤, 케이든스가 전화했던 그날 밤 이후로 그들은 한 번도 다투지 않았고, 그녀는 이메일과 전화로 연락을 취하며 계속 그와 상의했다. 엘슨은 깨닫는다. 지금 두 사람은 최근 몇 달 사이 가장 긴 시간 싸우지 않고 있었고, 그가 집을 나간 이후 가장 많은 시간을 함께 보내고 있었다. 딸에 대한 걱정으로 정신이 아득한 상황이 아니었다면, 두 사람 사이의 이런 돌연한 정중함이 그에게는 캄캄한 구름 뒤의 한 가닥 햇살처럼 느껴졌을지도 모른다.

케이든스가 다른 일기장을 집어들 때 엘슨은 몸을 숙여 술을 한 잔 더 따른다. 그가 집에 도착한 이른 오후부터 두 사람은 함께 술을 마시고 있었고, 태양이 마당 저편 끝에서 야자수와 카바나* 뒤로 넘어가고 있는 지금 엘슨은 술기운이 올라오는 것을 느낀다.

"얘가 고등학교 때 마리화나 피운 거, 당신 알고 있었어?" 잠시 후 케이든스가 클로이의 일기에서 눈을 떼고 그에게 묻는다.

"그런 거 읽으면 안 되지." 엘슨이 수영장을 내다보며 말한다. 갑자기 로나의 컴퓨터와 그녀의 이메일 계정이 생각난다.

"어쨌든 알고 있었어?" 케이든스가 묻는다.

"아니. 몰랐어."

케이든스는 고개를 젓는다.

---

* 수영장 한편에 탈의 또는 휴식을 위해 지은 간단한 구조물.

"여기 우리 얘기도 있네." 그녀가 일기를 넘기며 말한다. "특히, 당신."

"정말이야?" 엘슨이 갑자기 관심을 보이며 묻는다. "어떤 얘긴데?" 그는 식탁 위로 몸을 기울이지만 케이든스는 손으로 일기를 가린다.

"이런 거 읽으면 안 된다고 하지 않았어?"

"읽으면 안 되지." 그렇게 말하며 그는 그녀를 바라본다. "어쨌든 말해봐."

케이든스가 그를 보며 웃음짓고는 식탁 위로 일기장을 밀어 넘겨준다.

"직접 읽어봐."

하지만 엘슨은 일기장을 보자 공포 비슷한 것이 솟아오르며, 앞으로 발견하게 될 사실에 갑작스러운 두려움을 느낀다. 잠시 후 그는 일기를 다시 밀어 돌려준다.

"완전히 나쁘기만 한 건 아냐." 케이든스가 말한다. "솔직히 말하면, 어떤 것들은 정말 애틋해."

"그래, 그렇겠지. 그래도 다 그런 건 아니잖아."

"그래, 아니야. 다 그런 건 아니지."

그는 다시 수영장을 내다본다.

"모르는 편이 낫겠어. 정말 솔직히 그래." 그리고 그는 다시 로나를 생각하며 간밤에 전화로 다툰 일을 떠올린다. 그녀는 자신의 이메일을 몰래 엿보며 사생활을 침해했다고 그를 비난했고, 그뒤로 연락을 끊었다. 돌이켜 생각해보면 그는 그녀의 이메일에 대해, 그녀가 케이든스와 연락을 주고받았던 일에 대해 언급해서는 안 되었다. 애초에 말을 꺼내서도 안 되었다. 그는 그렇게 함으로써 자신에 대한 그녀의 의심을 확인시켜주고 자신이 신뢰할 수 없는 사람임을 증명하고 말았다. 로나 역시 그렇게 말했다. 이제 난 당신을 정말 모르겠어요. 그리고 그는 지금 이곳에 앉아 케이든스를 쳐다보며, 그 자신은 스스로를 알고 있는지 자문해본다.

"애가 이제 금방이라도 전화할 거야." 잠시 후 케이든스가 손목시계를 내려다보며 말한다. "여덟시에 전화한다고 했어. 지금은 삼십 분이 지났고."

"여덟시 삼십분이라고?"

"그래."

그날 앞서, 케이든스는 클로이의 문자를 받았다. 두 사람에게 여덟시에 전화하겠다고 알리는 문자였으며, 엘슨이 그 말을 듣고 바로 집으로 왔을 때 케이든스는 클로이의 방에 틀어박혀 아이의 물건들을 다 꺼내 들춰보고 있었다. 그가 그러면 안 될 것 같다고, 딸의 사적인 물건들을 뒤지면 안 될 것 같다고 말하자, 케이든스는 그를 한참 쳐다보더니 그대로 일기장을 집어들고 아래층으로 내려가기 시작했다.

"근데, 자정까지도 전화를 안 하면……" 엘슨은 말을 꺼내놓고 끝맺지 않는다.

"그러면 뭐?"

"그러면, 글쎄, 경찰에 전화해야 하는 거 아닐까."

"그렇게 생각해?"

"모르겠어." 그가 말한다. "다른 선택의 여지가 있나?"

케이든스는 그를 쳐다보다 고개를 끄덕이고 자기 잔의 와인을 마신다.

"걱정 마." 그녀가 마침내 말한다. "전화할 거야."

하지만 클로이는 전화하지 않았다. 적어도 지난 한 시간여 동안은. 그때까지 케이든스는 와인을 한 병 더 가져다 반쯤 비웠고 엘슨은 서재의 소파에서 반쯤 잠들어 있었다. 부엌에 있다가 어떻게 서재로 와 있는지, 부엌을 나오기 전에 케이든스와 무슨 말을 하고 있었는지 엘슨은 기억나지 않는다. 그저 생각나는 것은 어떤 꿈에 빠져들었다는 것, 의식이 몽롱한 채로 공상에 잠겨 있노라니 케이든스와 함께했던 초기의 기억이 조각조각 파도처럼 밀려왔다는 것이다. 그의 친구 브라이언 로리의 집에서 그녀와 처음 만나던 밤, 리버 오크스에 있던 그의 아파트에서 함께 보낸 시절, 술에 취한 긴긴 밤들과 끝없이 이어지던 파티들, 그가 여대생과 사귀면서 일으킨 스캔들과 그 여대생이 학교를 중퇴하고 그와 결혼함으로써 둘이 함께 일으킨 스캔들.

그런 생각에 잠겨 있다가 소파에서 몸을 일으킨 그는 지금 있는 곳이 어디인지 기억해내려 애쓴다. 방은 어둡고, 멀리 집안 저쪽에서 전화에 대고 딸에게 고함을 치는 케이든스의 목소리가 들린다.

한참 만에야 정신을 차린 그는 자리에서 천천히 일어나 복도로 나가 부엌으로 걸어간다. 하지만 거기 도착했을 땐 케이든스는 이제 더이상 전화에 대고 고함치지 않는다. 그녀는 팔로 느슨하게 무릎을 감싼 채 바닥에 앉아 있고, 전화기는 그 옆에 놓여 있다. 부엌은 어두운데, 밖에서 수영장의 밝은 불빛이 잔물결처럼 안으로 흘러들어와 벽을 따라 기묘한 네모꼴로 너울거린다. 그녀의 얼굴을 똑바로 보고 울고 있음을 깨닫기까지 시간이 조금 걸린다.

"케이든스." 그가 말한다. 하지만 그녀는 대답하지 않는다.

그는 말없이 다가가 손을 내밀어 그녀를 일으켜세운 뒤 몇 달 만에 처음으로 그녀를 품에 안는다. 그녀는 그를 바라보지만 말은 하지 않는다. 그대로 그에게 안겨 있는다.

"무슨 일인지 말해줄래?" 잠시 후 그가 매우 부드럽게 말한다.

그녀는 고개를 젓는다.

"내가 다 망쳐버렸어."

"애가 뭐라는데?"

"화내지 말았어야 했는데. 그냥 듣고만 있었어야 했는데."

엘슨은 담배를 하나 꺼내 불을 붙인다. 이십 년 동안 담배를 피우지 않았던 케이든스가 한번 피우겠다고 손짓을 하고, 그는 담배를 입에 물려준다.

그녀는 담배연기를 내뱉고는 또 한번 고개를 젓는다.

"어떻게 이렇게 된 거지?" 마침내 그녀가 말한다.

"어떻게?"

"이렇게." 그녀가 대답하며 바닥에 있는 전화기와 그 주변을 향해 손짓을 한다. "그러니까, 우리가 뭘 잘못한 거지? 뭘 얼마나 잘못해서 이런 일을 겪고 있느냔 말이야."

엘슨은 그녀의 어깨에 손을 올리지만 그녀는 뿌리친다.

"처음부터 시작해보자." 그가 말하며 조리대 앞 스툴에 앉는다. "애가 뭐라고 했는지 말해봐."

"문제는 그애가 하지 않은 말이야." 케이든스가 말한다. "그애가 우리에게 말하지 않고 있는 것들."

"알았어." 엘슨이 말한다. "하지만 무슨 말이든 했을 거 아냐."

"그래, 했어. 좀더 시간이 필요하다고 했어."

"뭘 할 시간?"

"몰라. 말을 안 해."

"근데, 시간이 얼마나 더 필요하대?"

"이틀 더."

"이틀?"

"그래, 이틀."

엘슨은 그 말에 고개를 젓는다.

"세상에." 이제 그는 평정심을 잃고 있다. "그리고 끝이야? 다른 얘기는 없어?"

"있어. 우리가 경찰에 연락하거나 누구한테든 말을 하면 자기 인생은 끝장이라고 했어."

그 말에 엘슨은 의자에서 일어나 서성이기 시작한다.

"아직 휴스턴에 있대?" 그가 묻는다.

"모르겠어."

"그럼, 둘이서 무슨 얘길 한 거야?"

"얘기 안 했어. 내가 그냥 애한테 소리만 질렀어. 뭐라고 했더라. 죄다 허접한 얘기들. 너 때문에 우리가 얼마나 힘든 줄 아느냐, 그런 얘기. 그냥 폭발해버린 거야."

엘슨은 전화기 쪽으로 다가가 수화기를 집어든다.

"경찰에 알려야겠어."

"엘슨."

"정말이야. 이건 정말 어처구니없는 일이야."

"오늘밤엔 안 돼." 그녀가 말한다.

"왜 안 돼?"

"오늘밤엔 더이상은 감당 못하겠어." 그녀가 말하다 잠시 멈춘다. "게다가." 그녀가 아래를 내려다보며 말한다. "갈 데도 있고."

"어디?"

"친구 만나기로 했어."

"어떤 친구?"

케이든스는 아무 말도 하지 않는다.

"어떤 친구, 케이든스?"

"엘슨, 이건 이혼이 주는 특권이야. 내가 뭘 하고 살든, 그런 빌어먹을 얘기를 당신한테 시시콜콜 설명하지 않아도 된다는 것!"

앨슨이 이해가 된다는 듯 그녀를 바라본다.

"만나는 사람 있어?"

"지금 이런 얘기 안 할 거야."

"누구야?"

"엘슨."

"누구야?"

"당신이 아는 사람 아니야."

그 말에 엘슨은 발밑의 땅이 무너지는 듯, 온몸에 힘이 빠진다. 무거운 쇳덩이에 크게 한 대 얻어맞은 기분이다. 그는 부엌 저편으로 걸어가 식탁 앞에 앉아 클로이의 일기를 노려본다. 일찌감치 이런 일이 일어날 거라고, 머지않아 케이든스가 누군가를 만날 거라고 생각은 했지만, 현실이 되고 나니, 케이든스에게 정말로 현실이라는 말을 듣고 나니, 도저히 받아들일 수 없을 것 같은 마음이다.

부엌 저쪽에서 케이든스는 미동도 없이 조용히 서 있다. 또 한 차례 폭발을 예상하며 마음의 준비를 하고 있는 것처럼. 하지만 엘슨은 움직이지 않는다. 아무 행동도 하지 않는다. 이미 그는 자신을 벗어나 다른 곳에 가 있다. 차 앞자리에 앉아 그의 친구 집 현관문을 나와 천천히 잔디밭을 걷는 케이든스를 처음 보았던 1981년의 늦여름 밤으로 그는 돌아가 있다. 어둠 속에서 나오던 그녀의 몸, 가로등 불빛을 받아 갑자기 환해지던 그녀의 얼굴이 떠오른다. 그녀, 장차 그의 아이들의 엄마가 될 그 아름다운 여자를 보자마자 느꼈던 흥분이 떠오른다. 그녀가 입을 열기도 전에, 한마디 말을 하기도 전에, 이미 어떤 멋진 일이 일어나고 있음을 직감하던 그 밤의 기억이.

3

솔직히 말하자면, 예상하지 않았다. 그런 반응을 그녀는 예상하지 않았다. 다른 것—어쩌면 싸움이나 언쟁—이라면 몰라도 그것은 아니었다. 그가 그렇게 울 거라고는 예상하지 못했다. 그를 알아왔던 그 세월 동안, 그와 결혼생활을 한 그 긴 시간 동안, 그가 우는 모습을 본 것은 딱 한 번, 그의 아버지가 돌아가셨을 때였다. 그때조차도 그는 침실에서 문을 닫고 혼자 울었다. 그녀는 이런 모습을 어떻게 해석해야 할지, 어떻게 반응해야 할지 알 수 없었다. 그가 폭발할 거라고, 냉정을 잃을 거라고 생각했지만 엘슨은 그냥 조용히 앉아 아무 말 없이 수영장을 내다보았다. 마침내 그녀가 다가가자 그는 자포자기한 듯한 표정으로 그녀를 올려다보았고, 바로 그때 그녀는 그가 울고 있다는 사실을 깨달았다.

"엘슨." 그의 어깨를 만지며 이름을 불렀으나 그는 대답하지 않았다. 그저 다시 몸을 돌려 수영장을 바라볼 뿐이었다.

"가야겠어." 그가 마침내 말했다.

"그럴 필요 없어. 여기 있어도 돼. 얘기를 좀더 해도 되고."

하지만 그는 고개를 저었다. 잠시 후, 그는 문간에 서서 말했다.

"미안해, 케이든스. 당신한테 정말 끔찍한 짓들을 했어. 정말로. 그래서 미안해." 그러더니 그는 뒤로 돌아 더이상 아무 말 없이 좁은 길을 따라 차로 걸어갔다.

엘슨이 떠난 뒤 그녀는 한참을 부엌에 서서 수영장을 내다보며 막 일어난 일에 대해 생각을 정리해보려 했다. 그녀는 오랫동안 자신은 엘슨을 아프게 할 수 없는 사람이라고, 아니 엘슨은 아픔을 느낄 줄 모르는 사람이라고 믿어왔다. 이혼하는 과정에서도 엘슨은 그녀의 모욕과 공격과 비난에 꿈쩍도 하지 않았다. 그에게는 그녀가 하는 거의 모든 말을 튕겨내버리는 능력이 있는 것 같았다. 주변에 무슨 방패막이라도 두른 것 같았다. 그런데 그 이후에 무슨 일이 있었던 걸까? 그가 정말 변한 걸까? 아니면 늘 이런 사람이었던 걸까? 인정하기 싫었지만 그의 울던 모습과 예상치 못한 진지한 사과까지, 그 모든 것에, 그 모든 장면에 이상하게도 마음이 움직였다. 그녀는 그가 지금 뭘 하고 있을까, 집에서 나간 후 어디로 갔을까 궁금했다. 케이든스는 정말 오랜만에 처음으로 그가 괜찮은지 신경이 쓰였다.

하얏트 리전시 호텔의 바 저편에서 개빈이 바텐더와 이야기를 하고 있다. 호리호리하고 나이가 좀 있어 보이는 바텐더가 두 사람이 마실 술을 만들고 있다. 케이든스는 구석에 있는 조그만 테이블에 혼자 앉아 개빈을 지켜보며, 오늘밤 이 호텔에서 잘 수 없다고 말할 좋은 핑계를 생각해내려 애쓰고 있다. 그녀는 이곳에서 자고 싶지 않지만 애초에 여기에 오자고 한 건 그녀였다. 사실 그녀가 우기다시피 했지만—좀 다른 분위기를 만들어봐요—사정은 그보다 훨씬 복잡했다. 개빈과 마지막으로 잠자리를 한 뒤로 그녀는 그의 아파트에 가기가 겁이 났다. 참으로 심란한 장소라는 생각이 들었다. 컴컴한 실내, 땀에 젖은 스포츠양말 냄새와 방안 여기저기 어질러진 물건들. 처음 말이 나왔을 때 개빈은 다른 장소를 제안하며, 그의 아파트에서 길을 따라 조금만 가면 나오는 조그만 모텔에서 만나자고 했다. 가깝잖아요, 그가 말했다. 싸기도 하고. 하지만 그녀는 그 말에 발끈했다. "난 창녀가 아니에요." 그녀는 그렇게 대꾸했다. "돈 때문이라면 내가 낼게요."

그 말에 그는 아무 대답도 하지 않았지만, 결국 하얏트에 가기로 동의했다. 그후, 호텔에 도착한 두 사람은 곧장 방으로 올라가 섹스를 하려 했지만 잘 되지 않았다. 개빈에게 문제가 있었는데, 복용중인 약 때문이라고 했다. 그래서 그들은 포기하고 바로 내려온 것이었다.

하지만 지금 이곳에 앉아 개빈을 바라보며 그녀가 느끼는 것은 오직 슬픔뿐이다. 슬픔과 죄책감. 좀 전에 엘슨을 그렇게 보내버린 것이, 그를 위로해주었어야 했는데 그러지 못한 것이 미안했고,

클로이에게 소리를 지른 것이, 그래서 앞으로 화해할 기회까지 망쳐버린 것이 슬펐다. 그녀는 클로이가 사라진 그날 밤부터 지금까지 이 상황을, 클로이의 행방불명을, 모두 자기 탓으로 돌리고 있음을, 좀더 구체적으로는 그 죄책감을 개빈과 연결시키기 시작했음을 깨닫는다. 결국 개빈에게 가지 않고 집에 있었더라면 이런 일은 일어나지 않았을 것이다. 딸을 붙잡을 수 있었을 것이다. 물론 그건 개빈에게는 억울한 생각이다. 오직 힘이 되어주려는 생각밖에 없는 사람인데. 하지만 그런 기분이 드는 건 어쩔 수 없다. 그를 볼 때마다, 그의 얼굴을 바라볼 때마다, 그녀는 자신의 나쁜 행실의 증거를 보고 자신의 잘못을 떠올리며 고개를 돌리지 않을 수 없다. 돌이켜 생각해보니 아까 클로이에게서 문자를 받았을 때, 아니면 그애와 통화한 뒤에라도 약속을 취소했어야 했는데, 무슨 이유에서인지 그녀는 그렇게 하지 않았다. 왠지 개빈을 만나면 이 모든 것에서 벗어나 잠시나마 숨을 돌릴 수 있을 것 같았다. 하지만 이제 그녀는 그저 빨리 떠나고 싶을 뿐이다.

개빈이 마침내 자리로 돌아와 그녀 앞에 보드카 토닉을 내려놓더니 고개를 설레설레 내젓는다.

"이것들이 얼만지 맞혀봐요." 그가 웃으며 말하자 그녀는 그를 쳐다본다.

"그냥 한번 맞혀봐요."

"모르겠어요."

"한 잔에 십이 달러래요. 믿어져요?"

"다음번엔 내가 사올게요."

"난 그런 뜻이 아니라." 그가 방어적으로 말한다. "보드카 한 잔에 토닉 조금 주고 돈을 너무 많이 받는다는 말이에요. 그렇게 생각 안 해요?"

그녀는 어깨를 으쓱한다. 요즘 들어 그의 돈에 대한 집착, 물건 가격에 대한 집착에 슬슬 짜증이 나기 시작했다. 그는 메뉴판을 볼 때마다 믿을 수 없다는 듯 고개를 젓거나 눈을 굴리고, 나중에 음식을 먹을 때면 그런 말들을 했다. 그래, 그 십 달러짜리 샌드위치 맛은 좀 어때요? 또는 어때요, 그 삼 달러짜리 라테는 괜찮아요? 아이러니 같다. 경영학을 전공하고, 또 경영학을 가르치는 사람이 자유시장경제와 비용인상인플레이션의 개념에 끊임없이 놀란다는 것이. 그녀가 하얏트 호텔을 고른 데는 그런 이유도 있었다. 그를 시험해 보고 싶었다. 그의 인색함이 어느 정도인지. 그러나 지금 말없이 앉아 있는 그의 모습을 보고 있으려니 그녀는 자신의 무례함이 후회스럽다.

"아까 얘기하고 있었잖아요." 그가 잠시 후 말한다. "딸에 대해서."

그녀가 그를 쳐다본다.

"내가요?"

"그래요."

"내가 뭐라고 했죠?"

"딸이 오늘밤 전화했다고."

"아, 맞다." 얼마나 말한 건지 기억하려 애쓰며 그녀는 말한다. 하루종일 마신 술이 기억을 흐려놓고 생각을 어지럽힌 것 같아, 갑자기 그런 말을 꺼낸 것 자체가 후회된다. 예전부터 그녀는 이 일에 대해 그에게 말하지 않겠다고, 그를 끌어들이지 않겠다고 다짐하고 있었다.

"경찰 얘기를 하고 있었어요." 그가 말을 잇는다. "이제 경찰에 연락할까 싶다고."

"그래요." 그녀가 고개를 끄덕이며 말한다. "음, 거기에 대해선 마음을 바꿨어요."

"그래요? 왜요?"

"모르겠어요." 그녀가 바텐더 쪽을 쳐다보며 말한다. "그냥 그러면 안 될 것 같아요."

개빈은 그녀를 보며 술을 한 모금 마신다.

"아, 그래요?" 그가 마침내 말한다.

"애가 그러지 말라고 했고."

그는 생각에 잠긴 듯 말이 없다.

"동의하지 않아요?"

"아니에요. 내가 상관할 바는 아니니까."

"동의하지 않는 것처럼 보이는데요."

"그렇지 않아요. 사실 난 상황을 제대로 모르니까 의견이 있을 수도 없죠." 한참을 말이 없는 것이 그는 머릿속으로 이런저런 생각을 하고 있는 듯하다. 마침내 그가 말한다. "하지만 애가 너무 어리지 않나 싶긴 해요."

"무슨 뜻이에요?"

"이제 겨우 스물한 살짜리 애인데 너무 믿고 있는 건 아닌가 해서요."

"내 딸이에요."

"나도 알아요."

"그앤 모자란 애가 아니니까." 그녀가 말한다. "난 믿어요."

개빈은 그녀를 쳐다보며 아무 말도 하지 않는다. 그러자 그녀는 말실수를 한 것 같다는, 자기 딸이 모자란 애가 아니라고 말함으로써 그의 아들이 그런 애라는 사실을 은근히 지적한 거라고 그가 오해할 수도 있겠다는 생각이 든다. 특수교육이 필요하다는 개빈의 아들. 그가 좀처럼 언급하지 않는 그 아들.

"미안해요." 그녀는 말한다. "다른 뜻은 전혀 없었어요."

"알아요. 괜찮아요." 그는 술잔을 들고 고개를 돌려 구석에서 악기를 준비하고 있는 재즈 트리오 쪽을 바라본다.

사실, 개빈은 아들에 대해 거의 말을 하지 않기 때문에 그녀는 그에게 아들이 있다는 사실을 자주 잊어버린다. 딱 한 번, 두 사람이 처음으로 밤을 보냈던 날, 그는 아이와 아이의 정신장애 등의 문제에 대해 한참 동안 얘기했지만, 그날 밤 이후로는 아들에 대해 한마디도 언급하지 않았다. 그의 아파트에도 아들 사진이라든가 냉장고에 붙여놓은 아이의 그림이라든가 벽장 속에 넣어둔 장난감 같은 것은 없었다. 아들이 있다는 증거는 하나도 없었다. 마음이 약해질 때면 그가 순전히 여자들을 집으로 끌어들이려는, 그들의 동정과 신뢰를 얻으려는 목적으로 아이 얘기를 지어낸 건 아닐까 싶었던 처음의 의심이 되살아났다. 물론 말도 안 되는 의심이지만, 무슨 이유에선지 그녀는 이제 그 의심이 다시 살아나 머릿속을 묵직하게 누르는 듯한 느낌이 든다. 그녀는 그를 오래 쳐다보다가 마침내 입을 연다.

"뭐 하나 물어봐도 돼요?"

"물론이죠."

"아이 얘기는 왜 전혀 안 해요?"

"누구?"

"당신 아들."

"무슨 말이에요?"

"그애 얘기를 전혀 안 하잖아요."

"해요."

"아니." 그녀가 말한다. "안 해요."

개빈이 그녀를 빤히 쳐다보다 어깨를 으쓱한다.

"애를 보호하고 싶어서겠죠."

"근데 애 사진도 한 장 없잖아요."

"무슨 뜻이에요?"

"당신 아파트에, 아이 사진이 한 장도 없다고요. 그거 좀 이상하다고 생각 안 해요? 그러니까, 아무것도 없다는 거죠. 장난감도, 비디오게임도."

"그애는 비디오게임 안 해요."

그녀가 그를 빤히 쳐다본다.

"무슨 뜻으로 그런 말을 하는 거죠?"

"아무 뜻 없어요."

"내가 아이 얘기를 지어냈다든가, 그런 생각을 하는 건가요?"

"모르겠어요." 그녀가 말한다. "어떻게 생각해야 할지 모르겠어요."

"내가 왜 없는 아이를 지어내겠어요, 케이든스. 세상에, 그게 대체 뭐가 좋다고."

"모르죠." 그녀가 말한다. 빈정거리듯 눈썹까지 치켜올리며. "당신이 한번 말해보지 그래요?"

순간 그녀는 자신이 그의 아픈 곳을 찔렀음을, 그가 화가 났음을, 자신이 지나쳤음을 깨닫는다.

"당신 정말 심각하군." 그가 말한다.

"개빈."

"정말이에요. 당신 정말 제정신이 아니야. 딸 문제도 있고 여러 가지로 속상한 건 알겠지만, 세상에, 케이든스, 이건 정말 너무해요." 그러고는 그가 주머니에서 지갑을 꺼낸다. 그의 손가락이 바르르 떨린다. 잠시 후 그는 사진 하나를 꺼내 그녀 앞에 내려놓는다. 개빈과 남자아이 하나가 휴스턴에 있는 놀이공원 앞에 서서 서로를 느슨하게 껴안은 채 활짝 웃고 있는 사진이다. 아이는 개빈을 빼다박은 듯 닮아 있다.

사진을 보자 그녀는 가슴이 쿵 내려앉는다. 어찌나 창피한지 말도 나오지 않는다. 어떻게 그런 말을 입에 올릴 생각을 했을까? 무슨 권리로 그런 불합리하고 내밀한 두려움을 드러냈단 말인가? 술 때문일까, 아니면 다른 원인이 있는 걸까? 급기야 실성하고 만 건가?

"미안해요." 마침내 그녀가 힘겹게 말한다. "기분이 정말 엉망이야."

그는 고개를 저으며 아무 말도 하지 않다가 화장실에 가겠다며 사라진다. 하지만 몇 분 후 돌아왔을 때는 기분이 괜찮아 보인다. 그는 이해한다고, 지금 극심한 스트레스 속에 놓여 있다는 걸 안다고, 얼마나 힘든 경험일지 자기로선 상상하기조차 힘들다고 말한다. 그러고는 그냥 잊어버리자고 한다.

그의 다정함에 그녀는 더욱 착잡해진다. 난 저 남자 곁에 있을 자격이 없는 사람이야, 그녀는 생각한다. 보통 남자들 같았으면 지금쯤 이미 날 버렸을 거야. 그녀는 테이블 위로 손을 뻗어 그의 손을 잡는다.

"미안해요." 그녀가 다시 말한다. "진심으로."

하지만 그는 대답하지 않는다. 단 한마디도.

그를 달래기 위해, 그리고 죄책감을 조금이라도 덜기 위해, 그녀는 개빈과 밤을 보내기로 한다. 방으로 올라간 뒤 그녀는 그가 옷을 벗기도록 해주고 침대 가에 앉아 있는 그에게 벗은 몸을 보여준다. 그가 좋아하는 걸 알기 때문에. 하지만 결국 개빈은 또 실패하고, 이번엔 술 때문이라고 말한다.

그들은 말없이 오랫동안 누워 있지만, 둘 사이엔 아무 온기가 없다. 언젠가 서로 나누었던 그 온기는 이제 사라지고 없다. 그녀는 그의 가슴을, 그 털 없이 매끈한 살갗을, 그 창백한 피부를 유심히 살펴본다. 그의 다리를 위 아래로 쓸어내리고 가슴을 쓰다듬어보지만 그는 움직이지 않는다.

시간이 지나 그가 잠든 후에도 그녀는 공허함과 피로를 느끼며 오랫동안 그대로 누워 있는다. 생각은 다시 클로이에게로, 그리고 밤새 자신을 괴롭히던 질문으로 되돌아간다. 경찰에 연락해야 했을까, 아니면 그냥 딸을 믿고 진득하게 기다려야 할까? 책임감 있는 부모는 어떤 행동을 할까? 내 부모라면 어떻게 했을까? 육아에 대해 그녀가 읽은 그 어떤 글도 이런 상황에 대처하는 방법은 알려주지 않았다. 이런 일이 일어나면 어떻게 해야 하는지 알려주는 매뉴얼도 없었다. 경찰에 연락한다면 결국 클로이를 훨씬 더 깊이 사건에 연루시키게 될지도 모른다. 하지만 아무 일도 하지 않는다면 아이는 더욱 심각한 위험에 처하게 될지도 모른다. 그녀는 베개에 기대어 눈을 감는다. 생각은 다시 클로이의 일기와 거기서 읽은 걱정스러운 문장으로 되돌아간다. 엘슨에게는 보여주지 않기로 결심했던 그 문장. 클로이가 떠나기 하루 전에 쓴.

그애가 원한다면 난 할 거야. 그러니까, 나중에 우리가 다시 함께할 수만 있다면, 난 할 거야. 그걸 할 거야.

그녀는 그 말이 무슨 뜻일까 생각하다, 개빈과 시계를 한 번씩 쳐다보며 얼마나 더 오래 이렇게 있어야 할지 헤아려본다.

4

그녀는 몇 달 동안 라자를 휴스턴으로 데려오는 상상을 했다. 그를 차에 태우고 시내를 돌아다니고 부모님에게 소개하며 전에 다니던 고등학교를 구경시켜주는 상상을 했다. 그녀는 항상 휴스턴에 대해 어떤 친밀감을 느꼈는데, 스트래섬에서 만난 사람들은 아무도 그런 마음을 이해하지 못하는 것 같았다. 그들에게 휴스턴은 과장되게 부풀린 머리와 카우보이모자와 보수정치를 떠올리게 했지만 클로이에게 이 도시는 늘 다른 의미가 있었다. 휴스턴은 유년기의 세상, 마법의 장소, 진정으로 자신과 하나가 되는 느낌을 주는 곳이었고 휴스턴의 바로 그런 면을 그녀는 라자에게 보여주고 싶었다. 그리고 상황이 달랐다면 라자도 그녀와 같은 방식으로 이 도시를 받아들였을 거라고 진심으로 믿었다. 하지만 그들은 대부분의 시간을 브랜든의 아파트에 숨어 말다툼을 하거나 덥다고 투덜댔고, 그가 이 도시를 싫어한다는 것, 여기에서 행복하지 않다는 것, 차라리 오지 말걸 그랬다고 후회하고 있다는 것을, 그녀는 알 수 있었다.

물론 이런 상황에서 라자는 어디에 갔더라도 행복하지 않았을 것이다. 그는 도착하던 그날부터 계속 시무룩하고 어딘가 동떨어진 듯 느껴졌다. 그의 그런 모습은 전에 보지 못한 것이어서 클로이는 마음이 쓰였다. 그들은 사귀는 동안 싸운 횟수보다 지난 며칠 동안 더 많이 싸웠고, 더운 날씨나 밀실공포증을 느낄 만한 생활환경 탓일 거라고 나름의 핑곗거리를 찾긴 했지만 혹시 다른 이유가 있는 것은 아닌지, 그가 어쩌면 자신에게 싫증이 났거나 어떤 식으로든 실망해서 그런 건 아닌가 하는 의문을 품지 않을 수 없었다. 그를 위해 더이상 무얼 어떻게 해줄 수 있단 말인가 싶은 마음도 들었다. 어쨌거나 그녀는 그를 구하려고 자신의 앞날을 위험에 빠뜨리고 있는 거나 다름없었다. 하지만 전날 밤에 싸우면서 그런 이야기를 꺼냈을 때 라자는 애초에 자기가 여기에 오게 된 것은 그녀의 아이디어였음을 지적했다.

그 말에 클로이는 발끈했지만 맞는 말이었다. 며칠 전 그녀는 갑자기 전화로 그런 제안을—휴스턴에 내려와 며칠 숨어 있으라는—했지만, 그가 정말 그렇게 하리라고는 생각지 않았다. 그가 휴스턴에 도착하던 날 밤, 공항이라고 전화했을 때조차 그녀는 믿지 않았다. 장난일거라고 생각했다.

"지금 보이는 게 뭔지 말해봐." 그녀가 말했다. 라자가 조지 부시

시니어의 거대한 청동상을 묘사했을 때 그녀는 가슴이 철렁했다.

그날 밤 차를 타고 집에 오면서 그녀는 라자를 알게 된 후 처음으로 그가 우는 모습을 보았다. 스트래섬에서 무슨 일이 있었기에 그러는지 들어보려 했지만, 그는 단지 상황이 바뀌었다고, 타일러 벡위스가 의식불명상태에 빠졌다고, 승이 이제 그에게 불리한 증언을 하려 한다고, 상황이 갈수록 나빠지기만 한다고만 말했다. 그는 곧 공식적으로 기소될 것 같다면서 달리 어떡해야 할지 막막하다고 했다. 패닉에 빠졌어, 그는 나중에 인정했다. 보스턴에서 비행기에 오르자마자 이런 결정을 후회했어. 하지만 그때는 이미 늦어버렸더라고. 그때는 돌이킬 방법이 없었어.

처음에 그녀는 라자를 엄마 집으로 데려갔다. 오믈렛을 만들어 주었지만 그는 먹지 않았고, 그녀는 옷가지와 컴퓨터를 챙겨서 비토네로 함께 갔다. 거기 가면 리처드를 찾을 수 있을 것 같았다.

나중에 브랜든의 아파트로 왔을 때, 브랜든은 서재에 두 사람의 잠자리를 만들어주었다. 책상과 컴퓨터와 책장 몇 개가 놓인 조그만 방이었다. 침구는 방 한가운데에 브랜든이 깔아준 낡은 매트리스가 전부였다.

브랜든이 자러 간 후 그들은 매트리스 위에서 서로 껴안은 채 오래 누워 있었다. 라자는 잠기운이 전혀 없었고 온몸에 아드레날린이 솟구치는 듯 근육이 뻣뻣하게 긴장되어 있었다. 클로이는 그를 진정시키려고 물이나 맥주를 좀 마셔보라고 했지만 그는 고개를 저었다. 라자는 몇 분에 한 번씩 자리에서 일어나 창가에서 담배를 피웠다. 담배에 불을 붙이고 몇 번 빨다가 꺼버리곤 했다. 그러고는 다시 잠자리로 돌아왔고 그녀는 그런 그를 안았다. 얘기를 하고 싶진 않지만 잠도 오지 않는다고 그는 말했다. 그러고는 마침내, 돌아가기에 너무 늦었다는 생각이 정말인지 회의하기 시작했다. 다음날 스트래섬 경찰서에 전화로 자수하고 그날 저녁에 돌아가겠다고 하면 어떨까 생각했다. 그렇게 하는 게 최선 아닐까? 라자는 혼잣말처럼 물었다. 그러고는 다시 스스로에게, 아니지, 그건 최선이 아니야, 하고 대답했다. 엄밀히 따지면 그는 보석중에 행방을 감춘 것이므로 당장 돌아간다고 해도 그 대가를 치러야 할 것이며, 즉시 수감되어 다시는 보석되지 못할 것이 뻔했다. 악몽이 될 거야, 그는 말했다. 악몽 같은 결론이야.

밤새도록 그렇게 라자는 계속 일어나서 담배를 피웠고 클로이는 말없이 앉아 듣기만 했다. 그날 밤 그녀는 거의 말을 하지 않았다. 자신의 걱정거리를 들으면 라자의 기분이 더 나빠질 것 같아 말을 꺼내지도 않았다. 그렇게 바뀐 상황이, 두 사람 관계에서 든든한 기둥, 안정적인 힘의 역할을 하는 쪽이 자신이 된 상황이 그녀는 기이하게 느껴졌다. 라자는 그 모든 상황에서 그토록 흔들림이 없었는데, 스트래섬에서 있었던 그 모든 일을 겪으면서도 그토록 확신에 차고 차분한 모습이었는데, 이젠 한계에 다다른 게 분명했다. 그래서 그녀는 걱정스러웠고 두려웠지만 동시에 그에게 더욱 깊이 연결된 느낌이 들었다. 살면서 누군가가 이렇게 자신에게 의지하고 있다고 느낀 것은 이번이 처음이었다.

다음날 그들은 출근하는 브랜든을 카페 브라질에 내려준 후 그의 차를 가지고 시내를 가로질러 몬트로즈 반대편에 있는 조그만 스시집에 갔다. 그녀가 고등학교 때 가던 곳이었다. 그곳에서 김이 모락모락 나는 일본식 된장국을 앞에 두고 그들은 한 시간 가까이 아무 말 없이 앉아 있었다.

나중에, 아파트로 돌아가서 라자는 자기 생각을 말하기 시작했다. 계획을 세워야 한다고, 논리적인 행동방침을 정해야 한다고 했다. 그는 브랜든의 집에 얼마나 머무를 수 있는지 물었고, 그녀는 며칠 정도, 아마 길어야 네닷새쯤일 거라고 대답했다. 그는 고개를 끄덕이며 방을 둘러보았다. 지금쯤 스트래섬에서는 내가 사라졌다는 걸 알게 되었을 거야, 그가 말했다. 경찰도 움직이기 시작했을 테고. 공항 몇 군데에 연락하고 내 사진을 배포하고 캐나다와 멕시코 국경에 접촉했겠지. 그녀는 라자를 올려다보았다. 그런 식으로 말하는 그의 모습이 낯설었다. 꿈이나 영화에서 보는 장면 같았다. 그때까지 그녀는 다음 행보에 대해, 이제 어디로 가야 할 것인가에 대해, 생각해본 적이 없었다. 그제야 클로이는 자신이 여태껏 현재에만 집중하고 있었다는 사실을 깨달았다. 앞으로는 현재에 집중하는 걸로는 충분치 않을 것 같았다. 라자가 방안을 이리저리 서성이는 동안 그녀는 마침내, 문득, 현실을 실감하게 되었다. 이게 실제로 벌어지고 있는 일이구나, 그녀는 생각했다. 실제로 우리에게 벌어지고 있는 일이구나. 가슴이 조여드는 듯했다. 그녀는 라자를 올려다보며 뭔가 말하려 했지만 그는 계속 서성이기만 했다. 그는 손을 좀 써두기는 했다고 했다. 예컨대 비행기 표를 뉴어크행 하나와 뉴어크에서 다시 휴스턴으로 오는 표까지 두 장을 샀으며, 둘 다 현금으로 지불했다고 했다. 사람들을 며칠은 따돌릴 수 있을 거라고 그는 생각했다. 자신을 찾기가 더 어려워졌을 거라고, 하지만 그래도 결국은 찾아낼 거라고도 했다. 그들은 곧 그의 행방을 알아낼 것이고, 그렇게 되면 그녀의 부모님을 압박할 것이며, 그다음엔 리처드를 심문할 테고, 결국에는 그들을 찾아낼 거라는 것이었다. 시간문제야, 그는 말했다. 아마 사흘, 잘해야 나흘 정도겠지. 지금 우리가 대비할 수 있는 범위는 그 정도뿐이고, 그뒤엔 다른 계획이 필요해. 최소한 나에게는.

"무슨 뜻으로 그런 말을 하는 거야?" 라자의 말에 그녀가 물었지만 그는 대답하지 않았다.

"난 너랑 함께할 거야." 그녀는 말했다. "네가 어디로 가든 나도 함께 갈 거야."

라자는 고개를 저었다.

"그건 안전하지 않아." 라자는 이 일에 더이상 그녀를 연루시키지 않겠다고 했다. 지금까지 온 것도 잘못된 일이라고, 더 나아가면 그녀의 앞날이, 그녀의 삶이 위태로워질 것이며, 그런 일이 일어나게 내버려두지 않을 거라고 그는 말했다. 그 점에 대해 라자는 매우 단호했고 공격적이기까지 했으며, 그래서 두 사람은 그 문제로 밤새 싸워야 했다. 라자는 이제 그건 자기 문제일 뿐 그녀의 문제가 아니라고 주장했고, 클로이는 어디든 그가 혼자 떠나게 내버려두지 않겠다고 우겼다. 브랜든의 아파트는 에어컨이 고장나 있었고, 조그만 방안에서 싸우면 싸울수록 더 더워지는 듯했다. 마침내 기진맥진해진 라자가 자리에 누워 눈을 감았다.

"더는 싸우기 싫어." 그가 한숨을 쉬며 말했고, 클로이는 옆자리에 누워 그의 어깨에 입을 맞추었다.

"나도 그래."

"난 그냥 네가 걱정돼서 그러는 거야." 그가 마침내 말했다. "널 끌어들이기 싫어."

"나도 알아." 그녀는 이번엔 그의 입술에 키스했다.

그날 밤 후텁지근한 브랜든의 조그만 서재에서 그들은 두 번 사랑을 나눴다. 그사이 복도 저편에서는 브랜든이 조용히 티브이를 보고 있었다. 나중에 그가 자러 들어가자 두 사람은 차가운 물로 함께 샤워한 후 방으로 돌아와 얘기를 나누었다.

클로이가 그와 함께 가느냐 마느냐 하는 문제는 일단 접어두기로 했다. 당장 그들이 해야 할 일은 다음 행보를 정하는 것이었다. 라자는 고등학교 때 친했던 친구가 지금 캘리포니아에서 스탠포드에 다니고 있다고 말했다. 녀석이라면 전적으로 믿을 수 있어, 그가 말했다. 며칠 정도 잠자리를 마련해줄 순 있을 거야. 하지만 그건 장기적 해법은 아니지, 안 그래? 지금 정말 필요한 건 이 나라를 떠나는 거야. 그게 가장 안전한 방법일 거야. 근데 불행히도 여권이 뉴저지 부모님 집에 있어서 지금은 비행기로도, 기차로도, 심지어는 버스로도 이 나라를 뜨는 게 불가능해.

“외국으로 간다고?” 그녀가 말했다. “진심이야?”

그가 그녀를 보더니 어깨를 으쓱했다.

“라지, 아직 우리 거기까지 간 건 아니잖아. 안 그래?”

그는 고개를 젓고는 자리에서 일어나 창가로 가 담배에 불을 붙였다.

궁지에 몰린 그의 감정을 그녀는 읽고 있었다. 그날 아침 그의 얼굴에서 읽었던 그 감정이 다시 그의 얼굴에 나타났다. 그래도 외국으로 가는 건 너무 극단적인 것 아니냐고 클로이는 계속 따져 물었다. 그건 근본적으로 우리에게 죄가 있다고 인정하는 셈 아니야? 근본적으로 패배를 인정하는 거 아니냐고. 나중에라도 타일러 벡위스가 회복되면 어쩔 거야? 혐의가 낮춰지면? 하지만 사실대로 말하자면, 그가 이 나라를 떠난다는, 두 사람이 이 나라를 떠난다는 생각은 받아들이기가 너무 힘들었다. 둘이서 망명자의 삶, 도망자의 삶을 살아간다는 것은 정신 나간 생각 같았다.

“아직 기소된 것도 아니잖아.” 그녀가 지적했다.

“아직은 아니지. 하지만 그렇게 될 거야.” 그러더니 그는 타일러 벡위스가 회복하지 못했을 때, 그가 결국 죽었을 때 자신이 받게 될 혐의를 그녀에게 상기시켰다. 그것은 그들 사이에 한 번도 오간 적이 없는 말, 한 번도 입 밖으로 나온 적이 없는 말이었다. “난 지금 현실을 마주하고 있는 거야.” 그가 말했다. “내 말은, 그러니까 그게 바로 망할 놈의 현실이라고.”

클로이는 그를 쳐다보았고, 갑자기 속이 울렁거렸다.

"너 다시 돌아가야 할 것 같아." 그녀가 마침내 말하자 라자가 그녀를 쳐다보았다.

"못 해." 그가 말했다.

"할 수 있어."

"난 돌아가지 않을 거야."

"왜 안 가?"

하지만 라자는 그건 더이상 불가능하다고 말했다. 이제는 아니라고. 이미 한 발을 내디뎌버렸어, 그는 말했다. 이미 결정을 해버렸어. 그래, 충동적인 결정이었지. 그래 맞아, 후회해. 하지만 이제 뭘 어떻게 할 수 있겠어? 내게 달리 무슨 대안이 있지? 그 말을 한 후 라자는 그녀를 한참 쳐다보았다. 그가 진심이라는 것, 마음을 먹었다는 것, 자신이 그걸 바꿀 수 있는 방법은 없다는 것을 그때 그녀는 깨달았다.

"그러니까, 누구 아는 사람 없냐고." 라자가 한참 후 그녀를 빤히 쳐다보며 말했다. "날 이 나라 밖으로 내보내줄 수 있는 사람 말이야."

클로이는 그를 오래 쳐다보다 마침내 고개를 저었다. 아니, 그녀가 말했다. 없어.

그 질문에 대한 답을 그때 알았다면 물론 클로이는 라자에게 말했을 것이다. 하지만 그때는 몰랐다. 다음날에야 그녀는 지갑을 뒤지다가 듀프리에게서 받은 명함을 발견했다. 호출기 번호가 적힌 조그맣고 하얀 그 명함을 보자 어떤 생각이 떠올랐다. 하지만 지금 앨러배머 아이스하우스* 구석의 좁은 칸막이 자리에서 라자와 마주앉아 듀프리가 화장실에서 돌아오기를 기다리고 있노라니, 그녀는 이 방법이 정말 해법이기는 한지 의문스럽다.

그녀는 전날 브랜든의 휴대전화로 듀프리에게 전화를 걸어 그의 호출기에 브랜든의 번호를 남긴 뒤 한 시간 가까이 듀프리가 전화하기를 기다렸다. 마침내 연결이 되었을 때 그는 클로이와 통화하게 되어 반가운 듯했고, 그녀가 전화를 했다는 사실에는 전혀 놀라는 것 같지 않았다. 그녀가 두 사람의 난관에 대해 구체적인 내용은 뺀 채 조금 설명하자, 듀프리는 다음날 앨러배머 아이스하우스에서 만나 좀더 자세히 이야기하자고 제안했다. 그러는 게 낫겠어요, 그가 말했다.

전화를 끊고 클로이는 라자에게 상황을 설명했고, 그는 처음엔 회의적이었지만 결국은 생각을 바꾸었다. 클로이는 며칠 전 시몬의 가게에서 듀프리와 마주치게 되었다는 것, 그가 믿을 만한 사람으로 보였다는 것, 연줄이 아주 많아 보였다는 것 등등을 라자에게 설명했다. 듀프리의 연줄이 얼마나 두터운지는 몰라도 최소한 시도해볼 가치는 있을 것 같았다. 라자는 그녀를 보고 미소지으며 고개를 끄덕였다. 이건 어쩌면 신의 중재인지도 모르겠다, 라자가 말했다. 운명일지도. 아니면, 그녀는 생각했다, 절박한 상황이 사람

* Icehouse. 텍사스의 유서 깊은 술집의 한 형태. 예전 얼음창고들이 얼음으로 차갑게 한 맥주를 파는 술집으로 업종을 바꾸면서 생겨났다.

에게 어떤 짓을 하는지 보여주는 사례일지도 모르지. 아무리 질 나쁜 사람도 구세주처럼 느끼도록 판단력을 흐려놓는.

그리고 어쩌면 당연하게도, 여기 도착한 뒤로 지금까지 듀프리는 제대로 알려주는 것도 없이 그저 두 사람을 도와줄 수 있을 만한 남자와 얘기를 좀 해봤다고만 말했다. 그는 거의 한 시간이나 늦게 왔는데, 막 샤워를 했는지 머리가 젖은 채로 나와 자리에 앉더니 이십 분간을 계속 혼자 이야기했다. 그는 두 사람의 상황에 대해 구체적으로 알고 싶지는 않다고 했다. 두 사람이 무슨 짓을 했는지, 누구를 피해 도망치는지, 심지어 최종 목적지가 어디인지도 알려고 하지 않았다. 우리 모두를 위해 그 편이 나아요, 그가 말했다. 내가 해줄 수 있는 건 두 사람을 도울 수 있는 사람과 연결시켜주는 일이에요. 그렇게 말하고 그는 호출기를 내려다보고는 화장실에 다녀오겠다고 하더니 이십 분째 나오지 않고 있다.

듀프리가 자리를 뜨자 클로이는 라자를 쳐다보았고, 그는 마치 그냥 어떻게 되는지 보자, 라고 말하는 것처럼 어깨를 으쓱하고는 그녀에게 키스했다. 하지만 이제 라자의 얼굴은 점점 어두워져가고, 불현듯 그녀는 잘 알지도 못하는 어린애를 너무 믿고 있다는 생각이 든다.

앨러배머 아이스하우스 한쪽에선 바텐더가 아이스박스에서 물방울이 맺힌 코로나를 몇 병 꺼내 이 술집의 다른 손님으로는 유일한 어느 일행 앞에 내려놓는다. 멕시코 카우보이모자를 쓴 나이든 남자 세 명으로 이루어진 일행은 바텐더가 무슨 말만 하면 떠들썩

하게 웃음을 터트리고 있다. 클로이는, 바텐더가 맥주에 끼울 라임 조각을 자르고 병 입구에 소금을 살짝 뿌리는 모습을 바라본다. 몹시 어두운 술집은 거의 비어 있다. 구석에 놓인 월리처 주크박스에서는 컨트리웨스턴 음악이 흘러나온다. 느리고 회한에 찬 그 사랑 노래들을 라자는 음미하며 듣고 있는 것 같다. 클로이는 탁자 위로 그의 손을 잡는다. 잠시 후 듀프리가 손에 전화기를 든 채 화장실에서 나오는 모습이 보인다.

듀프리는 자리에 앉아 주머니에서 종이 한 장을 꺼내더니 테이블 위로 그녀 앞에 밀어놓는다. 종이에는 거리 주소 하나만 달랑 적혀 있다.

"화요일 자정에 여기로 나오면 그 사람이 라레도로 데려가 거기서 국경을 넘게 해줄 거예요. 그다음엔 버스를 타고 어디든 가고 싶은 곳으로 가면 돼요."

클로이는 종이를 들여다본다.

"정말이에요?"

"확실해요."

"여기가 어딘지도 모르겠는데." 그녀가 주소를 보며 말한다.

"중심가예요." 그가 말한다. "물류창고구역."

클로이는 고개를 끄덕인다.

"그 사람을 어떻게 알아보죠?"

"나도 갈 거예요. 소개를 해줘야 하니까. 하지만 그러고 나선 곧장 빠질 거예요. 이런 구린 일에 얽히면 안 되니까."

클로이는 그를 쳐다보며 고개를 끄덕인다.

"그래요." 그녀가 말한다. "그렇겠죠."

듀프리는 담배를 하나 꺼내 불을 붙인다.

"솔직히 이런 일 한 번도 해본 적 없어요. 난 아직 완전 풋내기라. 기분전환용 마약이나 좀 만지는. 그런데 그쪽 둘은 좋은 사람들 같아서 말이죠. 시몬의 친구이기도 하고. 그래서 에라 모르겠다, 할 수 있는 건 해보자, 그런 거죠."

"고맙게 생각해요." 클로이가 말한다. "정말로."

듀프리는 어깨를 으쓱하며 맥주를 집어든다.

"그런데 돈은 얼마나 들까요?" 잠시 후 라자가 조심스럽게 술집 안을 둘러보며 묻는다.

"그렇죠." 듀프리가 말한다. "나도 막 그 말을 하려던 참이에요." 그는 맥주를 한 모금 마신다. "어젯밤에 친구랑 얘기해봤는데, 그러니까 총 사천 정도 될 것 같아요. 두 사람 다 해서."

라자는 그를 빤히 쳐다본다. 갑자기 얼굴에 수심이 가득하다.

"한 사람만 하면?"

"한 사람이라면. 아마 그 반이겠죠. 그럼 얼마지, 이천?"

"이천?" 라자가 고개를 저으며 말한다. "더이상 조정은 안 되나요?"

"조정이라고요?" 듀프리가 웃는다. "이봐요, 이 사람은 흥정 같은 거 몰라요. 게다가 이미 꽤 깎아준 금액이라 이거죠. 내가 아는 사람이고 전에 거래가 있었던 사람이라서. 보통은 그 두 배는 될걸요. 젠장, 세 배일지도 몰라요."

자신을 돌아보는 라자의 얼굴에서 클로이는 실망을 읽는다. 그가 여기로 내려오기 위해 가진 돈을 거의 다 썼다는 것, 그런 액수의 현금을 손에 넣을 방법이 그에게는 전혀 없다는 것을 그녀는 안다.

"이천이나 되는 돈은 없어요." 그가 마침내 말한다. "아니, 사실 천도 없어요."

듀프리는 그를 보며 어깨를 으쓱한다.

"뭐 그렇다면 난 더 할말이 없네요. 내 말은, 그러니까 이런 종류의 일에는 돈이 꽤 든다는 거죠."

클로이가 라자의 손을 잡더니 듀프리를 쳐다본다.

"돈 구할게요." 그녀가 말한다.

"무슨 소리 하는 거야?" 라자가 묻는다.

"돈 구할 거라고. 걱정하지 마."

라자는 그녀를 빤히 쳐다보다가 눈길을 돌린다.

"정말이죠?" 듀프리가 묻는다.

"구할게요."

"이 사람 잘못 건드렸다간 큰일나요."

"걱정 말아요." 그녀가 말한다. "정말로. 거기로 갈게요. 돈도 가지고."

듀프리가 고개를 끄덕이고는 라자를 다시 한번 쳐다본다. 라자는 제 무릎을 내려다보고 있다.

"좋아요, 그럼." 그가 일어서며 말한다. "그럼, 화요일 밤에 만나죠."

"화요일 밤." 클로이가 말한다.

듀프리가 그녀를 보고 미소지으며 말한다.

"근데요. 두 사람, 어떤 구린 일을 겪고 있는지 모르지만, 그리고 말했듯이 알고 싶지도 않지만, 그래도 일이 잘 풀렸으면 좋겠어요. 진짜로요."

"고마워요." 클로이 역시 미소지으며 대답하자 듀프리가 라자 쪽으로 돌아서며 악수를 청한다.

"아디오스, 미 콤파드레."* 그 말과 함께 돌아서더니 그는 도착할 때만큼 재빨리 문밖으로 사라진다.

그가 가자마자 클로이는 라자를 돌아보며 손을 토닥거린다.

"잘될 거야." 그녀는 말한다.

"그런 돈을 어떻게 구한다고 그래?"

"몰라."

"그럼 왜 그 사람한테 돈을 가지고 간다고 말한 거야?"

"내가 어떻게든 해볼게." 그녀는 말한다. "날 믿어."

그는 클로이를 빤히 쳐다본다.

"내 통장에 천 달러 정도는 있어. 그리고 나머지는 부모님한테 달라고 하면 돼."

"부모님한테 어떻게 그런 부탁을 해?"

---

* 스페인어로 '잘 가시오, 친구'라는 뜻.

"알았어. 그럼 리처드한테 달라고 할게."

라자는 맥주를 들이켠다.

"네 오빠한테 그런 돈이 있을까?"

"몰라. 하지만 얼마가 됐든 가진 돈을 줄 거야."

라자는 바텐더 쪽을 쳐다보다가 고개를 젓는다.

"사흘이 있어." 그녀는 말한다. "사흘 안에 사천, 구할 수 있어. 내 말은, 쉽지는 않겠지만 가능하긴 하다는 거야."

"이천." 그가 말한다.

"어?"

"이천 달러라고."

"아니." 클로이는 그의 팔을 만지며 말한다. "사천이야."

5

엘슨은 아침 내내 이메일에 매달려 있었다. 자신의 상황을 가능한 한 가장 좋게 표현하려 애쓰며, 그의 상관 테드 설리번에게 자신도 잘 이해 못하는 어떤 것을 설명하려 애쓰며. 딸아이가 없어졌다는 것, 어디 있는지 모른다는 것, 그래서 아이를 찾기 위해 특별휴가를 내야겠다는 것. 이메일을 보내고 난 후 그는 한참 동안 책상에 앉아 창밖을 바라보았다. 오늘 동료들 대부분이 현장에 나가 텅 빈 사무실에서 그는 한동안 이상한 평온을 느꼈다. 하지만 지금, 앞에 놓인 컴퓨터 화면을 뚫어져라 쳐다보며 그는 다시 고개를 드는 불안을 느낀다. 화면 왼쪽 하단 구석에는 그의 최근 프로젝트 두 건 중 하나의 배치도가 띄워져 있다. 휴스턴 외곽의 지중해풍 저택. 고객의 요구를 반영한 시방서를 정확히 따랐지만 뭔가 빠진 게 있었다. 공간배치에 통일성이 부족했고 전체 콘셉트에는 온기가 없었다. 살림집에는 무릇 중심적인 거실공간이 있어야 하는데, 이 집은 그저 여러 개의 침실과 서재가 좁은 통로와 복도로 구분되고 이어진 정교한 미로에 지나지 않았다. 공동의 생활영역, 가족이 하나의 구성단위로 함께 모일 공간이 없었다. 이제 와 생각해보니 자신이 설계한 이 집에는 영혼이 없다. 그는 의자에 뒤로 기대어 그런 생각을 하다가 윈도우를 종료한 뒤 컴퓨터를 끈다.

대학원에 다닐 때 엘슨은 유명한 현대 건축가의 강연을 들은 적이 있다. 그는 자기 집의 정교함에 대해 한 시간 가까이 설명하면서 방 하나하나를 슬라이드로 보여주었고, 초기의 스케치부터 마지막 디테일까지 온 정성을 들여가며 건축과 설계의 모든 측면을 감독했다고 덧붙였다. 그는 그 집이 건축가로서 자신의 최고 작품이라고, 그 이유는 가장 야심찬 작품이라서가 아니라 가장 개인적인 작품이라서 그렇다고 설명했다. 그 건축가는 말했다. 건축가가 자신의 집을 직접 지을 때는 제 영혼을 온 세상 사람들 앞에 내놓고 보여주는 것과 같습니다. 그건 건축가가 할 수 있는 가장 두려운 일이지요. 그리고 그는 덧붙였다. 하지만 가장 충족감을 주는 일이기도 합니다.

당시 그 강연은 엘슨에게 깊은 영향을 끼쳤고, 그는 아직도 가끔 그때를 생각하며 케이든스와 자신을 위한 집을 짓지 않았던 것을 후회했다. 몇 번인가 간단한 스케치를 하기도 했고 슈거랜드 외곽의 땅을 알아보기도 했지만, 그 계획을 밀고 나가기에는 시간이나 돈, 혹은 여력이 부족했으며, 아이들이 태어나고 난 뒤에는 더욱 힘들어졌다. 대신 그는 설리번 앤 고든과 보조를 맞추어 그들이 주는 모든 프로젝트를 맡았다. 업무시간이나 업무량, 고객들의 온갖 요구에도 불평 한마디 하지 않았으며, 단순함과 질서를, 그리고 기능보다 형태를 중시하는 자신의 비전이 동료들의 일률적인 설계에 묻혀버리는 것을 보고만 있었다.

물론 처음부터 그런 식은 아니었다. 그가 회사에 처음 합류했을 때는 1970년대 말, 1980년대 초반 오일 붐의 절정기였고, 젊은 건축사로서 엘슨은 회사의 다른 일원들과 함께 유례없는 성장과 번영의 시기를 누렸다. I. M. 페이, 필립 존슨 같은 세계적 수준의 선도적 건축가들이 중심가에 고층건물들을 올리고 있을 때 설리번 앤 고든은 리버 오크스에 석유회사 중역들을 위한 삼층짜리 저택들을 지었다. 회사의 파트너들은 거의 매주 새로운 설계 의뢰를 맡아오는 듯했고, 대학원을 졸업한 지 몇 년 안 된데다 건축사 시험도 다 치르지 못해 아직 공식 면허도 없던 엘슨, 회사의 떠오르는 샛별이었던 엘슨에게는 동시에 서너 건의 프로젝트를 감독, 관리하는 업무가 주어졌다. 당시 그는 젊은 건축사가 경험을 쌓기에 이보다 더 좋은 곳은 없을 거라고 생각했다. 설리번 앤 고든이 그에게 맡겼던 그런 종류의 책임과 창작의 자유를 그 나이에 누릴 수 있는 회사 역시 전국에 더는 없을 것이었다. 실제로, 입사 몇 년 만에 그는 프로젝트 관리자로 승진했고, 그로부터 몇 년 후에는 임원 건축사가 되었다. 언젠가 갤버스턴에 있는 테드 설리번의 해변가 별장에 놀러갔을 때, 테드는 저녁에 그를 따로 불러내 바다가 보이는 데크에 함께 서서 마가리타를 마셨다. 그는 엘슨에게 그때까지 설계한 것과 비슷한 종류의 건물들을 계속 설계한다면 몇 년 안에 파트너의 자리에 오를 수 있을 거라고 했다. 테드가 술에 취해 한 말일 수도 있었지만 엘슨은 그 말에 매달렸다. 주문을 외듯 되새겨 가며 거의 이십 년간 그 말에 매달렸고, 모든 정황이 그 반대를 가리키는 상황에서도 그 말이 현실이 될 거라고 믿고 싶었다.

그날 아침, 엘슨은 책상에 앉아 그런 생각을 하며 테드에게 보낼 이메일을 마지막으로 손질하다가 결국엔 긴 문단 세 개로 되어 있던 편지를 세 줄로 짧게 축약했다.

> 예기치 못한 개인적 사정이 생겨 무기한 무급 특별휴가를 요청하고자 합니다. 현재 진행중인 프로젝트에 대한 모든 메모와 자료들을 오늘 안으로 제출하도록 하겠습니다.
>
> 엘슨 드림.

물론 그는 테드가 좋아하지 않으리라는 것을, 아마도 뚜껑이 열릴 거라는 것을 알고 있었지만, 정말이지 달리 할 수 있는 일이, 다른 대안이 없었다. 그럼에도 불구하고, 근 삼십 년을 알고 지낸 사람, 자신의 결혼식과 아이들의 생일파티에 왔었고 예전에 친구라고 생각했던 사람에게 그렇게 격식을 차린 편지를 쓰고 나니 좀 이상한 기분이 들었다.

그는 열시 직전 테드가 업무상 약속으로 자리를 비운 사이 이메일을 보냈고, 남은 아침시간은 그의 최근 프로젝트 두 건—휴스턴 시외의 소박한 개인 주택과 중심가의 연립주택 개축 건—을 세부적으로 마무리짓느라 분주한 시간을 보냈다. 두 건 다 그에겐 그다지 재미있지도 보람 있지도 않은 일이었지만, 테드에게 보낸 이메일에 그런 얘기는 언급하지 않았다. 배은망덕하거나 불만이 많은 사람으로 보이기 싫었다. 그에게 안 좋은 인상을 남기고 싶진 않았다. 예전에 했던 불평과는 아무 상관이 없다는 사실을 강조하고 싶었다. 그건 정말 상관없는 일이었다. 그래도 테드가 좋아하지 않을 거라는 건 알고 있었다. 회사는 이미 몇 개 부서에서 상당한 인력부족을 겪고 있었고 이미 진행중인 프로젝트의 납기도 지키기 어려운 상황이었다. 지금 엘슨이 빠진다면 회사는 더욱 진창에 빠질 것이다. 새로운 프로젝트 수주를 제한해야 할 것이고 다른 사람들에게 초과근무를 시켜야 할 것이며 어쩌면 현재 맡아놓은 프로젝트를 놓칠 수도 있을 것이다. 그가 빠지면 회사에 큰 손해를 끼치게 될 수도 있음을 그는 알고 있다. 그리고 지금 책상에 앉아 문 쪽을 쳐다보며 테드가 돌아오기를 기다리는 그 순간에도 그는 알고 있다. 순탄하게 합의를 보기는 힘들 것임을.

그러나 결국 테드는 오후 세시가 다 되어서야 회사에 돌아왔고, 들어오자마자 곧장 자기 사무실로 들어가 문을 닫았다. 좀 이상하기는 했지만 테드는 언제나 사업상의 모든 거래를 자기 사무실에서 문을 닫은 채 처리했다. 분위기가 훨씬 자유로웠던 초창기에도 테드는 항상 사무실에 틀어박혀 있었기 때문에, 사교적인 부분의 상호작용이나 집단의 결집, 사기 진작 등의 문제는 늘 루이스 고든의 몫이었다. 루이스는 휴게실에서 사람들과 어울리며 인턴들과 잡담을 나누고 라키츠*에 대해 입씨름을 했으며 퇴근 후 식사나 술자리를 도모하곤 했다. 그사이 테드는 사무실에서 각종 수치들을 검토하고 고객들에게 전화를 걸었으며 어떤 직원이 대체 가능하고 어떤 직원이 꼭 필요한지 파악했다. 그럼에도 불구하고, 엘슨은 어떤 이유에선지 늘 테드와 더 강한 유대감을 느꼈다. 그가 불쌍하다는 생각이 들어서였을 수도 있고, 그가 자신을 처음 채용한 사람이어서였을 수도 있으며, 아니면 그냥 테드가 어떤 면에서 조금은 자신과 비슷하다고 생각했을 수도 있다. 그런 생각을 하고 있던 차에 테드의 비서가 전화를 해 그가 엘슨을 찾는다고 전한다.

그는 마음을 다잡으며 책상에서 일어나 넥타이를 고쳐맨다. 그러고는 복도를 따라 파트너 사무실 쪽으로 걷기 시작한다. 그는 이제 무슨 일이 벌어질지, 테드가 무슨 말을 할지 이미 알고 있었다. 테드의 사무실에 들어서니 그가 여느 때처럼 생각에 잠긴 채 앉아 있다.

"도대체 이거 뭐야?" 프린트까지 한 그의 이메일을 들고 테드가 묻는다.

"휴가가 필요해서요." 엘슨이 말한다.

* 1976년에 데뷔해 1983년까지 활동한 미국의 록밴드.

"무슨 헛소리야." 테드가 말한다. "휴가는 누구나 필요해. 이 회사에서 휴가 필요 없는 사람 하나라도 있는지 찾아봐."

"제 말은, 시간이 좀 필요하다는 얘깁니다. 개인적인 사정이 좀 있어요."

테드가 그를 빤히 쳐다본다.

"케이든스 때문인가?"

"아, 아니에요. 클로이 때문에."

"클로이?" 테드가 눈을 가늘게 뜨고 그를 쳐다보며 묻는다. "무슨 일인데?"

엘슨이 어깨를 으쓱한다.

"지금 설명하긴 좀 힘들어요."

"엘슨."

문득 그를 바라보는 테드의 시선이 느껴진다.

"그게, 일단은, 애가 학교를 그만뒀고요." 그가 바닥을 내려다보며 마침내 말을 한다.

"학교?"

"네."

"그게 다야?"

"아, 아니요. 그러니까 그보다 더 복잡한 문젠데, 지금은 자세히 말할 수가 없어요."

테드는 당혹스러운 표정으로 그를 쳐다본다. 가능한 한 그는 클로이의 상황에 대한 구체적인 얘기는 하고 싶지 않다. 그런 일이 회사에서 어떤 물의를 일으킬지, 그에게 어떤 영향을 끼칠지 알기 때문에.

"그 정도로는 어림도 없어, 엘."

엘슨은 테드의 책상 뒤 창밖으로 휴스턴 중심가에 우뚝 솟은 고층건물들이 빛을 받아 어른거리는 모습을 바라본다. 뭐라고 해야 할지 다른 대안들을 생각해보다가 그는 마침내 어깨를 으쓱한다.

"그게, 테드." 그가 말한다. "애가 없어졌어요."

"애가 없어졌다니, 그게 무슨 소리야?"

"그러니까, 애가 어디 있는지 우리가 모른다고요."

테드는 못 믿겠다는 얼굴로 그를 쳐다본다.

"엘슨, 정말 왜 이러나. 그게 다 무슨 소리야."

"이상하게 들린다는 거 압니다."

"경찰에 연락은 했어?"

"아니요. 그러니까 그게, 그러면 안 돼서요. 복잡한 얘기예요."

테드는 한숨을 쉬고 고개를 젓는다.

"세상에, 엘슨."

"그리고 이 얘긴 우리끼리만 알고 있었으면 합니다. 아시겠죠?" 그가 말한다. 갑자기 너무 많은 말을 한 것 같다는 생각이 든다. "사무실 밖으로 새나가면 안 돼요."

테드는 고개를 끄덕이더니 한참 동안 침묵한다.

"이게 우리에게 어떤 영향을 줄지 말 안 해도 알겠지, 엘."

"알고 있습니다."

"그리고, 난 앞일은 장담 못하네."

"무슨 뜻입니까?"

"그러니까, 자네가 '무기한'이라고 했잖아. 그 '무기한'이 얼마가 되느냐에 따라 자네 앞날이 달라질 거란 말일세."

엘슨은 그 말을 제대로 이해하지 못한 채 그를 빤히 쳐다본다. 테드의 말이 진정 귀에 들리는 그대로의 의미란 말인가? 그가 정말 자신을 협박하고 있단 말인가? 지금까지 때때로 엘슨은 자신의 일자리가 위태롭다는 사실을, 모든 사람들의 일자리가 위태롭다는 사실을 알고 있었지만, 그것은 막연한 생각일 뿐 실제로 그러리라 생각한 건 아니었다. 그럼에도, 테드를 쳐다보고 있자니 그는 갑자기 불안해진다.

"정확히 무슨 뜻으로 한 말입니까?"

"아무 뜻도 없어, 엘슨."

"그래요? 전 거의 협박처럼 들리는데요."

"누가 협박을 한다고 그러는 거야. 세상에, 내 말은 그러니까, 자네가 일 초만이라도 내 입장에 서볼 필요가 있다는 뜻이야. 알겠어? 내가 자네 상황에 공감하지 못한다는 뜻이 아니라, 자네가 몇 주 동안 사라져버리면 난 비용을 치러야 해. 그게 요점이라고."

"이 주면 됩니다." 엘슨이 말한다.

"자넨 그렇게 말하지 않았어." 테드가 말한다. "자네가 '무기한'이라고 했잖아."

"좋아요. 그럼, 지금 말하죠. 됐습니까? 이 주라고요, 염병할. 딸을 찾게 이 주만 제발 쉬게 해달라고요." 자리에서 벌떡 일어나 소리를 지르던 엘슨은 순간 테드가 겁에 질렸음을 깨닫는다. 사과를 하려 했지만 테드는 손사래를 치며 눈길을 돌리고는 고개를 젓는다.

"집에 가게, 엘슨." 마침내 그가 말한다. "알았어? 그냥 집에 가라고."

"이 주예요." 엘슨이 말한다. "됐지요? 딱 그만큼. 제가 요구하는 건 그게 전부입니다."

"좋아. 맘대로 해." 테드는 그렇게 말하고는 뒤로 돌아 책상 뒤쪽에 있는 서류 캐비닛을 살펴보며 엘슨이 나갈 때까지 바삐 움직인다.

다섯시에 엘슨은 몬트로즈 밖에 있는 조그만 독일맥줏집에서 데이브 밀하우저를 만난다. 그들은 야외 테이블에 앉아 담배를 피우고 맥주를 마시고 음식을 주문한다. 엘슨이 공황상태에서 데이브에게 전화를 해 만난 자리인데도, 처음 삼십 분 동안 데이브는 자기 얘기만 한다. 그는 지금 자기 처지가 얼마나 어려운지, 취직 전망이 얼마나 암울한지, 라이스 대학에서 겪었던 일을 극복하기가 얼마나 힘든지 등등에 대해 불평한다. 그는 셰릴과의 다툼에 대해, 부쩍 불어난 몸무게에 대해, 이젠 더이상 예전의 자기가 아닌 것 같은 느낌에 대해 얘기한다. 그는 셰릴이 점점 많은 시간을 집밖에서 보내고 있다고, 아내를 잃을 것 같은 느낌이 든다고, 아내가 외도를 하고 있는 게 아닌지 의심이 든다고 엘슨에게 털어놓는다. 데이브가 하는 거의 모든 말에서 편집증의 낌새가 느껴지지만 엘슨은 진지하게 고개를 끄덕이며 참을성 있게 얘기를 듣고, 데이브가 화제를 바꾸기를 기다린다. 결국 그가 화제를 바꾸자 엘슨은 그 기회를 틈타 클로이에 대해 이야기한 뒤, 스트래섬에 있다는 친구와 얘기해봤는지 묻는다. 데이브는 한참 뜸을 들이며 마당 저편 끝에 있는 야자수들을 쳐다보더니 마침내 그렇다, 해봤다, 하고 대답한 뒤 맥주를 가져다 한 모금 마신다.

"그런데 이건 알아둬야 해, 엘. 상황이 좋지 않은 것 같아."

"무슨 뜻이야?"

"상황이 좋지 않은 것 같다고."

"그래, 그 사람이 뭐라고 그러는데?"

"별말은 안 했어. 그냥 그 아이들이, 뭐냐, 아주 큰 말썽을 일으켰다고 했고. 교무처에서 그것 때문에 엄청 열받아 있다고 하더군. 뭐냐, 대대적인 수습책을 세워야 한다는데, 사고 얘기가 밖으로 새나가지 않게 하려고 애를 쓴다더라고. 이런 일은 말이야, 엘, 학교를 위태롭게 만들 수도 있거든."

엘슨은 고개를 끄덕인다.

"클로이에 대해서도 언급하던가?"

데이브는 고개를 젓는다.

"한 번도 안 했어. 그냥 그 두 아이들 얘기만 하던데. 두 남자애들."

엘슨은 고개를 끄덕인다.

"내가 한마디 할게." 데이브가 말한다. "이 소란에서 애를 가능한 한 멀리 떨어뜨려놔."

"물론 그렇게 해야겠지." 엘슨이 말한다. "도대체 그애가 어디 있는지만 안다면."

"그 남자애랑 함께 있으려고 그곳으로 다시 간 건 아닐까?"

엘슨은 어깨를 으쓱한다.

"어떻게 알겠어? 케이든스는 그렇게 생각하는 것 같던데. 그게, 리처드가 제 동생이 휴스턴을 떠났을지도 모르니 어쩌니 하는 말을 해가지고 말이야. 그래서 케이든스는, 그애가 정말 어딜 갔다면 그곳은 바로 거기 아니겠느냐고, 그러니까, 그 남자애랑 함께 있으려고 말이야. 그렇지만 사실 어떻게 알겠어?"

데이브는 테이블 위로 손을 뻗어 엘슨의 팔을 토닥인다.

"유감이야, 엘. 정말이야. 좋은 소식이었으면 좋았을걸."

엘슨은 고개를 끄덕이며 담배를 꺼낸다. 자리에서 마주 보이는 테라스 반대편에 클로이 나이쯤 되어 보이는 아이들이 모여 웃고 떠들며 맥주잔을 들어 건배를 하고 있다. 엘슨은 뱃속이 조여들고 꼬집히는 느낌이 들어 고개를 돌린다.

그뒤로 삼십 분쯤 그들은 엘슨의 삶에 당면한 위기나 데이브의 삶에 당면한 위기와 관련이 없는 잡다한 얘기들을 나눈다. 하지만 잠시 후 대화는 어쩔 수 없이 클로이에게로 돌아가고, 데이브는 케이든스가 이 모든 일을 어떻게 받아들이고 있는지, 어떻게 감당하고 있는지 묻는다. 그곳에 도착하기 전 엘슨은 데이브에게 케이든스에 대한 얘기나 그녀가 다른 사람을 만나고 있다는 얘기는 하지 않겠다고 결심했지만, 데이브가 먼저 말을 꺼낸데다 맥주도 몇 잔 들어간 상태인지라 말 못할 것도 없다는 생각이 든다. 데이브에게 지난밤에 있었던 일과 케이든스에게서 들은 말을 얘기하고 있노라니 데이브가 애잔한 표정을 짓는다.

"뭐야." 그가 마침내 말한다. "그래, 케이든스가 정말로 다른 사람을 만나는 거야?"

"그래 보여."

데이브가 고개를 젓는다.

"이런. 그래서 넌 기분이 어때?"

"내 기분이 어떠냐고?" 엘슨은 웃는다. "내 기분이 어떨 것 같아? 배를 발로 걷어차인 느낌이야."

데이브가 그를 쳐다보며 고개를 끄덕인다.

"누군지는 알아?"

"몰라. 그래서 네가 좀 도와주면 좋겠는데."

"내가?"

"음, 그래. 그러니까, 케이든스가 셰릴한테 무슨 얘기를 하지 않았을까 싶어서."

"셰릴?" 데이브가 웃는다. "엘, 그 두 여자들, 서로 안 본 지 육 개월은 된 것 같은데? 아님 더 오래되었거나."

"정말이야?"

"그래."

"이젠 둘이 친하지 않단 말이야?"

"친하다고?" 데이브가 다시 웃는다. "진심이야?"

데이브는 고개를 가로젓고, 그 모습을 보는 엘슨은 왠지 슬퍼진다. 지금까지 그렇게 오랫동안 케이든스와 셰릴은 자매처럼, 아니 자매보다 더 친밀하게 지내왔는데. 게다가 케이든스가 그런 말을 한 번도 하지 않았다는 게 갑자기 이상하게 느껴진다.

"참 우스워." 마침내 그가 말한다. "난 내가 말이지, 이렇게 신경을 쓸 거라곤 생각을 못했어. 내 말은 그러니까, 내가 잘 받아들일 수 있을 거라 생각했다는 거지. 하지만 겪어보지 않고는 정말 모르는 것 같아."

"진지한 것 같아?" 데이브가 한참 뒤 맥주잔을 들며 묻는다.

"몰라. 아닐 거야. 아마 나랑 로나 정도, 뭐 그쯤이겠지." 그는 데이브를 쳐다본다. "그리고 말이 나왔으니 말인데, 로나도 날 안 봐."

"그래, 나도 들었어."

"로나가 그래?"

"음, 네가 자기 컴퓨터를 뒤졌다고, 그리고 자기 이메일을 훔쳐봤다던데."

"그게 다는 아니야." 엘슨이 말하자 데이브는 팔을 들어올린다.

"이봐, 엘. 난 끼어들고 싶지 않아."

"난 그냥 모든 이야기엔 양면이 있다는 얘기야."

"물론 그렇겠지. 그리고 난 그냥 끼어들고 싶지 않다는 얘기고."

엘슨은 데이브를 쳐다보며 더이상 따지지 않기로 한다.

"그 여자가 날 다시 받아줄 가능성이 있을까?"

"누구? 로나?"

"그래."

"내기를 해야 한다면." 데이브가 말을 시작하며 웃음을 터트린다. "엘, 난 아닌 쪽에 걸 수밖에 없을 거야."

"멋지군." 엘슨이 말한다. "그럼 난 모든 쪽에서 다 망한 거네. 내 인생의 모든 여자들이 날 미워하는군."

"클로이는 자넬 미워하지 않잖아."

"아니." 엘슨이 맥주를 한 모금 마시며 말한다. 가슴에 불현듯 슬픔이 밀려온다. "그것도 아닌 것 같아."

집으로 오는 차 안에서 엘슨은 케이든스에게 전화를 걸까 하다가 그만둔다. 지난밤에 그런 식으로 헤어진 것이 아직도 좀 창피하다. 그녀에게 하고 싶은 말은 하나도 못한 채 거기 그렇게 돌처럼 앉아 있었던 자신의 모습이. 케이든스가 어떻게 생각했을지, 자신이 얼마나 한심해 보였을지도 신경이 쓰인다. 그냥 그녀가 원하는 대로 싸움이라도 걸었어야 했던 걸까. 그러다가 그는 앞으로는 또 어떤 상황이 펼쳐질지, 생각해본다. 그 남자를 직접 만나게 될까. 아이들 생일이나 특별한 행사 때면 만나지 않을 수 없을지도 모른다. 케이든스가 다른 사람, 자신이 아닌 다른 사람과 함께한다는 것은 생각만 해도 심란하고 꺼림칙하다. 그 생각만 하면 저절로 움찔하게 된다. 자신은 다른 사람을 사귀어도 된다 여기고 케이든스가 똑같이 하면 격분하는 태도가 공정하지 못하다는 것은 인정하지만, 그렇다고 견디기가, 받아들이기가 더 쉬워지는 것은 아니다.

전날 밤 케이든스를 남겨둔 채 집에서 나온 후, 그는 혼자 브런즈윅 호텔로 가서 오랫동안 바에 앉아 있었다. 그는 이제부터 자신은 어떻게 될 것인지, 함께 여생을 보낼 사람을 만나지 못한다면, 돌봐줄 사람 하나 없이 텅 빈 집에 혼자 남게 된다면 어떻게 될 것인지 곰곰이 생각해보았다. 어느 날 아침에 잠에서 깼는데 갑자기 침대 밖으로 나가고 싶지 않다면? 누가 알아채기는 할까? 누가 걱정하기는 할까? 몸에 문제가 생긴다면 어떡하지? 그러면 누가 날 돌봐줄까? 아이들이 돌봐주면 좋겠지만 애들이 그렇게 해줄까? 케이든스가 해줄 수 있을까? 그러기엔 내가 우리 사이에 놓인 다리를 너무 많이 불태워버린 건 아닐까? 결국 내게 남는 건 무엇일까? 내가 자랑스러워하는 설계 작품 몇십 점과 날 경멸하는 자식 둘, 자기 길을 찾아 재혼한 전처 하나. 결국 그런 것들이 압축해서 보여주는 내 삶은 어떤 것인가? 그런 것들이 나에 대해 말해주는 것은 무엇일까? 오랜 세월 내가 신경쓴 것은 오직 아름다운 건물을 만드는 일, 그다음엔 오직 케이든스, 그러고는 오직 아이들뿐이었는데, 결국 내게 남은 건 무엇인가? 그래서 결국, 내게는 무엇이 남았나?

운전을 하다가 그는 문득 이제 자신은 어떻게 되는 걸까, 자신의 미래에는 어떤 일이 펼쳐질까, 하는 생각에 짓눌린다. 그는 음주에 대한 의사의 경고를 떠올리고, 그가 자신의 몸에 끼치고 있을 해에 대해, 앞으로 남은 날들에 대해 생각한다. 그는 지금까지 너무나 오랫동안 이런 식으로 살아왔기 때문에—너무나 긴 시간 동안 스물세 살 청년처럼 살아왔기 때문에—마치 그것이 정상인 것처럼, 그것이 일반적인 삶인 것처럼 느껴질 지경이다. 하지만 그는 알고 있다. 계속 이런 식으로 가다간 그의 아버지 나이까지만 살아도 행운일 것이다. 자식들이 나이드는 모습을 볼 수 있다면 행운일 것이다. 정지신호 앞에서 그는 다시 케이든스에게 전화를 걸어볼까 싶어 앞자리 숫자 여섯 개를 누르지만, 신호가 녹색으로 바뀌자 용기를 잃고 전화기를 그대로 옆자리에 내려놓는다.

그는 동네에 접어들자 네온사인이 켜진 다이키리* 바와 문신 시술소들을 지나 천천히 돌고 나서야 집이 있는 거리로 들어선다. 조용한 주택가의 거리가 오늘밤엔 거의 버려진 것처럼 느껴진다. 또다시 홀로 보낼 하룻밤, 적막한 하룻밤을 생각하며 마음을 다지고 있는데, 아파트 건물 밖 모퉁이를 돌자 계단에 앉아 있는 사람의 실루엣이 보인다. 잠시 케이든스인가 싶었지만 일어서는 모습을 보니 아니다. 로나다. 뒤로 묶어 말아올린 머리에 여름 원피스 차림의 로나.

그는 차 문도 잠그지 않고 빠른 걸음으로 로나를 향해 걸어간다. 화해하려고, 사과하려고 온 게 분명하다고 생각하며. 하지만 그가

---

* 럼주에 과일 주스와 설탕 등을 넣은 칵테일. 더운 지방에서 흔히 마시는 음료.

현관에 다다르자 그녀는 옆으로 비켜서더니 팔짱을 낀다.

“얘기하려고 온 거 아니에요.” 그녀가 말한다.

“이봐.” 엘슨이 말한다. “잠깐만.” 그가 로나의 팔을 잡으려 하지만 그녀는 비켜선다.

“당신한테 있는 열쇠를 가지러 온 것뿐이에요.”

“나한테 있는 열쇠?”

“그래요. 내 아파트 열쇠.” 그녀는 그렇게 말하고는 자기 주머니에서 열쇠를 하나 꺼낸다. “이건 내가 가지고 있던 거예요.” 그녀가 말한다. “당신 집 열쇠.”

그는 열쇠를 빤히 쳐다보기만 할 뿐 받진 않는다.

“열쇠나 교환하자고 그 시간을 기다렸단 말이야?”

“그렇게 오래 기다리지도 않았어요.”

“내가 올 줄은 어떻게 알았어?”

“몰랐어요.”

그는 그녀를 쳐다본다.

“우편으로 보내줄 수도 있었는데.”

“그렇죠. 하지만 복사할 시간을 주고 싶지 않았어요.”

“지금 농담해?” 그가 웃는다. “내가 정말로 그런 짓을 할 거라고 생각하는 거야?”

“엘슨, 지금 같아선 정말 당신이 무슨 짓을 할지 잘 모르겠어요.”

“정말 왜 그래.” 그가 가까이 다가서며 말한다. “이봐, 내가 좀 심했어. 그래, 인정해.”

"좀 심했다고요? 내 하드 드라이브를 전부 뒤져놓고도?"

"난 당신 하드 드라이브를 뒤진 게 아냐. 이메일만 좀 본 거야."

"이메일만 좀 봤다?" 그녀가 웃는다. "그래요? 하지만, 그렇다고 뭐가 다르다고 생각해요?"

"그렇다는 말은 아니야."

로나가 그를 쳐다본다.

"나쁜 짓이었어." 그가 말한다. "봐, 나 인정하잖아. 더 무슨 말을 원해?"

"엘슨, 지금은 그 얘기 하고 싶지 않아요. 알겠어요? 열쇠 주세요. 아니면 다른 방법을 써서라도 돌려받을 거예요."

"그게 대체 무슨 뜻이지?"

그녀는 대답하지 않는다.

"이봐, 안으로 들어가자. 응? 잠깐만 얘기 좀 해."

그녀는 엘슨을 빤히 쳐다보다가 옆으로 비켜선다. 그녀의 표정이 어딘가 변하면서 누그러진다.

"뭔데?" 그가 묻는다.

"아니에요." 그녀가 대답한다.

"무슨 말을 하고 싶은 것 같은데?"

그녀는 발치를 내려다보지만 대답하지 않는다.

"뭔데 그래?" 그가 다시 묻는다. 하지만 그녀는 이미 돌아서고 있다.

"로나."

“이봐요, 엘슨.” 그녀가 다시 돌아서며 말한다. “그냥 그 빌어먹을 열쇠나 얼른 줘요.”

6

케이든스는 그에게 전화하지 않은 게 못내 후회스러웠다. 얘기라도 할 수 있게 전화 한 통 정도는 해주었어야 했다. 아마 그는 어제 하루종일 그녀가 전화하기를 기다렸을 것이다. 하지만 무슨 이유에선지 그녀는 전화기를 들 수가 없었다. 무엇 때문인지, 그와 대화할 엄두가 나지 않았다. 전날 밤 홀로 침대에 누워, 그녀는 왜 그리 두려운지, 왜 그리 신경이 쓰이는지 곰곰이 생각해보았다. 엘슨이 내 마음에 다시 비집고 들어온 것일까? 그이에게 다시 감정이 생긴 것일까? 터무니없는 일 같았다. 둘 사이에 있었던 그 모든 일들과 그들이 겪어야 했던 그 모든 우여곡절에도 불구하고 그런 생각을 한다는 것 자체가 어이없었다. 하지만 지난밤, 홀로 침대에 누워 있을 때 그녀는 그의 몸이 옆에 없다는 사실을 너무도 절실하게 실감했다. 뭔가 있어야 할 것이 없다는 느낌이 너무도 절절했다. 한참 후,

그녀는 복도를 지나 클로이의 방으로 가서는 딸의 침대로 기어들어갔다. 오랫동안 그곳에 누워 엘슨을 생각하지 않으려고, 생각을 다른 데로 돌리려고, 두 사람이 헤어지게 된 모든 이유들, 둘 사이에 오고갔던 모든 나쁜 일들을 기억해내려 노력했다. 그리고 얼마 후, 그녀는 거기 딸의 침대에서 이불을 얼굴까지 끌어올려 아직 남아 있는 아이의 체취를 느끼면서 겨우 잠들 수 있었다.

하지만 이제, 밝은 아침 햇살 속에서 차 안에 앉아 있자니 그런 문제로 하루를 통째로 잃어버렸다는 사실 외에 다른 생각은 들지 않는다. 클로이를 찾아다니거나 경찰에 연락하거나 다른 일을 할 수도 있었을 하루, 아이를 찾을 가능성을 높여줄 그 어떤 일이라도 할 수 있었을 하루를 잃어버렸다는 사실 외에는. 도로 건너편에 가게의 간판이 보인다. 가게의 이름이자 약속이기도 한 밝은 파랑색 글자들. 뉴 호라이즌.* 케이든스는 그날 아침 인터넷에서 그 가게를 찾았고, 시몬이 디자인한 정교한 웹사이트를 보고 감탄했다. 클로이를 키우면서 겁냈던 그 문제아, 딸과 떼어놓으려고 애썼던 그 문제아가 그 가게의 주인이라는 사실이 놀라웠다. 인생이란 얼마나 이상한 것인지. 모든 면에서 시몬은 지금 성공한 사업가, 자수성가한 여성, 한 사업체의 주인인데, 클로이는 뭐지? 내 딸에겐 무슨 일이 일어난 걸까? 시몬이 한 어떤 선택을 클로이는 하지 않은 것일까? 아니면 반대로, 클로이가 한 어떤 선택을 시몬은 하지 않

---

* New Horizon. '새 지평', 또는 '새로운 시야'를 의미함.

은 걸까?

도로 건너편을 쳐다보며 커피를 한 모금 마시고 마음을 다잡은 후 케이든스는 차에서 내린다. 시몬과 얘기를 나누게 되면 그런 질문들에 대한 답을 찾을 수 있을까. 아니 시몬이 가게에 있긴 할까. 시몬이 가게에 있다면, 그 아이는 내 딸에게 무슨 일이 일어난 건지 말해줄 수 있을까? 그 어떤 말이라도? 갑자기 이런 발상 자체가 정신 나간 짓처럼, 섣부른 생각처럼 느껴진다. 하지만 달리 무슨 대안이 있단 말인가? 다른 누구에게 의지할 수 있단 말인가? 그녀는 다시 한번 간판을, 그리고 안내 전단으로 뒤덮인 가게문을 쳐다본 후, 마침내 천천히 도로를 건너간다.

안에 들어서니 가게는 넓고 바람이 잘 통하는데다 창문으로는 햇살이 쏟아져들어온다. 폭포수 소리 혹은 물 흐르는 소리가 스피커에서 흘러나온다. 그녀는 즉시 긴장이 풀리며 편안해진다. 사방에 영성에 관한 책들이 꽂힌 책장들, 달콤한 향기가 나는 로션과 크림이 진열된 탁자들, 천장에 매달려 최면을 걸듯 흔들거리는 풍경과 모빌 들이 있다. 가게 앞쪽 카운터 뒤에 얼핏 클로이 또래처럼 보이는 남자아이가 있는데, 그녀가 다가가자 따뜻하게 미소를 짓는다. 그녀는 시몬과 얘기하고 싶다며 시몬의 어린 시절 친구의 엄마라고 자신을 밝힌 뒤, 그가 시몬을 데리러 가게 뒤쪽으로 간 사이 그 자리에서 기다린다.

마침내 밖으로 나온 시몬은 피곤하고 지친 기색이지만, 즉시 다가와 그녀를 껴안고 다시 만나게 되어 반갑다고 말한 뒤 가게 뒤쪽에 있는 방으로 안내한다. 시몬은 마지막으로 봤던 때와 거의 똑같은 모습이다. 조금은 더 나이들어 보이기도 하고 조금 더 마른 것도 같지만, 그 외에는 케이든스가 기억하고 있는 그 예쁜 여자애와 거의 다르지 않다. 뒷방의 조그만 탁자에 앉은 케이든스는 이렇게 난데없이 나타나서 미안하다고 사과한 뒤 수첩과 연필을 꺼내 앞에 내려놓는다.

"그래, 넌 좀 이상하게 느껴질 거야." 그녀가 미소를 지으며 말한다. "이렇게 시간이 많이 흘렀는데, 그치?"

"아니에요. 전혀 그렇지 않아요." 시몬이 말한다. "차 좀 드릴까요?"

"아니야." 케이든스가 말한다. "하지만 고마워."

"전 사실 아줌마가 오시리라 예상하고 있었어요." 시몬이 탁자 앞에 앉으며 말을 잇는다. "아줌마가 여기 오시게끔 되어 있었다고 전 생각해요."

"무슨 말이니?"

"글쎄요." 시몬은 미소짓는다. "음, 예전에 알던 사람이 이렇게 나타나는 데는 항상 이유가 있는 것 같아서요. 뭔가 해결되지 않은 게 남은 거죠. 전 아줌마가 오실 걸 알았어요. 클로이가 올 것을 알았던 것처럼요."

"그랬니?" 케이든스가 눈썹을 치켜올리며 묻는다.

"네, 물론이에요."

케이든스는 시몬을 빤히 쳐다본다. 얘기를 더 이어나가기가 꺼려진다. 분명 이 얘기는 목적론이라든가, 우주의 연결성이라든가, 그게 뭐든 시몬이 믿는 어떤 것에 뿌리를 둔 생각일 것이기에. 시몬의 머리 뒤 벽에는 '더 나은 삶을 위한 일곱 가지 규칙'이 나열된 도표가 붙어 있다. 케이든스는 그 도표를 한참 살펴보다 눈길을 돌린다.

"클로이가 여기 왔다 간 얘기를 했겠죠." 시몬이 말을 잇는다.

"했어."

"마음이 안 좋았어요." 시몬이 말한다. "예전에 있었던 일 말이에요. 하지만 클로이가 나중에라도 절 찾아준 건 기뻤어요. 우린 대화가 필요했어요. 어떤 결말이 필요했거든요."

"결말?"

"네."

"그럼 그걸 찾은 것 같니?" 케이든스가 묻는다. "그러니까, 그 결말을?"

"아마도요." 시몬이 미소를 지으며 말한다. "제가 답할 수 있는 문제는 아니지만." 그러더니 시몬은 케이든스를 다정하게 바라보며 두 손을 포갠다. "하지만 그것 때문에 오신 건 아니잖아요. 그렇죠?"

"그래, 아니야." 케이든스가 말한다.

"클로이를 찾으려고 오신 거죠."

"넌 그 일에 대해 좀 아니?"

"아니요. 하지만 놀랍진 않아요."

케이든스는 시몬을 빤히 쳐다본다.

"미안하다. 난 무슨 말인지 모르겠구나."

하지만 시몬은 대답하지 않고 그냥 앉아서 미소만 짓는다. 텅 빈 것 같은 파란 눈이다.

"그애가 떠날 걸 짐작하고 있었단 말이니?"

"아니요. 그애가 떠났다는 게 놀랍지 않다는 얘기예요."

"그건 왜?"

"저기, 그애가 여기 왔을 때 말이에요. 그앤 굉장히 힘들어 보였어요. 아주 겁먹은 상태였어요. 무언가 찾고 있는 것 같았어요. 아니면 어떤 것으로부터 도망치고 있거나. 잘 설명할 순 없지만."

"어떻게 힘들어 보였다는 거니?"

"그게, 특별히 어떻다, 할 건 없었고요."

"그냥 힘들어 보였다는 거지."

"네, 그냥 힘들어 보였어요."

"얘, 시몬. 네가 뭔가 알고 있으면."

"말씀드렸잖아요. 모른다고."

케이든스는 입술을 꼭 다물고 자제하려고 노력한다. 시몬의 낮은 스트레스 한계점, 회피경향 등에 대해 클로이가 했던 말을 떠올린다. 그럼에도 그녀는 이 아이가 뭔가 알고 있다는, 뭔가 숨기고 있다는 확신이 든다.

"네가 뭐든 알고 있으면." 그녀는 다시 말을 잇는다. "뭐든 좋아. 의심이 드는 뭐라도 있으면……"

시몬은 멍한 표정으로 그녀를 쳐다보며 아무 말도 하지 않는다.

"그러니까, 그애가 아직 휴스턴에 있는지 어떤지도 모르니?"

"몰라요."

"그날 이후론 둘이 얘기한 적이 없는 거야?"

"없어요."

"저 위로, 북쪽으로 가진 않았을까? 다시 돌아간다거나 그런 말은 안 했니? 그 남자애를 만나러 간다거나?"

시몬은 한참 동안 케이든스를 바라보다가 마침내 말한다.

"아줌마, 제 생각에 아줌마는 틀린 질문을 하고 계신 것 같아요."

"무슨 말이야?"

"그런 질문들로는 아줌마가 원하는 곳에 도달할 수 없어요."

"그래, 내가 도달하고 싶은 곳이 어딘데?"

"그건 제가 답할 수 있는 문제는 아니죠."

"얘, 시몬. 난 단지 내 딸을 찾고 싶을 뿐이야. 알겠니? 내가 원하는 건 그뿐이라고."

"저도 알아요." 시몬이 그녀의 손을 토닥거리며 말한다. "알고 있어요."

이상했다.

클로이가 어렸을 때, 여덟 살이나 열 살 무렵이었는데, 아이가 사람들과 말을 하지 않던 시기, 외부세계와 관계 맺기를 그야말로 멈춰버렸던 시기가 있었다. 케이든스가 지금도, 특히 최근에 떠올리곤 하는 그때. 클로이가 사라진 이후로 그때가 더욱더 많이 생각났다. 당시 아이를 검사했던 심리학자는 그녀에게 너무 염려하지 말라고, 모든 아이들이 거치는 자연스러운 단계라고, 아마 곧 지나갈 거라고, 그저 클로이가 자신의 독립성을 드러내려는 것일 뿐이라고 했다. 실제로 그 시기는 곧 지나갔고, 클로이도 결국 원래 모습으로 돌아왔지만 케이든스는 그 일이 항상 신경쓰였다. 그것은 앞으로 다가올 일, 결국 다시 나타날 의도적인 반항에 대한 염려스러운 징후처럼 느껴졌다. 그리고 지금은 그 비밀스러운 일면, 자기 안으로 침잠해버릴 수 있는 그 일면으로 인해, 그 아이는 진짜 기만을 행하고 본질적으로 범죄에 해당하는 행위에도 가담할 수 있을 것 같았다.

케이든스는 좌절감을 느끼며 시몬의 가게를 나왔고, 늦은 아침의 차량들 사이에서 함부로 차를 몰고 있는 지금, 그녀는 시몬을, 그리고 시몬이 실제로 도움을 줄 거라 믿었던 스스로를 욕하고 있다. 클로이가 그애를 제대로 봤어. 그애는 세뇌를 당한 거야. 상식이나 이성과는 동떨어진 아주 이상한 우주론적 사고를 주입받은 거야. 하지만, 그럼에도 불구하고 그녀는 그 아이가 뭔가 알고 있다는, 뭔가를 숨기고 있다는, 아는 대로 전부 얘기해주지 않고 있다는 확신이 든다.

몬트로즈 대로의 상점들을 지나는 동안 그녀는 좌절감이 점점 강렬해지면서 마음속에서 분노가 피어오르는 것을 느낀다. 그들이 어쩌다 이런 처지가 되었는지, 상황이 이토록 통제 불가능해질 때까지 자신은 뭘 하고 있었는지 알 수가 없다. 클로이의 나이에 그녀 자신이 이와 정확히 똑같은 일을 하지 않았다면, 그녀의 부모를 저버리지 않았다면, 엘슨과 결혼하기 위해 학교를 그만두지 않았다면, 남자 때문에 대학 공부를 포기하지 않았다면, 그녀는 애초에 클로이가 왜 이런 일을 벌였는지 알 수 없었을 것이다. 하지만 한편으로는 이해한다. 마음 한편으로는, 인정하고 싶은 것 이상으로 이해한다. 마음 한편으로는, 스물하나의 나이에 한 남자가 얼마나 매혹적일 수 있는지, 사랑을 위해 모든 것을 포기하는 것이 얼마나 쉬워 보이는지 이해한다. 내가 어떻게 클로이를 비난할 수 있을까? 어떻게 나와 똑같은 일을 했다는 이유로 내 딸을 비난한단 말인가?

그런 생각을 하는 지금 그녀는 마음이 불안해진다. 클로이와 마지막으로 정상적인 대화를 나눈 것이 언제였는지, 마지막으로 현실적인 얘기를 해본 것이 언제였는지 기억하려 애쓴다. 클로이는 라자에 대해 거의 아무 말도 하지 않았다. 단지 자신이 라자를 많이 사랑하고 있다고, 라자는 그때까지 만난 어떤 남자들보다 저에게 잘해준다고 한 말이 전부였다. 하지만 그 외에 다른 무엇, 클로이가 말하지 않은 무언가가 분명 있었다. 라자에 대해 말할 때마다 그애의 목소리에는 어떤 망설임, 엘슨에 대해 말할 때 자신의 목소리에서 느껴지던 그런 망설임이 있었다. 클로이는 그 남자애를 두려워하는 걸까? 아니면 그저 덫에 걸린 듯한, 자신이 통제할 수 없는 삶에 말려든 듯한 느낌인 걸까?

갑자기 모든 의욕을 잃은 그녀는 그런 생각들을 머리에서 몰아내고 도로에 집중하려고 애쓴다. 정지신호에서 마침내 그녀는 엘슨에게 전화를 건다. 이젠 경찰에 알릴 때가 되었다고, 상황이 통제불능상태로 빠지고 있다고, 뭔가 조치를 취해야 한다고 말해야 했다. 하지만 전화는 바로 음성사서함으로 연결되었고, 녹음된 그의 목소리를 듣는 순간 그녀는 갑자기 말문이 막혀 전화를 끊는다.

다음 정지신호에서 전화기를 확인한다. 개빈에게서 온 음성메시지 두 개는 무시하고 리처드에게서 온 메시지를 듣는다. 리처드는 만나서 함께 점심을 먹자며 제 아파트 근처의 식당을 알려준다. 몇 분 뒤 전화를 거니 아들이 초조한 목소리로 전화를 받는다.

"별일 없니?" 그녀가 묻는다.

"네." 리처드가 말한다. "괜찮아요."

"왠지 급한 일 같네?"

"급해요. 조금."

"클로이 일이니?"

"아, 아니에요. 그 얘기 아니에요."

"그애 소식은 들었어?"

"아니요." 리처드는 한참을 말이 없다. "저기요, 엄마." 마침내 그가 말한다. "저 보러 올 거예요?"

아들과 점심을 먹기 위해 만난 곳은 그애가 사는 아파트 근처의 조그만 노천카페다. 두 사람이 자리잡은 뒤편 테라스는 부겐빌레아, 극락조화, 철쭉, 히비스커스 등 무성한 열대식물로 둘러싸여 있다. 나무들 사이로 새들이 파닥거리며 날아다니고 그 사이에 있는 조그만 분수에서는 물이 졸졸 흐르는 가운데, 흰색 셔츠를 입은 웨이터들이 테이블 사이로 우아하게 돌아다닌다. 리처드는 샐러드와 와인 한 잔을 주문하고, 역시 같은 것을 주문한 그녀는 아들에게 다른 것도 좀 먹어야 하지 않겠느냐고 말한다.

"너, 너무 마른 것 같아." 그녀가 말한다. 아닌 게 아니라 리처드는 건강이 걱정될 정도로 말랐다. 그녀가 테이블 위로 손을 뻗어 아들의 팔을 꼭 잡지만 그는 팔을 빼버린다.

"괜찮아요." 그가 말하고 담배에 불을 붙인다. "그렇게 배고프지 않아서 그래요."

"그리고 그 담배도 좀 끊어." 그녀가 얼굴을 찌푸리며 말한다. "끊으려는 줄 알았더니."

리처드는 그녀를 보더니 어깨를 으쓱한다.

"아버지도 피우잖아요."

"그래. 음, 네 아버지는 좋지 않은 것들을 아주 많이 하지."

리처드가 미소를 짓는다.

"엄마도 예전엔 피우지 않았어요?"

"그랬지. 어렸을 때."

"그러니까, 저도 아직 어리거든요. 저도 나이들면 끊을게요."

"그래. 네 아빠도 늘 그렇게 말했지." 그리고 그녀는 아들을 쳐다본다. "게다가 넌 이제 그렇게 어리지도 않아."

샐러드가 나오고, 두 사람은 리처드의 시에 대해 잠깐 이야기한다. 그는 가을에 미시간 대학의 대학원에 갈 기회가 생겼다고 말한다. 좋은 프로그램이에요. 좋은 기회인데 확신이 없어요. 그녀는 처음 듣는 얘기라, 리처드가 휴스턴을 떠난다는 생각에 잠시 혼란스럽고, 불안하고, 당황스럽고, 두려운 기분이 든다. 이미 자식 하나를 잃은 것 같은 기분인데, 이제 리처드까지 떠날 생각을 하다니. 터무니없는 얘기 같다. 하지만 리처드의 표정에서 그녀는 아들이 얼마나 절박하게 그녀의 허락을 바라고 있는지 알 것 같다. 고등학교 때 리처드가 시험에서 좋지 않은 점수를 받아 집에 올 때면 보이던 표정과 똑같다. 이상하게도 늘 리처드는 클로이보다 더 그녀의 승인을 원하고 구했던 반면, 클로이는 항상 자기가 원하는 일을 제 방식대로 하려 했다. 오랫동안 클로이는 엄마가 리처드를 편애한다고, 오빠를 애지중지하며 감싸고돈다고 비난했는데, 지금 그녀는 자신이 정말 그랬던 걸까 궁금하다. 리처드는 어쨌든 그녀의 첫아이이자 장남이고, 모자는 그 이유로 늘 특별한 유대감을 나눴다. 하지만 지금은 의문스럽다. 그 친밀함은 어디로 간 걸까? 그 유대감은 어떻게 변한 걸까? 지난 몇 달 동안 리처드는 그녀에게 낯선 사람 같았다. 아무 말도 없이 표류하듯 집에 드나들며, 빨랫감을 갖다놓거나 책들을 가져가거나 애매한 암시가 가득한 수수께끼 같은 쪽지를 부엌 조리대에 붙여두고 가곤 했다. 그리고 지금, 앞에 앉아 대학원에 대해 얘기하는 리처드를 보며 그녀는 이것이 끝인가, 마지막 장인가, 아들이 영영 떠나는 것인가 생각한다.

"그래." 잠시 후 그녀가 리처드를 쳐다보며 말한다. "미시간 대학이라고?"

"꼭 거기여야 하는 건 아니지만요."

"뭐, 할머니 할아버지하고는 가까워지겠구나." 그녀는 미소를 지으며 말한다. 리처드가 근처로 가게 되면 일리노이에 사는 자신의 부모가 얼마나 좋아할까 생각한다. "그건 확실히 그렇겠네."

"그래요." 그가 고개를 끄덕이며 말한다.

"그리고 그게 네가 원하는 일이라면……"

"이게 제가 원하는 일인지 확신은 없어요. 그게 문제예요."

"음, 왜 확신이 없을까?"

"모르겠어요. 그냥 너무 큰 결정 같아서, 그게."

자신을 바라보는 리처드의 얼굴을 보자, 그녀는 아들이 얼마나 괴로운지 알 것 같다. 그는 담배를 하나 더 꺼내 불을 붙인다.

"그게 말이에요, 아버지는 뭐라고 하실까요?"

"아버지 걱정은 하지 마. 아버지한테는 엄마가 잘 말할게." 그녀는 테이블 위로 손을 뻗어 아들의 손을 잡는다. "엄마는 네가 원하는 일이라면 꼭 해야 한다고 생각해."

"정말요?"

"그래."

리처드가 고개를 끄덕인다.

"그 얘기를 하고 싶었던 거니?"

"아뇨, 아니에요. 그건 아니고." 그는 아래를 내려다본다.

"뭔데 그래?"

그는 천천히 담배를 빨아들인다.

"실은 엄마한테 돈을 좀 빌릴 수 있을까 해서요."

"돈? 뭐하려고?"

그는 잠시 말을 멈춘다.

"그건 말씀드릴 수 없어요."

그녀는 아들을 차분히 바라본다.

"얼마나 필요한데?"

"이천이요."

"리처드."

"큰돈이란 거 알아요."

"리처드, 왜 필요한지도 모르면서 이천 달러나 줄 수는 없어."

"그럼 놔두세요." 그는 그렇게 말하고 시선을 돌린다.

그녀는 아들을 쳐다본다.

"무슨 곤란한 일이라도 생긴 거니?"

"아니에요."

"확실해?"

"네."

"그럼, 왜 갑자기 이천 달러나 필요하다는 건지 알 수가 없구나. 내 말은……" 순간 어떤 생각이 떠오른다. 머리가 빠르게 돌아간다. "네 동생하고 관련된 일이야?"

"아니에요."

"걔가 연락을 한 거니?"

"아니요."

"얘야, 엄만 널 사랑해. 하지만 그애가 너한테 연락을 했는데, 그애가 어디 있는지 네가 알면서 엄마한테 말하지 않는 거라면……"

"연락 안 했어요, 엄마." 리처드가 말한다. 화가 난 목소리다. "아, 정말. 모든 일이 다 클로이하고 상관있는 건 아니라고요."

그녀는 그 말에 찌르는 듯한 아픔을 느끼며 아들을 쳐다보지만 그는 얼굴을 돌린다. 잠시 후 리처드가 일어선다.

"괜한 짓이라는 거 알면서도." 그가 담배를 주머니에 넣으며 말한다.

"리처드, 제발 앉아."

"일하러 가야 돼요."

"리처드."

하지만 그는 이미 뒤돌아서 식당 앞쪽을 향해 걸어가고 있다.

"리처드!" 그녀는 아들을 향해 외치지만, 그는 듣지 못하거나, 안 들리는 척하는 것 같다. 리처드는 계속 걸어가다 잠시 후 시야에서 사라진다.

집에 돌아가는 길에, 그녀는 리처드의 아파트에 들러 사과를 할까 했지만 그러지 않기로 한다. 그녀는 아들을 안다. 아들에겐 열을 식히기 위해, 자신에게 일어난 일을 받아들이기 위해 시간이 필요하다. 정말 많은 면에서 아들은 제 아버지를 닮았다. 다정한 아이, 책임감 있는 아이지만 다혈질이기도 하다. 어릴 때에도 리처드는 아무 이유 없이 벌컥 화를 낼 때가 있었다. 극도로 예민한 아이라고 칠학년 때 미술선생님이 그녀에게 말한 적이 있다. 또래 남자아이들 대다수보다 훨씬 예민한 아이. 그 시절, 아이는 저녁이면 방에서 만화책과 함께 뒹굴며 시간을 흘려보냈고, 다른 아이들과 교류하기를 두려워했다. 그 시절, 그녀는 자신이 아이를 너무 응석받이로 키운 건가, 짜증이나 기분을 너무 받아주어 친구를 사귀지 못하는 아이로 만든 건 아닌가 걱정하곤 했다. 반면에 클로이는 자신과 훨씬 더 닮아 있었다. 예민한 아이였지만 그걸 드러내지 않으려고 조심했다. 머지않아 클로이는 문제가 있어도 말을 하기보다는 방문을 걸어잠그고 저녁시간 대부분을 제 방에 틀어박혀 보냈다. 그래도 두 남매는 마치 쌍둥이들처럼 항상 너무도 끈끈하고 잘 통했다. 두 아이는 항상 서로의 신체리듬에 잘 대응했고 언제나 상대가 생각하는 것을 잘 아는 것 같았다. 두 아이가 어렸을 때는 그런 모습이 사랑스럽고 귀엽기까지 했지만 나중에는 못마땅했다. 남매는 자기들만의 세상, 그녀와 엘슨은 관련이 없는 세상, 그들은 들어갈 수 없는 세상에 살고 있는 것처럼 보였다. 그래서 그녀는 클로이가 제 오빠에게 무슨 말을 했더라도, 그애가 오빠에게 속내를 털어놓았다 해도, 리처드는 자신에게 말해주지 않을 거라는 사실을 알고 있었다. 그렇다 해도, 자신이 그런 의심을 내비쳤을 때 너무나 강하게 반응하는 리처드를 보며 그녀는 어떻게 생각해야 할지 알 수가 없었다. 그런 반응을 어떻게 이해해야 할까? 그건 대체 무슨 뜻일까?

동네로 들어서며 그녀는 다음 단계를, 앞에 놓인 대안들을 생각한다. 엘슨을 만나 저녁을 먹으며 뭔가 확실한 계획을 세워야 하지 않을까. 클로이가 연락을 해오지 않는다면 다음날엔 무엇을 할 것인지, 또 그다음날에는 무엇을 할 것인지 생각해본다. 앞쪽으로는 높다란 참나무와 사이프러스가 거리 양옆으로 늘어서서 길고 불규칙한 그림자들을 근처 잔디밭에 드리우고 있다. 그녀는 자전거를 타고 거리 한복판을 정처 없이 누비고 다니는 소년을 바라본다. 그 외에는 모든 것이 조용하다. 조용하고 잠잠하다. 다들 더위를 피해 집안에 숨어 있다. 그녀는 소년을 잠깐 더 바라보다가 모퉁이를 돌아 집이 있는 거리로 향한다. 바로 그때, 모퉁이를 돌아 집에 다가가고 있는 그 순간, 방금 전까지 고민했던 대안들이 모두 사라져버리는 듯한 기분이 든다.

집으로 들어서는 진입로 앞에 진청색 코롤라 한 대가 주차되어 있고, 현관 앞 계단에는 청색 양복을 입은 남자 두 명이 앉아 있다. 전에 클로이가 있을 때 찾아왔던 사람들이 아니라 다른 사람들, 좀 더 나이가 많은 사람들이다. 그녀는 머릿속이 뒤죽박죽이 되면서 이대로 돌아서서 도망쳐버릴까도 싶었지만, 결국 진입로로 천천히 들어가 차를 세운다.

시동을 끌 무렵, 두 남자가 차창 밖에 서서 창문을 내리라고 손짓한다. 창문을 내리자 그들은 차분한 목소리로 자신들은 스트래섬 경찰국에서 나온 형사들이라고 설명한다. 그들은 이름도 말해주었지만 그녀는 당황한 나머지 제대로 알아듣지 못한다.

"하딩 부인." 그중 한 명이 말한다. "몇 분만 시간을 내주시면 따님에 대해 몇 가지만 여쭤보고 싶습니다."

그녀는 불현듯 엘슨이 옆에 있었으면, 조언을 해줄 사람이 있었으면 하는 바람을 품으며 남자들을 바라본다.

"무슨 일이시죠?" 그녀가 마침내 입을 연다.

"일단 안으로 들어가시죠, 부인." 다른 남자가 말한다.

그녀는 남자를 쳐다보며 아무 말도 하지 않는다.

"하딩 부인?"

그녀는 아래를 내려다본다.

"하딩 부인." 남자가 다시 말한다. 이번엔 그녀의 손을 잡으며. "일단 안으로 들어갑시다. 네?"

7

이천 달러. 그에게 필요한 건 그게 전부다. 그리고 지금 브랜든은 그에게 그 금액을, 최소한 그 반을 구하는 것은 마음만 먹으면 그리 어렵지 않다고 말하고 있다. 두 사람은 카페 브라질의 카운터 뒤에 서 있고, 둘 다 오후근무를 하는 중이다. 구름 한 점 없는 휴스턴의 하늘에서 햇살이 쏟아지며 벽에 무늬를 그리고 있고, 벨 앤 세바스찬의 음악이 실내에 울려퍼진다. 카페는 텅 비어, 아니 거의 비어 있어서, 실직한 게으름뱅이 몇 명만이 담배를 피우며 공책에 뭔가 열심히 끼적거리고 있다.

그 남자를 만나면 돼, 브랜든이 말한다. 중심가에 있는 호텔에서 술을 몇 잔 마시거나 저녁을 먹고, 그런 다음 함께 밤을 보내면 되는 거야. 불편한 느낌이 드는 건 아무것도 안 해도 돼, 그가 말한다. 처음부터 한도를 정해놓으면 돼. 규칙을 만들어. 하룻밤 자고 일어나면 필요한 액수의 반을 주머니에 넣을 수 있어. 단 하룻밤 일한 대가로 말이야.

“나머지 반은 어떡하고?” 리처드가 묻는다.

“휴스턴에 내가 아는 남자들은 이 사람 말고도 많거든.” 브랜든이 윙크를 한다.

“근데 난 내일 밤까지 돈이 필요해.”

브랜든이 고개를 끄덕인다.

“나머지는 내가 빌려줄 수 있어. 뭐, 천천히 갚아도 돼. 나누어서.”

“이젠 내 포주 노릇을 하는 거냐?”

“그렇게 험하게 말할 건 없잖아. 이건 진짜 그냥 일이라고. 얼마나 사무적인지 너도 해보면 정말 놀랄 거다.”

리처드는 그를 바라보며 고개를 끄덕인다. 그런 것까지 생각한다는 자체가 미친 짓이다. 클로이가 그토록 절박해하지 않았다면, 그토록 두려워하지 않았다면, 부탁을 하면서 자신을 그렇게 꼭 끌어안지 않았다면, 울지 않았다면, 이런 일들은 생각조차 해보지 않았을 것이다. 하지만 달리 무엇을 할 수 있을까? 달리 무슨 대안이 있을까? 엄마도 돈을 빌려주지 않는데 아버지가 거절할 것은 불 보듯 빤한 일이었다. 통장에는 얼마나 있지? 대략 천 달러쯤? 그 돈은 클로이에게 주기로 이미 약속했지만 그것만으로는 턱없이 부족하다고 했다. 그 돈이 왜 필요한지 말해주길 바랐지만, 클로이가 한 말이라고는 지금껏 자신이 오빠에게 한 어떤 부탁도 이보다 더 중요하진 않았다는 것뿐이었다. 그 말을 하는 동생의 얼굴에서, 그는 진심을 읽을 수 있었다. 그는 클로이에게 걱정하지 말라고, 자신이 어떻게든 해보겠다고 했지만, 지금 와서 생각해보니 왜 그런 말을 했나 싶다. 어떻게 하루 반나절 만에 이천 달러를 구할 수 있을 거라고 생각한 걸까?

"뭐 하나 물어보자." 잠시 후 리처드는 말한다. 브랜든은 구석에서 스테인리스 용기에 크림을 채우고 있다. "넌 왜 여기에서 일하냐?"

"무슨 소리야?"

"내 말은, 하룻밤에 그 정도 돈을 벌 수 있고, 거기에 대해 별로 개의치 않는다면, 왜 여기에서 최저 임금을 받으면서 일하느냔 말이지."

"세금 때문이지." 브랜든이 미소를 짓는다.

"아, 그래, 세금." 리처드가 웃는다. "진지하게 대답해."

"진지하게?" 브랜든이 말한다. "진지하게 말하자면, 그런 일을 항상 하는 건 아니야. 그러니까, 한 달에 한 번쯤, 가끔은 두 번, 여윳돈이 정말로 필요할 때 하지. 장기적으로 그걸 내 직업으로 삼겠다는 것도 아니고 말이지." 그는 리처드에게 윙크를 한다.

라이스에서 브랜든의 전공은 여성학으로, 심지어 리처드의 전공보다도 실용성이 떨어질 것 같은 분야였다. 그런데, 그러고 보니 브랜든은 장기적으로 어떤 계획을 가지고 있는지 한 번도 얘기한 적이 없다. 그는 지금 물어볼까 하다가 그만둔다.

"그래, 어쩔 거야?" 브랜든이 마침내 묻는다. "그 사람한테 전화해볼까?"

"아니. 난 못할 것 같아."

"정말?"

"그래." 그가 어깨를 으쓱하며 말한다. "아무래도 아닌 것 같아."

"좋아. 선택은 네가 하는 거니까." 브랜든은 그렇게 말하고는 휴대전화를 열고 쪽지에 뭔가 적기 시작한다. "그래도, 전화번호는 받아둬." 그가 리처드에게 쪽지를 건네며 말한다. "마음이 바뀔 수도 있으니까."

리처드는 쪽지를 받고 구겨버릴까 하다가 그냥 주머니에 넣는다. 이름조차 보지 않는다.

"그래, 이젠 뭘 할 거야?" 브랜든이 묻는다.

리처드는 그를 보며 잠시 생각하다 어깨를 으쓱한다.

"모르겠어. 부탁할 만한 사람이 딱 한 명 있긴 한데." 그는 손목시계를 쳐다본다. "내 교대시간까지 네가 혼자 좀 맡아줄 수 있을까?"

브랜든이 텅 빈 카페를 둘러보며 웃는다.

"글쎄다, 손님들이 이렇게 우글거려서 말이야."

리처드가 웃는다.

"고맙다, 브랜." 그는 브랜든의 손을 토닥이고는 앞치마를 벗는다. "갚을게."

하지만 삼십 분 후, 지난 한 해 동안 시 창작 워크숍에 참여하기 위해 한 달에 두 번씩 오곤 했던 커다란 튜더식 주택 바깥에 앉아 있는 동안, 그는 이 가능성이 진정 가능성이 맞는지 의문스럽다. 지난 몇 달, 마이컬슨은 그가 말만 하면 뭐든 들어줄 것 같았다. 그런데 과연 지금도 그럴까? 마이컬슨에게 갈 수 있는 다리가 이미 끊어져버린 건 아닐까? 그때의 감정 분출로 그에게 너무 심한 상처를 준 것은 아닐까? 그렇다면 결국 어느 쪽이 더 나쁠까? 꼬리를 내리고 마이컬슨에게 돌아가는 것과, 한 번도 본 적 없는 남자에게 몸을 파는 것 중에서 어느 쪽이 더 모욕적일까.

한 가지는 확실하다. 마이컬슨에게도 뭔가를 주어야 할 것이다. 일단은 사과, 그리고 또 한 가지. 미시간에 지원하는 문제를 다시 생각해보았다고 해야 할 것이다. 그때는 너무 분별없이 행동했습니다, 그는 말해야 할 것이다. 충분히 생각하지 못했어요. 그게 진정 얼마나 대단한 기회인지 제대로 따져보지 않았어요. 물론 어떤 면에서, 그런 생각을 하는 것만으로도 그는 고통스럽다. 자신이 무엇을 포기해야 하는지, 지금 이 일을 함으로써 무엇을 단념해야 하는지 생각하는 것만으로도 힘들다. 하지만 그런 한편 그에겐 협상 카드가 있다. 그는 마이컬슨이 원하는 것을 해줄 수 있다. 비록 자신이 그걸 원하는지는 확신이 없지만. 때로 그는 마이컬슨이 자신을 통해 대리 만족을 얻는 것은 아닐까 생각해본다. 그가 마이컬슨의 마음속에 젊은 시절의 자신, 젊음에 내재한 가능성, 자신은 실제로 갖지 못했던 잠재력에 대한 일종의 화신으로 자리잡은 건 아닐까. 아니 어쩌면 그것은 그가 늘 의심했듯 유혹의 한 형태, 그와 가까워지려는 수단일지도 모른다. 물론 마이컬슨이 그의 믿음을 저버렸던 일, 아마도 절대로 용서가 안 될 그 행위도 생각할 필요는 있다. 하지만 이제는 이상하게도 마이컬슨이 지금까지 줄곧 말해온 것이 사실일 수도 있다는 생각이 고개를 든다. 정말로 그의 작품에 자신은 깨닫지 못한 큰 가능성이 있는지도 모른다는 생각, 그가 정말로 미시간 같은 학교에 들어갈 수 있을지도 모른다는 생각. 그는 어머니를 제외하고는—브랜든은 물론이고 특히 클로이에게는—누구에게도 이 문제를 언급하지 않았지만, 마이컬슨의 말에 일면 어깨가 으쓱해진 것도 사실임을 인정하지 않을 수 없다. 마이컬슨의 행동에 대해 화를 삭이고 나니, 마음을 진정하고 잘 생각해보니, 마이컬슨의 말이 옳았다. 그 제안은 가볍게 생각할 기회가 아니었다. 그것은 어쩌면 그가 미시간 같은 학교에 들어갈 수 있는 유일한 기회였다.

그날 밤 카페에서 돌아온 뒤로, 그는 계속 그 일을 곱씹으며 흥분과 두려움을 오가는 감정을 느꼈다. 동료 시인들과 술잔을 앞에 두고 앉아 워즈워스와 키츠에 대해 이야기하는 자신의 모습이 떠올랐다가, 다시 어두운 강의실에 앉아 그곳에 걸맞지 않은 그의 미천한 재능을 까발리는 교수의 말을 들으며 볼 안쪽을 잘근잘근 씹고 있는 자신의 모습이 그려졌다. 또한 휴스턴을 떠난다면 무엇을 포기해야 하는지에 대해서도 생각할 것이 많았다. 브랜든과 다른 친구들, 이곳에서 그가 지금까지 꾸려온 안락한 삶, 좀더 책임 있는 직업을 택할 전망, 부모를 기쁘게 하고 다른 사람들이 옳다고 여기는 일을 할 수 있는 가능성 등등. 쉬운 해법, 쉬운 해답은 없는 것 같았다. 여동생이 겪고 있는 일에 비하면 그런 생각을 하는 것 자체가 어리석게 느껴졌다. 하지만 이곳에 앉아 마이컬슨의 집을 뚫어져라 쳐다보고 있는 지금, 자신을 막고 있는 것이 진정 무엇인지 그는 알 수가 없다. 결국, 일어날 수 있는 최악의 일이란 무엇이란 말인가?

마이컬슨 부인은 집에 없다고 했다. 그것이 안으로 들어가자마자 그가 마이컬슨에게 들은 말 가운데 하나다. 다음은 다시 만나서 반갑다는 인사. 그 말을 할 때 마이컬슨의 어조가 조금은 조심스럽다. 리처드가 또 갑자기 소리를 지를까봐 아직도 겁을 내는 듯하다.

마이컬슨은 그를 부엌으로 데려가 와인 한 잔을 주고 크래커와 치즈를 내놓는다. 처음으로 이 집에서 리처드와 단둘만 있게 되자 마이컬슨은 완연히 긴장하고 있다. 아마 마음속에서 수없이 그려보다가 마침내 이루어진 환상을 불현듯 실감한 탓이리라. 제가 친 거미줄에 걸린 거미. 아니, 어쩌면 그의 동기는 리처드가 생각하는 것보다 훨씬 순수한 것인지도 모른다. 어쩌면 리처드가 그를 완전히 오해하고 있는지도 모른다. 마이컬슨은 단지 그를 돕고 싶을 뿐이며, 그저 특출한 학생을 도우려 애쓰고 걱정하는 선생, 그저 남아도는 시간을 주체하지 못하는 사람에 불과한지도 모른다.

함께 와인을 마시면서 리처드는 마이컬슨에게 죄송하다고, 자신의 행동이 지나쳤다고, 카페에서 그런 말을 한 것은 잘못이었다고 사과한다. 마이컬슨은 그의 말을 골똘히 들으며 고개를 끄덕이더니 마침내 그의 사과를 받아들인다. 이상하게도 모든 것이 지나치게 격식을 차린 듯한 느낌이 든다. 마치 교장실에 와 있는 것처럼. 마이컬슨은 그에게서 거의 일 미터쯤 멀리 떨어져 팔짱을 끼고 입을 꾹 다문 채 앉아 있다. 아직도 겁을 내고 있는 듯하지만, 그저 긴장해서 그런 것일 수도 있다. 결국 그는 뼈다귀를 던지기로 결심하고, 조용한 목소리로 미시간 대학에 지원하는 문제를 재고해보았다고 말한다. 그 말에 마이컬슨의 얼굴이 갑자기 환해진다.

"지금 농담하는 건가?" 그가 말한다.

"아니에요."

"아, 그렇다면 정말 좋은 소식이군, 리처드." 그는 잔을 들더니 건배를 권한다. "얼마나 기쁜지 말로 다 할 수가 없군."

리처드는 미소를 지으며 고개를 끄덕인다.

"저기, 아직 합격한 것도 아닌걸요."

"그렇지, 하지만 느낌이 좋아. 정말이야." 그러더니 그는 자리에서 일어나 잔을 내려놓는다. "잠깐만 기다리게, 알겠지? 곧 돌아오지."

잠시 후 그는 복도를 지나 집 저편으로 사라지고 리처드는 부엌에 혼자 남는다. 거기 앉아 리처드는 이제 무슨 일이 벌어질까, 그에게 무슨 말을 할까, 돈 얘기를 어떻게 꺼낼 것인가 생각한다. 학교 문제를 언급한 순간 그는 바로 후회했다. 해묵은 의구심이 다시 고개를 들었다. 실수하는 거면 어떡하지? 다 잘못된 거라면? 한

가지는 확실하다. 이젠 돌이킬 수 없다는 것. 이 시점에선 안 된다는 것. 마이컬슨의 그런 반응을 보고 난 지금은. 그는 와인을 마시고 부엌을 둘러보며 곧 일어날 일에 대비해 마음을 다잡는다.

"자네에게 이걸 줘야지." 마이컬슨이 숨가쁘게 부엌으로 돌아오며 말한다. "내 친구 주소와 대학원 사무실 주소라네. 자기소개서는 내 친구에게 보내고 성적증명서 같은 다른 서류들은 대학원 사무실로 보내면 돼."

그는 서류를 리처드 앞 탁자 위에 내려놓은 뒤 다시 잔을 들고 와인을 한 모금 마신다.

"이번주 안에 해야 하나요?"

"내일 하게. 가능하다면. 빠르면 빠를수록 좋겠지."

리처드는 그를 바라보며 고개를 끄덕인다. 하지만 내일 그 일을 해야 한다고 생각하니, 다시 고민할 시간이 없다고 생각하니 두려워진다. 그는 걱정을 숨기려고 노력하지만 마이컬슨은 이내 알아챈다.

"정말 확신이 있는 건가, 리처드?" 그가 묻는다. "자네 결정에 대해서 말이야."

"확신합니다."

"확신한다고?"

"네."

마이컬슨은 고개를 끄덕인다.

"음, 그럼 됐네." 그는 그렇게 말하고 와인을 마신다. "왜 마음이 변했는지 물어봐도 되겠나?"

"잘 모르겠습니다."

"뭔가 있을 텐데?"

리처드는 고개를 젓는다.

"모르겠습니다. 어머니와 얘기한 뒤로 그런 것 같기도 하고요. 어머니가 반대하실 줄 알았거든요. 근데, 실은 굉장히 힘을 주시더라고요."

"때로 부모는 의외의 모습을 보일 때가 있지." 마이컬슨의 말에 리처드는 고개를 끄덕인다.

"그럼 아버지는?"

"아버지는," 리처드는 웃는다. "아버지는 좋아하시지 않을 거예요. 하지만 나중에 잘 처리할 겁니다."

"아버지와 사이가 별로 안 좋은가보군."

"어, 아닙니다." 그는 어깨를 으쓱한다. "그런 건 아니에요. 그러니까, 아버지는 괜찮습니다. 제 말은, 우리 관계가 괜찮은 편이라는 거죠. 단지 이런 문제는 아버지가, 그러니까, 잘 이해를 못하셔서요."

마이컬슨은 고개를 끄덕이며 와인을 마신다.

사실을 말하자면 아버지와 제대로 된 대화를 해본 지 일 년이 넘었지만, 그 문제에 대해 마이컬슨과 더 깊게 얘기할 생각은 없다. 그의 관심이 전적으로 순수한 것 같진 않다는 생각이 든다. 이것이 이 사람이 유혹하는 방식인가? 그는 생각해본다. 유대감을 형성한

다음 자기에게 끌어들이는? 문득 그는 대화가 생각과 다른 방향으로, 그가 원하지 않는 방향으로 흐르고 있는 듯 느껴진다. 마이컬슨은 와인을 한 잔 더 따른 후 팔을 뻗어 리처드의 잔도 채운다. 그 사이 리처드는 스스로를 다잡으며 마음의 준비를 한다.

"사실 부탁드릴 것이 하나 더 있습니다." 그가 마침내 말한다. 속이 훤히 들여다보이는 느낌이지만 그렇게 보이지 않으려고, 불안을 감추려고 애를 쓰며. "이런 말씀 드리기가 사실은 좀 어색합니다만, 선생님께서 거절하셔도 충분히 이해합니다. 그런데 실은, 선생님께 돈을 좀 빌릴 수 있을까 해서요. 단기 대출 같은 형식으로요."

마이컬슨이 놀란 얼굴로 그를 쳐다본다.

"입학 전형료로 쓸 돈인가?"

"아, 아닙니다. 다른 일입니다."

"다른 일?"

"네."

"그런데 무슨 일인지는 말하고 싶지 않나보군."

"네, 말씀드릴 수가 없습니다."

마이컬슨은 잠시 말을 멈춘다. 리처드는 분위기가 싸늘해졌음을 깨닫는다.

"얼마나 필요하지?"

"이천입니다."

"이천 달러?"

"네."

마이컬슨이 고개를 젓는다.

"그건 큰돈이네, 리처드."

"압니다."

"부모님께는 부탁해봤나?"

"네."

"그런데 거절하셨고?"

"그렇습니다."

마이컬슨은 머리를 문지른다.

"지금 무슨 곤경에 처해 있는 건가, 리처드?"

"아, 아닙니다." 그는 잠시 말을 멈춘다. "제 여동생에게 문제가 생겼습니다."

그 말까지 할 생각은 아니었지만 막상 하고 나니 그럴 필요가 있었다는 생각이 든다. 마이컬슨에게 뭔가 말해줄 필요가 있었다는.

마이컬슨은 잠시 생각한다.

"자네 동생이 어떤 곤란한 상황에 처해 있는지 물어봐도 되겠나?"

"솔직히 말씀드리면, 저도 잘 모릅니다. 그애가 왜 돈을 필요로 하는지도 사실은 모릅니다. 그냥 필요하다는 것만 알 뿐이에요."

마이컬슨은 다시 눈을 가늘게 뜬다.

"리처드, 미안하지만 모두 너무 모호한 얘기들이로군."

"압니다. 죄송해요."

"자넬 정말 돕고 싶네, 물론. 하지만 난 자네 선생이야, 리처드. 은행이 아니라."

리처드는 고개를 끄덕이며, 최소한 마이컬슨의 머릿속에서는 이 문제가 일단락되었음을 알아차린다. 그는 대답을 한 것이다. 다른 식으로 더 얘기를 해볼까 했지만, 마이컬슨의 표정을 보니 그럴 가치가 없을 것 같다. 소용없을 것이다. 그는 갑자기 의기소침해진다.

"미안하네, 리처드." 마이컬슨이 그의 손을 잡으며 말한다.

"아니, 괜찮습니다. 정말로 괜찮아요. 어차피 큰 기대는 없었습니다." 그는 손목시계를 쳐다본다. "이젠 일하러 돌아가야 할 것 같아요."

"좀더 있다 가지 그러나. 수영이라도 좀 하든가."

"아, 아닙니다." 리처드가 일어서며 말한다. "다음에 하죠. 어쨌든 감사합니다."

그러자 마이컬슨도 자리에서 일어나 문간까지 그를 배웅한다.

"내일 잊지 말게." 문간에 서서 그가 말한다. "서류들을 최대한 빨리 보내야 할 거야." 그는 리처드의 어깨를 토닥인다.

"알겠습니다." 리처드는 미소를 지으려, 실망한 내색을 감추려 애쓴다. "다시 한번 감사드립니다." 그는 힘들게 말한다. "이런저런 것들 전부."

"리처드," 마이컬슨이 그의 팔을 잡고 웃으며 말한다. "자네가 알았으면 좋겠어. 내겐 그 무엇에 대해서도 고마워할 필요가 없다는 걸 말이야."

다시 일터로 돌아가 교대시간을 다 채우는 게 맞겠지만, 그는 그 대신 차를 몰고 아파트 근처에 있는 작은 헌책방으로 가서 서가 사이를 돌아다닌다. 대학을 막 졸업했을 때, 처음 시를 쓰기 시작했을 때, 그리고 또 마코스와 헤어지고 난 후에 자주 오던 곳이었다. 이곳에서는 묘하게 편한 느낌, 묘하게 위로받는 기분이 든다. 여기 와서 많은 책들 사이에 서 있으면.

그는 종종 상상해보곤 했다. 자신의 책이 이 서가들 사이에, 도널드 홀과 올리버 웬델 홈즈 사이에 끼어 있는 모습을 본다면, 그것을 집어들고 읽어본다면, 어떤 독자가 여백에 남긴 조그만 표시들을 들여다본다면, 그 독자가 어떤 사람일까 생각해본다면 과연 어떤 느낌일까? 실제로 누군가가 자신이 쓴 책을 사려 한다는 것은 좀처럼 있기 힘든 일처럼 느껴졌지만, 그래도 그런 생각을 하면 재미있었다. 그는 독자들 앞에서 낭독을 하거나 친구들을 위해 책에 사인을 하거나 어머니에게 책을 선사하는 상상을 했다. 때로 그런 상상에 빠져들어, 그게 얼마나 터무니없는 상상인지는 생각 않고 그럴 수도 있다고 믿고 싶었다.

하지만 오늘 그의 머릿속은 온통 클로이 생각뿐이다. 나중에 이 얘기를 하면, 이 나쁜 소식을 말해주면, 그가 약속을 지키지 못하게 되었음을 알려주면 그 아이가 얼마나 실망할 것인가? 클로이가 그날 아침 그의 아파트에 들렀을 때처럼 패닉에 빠진 모습은 본 적이 없었다. 지금까지 오빠한테 그리 많은 걸 바라진 않았잖아, 안 그래?

하지만 지금은 부탁할게. 그 돈을 어떻게든 구해줄 방법이 있다면, 오빠는 내 목숨을 구하는 거나 마찬가지야. 진짜야. 오빠 내 목숨을 구하는 거라고. 목숨을 구한다고? 그 말은 무슨 뜻일까? 그 말이 머리에서 떠나질 않았다. 물론 그는 동생을 믿었다. 그 누구보다 그 아이를 믿었다. 정말 극도로 심각한 상황이 아니라면 그런 말을 할 아이가 아니었다. 그렇다 해도, 그 말은 도대체 무슨 뜻일까? 그는 동생에게 설명을 좀 해보라고 했지만 그애는 말을 듣지 않았다. 그냥 날 위해 해줘, 오빠. 그애가 눈물을 훔치며 말했다. 제발. 이것만 해주면 절대 다른 부탁은 하지 않을게. 정말이야. 그리고 리처드는 원래 그런 사람, 원래 그런 오빠였기 때문에, 동생을 안아주며 걱정하지 말라고, 무슨 짓을 해서라도 그 돈을 구해주겠다고 말했다.

하지만 지금 난 뭘 한 거지? 다 실패했어. 물론 브랜든이 있지만 녀석이 구해줄 수 있는 돈은 한계가 있어. 그는 아이팟을 팔아볼까, 심지어 컴퓨터를 팔아볼까도 생각해봤지만 이렇게 촉박한 시간 안에 그만한 돈을 구할 수 있을 것 같지 않았다. 그럼 이제 어떡하지? 남은 대안은 뭐지?

그는 서가 한쪽에 앉아 주머니에서 조그만 쪽지를 꺼내 번호와 이름을 살펴본다. 그리고 전화기를 꺼내지만 번호를 누르려다 만다. 정말로 이대로 밀고 나간다면, 정말로 이 남자와 밤을 보내고 나면 내일 어떤 기분일까. 고결한 목적을 위한, 동생을 위한 일이라고 생각해도 여전히 더럽다고 느낄까. 그 사람과 꼭 자야 하는 건 아니라고 브랜든은 아까 말했다. 원하지 않는 일은 하지 않아도 될 거라고. 처음부터 한도를 정해놓으면 된다. 언제라도 물러설 수 있을 것이다. 게다가 그런 상황까지 가지 않을 수도 있다. 어쩌면 이 남자는 단지 얘기만 나누고 싶은 건지도 모른다. 어쩌면 이 남자는 단지 옆에 있어줄 사람이 필요한 건지도 모른다. 브랜든도 그런 경우가 늘 생긴다고, 어떤 남자들은 그냥 함께 저녁을 먹거나 영화를 보고 나서 그대로 집에 보내주기도 한다고 말한 적이 있다. 어쩌면 그게 다일지도, 어쩌면 그렇게 간단한 일인지도 모른다. 그 정도면 감당할 수 있을 거야, 그렇지 않나? 저녁식사. 약간의 대화. 그런다고 죽진 않아. 세상이 끝나는 것도 아니고.

그런 일을 생각하는 것만으로도 그는 우울해진다. 하지만 그보다 더 우울한 건 빈손으로 클로이한테 가는 일이다. 그냥 하룻밤일 뿐이야, 그는 스스로를 타이른다. 하룻밤에 무슨 일이 일어나겠어?

그는 앞에 있는 서가를 뚫어져라 쳐다보며, 자신이 존경하는 시인이라면, 아니 누구든 이런 처지에 있는 사람이라면 어떻게 할 것인가 생각해본다. 잠시 후 그는 번호를 입력한 뒤 얼른 발신 버튼을 누른다. 몇 초 후 어떤 목소리가, 다정한 목소리가 흘러나오고, 몇 분 내로 약속이 이루어진다. 시간이 정해진다. 모든 게 너무 빨리, 너무 갑작스럽게 일어나는 바람에 그는 미처 상황을 파악할 틈도 없다. 그의 정신은 이미 마비되어버린 듯하다.

8

브랜든의 좁은 서재에서, 클로이는 흐릿한 조명 아래 라자의 곁에 누워 잠시 평온을 느낀다. 앞으로 일어날 일들을 받아들일 수 있을 것처럼 담담해진다. 리처드가 해낸다면, 물론 할 수 있을 것임을 그녀는 알고 있지만, 그러면 그들은 내일 밤이면 이곳을 떠나 있을 것이다. 앞으로의 삶은 상상할 수 없는 방식으로 변할 테지만 그들은 함께할 것이다. 가장 중요한 건 바로 그것이다. 무슨 일이 일어나든 그들은 함께할 것이다.

지난 몇 주, 그녀는 계속 이런 식으로 살고 있다. 눈앞에 닥친 순간만 생각하며, 바로 일 분 후에 무슨 일이 일어날지 모르는 채로. 앞으로 몇 시간 후, 며칠 후에 무슨 일이 일어나 자신의 삶을 깡그리 바꿔놓을지 모르는 채로. 걱정스러운 만큼, 미래가 두려운 만큼, 그녀는 한편으로는 이상한 해방감을 느낀다. 그녀는 생각한다.

다른 걸 모두 차단해버릴 수 있다면, 당면한 문제, 당장의 상황에만 집중할 수 있다면, 현재에만 집중할 수 있다면, 그렇다면 삶을 완전히 단순화할 수 있을 거야. 그러면 미래에 대한 모든 의문은 순식간에 사라져버리겠지. 대학 졸업 후 어디에서 살게 될까, 어떤 직업을 갖게 될까, 결혼은 할까. 그런 의문들은 모두 뒤로 물러날 거야. 사라질 거야. 그리고 다른 것들, 오직 지금 여기와 관련된 질문들로 대체되겠지. 오직 당장의 상황과만 관련된 질문들로. 물론 영원히 그런 식으로 살 수는 없겠지만 한동안은 가능할 거야. 그리고 우리가 정말 멕시코에 가게 된다면, 거기에서 우리만의 삶을 꾸릴 수 있다면, 그렇다면 앞으로 몇 주, 몇 달은 그런 식으로 살아야 할 거야.

그녀는 다른 문제들, 가족이나 친구들과 관련된 문제들은 머릿속에서 몰아내기로 마음먹는다. 내가 어찌할 수 없는 문제를 마음에 두는 건 의미가 없어. 게다가 고통스럽잖아. 그녀에게 리처드가 없는 삶, 리처드나 부모님과 얘기를 나눌 수 없는 삶은 생각하기조차 힘들다. 대신 그녀는 반대의 경우, 라자가 없는 삶에 집중하기로 한다. 지금으로서는 그것이 더더욱 생각하기 힘든 일이니까. 그날 밤 그녀는 깨달았다. 선택을 해야 한다면, 가족과 라자 중에 선택을 해야 한다면, 라자를 선택할 것임을. 그건 질문할 필요조차 없었다. 힘들겠지만, 가족, 친구, 미국에서의 생활방식 등, 다른 모든 것을 포기한다는 것이 힘들겠지만, 라자와 함께하기 위해서라면, 그의 옆에 머물기 위해서라면, 그 모든 것을 당장이라도 희생

할 수 있었다. 그리고 그건 라자 역시 마찬가지일 것이다. 그런 게 사랑이니까. 그런 게 가장 절대적인 형태의 사랑이니까. 그렇지 않다면 그건 사랑이 아닐 테니까. 그건 절대적이지 않으니까. 이것이 시험이라면, 라자를 향한 사랑을 하늘이 시험하는 거라면, 그녀는 절대로 실패하지 않을 셈이었다.

반면 라자는 그들의 불확실한 미래에 대해, 앞으로 일어날 일에 대해 훨씬 큰 불안감을 느끼는 것 같았다. 지난 삼십 분 동안 매트리스 위에서 클로이 옆에 누워 있는 라자는 자신이 부모를 얼마나 수치스럽게 했는지, 그리고 멕시코에서 어떻게 생활을 꾸려나갈지에 대해 번갈아가며, 가끔 고개를 저어가며 얘기하고 있다. 음식은 어떻게 구하지? 그는 묻는다. 어디에서 살지? 돈이 떨어지면 어떡하지?

일단 가면 방법을 찾을 수 있을 거야, 그녀는 말한다. 다 해결될 거야. 다 잘될 거야. 물론 라자는 믿지 않는 것 같지만, 더이상 막지는 않는다. 멕시코까지 따라가겠다는 그녀의 주장에 더이상 맞서지 않는 것처럼. 두 사람은 그 문제에 대해 거의 하루종일, 눈물바람까지 해가며 언쟁을 했고, 결국 그는 두 손을 들었다. 네 인생이니까. 라자가 마침내 말했다. 네가 원한다면 내가 막을 순 없겠지. 내가 뭘 어떻게 하겠어. 하지만 난 네가 이러는 걸 원치 않는다는 걸, 이런 걸 기대하지 않는다는 걸 네가 알았으면 좋겠어.

나도 알아. 클로이는 말했다. 그리고 그를 안았다. 다른 말은 하고 싶지 않았다. 그가 갑자기 마음을 바꿀 빌미를 주고 싶지 않았다.

대체로 그는 어느 정도 포기한 것처럼 보인다. 싸우기를 포기했고, 그녀와 언쟁하기를 포기했고, 근사한 미래에 대한 모든 희망을 포기했다. 스트래섬에서 라자를 알고 지내온 내내, 이런 모습은 본 적이 없었다. 이런저런 문제가 있는 쪽은 항상 클로이였다. 부모에 대해, 제출하지 않은 과제에 대해, 누가 누구에게 한 어떤 말에 대해 걱정하던 사람은 늘 그녀였다. 라자는 항상 이성의 목소리였고 영원한 낙천가였다. 하지만 이제 무언가 바뀌어 있었다. 라자에게서 무언가가 빠져나갔다. 그는 허물어졌다. 그에게서 매우 근본적인 어떤 부분이 사라져버렸다.

다른 방에서는 브랜든이 막 일터에서 돌아와 음악을 틀고 접시와 유리잔 들을 찬장에서 꺼내고 있다. 잠시 후 문을 두드리는 소리가 나더니 그가 머리를 들이민다.

"너네 배고프니?" 브랜든이 묻는다.

클로이는 팔꿈치에 지탱해 상체를 일으키고 그에게 미소를 짓는다.

"우린 벌써 먹었어." 그녀가 바닥에 있는 중국음식점의 빈 그릇들을 가리키며 말한다. "어쨌든 고마워."

브랜든은 고개를 끄덕이고는 잠시 그대로 서 있는다.

"사실 너희에게 줄 게 있는데." 그는 뒷주머니에서 속이 두툼한 흰 봉투를 꺼내 클로이에게 던진다. 봉투를 열어보니 현금 뭉치가 들어 있다. 족히 천 달러는 될 듯한.

"이게 뭐야?" 그녀가 묻는다.

"내가 맡은 몫. 나머지 반은 내일 리처드가 가져올 거야."

그 말에 라자가 일어나 앉아 돈을 물끄러미 쳐다본다. 하지만 아무 말도 하지 않는다.

"오빠까지 이럴 필요는 없는데." 클로이가 말한다.

"사실 내가 주는 돈은 아니야. 리처드에게 빌려주는 돈이라고 봐야지. 걔가 나한테 갚을 돈, 뭐 그런 거. 나중에."

클로이는 머뭇거리며 그를 쳐다보다 다시 돈을 내려다본다.

"고마워, 브랜든." 마침내 그녀가 말한다. "하지만 이미 말했듯이, 정말 오빠까지 이럴 필요는 없는데."

그가 어깨를 으쓱한다.

"별거 아니야. 게다가, 네가 고마워해야 할 사람은 네 오빠지."

클로이는 고개를 끄덕이며 몸을 일으켜 앉아 봉투를 옆에 내려놓고 리처드는 어디에 있을까 생각한다. 이제 천 달러만 더 있으면 된다.

"그나저나 오늘밤엔 어디 있는 거야?" 그녀가 묻는다.

"누구? 리처드? 글쎄." 어깨를 으쓱하며 브랜든이 고개를 돌리자, 클로이는 그가 무언가 숨기고 있음을 감지한다.

"비토네 집에 안 갔어?"

"어, 갔을 수도 있고." 그는 그렇게 대답하고는 뒤로 돌아 부엌 쪽을 본다. "젠장, 물 끓이고 있었는데. 너네도 함께 먹고 싶으면 나와라." 그러더니 그는 다시 뒤로 돌아 문을 닫고 부엌으로 돌아간다.

브랜든이 나간 후 라자는 그녀를 보며 한숨을 쉰다.

"이 돈은 받을 수 없어." 그가 말한다.

"왜 안 돼?"

"잘 알지도 못하는 사람이잖아."

"오빠 친구야. 게다가 오빠가 갚는다잖아."

라자는 고개를 젓는다.

"옳지 않은 일 같아."

그러자 클로이는 그가 낙담했음을, 마음 한구석에서는 리처드가 차라리 돈을 마련하지 못하기를 바라고 있었음을 깨닫는다.

"내가 너랑 같이 갈 수 있게 되니까 화가 났구나."

"그런 말 안 했어."

"안 했지. 그래도 난 알아."

"말도 안 돼."

"정말 안 돼?"

그는 제 손을 내려다보다 어깨를 으쓱하고는 마침내 자리에서 일어선다.

"잠깐 나갔다 올게. 담배 사러."

"같이 갈 거야."

"아니. 여기 있어."

"왜?"

"그냥 잠깐 혼자 있고 싶어서 그래."

클로이는 라자를 바라본다. 그의 얼굴이 일그러질 듯, 허물어질 듯하다. 그녀는 라자에게 다가가 그를 안는다.

"왜 그래?" 클로이가 그의 등을 쓸어내리며 묻지만 그는 대답하지 않는다. "자기야." 그녀가 라자를 더 가까이 끌어안으며 다시 묻는다. "오늘밤, 왜 그러는 거야?"

"아무것도 아니야." 마침내 그가 대답하며 그녀를 안는다. "난 괜찮아."

9

"여긴 대체 뭐하러 온 거지?"

"뭐라고 하셨죠?"

"제가 여길 왜 온 거냐고요."

"오늘이 상담 예약일이잖아요."

"알아요. 하지만 전 여기 있으면 안 돼요."

"그럼 어디 계셔야 하는데요?"

"모르겠어요. 하지만 여긴 아니에요." 그녀는 피터슨을 빤히 쳐다본다. 한낮의 햇빛이 그를 둘러싼 텅 빈 흰 공간을 채우며 벽에 어른거린다. 그날 앞서 그는 케이든스에게 전화를 걸어 최후통첩을 해왔는데, 예약 날짜를 다시 한번 어기면(그 경우 연달아 세 번이 될 터인데) 상담 스케줄에서 그녀의 이름을 아예 빼버리겠다고 했다. 하지만 그게 무슨 상관이지? 여긴 왜 온 걸까?

"엘슨에 대해서 얘기하고 있었죠?" 그가 말을 이어간다. "간밤에 두 사람이 함께 밤을 보냈다는 얘길 하던 중이었어요."

"그랬죠." 그녀가 한숨을 쉬며 말한다. "하지만 생각하시는 그런 식으로는 아니에요."

"아니에요?"

"아니에요. 그 사람과 자진 않았어요. 그냥 밤새 한집에 있었어요. 같은 침대에서 나란히 잤어요. 그게 전부예요."

"그게 전부예요?"

"네, 그게 전부예요."

피터슨은 그녀를 쳐다보며 아무 말도 하지 않는다. 그 얘기를 한 것이 그녀는 벌써 후회스럽다. 지금 이렇게 무력한 기분이 들지만 않는다면, 이렇게 혼란스럽지만 않다면, 진즉 생각을 정리했더라면 그 얘기는 꺼내지도 않았을 것이다. 하지만 갑자기 그녀는 모든 판단력을 잃어버린 느낌이 든다. 그녀는 자리에 앉자마자 그 얘기를 불쑥 꺼냈고, 이젠 그 결과를, 피터슨을, 그의 질문과 탐색을 감당해야 할 것임을 깨닫는다.

"무력한 느낌이 들었어요." 그녀가 말을 잇는다. "간밤엔 혼자 있고 싶지 않았어요. 그게 다예요. 끔찍한 하루를 보낸 뒤였고, 근데, 그 얘길 하려고 그이가 집에 왔고, 그러다가 갑자기 시간이 너무 늦어버린 거죠. 그냥 그 사람이 돌아가지 않고 저랑 있는 게 자연스럽게 느껴졌어요. 그게 전부예요. 그 이상 아무것도 아니에요. 여기에 다른 해석이 개입할 여지는 없어요."

"그래요?"

"그래요."

피터슨이 고개를 끄덕이며 수첩에 뭔가를 끄적거린다.

"그리고, 거기에 대해 하고 싶은 말도 그게 다고요?"

"그게 다예요."

"그런데 어젠 왜 그렇게 끔찍한 하루를 보내신 거죠?"

"그건 다른 얘기예요."

"그래도 말 좀 해봐요."

그녀는 피터슨을 바라보며 그전에 어디까지 얘기했는지 생각을 더듬고는 한숨을 쉰다.

"제 딸 때문이에요." 마침내 그녀가 말한다. "클로이. 그애 상황이 더 나빠졌어요."

"더 나빠져요?"

"좀더 복잡해졌어요."

그가 고개를 끄덕인다.

"어제 어떤 남자들이 집에 와서 제게 그애 얘기를 했어요. 형사들이었죠."

갑자기 관심이 동한 피터슨이 몸을 앞으로 숙인다.

"형사라고요?"

"네."

"그래서 그것 때문에 속이 많이 상했나요?"

"네."

"그럼 그 남자들이 엘슨과도 얘기를 했나요?"

"아니요. 저하고만 했어요. 그 사람과는 내일 얘기할 거라더군요."

피터슨이 수첩을 내려놓는다.

"그 사람들에게 무슨 얘기를 했는지는 말씀 안 하시겠군요."

"그 문제는 이미 얘기했을 텐데요."

"말할 수 없다고 말이죠."

"그래요. 할 수 있다 해도 안 할 거예요."

"딸 때문에 그런 거겠죠."

"저 때문에 그래요."

피터슨은 다시 등을 뒤로 기댄 뒤 수첩을 집어들었다가 또다시 내려놓는다. 그녀는 그가 화났을 거라고 생각하지만 그렇지 않다. 그는 놀라우리만치 차분하다.

"음, 전 최소한 여기 오셨다는 것만으로도 다행이라 생각해요, 케이든스." 그가 마침내 말한다. "그게 중요해요."

"그런가요?"

"그래요." 그가 미소를 띠며 펜을 집는다. "정말 그래요."

집으로 돌아오는 차에서 케이든스는 갑자기 어머니에게 전화해 이 문제에 대해, 지금 이 상황에 대해 얘기하고 싶어진다. 그동안 내내 그녀는 어머니에게 이 일에 대해 아무 말도 하지 않았다. 다른 일로 대화를 나눈 일도 거의 없었다. 그녀도 엘슨도 각자의 부모님들은 이 문제에서 제외시키기로 결정했다. 하지만 그녀는 갑자기 어머니와 의논을 하고 좀 다른 관점에서 얘기를 들어볼 필요를, 심지어는 어떤 갈망을 느낀다. 엘슨이나 개빈이나 피터슨의 것이 아닌 생각을. 여자의 관점, 어머니의 관점에서. 그녀가 겪고 있는 일을 실제로 이해할 수 있는 누군가의 관점에서.

이혼한 이후 그녀는 여자들과 함께할 수 있기를 고대해왔다. 이상한 일이었다. 대개의 경우 부부가 이혼하면 친구들이 모두 한쪽으로 쏠리거나 두 사람에게 각각 반으로 나뉘는 게 보통인데, 그들의 경우에는 둘 다 공통의 친구들을 모두 잃었다. 때문에 그녀는 애초에 그들이 정말 친구가 맞았나 싶었다. 친구들은 대부분 부부들이었고 대개가 부부 동반으로 어울렸다. 하지만 이제는 누구도 독신녀를 저녁식사에 초대하려 하지 않았고, 따로 노는 사람을 데이트에 끼워주려 하지 않았다. 물론 처음에는 아는 여자들마다 격려와 지지를 넘치도록 보여주었지만 몇 달이 지나자 그런 지지는 줄어들고 관심도 시들해졌다. 심지어 그전에 가장 가까웠던 셰릴 밀하우저마저도 전화를 받지 않고 이메일에 답하지 않았으며 함께 점심을 먹자고도 하지 않았다. 이혼이 정말 그렇게 별다른 일인가? 그녀는 궁금했다. 그렇게 용서할 수 없는 범죄인가? 아니면 다른 이유가 있나? 내가 이제 자기들의 삶과 결혼생활의 불행을, 언젠가 그들에게도 일어날 수 있는 일을 일깨워주는 어떤 상징이 되었기 때문일까?

그녀에게 대화 상대가 있었다면 어제에 대해, 어제 겪은 일에 대해 어떤 말을 했을까? 아직도 그 일은 꿈처럼, 초현실적인 어떤 것처럼, 상상 속의 남자 두 명과 나눈 상상의 대화였던 것처럼 느껴졌다. 현실의 형사 두 명과 나눈 현실의 대화처럼 느껴지지 않았다. 형사들을 안으로 들인 뒤, 그녀는 그들의 친절한 말투, 그곳에 그렇게 찾아와야 하는 상황이 미안한 듯한 그들의 행동에 처음에는 상당히 놀랐다. 그들은 입을 열 때마다 '실례지만' '감사합니다' 혹은 '네, 부인' '아니요, 부인' 하고 말했다. 그녀는 형사들에게 차까지 대접했고 리처드와 클로이의 어릴 적 사진도 보여주었다. 하지만 어느 시점에서 대화의 분위기가 바뀌었다. 정확하게 기억나진 않지만, 어느 시점에선가 형사들의 친절하던 대화가 사무적인 심문으로 바뀌었고, '몇 분만' 시간을 내달라던 그 사람들은 거의 삼십 분을 머물다 갔다.

처음에 그녀는 형사들에게 모든 것을 말하고 싶었지만, 얼마 지나지 않아 그 형사들은 그녀를 도우려고, 클로이를 도우려고 온 사람들이 아니라는 사실을 깨달았다. 그들은 사건에 대해 무시무시한 얘기들을 늘어놓았다. 라자와 그의 친구가 타일러 벡위스의 기숙사 방에 쳐들어가 협박을 했고, 끔찍한 싸움이 있었으며, 결국 타일러 벡위스가 피해자가 되었다는 얘기였다. 타일러는 병원으로 급히 실려갔고, 뇌진탕 증세를 보였으며, 얼굴이 여기저기 찢어지고 갈비뼈 세 대가 부러졌다고도 했다. 그의 흉강에서 피를 뽑아내야 했고, 뇌가 부어올랐으며, 그리고 지금 이 순간에도 심장박동 모니터와 인공호흡기로 생명을 부지하고 있다고도 했다.

그들은 다른 얘기들도 했다. 그녀는 자세한 내용을 애써 기억하지 않으려고 했지만 불안감을 주기에는 충분했다. 어쩌면 그것이 그들의 의도였는지도 모른다. 마침내, 그들은 클로이 역시 사건에 연루된 것으로 보인다고 했다. 직접적인 것은 아니더라도 연루된 것은 사실이라고 했다. 따님이 도망자를 숨겨주고 있는 것 같은데, 그 자체가 범죄입니다. 그들은 말했다. 중죄죠. 솔직히 말하면, 3급 범죄에 해당하는데, 교도소에서 복역하게 될 수도 있어요. 벡위스란 아이가 회복하지 못하면 결국 공모 혐의를 받게 될 겁니다. 그 말을 하면서 형사들은 아주 근엄한 얼굴로 그녀를 쳐다보았다. 우리가 파악한 정황은 여기까지입니다. 형사들은 말했다. 그 키타파라는 아이가 사라졌어요. 그리고 따님이 어디에 있는지 지금 설명하지 못하시니 우리는 따님이 그 아이를 돕고 있다고 가정할 수밖에 없습니다. 아주 간단한 얘기죠. 그들은 말했다. 기본적인 논리예요. 물론 아직 증거는 없지만 강한 의심이 듭니다. 강한 의심이 들 때는 대개 그 의심이 맞는 편이죠.

케이든스는 거기 앉아 그들의 말을 들으며 고개를 끄덕였고, 자신이 어떤 말을 하든 나중에 클로이에게 불리한 쪽으로 이용될 수 있다는 사실을 잊지 않았다. 그들은 그 키타파란 아이가 휴스턴에 있다는 증거를 확보했다고 했다. 그애가 샀던 비행기 표들을 추적해 이곳에 왔다는 것이었다. 최근에 따님과 통화하신 적이 있습니까? 그들은 물었다. 따님과 어떤 식으로든 연락하고 계십니까? 케이든스는 딸이 위험에 처해 있음을 깨닫고 그들에게 진실을, 아니

최소한 그 진실에 대해 자신이 알고 있는 부분만이라도 형사들에게 말하기로 결심했다. 그녀는 클로이를 마지막으로 봤던 날에 대해, 모녀가 싸웠던 일에 대해, 클로이가 아주 속상해하던 일에 대해 말했다. 그리고 아이가 보낸 문자에 대해, 전화 통화에 대해, 그리고 이젠 아이가 휴스턴을 떠난 건 아닌지 걱정하고 있다는 사실에 대해서도 말했다. 하지만 왜 클로이가 휴스턴을 떠났다고 생각하느냐는 질문에는 대답을 얼버무리며 그저 그런 의심이 든다고만 말했다.

두 남자는 서로를 바라보며 고개를 끄덕였다. 마지막 부분은 믿지 않는 것이 분명했지만 계속 캐묻지는 않았다. 다른 사람은 없습니까? 그들이 마침내 물었다. 따님이 어디 있는지 알 만한 다른 사람은 없나요? 케이든스는 그 질문에 잠시 말을 멈추고 제일 먼저 리처드를 떠올렸다. 결국 그애도 이 일에 끌려들어, 어쩔 수 없이 심문을 받게 될 것이었다. 하지만 아들을 연루시키고 싶지 않았기에 그녀는 대신 시몬에 대해 이야기하며 그애의 주소를 형사들에게 주었다. 형사들은 자신보다 더 운이 좋기를, 그래서 그 아이의 껍질을 깨뜨릴 수 있게 되기를 바라며.

대충 그만하면 됐다는 듯이, 그들은 마침내 자리에서 일어나 고맙다고 말한 뒤 며칠 내로 다시 연락할 수도 있으며 남편과도 만날 것이라고 덧붙였다.

"전남편이죠." 그들을 배웅하며 그녀가 말했다.

"그래요." 둘 중에 키 큰 쪽이 말했다. "전남편분."

"그사이," 키 작은 쪽이 말했다. "어떤 소식이라도 들으시면 저희에게 알려주셔야 합니다. 아셨죠? 알려주셔야 할 법적 책임이 있는 겁니다."

케이든스는 고개를 끄덕였다.

"믿으실지 모르겠지만 저희는 따님을 처벌하러 여기 온 게 아닙니다, 하딩 부인. 따님을 도울 수 있다면 저희는 그렇게 할 겁니다. 믿어주세요. 하지만 동시에 따님도 저희에게 협조를 해야 합니다. 아시겠죠? 여러분들 모두 다요."

케이든스는 다시 한번 고개를 끄덕이고 형사들의 명함을 받은 뒤, 차로 걸어가는 그들의 뒷모습을 지켜보았다. 그들이 돌아가자마자 그녀는 문을 닫고 현관에 있는 의자에 털썩 주저앉았다. 그리고 바로 그때 그녀는 엘슨을 떠올렸다. 이상했다. 하지만 머릿속에 처음 떠오른 것이 그의 이름이었다.

엘슨은 바로 와줄 수가 없었다. 사무실에서 늦게까지 일해야 해. 그녀가 전화를 했을 때 그는 말했다. 특별휴가를 받았는데 자리를 비우기 전에 모든 걸 확실히 정리해놓아야 해. 그가 특별휴가를 언급한 것은 이번이 처음이었고, 그래서 그녀는 깜짝 놀랐다. 결혼기간 내내 그는 항상 너무 바빴고 너무 일에 정신이 팔려 있었기 때문에, 특별휴가는커녕 정기휴가조차도 잘 쓰지 않았다. 그런 그가 몇 주 동안 휴가를 내겠다고 했다. 오직 딸을 위해서, 그리고 그녀를 위해서. 그들을 돌보기 위해서.

달리 할 일도 없는데다 머릿속이 복잡했던 케이든스는 두 사람이 함께 먹을 식사를 준비하기로 했고, 그가 도착하자 수영장 옆에서 함께 저녁을 먹었다. 그녀는 그에게 형사들이 왔었다는 얘기와 자신이 했던 말, 그리고 너무 많은 말을 한 것 같아 걱정된다는 얘기를 했다. 그녀는 형사들에게 한 말 때문에, 클로이에게 한 약속을 깼기 때문에 그가 화를 낼 거라고 생각했지만 그는 화내지 않았다. 대신 엘슨은 가만히 앉아, 어쩌면 그녀의 불안과 두려움을 감지한 것인지, 그녀가 하는 말을 진득하게 열심히 들었으며, 예전에 으레 그랬듯 집요하게 따지거나 밀어붙이지 않았다. 그는 그냥 가만히 앉아, 가끔씩 어깨를 두드리거나 손을 잡으며 그녀의 말을 들었다. 전날 밤 일로 아직 마음이 상해 있을 수도 있었으나 내색하지 않았다. 넌지시 암시하는 말 한마디 없었다. 그는 그저 그녀에게 미소를 지으며 다 괜찮을 거라고, 잘 대처했다고, 당장 해야 할 일은 마음을 가라앉힌 뒤 그들이 할 수 있는 일이 무엇인지 검토해 본 후 계획을 세우는 일이라고 했다.

내일은 앨버트 던 변호사와 상담을 하고 그후에 두 형사를 만날 거야, 그는 말했다. 앨버트가 하는 말을 먼저 들어보고 그에 따라 대답할 말을 정할 거야. 요점은 우리가 그 형사들과 함께 일해야 한다는 거지, 그들을 위해서는 아니야. 그 형사들이 우리 친구가 아니라는 점을 기억해야 해. 우리를 도우러 왔다고 말은 하지만, 그들은 결국 라자를 찾으러 온 거야. 그리고 그 아이를 찾기 위해서라면 어떤 방법이라도, 설령 클로이에게 해가 되는 방법이라도 쓰고 말 거야. 그리고 엘슨은 전날 앨버트가 그들에게 했던 말을 상기시켰다. 앨버트는 그 형사들이 그냥 겁을 주려는 거라고, 실제로 클로이를 기소하진 않을 거라고 말했다. 그애를 기소하면 증언을 얻지 못하게 되는데, 나중에 라자의 범행 의도를 입증하려면 클로이의 증언이 필요할 거라는 것이었다. 모든 게 다 전략이야, 그가 말했다. 두뇌 게임이라고. 그걸 잊지 말아야 해.

이상했다. 엘슨이 그렇게 말하는 것을 들으니 무장해제되는 기분이었다. 엘슨은 결혼생활중에는 왜 그렇게 행동하지 않았을까, 그녀는 궁금했다. 원래 이 정도의 위기를 겪어야 마침내 성장할 수 있는 사람이었던 것일까? 아니면 항상 이런 사람이었는데, 마음 깊은 곳에서는 정말 그랬는데, 그저 내가 그걸 못 알아본 걸까? 그녀는 한편으로는 그런 모습을 완전히 신뢰하진 않았지만, 또 한편으로는 그 모습이 이상하게도 사랑스러웠다. 인정하기 싫었지만, 지난 며칠간 엘슨의 존재는 그녀의 마음을 진정시켜주었다. 그는 진실로 변화한 것 같았다. 지난밤에 그가 뉘우치던 모습이 어쩌면 진심이었는지도 모른다고, 자기 행동방식의 문제를 깨달은 건지도 모른다고 그녀는 생각했다. 어쨌든 그때 그녀에게 분명했던 것은 오직 한 가지, 그 모든 일을 겪고 난 뒤 혼자 밤을 보내고 싶지 않은 마음뿐이었다. 엘슨을 보내고 싶지 않았다. 그래서 결국 그녀는 저녁식사가 끝난 뒤 와인을 한 병 더 따며 그에게 집에서 자고 가지 않겠느냐고 물었다.

늦은 시간이었고 둘 다 조금 졸렸으며, 그때로서는 당연한 제안처럼 느껴졌다.

엘슨은 조금 혼란스러운 얼굴로 그녀를 쳐다보며 아무 말도 하지 않았다.

"당신, 오늘밤에 운전하면 안 될 것 같아." 그녀가 덧붙였다.

"난 괜찮아."

"괜찮지 않아. 그리고, 당신이 여기 있었으면 좋겠어."

"그러는 게 좋겠어?"

"그래. 그랬으면 좋겠어."

엘슨은 다시 한번 그녀를 쳐다보았다. 그는 이제 정말로 혼란스러워하고 있었다. 그래서 그녀는 그의 손을 잡고 위층으로 올라가, 긴 복도를 걸어 그녀의 방으로, 그들의 방으로 들어간 다음 신발을 벗고 침대에 누웠다. 잠시 후 엘슨이 그녀 옆에 누웠고, 그들은 한참 동안 그대로 있었다. 둘 다 옷을 다 입고 아무 말도 하지 않은 채. 마침내 그녀가 불을 껐다.

"너무 편하게 생각하진 말아요." 한참 뒤 그녀가 말했다. "오늘밤뿐이야. 알겠어?"

그 말에도 그는 아무 반응이 없었고, 그러자 그녀는 그가 무슨 생각을 하고 있는지, 그의 머릿속에선 무슨 일이 일어나고 있는지 궁금해졌다. 그는 겨우 45센티미터 정도 떨어져 누워 있었지만, 어쩐 일인지 그 순간 그녀는 그가 더 멀리 있는 것 같았다. 순간 다가가 그를 만지고 끌어당겨 안고 싶다는 생각이 들었지만 그녀는 그렇게 하지 않았다.

밤이 더 깊어지고 엘슨이 잠든 후에야 그녀는 옆으로 바싹 파고들며 팔로 그를 안았다. 몸을 바짝 붙이며 그가 잠에서 깨지 않기를 바랐고, 그는 깨지 않았다. 그녀는 스스로에게 오늘밤뿐이라고 말했다. 이 모든 것이 그 어떤 것과도 상관없는 일이라고.

10

브런즈윅 호텔의 어두컴컴한 바에서 형사 두 명을 앞에 두고 앉아, 엘슨은 약속장소에 대해 뒤늦은 후회를 하고 있다. 처음에 브런즈윅 호텔을 택한 것은 이곳이 중립적인 장소라고 생각했기 때문이다. 중립적이지만 지나치게 중립적이진 않은 곳. 그에게 익숙함과 장악 가능한 느낌을 주면서 편안한 곳이었다. 하지만 지금은 이 장소에 대해 이상한 방어의식이 생긴다. 그만의 공간이라고 생각하던 곳, 그러나 지금 원치 않는 대화의 기억으로 더렵혀지고 있는 곳.

앨버트 던의 제안에 따라 그는 지금까지 형사들에게 거의 아무것도 말하지 않았다. 그들이 이미 알고 있는 것들, 케이든스가 이미 말한 것들을 제외하곤 그 무엇도. 그 사람들에게 하는 말은 모두 나중에 따님께 피해가 될 수도 있어요, 앨버트가 미리 경고했다. 거짓말을 하셔도 안 됩니다. 그는 그렇게도 말했다. 거짓말은 더 나쁠 수가 있습니다. 최선의 대응은 침착하게 행동하고, 진실을 말하고, 뭔가를 주되 너무 많이 주진 않는 겁니다. 앨버트는 엘슨에게 자기가 함께하기를 원하느냐고, 형사들을 만날 때 옆에 있어 주기를 원하느냐고 물었지만, 엘슨은 그럴 필요는 없다고, 혼자서 대처할 수 있을 것 같다고 했다. 하지만 지금은 그다지 확신이 없다. 형사들은 조바심내고, 불만스러워하고, 낙담하고 있다. 그들은 지금까지 거의 삼십 분 동안 이곳에 앉아, 똑같은 세부정보를 지겹도록 파고들고, 똑같은 사실을 몇 번이고 되풀이해 확인하고 있다.

"그럼 말씀하실 내용은 그게 전부입니까, 하딩 씨?" 키 큰 형사가 마침내 묻는다. "그게 다예요?"

"제가 아는 대로 말씀드린 겁니다."

두 형사가 서로를 쳐다보더니 알 만하다는 듯 미소를 짓는다.

"그럼 좀 묻겠습니다." 한참 후, 키 큰 형사가 아이스티 잔을 들며 말한다. "따님과 좋은 관계를 유지해왔다고 생각하십니까?"

"그게 무슨 뜻이죠?"

"그냥 질문에 대답만 하세요, 하딩 씨."

"그게 무슨 상관이 있는 건지 모르겠군요."

"부디요, 선생님." 키 작은 쪽이 말한다. "그냥 대답만 하세요."

"좋다는 말의 정의는 뭐지요?"

두 형사는 그를 노려보지만 말은 하지 않는다.

"좋다?" 엘슨이 말한다. "좋다? 딸애를 많이 사랑한다는 건 말씀드릴 수 있겠네요."

"그걸 여쭤보는 게 아닙니다, 선생님."

"하지만, 무얼 물으시는지 정말 모르겠어요."

"그럼 질문을 좀 달리해보지요." 키 큰 형사가 말한다. "따님이 아버지를 신뢰한다고 생각하십니까?"

질문에 동요된 엘슨이 그를 노려본다. 솔직한 대답은 '아니다'일 것이다. 아니다, 클로이는 오랫동안 날 신뢰하지 않았다. 그애가 고등학교에 들어간 후로는. 차를 운전할 만큼 나이가 든 후로는. 하지만 이자들은 왜 그런 질문을 하는 거지? 그게 무슨 상관이 있다는 거야? 그는 자리에 조용히 앉아 대답을 거부한다.

"선생님과 부인께서는 올해 이혼하셨죠. 맞습니까?"

"맞습니다."

"그걸 따님은 어떻게 받아들였죠?"

"무슨 뜻이지요?"

"그러니까, 많이 속상해했느냐고요."

"정말 어이가 없군."

"하딩 씨."

"당연히 속상해했죠. 어땠을 것 같아요?"

"그 당시 따님의 감정상태를 어떻게 묘사하시겠습니까?"

"감정상태라고요?"

"네."

"질문의 방향이 마음에 안 드는군요." 그가 마침내 말한다. "그 질문들이 암시하는 뜻이 맘에 안 들어요."

"암시 같은 건 없습니다, 하딩 씨. 그저 정보를 좀더 얻으려는 것뿐입니다."

"그렇겠죠. 그리고 지금 얻으려고 애쓰시는 그 정보는 이 일과 전혀 상관이 없고요."

"상관이 있는지 없는지는 저희가 판단합니다."

엘슨은 그들을 쳐다보다가 고개를 돌린다.

"보세요, 하딩 씨. 사법방해가 뭔지 아십니까?" 키 큰 쪽이 말을 잇는다. "그게 범죄라는 건 아십니까?"

"내가 지금 어떤 식으로 사법방해를 하고 있다는 거요?" 엘슨이 화가 나서 묻는다. "지금 장난해요? 내 딸에 대해 사적인 질문을 하니 난 대답하지 않겠다고 했어요. 나라면 그걸 사법방해라고 하진 않겠소."

"지금까지 저희 질문에 사실상 아무런 대답도 하지 않으셨습니다, 선생님."

"모르니까." 엘슨이 말한다. "안다면 얘길 하겠죠. 그런데 몰라요."

"저, 하딩 씨, 선생님 증언을 얻어내는 다른 방법도 있습니다."

"지금 무슨 소릴 하는 거요?"

"대배심 소환이라고 들어보셨습니까?"

엘슨은 그를 노려본다.

"선생님의 증언을 강제할 수도 있어요. 선생님과 부인의 증언 말입니다."

"우리가 말하지 않겠다고 하면요?"

"그러면 안타깝지만 법정모독이 되겠지요."

"법정모독?" 엘슨이 웃음을 터트린다. "지금 장난해요, 정말?"

형사는 그를 노려보다가 수첩에 눈을 돌리고 무언가를 쓴다.

"지금 뭘 쓰고 있는 거예요?" 엘슨이 탁자 너머로 넘겨다보며 묻지만 형사는 그가 보기 전에 수첩을 덮는다.

"보세요, 하딩 씨. 지금 상황을 좀 설명해드려야겠군요. 지금 이 문제가 얼마나 심각한지 이해하셔야 합니다. 청년 하나가 지금 아주 위중한 상태예요. 그리고 그 청년이 죽는다면, 그러면 안 되겠지만, 따님에게 중범죄가 적용된다는 얘기입니다. 중범죄를 저지른 자의 체포 또는 기소를 방해하는 행위 역시 중범죄에 해당합니다. 무슨 말인지 아시겠어요, 하딩 씨?"

그 말에 엘슨은 입을 다문다. 손가락이 따끔거리고 호흡이 가빠진다. 공황발작이 시작되고 있다.

"제 딸은 아무 짓도 안 했어요." 그가 마침내 말한다. "그애는 연루되지 않았다고요."

"아마도 그렇게 믿으시겠죠, 하딩 씨. 그리고 왜 그렇게 믿고 싶으신지도 이해합니다. 정말 이해해요. 하지만 우리는 그렇지 않다고 생각합니다."

"여기까지만 합시다." 엘슨은 말을 자른다. 이제 손가락들이 덜덜 떨린다. 거의 통제할 수 없을 정도로. "난 아는 것들은 다 말했으니 이제 그만합시다."

그는 주머니에 손을 넣어 더듬거리다 지갑을 꺼내 이십 달러짜리 지폐를 탁자에 내려놓는다. 그러고는 앞서 앨버트 던이 준 명함을 꺼내 그 위에 놓는다.

"더 알고 싶은 게 있으면 제 변호사에게 연락하세요. 알겠어요?"

두 형사는 멍하니 그를 쳐다본다.

"이건 학대 행위예요." 그가 말한다. "지금 당신들은 나를 학대하고 있는 거란 말입니다."

그러고 그는 뒤돌아서서 인사도 없이 바를 가로질러 엘리베이터 쪽으로 간다. 그런 다음 아래층에 내려가 로비를 지나고 회전문을 통과해 거리로 나간다. 초저녁, 멀리서 이미 해가 지고 있고 그를 둘러싼 모든 것이 어렴풋하다. 방향감각을 잃고 혼란에 빠진 그는 자기도 모르는 사이 달리기 시작한다. 몸안에서 아드레날린이 솟아오르고 심장이 쿵쾅거린다. 일곱 블록쯤을 지나고 나서야 달리기를 멈추고 숨을 고르던 그는 수치심 혹은 당혹감 비슷한 느낌과 함께 그제야 깨닫는다. 차를 두고 왔음을.

11

클로이는 꼭 필요한 것들로만 짐을 꾸렸다. 칫솔, 빗, 화장품 파우치, 갈아입을 옷 몇 벌, 깨끗한 속옷, 탐폰 그리고 오백 달러가 조금 넘는 돈을 넣은 지갑. 그녀는 모든 물건을 여권과 함께 그날 앞서 리처드가 그녀의 방에서 겨우 찾아다준 배낭에 넣었다.

리처드는 그녀가 라자와 점심을 먹으러 나간 사이에 왔다 간 것 같았다. 그는 브랜든에게 봉투를 맡겨놓았다. 그녀의 여권과 돈 그리고 돈을 조심해서 간수할 것과 멍청한 짓을 하지 말 것을 당부하는 편지가 담긴 봉투였다. 그날 아침에 여권을 갖다달라고 부탁했던 참이니 둘이서 이 나라를 뜨려 한다는 것을 짐작했을 텐데 그런 말은 전혀 언급하지 않았다. 단지 조심하라는 말과 많이 사랑한다는 말뿐이었다. 그 편지를 읽자마자 그녀는 가슴이 철렁했다. 오빠를 다시 보기까지 얼마나 많은 시간이 흘러야 할 것인지 생각하니

작별인사를 하지 않았다는 사실이 갑자기 후회스러웠다.

하지만 라자와 함께 브랜든의 차 뒷좌석에 앉아 몬트로즈 대로 건너편에서 깜빡거리는 네온사인 불빛을 쳐다보고 있는 지금, 그녀의 머릿속은 온통 라자 그리고 오늘밤 벌어질 일, 긴 이동과 위험한 월경, 멕시코에서의 불확실한 미래에 대한 생각뿐이다. 브랜든의 아파트를 나온 이후로 라자는 거의 말이 없고 질문을 해도 대답이 짧다. 그녀는 라자와 눈을 맞추려 해보지만, 그는 무표정한 얼굴로 차창 밖을 바라볼 뿐이다.

휴스턴 중심가의 고층건물들을 지나다가 브랜든은 옆길로 우회전을 한 뒤 그날 밤 앞서 클로이가 인쇄해준 지도를 내려다본다. 그는 고개를 젓는다.

"들어본 적 없는 거리들인데." 그가 마침내 말한다. "사실, 이쪽 동네엔 처음 와보는 것 같아."

"그렇지." 클로이가 말한다. "나도 그래."

"나중에 데리러 오지 않아도 되는 거 확실해?"

"응, 그래." 클로이는 말한다. "우린 괜찮을 거야." 그러고는 자신과 라자가 얼마 후 어디에 있게 될지, 브랜든과 리처드와 다른 모든 사람들로부터 얼마나 멀리에 있게 될지 생각한다. 아마도 10번 주간고속도로를 달리고 있거나, 국경순찰대 사무실 밖에 주차된 차에 있거나, 어쩌면 멕시코에 도착해 수많은 낯선 사람들 사이에 섞여 있겠지.

"잘 데 있는 거, 확실하지?" 브랜든이 묻는다.

"그래."

브랜든은 거울로 뒤편의 클로이를 쳐다보고 눈을 맞추며 미소를 짓는다.

"있지, 니들을 이렇게 쫓아내니까 기분이 좀 더럽다."

"오빠가 우릴 쫓아내는 게 아니야." 그녀가 말한다. "게다가, 오빤 할 만큼 했어. 아니 너무 잘해줬지. 정말이야."

브랜든이 앞에 놓인 길로 시선을 돌리며 다시 우회전을 한다.

"음, 제안은 아직도 유효해. 알아둬. 마음 바뀌면 언제든 돌아와도 돼. 며칠 정도는 괜찮아."

클로이는 몸을 앞으로 숙여 그의 어깨를 토닥인다.

"고마워, 브랜든. 우린 오빠한테 정말 감사하고 있어."

그러고 나서 그녀는 다시 뒤로 기대며 라자의 손을 잡고 창밖을 바라본다. 휴스턴의 바깥풍경이 갑자기 변하고 있다. 어둡고 조명이 부실한 길가에 거대한 산업체 건물, 창고, 방직공장, 직물 납품업체, 철물 제조업체 등이 즐비하다. 식당도 없고 술집이나 편의점도 없다. 어둠과 공허, 텅 빈 산업용 건물들뿐이네, 그녀는 생각한다. 그녀는 라자의 어깨에 다시 머리를 기대며 눈을 감는다. 빠르게 뛰는 그의 심장박동 소리, 가쁘고 빠듯한 그의 숨소리가 들린다.

"있지, 다 온 것 같은데." 브랜든이 한참 후 돌아보며 말한다. "그 거리."

그녀가 눈을 뜨자 저멀리 전조등을 켠 커다란 트럭이 눈에 들어온다. 그 옆에는 전조등을 끈 작은 트럭이 사선 방향 건너편에 주차되어 있다. 각각의 트럭 옆에 서 있던 사람들이 가까이 다가오는데, 둘 중 하나는 듀프리다.

"여기 세우면 되겠어." 두 사람이 백 미터쯤 앞으로 다가오자 클로이는 브랜든에게 말한다.

"정말?" 그가 뒤를 쳐다보며 말한다. "더 가까이 데려가줄 수도 있어."

"아, 아니야." 클로이가 말한다. "이게 좋아." 그녀는 배낭을 집어들며 차문을 열고, 라자 또한 밖으로 나간다.

"정말 고마워." 그녀가 말한다. "할 수만 있다면 다 갚을 거야. 약속해."

"야, 다 좋아서 하는 일이야. 정말이야. 걱정 마." 브랜든은 그렇게 말하고는 클로이를 쳐다본다. "그래도 말이야, 정말 몸조심해라. 알았지? 위험한 일 하지 마. 니들한테 무슨 일이라도 생기면 난 니 오빠한테 죽어, 알았어?"

"그럴게." 그녀가 말한다. 그러고 나서, 스스로도 이유를 모른 채 클로이는 차 안으로 얼굴을 들이밀어 브랜든의 볼에 입맞춤을 한다. "브랜든, 오빤 좋은 사람이야. 진짜로."

그는 웃음을 터트리며 고개를 젓는다.

"어, 날 아는 많은 사람들이 그 말에 반대하겠지만, 어쨌든 고맙다."

그는 차에 기어를 넣고, 문을 닫는 그녀에게 윙크를 한다. 클로이는 뒤로 물러서서 사라지는 브랜든의 차를 지켜본다. 미등이 작은 점이 되어 조그만 반딧불처럼 지평선에서 깜빡일 때까지.

듀프리는 트럭 옆에 서서 한 손은 주머니에 넣고 다른 한 손에는 담배를 든 채 초조하게 몸을 앞뒤로 흔든다. 그는 앞면에 지미 핸드릭스의 사진이 인쇄된 판초의 후드를 앞으로 바싹 끌어당겨 썼다. 목소리가 들릴 만큼 가까이 다가가자 그는 묻는다.

"누구예요?" 클로이가 대답하지 않자 덧붙인다. "저 차 말이에요."

"아." 클로이가 배낭을 내려놓으며 말한다. "그냥 친구예요. 우리 오빠 친구. 차로 바래다준 것뿐이에요."

듀프리가 고개를 끄덕인다.

"그쪽이 여기 왜 온 건지 그 사람도 알아요?"

"아뇨."

"정말이죠?"

"확실해요."

듀프리 옆에는 황갈색 피부에 불그스레한 머리칼, 염소수염을 한 키 작은 남자가 서 있다. 트럭 기사인 듯한 그 남자는 마흔에서 마흔다섯쯤 된 듯하고 옷차림이 깔끔하다. 남자가 듀프리를 쳐다보며 고개를 끄덕이자, 듀프리는 클로이 쪽으로 다시 돌아선다.

"이 사람은 테오라고 해요." 그가 남자를 보며 말한다. "오늘밤 두 사람을 태우고 갈 거예요. 테오, 여기 라자와 클로이."

테오는 두 사람 모두에게 고개를 끄덕이지만, 말을 하거나 손을 내밀지는 않는다.

"돈은 준비된 거죠?" 듀프리는 클로이에게 돌아서며 묻는다.

그녀는 배낭을 열고 봉투를 넘겨준다. 듀프리는 봉투를 열어 잠시 지폐를 살펴본 후 테오에게 넘기고, 봉투를 받은 테오는 돈을 세기 시작한다.

"다음 일은 이렇게 진행될 거예요." 듀프리가 목소리를 낮추며 말한다. "두 사람은 뒤에 타요, 알겠죠?" 그가 트럭 쪽으로 손짓을 한다. 구조가 유홀* 트럭을 닮은 흰색 화물차다. 창문도 문도 없다. 물건을 운반하는 커다랗고 빈 상자 같은 짐칸만 있는 것 같다. "좀 비집고 들어가야 할 거예요, 알겠죠? 잡동사니들이 꽤 많아서요. 그래도 몇 시간밖에 안 걸릴 테니까, 괜찮죠? 샌안토니오까지 세 시간, 그리고 라레도까지 다시 두 시간. 뒤에다 뭘 좀 넣어놨어요. 먹을 거랑 물, 담요, 뭐 그런 것들."

클로이는 고개를 끄덕인다. 그러다 트럭을 돌아보니 갑자기 걱정이 든다.

"저 뒤에서 숨을 쉴 수 있을까요?"

"아, 맞다." 듀프리가 말한다. "그건 걱정 안 해도 돼요. 바닥에 구멍을 몇 개 뚫어놨어요. 한쪽 벽에도 조그만 구멍이 하나 있고. 괜찮을 거예요." 듀프리는 클로이를 보며 말하고는 주머니에 손을 넣어 무언가를 꺼낸다. "그리고 또하나. 이걸 잘 갖고 있어야 돼

---

* U-Haul. 이삿짐 운반용 트럭 및 장비를 대여하는 업체.

요.” 그는 클로이에게 조그만 임시 휴대전화를 내민다. 전에 스트래섬에서 휴대전화기가 고장나면 잠시 사서 쓰던 것과 비슷한 싸구려 플라스틱 전화기다. “두 사람 다 지금 휴대전화 없을 것 같아서. 맞죠?”

클로이는 고개를 끄덕인다.

“잘했어요.” 듀프리가 말한다. “그딴 것들은 추적이 되니까, 그죠?” 그는 담배를 한 모금 빨고는 전화기를 그녀의 손에 건넨다. “어쨌든, 저 뒤에서 뭐라도 잘못된다 싶으면 이놈을 쓰는 거예요, 알았죠? 그 안엔 번호가 딱 하나만 저장되어 있고, 그걸 누르면 테오 전화로 연결돼요. 하지만 그것 말고 다른 번호로는 절대 걸면 안 돼요. 알겠죠?”

클로이는 테오 쪽을 쳐다보지만 그는 아직도 고개를 숙이고 돈을 세고 있다.

“그리고 마지막으로 한 가지.” 듀프리가 덧붙인다. “테오는 딱 두 번 정차할 거예요. 휴스턴을 벗어난 뒤에 한 번 멈춰서 어떤 친구를 하나 태울 거고, 그다음에는 샌안토니오에서 여자애를 하나 태울 건데, 그 기집애가 나머지 두 시간 동안 뒤에서 함께 갈 거예요. 알았죠? 그 여자가 거기 없으면 샌안토니오에서 두어 시간을 더 기다려야 할 수도 있는데, 그런 상황이 생기면 테오가 밖으로 나오게 해줄 거예요. 알았죠? 그게 아니면 한 번에 쭉 가게 돼요. 모든 게 계획대로 흘러간다면 내일 아침엔 멕시코에서 아침식사를 하고 있겠죠.”

클로이는 고개를 끄덕이다가 갑자기 감정이 복받쳐 라자를 쳐다본다. 라자는 걱정스러운 얼굴이다.

"그럼 우릴 어디에서 내려주나요?" 클로이가 묻는다.

"버스정류장." 듀프리가 말한다. "국경을 넘으면 바로 정류장이 하나 있어요. 거기에서부터는 아무데나 원하는 곳으로 가면 돼요."

듀프리는 담배를 땅바닥에 던지고는 운동화 발로 비벼끈다. 그는 초조하고 불안해하고 있다. 가능한 한 빨리 끝내버리고 싶은 눈치다. 그는 화물칸 뒤쪽으로 따라오라는 손짓을 하더니 뒷문을 열고 범퍼 위로 올라선다. 그의 등뒤는 칠흑같이 어둡고, 그곳에 가득찬 커다란 골판지 상자와 궤짝 들은 불법적인 화물을 가려주는 제대로 된 방어벽이 될 것 같다.

그는 두 사람에게 화물칸 위로 올라오라고 손짓을 하더니 상자들 가운데로 난 좁은 통로를 따라 안쪽으로 안내한다. 안쪽으로 가니 너비 이 미터가 채 안 되는 공간에 더러운 담요가 카펫처럼 깔려 있고 생수 몇 병과 감자칩 그리고 양동이가 하나 있다. 양동이는 급할 때 소변 보는 용도로 쓰라고 듀프리가 설명한다.

"알아요. 여기가 리츠칼튼 같진 않겠죠." 그가 덧붙인다. "근데, 봐요, 훨씬 더 나쁠 수도 있다고요. 안 그래요?"

그러더니 그는 바닥의 테니스 공만한 구멍 몇 개와 한쪽 벽에 있는 구멍 한 개를 가리키며, 거기로 들어오는 공기면 충분하고도 남을 거라고 설명한다. 클로이가 자신 없는 눈으로 구멍들을 쳐다보다가 배낭을 내려놓고 더러운 담요 위에 앉자, 잠시 후 라자도 그녀 옆에 앉는다.

듀프리는 상자에 손을 올린 채, 초조한 듯 열린 문 쪽을 돌아본다.

"이봐요." 그가 몸을 앞으로 숙이며 속삭인다. "말해줄 게 더 있어요. 테오가 알면 안 되는 얘기거든요. 그랬으면 벌써 생까고 튀어버렸을 거예요. 근데, 있잖아요, 오늘 아침에……" 그는 다시 한번 뒷문을 확인한다. "그게, 오늘 아침에 어떤 경찰이 가게 주변을 얼쩡거리면서 시몬하고 얘길 하고 있더라고요."

클로이는 그를 쳐다본다.

"오늘 아침에요?"

"그래요."

"그래서 시몬이 무슨 얘기라도 했어요?"

"그걸 언놈이 알겠어요?" 듀프리가 어깨를 으쓱한다. "그 여자가 무슨 생각을 하는지 어느 누가 알겠냐고요."

클로이가 허리를 세워 앉는다.

"그리고 또하나." 그가 덧붙인다. "그 전날에는 그쪽 엄마가 왔었어요. 그게, 시몬하고 이야기만 했고."

"우리 엄마요?"

"그래요."

"엄마가 시몬하고 얘길 했다고요?"

"그런 것 같아요." 그가 주변을 둘러본다. "어쨌든, 두 사람이 알아야 할 것 같아서."

클로이는 고개를 끄덕이기는 했지만 얘기를 듣고 나니 겁이 난다.

듀프리는 다시 허리를 펴고 일어나 뒤로 한 걸음 물러난다. 그는 양손을 모으고 말한다. "그럼, 아미고스. 전 이만 뜨겠습니다. 다른 질문은?"

"한 가지만." 라자가 말한다. 여기 도착한 후로 처음 입을 연 것이다.

클로이는 그를 쳐다보지만, 머릿속으로는 듀프리가 시몬에 대해 한 말을 정리해보려 애쓰고 있다.

"이 남자, 믿을 만한가요?" 라자가 묻는다. "테오?"

"목숨이 걸린 일도 맡길 수 있을 만큼." 듀프리가 대답하자 라자가 만족한 듯 고개를 끄덕인다.

"걱정 말아요." 듀프리가 덧붙인다. "별일 없이 넘어갈 수 있을 테니까. 뒷문을 열어보거나 할 수는 있겠지만, 안까지 들여다보진 않을 거예요. 아까도 말했지만 난 이 사람들을 알아요. 소리만 내지 않으면 괜찮을 거예요."

듀프리는 두 사람을 쳐다본다. 뭔가 기대하는 것처럼, 다른 무슨 말을 기다리는 것처럼. 하지만 클로이는 더 할말이 없다. 고맙다고 해야 하나? 그녀는 생각한다. 안아줘야 하나? 무슨 말이든 해야 할 것 같은데 갑자기 말을 할 수가 없다. 그녀는 시몬과 엄마와 경찰들을 떠올린다. 이젠 모두가 얽혀들었다는 생각뿐이다.

듀프리는 뒤로 한 걸음 물러나 상자 두 개로 가운데 통로를 막은 후 두 개를 더 밀어놓는다. 그렇게 뒤로 차단벽을 만들면서 두 사람을 안쪽에 가둔다.

"안 보이게 하려고요." 그는 계속 상자들을 옮기면서 설명한다. "밀실공포증 같은 거 없어야 할 텐데."

클로이는 아무 말도 하지 않는다. 그녀가 라자의 손을 잡자 라자는 그녀의 손을 꼭 쥔다.

듀프리가 상자를 다 옮기고 나자 그의 몸은 시야에서 완전히 가려지고 모자의 뾰족한 끝부분만 보인다.

"그럼, 아미고스." 그가 문을 반쯤 내려닫으며 말한다. "바야 콘 디오스!"* 그가 쾅 소리가 날 때까지 문을 아래로 당겨 닫고 나자 사방이 어두워진다. 잠시 후 자물쇠 채우는 소리, 그리고 화물칸 뒤를 주먹으로 세 번 치는 소리가 들린다. 그녀는 라자의 손을 놓고 손전등을 찾아 켠 후 라자를 바라본다.

그는 고개를 젓고 있다.

"뭔가 문제가 있는 것 같아." 그가 말한다.

"무슨 말이야?"

하지만 그는 대답하지 않는다. 그저 같은 말을 되풀이할 뿐이다.

"그냥 뭔가 문제가 있는 것 같아."

---

* 스페인어로 '잘 가요'라는 뜻.

• 5부 •

In between days

1

그건 사고였어. 라자는 온몸에 진흙을 묻힌 채 타일러 벡위스의 기숙사 방에서 돌아와서는 그녀에게 그렇게 설명했다. 그건 사고였어. 그는 알몸으로 무릎을 가슴 깊이 끌어당기고 그의 방 한가운데에 앉아 그렇게 말했다.

몸에는 긁힌 자국 하나 없었고 멍든 자국이나 실랑이를 한 흔적도 없었지만 그의 눈만은 이상하리만큼 공허했다. 온몸에서 땀이 흘러내렸고 근육은 바짝 긴장해 있었다. 뒤쪽 바닥에는 그의 옷, 앞서 입고 있던 청바지와 티셔츠가 구깃구깃 뭉쳐져 있었다.

도대체 무슨 일이 있었던 거야? 클로이는 물었다. 승은 어디 있어? 하지만 라자는 대답하지 않았고, 그녀는 갑자기 죄책감이 들었다. 그곳에 남지 않았다는 죄책감, 도망쳐버렸다는 죄책감.

그녀는 기다리기로 되어 있었다. 문밖에서 면도크림 두 개를 들고, 언제든 들어갈 수 있도록 준비하고 기다리기로 되어 있었다. 하지만 그녀는 그렇게 하지 않았다. 비명 소리가 들리자마자, 타일러 벡위스의 목소리가 들리자마자, 그녀는 뛰었다. 복도를 내달려 계단을 내려가 밖으로 나갔다.

널 본 사람 있어? 라자가 물었다.

클로이는 아니라고 고개를 저었지만, 그 순간 무언가 떠올랐다. 있어, 그녀가 말했다. 어떤 여자애. 내가 모르는 여자애. 하지만 걱정할 건 없어. 그녀는 걱정하지 않았다. 그 당시엔 그랬다. 결국 그 여자애는 학생규율위원회에 나가 그녀에게 불리한 증언을 했고, 기숙사에서 도망칠 때 양손에 들고 있던 면도크림 두 개까지 자세히 묘사했지만.

"다 괜찮은 거야?" 그녀는 라자에게 물었다.

그는 고개를 저었다.

"모르겠어. 어두웠어. 앞이 보이지 않았고. 하지만 아니야. 그렇지 않은 것 같아. 굉장히 안 좋은지도 모르겠어."

"정말이야?"

그가 고개를 끄덕였다. 그리고 그녀에게 말했다. 교정의 비상 전화기로 일단 교내 경찰에, 그다음에는 응급구조대에 전화했다고. 다 익명으로 신고했어, 그가 말했다. 그런데도 승은 겁을 잔뜩 먹고 내 손에서 전화기를 빼앗으려고 하더니, 전화를 끊고 나서는 지문을 없앤다며 옷소매로 수화기를 문질러 닦는 거야. 나한테 미쳤다고 소리치더라. 그가 말했다. 승이 그랬어. 엄청나게 다그치더라고. 그러더니 날 땅바닥으로 밀치고 덤비는 거야. 진흙도 그러다가 묻은 거야. 승이랑 싸우다가. 그뒤로는 무슨 일이 일어났는지 기억이 안 나. 승이 심리학과 건물 뒤 그림자 속으로 도망쳤다는 것만 생각나. 그뒤로는 그 녀석을 못 봤고.

"걘 어디로 간 것 같아?" 그녀가 물었다.

하지만 라자는 고개를 저었다. 그러고는 마침내 그가 말했다.

"모르겠어, 클로. 그 새끼가 대체 어디로 내뺐는지 나도 모르겠어. 내가 아는 건 일이 심각해질 거라는 사실뿐이야. 정말, 정말 심각해질 것 같아." 그리고 그는 일어나서 창가로 걸어가 안뜰을 내려다보았다. 아는 사람 누군가가 거기 서서 자신을 기다리고 있으리라 생각하는 사람처럼.

하지만 더 뒤로 거슬러올라가본다면.

그보다 몇 달 전, 이런 일이 있기 한참 전에, 클로이는 라자가 일하러 나간 어느 날 밤 그의 기숙사 방문 앞에 멈춰 선 적이 있었다. 나중에 어떤 일이 있었는지 사람들이 묻거나 그녀 자신이 설명하고 싶을 때 클로이는 그렇게 이야기를 시작했다. 라자는 그날 밤 연극예술과 건물에서 영문과 삼학년 학생들에게 짧은 독립영화 몇 편을 틀어주고 있었다. 그녀는 피곤해서 함께 있지 못하겠다며 방으로 먼저 가서 기다리겠다고 했다. 그 무렵 그녀에겐 따로 열쇠가 있었기 때문에 혼자서 안으로 들어가 침대에서 깜빡 잠이 들었다. 일주일에 두세 번, 라자가 일할 때면 으레 있는 일이었다. 그날 밤 클로이는 그렇게 누워 꿈속을 드나들며 오랫동안 잠을 잤는데, 어느 순간 문을 두드리는 소리가 났다. 요란한 문소리에 잠에서 깬 그녀가 침대에서 일어나 문을 열고 보니, 어떤 남자애 하나가 복도 끝 모퉁이를 돌아 쏜살같이 달려가고 있었다. 얼굴은 보지 못했지만 키가 큰 백인이고 운동을 많이 한 체격이라는 것은 알 수 있었다. 머리는 금발이었고 헐렁한 청바지에 감색 모직코트를 입고 있었다.

그때까지도 별생각이 없었던 클로이는 뒤로 돌아선 순간 문에 매달린 올가미를 보고 말았다. 라자가 메모를 남기기 위해 붙여놓은 화이트보드 위에 닮아빠진 조그만 올가미가 압정으로 고정되어 있었다. 그 아래 보드에는 짧은 한 문장이 적혀 있었다. 지하드는 네 나라로 돌아가라.

그 순간 온몸이 얼어붙는 듯했다. 거의 비명을 지를 뻔했지만, 그녀는 얼른 방안으로 들어가 창밖을 내다보았다. 아래쪽에 그 남자애가 눈 덮인 안뜰을 가로질러 달려가는 모습이 보였다. 얼굴은 외투에 가려져 있었고 길을 따라 세워진 가로등 불빛에 몸의 윤곽만 드러나 보였다.

처음에 클로이는 교내 경비대를 불러 알려야겠다고 생각했다. 하지만 그렇게 했을 때 라자가 어떻게 나올지 알았기 때문에 그녀는 그냥 다시 문밖으로 나가 올가미를 떼어내고, 그 남자애가 보드에 쓴 글씨도 손으로 문질러 닦았다.

그날은 두 사람이 코브에서 돌아와 라자의 방문에 붙은 쪽지를 발견했던 11월 말의 밤으로부터 육 주쯤 지난 뒤였다. 그 육 주 사이에 그들은 기말시험을 치렀고, 겨울방학에 각자의 집에 다녀왔으며, 봄학기가 되자 다시 학교로 돌아왔다. 그녀가 아는 한 그사이 라자의 방에 다시 쪽지가 붙은 적은 없었고, 두 사람은 모든 게 잠잠해졌다고 믿던 참이었다.

하지만 이제 1월이 되었고, 그 일은 다시 시작되었다. 아니, 그런 것 같았다. 그 생각을 하자 클로이는 속이 울렁거렸다. 그리고 그날 밤 라자의 침대에 누워 그를 기다리며, 라자에게 말을 해야 할지 말아야 할지 고민했다. 한 번으로 끝날 일이라면 라자가 알 필요는 없지 않을까? 그녀는 생각했다. 그러면 라자가 고통과 슬픔을 겪지 않게 해줄 수 있잖아. 하지만 마음 한편으론 그것이 그냥 끝날 일이 아님을 알 수 있었다. 그녀는 그애가 누군지, 무얼 원하는지, 왜 라자를 고른 건지 궁금했다. 스트래섬에서는 인종차별적인 행동은 아무리 경미한 것이라도 배척을 당했기 때문에, 동료 학생들 중 하나가 그런 일을 했으리라고는 상상하기 힘들었다. 하지만 또 어떻게 보면, 그녀는 생각했다, 매일같이 마주치는 사람들을 난 정말 잘 알고 있는 걸까? 그들이 어떤 생각을 하며 사는지 내가 얼마나 잘 알고 있을까?

클로이는 라자의 침대에 누운 채 바로 옆 바닥에 놓인 올가미를 쳐다보며 무엇을 해야 할까 고민했다. 뱃속에서 시큼한 것이 올라오고 가슴에서 분노가 치솟는 것이 느껴졌다. 그애가 여기 있다면, 그녀는 생각했다, 바로 이 순간, 바로 이 자리에 있다면, 난 그애에게 어떻게 할까?

그날 밤 늦게 라자가 돌아왔을 때, 클로이는 분노를 조절하기 위해 무진 애를 쓰고 있었다. 그녀는 차분한 목소리로 어떤 일이 있었는지 설명하고 올가미를 보여주었다. 그는 믿을 수 없다는 표정으로 그것을 바라보다 고개를 저었다. 그의 눈에 두려움 비슷한 것이 스쳤다. 한참 뒤 그는 방구석에 있는 소형 냉장고로 걸어가 맥주를 꺼냈다.

"이제 어떡할 거야?" 그녀가 물었다.

그는 어깨를 으쓱하고는 맥주를 마셨다.

"아무 대응도 안 할 거야?"

"그렇게 말하진 않았어." 라자는 그녀를 쳐다보았다. "그애를 똑똑히 봤다고 했지?"

"그게," 그녀가 말했다. "완전히는 아니야." 그러고 나서 그녀는 자신이 본 것을 묘사했다. 금발머리와 감색 모직코트와 모퉁이를 돌아 쏜살같이 달려가던 모습.

"얼마나 커?" 그가 물었다.

"모르겠어. 183센티미터 정도?"

그가 고개를 끄덕였다.

"아는 사람 같아?"

"모르겠어. 어쩌면." 그는 맥주를 창틀 가장자리에 내려놓았다. "저번에 술집에서, 그 자식 생각나? 나랑 싸웠던 애?"

"타일러 벡위스?" 그녀는 그렇게 묻고는 그를 빤히 쳐다보았다.

"그애 같아?"

"모르겠어. 그런데 의심이 좀 들어. 그게, 여태 계속."

"그럼 신고를 하지그래?"

"무슨 소용이 있겠어?"

"음, 일단은 그애가 이런 짓을 멈출지도 모르잖아."

"증거도 없잖아. 증거가 없어. 그냥 각자 자기주장만 하게 되겠지."

"지문은 어때?"

"제발, 클로. 이건 텔레비전 드라마가 아니야. 우린 지금 교내 경비대에 대해 얘기하고 있다고."

클로이는 그를 쳐다보았다.

"그럼 경찰을 불러."

"빌어먹을 경찰은 부르지 않을 거야." 그가 말했다. "어차피, 경찰은 여기 학교 안에서 일어나는 일엔 관여하기 싫어해. 알잖아."

클로이는 그를 노려보았다. 화가 머리끝까지 치솟고 그의 고집스러움에 짜증이 났다.

"라자," 그녀가 말했다. "그애가 네 방에 이런 빌어먹을 올가미를 걸어놨다고."

"나도 알아."

"그런데 이걸 위협으로 받아들이지 않는다는 거야?"

"모르겠어." 그는 창문을 내다보며 말했다. "솔직히, 그냥 별거 아닐지도 몰라."

"별거 아닐지도 모른다고? 넌 어떻게 이 상황에서 별거 아닐지도 모른다는 말을 하니?"

그녀를 노려보는 라자의 얼굴이 어딘가 변하고 있었다.

"넌 내가 위협이란 걸 평생 처음 받아보는 것 같아?"

"난 모르지." 그녀가 말했다. "처음이야?"

그는 넌더리를 내며 창가로 걸어갔다.

"관두자. 넌 이해 못할 거야."

"왜?"

"그냥 넌 못해."

클로이는 그를 쳐다보았다.

"왜? 내가 백인이라서 그렇다는 뜻이야?"

"그래. 맞아. 진실을 꼭 들어야겠다면, 그래, 네가 백인이라서 그래."

그녀는 그를 노려보았다.

"그건 공정하지 않아."

그가 웃음을 터트렸다. 라자는 이제 화가 나 있었다.

"공정?" 그가 말했다. "너 지금 나한테 공정한 게 뭔지 얘기하고 싶은 거야? 그러니까, 네가 지금 당장 하고 싶은 대화가 정말 그런 거야?"

라자가 무서운 표정으로, 입을 다물 수밖에 없게 만드는 표정으로 그녀를 노려보았다. 두 사람은 그때까지 사귀어오면서 인종 문제에 대해서는 거의 얘기해본 적이 없었다. 최소한 직접적으로는. 최소한 두 사람과 관련해서는. 그런데 이제는 무언가 바뀌어 벽이 생긴 것 같았다. 그리고 라자는 그녀가 그 벽을 오르지 못하게 할 생각인 듯했다. 적어도 그날 밤에는.

"그럼, 이게 다야?" 그녀가 마침내 말했다. "그냥 내버려둘 거야? 아무것도 하지 않을 거야?"

"기다릴 거야." 그가 말했다.

"그다음엔 어쩔 건데?"

"그다음엔 상황을 봐야지."

그날 밤, 클로이는 혼자서 자기 방으로 돌아갔고, 혼자 잠을 잤다. 라자가 혼자 있고 싶어하는 것 같았다. 그녀와 떨어져 있을 시간, 사건에 대해 정리할 시간을 원하고 있었다. 그는 별로 개의치 않는 척하려 애를 썼지만, 그녀는 알 수 있었다. 그는 충격을 받았고, 화가 났고, 어쩌면 겁까지 먹고 있었다. 이번에는 어떻게든 대응할 거라는 생각마저 들었다.

하지만 다음날 안뜰에서 만나 점심을 먹으러 갔을 때, 그는 아무 일도 없었다는 듯 행동했다. 다시 차분해졌고 심지어 느긋하기까지 했다. 그 일을 거론하지도, 암시하지도 않았다. 그저 자리에 앉아 강의에 대해 얘기했고, 곧 제출해야 하는 과제와 자신을 골탕먹이는 교수에 대해 불평했다. 그날 밤 코브에 앉아 술잔을 기울일 때에야 비로소 그는 그 일을 다시 언급하기 시작했는데, 그때조차 그의 말투는 완곡했다. 이상해, 그는 말했다. 타일러 벡위스가 아직도 그런 원한을 품고 있다는 게, 아직도 그렇게 화가 나 있다는 게 정말 이상해. 여자친구 앞에서 모욕을 준 건 사실이고, 그 여자친구가 그날 그 일이 있은 직후 헤어지자고 했다고는 하지만, 정말 타일러는 그게 내 탓이라고 생각하는 걸까? 말이 안 되잖아. 뭔가 다른 이유가 있을 거야. 그는 말했다. 내가 모르는 뭔가가 있을 거야.

그날 밤 코브는 거의 텅 비어 있었고, 둘은 각각 맥주를 다섯 잔쯤 마셨다. 간밤의 싸움에 다시 불을 지피는 꼴이 될까봐 말하기가 불안했던 클로이는 대체로 그냥 앉아서 듣기만 했다. 이런 일이 왜 일어나는지 이런저런 추측을 해보는 라자의 말을 듣고만 있었다. 그런데 마지막 잔을 주문할 무렵이 되자 라자는 풀어지기 시작했다. 그는 예전에 한 번도 언급한 적이 없던 일들, 그의 마음을 괴롭혔던 일들에 대해 이야기했다. 예컨대 9·11 테러 이후로 맞닥뜨려야 했던 상황들에 대해. 사람들은 학교 복도에서 만나도 눈길도 주지 않았고 점심시간에도 옆에 앉지 않았다고 했다. 그가 아랍인이 아니라 인도인임에도. 처음부터 미국에 대해 완전한 애정 말고는 어떤 마음도 품어본 적이 없음을 확실히 밝혔음에도.

그 일 이후로 지하철이나 비행기를 타는 일이 얼마나 고역이었는지 너는 도저히 모를 거야. 그가 말했다. 날 노려보던 백인들, 그들 눈에 서린 두려움. 학교에서 듣던, 때로는 등뒤에서 때로는 면전에 대고 하던 온갖 소리들은 더 말할 것도 없어. 돌팔매꾼, 머리에 걸레 두른 놈, 낙타몰이꾼, 지하드. 오랫동안 사람들은 날 오사마라고 불렀어. 그 별명이 너무 괴로워서 교장한테 공식적으로 신고까지 했지. 하지만 그대로 유야무야되어버렸어. 완전히 히스테리 상태였지. 그가 말했다. 내가 할 수 있는 게 아무것도 없었어. 마치 평행우주의 다른 편에 온 것 같더라고.

그때 내 유일한 안식처가 영화관이었어, 라자는 말했다. 그곳에서는 몇 시간이고 날 잊어버리고 주위의 세상으로부터 도망칠 수 있었어. 어둠 속에서는 내가 누구고 어떻게 생겼는지 아무 상관이 없었으니까. 최소한 몇 시간 동안은 어떤 사람도 될 수 있었지. 그 몇 시간 동안은 어디라도 갈 수 있었어. 프랑스령 유럽 국가로도, 1960년대의 런던으로도, 미주리 동부 평원의 구릉지대로도. 매주 금요일 밤이면 난 혼자서 뉴어크에 있는 달러시네마에도 가고, 주말이면 NYU에서 열리는 영화제나 뉴욕의 엔젤리카 극장에서 하는 특별상영회에도 갔어. 내 영화 공부가 시작된 곳이 바로 거기야. 그는 말했다. 거기에서 처음으로 고다르를 알게 됐지.

클로이는 그런 식으로 얘기하는 라자가 생소했다. 그동안 한 번도 입에 올리지 않았던 일들을 그렇게 터놓고 얘기하는 모습이 낯설었다. 한편으로는 마침내 그가 무너진 건가 싶으면서도 다른 한편으로는 그렇게 마음을 터놓는 그의 모습이 이상하게도 사랑스러웠다. 도중에 그녀가 그의 가족에 대해 물었다. 그의 부모는 그 문제에 어떻게 대처했느냐고. 라자는 그저 가만히 앉아 물끄러미 그녀를 쳐다보았다. 그러더니 마침내 말했다. 내가 고등학교 때 겪었던 일에 대해선 한 번도 말하지 않았어. 가족에겐 그럴 수 없었어. 괜히 마음만 상하게 했을 거야. 그가 말했다. 아버지는 가족들을 여기로 데려와 그런 일을 겪게 했다며 죄책감에 시달렸겠지. 어차피 말해봤자 소용도 없었을 거야. 아버지가 뭐라고 말씀하실지, 어떻게 반응하실지 알고 있었으니까. 아버지는 내게 고개를 숙이고 입을 다물라고, 복수하지 말고 그냥 무시하라고 말씀하셨을 거야. 폭력을 쓰면 더욱 곤경에 빠질 거라고 하셨겠지. 우리 아버지는 평화주의자야. 그는 말했다. 뼛속까지 평화주의자. '눈에는 눈'이라는 명제를 따르다보면 결국 모든 사람이 맹인이 될 뿐이라고 강하게 믿고 계셔. 아버지는 폭력을 인간의 나약함의 표시, 도덕적 타락의 표시라고 보시지. 한 인간이 다른 인간에게 가할 수 있는 가장 비천한 모욕이라고.

"그래서 네가 아무 대응도 안 하려고 하는구나." 한참 후 클로이가 말했다. "그 쪽지들에 대해서 말이야. 아버지의 바람을 존중하려는 거지."

"난 그런 말 한 적 없어."

"안 했지. 그렇지만 사실은 그런 거 아니야?"

"난 우리 아버지가 아니야." 그가 말했다. 갑자기 화가 난 것 같았다.

"하지만 넌 평화주의를 신봉하잖아."

"난 평화주의를 정도껏 신봉해." 라자가 그녀를 노려보며 말했다.

"좋아." 그녀는 잠시 말을 멈췄다가 다시 물었다. "그러면 네 생각에 폭력은 어디까지 정당화될 수 있는 거니?"

"절대 정당화될 수 없지. 가끔 필요할 때가 있을 뿐이야."

"말하자면 어떤 때?"

"말하자면 가끔."

"말하자면 네가 승을 보호하려고 싸웠을 때?"

"아니." 그는 말하며 그녀를 노려보았다. "말했잖아. 그날 밤은 실수였어."

그뒤로 며칠 동안 두 사람은 서로에게서 조심스럽게 거리를 두었다. 저녁식사를 마치고 나면 클로이는 여전히 라자의 방으로 가서 공부를 했지만, 할 일이 끝나고 나면 자기 방으로 가서 혼자 자는 날이 많았다.

그 무렵엔 거의 날마다 방문에 쪽지가 붙었다. 인종주의적 비방이나 9·11에 대한 암시, 테러리스트를 조심하라는, 다른 학생들을 향한 경고로 가득한 쪽지들이었다. 라자는 밤마다 자기 방에서 열리던 파티를 중단했고 다른 학생들의 상담 요청도 거절했다. 그는 늘 방문을 닫아두었다. 닫아서 잠가놓았다. 그리고 시간이 좀 지나자 이젠 방문을 두드리는 사람도 사라졌다. 마치 그 방에 살던 사람이 갑자기 죽어버리기라도 한 것처럼.

그사이 클로이는 점점 더 많은 시간을 파티마와 함께 보내며 둘 사이의 우정을 되살리고 그녀의 조언을 구했다. 수업이 끝나고 저녁이 되면 라자를 보러 가기 전에, 때로는 보고 나온 후에 파티마에게 갔다. 라자는 클로이에게 그 일에 대해 아무에게도 말하지 말라고 몇 번이나 다짐을 받았다. 특히 파티마에게는 절대로 안 된다고 했다. 하지만 파티마의 집에서 마리화나를 피우던 어느 날 밤,

클로이는 불쑥 그 말을 꺼내고 말았다. 그러고는 모든 얘기를 다 털어놓았다. 쪽지들에 대해. 올가미에 대해. 그리고 바로 얼마 전에 누군가 라자의 차 타이어를 칼로 그어놓았던 사건에 대해.

"타이어를 칼로 그어놓았다고?" 파티마가 물었다. 부엌 식탁에 앉아 있던 파티마는 갑자기 깜짝 놀라 몸을 앞으로 기울였다. 그들은 어둠 속에 앉아 있던 참이었다. 방 한가운데 켜놓은 조그만 촛불이 벽에 그림자를 드리웠고, 배경음악으로는 더 큐어의 노래가 흐르고 있었다.

클로이는 고개를 끄덕였다.

"그건 범죄야." 파티마가 말했다. "네가 지금 말한 것들 모두가 범죄야."

"나도 알아."

"그런데 라자는 아무 대응도 안 하겠다는 거야?"

클로이는 고개를 끄덕였다.

"내가 너한테 얘기한 거 알면 날 죽이려 들 거야."

"이런 일은 사람들이 알아야 해."

"나도 알아." 클로이는 대답과 함께 구슬픈 얼굴로 파티마를 쳐다보았다.

파티마는 아무 말이 없었다. 그 문제를 머릿속에서 골똘히 생각하고 있는 듯한 파티마를 보자 클로이는 갑자기 말한 것이 후회되었다.

"근데 누가 그런 짓을 했는지는 모른단 말이지?"

"몰라." 클로이가 말했다. 하지만 바로 전날 그녀는 안뜰을 가로질러 걸어가는 타일러 벡위스의 감색 모직코트와 구불거리는 그의 금발을 보았었다. 라자의 기숙사 방에서 보았던 것과 똑같은 감색 모직코트, 모퉁이를 돌아 달려갈 때 보였던 바로 그 금발이었다. 클로이는 그애가 범인이라고 확신했다. 하지만 그 이야기를 들은 라자는 그저 어깨를 으쓱하며 시선을 돌렸고, 전혀 놀라울 것도 없다고 낮은 목소리로 말했다.

"이건 꼭 알려야 돼." 파티마가 식탁 위로 몸을 단호하게 기울이며 말했다.

"아니, 그냥 모른 척해줘, 응?"

"넌 어떻게 그렇게 얘기할 수 있어?" 파티마가 말했다. "그런 얘길 해놓고 이제 와서 어떻게 모른 척하라 할 수가 있어? 이건 정말, 내가 여기 온 이후로 이보다 더 심한 얘기는 들어본 적이 없는 것 같아."

클로이는 그녀를 쳐다보았다. 마리화나 기운에 갑자기 유쾌해졌지만, 동시에 앞으로 무슨 일이 일어날지, 파티마가 이 정보를 가지고 무슨 짓을 할지 두렵기도 했다.

"아무래도 이 문제를 내일 안건으로 올려야 할 것 같아." 파티마가 말했다.

"안건으로 올린다고?"

"그래, '공개토론회' 모임에서."

"'공개토론회' 모임에서? 야, 파티마, 지금 장난해?"

"그 녀석 이름은 언급하지 않을게. 라자는 관여시키지 않는다고. 하지만 다른 사람들도 이 문제에 대해 알아야 한다고 봐. 진심이야. 이런 일이 일어나고 있다는 걸 사람들이 알아야 한다고."

클로이는 그녀를 쳐다보았다.

"제발, 파티마." 그녀가 말했다. "이 문제를 거론하면—그러니까, 이 일이 모임에서 거론되었다는 걸 라자가 안다면—너는 사실상 라자와 내 관계를 파탄내는 거나 다름없어. 진심이야. 걔는 절대로 용서하지 않을 거야."

파티마는 손을 뻗어 파이프를 집으며 그 문제를 더 생각해보는 것 같았다.

"정말 그렇게 생각해?" 마침내 그녀가 말했다.

"생각하는 게 아니라 아는 거야."

파티마는 고개를 내젓고는 파이프에 불을 붙였다.

클로이는 파티마가 실망했음을 느낄 수 있었지만, 파티마는 긴박한 순간이 오면 항상 대의보다는 친밀한 인간관계를 중시할 것이었다. 파티마의 세계에서는 친구가 첫번째, 사회적 불의가 두번째였다. 그런 방면에서 파티마는 지독하게 충실했다.

"있잖아, 차라리 네가 말을 안 했더라면 좋았겠다."

파티마가 말했다. 그녀는 파이프를 탁자에 내려놓으며 고개를 저었다.

"알아." 클로이는 그녀의 손을 잡았다. "말하지 말걸 그랬어."

그래도 파티마는 약속을 지켰다. 그녀는 다음날 모임에서 그 문제를 언급하지 않았다. 그다음날 밤에 클로이와 라자를 만나 함께 술을 마실 때 역시 그녀는 그 말을 꺼내지 않았다. 하지만 파티마가 누구에게도 얘기하지 않기를 바라는 것은 역시 욕심이었을 것이다. 결국 며칠 안에 클로이는 파티마가 자기 룸메이트 두 명에게 얘기했고—둘 다 안뜰에서 클로이를 만났을 때 위로를 건넸다—승에게까지 얘기했음을 알게 되었다. 파티마가 룸메이트들에게 이야기한 것까지는 이해할 수 있었고 반쯤은 예상하기도 했지만, 승에게는 왜 말한 것인지 도저히 이해할 수가 없었다. 승이 당장 라자를 찾아가 따질 거라는 걸 몰랐단 말인가? 화약통 밑 도화선에 불을 붙이는 셈이라는 걸 짐작하지 못했단 말인가? 그뒤로는 모든 일이 엉망진창이 되리라는 것을? 파티마가 그 일을 절대로 말하지 않았어야 할 사람이 세상에 딱 한 명 있다면 그가 바로 승이었다. 하지만 어쩌면 그것이 파티마의 의도였는지도 모른다. 그녀 자신이 직접 나서지 않고도 이 문제를 결정적인 국면에 이르게 함으로써 공론화시킬 간접적인 방법을 쓴 건지도 모른다.

의도야 뭐가 됐든, 파티마가 그런 짓을 했다는 것을, 승도 알고 있다는 것을 클로이가 알게 되었을 때는 이미 물은 엎질러진 뒤였다. 그 모든 일들이 일어난 밤에 클로이는 그에게 줄 선물을 들고 라자의 기숙사 방으로 갔다. 선물은 빔 벤더스의 영화에 대한 잘 알려지지 않은 책으로, 라자가 몇 달 동안 인터넷을 뒤지며 찾고 있던 것을 클로이가 겨울방학 때 휴스턴의 조그만 헌책방에서 우연히 발견한 것이었다. 그녀는 이 책을 특별한 날을 위해 몰래 숨겨두었다가 그날 오후 신문지에 싸고 리본으로 묶어 라자의 방으로 가지고 갔다. 머릿속으로는 침대에 누워 음악을 듣고 와인을 마시며 보내는 밤, 다시 한번 사랑을 나누게 될지도 모르는 밤, 라자가 그녀를 만지고 싶어할지도 모르는 밤을 상상하고 있었다. 하지만 그날 밤 그의 방에 도착했을 때 승과 라자는 이미 그 문제로 실랑이를 하고 있었다. 두 사람의 목소리가 어찌나 큰지 복도 끝까지 두 사람의 고함 소리가 들릴 정도였다. 방문 앞까지 간 그녀는 잠시 그대로 서 있다가 머뭇거리며 문을 두드렸다. 아무도 대답하지 않았다. 그녀는 다시 좀더 크게 문을 두드렸다. 문이 살짝 열렸고, 방안에서는 그녀가 가장 두려워하던 상황이 펼쳐지고 있었다. 그녀를 쳐다보며 서 있는 승의 뒤로 침대 위에 앉아 담배를 입에 문 채 아래를 내려다보고 있는 라자의 모습이 보였다.

"들어와." 승이 말했다. "그냥 얘기하고 있던 참이야."

하지만 그녀가 안으로 들어가자 라자는 눈을 돌렸다. 침대로 걸어가 선물과 와인을 내려놓았지만 라자는 그녀를 무시했다. 방안에는 긴장이 가득했다. 피부로 느껴지는 긴장, 그녀를 불안하게 하는 긴장이었다. 마침내 라자가 고개를 들었다.

"있지, 너한테 참 고맙다는 말을 하고 싶다, 클로이." 그는 그렇게 말했다. "정말이야."

"얘한테 말한 건 내가 아니야." 그녀가 말했다.

"아니, 정말이야. 정말 고마워서 그래."

“정말 클로이에게서 들은 거 아니야.” 승이 덧붙였다. “파티마한테서 들었다고.”

“그럼 파티마한테 말한 건 누군지 맞혀볼까?” 라자가 클로이 쪽으로 몸을 돌리며 말했다.

“미안해.” 그녀가 말했다. “근데, 난 그냥……”

“어쨌든,” 그가 양팔을 들어올리며 말했다. “이젠 상관없어.”

“클로이한테 화내지 마.” 승이 말했다. “얘 잘못이 아니잖아.”

라자가 승을 쳐다보고 다시 클로이를 쳐다보았다.

“말했잖아. 다 관둬. 알게 뭐야? 이젠 다 끝났는데. 이젠 다들 알잖아.”

클로이는 모든 사람이 아는 것은 아니라고, 단지 몇 명만 알고 있다고, 그리고 그 사람들은 그의 친구라고 말해주고 싶었지만 아무 말도 하지 않았다. 긴 침묵 후에 그녀가 말했다.

“나, 갈까?”

라자는 어깨를 으쓱하더니 시선을 돌렸다.

“아니야.” 마침내 승이 말했다. “너 여기 있어야 돼. 너도 이 얘길 들어야 돼.”

“뭘 들어?” 클로이가 물었다.

승이 라자를 쳐다보았다.

“말 안 한 거야?”

라자가 고개를 끄덕였다.

잠시 후, 승은 라자의 책상으로 다가가 종이 한 장을 꺼내 그녀에게 보여주었다. 또다른 쪽지였다. 이번에는 라자의 가족사진 복사본 아래쪽에 두꺼운 글씨로 '미국의 1순위 지명수배자들'이라고 쓰여 있었다. 클로이는 가슴이 철렁 내려앉았다. 그것은 조그만 은색 액자에 담겨 라자의 책상 위에 놓여 있던 사진, 그들이 처음 키스했던 날 그녀가 찬찬히 들여다보았던 바로 그 사진이었다.

"그애가 이걸 도대체 어떻게 갖게 된 거야?" 그녀가 물었다. 그러다 책상 쪽을 쳐다보고는 라자의 사진이 모두 사라졌다는 것을 알아차렸다.

"몰래 들어온 거지." 승이 말했다. 그러고는 라자를 보며 물었다. "그게 언제지? 어젯밤이야?"

"몰라." 라자가 말했다. "그런 것 같아."

"네 방에 몰래 들어왔다고?" 그녀가 말했다. "세상에."

"자물쇠를 따고 들어온 거지." 승이 말했다. "그게, 다 오래된 문들이잖아. 그리 어려운 일도 아니야."

클로이는 고개를 저으며 눈길을 돌렸다.

"그러니까, 문에 쪽지 붙이는 건 그렇다 쳐." 승이 말을 이어갔다. "하지만 어떤 놈 방에 몰래 들어가 사적인 물건들을 쌔벼간다? 가족사진을 쌔벼다가 모욕을 준다? 이건 완전히 다른 차원의 문제가 되는 거야. 이건 씨발, 인신공격이라고."

클로이는 다시 라자를 바라보며 그의 얼굴에서 무언가 달라졌음을 알아차렸다. 예전의 수동성은 사라지고 다른 무언가가 나타나 있었다. 새로운 분노 같은 것, 아니 어쩌면 그도 아닌 어떤 것,

분노보다 더 깊은, 어쩌면 혐오 같은 것이었는지도 모른다. 라자가 결코 용납할 수 없는 일, 절대로 용서할 수 없는 일이 한 가지 있다면, 그것은 누군가 자기 가족을 욕보이는 것이었다. 그녀는 알고 있었다. 그에게 가족은 그 누구도 함부로 건드리게 놔둘 수 없는 존재였다.

"너무 갔어." 승은 이제 그렇게 말하고 있었다. "씨발, 그 자식은 선을 넘은 거라고."

라자가 고개를 끄덕였다.

"경비대에 전화는 했어?" 클로이가 물었다.

"경비대?" 승이 웃음을 터트렸다. "진심이야? 경비대 나부랭이가 도대체 뭘 할 건데?"

클로이는 그를 쳐다보았다.

"더 좋은 생각이 있어." 승은 라자를 쳐다보며 말했다.

"좋은 생각이 아니야." 라자가 말했다.

"얀마, 너 정말."

라자는 고개를 저었다.

"야, 내가 지금 말하는 건, 그냥 약간의 보복이야. 응징이라고. 우릴 빡치게 해? 그럼 우리도 널 빡치게 해주마. 그냥 그런 거라고."

"그 자식이 널 빡치게 한 건 아니잖아." 라자가 말했다. "날 빡치게 한 거지."

"어쨌든," 승이 말했다. "우리 중 하나를 건드리는 건 우리 모두를 건드리는 것과 똑같아."

그 순간 클로이는 깨달았다. 승에게 그 일은 개인적인 문제가 전혀 아니었다. 그것은 정치적인 문제였다. 그것은 그가 여기 온 이후로 늘 해왔던 싸움이었다.

"그렇게까지 천박해지진 않을 거야." 라자가 말했다. "진심이야. 그런 일은 안 해."

"천박하다고? 넌 사람들이 전쟁에서 싸우는 게 천박해서 그런다고 생각해? 우리 할아버지가 북쪽의 좆같은 조선인민군에 대항해 싸운 게 천박해서 그런 줄 알아?"

"이건 전쟁이 아니잖아." 라자가 말했다.

"전쟁이 아니라고? 웃기고 있네."

라자는 고개를 끄덕이며 맥주를 홀짝거렸다. 문득 클로이의 눈에 라자의 등뒤 바닥에 쌓인 빈 맥주캔들이 들어왔다. 두 사람이 거기서 술을 마신 지 한참 된 것 같았다.

"야." 승이 이어 말했다. "너도 나만큼 잘 알 거야. 이 나라에서 유색인종이면, 피부색이 염병할 백지장처럼 허연 인간이 아니면, 씨팔, 그 삶은 하루하루가 전쟁이라는 걸 말이야. 내 말은 그거야. 사람들이 자꾸 건드리는데 네가 가만있으면 그 인간들은 계속 건드릴 거야. 내 말은 그게 다라고."

라자는 그를 쳐다보았다. 승이 하는 말의 어떤 부분이 그에게 가 닿았음을, 라자가 그의 말을 듣기 시작했음을, 그리고 그 말은 결국 라자 자신이 듣고 싶은 말이었음을 클로이는 알 수 있었다.

시간이 흐른 뒤, 그녀는 스스로에게 되묻곤 했다. 그때 막았어야 했던 거 아닐까, 그런 반응이 사실은 단순한 조건반사에 지나지 않았던 건 아닐까, 승이 불에 기름을 붓는 걸 막았어야 했던 거 아닐까. 하지만 그 당시에는 클로이 자신도 너무나 분노에 차 있었기 때문에, 거기에 너무 압도되어 있었기 때문에 제대로 생각할 수가 없었다. 방 전체가 분노로 달아올랐고, 그런 모든 어지러운 감정들이 방안을 휘젓고 다니는 것 같았다. 그런 어지러운 생각들과 거기에 휩쓸린 세 사람의 흥분 때문에, 무엇이 옳고 무엇이 그른지 판단하기가 힘들었다. 승이 하는 말의 극단적인 단순함을 파악하기가 힘들었다.

"그래서, 너는 구체적으로 뭘 말하고 싶은 거야?" 그녀가 물었다.

"그 새끼, 손 좀 봐주자는 거지." 승이 말했다. "그 타일러라는 새끼 방으로 가서 손 좀 봐주고 오자는 거야. 조금 패주고, 겁도 좀 주고. 우리가 이런 좆같은 상황에 납작 엎드려 있지만은 않을 거라는 걸 알려주자는 거야. 우릴 열받게 해? 좋아, 그러면 우리도 널 열받게 해주마, 그런 거지. 가만히 찌그러져 당하고만 있지 말자, 그 말이야. 그런 일이 더이상 일어나지 않게 하자는 거지."

클로이는 라자의 눈을 보았다. 그는 고무되고 있었다. 그 모든 단순한 논리를 이해하기 시작한 것이었다. 하지만 또한 라자는 취해 있었다. 아니 두 사람 모두 취해 있었다. 라자가 자리에서 일어날 때 균형을 잃지 않으려고 창틀 가장자리를 잡는 모습을 그녀는 놓치지 않았다.

"그럼 어떻게 할래, 라지?" 승이 물었다. 그러면서 맥주를 위로

드는 승의 얼굴에는 미소가 떠올라 있었다. "이 새끼, 한번 조질 거야, 말 거야?"

2

며칠 뒤, 라자가 조사를 받으러 갔을 때, 그들이 결국 충분한 증거를 모아 그를 불렀을 때, 라자는 승에 대해서는 아무 말도 하지 않았다. 그가 사건에 연루되어 있다는 사실은 나중에 가서야 알려졌다. 증인이 한 명 나타났는데, 클로이와 미국정치 수업을 같이 듣는 그 남학생은 그날 밤 자신이 기숙사 복도에 있었으며, 두 사람이 타일러의 방을 나가는 모습을 보았다고 했다. 그 남학생이 나서서 두 사람 모두를 지목한 후에야 결국 승 역시 불려가게 된 것이다. 하지만 그때조차 승은 단지 주변인물, 무심한 방관자, 마지못해 나선 공범 정도로 간주되었다. 그들이 보기에 그 모든 것을 사주한 사람, 타일러에게 감정이 있는 사람은 라자였다.

승을 부른 그날 경찰은 클로이에게도 접촉을 해왔지만 그 당시에는 그녀가 사건에 연관되어 있다고 생각한 것은 아니었다. 학생은 단지 용의자와 가까운 사이라서 불려온 거예요. 그들은 말했다. 승이라는 학생이 두 사람이 사귀는 사이고, 그 일이 벌어졌던 날 밤에도 둘이 만났다고 하더군요. 그들은 그날 밤 클로이를 경찰서로 불러 음료수를 주며 그녀가 혐의를 받고 있는 건 아니라고 설명했다. 이건 그냥 규정에 따라 하는 일일 뿐입니다. 그들은 말했다. 모든 정황을 다 살펴보려는 거죠. 그들은 놀라울 정도로 그녀에게 친절했다. 너무나 친절해서 클로이는 경계심을 풀어버렸고, 변호사를 요청할 생각도 하지 않았다. 물론 라자는 조사를 받은 뒤 얼마 지나지 않아 변호사를 요청했다. 하지만, 그때는 이미 그날 밤 타일러의 방에 있었다는 사실과 두 사람 사이에 악감정이 오갔던 내력을 모두 인정한 뒤였다. 그럼에도 불구하고, 그 당시만 해도 그녀는 크게 걱정하지는 않았다. 결국 그건 사고였으니까. 불미스러운 사고이긴 했으나, 그래도 사고는 사고니까. 그리고 그녀는 승이 무슨 말을 했다면 그 역시 그렇게 말했을 거라고 생각했다.

클로이가 불려간 방에는 그녀가 다니는 대학 건물을 포함해 스트래섬의 역사적 건물들을 찍은 사진들이 가득했고, 커다란 떡갈나무 책상 하나와 화분이 몇 개 있었다. 구석에는 음료수 자판기와 전자레인지 한 대, 자석과 범퍼 스티커로 뒤덮인 캐비닛이 몇 개 놓여 있었다. 벽에는 전단지들이 붙어 있었는데, 연례 포틀럭* 만찬, 주례 포커게임, 세인트 패트릭스 데이** 파티 등에 대한 광고들

* 참가자들이 각자 음식을 마련해 모아놓고 함께 식사하는 형태의 모임.

** 아일랜드의 수호성인 기념일. 3월 17일.

이었다. 그곳이 정말 취조실이라 해도 그런 분위기는 전혀 나지 않았다. 어쩌면 그녀가 경계심을 풀게 된 것도, 그리고 일이 처음에 걱정했던 것보다는 그리 심각하지 않을 거라고 믿기 시작한 것도 바로 그 때문이었을 것이다.

그들은 그녀에게 음료수를 주고 나서 거의 이십 분 가까이 나타나지 않았다. 어쩌면 무슨 말을 해야 할지 생각할 시간을 준 것 같기도 했다. 그러다가 앞서 기숙사 앞에서 그녀를 차에 태웠던 경찰관 두 명 중에서 자신을 스프레이그 형사라고 소개한 사람이 방으로 돌아와, 수첩과 펜, 소형 녹음기를 그녀 앞 책상에 내려놓았다. 스프레이그는 육십대 초반쯤으로, 나이가 좀 있는 사람이었는데, 머리가 희끗희끗하고 배는 불룩한데다 삼촌 같은 자상한 미소를 띤 사람이었다. 그에게는 바로 마음을 놓게 하는 분위기가 있었다.

"그래, 요즘 날씨는 어떤 것 같아요?" 스프레이그가 윙크를 하며 물었다. 종일 눈이 온 날이었고 다음날 아침에는 눈보라가 몰려올 거라는 얘기도 있었다. "학생이 익숙한 날씨와는 상당히 다르겠지?"

"네?"

"텍사스에서 말이에요."

"아." 클로이가 고개를 끄덕였다. 갑자기 이해가 되었다. "제가 텍사스 출신인 걸 아시네요?"

"학생 친구 조군君이 말해줬어요."

클로이는 다시 고개를 끄덕였다. 승이 얼마나 많은 얘기를 한 건지 갑자기 궁금해졌다.

"사실 조군은 우리에게 많은 도움을 주었어요." 그가 말을 이었다. "그리고 우린 학생도 그래주기를 바라고 있고요." 그가 윙크를 했다. "미리 알려주자면, 우리는 그냥 사실관계를 제대로 파악하려는 것뿐이에요. 실제로 무슨 일이 일어난 건지 알려는 거지. 학생 남자친구는 지금 당장은 곤경에 처한 게 아니에요. 그걸 아셔야 돼. 또 조군도 마찬가지고. 우린 그냥 몇 군데 애매한 부분만 확인하려는 거예요. 알았죠? 그리고 바로 그 부분에서 학생 도움이 필요한 거고. 협조 좀 부탁할게요."

클로이는 고개를 끄덕였지만 여전히 약간 불안했다.

"최선을 다할게요." 그녀는 말했다.

"음, 우리가 어떻게 그 이상을 바라겠어요. 안 그래요?" 스프레이그가 다시 미소를 짓더니 펜을 집어들고는 수첩의 첫 장을 뒤로 넘겼다. "여기다 좀 적어도 되겠죠?"

클로이는 고개를 끄덕였다.

"좋아요." 그는 수첩 맨 위에 무엇인가를 적었다. "내 나이가 되면 기억이 예전 같지가 않아져서 말이죠." 그는 여전히 글씨를 쓰며 혼자 껄껄 웃더니 마침내 고개를 들어 클로이를 쳐다보았다. "됐어요. 자, 처음부터 시작해볼까요? 괜찮죠? 그날 있었던 일부터 시작해보죠. 사고가 있었던 날."

그가 '사고'라는 말을 쓰자 그녀는 마음이 조금 느긋해졌지만 여전히 가슴이 죄는 느낌을 받았다.

"그날 하루종일 말씀인가요?"

"그래요. 그러면 좋지. 잠에서 깨었을 때부터 시작해보면 어떨까?"

"좋아요." 그녀는 무릎을 내려다보며 말했다. "음, 그러니까, 잠에서 깬 건 정오쯤이었던 것 같고요."

"본인 방에서였겠죠?"

"네."

"키타파 군 방이 아니라?"

"아니에요."

"키타파 군은 함께 있지 않았고?"

"없었어요."

"좋아요. 미안. 계속해요. 말했듯이, 난 사실관계를 확인하려는 것뿐이에요."

클로이는 고개를 끄덕였다.

"네." 그녀가 말했다. "그래서 아마 열두시 반 정도에 수업에 들어간 것 같아요. 네시 정도까지 수업이 있었어요. 그런 다음 교내 식당에 가서 혼자 저녁을 먹었어요. 그러고 나선 체육관에 갔고, 그다음엔, 저기, 다시 제 방에 돌아온 것 같은데요."

"그때가 몇시였죠? 방으로 다시 돌아온 게?"

"일곱시 반쯤일 거예요."

"좋아요. 그럼 그 시간 동안 키타파 군과는 아무런 접촉이 없었나?"

"없었어요." 그녀는 고개를 저었다.

"전화 통화도 안 했고?"

"안 했어요." 그녀는 어깨를 으쓱하며 말했다.

"좋아요. 그러면 그날 저녁에 키타파 군을 만난 게 정확히 몇시죠? 기숙사로 돌아간 다음에?"

"음, 한 삼십 분쯤 뒤였어요. 샤워를 하고 걔 기숙사 방으로 걸어갔어요. 뭘 줄 게 있어서요. 선물."

"선물?"

"네, 책이요."

"무슨 특별한 날이었나?"

"아니요. 그냥 걔가 오랫동안 갖고 싶어했던 거였어요. 그 책이."

스프레이그는 고개를 끄덕이며 계속 메모했다.

"좋아요. 그럼 그때가 여덟시쯤 되었겠네?"

"그럴 것 같아요."

"키타파 군 방에 들어갔을 때 본 걸 묘사해볼 수 있겠어요?"

클로이는 그때를 떠올려보려 했지만 기억이 흐릿했다. 갑자기 시간이 유동적으로 변하는 듯한 느낌이 들었다.

"라자가 승이랑 함께 있었어요." 마침내 그녀가 말했다. "저기, 둘이서 얘기를 하고 있었거든요. 그런데 제가 올 거란 생각을 못했는지, 절 보더니 약간 놀란 것 같기도 했어요."

"놀랐다고요?"

"네."

"그럼 둘이 무슨 얘길 하고 있었는지는 알아요?"

"모르겠어요." 클로이는 거짓말을 했다.

"그럼 그 방에 도착했을 때 키타파 군은 어때 보였죠?"

"네?"

"그러니까, 기분이 안 좋아 보였어요? 화가 났다거나?"

"아니요. 그냥 평상시 같았어요. 그게, 그러니까, 느긋한 분위기였어요."

그 말을 듣고 스프레이그는 녹음기로 손을 뻗었다.

"이걸 켜도 될까요?"

클로이는 그를 물끄러미 쳐다보았다. 그러고는 고개를 끄덕였다. 스프레이그는 버튼을 누르더니 정확한 시간과 날짜, 대화 상대, 그리고 자기 이름과 직위 등을 말했다.

"좋아요." 그가 클로이에게 웃어 보이며 말했다. "그럼 그날 밤 대략 얼마 동안이나 키타파 군 방에 있었을까요?"

"사십오 분 정도였던 것 같아요."

"거기 있는 동안 뭘 했죠?"

"대부분 얘기를 했어요."

"무엇에 대해?"

"글쎄요." 그녀가 어깨를 으쓱했다. "이런저런 얘기들. 친구들에 대해서나, 또 저기, 수업에 대해서, 뭐 그런 것들이요."

"그런 것들?"

"네."

"타일러 벡위스는?"

클로이는 잠시 말을 멈췄다.

"예, 그 이름도 나왔던 것 같기도 하고."

"어떤 맥락에서?"

"잘 기억은 안 나요."

"기억이 안 난다고?"

"네, 그러니까, 그게, 그 사람이 라자를 좀 괴롭히고 있었거든요. 걔 방문에 쪽지를 붙인다든가 하면서요. 그래서 그런 얘기를 좀 했던 것 같아요."

"그럼 아가씨는 그런 쪽지를 붙인 사람이 벡위스 군이라고 확신하는 건가요?"

"네. 확실해요." 그런 다음 클로이는 감색 모직코트를 봤다는 얘기, 그 며칠 뒤에 타일러 벡위스가 똑같은 코트를 입고 있는 걸 봤다는 얘기를 했다.

스프레이그는 그녀를 쳐다보더니 고개를 끄덕였다.

"그럼 키타파 군은 그 일로 화가 나 있었나? 그 쪽지들 말이에요."

"아니요." 클로이는 거짓말을 했다. "제 말 뜻은요, 기분이 좋진 않았겠죠, 물론. 그런데 화가 났다고 말하기는 힘들어요."

"키타파 군이 취한 것 같았나요?"

클로이는 그를 찬찬히 쳐다보았다. 갑자기 마음이 불안해졌다.

"취해요?"

"그래요, 조군이 그때 키타파 군과 함께 맥주를 좀 마시고 있었다고 하던데. 사실이에요?"

"그랬을 수도 있겠죠. 저는 잘 모르겠어요. 그게, 제가 도착하기 전에 마시고 있었을 수도 있으니까."

"하지만 아가씨가 그 방에 들어간 뒤로는 마시지 않았다?"

"네." 그녀가 말했다.

스프레이그는 잠시 질문을 멈추고 그녀를 차분하게 쳐다보았다. 좀 전의 친절한 표정은 순식간에 사라지고 없었다.

"그래서 키타파 군이 벡위스 군의 기숙사 방으로 가기로 결심한 게 정확히 언제였죠?"

그 말에 클로이는 가슴이 쪼그라드는 느낌과 함께, 도대체 승이 무슨 말을 한 건가 하는 의문이 머리에 떠올랐다. 그녀는 스프레이그를 쳐다보며 아무 말도 하지 않았다.

"조군이 말하기를, 어느 순간 셋이서 벡위스 군 방으로 가서 장난을 좀 치기로 했다던데, 맞나요?"

클로이는 녹음기를 빤히 쳐다보았다.

"그거 끄면 안 돼요?" 그녀가 물었다.

"안 그러는 게 좋겠는데." 스프레이그가 그렇게 말하고는 그녀를 보며 힘없이 웃었다. "그래서 아가씨 말은 두 사람과 함께 거기 가지 않았다는 뜻인가요?"

"아니요. 그런 말은 아니에요." 그때 그녀는 라자를 떠올렸다. 라자는 그녀가 어떤 말을 하기를 바랄까.

"그럼 두 사람과 거기 함께 갔어요?"

클로이는 한참 그대로 앉아 자기 손을 내려다보다 마침내 고개를 끄덕였다.

"기록을 위해서 물을게요." 스프레이그가 말했다. "그건 인정한다는 뜻인가요?"

클로이는 녹음기를 빤히 쳐다보다 조용히 말했다.

"네."

"거기 가서 뭘 할 계획이었죠?"

"무슨 말씀이세요?"

"음, 벡위스 군에게 장난을 치기로 계획했다면, 어떤 종류의 장난을 칠 계획이었냐고요."

"모르겠어요. 사실 그애들은 치밀하게 계획하고 그랬던 게 아니었어요."

"그럼, 그 말은 아이디어를 낸 것이 키타파 군과 조군이었다는 말인가?"

"네." 클로이는 어깨를 으쓱했다. "그런 것 같아요."

"그럼 아가씨는 무슨 역할을 하게 되어 있었죠?"

"제 역할이오?"

"그래요. 왜 두 사람과 함께 간 거예요?"

"모르겠어요. 그냥 어쩌다 가게 된 것 같은데."

"그럼 아가씨는 그 장난에 동참할 계획이 아니었군요?"

그 말에 클로이는 한참 동안 말을 멈췄다. 호흡이 매우 가빠졌고 머릿속엔 별의별 생각이 다 들었다. 방안에 있는 모든 것들이 갑자기 작아진 것처럼 느껴졌다. 그녀는 자신이 들고 갔던 면도크림 두 개를 떠올렸고, 문밖에 서서 두 사람을 기다리던 그때를 떠올렸다. 지금 이건 공식적으로 기록되는 걸까? 나중에 나에게 불리하게 쓰일 수 있는 것들일까?

"하딩 양." 스프레이그가 말을 이었다. "내가 지금 파악하려는 것은 그 사고가 발생했을 때 아가씨가 그 방에 있었는지 어떤지 하는 거예요."

"아니에요." 클로이가 고개를 저으며 말했다. "전 방에 있지 않았어요."

"아니었다?"

"네."

"방에 있지 않았다면 그럼 어디 있었죠?"

클로이는 다시 말을 멈추고, 사실대로 말하는 것이 나을지 어떨지 곰곰이 생각했다. 그녀는 녹음기를 빤히 쳐다보았다.

"저는 밖에, 복도에 있었어요."

"문밖이란 말이죠? 벡위스 군의 방 밖에?"

"네."

"그럼 문에 얼마나 가까이 있었죠?"

"모르겠어요." 그녀가 말했다. "일 미터 정도?"

"문은 닫혀 있었고?"

"네."

"방안에서 무슨 일이 벌어지는지 들을 수 있었나요?"

"아니요. 잘 안 들렸어요."

"대략 얼마 동안 문밖에 서 있었던 것 같아요?"

"모르겠어요. 일 분도 채 안 되었던 것 같아요."

"아가씨가 거기 간 이유가 뭔지, 문밖에 서 있었던 이유가 뭔지 물어봐도 되겠어요?"

"모르겠어요." 클로이는 말했다. 다시 한번 손에 들고 있던 면도 크림을 생각하며. "그냥 기다리고 있었던 것 같은데."

"키타파 군과 조군을요?"

"네."

"그럼 왜, 두 사람을 기다리려고 했다면, 왜 그렇게 빨리 자리를 뜬 거죠?"

클로이는 갑자기 어지러움을 느꼈다. 주변이 움직이는 듯했고 뱃속이 울렁거리기 시작했다. 갑자기 공기가 매우 답답하게 느껴졌다.

"화장실에 가야 할 것 같아요." 그녀가 말했다.

"하딩 양, 이제 곧 끝나요. 몇 가지 질문에만 답해주면."

클로이는 배를 움켜쥐며 집중하려고 노력했다.

"특히 내가 궁금한 건요, 하딩 양, 벡위스 군이 맞는 소리를 들었느냐는 거예요."

"맞아요?"

"그래요, 크리켓 방망이로."

클로이는 혼란스러운 얼굴로 그를 바라보았다.

"벡위스 군이 병원에 있는 건 알죠? 지금 위중한 상태라는 거?"

"네, 물론이죠."

"그런데 크리켓 방망이에 대해선 몰랐어요?"

"몰랐어요." 클로이가 고개를 저으며 말했다. 정말 몰랐다. 처음 듣는 얘기였다.

"그래서, 키타파 군이 크리켓 방망이로 벡위스 군을 때렸다는 얘긴 전혀 하지 않은 건가요?"

뱃속이 다시 울렁거렸다. 클로이는 스프레이그가 묘사하는 상황을 떠올려보려고 노력했다. 말도 안 되는 얘기 같았다.

"그런 짓을 할 사람이 아니에요." 그녀가 말했다.

스프레이그가 미소를 지었다.

"그 친구가 고의로 그랬다는 얘긴 아니에요."

"아니요." 클로이가 말했다. "제 말은, 그애는 그런 짓을 할 사람이 아니라는 거예요. 절대로."

"하딩 양!"

"승이 무슨 얘기를 했는지는 모르지만 그애는 빌어먹을 거짓말쟁이예요. 그런 애라는 걸 알아두셔야 한다고요." 클로이는 어느새 소리를 지르며 자리에서 일어나고 있었다.

"이봐요, 하딩 양. 앉으세요."

"화장실이 어디죠?"

"하딩 양."

"토할 것 같아요." 그녀가 말했다. "여기다 토했으면 좋겠어요?"

그 말에 스프레이그는 마침내 자리에서 일어나 문을 열어주며 복도 저편을 가리켰다. 거의 질주하다시피 하며 화장실 안으로 들어간 클로이는 아주 빠르게 두 번 구토를 했다. 화장실 안이 빙글빙글 도는 것 같았고 울음이 터져나왔다. 정신을 차리고 마음을 가라앉히기 전에, 변기를 보며 서 있던 그 순간, 그녀는 깨달았다. 스프레이그 형사와 더이상 얘기하면 안 된다는 것을. 아니, 다른 누구와도 더이상 얘기해서는 안 된다는 것을. 변호사를 대동하지 않고서는.

3

그후로 그들이 절대로 얘기하지 않은 것은, 그뒤로 이어진 나날에 주변 세상이 무너져내리는 것처럼 느껴질 때조차 절대 입에 올리지 않았던 것은, 두 사람 모두 품고 있던 죄책감이었다. 일어나버린 일에 대해 느끼던 죄책감. 언젠가 라자를 괴롭혔던 아이에 대해 느끼던 회한. 그의 가족을 모욕했고 그에게 끝없는 고통을 안겨주었고 두 사람 다 그토록 미워했던 그 아이. 이제 그에게는 미움 비슷한 감정도 남아 있지 않았다. 남은 것은 바닥 모를 깊은 무감각과 정신이 번쩍 드는 후회뿐이었다. 하지만 그건 정확히 말해 슬픔은 아니었다. 슬픔을 불러내기는 더 힘들었다. 슬픔은 더 나중에 올 감정이었다. 그때 그녀가 느낀 것은 다른 무엇도 아닌 단순한 후회였다. 그 아이에게도 가족은 있었으니까. 친구도 있었으니까. 프랑스어를 전공할 계획이었다고 했다. 교사가 될 생각이었다고 했다. 그 모든 것이 나중에 학교신문에 나왔다. 클로이와 라자와 승이 '범죄'에 연루되었다고 보도한 바로 그 기사에. 나중에 클로이가 학생규율위원회에 불려가 자신을 변호해야 했을 때도 이런 얘기들이 거론되었다. 타일러 벡위스가 고등학교 때 노숙자 쉼터에서 자원봉사를 했다는 사실을 알아? 그들은 물었다. 타일러가 내셔널 메릿 장학금* 수혜자인데다 인기 있는 라크로스** 선수라는 걸 알고 있어? 그들이 그려 보이는 그애의 이미지가 어찌나 천사 같고 숭고한지, 클로이는 가끔 그들의 말을 정정해주고 싶은 충동이 들 정도였다. 그애가 쓴 쪽지들, 그애가 라자의 방에 걸어놓은 올가미, 라자의 차 타이어를 칼로 그었던 일 등을 상기시켜주고 싶은 생각이 들 정도였다. 하지만 그녀는 그렇게 하지 않았다. 죄책감이 너무 깊어서, 그저 가만히 앉아 고개를 끄덕일 수밖에 없었다. 사과하며 비난을 받아들일 수밖에 없었다. 결국 그들은 클로이가 관여한 부분은 극히 미미하므로 공식적으로 퇴학시키지는 않겠다고 결정했다. 대신 근신 처분을 내려 한 학기 동안 정학시킨 후 다음 가을학기에 재평가하겠다고 했다. 당시, 그 판결은 놀라울 정도로 가혹하게 느껴졌다.

라자와 승은 즉시 퇴학과 함께 스트래섬 경찰국으로 인계되었

---

* 고등학교 때 대학수학능력예비시험(PSAT)을 치러 최상위 성적을 거둔 학생들에게 주어지는 장학금. 부모의 경제적 능력과 상관없이 순수하게 성적을 기준으로 수여하는 장학금이어서 더욱 큰 명예로 여겨진다.

** 각각 열 명의 선수로 이뤄진 팀 경기로 그물채로 공을 다룬다. 하키와 비슷하다.

다. 이제 그 일은 형사사건이 되었으므로 스트래섬 대학은 손을 떼고 싶어했다. 사실, 대학 당국은 그 사건이 새어나가지 않게 하려고, 지역신문이나 전국 매체에 알려지는 것을 막으려고 갖은 애를 쓰는 것 같았다. 외부인들에게는 사건의 심각성을 축소해 전달했고 교내에서는 오히려 부풀렸다. 그다음 주에 학교 당국은 전 학과에 발송한 이메일에 '매우 우려스러운' 상황이라고 표현했다. 그들은 이 사건에 '크나큰 우려와 당혹감'을 느낀다고 했다. 또한 '만족스러운' 방식으로 상황을 해결하기 위해 최선을 다하고 있다고도 했다.

그 시기 내내 라자는 학교 근처 모텔에서 지냈다. 경찰은 라자에게 조사가 끝날 때까지 주변에 머무르기를 강요했지만 학교 '구내' 출입은 금지했다. 밤에 그의 부모가 아들을 보러 오기 전까지 클로이는 그곳에서 함께 피자나 중국 음식을 사다 먹으며 이야기를 나누었다. 라자는 항상 그녀를 안심시켜주었고 낙관적이었으며 우울해하는 일도 없었다. 하지만 그녀는 라자가 그 일에 대해 책임감을 느낀다는 것, 그녀보다 더 큰 죄책감의 짐을 지고 있다는 것을 알 수 있었다. 대놓고 말하지는 않았지만 그가 타일러에 대해 말하는 모습을 보거나 밤마다 그녀에게 타일러의 상태를 알려주는 것을 보면서 그가 그 일로 몹시 힘들어하고 있다는 것, 자신을 탓하고 있다는 것, 사고의 심각성에 큰 충격을 받았다는 것을 알 수 있었다.

하지만 그들은 그 사건에 대해 놀라울 정도로 말을 아꼈다. 승에 대해서도 별말을 나누지 않았다. 승은 학교 반대편에 있는 훨씬 좋은 호텔에 머무르고 있었고, 그애의 부모는 이미 쟁쟁한 변호사를 구해놓은 상태였다. 늘 억압과 소외에 대해 떠들어댔지만 승은 알고 보니 재력이 상당한 집 아들이었고, 코네티컷의 부유한 교외에서 자랐으며 일류 사립학교 출신이었다. 그는 라자와 클로이에게 그 모든 것들을 숨기고 있었다.

그의 비양심적인 배반은 라자에게는 결코 용서할 수도 이해할 수도 없는 것, 결코 거론하고 싶지 않은 것이었다. 그나마 마지못해서라도 승을 입에 올린 것은 클로이가 학생규율위원회의 판결을 받던 날이었다. 동시에 그날은 휴스턴에 있는 리처드로부터 아빠가 마침내 집을 나갔다는 소식을 듣던 날이기도 했다. 그 두 사건이 당시 겪고 있던 다른 모든 일들과 뒤섞이면서 클로이는 갑자기 와르르 무너져내렸고, 라자의 모텔에 도착할 무렵엔 이미 눈물범벅이 되어 있었다. 그녀를 안으로 들인 라자는 맥주를 한 잔 따라준 후 옆에 앉아, 그날 일어난 일들에 대해 그녀가 하는 말을 들어주었다. 놀랍게도 라자는 정학 처분에 대해 그녀만큼 속상해하지 않는 것 같았다. 상황을 생각하면 사실 그렇게 나쁜 건 아니야, 라자는 말했다. 그보다 훨씬 나빴을 수도 있어. 오히려 학생규율위원회가 너에게 놀랄 만큼 관대했다고 느껴져. 그녀는 고개를 끄덕이며 그 말에 대해 생각해보았다. 라자는 늘 그녀를 안심시키고 상황을 넓은 관점에서 보게 해주는 사람이었다. 게다가 그 자신이 당장 겪고 있는 상황, 그에게 닥친 상황을 감안하면 그애 앞에서 불평하는 것 자체가 터무니없는 일이었다. 그럼에도, 클로이는 승이 자신을 걸고 넘어지지 않았다면, 그가 경찰에 얘기하지 않았다면 그런 일은 일어나지 않았을 거라는 사실을 간과할 수가 없었다. 물론 그녀가 기숙사를 나서는 모습을 본 목격자가 있긴 했지만, 승이 증언하지 않았다면 사건에 그녀를 관련시킬 다른 방법은 없었을 터였다. 그리고 이제 그녀는 타일러 벡위스가 회복하지 못한다면, 그가 죽는다면, 자신이 공모 혐의를 받게 될 거라는 말을 듣고 있었다. 단지 그 자리에 있었다는 이유만으로 공모 혐의를 받는다니. 징역을 살게 될 수도 있는, 전과를 남길 수도 있는 공모 혐의를 받는다니. 생각만 해도 속이 울렁거렸다.

"넌 개한테 화도 안 나니?" 그녀가 맥주잔을 살살 흔들며 물었다. "그런 짓을 했는데? 그런 말들을 했는데?"

라자는 어깨를 으쓱했다.

"결국은 다 나오게 될 말이었으니까."

"그렇겠지. 하지만 모든 걸 말할 필요는 없었잖아. 그러니까, 크리켓 방망이 같은 얘긴 안 해도 되었잖아."

그러자 라자는 시선을 돌렸다. 라자는 그 화제를 불편해하고 있었다. 하지만 그게 전부는 아닌 것 같았다. 그의 눈빛이 달라지는 것을 보자 그녀는 자신이 아는 것이 전부가 아닐지도 모른다는 사실, 이 이야기에 그가 기꺼이 인정하는 것 이상의 무엇이 있을 수도 있다는 사실을 깨달았다. 그리고 바로 그때, 그녀는 늘 묻고 싶었던 것, 너무 두려워 묻지 못했던 것을 처음으로 단도직입적으로 물었다. 타일러를 때린 사람이 정말 그가 맞느냐고.

한참 클로이를 쳐다보던 라자는 마침내 매우 조용한 목소리로, 맞아, 라고 말했다.

"그 말 안 믿어."

"그럼, 아니야."

그녀는 라자를 쳐다보았다.

"어느 쪽이야?"

"뭐든 네가 원하는 쪽."

"그게 도대체 무슨 뜻이야?"

"뭐든 네가 원하는 뜻."

클로이는 자리에서 일어났다.

"왜 대답을 안 하는 거야?"

"넌 지금 질문을 하고 있는 게 아니니까. 그리고 어쨌거나 그 질문에 대한 대답은 아무 상관이 없으니까."

"왜?"

"매사추세츠 주에서는 누가 무엇을 했는지는 상관이 없어. 내가 그곳에 있었다는 사실만으로도 유죄 판정을 받기에 충분해."

"죄가 없으면 안 그래." 그녀가 말했다. "증언을 하겠다고 하면 안 그래."

"난 증언 안 해."

"왜 안 해?"

하지만 그는 대답하지 않았다.

"네가 한 짓이 아니면, 라지, 증언을 해야 해."

그는 진지하게 클로이를 쳐다보다가 말했다.

"내가 한 짓이 아니라고 하진 않았어."

대체 무슨 일이 있었던 걸까? 그녀는 한편으로는 결코 알지 못하리라는 생각이 들었다. 결코 확실히 알지는 못하리라. 그리고 또 한편으로는 알고 싶지도 않았다. 라자가 한 짓이 맞는다면 그애에 대한 생각이 바뀔까? 이젠 그애 옆에 있으면 안전하다는 느낌이 들지 않게 될까? 그애를 더이상 믿지 못하게 될까? 그애가 한 짓이 아니라고 믿어버리면, 모든 게 사고였다고 믿어버리면 더 쉽지 않을까?

때로 깊은 밤이면 그녀는 자신이 아는 사실들을 모아 사건을 재구성해보기도 했다. 그날 밤 라자의 방을 나서던 세 사람을 떠올려보았다. 눈 덮인 풀밭을 지나 안뜰을 재빨리 가로질러 갔던 일, 셋 다 야구모자 밑에 얼굴을 숨겼고 바람이 불어 눈을 가렸던 일 등. 발밑에서 눈이 뭉개지던 소리, 볼을 때리던 바람의 느낌 등이 기억났다. 저만치 앞장서서 걷던 승과 그의 손에 들려 있던 크리켓 방망이도 생각났다. 승이 라자의 방 벽장에서 찾아낸 방망이였다. 라자는 몇 미터 뒤에 걷고 있었고 클로이는 코트 주머니에 면도크림 두 개를 넣고 라자 바로 뒤에서 그들을 따라갔다. 그때 라자에게 무슨 말인가 하고 싶었지만, 그와 얘기를 나누고 싶었지만, 너무 추워서 말을 할 수가 없어 머리를 숙이고 걷기만 했던 기억이 났다.

그보다 앞서 승은 학교 소개서를 보고 타일러의 기숙사를 찾아 제 손바닥에 적어두었고, 기숙사 가까이에 가자 손바닥을 다시 확인하더니 두 사람에게 멈추라고 손짓을 했다. 가로등 아래 서 있는 승의 머리에서 김이 오르고 있었고 눈은 위쪽을 향해 있었다.

그들은 기숙사 측벽의 차양 아래에 모여 있었다. 승은 클로이에게 자기들 뒤를 따라온 뒤 둘이 방에 들어갈 때까지 기다렸다가 몇 분 후에 면도크림을 가지고 들어오라고 했다. 그녀는 발치만 내려다보면서 아무 말도 하지 않던 라자, 눈을 맞추려 해도 팔을 잡으려 해도 정신을 딴 데 팔고 있던 라자가 기억났다. 그리고 어느새 모두들 안으로 들어간 뒤 계단을 따라 타일러의 방이 있는 층까지 올라간 다음 복도를 따라 걷던 일도 기억났다.

그들을 본 사람은 아무도 없었다. 그들이 계단을 오르는 모습, 복도를 걷는 모습을 본 사람도 없었다. 심지어 그전에 안뜰을 가로질러 걷고 있을 때 본 사람도 없었다. 나중에 생각했을 때는 그렇게 운이 좋을 수 있었다는 것이 놀라웠지만 당시에는 그저 모든 게 멍하게 느껴졌을 뿐이다. 정신이 몸을 떠나버린 것 같았다. 걷고 있는 자신이 더이상 자기 일부가 아닌 것처럼 느껴졌다. 라자는 초조한 듯 주위를 둘러보았다. 그는 멈춰야 한다고, 돌아가야 한다고, 미친 짓이라고 말하고 있었다. 나중에 후회하게 될 거라고 말하고 있었다.

정신 나간 짓이야, 어느 시점에 라자가 말했다. 라자가 승의 팔을 잡았지만 승이 그를 밀쳐내던 모습도 그녀는 기억했다. 그들은 이제 방문 바로 앞에 서 있었고, 사위가 조용했다.

승이 라자를 쳐다보았다. 망치지 마, 라고 말하는 눈빛이었다. 그리고 그는 손가락을 입술에 대고 클로이에게 복도 저편으로 물러나라고 손짓했다. 그러고 그는 방망이를 쳐들었다.

잠시 후 라자가 그녀를 쳐다보았다. 미안하다고 말하는 듯한 눈빛이었다. 그러고 나서 그는 승에게 돌아서서 고개를 끄덕였다.

그뒤로 일어난 일은 기억이 희미했다. 너무 순식간에 일어난 일이라 머릿속에서 정리할 틈이 없었다. 승이 문을 두드렸고 몇 초 뒤 문이 살짝 열렸던 것까지는 기억이 났다. 방안이 어두웠다는 것 정도는 알 수 있었지만 타일러 벡위스의 얼굴은 코와 턱과 옆모습 일부 말고는 보이지 않았다. 그 순간 승이 그를 앞으로 밀쳤고, 라자가 그 뒤를 따르며 타일러 벡위스를 다시 방안으로 밀어넣었다. 그녀는 타일러가 이게 무슨 좆같은, 하고 말하는 소리를 들었다. 그리고 그들의 등뒤로 쾅 소리와 함께 문이 닫혔다. 복도는 조용했다. 최소한 족히 삼십 초 동안, 복도는 완벽하게 고요했다. 그 삼십 초 동안, 비명 소리가 시작되기 전, 클로이가 도망치기 전, 그들 삶의 모든 것이 영원히 바뀌게 되기 전, 그 삼십 초 동안 세상은 완벽하게 고요했다.

• 6부 •

In between days

1

이제 와 생각해보면 참 이상하지만, 처음에 그녀는 그의 많은 점들이 좋았다. 그의 냄새도, 그의 손길도, 모든 행동에서 드러나는 어떤 자신감도 좋았다. 처음부터 기본적으로 생활의 주도권을 잡고 이끌어가던 모습이나 각종 고지서와 계산서를 알아서 처리하던 모습도 좋았다. 그는 그녀보다 훨씬 나이가 많은 사람처럼, 세상을 훨씬 잘 알고 경험이 많은 사람처럼 느껴졌으며, 돌이켜보면, 그의 옆에 있으면 안전하다는 느낌이 들었다. 자기 소유의 집이 있고 안정된 직장이 있고 은행에 예금이 있다는 것도 안심이 되었다. 항상 냉장고를 가득 채워주고 찬장에 술이 떨어지지 않게 해줄 거라는 점, 휴가여행을 데리고 다닐 만큼 경제적으로 여유가 있다는 점, 그녀 자신과 마찬가지로 아이를 갖고 싶어한다는 점과, 아이들을 부양하기 위해서라면 무슨 일이든 할 사람이라는 점도 안심을 주었다.

그런데 언제부터인가 달라지기 시작했다. 이제 와 그게 언제였는지 단언하기는 힘들지만. 리처드가 태어난 후였나? 아니면 클로이? 정말 오랜 시간 동안 그녀의 삶은 아이들과 아이들이 필요로 하는 것들, 아이들을 돌보며 느끼는 책임감 등으로 소진되었다. 때때로 그녀는 자신이 그것들을 그토록 쉽게 받아들였다는 사실, 그 역할에 그토록 쉽게 빠져들었다는 사실이 놀라웠다. 친구들이 아직 대학에 다니고 있을 때 그녀는 리처드에게 젖을 먹이고 있었고, 그 친구들이 대학원 혹은 로스쿨에 가거나 취직을 했을 때는 이미 클로이를 임신하고 있었다. 그녀는 이십대 초반의 이상하고도 불확실한 지대를 밟아보지도 않고 그대로 뛰어넘어버린 것 같았다. 직업을 구하기 위해, 자신을 발견하기 위해, 또는 맘에 드는 데이트 상대를 찾기 위해 노력할 필요가 없었다. 그녀에겐 엘슨이 있었고 계속해서 승승장구하는 남자와의 결혼에 따르는 안정이 있었다.

겨울방학이면 때때로 친구들이 집으로 놀러오곤 했다. 뒤뜰 베란다에 앉아 수영장을 내다보며 맥주를 마시면서 그들은 실패한 연애나 늘어가는 카드빚, 학자금 대출 등에 대해 이야기했고, 동시에 그녀의 집과 수영장과 아이들에 대해, 그리고 너무나 안정되고 어른스러운 그녀의 모습에 감탄했다. 하지만 친구들이 떠나고 나면 그녀는 가슴에 밀려드는 공허함을 느끼곤 했다. 어쩐지 뒤에 남겨진 듯한 느낌, 그다지 원했던 적도 없으나 잃어버렸다고 생각하니 아쉬워진 어떤 삶을 속임수에 넘어가 빼앗겼다는 느낌.

그동안 케이든스가 정기적으로 만나 어울리던 여자들은 모두 엘슨의 친구들이거나 그의 동료나 친구의 아내들이었다. 그 여자들은 모두 나이가 한참 어린 그녀를 불쌍히 여기는 듯 마치 언니나 엄마 같은 말투로 아이들 옷을 가장 싸게 살 수 있는 곳이 어딘지, 리처드가 아플 때 어떻게 하면 좋은지, 클로이가 억눌린 심리상태를 행동으로 드러낼 때 누구에게 연락해야 할지 등에 대해 조언해주었다. 그들은 이름과 주소 들을 장황하게 늘어놓거나 명함들을 주곤 했지만 그녀 자신에 대해서나 그녀가 무엇을 원하는지에 대해서는 한 번도 묻지 않았다. 그들은 모두 엄마와 아내의 역할에만 깊이 빠져든 사람들이었고, 케이든스와 마찬가지로 평생 남편 뒤를 따르느라 스스로를 잃어버린 사람들이었다.

당연하게도, 엘슨 역시 그녀가 행복한지 어떤지 묻는 법이 없었다. 물었다면 뭐라고 했을까. 그녀는 지금도 자신이 뭐라고 대답했을지 알 수가 없다. 아마도 아무 말도 하지 않았을 것이다. 아니, 어쩌면 진실을 말했을지도 모른다. 밤에 그가 잠들고 나면 집안을 몇 시간이고 정처 없이 돌아다니며 머릿속에 파고드는 불안한 생각들을 밀어내려 애를 쓴다고 말했을지도 모른다. 리처드와 클로이가 어떤 아이들로 자랄지, 어떤 어른이 될지, 나중에 엄마를 원망하게 되는 건 아닌지, 아이들이 자신의 우울한 성향을 물려받게 되지나 않을지, 부모의 힘든 결혼생활의 잔재에 피해를 입게 되는 건 아닌지. 그녀는 이미 오래전부터 자신이 아이들을 망쳐놓았다고, 이 집 지붕 아래에서 함께 살게 함으로써 어떤 식으로든 아이들의 성장을, 아이들의 정서적 성장을 방해했다고 생각했다. 그리고 리처드와 클로이는 아직 아이들이었지만, 게다가 비교적 착한 아이들이었지만, 자신과 엘슨 사이에 차츰 벌어지는 거리를 감지하고 그것을 내면화했을 것임을, 마음속 가장 어두운 구석에 저장해두었을 것임을, 그녀는 알고 있었다. 그녀 자신이 부모의 결혼생활에서 나쁜 영향을 받았듯이 그녀의 아이들도 엄마의 결혼생활에서 나쁜 영향을 받을 거라고, 그래서 엄마의 실수를 그대로 반복하고 거기에 자신들만의 신경증을 더해가며, 평생 더 좋은 사랑의 모범, 더 좋은 사랑의 전형을 찾아 헤매며 살게 될 거라고 생각했다.

하지만 그녀는 그런 생각을 한 번도 엘슨에게 내보인 적이 없었고, 그가 물었다 해도 아마 그대로 털어놓지 않았을 것이다. 대신 그녀는 매일 의류 카탈로그나 육아서적을 뒤적였고, 리처드가 참가할 만한 여름캠프를 알아봤고, 클로이를 위해 브라우니 분대* 모임을 열어주었다. 그녀는 주말 달리기를 시작했고, 리처드가 칠학년이던 겨울에는 브리지 게임 모임에 가입했으며, 엘슨과 그의 동료들을 위해 파티를 열었고, 그 아내들을 위해 저녁이나 점심 모임을 주선했다. 필라테스와 마크라메 매듭공예와 친환경 정원 가꾸기 등을 배웠다. 아이들이 원하는 옷을 사주었고, 리처드를 수영 연습에 데려가주었으며, 클로이를 발레 레슨에 데리고 다녔다. 각종 요금을 늘 기한 내에 납부했고, 수영장 청소부가 오기로 한 날

* 걸스카우트의 연령별 분대 중 하나로 만 7~10세 여자아이들이 가입한다.

은 꼭 집에 있었으며, 에어컨 필터를 항상 깨끗하게 유지했다.

하지만 그 모든 시간 케이든스는 행복하지 않았고, 하루하루 지날수록 회한은 더욱 깊어졌다. 그녀는 대학 시절을 생각하며 학업을 끝마치지 않은 것을 아쉬워했다. 엘슨을 생각하며 그가 겨우 세 번째로 함께 잔 남자라는 사실을 안타까워하기도 했다. 아이들을 생각할 때는 그애들이 학교 성적은 좋아도 정서발달 면에서는 다른 또래 아이들보다 늦된 것 같아 불안했다.

그러고 나서 긴 세월 그녀는 그런 일들에 대한 의문을 아예 버렸다. 대신 일종의 부정의 단계로 접어들어 정교한 가식의 삶을 이루었으며, 엘슨과 아이들도 함께 참여하는 가장놀이를 꾸려나갔다. 일요일 밤마다 가족식사를 했고, 해마다 갤버스턴으로 여행을 갔으며, 날마다 텔레비전 앞에서 함께 뉴스를 보았다. 아이들은 그런 판에 박힌 일상 속에서 자라며 심지어 그 생활을 즐기기까지 했고 그 안에서 평온을 얻기도 했다. 그리고 누군가 주문을 깨기로 마음먹지만 않는다면, 누군가 그 모든 것이 가짜라는 단순한 사실을 지적하기로 마음먹지만 않는다면, 그런 삶이 가족 모두를 위해 괜찮을 것 같기도 했다. 그 무렵 리처드와 클로이는 중학교에 다니고 있었고, 아직 차를 운전하기에는 어린 나이였다. 그래서 한동안은 그런 소중한 시절이 있었다. 아이들이 어른스러운 대화 상대가 되어줄 만큼은 자랐으되 아직 엄마 손을 벗어나진 못할 만큼 어린 시기. 지나고 보니 즐거운 시절이었다. 애정과 후회를 동시에 느끼며 떠올리게 되는 시간이었다.

바로 그 시절, 그녀는 처음으로 외도에 대해 생각했다. 비록 누구에게도, 피터슨에게도, 당연히 셰릴에게도 말은 하지 않았지만. 상대 남자들에게도 그런 생각을 내비친 적은 없다. 그녀에게 눈에 띄게 관심을 보였던 남자들. 한 명은 설리번 앤 고든에서 엘슨과 함께 일하는 동료였고, 또하나는 목요일 밤 독서모임에서 만난 남자였다. 그리고 데이비드 스타인이 있었다. 클로이가 참가했던 발레 공연에서 몇 년 동안 옆자리에 앉았던 사람. 클로이와 같은 중학교에 다니는 딸을 혼자 키우고 있던 그 남자는 그녀에게 몇 번인가 점심식사를 함께 하자고 청했었다. 그녀는 종종 그 사람 생각을 했지만 실제로 둘 사이에는 아무 일도 없었다. 언젠가 엘슨과 특히 심하게 싸우고 난 뒤 그녀가 불쑥 데이비드에게 전화를 걸어 술을 마시자고 했고 그는 그러자고 했지만, 술집으로 가던 도중 그녀는 덜컥 겁이 나 돌아가고 말았다. 한 달 후, 친구에게서 데이비드 스타인이 피닉스에서 일자리를 제안받았다는 얘길 들었고, 그뒤로 그와는 연락이 끊겼다.

나중에 이혼 절차를 밟으면서, 그녀는 그런 충동을 한 번도 실행에 옮기지 않았다는 사실, 사실상 남편에게 부정했던 적이 없다는 사실에 자부심을 품었다. 비록 때때로 정말 그런 걸까 의문이 들기는 했지만. 외도에 대해 생각했다면, 다른 사람과 함께 있는 환상을 실제로 품었다면, 그것 자체가 일종의 배신이 아닐까? 그녀는 늘 엘슨에게는 다른 여자가 있을 거라고 짐작했다. 하지만 그의 무분별한 행동에 대한 증거를 찾은 적은 없다. 엘슨이 그녀에게 충실했을 수도 있겠지만, 사실 그녀는 그 문제를 깊이 파고들지 않았다. 그의 삶의 외피를 긁어내면 발견하게 될지도 모르는 것들을 그녀는 전혀 알고 싶지 않았다. 게다가 그 시점에 엘슨에게는 또다른 애인이 있었으니까. 일이라는 애인. 그리고 오랫동안 케이든스는 그것이 남편의 가장 큰 부정不貞이라고 생각했다. 프로젝트에 쏟아붓던 수많은 시간들, 현장에서 보내던 주말들, 지방에 있는 건축 현장으로 다니던 그 긴 출장들. 그의 마음은 세 갈래로 나뉘어 있는 것 같았다. 아이들과 일과 아내. 그리고 오랫동안 그녀는 그 셋 중에서 자신에게 주어진 부분이 가장 작다고, 그리고 그 작은 조각마저도 다른 무엇보다 의무감이나 지나간 날에 대한 향수 때문에 남아 있는 것 같다고 느꼈다. 그리고 가끔은 여전히 엘슨이 존경스러울 때도 있었고, 그가 자신의 남편이라는 사실, 그 오랜 세월 어떻게든 버티며 함께 살아왔다는 사실에 조금은 긍지를 느끼기도 했다.

그녀는 여전히, 시간이 흘러 아이들이 대학에 가고 집에 엘슨과 단둘이 남게 되기 전까지는, 이혼에 대해 생각해보지 않았다. 돌이켜보면 좀더 일찍 이혼을 생각하지 않았다는 것, 아이들이 떠나고 나서야 그런 생각이 떠올랐다는 것이 이상하게 느껴진다. 그런 생각은 갑자기, 어떤 거창한 깨달음처럼 떠오른 것도 아니었다. 그것은 클로이가 집을 떠나 대학에서 첫 학기를 보내는 사이 서서히, 비밀처럼 몰래 다가왔다. 그녀는 어느 날 밤의 기억을 떠올렸다. 엘슨은 퇴근 후 돌아와 부엌 식탁 맞은편에 앉아 있었다. 그를 마주보고 자기 잔에 와인을 따르면서 그녀는 생각했다. 이젠 당신을 사랑하지 않아. 솔직히 말할 수 있어. 이젠 당신을 사랑하지 않는다고. 그리고 그때 처음으로 그런 얘기를 꺼냈다. 그냥 지나가는 말처럼, 다음 휴가지에 대한 아이디어를 제안하듯 무심히. 우리 잠시 생각할 시간을 가져보면 어떨까? 그녀가 물었다. 서로 좀 떨어져서. 그러자 엘슨은 자리에서 일어나 부엌을 나가서는 차를 몰고 데이브 밀하우저를 만나러 갔다. 그날 밤 늦게 그가 집에 돌아왔을 때 그녀는 사과를 했고, 극심한 스트레스에 시달리고 있던 것일 뿐, 진심이 아니라고 했다. 하지만 그녀가 던진 질문은 계속 그 자리에, 두 사람 사이에 머물렀고, 그뒤로도 몇 달 동안 여러 차례 다시 떠오르곤 했다. 파티에 갔다 차를 타고 돌아오던 어느 밤, 함께 아침식사를 하던 어느 아침, 또 음료를 마시며 수영장 가에 누워 있던 어느 오후. 그리고 그녀가 그럴 때마다 엘슨은 매번 똑같은 반응을 보였다. 한참 동안 그녀를 바라보다가 곧 자기 안으로 숨어버리는 것이었다. 그러다 마침내, 클로이가 이학년 가을학기를 다니고 있던 어느 날 밤, 엘슨이 먼저 그 말을 꺼냈다. 오랫동안 생각해봤어, 그는 말했다. 그리고 동의해. 그때 그의 목소리에는 아무런 악의도 없었고 단지 슬픔만이 묻어났다. 그런데 바로 그때, 그녀는 비로소 회의가 들기 시작했다. 두 사람은 늦은 밤 수영장 가에 앉아 커피를 마시며 각자 책을 읽고 있던 참이었다. 엘슨이 문득 그녀를 바라보다가 자신이 정말 원하는 것은 그녀를 행복하게 해주는 것뿐이라고, 이혼을 해서 그녀가 행복해질 수 있다면 자신도 그걸 원한다고 말했다. 나중에는 결국 추해지고 말았지만, 소유권과 돈, 재산 분할, 자금의 할당 등에 대해 시시비비를 따지는 고통스러운 논쟁이 벌어졌지만, 적어도 그 순간만큼은 둘 사이에 묘한 정중함과 거의 달콤하기까지 한 분위기가 흘렀다. "난 할 수 있는 한 최선을 다했어." 엘슨이 자리에서 일어나 그녀를 보며 말했다. "그런데 결국 실패한 것 같군."

그리고 오랫동안 케이든스는 그가 실패했다고, 두 사람 다 실패했다고 스스로에게 말했다. 하지만 침대에 누운 엘슨을 뒤로하고 침실을 가로질러 걸어가고 있는 지금, 그의 벗은 등이 그녀가 방금 저지른 실수를 뚜렷이 일깨우고 있는 지금, 케이든스는 자신이, 두 사람이, 좀더 노력했어야 했나, 그에게 좀더 시간을 주거나 그를 용서하려고 좀더 노력했어야 했나 하는 생각이 든다. 지금 그녀가 아는 것은 좋든 싫든 그를 다시 받아들였다는 사실, 단지 그 하나뿐이다. 오늘밤 엘슨이 문 앞에 나타나던 순간, 술에 취해 인사불성이 되어 나타나 화해의 선물처럼 와인 한 병을 내밀던 순간, 엘슨이 그녀를 끌어당겨 안았던 순간, 그런 순간과 그녀가 그에게 키스하기로 결심한 순간 사이의 어느 시점엔가, 그녀는 남편을 다시 받아들였다.

케이든스는 그런 생각을 하며 티셔츠와 팬티를 입은 뒤 욕실로 걸어간다. 집밖 동네는 조용하고 어둡다. 멀리 누군가의 집에서 잔디 위로 물을 뿌리고 있는 스프링클러 소리가 들려올 뿐. 그녀는 욕실의 열린 창가에 서서 방충망에 얼굴을 대고 청명한 밤공기를 들이마신다. 방금 자신의 삶에 또하나의 큰 문제를 더하고 말았다는 생각에 정신이 번쩍 들면서 머릿속이 아직도 어지럽다. 잠시 후 그녀는 식품저장실로 가서 그날 일찍 리처드의 방에서 압수한 조그만 마리화나 봉지를 꺼낸다. 그리고 종이를 한 장 꺼내 거울 속 자신의 얼굴을 바라보며 마리화나를 말기 시작한다. 욕실 거울에는 따뜻한 조명이 켜져 있어서 부드러운 주황색 불빛이 그녀의 얼굴을 십 년 혹은 십오 년은 젊어 보이게 만든다. 거울에 비친 얼굴을 들여다보며 그녀는 그날 앞서 리처드에게 마약의 위험에 대해 경고하던 일과 거기 그냥 서서 엄마를 빤히 쳐다보던 그 아이를 떠올린다. 리처드는 마치 그렇게 말하는 것 같았다. 정말로 내게 나쁜 행동에 대해 설교를 할 작정인 거예요?

아침 일찍 집에 온 리처드는 무슨 일 때문인지 괴로워하는 것 같았고 거의 하루종일 침대에 누워 만화책을 보며 지냈다. 그애는 고등학교 때 시험을 망치거나 수영경기에서 지면 꼭 그런 식이었다. 리처드는 늘 어린 시절의 세계, 그 시절에 위안을 주던 만화책이 어지럽게 놓인 책장으로 숨어들곤 했다. 하지만 오늘 리처드가 보인 그 행동은, 장성한 남자가 자기 방에 틀어박혀 만화책을 읽는 그 모습은 이상하게 느껴졌고, 심지어 슬프기까지 했다. 몇 번이나 아들과 얘기해보려고 시도했지만 그는 응하지 않았고, 내려와서 함께 한잔하자는 제안에도 그는 다른 계획이 있다고 했다. 지난 한 해 동안 둘 사이에 생긴 거리, 이 이상하고 피할 수 없는 벽, 이

고집스럽게 버티고 선 장애물은 그애 안의 깊은 곳, 그녀로서는 정확히 어디라고 말할 수 없는 어딘가에서 생겨난 것 같았다. 고등학교 때 리처드는 반항 한 번 한 적 없는데다 늘 정중하고 품위 있는 완벽한 모범생이었는데, 요즘 그 아이는 다른 사람이 되어버린 것 같았다. 어떻게 묘사할 수도 없고 딱히 집어 말할 수도 없지만 무언가가, 매우 실제적인 무언가가 있었다. 때때로 그녀는 그런 일이 생겼다는 것이 슬펐다. 예전에 누렸던 아들과의 친밀함이, 긴 대화가 그리웠다. 엄마에게 모든 것을 털어놓던 아들, 고등학교 때 함께 갔던 수영경기들, 경기 직전 항상 엄마에게 손을 흔들던 아들의 모습, 그리고 경기 후엔 항상 단둘이 저녁식사를 하러 가서 몇 시간이고 이야기를 나누곤 하던 그 시절이 그리웠다. 그 시절, 고등학교 때, 리처드는 친구들에게보다, 심지어 클로이에게보다 먼저 엄마에게 동성애자임을 밝혔다. 오랫동안 그 사실을 아는 사람은 그녀와 클로이뿐이었고, 세 사람은 엘슨이 출장을 가거나 회사에서 늦게까지 일하느라 집에 없을 때면 저녁식사를 하며 그에 대해 많은 얘기를 나누었다. 오늘 저녁 리처드가 샤워를 하고 파티에 가려고 방에서 내려왔을 때, 케이든스는 아들과 그때를 돌이켜보고 싶었지만, 그러는 대신 마리화나를 꺼내 아들 얼굴 앞에 내밀었다. 요사이 유독 한심한 그의 모습을 잔인하게 일깨워주려는 듯. 리처드는 물끄러미 그녀를 쳐다보더니 어깨를 으쓱하고는 문밖으로 걸어나가버렸다.

마리화나를 입에 물고 불을 붙이고 있는 지금, 그녀는 자신의 위선과 자기 입으로 했던 경고의 무게를 불현듯 느끼고 있다. 결국 그들은 무절제의 세계, 요란하게 파티를 벌이고 밤늦도록 술 마시는 세계에서 아이들을 키웠는데, 아이들이 그런 세계를 받아들였다는 사실에 왜 놀란단 말인가? 케이든스는 변기에 앉아 창밖을 바라보며 연기를 밖으로 뿜어낸다. 그녀는 다른 방에서 잠들어 있는, 그녀의 이런 무분별한 짓은 까맣게 모른 채 침대에서 행복하게 잠들어 있는 엘슨을 생각한다. 리처드가 파티에 간다고 나간 직후 엘슨이 와인을 들고 나타났고, 그녀는 리처드가 돌아올까 걱정하면서도 그를 안으로 들였다. 그 순간 그녀가 생각이라는 걸 했다고 한다면 그건 거짓말일 것이다. 둘 사이에 벌어진 일은 본능 때문에, 무모함 때문에, 두려움 때문에 생긴 일이었다. 그녀가 부엌에서 엘슨에게 키스했다는 것, 그를 자신의 방으로 이끌고 올라갔다는 것, 그가 옷을 벗기도록 내버려두었다는 것은 아무 의미가 없다. 그리고 그가 지금 그녀의 침대에 누워 있다는 것, 그녀가 욕실에 숨어 아들의 마리화나를 피우고 있다는 것 역시 아무 의미가 없다. 인간의 행동을 단순한 설명으로 정리할 수 있다면 피터슨 같은 사람들은 실직하고 말 것이다. 그럼에도 불구하고 지금 그녀의 행동은, 딸이 없어졌다고 새벽 세시에 욕실에 숨어서 약을 하는 부류의 인간이 되어버린 자신의 모습은 도저히 설명할 도리가 없다.

밖에서 인기척이 들린다. 바닥을 디디는 발소리, 서랍이 열리고 닫히는 소리. 그녀는 담배를 무릎 사이 변기 아래로 떨어뜨리고 물을 내린 뒤, 일어나 환풍기를 돌리고 연기를 위쪽 환기구와 열린 창밖으로 밀어낸다. 잠시 후 그녀의 이름을 부르는 소리가 들린다. 엘슨이 잠에서 덜 깬 목소리로 더워 운운하며 뭘 켰는지 어떤지 묻고 있다. 곧이어 욕실을 두드리는 소리가 들린다. 부드럽게 주저하는 듯이 문을 두드리는 소리. 그녀는 이번에는 대답을 한다.

"잠깐만 기다려요." 그녀가 말한다. 갑자기 패닉에 빠진다.

꽤 긴 침묵이 흐른 뒤 엘슨이 말한다.

"마리화나 냄새가 나."

"뭐라고?"

"그 안에서 마리화나 피우고 있는 거야?"

창가로 다가가 또 한번의 극적인 손부채질로 연기를 밀어내던 그녀는 문득, 이미 들켜버렸다는 생각이 든다. 그녀는 대답하지 않는다.

"케이든스."

"잠깐만 기다려."

"세상에, 정말로, 케이든스. 그 안에서 도대체 무슨 짓을 하고 있는 거야?"

그녀는 정말 들켰음을 깨닫고 아무 대답도 하지 않는다. 그에게 가라고, 집으로 가버리라고 말할까 하다가 마음을 바꾼다. 그녀는 엘슨에게 침대로 돌아가 있으면 자신도 곧 가겠다고 말한다.

다시 긴 침묵이 흐른 뒤 엘슨이 다정하기까지 한 목소리로 말한다.

"당신 괜찮아?"

"응?"

"당신 괜찮냐고."

"무슨 소리야?"

"우리 딸이 행방불명이야, 케이든스. 그런데 당신은 욕실에 앉아 마리화나를 피우고 있어. 그래서 난 알고 싶은 거야. 당신이 정말 괜찮은지."

그의 목소리에는 꾸짖거나 못마땅한 기색은 없고 그저 순수한 걱정만이 실려 있다. 그녀는 정직하게 대답할까 하다가 마음을 바꾼다.

"일단 문 좀 열어봐." 그가 말한다. "응? 그냥 문을 열어. 얘기 좀 해."

케이든스는 문을 쳐다보지만, 그 순간엔 도저히 갈 수 없는 먼 길처럼 느껴진다. 그 문을 열고 난 뒤의 결과가 너무 거대하게 느껴져서 그녀는 그냥 거기 앉아 벽만 빤히 쳐다본다.

마침내 그녀가 말한다.

"뭘 좀 물어봐도 돼?"

"물론."

"오늘밤 여기 왜 온 거야?"

"무슨 소리야?"

"내 말은, 오늘밤 당신이 갈 수도 있었을 다른 모든 곳들을 놔두고 왜 여기로 온 거냐고."

"당신이 보고 싶었으니까." 그가 말했다. "당신과 함께 있고 싶었으니까."

"그건 진실이 아니잖아, 엘슨." 그녀가 말한다. "부탁이야. 그냥 진실을 말해줘. 중요한 일이야. 알겠어? 솔직히, 오늘밤에 여기 왜 온 거야?"

또다시 한참 침묵이 흐른 뒤 그가 대답한다. 매우 부드럽게.

"나도 잘 모르겠어."

2

비토네에서 여간해서는 경험하기 힘든 조용한 밤이다. 조명을 밝힌 파란 수영장 반대편 끝에서 남자애들 셋이 물 위에 누워 시체처럼 나른하게 떠 있고, 그의 머리 위로는 야자수 이파리들이 바람에 흔들리며 서로 부드럽게 부딪치는 소리가 난다. 카바나에서는 누군가 1980년대 초의 댄스곡들을 섞어 틀고 있고, 어디선가 가끔씩 웃음을 터트리거나 박수를 치는 소리가 들려온다. 수영장 가에서 술에 취한 채 작은 비치체어에 드러누워 있는 그는 삼십 분째 그에게 말을 하고 있는 남자의 눈을 피하려 애쓰고 있다. 무슨 약엔가 취한 것 같은 남자는 배우생활을 하다 실패한 얘기를 하며 LA를 떠나지 말았어야 했다는 한탄과 함께 자신이 아깝게 놓친 중요한 배역들을 하나하나 늘어놓고 있다. 그는 리처드가 들어본 적이 없는 이런저런 배우들과 감독들의 이름을 열거하고, 그들의 집에서 열렸던 파티, 그들의 에이전트들과 했던 점심식사, 지켜지지 않은 약속들과 사기당한 거래 등에 대해 이야기한다. 그러면서도 남자는 말한다. LA를 떠나지 말았어야 했어요. 거길 떠난 것이 실수였어. 지금에야 깨달아요. 하지만 그것이 바로 인생이란 것, 삶의 잔인한 아이러니가 아니었을까요? 한번 실수하고 나면 무를 수가 없는 거죠. 리처드는 고개를 끄덕인다. 그러다 갑자기 하얏트 호텔에서 만난 남자를 떠올린다. 그가 삶에서 큰 후회를 한 유일한 사건.

그 일이 일어난 후로, 그날 아침 시트를 갈려고 문밖에 찾아온 메이드의 소리에 잠에서 깬 이후로, 그는 다른 생각은 거의 할 수가 없었다. 잠에서 깨었을 때 방은 비어 있었다. 그 남자도, 그의 가방도, 침대 머리맡에 쪽지 같은 것도 없었다. 단지 유리잔으로 눌러놓은 빳빳한 백 달러짜리 지폐 다발뿐. 그는 재빨리 일어나 옷을 입고 돈을 집어든 다음 문을 열어 메이드를 안으로 들였다. 메이드를 쳐다볼 수도 눈을 마주칠 수도 없었다. 몸이 심하게 떨렸다.

나중에 브랜든의 집으로 운전해 가는 길에, 그는 그 일을 기억나는 대로 재구성하며 마치 꿈처럼 머릿속에서 재생해보았지만, 떠오르는 것은 남자의 벗은 몸 아래에서 울고 있는 자신의 모습뿐이었다. 그날 밤 앞서 바에서 그 남자와 나눴던 어색한 대화, 이상하게 예의를 차리려던 시도, 거의 모든 것에 대해 거짓말을 했던 사실 등이 기억났다. 그는 자신을 제임스라고 소개했고, 뉴욕에서 자랐으며, 지금은 라이스 의대에서 내과를 전공하고 있다고 했다. 형제자매도 없고 부모님도 두 분 모두 돌아가셨으며 밀린 학비를 내기 위해 그 일을 한다고 했다. 남자에게 한 얘기들 중 유일한 진실은 이런 일을 한 번도 해본 적 없다는 것이었지만, 남자는 놀라지도 좋아하지도 않는 것 같았다.

나중에 방으로 올라갔을 때, 남자는 결혼반지를 빼 화장대 위에 올려놓더니 텔레비전을 켜고 스포츠 채널의 대학 농구경기 끝부분을 시청했고, 그동안 리처드는 침대 위 옆자리에 앉아 스카치를 마셨다. 남자는 거의 말이 없었다. 어느 순간 리처드는 그냥 이렇게만 있으면 되는 것 아닐까, 그냥 함께 앉아 스카치를 마시며 농구경기만 보면 되는 것 아닐까 생각하기도 했다. 그러다 남자는 심지어 졸기 시작했고, 거의 삼십 분 가까이 꽤 깊이 잠들어 있었기에, 리처드 역시 느긋한 기분이 되어 불까지 끈 후 잠에 빠져들었다. 하지만 그후 어느 순간—언제인지 기억나진 않지만—남자가 그의 귀에 대고 무슨 말인가 하더니 바지를 잡아당겨 벗기고는 그의 몸 위로 올라왔다. 울음을 그치게 하려는 남자의 굳은살 박인 손바닥이 얼굴에, 그다음엔 입에 느껴졌다. 씨팔, 닥치지 못해? 어느 순간 남자는 그렇게 말했고, 리처드는 볼 안쪽을 세게 깨무는 바람에 입안에서 씁쓸한 피맛이 났다.

나중에 남자는 샤워를 하고는 담배를 피운다며 방밖으로 나갔다. 그때 리처드는 자신도 나가버릴까, 그냥 도망쳐버릴까 생각했지만, 그럴 경우 거래는 성립될 수 없었다. 돈을 받으려면 밤을 다 보내야 했다. 그는 스카치를 꺼내 연거푸 들이켰고, 그다음에 무슨 일이 있었는지는 아무것도, 단 한 가지도 기억나지 않았다.

이제, 그는 의자에서 일어나며 옆자리 남자에게 곧 돌아오겠다고 말한 뒤 수영장 가장자리를 돌아 다시 집안으로 들어간다. 비토네 집 뒤뜰 베란다에는 이른 오후에 있었던 파티의 잔해들로 보이는 빈 와인 병들과 음식 접시들이 널려 있다. 유리 미닫이문 바깥쪽 한구석에는 크고 두꺼운 글씨로 '유리조심!'이라고 쓴 쪽지가 붙어 있다. 문을 열고 안으로 들어가니 부엌에는 온통 모르는 사람들로 가득하다. 다른 파티에서 본 듯한 얼굴들, 언젠가 말을 나눈 적이 있을지 몰라도 이름은 기억나지 않는 사람들.

그는 진토닉을 한 잔 만든 후 복도를 지나 서재—비토가 '책방'이라고 부르는 곳—로 간다. 흐릿한 조명 아래 가죽으로 된 가구와 고풍스러운 책장이 놓여 있고, 언제나 담배 냄새를 풍기는 페르시아 양탄자가 깔려 있는 곳. 그곳에서 그는 구석에 있는 가죽소파에 늘어져 있는 브랜든을 발견한다. 그는 입에 담배를 문 채 책을 넘기고 있다. 꽤 취한 것 같다.

"취했냐?" 브랜든이 묻는다.

"그러는 중." 리처드가 손에 든 잔을 향해 고갯짓을 하며 대답한다.

브랜든은 웃음을 지으며 바닥에 허리를 펴고 앉는다.

"오늘밤 여기 정말 조용하다. 안 그래?"

"그래." 브랜든이 고개를 끄덕인다. "이번주 내내 그랬어. 왜,

그 여자애 머리 깨지던 날부터 계속."

리처드가 고개를 끄덕인다.

"아, 그래." 갑자기 그 끔찍했던 장면을 떠올리며 그가 말한다. "무슨 얘긴 없어?"

"무슨 소리야?"

"그러니까, 그 여자애 어떻게 됐는지 말야."

브랜든이 그를 쳐다보며 고개를 젓고는 담뱃재를 턴다.

"별다른 얘긴 없어."

문득 리처드는 아무도 그 여자에 대해 알아볼 생각을 하지 않았다는 것이, 아무도 신경쓰지 않는다는 것이 슬픈 일을 넘어 심지어 부끄러운 일이라는 생각이 든다. 어쩌면 그 여자는 그날 밤 병원에 가다가 죽었을 수도 있고, 지금은 이미 땅속 깊이 묻혀 있을지도 모른다.

"그래, 뭐 하나만 물어보자." 브랜든이 몸을 앞으로 숙이며 말한다. "넌 이 책들 중에 진짜가 얼마나 될 것 같아?" 그가 방안 벽을 따라 놓인 거대한 책장들을 향해 손짓을 하며 묻는다.

"얼마나 되느냐고?"

"그래, 얼마나 될까."

"모르지." 리처드가 어깨를 으쓱한다. "난 모두 다 진짜라고 생각했는데."

"모두 다?" 브랜든이 웃는다. "좋아. 하나도 아니다, 라고 생각해봐."

"하나도 아니라고?"

그때 브랜든이 일어나 책장으로 걸어가서는 한 줄에 꽂힌 책을 마치 서랍을 열듯 모두 꺼내 보인다. "다 비었어." 그가 표지를 두드리며 말한다. "이런 구라가 믿어져? 이게 모두 장식이라는 거지."

리처드는 그를 쳐다보며 어깨를 으쓱한다.

"어차피 난 비토가 책을 좋아하는 사람이라고는 생각 안 했으니까, 뭐."

브랜든이 고개를 저으며 다시 자리에 앉는다.

"나도 알아, 인마. 그래도 젠장, 책을 하나도 안 읽을 거면 도대체 뭐하러 서재를 만드느냔 말이지."

리처드는 다시 어깨를 으쓱하고는 술을 내려놓고 담배에 불을 붙인다.

"그래, 넌 아직도 겁에 질려 있냐?" 브랜든이 잠시 후 묻는다.

"내가 겁에 질려 있다고 누가 그래?"

"아무도 안 그랬어. 내 눈에 그렇게 보이는 거지."

"그 얘긴 하고 싶지 않아." 리처드가 시선을 돌리며 말한다.

"있지, 그건 완전히 정상이야." 브랜든이 말한다.

"정상?"

"처음에 그렇게 겁에 질리는 거. 내가 처음 했을 때 어땠는지 네가 봤어야 돼. 난 거의 일주일 동안 잠을 못 잤어."

"뭐, 나한테 두번째는 없을 거야." 리처드가 말한다.

"나도 그렇게 생각했지. 그런데 조금 지나고 나니까, 뭐냐, 그냥 정상적으로 느껴지기 시작하는 거야. 그 왜, 회사에서 출근 도장 찍는 것 같은 느낌이라고 할까."

리처드는 그를 빤히 쳐다본다. 문득 부엌으로 돌아가 술을 한 잔 더 따라와야 할 것 같다는 생각이 든다. 이건 그가 지금 나누고 싶은 대화가 아니다.

"우리 다른 얘기 하면 안 될까?" 마침내 그가 말한다.

브랜든은 그를 한참 쳐다보다 어깨를 으쓱한다.

"좋아. 좋으실 대로." 그는 자기 술잔을 똑바로 든다. "무슨 얘기를 하고 싶은데?"

"어디로 데려다줬어?" 리처드가 자리에 앉으며 묻는다.

"누굴?"

"내 동생하고 라자."

"물류창고 구역에. 말했잖아."

"알아. 그런데 정확히 어디?"

브랜든은 두 팔을 내젓는다.

"씨팔, 나도 몰라, 인마. 한 번도 가본 적 없는 곳이야. 말했잖아. 거기에서 어떤 남자들 두엇을 만나는 것 같았다고. 그러고 나서 아마 다른 곳으로 갔을 거야."

리처드는 고개를 끄덕인다. 갑자기 마음 깊은 곳에 품고 있던 의심이 확인된 것 같은 느낌이다. 그는 그날 아침 집에서 동생에게 가져다준 여권을 떠올리며 그애가 지금 어디 있을까 생각해본다. 아마도 멕시코로 내려가는 길이거나 캐나다 쪽으로 올라가는 중이겠지. 어느 쪽인지는 알 수 없었다. 지금 그가 아는 유일한 것은 그 일에 자신도 일정 부분 관여했다는 것, 이제 그에게도 책임이 있다는 것, 이제 그도 공모자가 되었다는 것뿐이다. 부모님이나 경찰이 묻는다면 이걸 어떻게 설명해야 할지, 무슨 말을 해야 할지 알 수가 없다.

"왜 그래?" 잠시 후 브랜든이 묻는다. "걔네가 어디로 갔는지 좀 알 것 같아?"

리처드는 브랜든을 쳐다보며 무슨 말을 막 하려다가 마음을 고쳐먹는다.

"아니." 그는 조용히 대답하고 술잔을 들어 부엌을 향해 방을 나선다. "모르겠어."

그날 밤, 애초에 그의 목표는 죽도록 취하는 것, 그래서 전날 밤 폭행당한 기억이 머릿속에서 지워질 때까지 스스로를 마비시키는 것이었다. 진토닉을 몇 잔 마신 뒤 다시 맥주를 몇 병 더 마시고 나자 목표에 거의 다다른 것 같다. 브랜든은 보이지 않고 다른 누구 하나 없는 상태에서 그는 홀로 침대에 누워 있다. 이만하면 완전히 맛이 간 거라고 느끼며. 내일 아침에는 마이컬슨에게 한 약속을 지켜야 할 것이다. 지원서를 작성해야 할 것이다. 성적증명서도 준비해야 할 것이다. 입학목적을 설명하는 자기소개서도 써야 할 것이다. 그 모든 것을 준비해 다섯시 안에 우편으로 부쳐야 할 것이다. 하지만 이 순간, 그는 시인들로 가득한 방에 앉아 이런저런 미학에 대해, 행의 구분에 대해, 시어의 행간 걸침 등에 대해 듣고 있는 것보다 더 기죽는 일은 생각할 수도 없다. 자신이 그곳에 속하지 않음을, 사기꾼에 지나지 않음을, 그런 기회를 얻을 자격이 없는 사람임을, 그보다는 오히려 하얏트 호텔 저 안쪽의 호화로운 스위트룸에서 새벽 세시에 생판 모르는 사람들에게 몸을 파는 부류의 인간임을 알기에 더더욱.

그 일은 머리 위를 뒤덮은 거대한 검은 그림자 같았다. 하지만 지금 이상하게 느껴지는 것, 가장 신경이 쓰이는 것은 자신이 그런 일을 했다는 사실이 아니라 그 돈을 받았다는 사실이다. 그냥 돈을 놓고 집에 가버렸다면 나중에라도 스스로를 정당화할 수 있었을 것이다. 또 한번의 취중 실수라고, 불운한 판단 착오였다고, 하룻밤 상대를 끔찍하게 잘못 고른 거라고 넘겨버릴 수 있었을 것이다. 하지만 탁자에 놓인 돈을 봤을 때 그는 잠시도 주저하지 않았다. 재빨리 돈을 집어들고 자리를 떴다. 자신이 폭행에 대한 대가를 받았음을, 자신을 폭행한 사람에게 그런 행동을 승인해준 것임을 깨달은 것은 한참 후의 일이었다.

그 남자는 지금 어디 있을까, 무엇을 하고 있을까 생각해보며, 그는 남자가 아내와 아이들이 있는 집으로 돌아가 그들의 볼에 입을 맞춘 뒤 가족들과 함께 식탁에 앉는 모습을 그려본다. 텔레비전 앞에 앉아 방금 한 짓은 완전히 잊어버린 채 또다른 농구경기를 보는 그 남자를 그려본다. 그러다가 그는 아버지를 생각한다. 어린 시절 그리도 무심했던 아버지, 엄마의 불행을 전혀 눈치채지 못하던 아버지, 스포츠경기와 자기 일에만 몰두하던 아버지, 그리고 그가 커밍아웃했을 때 당연하게도 깜짝 놀라던 아버지. 나중에 어머니와 헤어질 때도 아버지는 그렇게 놀랐다. 이런 남자들의 정신은 뭐가 문제일까, 그는 생각해본다. 왜 그들은 자신이 초래한 고통을 알지 못하는 걸까?

그런 생각 끝에 갑작스러운 감정의 동요를 느낀 그가 눈을 뜨고 일어나 앉으려는데, 방 저편에서 이쪽을 보고 앉아 있는 사람의 흐릿한 윤곽이 보인다. 깜짝 놀란 그는 얼굴을 알아보려 한참을 쳐다보다 기억을 해낸다. 지난주에 봤던 여자, 함께 마리화나를 피운 여자. 에인절. 조명을 등지고 그림자 속에 앉아 있는 그녀는 무릎 위에 잡지를 올려놓고 담배를 피우고 있다.

"이봐요." 그가 일어나며 말한다. "거기 얼마나 오래 앉아 있었어요?"

여자가 그를 쳐다보며 웃는다.

"글쎄요. 한 시간쯤?"

"한 시간?"

"네. 그냥 확인하고 싶었어요. 그쪽이 기절하지 않았는지. 아니면, 저기, 술독 같은 걸로 죽진 않았는지."

그가 여자를 쳐다본다.

"내가 뭘 하고 있었죠?"

"그쪽이 뭘 하고 있었냐고요?" 그녀가 웃음을 터트린다. "아무것도. 그냥 거기 누워 있었어요."

"한 시간 동안 여기 그냥 누워 있었다고?"

"그래요. 거의 그 정도. 어쩌면 더 오랫동안."

그는 창밖을 쳐다본다. 멀리 하늘이 밝아오며 지평선이 멋진 연자주색으로 물들고 있다.

"그나저나." 그녀가 말한다. "내 임무는 끝났으니까 이젠 가볼게요. 됐죠? 그쪽도 가봐야 할 것 같은데. 혹시, 차 태워다줄 사람 필요해요?"

그는 고개를 젓는다.

"몇 살이에요?"

"예?"

"몇 살이냐고."

"왜요?"

"그냥 궁금해서."

"열일곱이에요."

"거짓말하지 말고."

"좋아요." 그녀가 말한다. "열여섯이에요. 하지만 이번 가을이면 열일곱이에요."

"이렇게 외박해도 부모님이 뭐라 안 하시나?"

에인절은 창밖만 쳐다볼 뿐 대답하지 않는다. 부모가 예민한 화제라는 걸 그는 문득 깨닫는다.

"이봐요." 그가 말한다. "뭐 좀 부탁할 수 있을까?"

그녀가 그를 쳐다본다.

"여기 와서 내 옆에 좀 누워 있어줄래?"

"옆에 누워 있으라고요?"

"그래, 몇 분 동안만."

에인절은 미심쩍은 듯 그를 쳐다보다가 마침내 일어선다. 그는 스스로도 왜 그런 부탁을 하는지, 그게 무슨 뜻인지 알 수 없지만, 그녀가 다가와 침대 옆자리에 누워 팔로 안아주자 이상하게도 잠시 편안해지면서 죄책감과 수치심의 껍질이 벗겨져나가는 듯 느낀다.

"무슨 일 있어요?" 마침내 그녀가 그의 가슴을 쓸어내리며 묻는다.

리처드는 잠시 그녀를 쳐다보다 눈을 감는다. 이 순간 사라지고 싶다. 밤의 어둠 속으로 영원히 없어져버리거나, 아니면 이대로 그녀의 품안에 영원히 머무르고 싶다. 원하는 게 어느 쪽인지는 잘 모르겠다. 마침내 그가 말한다.

"뭐 좀 물어봐도 돼?"

"물론이죠."

리처드는 잠시 말을 멈추고 상체를 일으켜 팔꿈치에 기댄다.

"어떤 일을 하고 나서 그것 때문에 자신의 일부를 잃어버린 것처럼 느낀 적 있어?"

"그게 무슨 말이에요?"

"있잖아, 어떤 결정 같은 것 때문에."

"맨날 그렇죠."

리처드는 그녀를 쳐다본다.

"그러면 어떻게 해?"

"뭘 어떻게 해요?"

"그러니까, 그걸 어떻게 되찾느냐고. 자신의 잃어버린 일부를."

"못 찾아요." 에인절이 창밖을 내다보며 말한다.

"못 찾아?"

"네. 못 찾아요. 그냥 없는 채로 살아가는 법을 알아내야 해요."

"그럴 수 없다면?"

"그럼 여기에 오는 거죠." 그녀가 웃으며 말한다. "비토네로. 여기 와서 죽도록 퍼마시는 거죠. 그 생각을 안 할 수 있도록."

리처드는 그녀를 빤히 쳐다본다.

"그럼 그쪽은 날이면 날마다 여기 오는 사람들이 정말로 여기가 좋아서 온다고 생각해요?"

리처드는 질문에 대답하지 않고 다시 몸을 침대에 누인다. 갑자기 이곳이 참 슬픈 곳이라는 생각이 든다. 그러다 그는 다시 지난번에 여기, 이 방에 있었던 그때를 떠올린다. 아래층에서 펼쳐지던 끔찍한 장면, 수영장에 떠 있던 피와 여자의 창백한 얼굴.

"우리 지난번에 여기에서 만났던 거 기억나?" 그렇게 묻는 자신의 목소리가 들린다. "수영장 모서리에 부딪쳐 머리가 깨진 여자?"

에인절은 대답 없이 그를 쳐다본다.

"그 여자한테 무슨 일이 있었는지 알아봤어?"

"무슨 일이 있었는지?"

"그래."

에인절은 고개를 젓는다.

"아니요, 왜요?"

"모르겠어. 그 여자가 살았는지 죽었는지 알고 싶어. 정말로."

그녀가 걱정스러운 얼굴로 쳐다본다.

"정말 괜찮은 거 맞아요?"

"모르겠어." 그는 대답과 함께 눈을 감는다. "괜찮지 않은 것 같아."

"괜찮지 않다고요?"

"내가 정말 엄청난 짓을 저지른 것 같아."

에인절이 그를 쳐다본다.

"자신한테, 아님 다른 사람한테?"

"양쪽 다."

"그 얘기 하고 싶어요?"

"아니." 그는 고개를 젓는다. "말하기 싫어." 그러고는 그녀를 안는다. "그래도 나랑 여기 조금만 더 있어줘. 그럴 수 있겠어?"

에인절은 그의 목덜미에 얼굴을 묻고 그를 꽉 껴안는다.

"그래요." 그녀가 바짝 다가오며 말한다. "그럴 수 있어요."

3

"네가 내 머리를 잡아줘서."

"뭐?"

"우리 처음 만난 날. 내가 토할 때 네가 내 머리를 잡아줘서 그랬어. 전에 그렇게 해준 사람은 아무도 없었어. 그래서 난 안 거야."

그녀는 샌안토니오 남쪽에 있는 야외 아이스하우스의 조그만 피크닉 테이블에 그와 마주보고 앉아 있다. 요란한 테하노 음악*이 대기를 꽉 채우고, 인근 포장마차에서는 생선 타코와 튀긴 토르티야 냄새가 풍겨나온다. 테오는 거리 반대편에 모여 있는 남자들과 함께 여기에서 만나기로 한 여자, 멕시코까지 나머지 길을 함께 가기로 되어 있는 여자의 행방을 알아보고 있는 중이다. 이곳 샌안토

* Tejano 또는 Tex-Mex라고도 하는 음악의 종류로, 텍사스 중남부의 멕시코계 미국인들 사이에서 유래한 일종의 민속음악.

니오의 공기는 살짝 더 덥고 건조하다. 클로이는 멀리에서 멕시코가, 국경이 자신을 끌어당기는 듯한 느낌이 든다. 그녀는 라자를 향해 맥주를 들어 보이고 미소를 지은 뒤 한 모금 크게 들이켜 병을 비운다. 오늘밤 다섯 병째 마시는 맥주.

"그런데, 너는 뭐였어?" 그녀가 이야기를 이어간다.

라자는 웃음을 지으며 물방울이 맺힌 네그라모델로* 병을 입에 갖다댄다.

"한 가지가 아니었어." 그가 말한다. "모두 다였지."

"예를 들면?"

"너 칭찬 듣고 싶어서 낚시질하는 거야?"

"아니. 정말 궁금해서 그래."

그는 그녀를 쳐다보며 다시 웃음을 짓고는 잠시 멈춘다.

"음. 예를 들면, 이거." 그는 술집 주변을 손짓으로 가리킨다. "네가 지금 나와 함께 여기 앉아 있다는 사실, 네가 이런 일을 하고 있다는 사실. 내 삶에서 날 위해 이런 일을 할 사람은 너 말고는 아무도 떠오르지 않아."

"부모님도?"

그는 웃음을 터트린다.

"농담해? 우리 부모님? 절대로 아니야. 우리 부모님도, 내 친구들도 다 아니야. 학교에서 사람들이 다들 어떻게 했는지 생각해

* 멕시코산 맥주의 상표명.

봐. 모두들 처음에는 걱정해주다가 경찰이 개입하는 순간부턴 아무도 없었잖아. 아무도. 그때부턴 다들 날 쳐다보지도 않으려고 했어."

클로이는 슬픈 얼굴의 그를 쳐다보며 그의 손을 잡는다.

"그게 아직도 화가 나?"

"당연하지." 마음이 조금 가라앉았는지 그의 목소리가 한결 부드럽다. "하지만 이해도 돼. 내 말은, 나라면 내 친구들에게 그러지 않겠지만, 그들이 왜 그랬는지는 이해할 수 있어."

"그럼, 승에 대해서는 어때?" 그녀가 묻는다. "그것도 이해할 수 있어?"

라자는 그녀를 쳐다본다. 그의 눈빛이 어두워진다.

"그건 좀 달라."

"왜?"

"그냥 달라."

"그래서 그앨 용서한다고?"

"그런 말 안 했어."

"하지만 넌 지금 그애가 했다고 인정하는 거잖아."

"그애가 뭘 해?"

"타일러를 때린 게 그애라고."

"넌 왜 거기에 그렇게 매달리니?"

"매달리는 게 아니야. 난 왜 네가 최소한의 진실도 알려주지 않는 건지 이해할 수가 없어. 그러니까, 이제 와서 도대체 뭐가 달라진다고 말을 안 하느냔 말이야!"

라자는 차가운 눈빛으로 그녀를 쳐다본다. 클로이는 순간 자신이 분위기를 망쳐버렸음을 깨닫는다. 라자가 이곳으로 내려온 이후로 그들은 승에 관한 얘기는 피해왔다. 하지만 무슨 이유에선지 지금은 그냥 지나칠 수가 없다.

"있잖아." 마침내 라자가 말한다. "승은 자기가 옳다고 생각한 일을 했고 나는 내가 옳다고 생각한 일을 했어. 그애를 판단하는 건 내가 할 일이 아니야. 그 사람들에게 무슨 말을 했든, 그건 남은 평생 그애가 감당할 몫이야."

"그러니까 넌 지금 그애가 그 사람들에게 거짓말을 했다고 인정하는 거잖아."

"나는 그날 밤 우리 둘 다 그 방에 있었고, 그 점에서 우리 둘 다 유죄라고 말하는 거야."

"하지만 넌 타일러를 때리지 않았잖아."

"말했듯이, 난 거기 있었어. 거기 있었다는 것만으로도 유죄야."

이것은 라자가 자신의 결백을 인정하는 의미에 가장 근접한 말이다. 하지만 아무리 밀어붙여도 그는 정확하게 그 말을 입에 올리지는 않을 것이다.

이제 클로이는 라자의 고집스러움에 거의 넌더리가 날 지경이지만, 그가 마침내 그녀의 가장 깊은 의심을 어느 정도나마 확인해주었다는 것에 안도감이 들기도 한다. 어떻게 승 같은 개자식을 감싸고돌 수 있는지는 도저히 이해할 수 없지만.

"그럼 네 부모님도 아시니?" 그녀는 라자를 쳐다본다. "진실을 말씀드렸어?"

그는 맥주를 홀짝인다.

"내가 무슨 말을 했더라도 상관없었을 거야. 어떤 상황에서도 부모님은 내가 결백하다고 믿어주셨을 거야."

"그럼 네가 그애를 보호하려 든다고 화를 내시진 않았어?"

"내가 그애를 보호하고 있다고 한 적 없어."

"좋아. 그럼, 말하지 않는다고 화내시진 않았어?"

"처음엔. 그래, 처음엔 화를 내셨지. 하지만 그러다 이해하셨어."

"난 좀 믿기지가 않아."

"왜?"

"그냥 그래."

"넌 우리 부모님을 잘 몰라."

"음. 그럼 지금은 이해하실까?"

라자가 그녀를 쳐다본다.

"그런 질문은 공정하지 않은 것 같다."

그는 다시 맥주를 마시면서 꽃이 핀 선인장과 길가에 늘어선 밝은 파스텔 계열의 집들을 쳐다본다. 마침내 그가 다시 클로이를 쳐다본다.

"어머니가 말씀하시더라. 압 브할라 토우 작 브할라. 뜻은 '너 자신이 고결하면 세상도 고결해 보일 것이다.'"

클로이는 맥주를 똑바로 잡는다.

"널 배신한 사람을 위해 자신을 희생하는 건 하나도 고결하지 않아."

"난 나 자신을 희생하는 게 아니야."

"희생이 아니야? 그럼 넌 그걸 뭐라고 부를 건데?"

"뭐라고도 안 불러." 그는 그렇게 말하며 맥주를 마신다. "나 자신이 정말로 결백하다고 믿는다면 난 저항할 거야. 네 말이 맞아. 반대 증언을 할 거야. 하지만 난 결백하지 않아."

"네 자신이 결백하다고 생각하지 않는다고?"

"그래."

"거기 있었다는 이유로?"

"그래. 거기 있었다는 이유로."

아이스하우스 저쪽으로 가죽치마를 입은 젊은 멕시코 아가씨들이 바 옆에서 춤을 추며 멀리 있는 젊은 남자들을 향해 손에 든 맥주를 흔들어 보이고 있다. 남자들도 손을 흔들며 엉덩이를 희극적으로 내밀고는 웃음을 터트린다. 클로이는 멕시코에 간다는 생각에 갑자기 진저리가 쳐진다. 그들에게 진실을 말하기만 했다면, 솔직하기만 했다면 쉽게 해결될 수도 있는 상황이었는데 이렇게 도망치고 있다고 생각하니 속이 울렁거린다. 라자에게 지금 그렇게 말하고 싶다. 그냥 스트래섬에 돌아가 경찰에게 말만 하면, 모든 것을, 실제 있었던 일을 상세하게 설명하면, 이 모든 일이 당장 해결될 수도 있다고 말하고 싶다. 하지만 그러면 어떻게 보일지도 그녀는 알고 있다. 법을 피해 곧장 도망쳤던 아이가 갑자기 결백한 사람이 된다는 게 얼마나 믿기 힘든 일인지. 게다가 라자는 이런 결정에 뒤따르는 결과를 감수할 생각이다. 그는 마음을 먹었고, 일단 그가 마음을 먹은 이상 그 어떤 일이든 번복하도록 설득하는 것은 거의 불가능하다.

클로이는 멀리 있는 젊은 남자들을 다시 한번 쳐다본다. 이제 그들은 조금 전에 손을 흔들던 여자들에게 다가가고 있다. 그들이 야단스럽게 웃음을 터트리며 맥주를 벌컥벌컥 들이켜는데, 어느새 아이스하우스 뒤편에서 다른 남자들이 나타난다. 아마도 여자들의 오빠나 삼촌쯤인 것 같다. 그들이 그늘 밑에서 나와 젊은 남자들에게 맞서며 시비를 걸자마자 곧장 몸싸움이 벌어지며 병이 깨지는 소리, 누군가 고함치는 소리, 여자들이 비명을 지르는 소리가 들린다. 곧이어 주변에 사람들이 몰려들고 누군가 경찰을 부르라고 외치는 가운데, 눈앞에서 본격적인 싸움이 벌어진다. 클로이는 라자 쪽을 쳐다보지만 그는 눈을 내리깔고 있다. 어느새 어깨에 닿는 손길을 느끼고 고개를 돌려보니 테오가 서 있다.

"갑시다." 그는 먼저 클로이를, 다음엔 라자를 쳐다보며 말한다.

"어디로요?" 그녀가 묻는다.

하지만 테오는 대답하지 않는다.

"어서 와요." 이젠 아예 그녀를 끌어당겨 일으켜세우며 그가 말한다. "여긴 위험해요."

그날 밤 앞서, 휴스턴에서 샌안토니오로 오는 긴 시간 내내, 두 사람은 짐칸 뒤쪽, 서로의 얼굴도 보이지 않는 어둠 속에 조용히 앉아 있었다. 그때 라자가 처음으로 그 사건에 대해 느끼는 죄책감에 대해 이야기했다. 그는 타일러 벡위스와 그가 알게 된 그의 가족에 대한 이야기를 했다. 두 사람의 추측과는 달리 타일러는 돈 많은 집안의 아이가 아니었고 자신과 마찬가지로 이민자 가정 출신이더라고 했다. 타일러는 다섯 살 때 부모를 따라 아일랜드 북부에서 미국으로 이민을 와 가난한 환경에서 자랐으며, 어린 시절 대부분을 아버지의 일자리를 따라 전국을 돌아다니며 지냈다고 했다. 타일러가 얻은 모든 것—사립 고등학교와 이후 스트래섬 대학의 장학금—은 열심히 공부하며 집안 좋은 또래들의 세계에 동화하려 발버둥쳐서, 순전히 자기 힘으로 얻은 것이었다. 이 모든 사실을 조사를 통해 알게 되었어, 라자가 말했다. 인터넷에 떠도는 잡다한 기사들도 읽었고 타일러를 위해 만든 웹사이트에 올라 있는 여러 수기들도 읽어봤어.

그렇다고 타일러가 한 짓을 정당화할 수는 없어. 클로이가 말했다. 그렇다고 책임을 벗을 수 있는 건 아니야.

그렇지. 라자는 동의했다. 책임을 벗을 순 없지. 하지만 어떤 의미는 있겠지, 안 그래? 라자가 물었다. 타일러와 알고 지낼 생각은 한 번도 해본 적이 없어. 그렇게 했더라면 결과가 달라졌을지도 몰라.

“그건 알 수 없어.” 클로이가 말했다. “자기가 그랬다고 인정조차 안 했을지도 모르잖아. 모든 것을 부인했을지도 모른다고.”

"맞아." 라자가 말했다. "하지만 그것도 확신할 순 없지. 안 그래?"

그뒤로 오랫동안 라자는 아무 말도 하지 않았다. 그리고 샌안토니오까지 남은 시간을 그들은 서로를 껴안은 채 그대로 앉아 있었다. 트럭 바퀴가 도로의 울퉁불퉁한 곳을 지날 때마다 상자가 떨어지거나 궤짝이 굴러올까봐 바짝 긴장하면서.

그때까지만 해도 클로이는 멕시코에 간다고 생각하면, 거기에서 둘만의 삶을 꾸린다고 생각하면, 여전히 그들 앞에 펼쳐질 모든 미지의 것들을 생각하면 마음이 들떴다. 그녀는 평생 동안 늘 다음 단계를 알면서, 몇 달 후나 몇 년 후에 어디에 가 있게 될지 늘 알면서 살아왔던 것 같았다. 하지만 이제는 모든 것이 알 수 없고 모호하며 미결의 상태로 남아 있는 듯했다. 샌안토니오에 도착했을 때는, 결국 전혀 다른 생각이, 어떤 회의가 들기 시작했다. 하지만 그녀가 자신이 없어질수록 라자는 더 결연해지는 것 같았다.

"너 겁나는구나. 눈에 보여." 좀 전에 트럭에서 아이스하우스로 걸어갈 때 라자는 그녀에게 말했다.

"겁나지 않아."

"겁날 거야. 그런데 괜찮아. 그게 자연스러운 거야."

클로이는 그를 쳐다보았다.

"그럼 넌 안 그래?"

"모르겠어." 그가 어깨를 으쓱하며 말했는데, 그때 그녀는 라자의 얼굴에서 모든 걱정이 사라졌음을 알 수 있었다. 앞서 휴스턴에서 출발할 때 그의 얼굴에서 보았던 모든 불안이 사라지고 없었다. "여기 내려오는 길에 어떤 생각이 떠올랐어." 그가 애매하게 말을 이었다. "이제 문제가 훨씬 분명하게 보이는 것 같아."

"어떤 문제?" 그녀가 물었다.

그는 대답하지 않았고, 잠시 후 그들은 아이스하우스에 도착했으며, 모든 것이 시끄럽고 어수선했다. 테하노 음악, 소리지르는 아이들, 도미노 게임을 하는 사람들, 김이 모락모락 오르는 음식을 먹으며 웃음을 터트리는 사람들. 라자는 클로이의 손을 꽉 쥐더니, 바 쪽으로 데리고 가 그녀의 귀에 대고 아주 부드럽게 속삭였다. "절대로 너에게 나쁜 일이 일어나게 하지 않을 거야, 클로. 알겠지? 약속할게." 그러고 나서 그는 뒤로 돌아 맥주를 주문했다.

테오가 그들을 데리고 간 곳은 거리를 좀 걸으면 나오는, 오래되어 버려진 아파트 단지다. 클로이의 눈에는 건물 안의 거의 모든 방이 비어 있는 것처럼 보였지만, 테오는 두 사람에게 그곳이 안전한 곳이라고, 집주인이 아는 사람이라고, 적어도 오늘밤에는 여기 있는 것이 안전할 거라고 했다. 그는 만나기로 한 여자와 연락이 닿았지만 북쪽 어딘가에서 오고 있는 중이라 도착하려면 아직 몇 시간 더 있어야 한다고 말한다. 여자가 아침까지는 오겠지만, 우선은 여기에서 쉬며 기다리다가 아침에 국경을 넘어야 한다고.

오늘밤 내내 테오가 그들에게 했던 말 중에 가장 긴 말이었다. 그러고는 그는 방을 나가 다른 곳에서 그의 친구들, 즉 진한 색 블레이저를 입고 카우보이모자를 쓴 나이 많은 남자들과 얘기를 나눈다. 방에 둘만 남게 되자 클로이는 라자에게 이 상황을 어떻게 생각하느냐고 묻는다.

“더 나쁠 수도 있었겠지.” 그가 말한다. “그러니까, 우리더러 짐칸 안에서 자라고 했을 수도 있잖아. 안 그래?”

그녀는 그를 보며 고개를 끄덕인다. 그들이 앉아 있는 방은 페인팅 도구로 가득차 있다. 말라붙은 페인트 통 여러 개, 사다리 하나, 트레이에 올려놓은 롤러 몇 개, 대강 뭉쳐서 구석에 밀어놓은 침대 시트. 방안에는 테레빈유와 오래된 화학물질 냄새가 진동하고, 천장에는 전구 하나가 느슨하게 매달려 있다. 그날 일찍 누군가 그 방에 페인트를 칠하다 간 것 같다고 그녀는 생각한다. 벽에 바른 밑칠이 아직 다 마르지 않았고 천장에는 롤러 자국이 종횡으로 교차하며 무늬를 그려놓았다. 그들은 식탁으로 보이는 곳에 앉아 있고, 맞은편 구석에는 먼지 쌓인 매트리스가 투명한 비닐에 싸인 채 놓여 있다. 테오는 그들에게 거기에서 자면 된다고 했다.

“차라리 짐칸이 나았을 것 같기도 해.” 그녀가 말한다.

“정말이야?”

“음, 짐칸에는 최소한 담요는 있잖아.”

그가 웃는다.

“괜찮을 거야.”

클로이는 그를 쳐다보며 고개를 젓는다.

“언젠가 오늘을 돌이켜보며 웃는 날이 올 거야.” 그가 말했다.

"언젠가 이런 것들도 정말 낭만적이었다고 생각하게 될 거야. 안 그래?" 라자가 손을 뻗어 클로이의 손을 꽉 쥐자, 클로이는 갑자기 긴장감을 느낀다.

그날 밤, 휴스턴에서 샌안토니오까지 세 시간을 달려오는 동안, 그들은 짐칸의 어둠 속에 앉아 얘기를 나누었다. 대부분이 멕시코에 도착하면 무엇을 할 것인가에 대한 얘기였다. 라자는 늘 멕시코에 대해 낭만적인 생각을 가지고 있었다고 말했는데, 들으면 들을수록 더 현실성 없이 느껴지는 얘기였다. 멕시코에 대한 그의 생각은 영화들—〈엘 마리아치〉*나 〈악의 손길〉** 같은 영화들—에서 얻은 것임에 분명했다. 클로이는 이를 그에게 설명하기 위해 어릴 때 멕시코에 자주 가봤으며, 그곳은 그가 생각하는 것과는 다르다고 말해주었다. 맞아, 아름다운 곳임에는 틀림없어, 그녀는 말했다. 하지만 어떤 곳은, 특히 라레도 같은 도시는 아주 위험해. 그리고 굉장히 가난한 곳이기도 해. 그녀는 아래쪽으로 내려가 멕시코 만에 면한 해안도시로 가면 미국인 관광객들이나 영어를 하는 사람들이 많으니 그런 곳들 중에서 한 곳을 고르자고 제안했다. 하지만 라자는 싫다고 했다. 그는 그 나라에서 가장 작고 외진 마을로, 한가운데로, 아무도 그들을 찾지 못할 곳으로 가고 싶다고 했다. 그는 조그만 카시타***를 하나 빌리고 밭에서 농사짓는 일거리를 찾겠

* 〈El Mariachi〉, 1992년에 제작된 미국 영화로 멕시코를 배경으로 한다.

** 〈Touch of Evil〉, 1958년에 미국에서 제작된 오슨 웰스 감독의 범죄 스릴러.

*** casita. 주로 멕시코인들이 사는 방갈로 형태의 단독주택.

다고 말했다. 거기엔 밭도 별로 없어. 그녀는 말했다. 한가운데에는. 거긴 대부분이 사막이야. 정말 그런지는 그녀도 사실 알지 못했다.

뭐, 상관없어. 그가 말했다. 어떤 식으로든 지역산업이라는 게 있긴 할 거야. 안 그래?

하지만 그런 생각은, 라자가 밭에서 농사일을 하거나 공장에서 아무 일이나 닥치는 대로 한다는 생각은 그녀를 우울하게 만들었다. 석 달 전만 해도 라자는 전 과목에서 A를 받는 화학 전공 대학생이었고, 돈을 많이 버는 화공 분야의 직업을 얻을 수도 있었다. 물론 그가 그 길을 진심을 다해 받아들이지는 않았겠지만, 그래도 길은 길이었다. 안 그런가? 최소한 미래는 있는 길, 적어도 말은 되는 길이었다. 라자가 그 모든 것을 그다지도 쉽게 포기할 수 있다는 사실이 그녀는 혼란스러웠다.

난 인생의 행복을 직업에서 찾을 수 있다고 생각해본 적 없어. 그가 설명했다. 그래서, 있지, 정말 아무 상관 없어.

하지만 라자가 그런 말을 했을 때 그녀는 정말로 믿지는 않았다. 아니 어쩌면 믿고 싶지 않았는지도 모른다. 그녀가 아는 것은 국경에 가까이 갈수록 모든 것이 다 잘못된 생각처럼 느껴진다는 사실뿐이었다. 중간에 라자는 멕시코에 도착하면 이름을 바꿔야 할지도 모른다며 어떤 이름이 좋겠는지 묻기까지 했다. 클로이는 늘 러시아 이름을 원했었다고 대답했다. 아냐 혹은 나타샤 같은 이름, 섹시한 이름을 원했다고. 하지만 라자는 자기라면 오히려 정반대로, 평범하고 흔한 이름을 고를 것 같다고 했다. 존이나 덕 같은.

“기분 나쁘게 듣지는 마.” 클로이가 웃으며 말했다. “넌 정말 덕이란 이름과 안 어울리게 생겼어.”

“그럼 넌 나타샤처럼 생긴 줄 알아?”

클로이는 웃음을 터트렸다.

자신을 새로 만들어낸다는 생각을 하며 그런 게임을 하는 건 재미있었다. 그리고 한편으로는 신분을 바꾼다는 생각, 다른 사람이 된다는 생각으로 기대에 부풀기도 했다. 고등학교 때 했던 것처럼 극중 역할을 연기하는 것과 비슷할 것 같았고, 자신은 잘 해낼 거라는, 아니 두 사람 다 잘할 수 있을 거라는 확신도 들었다. 하지만 또 한편으로 그것은 어딘가 이상하게 느껴졌고, 심지어 두렵기도 했다. 내가 더이상 클로이 하딩이 아니라면, 그럼 난 누구일까? 그리고 시간이 지나면 내가 정말 누구인지, 라자가 정말 누구인지 잊히기 시작할까? 우리의 거짓 신분, 가장의 삶이 진짜와 섞이기 시작할까? 그러면 결국 그건 무슨 의미일까? 클로이는 완전히 다른 사람으로 변해버린 시몬을, 예전에 어떤 사람이었는지를 드러내는 모든 흔적을 없애버린 그녀의 모습을 떠올렸다. 그게 그렇게 간단한 일일까? 한 사람이 자신의 옛 모습을 완전히 지운다는 게 가능할까? 가능하다 해도 그게 내가 원하는 일이기는 할까?

지금 클로이는 라자에게 그걸 묻고 싶다. 마음을 바꿔달라고 빌고 싶다. 하지만 이 방의 침침한 조명 아래에서 그녀 앞에 앉아 무심하게 담배를 피우는 그를 보고, 그녀는 지금 돌아가자는 말을 해봐야 아무 소용 없을 것임을 깨닫는다.

"테오는 어때?" 마침내 그녀가 묻는다. "아직도 그 사람, 느낌이 안 좋아?"

그는 클로이를 보고 어깨를 으쓱한다.

"아니." 그는 담배를 한 모금 빨아들인다. "지금은 안 그래." 라자가 그녀를 보고 웃는다. "얘기를 좀 했어."

"얘기를? 언제?"

"아까. 너 아이스하우스에서 화장실 갔을 때."

"난 네가 그 사람하고 얘기하는 거 못 봤는데."

"음, 근데 했어." 그가 윙크를 하며 말한다. "그런데 괜찮은 것 같아. 내 말은, 그러니까 다 잘될 것 같다는 생각이 들어."

그리고 갑자기 그의 얼굴에서 모든 불안의 기색이 사라진다. 그는 그녀가 아직 이해하지 못하는 어떤 것을 담담히 받아들인 것 같다.

"그럼 넌 이제 테오랑 친해졌다는 거야?"

"그렇다고는 안 했어."

"그럼, 둘이서 무슨 얘길 한 거야?"

라자는 그녀를 쳐다보며 어깨를 으쓱한다.

"별거 아니야." 그가 말하고는 다시 그녀를 보며 미소를 짓는다.

앞서 클로이는 테오에 대해 이상한 느낌을 받았다. 라자가 술을 더 주문하려고 바에 간 사이, 그녀는 테오가 길 건너편에서 자신을 똑바로 쳐다보고 있는 모습을 보았다. 샌안토니오에 처음 도착해 짐칸에서 그들을 내려줄 때도 마찬가지였다. 그리고 나중에 술집

쪽으로 안내하며 거리를 걸을 때도 그가 뒤에서 그녀의 다리를 쳐다보는 시선을 느꼈으며 가슴을 빤히 쳐다보는 모습도 두 번이나 보았다. 그가 입은 잘 다린 양복 밑으로, 그 말끔한 외관 밑으로, 그녀는 근육질의 육체성, 동물성을 느꼈다. 마치 그의 양복은 그저 허울이나 비밀스러운 피부에 불과한 것처럼.

"야, 우리 다른 얘기 하자. 응? 난 오늘밤이 좋은 밤이기를 바라. 알겠어? 미국에서 우리의 마지막 밤이잖아. 안 그래?"

그런 말을 들으니, 클로이는 정말 마지막인 느낌이 들어 불안해진다. 그녀는 여기까지 내려오던 시간을 다시 돌이켜보며, 트럭 뒤 화물칸의 어둠과 그때 느끼던 두려움과 불편함, 휴대전화기의 시계를 보면서 그들이 지나고 있을 여러 도시들을 상상하며 경로를 떠올려보던 일, 그리고 한동안 침묵 속에 앉아 서로를 껴안고 긴장을 달래주던 일 등을 떠올린다. 샌안토니오에 도착했을 때, 그녀는 트럭의 속도가 줄어드는 느낌과 좁은 벽 밖에서 들려오는 차들의 경적 소리를 들으며 도착을 감지했다. 그녀는 라자에게 초등학교 때와 중학교, 고등학교 때도 늘 이곳에 왔으며, 그런 수학여행 두 번에 한 번은 꼭 알라모*를 거쳐갔다고 얘기했다. 그 말에 라자는 웃으며 고개를 끄덕였고, 그는 알라모를 영화에서밖에 보지 못했다고 말했다. 근데, 네 생각보다 훨씬 작을 거야. 그녀가 말했다. 그리고 다른 유명한 것들이 대개 그렇듯이, 좀 실망스러울걸. 그리고 트

* 1836년, 멕시코 치하의 텍사스 독립을 위해 싸우던 미국 반군들이 전멸한 요새.

럭이 멈추고 테오가 문을 여는 소리가 들렸다. 그가 자물쇠를 열고 문을 위로 들어올렸을 때는 가로등 불빛이 너무 밝아 그들은 눈을 감았다가 실눈을 뜰 수밖에 없었다. 곧이어 테오가 화물칸으로 올라와 상자와 궤짝 들을 옮기는 소리가 들렸다. 마치 꿈에서처럼 그가 흐릿한 실루엣으로 거기 서 있었다. 나갈 시간이에요. 마침내 그가 중얼거리더니 그들을 보고 웃으며 윙크를 했다.

그로부터 얼마 후, 그녀는 구석에 있는 매트리스에 라자와 함께 누워 그의 눈꺼풀에 입을 맞추며 어서 자라고 말한다. 두 사람은 나란히 누워 있고, 라자는 그녀를 팔로 꽉 안고 있다.

"너 피곤해 보여." 그녀가 말한다.

하지만 그는 고개를 젓는다.

"난 안 잘 거야. 근데 넌 자야 돼."

머리 위 천장에 매달린 전구 하나가 벽에 그림자를 드리우고, 멀리 창밖에서 경찰차 사이렌 소리, 사람들이 고함치는 소리, 아이스하우스에서 싸움이 벌어지는 소리, 사람들이 어둡고 텅 빈 거리에 늘어선 집들로 돌아가는 소리가 들린다. 라자가 그녀의 허리께에 한 손을 올려 꼭 쥐고는 손가락으로 그녀의 머리칼을 쓸어넘긴다. 잠시 후 사위가 조용해지고, 그녀는 경쾌하게 오르내리는 라자의 목소리에 온몸이 이완되고 눈꺼풀이 무거워지는 것을 느낀다. 막 잠에 빠져들려는 순간, 클로이는 문 두드리는 소리, 난폭한 노크 소리를 듣는다. 라자가 일어나 문으로 걸어가 문간에 서서 테오와 이야기한다. 무슨 얘기를 하는지는 들리지 않지만 테오의 정수리가 오르락내리락하는 모습이 보인다. 잠시 후 문이 쾅 닫히고, 라자가 그녀에게 돌아온다.

"가자." 그가 말한다. "어서." 라자의 눈이 갑자기 흥분에 들떠 있다. "왔대."

"누가?"

"그 여자." 그가 미소를 지으며 말한다. "그 여자가 도착했대."

4

부엌 창밖으로 엘슨은 지평선을 밝히는 첫 새벽의 빛을 바라본다. 구름 낀 하늘은 어둡고 이웃에는 불 켜진 집들이 여기저기 몇 군데 보인다. 그는 앞에 놓인 긴 하루를 생각하며 마음을 다잡는다. 두번째 심문 단계에 들어간 경찰과의 면담과 회의로 긴 하루가 되겠지만 당장은 이상하게 평온한 기분이다. 자신이 산 첫 집이자 유일한 집인 그곳의 부엌에 서 있는 그는 이제 더이상 이방인이 아니다. 그는 환영받지 못하는 손님이 아니다. 그가 이 집에 있는 것은 아내가 부탁했기 때문이다. 지금 그녀에게 그가 필요하기 때문이며, 그녀가 다시 한번 그에게 팔을 벌렸기 때문이다. 그리고 지금 그런 생각을 하니, 아침을 준비하려고 여기 부엌에 있는 동안 케이든스가 위층 그들의 방에서 잠들어 있다고 생각하니, 그런 생각이 이 순간 얼마나 위안이 되는지 웃음이 비어져나올 지경이다.

그들 인생의 모든 혼란에도 불구하고, 딸의 행방불명을 둘러싼 그 모든 불안, 딸이 잘 있는지 어떤지 알 수 없어 느끼는 그 깊은 두려움, 그 모든 것들에도 불구하고, 아직은 잠깐씩 희망이 반짝이는 순간, 그들 모두가 이 상황을 잘 이겨낼 수 있으리라는 가능성이 보이는 순간이 있다.

그는 가스레인지에 프라이팬을 올려놓고 계란 두 개를 깨뜨린 후, 냉장고에서 오렌지주스를 꺼내고 커피콩을 갈기 시작한다. 그는 지난 몇 달 동안 자신을 위해서도 다른 누구를 위해서도 아침을 만들어본 적이 없다. 로나가 집에서 자고 갈 때도 늘 밖에서 식사를 했고, 혼자일 때는 보통 아침을 거르거나 가끔씩 출근길에 커피와 베이글을 사먹는 정도였다. 아침식사 준비는 오직 가족을 위한, 아내와 아이들만을 위한 의식이었고, 이제야 깨닫지만 그가 몹시 그리워하던 의식이었다. 클로이가 어렸을 때, 아이는 일요일 아침이면 늘 일찍 일어나 신문을 가져다가 그날의 중요한 미식축구 경기를 확인하곤 했다. 그 모습이 여전히 생생하다. 휴스턴에 오일러스가 있던 시절에는 오일러스, 그리고 나중에 고등학교에 들어간 이후에는 텍선즈의 플레이오프 진출에 큰 영향을 미칠 수 있는 경기들을 확인하는 것이었다. 미식축구는 항상 부녀가 함께 즐기던 취미였고, 리처드는 거의 관심을 두지 않던 주제였다. 클로이는 항상 부엌에 앉아 최근 부상당한 선수에 대한 기사를 읽거나 제 나름대로 경기를 예측하곤 했으며, 그사이 그는 가스레인지 앞에 서서 오믈렛이나 팬케이크, 또는 클로이가 졸라대면 그의 인기

메뉴인 프렌치토스트를 만들어주었다. 그러는 동안 케이든스와 리처드는 약간 늦게, 대개 아직 잠기운에 멍한 채 아래층으로 내려와서는, 거실 소파에 누워 〈뉴욕타임스〉의 크로스워드 퍼즐을 풀곤 했다. 시간이 흘러 아이들이 더 크면서 그런 시간이 점점 줄어들긴 했지만, 한동안 그것은 그들만의 의식, 그들을 한가족으로 묶어주는 행위였다. 그리고 지금 엘슨은, 그것만 지속되었다면, 매주 한 번씩 다 같이 하던 식사처럼, 그런 시간을 의무적인 일로 삼았더라면, 그것만으로도 가족을 유지할 수 있었을지도 모른다는 생각이 든다.

그런 생각을 하고 있을 때 진입로에 케이든스의 미니밴이 들어오는 소리가 들리고, 좀 지나자 세탁실 문이 열리는 소리가 난다. 케이든스는 위층에서 깊이 잠들어 있으니 분명 리처드일 것이다. 그 순간 옛날의 추억에 그리도 사로잡혀 있지 않았다면, 과거에 그렇게 몰두하고 있지 않았다면, 그는 좀더 재빨리 상황을 파악하고 침실로 달려올라가 아들을 피했을지도 모른다. 하지만 이 순간 그는 자신이 제 집 부엌에 서서 계란 요리를 하고 있다는 사실에 문제가 있다는 생각조차 들지 않는다. 그래서 리처드가 몹시 초췌하고 지친 모습으로 온몸에 술냄새를 풍기며 걸어올 때도 그는 주저 없이 손을 내밀어 아들을 맞는다.

리처드는 혼란스러운 얼굴로 마치 귀신이라도 본 것처럼 한참 그를 쳐다보더니 코를 찡그린다.

"대체 여기서 뭐하고 계세요?" 그가 마침내 말한다. 엘슨이 내민 손을 무시한 채.

"우리 함께 먹을 아침을 만들고 있네, 친구." 엘슨이 말한다. "앉아."

리처드는 그의 몸을, 잠옷 바지와 주름진 티셔츠를 살펴보며 상황을 파악한다.

"여기서 주무셨어요?"

"소파에서 잤다."

"그러니까, 여기서 주무셨다는 거예요?"

"네 엄마가 운전하지 말라고 해서."

리처드는 고개를 젓는다. 엘슨은 아들이 자기 말을 믿지 않는다는 것을 알 것 같다.

"도대체 이게 뭐지?" 리처드가 말한다. "두 사람 뭐예요. 다시 만나기라도 하는 거예요?"

"리처드."

"아, 씨발, 믿을 수가 없네."

"네가 생각하는 그런 거 아니야." 엘슨이 다가가 아들의 어깨에 손을 올리려 하지만 리처드는 몸을 뺀다. "잠깐만 앉아봐, 이 친구야."

"내 몸에 손대지 말아요." 리처드가 말한다. 그리고 그들은 그렇게 교착상태로 서서 아무 말도 하지 않는다. 마침내 리처드가 조리대 앞에 앉는다. "그래서, 이게 뭐예요. 아버지의 마스터플랜, 뭐 그런 거예요? 계속 우리 머리를 어지럽혀서 미치게 만드는 거? 아직도 뭐가 부족해요?"

엘슨은 꼼짝도 하지 않고 서 있다. 아들의 말이 그를 아프게 찌르며 그 아이가 아비를 얼마나 싫어하는지 다시 한번 일깨운다. 리처드가 처음으로 커밍아웃했을 때 그가 정신과에 가서 문제를 고쳐보자고 제안한 이후로, 아들은 결코 아버지를 용서하지 않았다. 엘슨이 생각을 바꾸어 그것을 받아들였을 때도, 심지어 분명 쉽지 않을 삶의 방식을 수용한 아들의 용기에 감탄하게 되었을 때조차, 그리고 그 얘기를 모두 했을 때도, 아이는 아버지를 결코 용서하지 않았다. 그는 문제를 고쳐보자, 했던 그 말을 붙들고 아버지를 공격하는 도구처럼 써먹었다.

"아침 만들어줄게." 엘슨이 프라이팬을 쳐다보며 말한다. 프라이팬은 타버린 버터 냄새와 함께 부엌을 연기로 채우기 시작한다. "너 계란 좋아하잖아, 그렇지?"

"배고프지 않아요."

"그래도 뭘 먹어야지."

"젠장, 배고프지 않다니까요, 아버지."

상황이 달랐다면, 리처드가 아직 고등학생이고 그와 케이든스가 아직 함께하던 시절이었다면, 아들의 이런 행동, 이런 반항을 용납하지 않았겠지만, 최근에 그는 야단을 칠 입장이 아니었고, 리처드도 그것을 알아서 몇 달 동안 아버지를 공격하는 도구로 써먹어왔다.

"그나저나 엄마는 어디 계세요?" 마침내 리처드가 묻는다.

"위층에서 자고 있다."

"엄마를 깨워야겠어요."

"그건 별로 좋은 생각이 아닌 것 같다."

"이 문제에 대해 얘기를 좀 해봐야 할 것 같아요."

"리처드."

"우린 지금 가족회의가 필요한 것 같아요. 아버지가 쓰던 말 아니에요? 회의?"

엘슨은 아무 말도 하지 않는다. 방금 전보다 더 무력해진 기분이다. 그는 가스레인지로 걸어가 불을 끄고 프라이팬을 싱크대에 넣는다. 그러고는 부엌 한가운데에 있는 아일랜드 조리대로 돌아가 리처드 맞은편에 앉은 뒤 다시 팔을 뻗어 아들의 어깨를 만진다. 리처드는 이번에는 몸을 빼지 않는다.

"봐라." 그가 마침내 입을 연다. "지금은 우리 모두 약간 혼란스러운 상태인 것 같다, 아들아. 네 엄마도 혼란스럽고, 나도 혼란스럽고, 그리고 너도 분명 무척 혼란스러울 거야. 그리고 그럴 때는 때로 하지 말아야 할 일들을 하기도 해. 이것도 다 그런 거야. 우리 모두 지금은 네 동생 때문에 죽도록 겁이 나 있는 것 같다."

리처드가 그를 쳐다본다. 순간 아들의 눈에서 무언가 누그러지고 허물어지는 느낌, 어떤 인정의 기미 혹은 주저함 같은 것이 들여다보인다. 그는 리처드가 겁을 내고 있다는 것을 알아볼 만큼은 아들에 대해 잘 안다.

"뭐냐?" 마침내 엘슨이 묻는다.

리처드는 고개를 젓는다.

"뭐야, 이 친구. 무슨 생각을 하는 거야?"

"아무것도 아니에요."

"그냥 말해봐."

리처드는 뒤로 돌아 베란다 쪽으로 걸어가 수영장을 내다본다. 잠시 후, 엘슨은 그의 뒤로 걸어가 다시 아들의 어깨에 손을 올려 꽉 쥔다. 마침내 아들의 어깨에서 힘이 빠진다.

"제가 다 망쳐버렸는지도 모르겠어요, 아버지." 리처드가 말한다. 등을 돌린 그대로.

"무슨 소릴 하는 거야?"

"정말로 다 망쳐버렸는지도 모르겠어요."

"네 동생 얘기야?"

리처드는 뒤로 돌아 그를 보지만 대답은 하지 않는다.

"이 친구야, 네가 무슨 일을 했든 말이지." 엘슨이 말한다. 그는 갑자기 불안을 느끼며 말을 신중하게 고르려 노력한다. "네가 무슨 일을 했든, 해결할 길은 있을 거라고 확신한다. 알겠니? 하지만 일단 무슨 일인지 말을 해줘야지."

리처드는 잠시 고개를 숙이고 제 손을 내려다보더니 시선을 돌려버린다. 그는 아들이 마음을 닫아버렸음을 느낀다.

"어이, 친구?"

"아무것도 아니에요." 리처드가 마침내 말한다. "잊어버리세요."

"이봐, 리치!"

"아버지, 저 가볼게요. 할 일이 좀 있어서." 그리고 그냥 그렇게,

그는 부엌을 걸어나가 제 방으로 올라간다. 그리고 홀로 남은 엘슨은 부엌을, 까맣게 태워버린 음식의 잔재를 빤히 쳐다본다.

아이들이 어렸을 때 그는 아이들을 수차례 엄한 규율로 다스렸지만 아이들을 때린 적은 한 번도 없었고, 그는 그 점에 대해 자랑스럽게 여겼다. 그의 친구들 중 몇몇은 가끔씩 냉정을 잃어 손이 나가거나 아이를 너무 세게 움켜잡거나 한 적이 있다며 그에게 털어놓았다. 친구들의 괴로운 표정에서 그들이 그런 행동을 얼마나 후회하는지 알 수 있었다. 하지만 엘슨은 한 번도 그런 적이 없었다. 스스로 판단하기로는, 아이들을 말로 학대한 적도 없다. 때로 냉정을 잃을 때도 있었고 목소리를 높인 적도 있었지만, 그의 아버지가 그에게 했던 것처럼 아이들을 깎아내리거나 비하한 적은 없다. 그런데도 최근 몇 달 사이 아이들은 그를 원망하고 심지어 경멸하고 있었고, 그는 그 이유를 완전히는 알 수가 없다. 케이든스는 모두 그의 생각일 뿐이라고, 아이들이 정말로 아버지를 경멸하는 것은 아니라고, 그저 두 사람이 헤어지면서 겪게 되는 단계이자 자연스러운 치유과정일 뿐이라고 했다. 하지만 엘슨은 이미 이혼하기 훨씬 전부터 그런 느낌을 받았다. 고등학교에 다니던 클로이의 표정에서도 보았으며, 대학에 들어가 처음 집을 떠나던 리처드의 목소리에서도 읽었다. 그리고 요즘 세 사람이 만나면, 케이든스 없이 셋이 함께 있게 될 때면, 그는 자신이 교도소의 교도관이라도 되는 듯 싫은 아이들을 억지로 붙잡고 있는 것처럼 느껴졌다. 함께 있고 싶지 않은 게 빤히 보이는데도 억지로 아버지와 저녁을 먹으며 사는 얘기를 하게 만들고 있다는 느낌이 드는 것이었다.

그는 부엌을 치우면서, 그리고 나중에 수영장 옆 뒤뜰에서 케이든스와 함께 커피를 마시면서 그런 생각을 한다. 흐린 아침, 오후 늦게는 폭풍우가 몰아칠 것 같은 날씨다. 마당 저편 가장자리의 철쭉이 시들해 보이고 수영장 바로 뒤쪽에 있는 진달래는 한 그루만 남고 모두 죽어버렸다. 그가 이 집을 나간 후로 뜰 전체가 엉망이 되어버린 것 같다. 더이상 아무도 뜰을 돌보지 않고, 더이상 누구도 잡초를 뽑고 비료를 주고 땅을 갈지 않는 것이다. 그 사실을 케이든스에게 말할까 하지만 그녀는 이미 딴생각에 빠져 있는 것 같다. 그녀에게 부엌에서 리처드와 무슨 일이 있었는지, 그애가 무슨 말을 했는지 막 얘기하고 난 참이고, 그녀는 속상해 보인다.

"그래서, 그애가 아는 거네." 마침내 케이든스가 말한다.

"알지."

"당신이 말한 거고."

"말하진 않았어. 걔가 추측한 거지."

그녀는 그를 쳐다보며 고개를 젓는다.

"실수였어." 그녀가 말한다.

"케이든스."

"정말이야, 엘슨. 대체 우리가 무슨 생각을 한 거지?"

"우리가 생각이란 걸 했다고 생각하지 않아. 어쩌면 그게 중요한 거 아닌가?"

케이든스는 컵을 내려놓고 주위를 둘러본다. 그는 그녀의 마음이 멀어지고 있음을, 더이상 농담이나 할 기분이 아님을 알아차린다.

"있지," 그가 말한다. "꼭 그런 건 아니야."

"뭐가?"

"꼭 실수만은 아니라고."

"엘슨."

"그냥, 나는 그래."

하지만 그는 어떤 면에서 그녀의 말이 맞는다는 것을 알고 있다. 이것이 좀더 큰 어떤 것의 시작이라고, 그들 관계의 새로운 시작이라고 믿고 싶은 만큼, 한편으로는 복구하기엔 너무 큰 상처가 아직 남아 있다는 것 또한 알고 있다. 더욱이 시기적인 조건이 더이상 나쁠 수 없는 상황이다. 당장 벌어지고 있는 모든 일들, 그들이 감당하도록 내몰린 그 모든 일들을 생각하면, 두 사람 모두에게 지금 이것은 가장 생각하고 싶지 않은 문제일 것이다. 그럼에도, 지금 아내를 바라보고 있는 엘슨은 여기에서 멈출 수가 없다.

"후회해?" 그가 마침내 묻는다.

케이든스가 그를 쳐다본다.

"지금 그게 중요한 게 아니잖아."

"그냥 말해봐."

"아니야." 그녀가 부드럽게 대답한다. "후회 안 해. 하지만 우리가 지금 그런 얘기로 시간을 낭비하고 있으면 안 된다는 생각은 들어."

"그래, 알겠어." 그는 팔짱을 끼며 말한다.

그녀는 커피를 들고 한 모금 마신다.

“리처드가 다른 얘긴 안 했어?”

“무슨 얘기?”

“뭐, 클로이 얘기라든가.”

엘슨은 고개를 젓는다.

“아니, 그런데 뭘 좀 아는 것 같긴 하던데.”

“왜?”

“뭔가 말하고 싶은 눈치였어.”

“클로이에 대해서?”

“모르겠어. 뭔가 있었는데. 아까. 부엌에서.”

“형사들과 얘기하게 해야 하지 않을까?”

“정말 그 녀석에게 그런 일을 겪게 하고 싶어?”

케이든스는 잠시 말을 멈춘다.

“모르겠어. 하지만 달리 방법이 없잖아.”

바로 그때 주머니에서 휴대전화가 울리고, 그는 전화기를 꺼낸다. 발신자 표시를 흘깃 보고 화면에 뜬 로나의 이름을 확인한 그는 갑자기 마음이 급해져서 재빨리 화면을 끈다. 그가 벨소리를 꺼버리자 케이든스가 의심스러운 눈빛으로 그를 쳐다본다.

“누구야?” 그녀가 묻는다.

“아무것도 아니야.” 그가 말한다. “회사.”

“회사에서 아직도 귀찮게 해?”

“그렇지 뭐.” 그가 어깨를 으쓱하며 말한다. “왜 있잖아, 아직 마무리 안 된 일들."

케이든스는 고개를 끄덕이지만 믿지는 않는 눈치다.

그는 자리에 앉아 뜰을 응시한다.

처음에 집에서 나갈 때, 그는 잠시 쉬어가는 거라고, 인생의 두 번째 기회를 잡는 거라고 스스로에게 말했다. 그가 지금 떠나는 여자, 이십오 년간 그의 아내였던 그 여자는 이제 너무 늙고 의존적이며 너무 빡빡하다고, 지금 그에게 필요한 사람은 좀더 어리고 자신과 비슷한 사람이라고 생각했다. 그리고 그런 사람을 찾으려 노력하던 그는 로나를 만났다. 로나는 딱 그런 사람, 케이든스와 정반대인 사람이었다. 하지만 지금 아내를 바라보고 있노라니 자신이 바랐던 것이 정말 그런 것인지 의문이 든다. 과연 이상적인 사람이라는 것이 있기는 한 것일까? 있다면 그에게 그런 사람은 항상 케이든스였던 건 아닐까? 분명 그녀는 완벽한 사람은 아니었고 두 사람이 결코 완벽하게 어울렸던 것도 아니지만, 결국 둘에겐 뭔가 있었다. 그렇지 않나? 본질적으로 두 사람은 잘 맞는다는 것, 기본적으로 그에겐 케이든스가 있어야 하고 그녀 없이는 살기 힘들다는 것을 엘슨은 알고 있었다. 그리고 그녀 또한 그렇게 느낄 거라고 확신했다.

그럼에도 주머니 속에 있는 휴대전화와 로나가 남겼을 메시지를 생각하니, 몰래 빠져나가 그것을 듣고 싶은, 로나가 원하는 게 뭔지 알고 싶은 비이성적인 욕구를 느낀다. 케이든스가 그의 의도를 의심하며 미심쩍은 눈으로 쳐다보고 있는데도 불구하고.

"우리 세시에 형사들을 만나야 해." 마침내 그녀가 말한다.

그는 고개를 끄덕인다.

"알았어."

"그러니까 그전에 할 일이 있으면—"

"없어."

"근데, 난 있어."

"무슨 일?"

"숙제."

엘슨은 그녀를 빤히 쳐다본다.

"나 경영학 수업 듣잖아."

이 마당에 어떻게 숙제를 하겠다는 건지 도저히 이해할 수 없지만, 그녀가 눈길을 돌리는 모습을 보니 그것이 단지 그를 내보내기 위한 핑계임을 그는 알 것 같다.

"좋아." 그가 마침내 말한다. "난 여기 계속 있어도 될까?"

"안 그러는 게 좋겠어."

그는 다시 그녀를 쳐다보며 눈을 마주치려 하지만 케이든스는 시선을 피한다. 마침내 그가 자리에서 일어선다.

"좋아. 강요하진 않을게."

그녀는 고개를 끄덕인다.

"하지만 아까 한 말, 진심인 건 확실하지?"

"무슨 말?"

"간밤의 일, 후회하지 않는다는 말."

케이든스는 그를 쳐다본다.

"안 한다고 말했잖아."

"그래도 당신은 늘 뭔가 후회를 하잖아. 안 그래?"

"그래, 내가 원래 그래, 엘슨." 그녀가 말한다. "알잖아, 내 본성이 원래 그렇다고."

엘슨은 순간 그녀를 쳐다보며, 문득 간밤의 이상한 장면을 떠올린다. 욕실 문 밖에 서서 열쇠구멍으로 그녀에게 나직하게 말을 하고 있을 때 방을 가득 채우던 마리화나의 톡 쏘는 냄새. 거의 한 시간쯤 지나 마침내 케이든스가 욕실에서 나왔을 때 그는 침대에 누워 책을 읽으며 기다리고 있었지만 그녀는 그를 쳐다보지도 않았다. 그저 불을 꺼달라고 하더니 침대로 들어와 그를 꼭 끌어안고 울기 시작했다. 그렇게 그녀를 안고 위로하며 누워 있는 동안, 엘슨은 이 모든 것이 현대인의 삶, 이 시대 가족의 모습을 단적으로 보여주는 기묘한 증거라는 생각을 하게 되었다. 비극적인 사건으로 갈가리 찢어진 가족이 있고 아버지를 경멸하는 아들이 있고 욕실에서 마리화나를 피우는 전처가 있으며 딸은 감옥에 갈 가능성이 아주 큰 상황인데, 그런데도 자신이 더 큰 무언가의 일부라는 사실에, 주위 사람들이 자신을 필요로 한다는 사실에, 본인들은 깨닫지 못해도 그들이 자신을 의지한다는 사실에 단순한 기쁨을 느끼는 사람이 있다는 것이.

"있잖아, 당신이 괜찮다면, 난 여기 있으면서 정원이나 좀 손질했으면 싶은데." 그가 말한다.

"정원?"

"그래. 엉망이잖아. 당신은 안 보이는지 모르지만."

"엘슨."

"알았어." 그가 말한다. "갈게. 그냥 말해본 거야. 하지만 봐. 머지않아 누구든 정원을 돌봐야 할 거야. 사실, 케이든스, 주변에 정말 여기저기 많아—당신은 안 보이는지 모르지만—여기저기 손봐야 할 것들이 너무 많다고."

그러자 케이든스는 특유의 쓴웃음과 빈정거림을 담아 미소를 지으며 눈을 굴린다.

"그래, 엘슨." 그녀가 한숨을 쉬며 말한다. "내 눈에도 보여."

5

킨코스*에서 줄을 서 있는 동안 리처드는 갑자기 속이 울렁거림을 느낀다. 그의 부모가 다시 만난다는 생각, 두 사람이 서로에게 정중해졌다는 생각, 그런 생각이 다른 모든 것들과 뒤섞인다. 게다가 동생이 이 나라를 떠나는 데 자신이 일조했을 수도 있다고, 그리고 바로 지금 이 순간 동생이 외국 땅을 밟고 서 있을 수도 있다고 생각하니, 당장은 도저히 그 모든 생각들을 정리할 수가 없다.

그는 앞다퉈 자리를 잡으려는 사람들에 둘러싸여 있다. 정신없이 돌아다니는 사람, 겹겹이 쌓인 문서를 마치 아기 다루듯 보듬어 안고 있는 사람, 카운터 뒤에 있는 직원들에게 손을 흔들며 자기 쪽을 보게 하려고 애를 쓰는 사람, 소리 높여 불만을 쏟아놓는 사

* 물류회사 페덱스에서 운영하며 복사, 인쇄, 택배 서비스 등을 제공하는 소매점.

람, 지금 자기 일이 매우 급하다고 설명하는 사람. 그는 눈을 감고 그 모든 것을 차단하려 애쓰다가 다시 한번 휴대전화를 들여다보며 지난 삼십 분 사이 받은 문자들을 다시 읽는다. 갈수록 수수께끼 같아지는 문자들이 모두 그가 알지 못하는 한 번호에서 들어오고 있다.

첫번째 문자를 받은 것은 그가 부모님 집을 막 나설 때, 어머니의 미니밴 조수석에 그의 시 원고들을 싣고 진입로를 나오고 있을 때였다.

리치, 어디야? 전화해.

그는 클로이가 보낸 문자라고 생각해 바로 전화를 걸었지만 전화는 익명의 음성사서함으로 연결되었고, 몇 분 후 다시 문자를 보내려고 했지만 문자는 반송되었다.

몇 분 후 두번째 문자가 도착했다.

큰일났어. 전화해.

하지만 역시 연락은 되지 않았다. 그 번호로 아마 열 번도 넘게 전화를 걸었을 것이다. 하지만 전화는 매번 좀 전의 음성사서함으로 바로 연결되었고, 그때마다 그는 동생에게 음성메시지를 남겨 제발 전화해달라고 사정했지만 클로이는 전화하지 않았다.

그러다 몇 분 전에 그는 마지막 문자를 받았다. 가장 길고도 가장 당황스러운 문자였다.

오빠 도움 필요. 지금 안전하지 않아. 일반전화로 할게. 이 문자들 모두 지워줘! -C.

하지만 그는 문자들을 지우지 않았다. 마음속 깊은 어딘가에서 그 문자가 여동생과 나누는 마지막 통신일지도 모른다는 두려움이 생겼다. 하지만 지금은 의문이 든다. 자신이 여기에 온 이유, 그러니까 이 모든 대혼란의 와중에 대학원에 지원하려 한다는 사실이 말도 안 된다고 느끼며 줄을 서 있는 지금, 그는 다른 일을 해봤어야 하지 않을까, 결국 경찰에게 모두 털어놓거나 부모님께 그간의 일을 말했어야 하지 않았나, 자문하기 시작한다.

앞에 선 여자가 계산대에 있는 직원에게 과장된 연극조로 따지고 있다. 여자는 자기 딸의 초대장을 망쳐버렸다고, 딸의 성년식 파티를 근본적으로 망쳐버린 것과 매한가지라고, 이젠 너무 늦어버려서 돌이킬 수도 없다고 성토하고 있다. 그 옆에는 금발의 십대 소녀가, 클로이보다 겨우 두세 살쯤 어려 보이는 소녀인데, 창피한 듯 발밑을 내려다보고 있다. 여자는 관리자를 부르라고 요구하고, 계산대의 직원이 난처해하며 뒤쪽 사무실로 들어간 사이, 리처드는 갑자기 이 여자를 옆으로 밀치며, 그 여자가 얼마나 운이 좋은 사람인지, 지금 자기 딸이 어디 있는지 안다는 것만으로도 얼마나 행운인지 알려주고 싶은 충동을 느낀다.

하지만 그는 그냥 뒤돌아서 문을 나서고, 바로 그때 전화가 울린다. 온몸에 아드레날린이 솟구치는 듯하다. 그는 킨코스의 차양 아래 그늘로 들어가 주머니를 뒤적여 전화기를 꺼낸다. 그 와중에 하마터면 떨어뜨릴 뻔했던 전화기에 대고 그는 말한다.

"클로이?"

"뭐?" 남자 목소리다.

"누구야?"

"브랜든이야, 얀마. 야, 너 여기 좀 와야겠다."

"어디?"

"우리집." 브랜든의 목소리에 초조함이 묻어난다.

"무슨 일인데?"

"야 인마, 완전히 좆됐어."

"무슨 소리야?"

한참 침묵이 이어지다가 마침내 브랜든이 입을 연다.

"야, 일단 와봐."

리처드는 그늘에서 나와 미니밴이 있는 곳을 향해 걷기 시작한다.

"무슨 일인지만 말해줄 순 없어?"

"나도 몰라." 브랜든이 말한다. "그래도 되나? 내 말은, 내 전화기 도청당하고 있는 거 아니냔 말이야!"

"무슨 소리를 하는 거야?"

"그 형사들 두 명 말이야. 아니 형사인지 뭔지 모르겠지만, 검은 양복 입은 두 남자가 여기 와서 삼십 분 정도 별의별 것들을 다 캐묻고 갔어."

"언제?"

"방금."

"방금?"

"그래, 방금."

"그 사람들이 뭘 캐물었는데?"

"뭘 것 같냐?" 브랜든이 잠시 말을 멈춘다. "야, 그 사람들이 인터넷 검열 같은 걸 하고 있었어. 모르겠어. 어쨌든 그 사람들이 클로이가 우리집에서 인터넷을 썼다는 걸 알아낸 거야. 인터넷 서비스 회사를 추적했다던가, 잘 모르겠어. 그냥, 여기 있는 거 다 알아, 그런 식이야. 그러더니 여기저기 뒤진 후에 걔가 없다는 걸 알고 나서는, 대체 어디 있어? 그런 식이더라고."

"그래서 뭐라고 했어?"

"암말도 안 했지, 자식아. 그러니까, 그냥 별것도 아닌 얘기들만 늘어놨어. 그랬더니 그 사람들이 열받아가지고, 물론 여기 있었다는 사실은 인정할 수밖에 없었어. 그 정도는 다 알고 온 사람들이었으니까. 하지만 그게 다야. 내가 말한 건 그게 다라고. 그냥 클로이가 들러서 몇 시간 있다 갔다고만 했어."

"라자에 대해서는?"

"아무것도. 한마디도 안 했다, 인마. 그런 사람은 이름도 들어본 적 없는 것처럼 했지."

"그 사람들이 믿는 것 같았어?"

"젠장, 누가 알겠냐?" 그는 브랜든의 목소리에서 두려움이 점점 커지는 것을 느낀다. "야, 내가 전에 말했지? 나한테 이런 똥물 튀기면 안 된다고. 형산지 개나발인지는 몰라도 그런 사람들이 내 집 주변을 냄새맡고 다니고 내 인터넷 기록 같은 거 추적하고 그러면 난 안 된다고."

"알아." 리처드가 말한다. "미안해."

"정말 그러면 안 된단 말이야."

미니밴 문을 열며 그는 한낮의 열기와 뒷목을 타고 흘러내리는 차가운 땀방울을 느낀다. 전화기 너머 브랜든은 아무 말이 없다.

"이봐, 브랜. 십 분만 기다려, 응? 십 분 안에 바로 갈게. 그러면 이 말썽을 바로잡을 수 있을 거야."

전화기 저쪽의 브랜든은 그래도 말이 없다. 몇 초쯤 지난 후, 그는 배경에서 음악 소리가 나지 않음을, 브랜든이 이미 전화를 끊었음을, 그제야 알아차린다.

킨코스 주차장에서 차를 빼서 나온 뒤 리처드는 가속페달을 밟고 천천히 몬트로즈 대로로 나온다. 머리로는 여전히 브랜든이 한 말들을 정리하려고 애쓴다. 이 모든 이상한 현실, 이젠 급기야 브랜든까지 이 말썽에 끌려들었다는 사실. 형사들? 인터넷 검열? 모두 어처구니없게 느껴졌다. 일이 진정 그 정도까지 커졌다는 건가? 그러면 그 자신의 행동은 얼마나 관찰, 감시받고 있었을까? 클로이에게 준 돈도 그들은 알고 있을까? 하얏트 호텔에서 보낸 밤에 대해서도 그들은 알고 있을까? 그런 일은 생각만으로도 터무니없는 일 같았지만, 현대의 기술에 대해, 그리고 여러 관계 기관들이 정보를 얻는 수단에 대해 그가 아는 게 얼마나 된단 말인가? 지금 그가 아는 거라곤 당장 눈앞에 더 큰 문제들이 있다는 사실, 브랜든이 알고 있는 것보다도 더 큰 문제들이 있다는 사실뿐이다. 정지신호에서 천천히 차를 멈추면서 그는 다시 한번 조용한 휴대전화기를 들여다보고 문자들을 대충 읽어본 다음 전화기를 치운다. 이 모든 혼란 속에서, 그는 브랜든에게 방금 어떤 일이 있었는지에 대해서는 언급조차 하지 않았다. 지금으로선 말을 해야 하는지 어떤지도 확신이 서지 않는다. 그런데 클로이는 왜 문자들을 다 지우라고 했을까? 대체 그애가 두려워하는 사람들은 누구란 말인가? 관련된 제삼자가 있는 걸까? 그가 고려하지 못한 다른 요소가?

몬트로즈 대로를 따라 차를 몰고 가던 그는 갑자기 안정을 잃는다. 머릿속에 오만 가지 생각이 다 떠오르면서 그를 둘러싼 세상이 갑자기 조용하고 흐릿해진다. 동생에게 무슨 일이라도 생긴다면 그는 자신을 용서할 수 없을 것이다. 지금 그는 그 사실을 깨닫는다. 좀 전에 아버지와 이야기하면서 깨달았던 것처럼. 지난 이 주 동안 그가 한 모든 일들, 그가 내린 모든 형편없는 결정들, 그가 감수한 모든 위험들은 모두 클로이를 위한 것, 오직 그애를 보호하기 위한 것이었다. 이 힘들고 불합리한 세상에서, 클로이는 그와 깊이 연결된 유일한 존재였다. 또렷이 형체가 잡히지 않는 이 세상, 말이 안 되는 일들로 가득찬 이 세상, 클로이가 없었다면 헤쳐나갈 수 없었을 이 세상에서. 오랫동안 클로이는 그의 유일한 대화 상대였다. 좋아하는 남자애들에 대해 말할 수 있는 유일한 사람, 부모에 대해 불만을 터놓을 수 있는 유일한 사람, 그리고 부모가 잠자리에 들고 난 뒤 밤이 늦도록 함께 깨어 있어준 사람, 그런 밤 그가 이런저런 일에 대해 가설을 세우거나 인생의 복잡하고 단편적인 문제들을 해결하려고 애쓸 때 그의 말을 들어준 유일한 사람. 몬트로즈의 좁은 길들을 따라 운전하고 있는 지금, 리처드의 눈앞에는 침대 가에 앉아 오빠에게 미소지어 보이던 동생의 얼굴이 떠오른다. 아래층에 몰래 내려가 찬장에서 부모님의 보드카를 훔쳐오던 클로이, 처음으로 마리화나에 불을 붙이던 클로이, 끝이 없던 여름의 어느 날 수영장 가에서 나란히 누워 있던 클로이. 눈앞에서 클로이가 식탁 끝에 앉아 미소짓고 윙크하며 그에게 말하고 있다. 진정하라고, 긴장을 풀라고, 모든 게 다 좋아질 거라고.

도로 한쪽에 차를 대며, 그는 뛰는 가슴을 주체할 수 없어 차를 세우고 밖으로 나간다. 주섬주섬 담배를 챙겨 불을 붙인 후 주변 동네를 둘러본다. 그가 사는 곳에서 아주 가까운 동네, 분명 열 번도 넘게 차로 지나다녔을 동네인데 갑자기 전혀 모르는 곳처럼 느껴진다. 그는 문자를 확인한 뒤 전화를 걸고 기다리다가 설정된 기계 음성이 나오자마자 전화를 끊는다. 그는 부모님에게 전화를 해다 털어놓을까 생각하다가, 혼자 아파트에서 기다리고 있을 브랜든을 생각한다. 어렸을 때 읽은 만화를 떠올린다. 만화에서 시간

개념은 언제든지 마음대로 바꿀 수 있고 유동적인 것, 되돌아가거나 고칠 수도 있는 것이었다. 심지어 삶 그 자체까지도. 그는 문득 깨닫는다. 지금 그에게 그런 힘이 있다면, 시간을 되돌릴 힘이 있다면, 클로이에게 절대로 그 돈을 주지 않았을 것이다. 그애를 돕고 있다는 착각을 하지 않았을 것이다. 이제야 깨닫게 된 그 사실을, 그때 이미 알 수 있었을 것이다. 동생이 사랑 때문에 판단력을 잃었음을. 그 자신이 사랑 때문에 판단력을 잃은 것처럼, 그리고 좀 전에 집에서 지난날의 가식을 되풀이하고 있던 부모님 역시 사랑 때문에 판단력을 잃은 것처럼.

전화기를 내려다보며 그는 주변을 파악하려고, 생각을 정리하려고 애쓰지만, 그를 둘러싸고 있는 세상이 갑자기 비현실적으로 보인다. 어찌 보면 너무 빨리, 또 어찌 보면 너무 천천히 움직이고 있는 듯한 느낌이다. 아버지가 늘 겪었다는 공황장애도 이런 느낌이었을까? 아버지의 불안 성향이 내게도 유전된 것일까? 이런 느낌을 딱 한 번 경험해본 적이 있다. 마코스와 처음으로 싸웠을 때. 하지만 그때도 이 정도는 아니었다. 이렇게 심하진 않았다.

그는 차문 쪽으로 기대어 눈을 감고 다시 숨을 쉬어본다. 처음에는 아주 천천히, 그다음에는 좀더 빠르게, 횟수를 세어가며 호흡을 하면서 마음을 진정시키려 애쓴다. 그때 갑자기 뒤에서 경적 소리가 들리고, 돌아보니 차 한 대가 옆으로 지나가려 하고 있다. 그가 차를 막고 있었던 것이다.

"이봐." 뒤에 있던 여자가 창문을 내리며 소리친다. "이 새끼가 정신이 어떻게 된 거 아냐?"

리처드가 마침내 도착했을 때, 브랜든은 아파트 현관 계단에 앉아 있다. 커다란 배낭이 그의 옆 바닥에 놓여 있고, 뒤에는 문에 기대어 선 금발의 키 큰 남자애가 군대 작업복 바지에 푸가지* 티셔츠를 입고 담배를 피우고 있다. 그는 차에서 내리는 리처드를 미심쩍은 눈초리로 쳐다보더니, 마치 소유권이라도 주장하듯 브랜든 옆으로 가 앉는다. 리처드가 다가가자 브랜든은 그리핀이라고 그 애를 소개한 후 밖으로 나가는 길이라고 설명한다. 리처드는 그리핀을 보고 고개를 끄덕한 후 묻는다.

"어디로 가는데?"

"그건." 브랜든이 말한다. "말해줄 수 없어."

리처드가 그를 빤히 쳐다본다.

"음, 그럼 얼마나 있다가 올 건지는 말해줄래?"

"아니. 미안하지만 말 못해."

리처드는 바닥에 놓인 배낭을 내려다본다.

"우리 할 얘기가 있는 줄 알았는데."

"얘기?"

"그래, 얘길 좀 해야 된다고 네가 그랬잖아."

브랜든이 그를 빤히 쳐다본다.

---

* Fugazi, 1987년에 결성된 미국의 포스트 하드코어 밴드.

"지금은 얘기할 시간이 없다, 친구야. 우린 지금 가야 해."

"이봐, 브랜. 늦어서 미안해."

하지만 브랜든은 그를 무시하고 배낭을 어깨에 걸쳐멘다.

"그건 그렇고, 그 안엔 뭐가 있냐?" 리처드가 배낭을 가리키며 묻는다.

브랜든은 배낭을 쳐다보며 토닥거린다.

"이 안에? 일단은 어떤 개좆같은 놈이 내 아파트에서 찾아내면 안 되는 모든 것들이 들어 있지."

부쩍 날 선 브랜든의 목소리에 리처드는 다시 죄책감과 수치심을 느낀다.

"이봐, 브랜. 안으로 들어가자."

하지만 브랜든은 돌아선다.

"나 없는 동안 내 교대시간이나 좀 때워주라. 응?" 그가 바닥을 내려다본다. "며칠 지방에 좀 다녀올 거라고 해두었어. 집안에 급한 일이 있다고. 그러니까 나 돌아올 때까지 네가 내 몫까지 일을 좀 해야겠다."

리처드는 고개를 끄덕인다.

"그리고 그 사람들이 다시 와도 넌 나 어디 있는지 모르는 거다, 알았지?"

리처드는 다시 고개를 끄덕인다.

그때 그리핀이 시선을 돌리며 역겹다는 표정을 짓자, 이 남자애가 누구인지조차 모르면서 리처드는 약간의 짜증을, 그다음엔 질투를 느낀다. 브랜든이 최근에 라임라이트 클럽 같은 데서 꾀어낸 몇몇 놈들 중 하나인 듯한 이 자식은 복잡한 일에 얽혀들면서도 그런 줄 모르는 것 같다.

"그리고 내가 전화에서 말하지 않은 게 하나 더 있어." 브랜든이 말한다. "네가 겁먹을까봐 말 안 했는데, 이 사람들은 네 동생이 무슨 곤경에 빠졌을 수도 있다고 생각하는 것 같더라."

"곤경?"

"그래, 위험한 상황이라든가, 뭐 그런 거."

"무슨 소리야?"

"몰라. 난 그냥 그 사람들이 말한 걸 전하는 것뿐이야."

"라자에 대한 얘기 아니었어?"

"나도 모른다니까, 인마."

리처드는 다시 한번 문자들을 떠올리고 온갖 상상을 다 하며, 도대체 자신이 무슨 짓을 한 걸까 자문한다. 그는 브랜든에게 문자에 대해 거의 말을 할 뻔하다가 그리핀을 쳐다보고는 마음을 고쳐먹는다.

"자, 그럼." 브랜든이 일어서며 말한다. "우린 이제 간다."

그때 옆에 있던 그리핀도 일어나고, 리처드는 브랜든의 차 쪽으로 걸어가는 두 사람 뒤를 따른다.

리처드는 다시 한번 사과하고 싶고, 자신이 얼마나 미안해하는지 브랜든이 알 수 있게끔 무슨 말이라도 하고 싶지만, 그저 그대로 선 채 브랜든과 그리핀이 차에 타는 모습만 바라볼 뿐이다. 브랜든은 포옹도 악수도 없이 차에 올라타 시동을 걸고 난 뒤 창문을 내리고 그를 쳐다본다.

"한 가지 더." 그는 의심쩍은 눈으로 거리를 둘러보며 말한다. "내 휴대전화로 전화하지 마. 알았지? 나 전화기도 안 가져가니까."

"그럼 네가 돌아왔는지 아닌지는 내가 어떻게 알아?"

"넌 모를 거야." 브랜든은 어깨를 으쓱하며 말한다.

그러고는 창문을 다시 올리고 라디오를 켠다. 잠시 후, 리처드는 길가에 서서 차가 모퉁이를 돌아 사라지는 모습을 지켜보고 있다.

그는 어디로 가야 할지 몰라 거기에서 잠시 기다리다가 미니밴 앞자리에 있는 대학원 지원 서류를 떠올린다. 그는 그것을 절대 부치지 못할 것이다. 브랜든은 어딘가로 숨어들어버렸고, 부모님은 집에서 나름의 오판을 저지르며 일을 수습하려 하고 있을 것이다. 그리고, 클로이. 브랜든은 그가 이미 알고 있는 것을 확인시켜주기라도 하듯 그애가 어떤 위험에 처해 있을 수도 있다고 했다.

생각이 좀 정리되자 그는 담배에 불을 붙이고 브랜든의 아파트를, 삼층의 창문을 올려다본다. 불과 며칠 전까지만 해도 동생은 그곳에 앉아 거리를 내려다보며 도주를 계획하고 라자와 함께 어떤 정교한 계획을 짜고 있었을 것이다. 동생을 왜 그렇게 믿었을까. 그런 생각을 하며 뒤돌아서는데, 주머니에 있는 휴대전화에서 미미한 진동이 느껴지더니 연이어 날카로운 벨소리가 울린다. 혹시라도 클로이의 전화를 놓치지 않도록 벨소리를 최대로 맞춰놓았던 것이다. 처음 동생의 목소리는 숨죽인 듯 희미하여, 내세에서 온 속삭임, 유령의 목소리 같다. 흥분 때문에 몸을 심하게 떨고 있는 리처드는 말을 제대로 할 수가 없다.

"클로이?" 그가 말한다. "도대체 너 어디 있는 거야?"

"이거 공중전화야." 클로이가 희미하게 대답한다.

"그게 아니라, 너 도대체 어디 있는 거냐고?"

"모르겠어, 리처드." 동생이 차분하게 말한다. "정말, 전혀 모르겠어."

6

그들은 이번엔 도심에서, 트래비스 가에 있는 휴스턴 경찰국에서 만나자고 했다. 케이든스는 한 번도 가본 적 없는 오래된 건물이었다. 법원이나 이 동네 곳곳에 널려 있는 보석보증인* 사무실 등과 마찬가지로 그녀로선 들어갈 일이 없던 건물이었다. 이곳은 휴스턴에서 그녀가 거의 오지 않는 지역, 마치 딴 나라처럼 이질적으로 느껴지는 동네지만, 어쨌든 그녀는 이곳에 와 있었다. 일종의 취조실이라고밖에 생각할 수 없는 그런 방에서 남편이 오기를, 그리고 아까 자신에게 인사를 건넸던, 스트래섬 경찰국의 잘 차려입은 두 형사가 들어오기를 기다리며.

엘슨은 한 시간 전에 전화를 해 세시 십오 분 전에 건물 밖에서

* 피의자가 법정에 출두할 것을 약속하는 의미로 보석금에 해당하는 채권을 발행하여 보증을 서주고 수수료를 받는 전문직 종사자.

만나 무슨 말을 해야 할지 간단히 정리해보고 들어가자고 약속해 놓고는 나타나지 않았다. 거의 삼십 분이 늦어진 그때까지도 그는 나타나지 않고 음성메시지에 대답도 없었다. 이렇게 사라져버리는 건 그 사람답지 않은 일이었지만, 한편으로는 이런 식으로 최악의 순간에 나가떨어지는 것, 그를 가장 필요로 할 때 일을 망쳐버리는 것은 정말이지 너무나 그다운 짓이자 전형적인 모습이기도 했다. 그녀는 자기도 모르게 떠올리고 있었다. 엘슨이 리처드의 수영경기나 클로이의 오케스트라 공연을 놓쳤던 일, 저녁식사에 삼십 분만 늦겠다고 해놓고 결국 나타나지 않았던 일, 늘 출장 간다며 사라져버렸던 일, 가족 휴가여행을 취소하거나 저녁식사 모임에 혼자 가야 했던 일 등을. 그건 항상 일 때문이었는데, 아니 그의 주장은 그랬는데, 지금은 일도 안 하고 있잖아? 맞아, 그이는 아무것도 안 하고 있어. 그제야 그녀는 깨달았다. 뭔가 다른 이유가 있는 거야. 그리고 그게 뭐든, 어쨌든 이것보다 더 중요하니까 하고 있을 그 일이 뭐든, 젠장, 좋은 일이 아니기만 해봐라.

이제 그녀는 차가운 철제 의자에 등을 기대고 창밖으로 스트래섬에서 온 두 형사를 쳐다본다. 그들은 격의 없는 모습으로 복도에 서서 얘기를 나누고 있다. 그들은 그녀가 처음 도착했을 때는 다소 쾌활하게 인사를 했지만, 지금은 잔뜩 짜증이 난 모습이다. 남편이 나타나지 않는다는 사실에, 이 만남의 심각성을 완전히 무시하는 그의 태도에 그녀와 마찬가지로 화가 나 있는 것이다. 그리고 물론, 엘슨도 없이 그녀는 대체 무슨 말을 해야 할지 전혀 알 수가 없다. 어쨌거나 처음부터 주도권을 잡은 사람은 엘슨이었으니까. 앨버트 던과 함께 이 사건에서 언급하면 피해를 줄 수 있는 말—그의 표현대로 '유해'한 말—이 어떤 것들인지 의논한 사람은 엘슨이었다. 불과 몇 시간 전에 말은 다 자기가 하겠다고, 자기가 다 알아서 처리하겠다고 큰소리쳐놓고는, 지금은 그녀를 내동댕이치다시피 해서는 혼자 헤쳐나가게 내버려두고 홀로 딸 인생의 유일한 수호자이자 보호자를 자임하게 만든 사람도 엘슨이었다. 전날 밤에 함께 잤다는 사실, 그가 달라졌다고 생각할 만큼 자신이 바보였다는 사실, 그를 다시 받아들였다는 사실은 그녀가 나중에 혼자서 고민해봐야 할 일일 것이다. 그녀가 당장 해야 할 일은 딸의 사건에 집중하는 것, 덫에 걸린 것 같은 이 상황에서 빠져나갈 최선의 길을 생각하는 것이다.

복도에 있는 형사들을 힐끗 뒤돌아보고 어깨를 으쓱하며 미안한 듯 미소를 지은 후 다시 손목시계를 한참 들여다보고 있노라니, 마침내 문이 열리고 키 큰 형사가 들어온다.

"이제 시작해야 할 것 같습니다, 하딩 부인." 형사가 냉정하게 말하며 서류철을 꺼낸 뒤 탁자로 걸어와 옆에 앉는다. "물론 부군을 기다려야겠지만 이제 보니 안 오실 생각이신가 싶기도 해서요. 아닌가요?"

케이든스는 아무 말도 하지 않고 고개만 끄덕인다.

"사실, 저희가 정말 원하는 건 가능하다면 내일 밤에 두 분이 함께 다시 오시는 겁니다. 그리고 그때는 남편분이 확실히 같이 오시면 좋겠고요."

케이든스는 얼굴이 화끈거려 다시 고개를 끄덕이며 사과의 말을 시작하지만, 말을 끝내기도 전에 형사는 됐다는 손짓과 함께 서류철을 집어든다.

"부인, 따님에 대해 몇 가지만 여쭤보겠습니다. 그러고 나서는 바로 보내드릴게요. 아시겠죠? 하지만 먼저 지난 며칠간 몇 가지 변화가 있었다는 것을 알려드리고, 그 부분에 대해서 얘기를 좀 나누어야 할 것 같습니다."

"변화요?" 그녀가 형사를 쳐다보며 묻는다. "좋은 쪽으로요, 나쁜 쪽으로요?"

"음, 그건 보시기에 따라 다를 것 같습니다."

"나쁜 것부터 말씀해주세요."

"정말입니까?"

"그래요."

형사는 서류철을 다시 쳐다보다가 펜을 집어든다.

"음, 지금으로선 장담하기는 힘들지만 말입니다, 부인. 하지만 저희 생각엔, 따님께서 지금 상당히 험한 민사소송에 휘말릴 것 같습니다."

"민사소송이오?" 그녀가 알 수 없다는 듯이 묻는다. "그게 무슨 말씀이세요?"

"민사소송이 뭔지는 아시죠?"

"네, 물론 알죠. 하지만 그럼 이제 형사소송에는 걸리지 않는다는 말씀이신가요?"

"음, 그렇습니다. 그러니까, 저희가 벡위스 학생에 대해 알아본 소식을 종합해보면, 그 학생이 지금은 상당히 안정된 상태에 접어들었다고 합니다. 어쨌든 저희는 그렇게 들었어요. 물론 아직 어지럼증이 남아 있고 뇌막에 혈종이 하나 있어서 수술로 제거해야 될 거라고는 하는데요, 생명과 관련된 지표들은 다 정상이랍니다. 그리고 듣기론 뇌손상 흔적도 없다고 하고요."

"뇌손상 흔적이 없다고요?" 그녀는 말한다. 거의 웃음을 터트릴 듯한 목소리로. "정말이죠?"

"아까 말씀드렸듯이, 단언하기는 이릅니다. 하지만 맞아요. 확실히 그럴 것 같답니다."

"의식도 있고요?"

"네, 의식도 있습니다. 하지만 아직 목에 튜브를 끼우고 있어요. 그 호흡기는 단계적으로 천천히 빼려고 한답니다. 하지만 이젠 글도 쓰고 있어요. 상당히 능숙하게 쓴답니다.

"아, 이렇게 감사한 일이 있다니." 그녀는 부드럽게 말한다.

형사가 힘없이 웃는다.

"그럼, 그게 좋은 소식이군요?"

"그게 좋은 소식이에요."

"그런데 폭행 혐의로 고소하진 않을 거라던가요?"

"아니요, 할 거예요. 하지만 따님은 거기엔 연계되지 않을 겁니다. 사건이 발생했을 때 그 자리에 있지 않았으니까요. 그리고 키타파 학생도 아주 부분적으로만 연계될 거예요. 타격을 가한 것이 그애가 아니니까. 물론, 그애가 나서서 증언을 해야만 그렇게 되겠지만요."

"'타격'이란 말은 무슨 뜻인가요?"

"벡위스 학생 머리에 가한 타격 말입니다. 그 타격 때문에 벡위스가 기절한 거죠. 조사 결과 키타파 학생 소유의 크리켓 방망이로 타격을 가한 것으로 나왔는데, 그 방망이에 키타파의 지문은 없었답니다."

그녀는 아직도 혼란스러워 형사를 쳐다본다.

"그 방망이가 다른 학생 여자친구 아파트에서 발견되었어요. 배린이라는 여학생인데, 그 이름을 들어보셨습니까, 부인?"

케이든스는 고개를 젓는다.

"음, 분명 닦은 흔적은 있어요. 그 방망이요. 그런데 우리 팀 과학수사반에서 확실한 지문을, 모두 깨끗한 걸로, 서너 개 얻어낼 수 있었습니다. 그런데 그게 모두 조군이랑 일치했어요."

"그럼 그 아이가 한 건가요?"

"저희가 알아낸 바로는 그렇습니다. 하지만 그렇다고 키타파 학생의 혐의가 완전히 벗겨지는 건 아닙니다. 그리고 그 학생도 아직 다른 혐의로 소송을 당할 가능성이 있어요. 그러니까, 증언을 하지 않는다면 말이죠. 증언할 거라고 생각하긴 하지만."

케이든스는 그를 쳐다본다.

"무슨 말씀이세요?"

“음, 장담할 순 없다는 말씀입니다. 지금으로선 말이죠. 하지만 그 학생이 증언하겠다고만 하면 지방검사가 징역형을 면해줄 생각인 것 같아요. 복역까지는 면제해준다는 거죠. 물론 혐의는 기록에 남겠지만……”

“그래도 풀어준다는 거잖아요.”

“그렇죠, 실질적으로는.”

“클로이도 아무런 혐의를 받지 않는다는 거죠?”

“지금으로서는 그렇습니다. 특히 증언을 해준다면 더욱 그렇겠지요.”

케이든스는 탁자 모서리를 잡고 겨우 마음을 진정시킨다. 그 순간 그녀가 느낀 기쁨, 그리고 이제 클로이가 자유롭게 집에 돌아와도 된다는 사실, 다시 자유롭게 정상적인 삶을 살 수 있다는 사실, 정상적인 생활을 할 두번째 기회가 주어졌다는 사실을 알고 난 지금의 기분은, 그전에 그애가 감옥에 가게 될지도 모른다는 사실을 알고 난 후에 느꼈던 감정만큼이나 비현실적으로 느껴진다. 그리고 문득, 방금 전까지 품고 있던 모든 원망에도 불구하고, 그녀는 엘슨이 지금 여기 있었으면, 여기에서 이 소식을 들었으면 하는 마음이 생긴다.

하지만 미처 뭐라 한마디 하기도 전에 형사의 표정이 그녀를 멈칫하게 만든다. 그것은 기쁨이 아닌 우려의 표정이다.

“저기, 부인.” 그가 마침내 말한다. “아직 문제가 하나 더 있는데요, 그건 지금 따님이 어디 있는지 여전히 모른다는 겁니다. 키타파 군도 마찬가지고요. 둘이 같이 있다면 말이죠. 저희는 그렇다고 믿고 있긴 합니다만."

"무슨 뜻인가요?"

"그게 말입니다," 그가 말을 시작하더니 잠시 멈춘다. "저기, 그냥 이렇게만 말씀드리죠. 오늘 일찍, 아니면 어젯밤에, 언제인지 확실치는 않지만, 어쨌든 두 사람이 국경을 넘으려는 시도를 했을 거라고 믿을 만한 이유가 있습니다. 그러니까, 따님께서 지금 이미 멕시코에 가 있을 수도 있다는 말입니다."

"멕시코요?"

"네."

"그걸 어떻게 아시죠?"

"그건 말씀드릴 수 없습니다. 그리고 사실 상관있는 얘기도 아니고요. 그러니까, 지금 당장 중요한 문제는 그게 아니라는 거죠."

그녀가 형사를 쳐다본다.

"하지만 누군가 얘기를 해줬을 거 아니에요. 맞죠? 그러니까, 누군가 제보를 했을 거 아니냐고요."

형사는 그녀를 쳐다보지만 대답은 하지 않는다.

"시몬이 그랬어요?"

그가 다시 말을 멈춘다.

"그냥 윌시 양이 우리에게 큰 도움을 주었다고만 말씀드리죠. 하지만 아까 말했듯이, 그건 지금 당장 중요한 문제가 아니에요. 지금 중요한 문제는 따님을 찾아서 안전하게 집으로 데려오는 겁니다. 동의하시지 않나요?"

"그애가 위험에 처해 있다고 생각하세요?"

"그런 말은 안 했습니다."

"하지만 그럴 수도 있다고 생각하시는 거죠?"

"가능성은 있다고 생각합니다, 네. 그러니까, 보세요, 그 부분에서 부인 도움이 필요합니다."

"제 도움이요?"

"네." 형사는 그녀를 차분히 쳐다보며 말한다. "제게 말씀해주셔야 하는 것은요, 하딩 부인—그리고 지금은 솔직히 말씀해주셔야 합니다—제게 말씀해주셔야 하는 것은, 따님이 불법으로 국경을 넘도록 도와주었을 수도 있는 사람을 아시는지 여부입니다. 그럴 수단이 있는 사람이 있는지 말이에요."

그 말에 케이든스의 심장박동이 빨라진다. 방금 전에 느꼈던 기쁨은 다른 것으로, 공포와 혼란이 뒤섞인 어떤 것으로 변해버리고, 이 남자가 하는 말의 황당한 의미가 농담 혹은 누군가 그녀에게 걸어놓은 속임수처럼 머릿속에서 둥둥 떠다닌다.

"그런 일을 했을 리가 없어요." 마침내 그녀는 말한다. 그 순간 그것이 진실이라고 믿었기 때문에.

"그렇게 믿으시리라는 것은 알고 있습니다, 하딩 부인—"

"그게 아니라 아는 거예요." 그녀가 끼어들며 말한다. "보세요. 그애가 그랬다면—좋아요, 그런 일을 했다고 가정해보죠—어쨌든 그랬다면 분명 리처드에게 말했을 테고, 리처드는 또 우리에게 말했을 거예요."

"지금은 그런 생각을 받아들이기 힘드실 거라는 거 압니다, 하딩 부인. 제 말을 들으세요. 저도 아이가 둘 있습니다. 그런데 제 경험으로 봐도, 형제자매 사이는 굉장히 끈끈하기도 하더군요. 부인께서도 따님과 아드님이 굉장히 가깝다고 하셨고요."

그녀는 이제 형사를 뚫어져라 쳐다본다. 신념의 약한 벽이 무너져내리며, 리처드가 전에 점심을 먹으며 돈을 빌려달라고 했던 일, 수수께끼 같던 그 모든 일, 그때의 대화가 떠오른다. 이천 달러, 그애는 말했다. 이천 달러가 필요해요. 하지만 이유는 말씀드릴 수 없어요. 그때도 의심스러웠어, 안 그래? 뭔가 잘못되었다는 걸, 그게 어떻게든 클로이와 관련되어 있다는 걸 알지 않았어? 그런데 왜 그에 대해 손을 쓰지 않은 거지? 왜 그 문제를 좀더 따지고 들지 않았을까? 아들과의 유대에 대해 너무 큰 믿음을 품고 있어서 진실을 보지 못할 만큼 눈이 멀었던 걸까? 아니면 단순히 믿고 싶지 않아서, 그애가 정말로 날 속일 거라고는 믿고 싶지 않아서 그랬던 걸까? 지금 그런 것들을 생각하며 그녀는 불안을 느낀다.

"아직 그애와는 얘기 안 해보셨나요?" 그녀가 마침내 묻는다.

형사는 서류철을 집어들며 그녀를 빤히 쳐다본다.

"시도해봤죠. 정말입니다. 그런데, 이런 말 기분 나쁘실지 모르겠지만, 아드님은 정말이지 알 수 없는 성격이더군요."

그는 웃으며 말하지만 그 암시는 그녀를 무력하게 만들고 불안하게 한다. 피터슨의 암시가 늘 그녀를 불안하게 했던 것처럼. 그녀는 형사의 말을 생각해보려 애쓴다. 불법으로 몰래 국경을 넘는다고? 그게 대체 무슨 뜻일까? 전에 〈식스티 미니츠〉*에서 본 것처럼 정교한 미로같이 파놓은 진흙투성이 땅굴 속으로 엎드려서 기어간다는 것일까? 아니면 트럭 뒤편에 타고 포장 천막 밑에서 다른 도망자들과 함께 웅크리고 간다는 것일까? 이렇게 걱정스러운 상황만 아니라면, 그런 상상은 차라리 코믹하게 느껴지기까지 한다. 몇 년이 지난 후 크리스마스에 함께 모인 저녁 자리에서 웃으며 이야기할 만한 광경처럼. 하지만 지금 이 순간, 딸의 혐의가 풀렸다는 소식을 듣고도, 그런 믿기지 않는 행운을 앞에 놓고도, 그녀는 최악의 상황만을 상상하게 된다. 그리고 딸에 대한 걱정, 그애의 안전과 무사함에 대한 걱정만큼 강렬하게 리처드에 대한 갑작스러운 원망이 솟아오른다. 알면서도 말해주지 않았다는 사실, 클로이가 못된 길로 빠지도록 놔두었다는 사실, 그애가 반드시 지켜줄 거라 늘 믿었던 단 한 사람을 지켜주지 못했다는 사실 때문에.

"아드님이 따님의 소재에 대해 알고 있을 거라 생각하신다는 말씀입니까?" 마침내 형사가 묻는다.

케이든스는 어깨를 으쓱한다.

"지금으로선 잘 모르겠어요."

"지금 이런 일들에 대해 생각을 정리하시기가 어렵다는 거 잘 압니다, 부인."

---

* 〈60 Minutes〉, 1968년부터 방송되고 있는 미국의 시사 뉴스 프로그램.

케이든스는 고개를 끄덕인다.

"좀 쉬었다 할까요?"

케이든스는 창밖에 있는 다른 형사를 쳐다본다. 그는 엷은 미소를 띤 채 두 사람을 쳐다보고 있다. 그녀는 고개를 젓는다.

"아니요." 그녀는 조용히 말을 잇는다. "제가 당장 할 일은…… 제가 지금 당장 할 일은 제 아들을 찾는 일인 것 같아요."

7

나중에 머릿속에서 되돌려보면 기억나는 일들이 몇 가지 있다. 라자가 그녀와 함께 샌안토니오의 아파트 단지 밖 도로의 연석에 앉아 있을 때, 그녀의 어깨를 쓰다듬으며 다 잘될 거라고, 곧 모두 끝날 거라고 귓가에 속삭이던 일. 그리고 그날 아침이 얼마나 조용했는지, 샌안토니오 중심가의 스카이라인을 이루는 조그만 건물들 위로 하늘이 조금씩 밝아오던 그때가 얼마나 평화로웠는지, 그리고 그렇게도 텅 비고 헐벗은 느낌을 주던 거리들, 그 순간 세상이 그대로 멈춰버린 것 같던 기분, 최소한 그 순간만큼은 모든 것이 너무나 온전해 보이던 기억.

하지만 몇 분 지나지 않아 그 모든 것들은 테오가 간밤에 얘기를 나누던 남자들 몇 명과 함께 보도를 걸어오는 소리에 다 허물어지고 말았다. 여전히 술에 취해 요란하게 웃어대던 그들은 재빨리 옮겨다니며 트럭 뒤쪽에 궤짝 몇 개를 더 실었다. 그곳에 서 있으면서 클로이는, 앉을 자리가 남아 있기나 할까, 게다가 또다른 사람과 자리를 나눈다는 게 가능하기는 할까, 생각했다. 그때까지도 그 여자는 건물 뒤에서 나타나지 않고 있었다. 순간 라자를 쳐다봤지만 그의 얼굴은 텅 빈 채 아무 표정이 없었고, 눈빛은 이상할 정도로 차분했다.

마침내 짐을 다 싣고 난 후 테오는 그들에게 다가와 이제 들어가도 좋다고 했다. 그는 공간이 너무 좁아져서 미안하다며 곧 여자를 데리고 오겠다고 했다. 두 사람은 천천히 차 안으로 들어갔다. 높이 쌓인 상자들 사이를 비집고 들어가 조심스럽게 조금씩 밀고 나아가자, 마침내 불과 몇 시간 전에 휴스턴에서 오는 내내 그들이 앉아 있던 맨 안쪽의 조그맣고 지저분한 담요에 닿았다.

이제 공간은 훨씬 좁아져 있었고 그 안에 다른 사람까지 끼어들어올 수 있을지는 상상하기도 힘들었지만, 클로이는 그에 대해 한 마디도 하지 않았다. 정말로 그녀는 아무 말도 하지 않았는데, 라자는 어느 순간 그녀의 손을 꽉 쥐며 윙크를 했다.

"이제 몇 시간만 가면 돼." 그가 말했다. "좀 심하게 구리다, 그치? 그래도 괜찮을 거야."

그녀는 고개를 끄덕이고는 물었다.

"저 사람 취한 것 같지 않아?"

"누구?"

"테오."

라자가 웃는다.

"그럴지도. 잘 모르겠어. 간밤에 심하게들 즐기긴 하더군." 그러더니 그는 소리내어 웃기 시작했다. 마치 그녀가 보지 못한 어떤 상황을 기억해내기라도 한 듯이.

"재미없거든." 그녀가 말했다. "우린 그거 하나면 끝장이라 이 말이야. 망할 놈의 음주운전 단속."

라자가 윙크를 했다.

"괜찮을 거야." 그렇게 말하며 그는 그녀에게 좀더 가까이 밀착해 들어왔다.

그 여자가 마침내 나타났을 때, 테오는 소개조차 시키지 않았다. 그저 화물칸 앞 계단에 서서 그녀에게 트럭 뒤편으로 가라고 지시할 뿐이었다. 클로이는 그녀의 얼굴을 얼핏 보았다. 젊고 혈색이 나쁜 여자의 얼굴은 러시아의 전쟁영화나 수용소의 생존자, 오랜 옛날 동유럽의 추운 겨울을 떠올리게 했다. 그리고 그런 상상은, 마침내 여자가 입을 열었을 때 그녀의 심한 외국 억양 때문에 더욱 강해졌다. 리투아니아? 폴란드? 우크라이나? 클로이는 구분할 수 없었다.

"엘로." 여자가 힘없이 웃으며 겨우 한마디 하자 뒤에서 문이 쾅 닫혔고, 그들은 모두 어둠에 둘러싸여 서로에게 자리를 만들어주느라 몸을 움직일 뿐이었다.

라자는 클로이에게 좀더 바싹 몸을 붙였고, 여자는 나머지 좁은 공간에 몸을 구겨넣으며 무릎을 가슴까지 세운 후 부드럽게 숨을 내쉬었다. 주변의 모든 것에서 곰팡이 냄새가 났다.

"괜찮아요?" 라자가 마침내 손전등을 켜고 여자에게 물었다.

여자는 수줍은 듯 고개를 끄덕였다.

"난 라자예요." 그가 말했다. "그리고 얘는 클로이."

여자는 다시 고개를 끄덕였지만 아무 말도 하지 않았다.

"영어 할 줄 알아요?" 라자가 물었다.

여자는 고개를 저었다.

라자는 여자에게 말을 걸고 안심하게 해주면서, 자기들은 그녀를 해치려는 사람이 아님을, 그녀가 두려워해야 하는 부류가 아님을 알려주고 싶어했지만, 여자는 두 사람 모두에게서 눈을 돌린 채 무릎만 내려다볼 뿐이었다. 그리고 마침내 차가 움직이기 시작했고, 그들은 길을 떠났다.

처음 반시간 정도 그들은 가만히 앉아 있기만 했다. 세 명 모두 아무 말 없이 완벽하게 조용히 앉아 있었다. 클로이는 가만히 앉아 있는 여자애 앞에서 라자에게 영어로 말을 한다는 것이 어쩐지 무례한 행동처럼 느껴졌고, 그래서 그냥 그의 어깨에 머리를 기대고 이런저런 생각에 빠져들었다. 먼저 그녀는 다시 한번 멕시코에 대해, 그곳에 도착하면 펼쳐질 삶에 대해 생각했다.

간밤에는 그런 것들이 모두 끔찍한 발상처럼 느껴지기 시작했었고, 여전히 그런 의구심이 완전히 없어진 것은 아니었지만, 시간이 조금씩 흘러 국경에 점점 가까워지면서 이젠 피할 수 없는 일이 되자 어느 순간 더는 의문을 품지 않게 되었다. 더이상 선택의 여지가 없는 듯 느껴졌다. 그들이 되돌릴 수 있는 결정이 아닌 듯 느껴졌다. 그리하여 그녀는 와하카 근교의 아름다운 시골 풍경, 푸에르토 에스콘디도의 자연 그대로의 해변, 그리고 전에 가보았던, 여전히 좋은 기억을 갖고 있는 모든 장소들을 떠올리려 애썼다. 하지만 그런 장소들을 상상하려 애쓸수록 그 이미지들은 더욱 지리멸렬해지고 더 흐려지고 어렴풋해졌다. 이내 그녀는 스트래섬에 대해 생각하게 되었고, 눈 덮인 안뜰과 목재로 벽을 마감한 강의실, 거대한 버팀목들로 휘황하게 장식된 교내 도서관의 천장을 떠올렸다. 학생들이 강의실 건물들 사이로 소리없이 분주히 움직이는 모습, 모직 외투에 털실로 짠 목도리로 몸을 감싼 채 어깨에는 메신저백을 느슨하게 걸친 그들의 모습이 떠올랐다. 나이든 교수들이 강단에 서서 졸린 눈으로 앉아 있는 신입생들에게 셰익스피어와 하이데거와 마르크스에 대해 강의하는 모습도 떠올랐다. 그 모든 것들이 매우 또렷하게 떠올랐다. 바로 그 순간 그녀 없이도 계속되고 있는 세계, 그들이 없어졌어도 약간의 교란이 있었을 뿐 영원히 바뀌는 것은 없는 그 세계. 당연하게도, 그 모든 것들이 그들 없이도 계속될 것이었다. 그곳에 다시는 돌아가지 못하리라는 것을 깨닫는 그 순간, 그녀는 깨달았다. 모든 것이 계속될 것이고 친구들 역시 계속 그렇게 살아갈 것이다. 계속 강의를 듣고 과제를 작성하고 그리고 또 대학원에 가고 각자의 직업을 찾아가게 될 것이다. 모두들 결혼을 하고 아이를 낳으며 누구나 정상적이라고 할 만한 삶을 시작하는 동안 그녀와 라자는 어디에 있을까? 무엇을 하고 있을까? 불현듯 그녀는 지금 당장 그곳에 있기를 갈망했다. 기숙사 방에 앉아 벼락치기 시험공부를 하고 있거나 이런저런 주제에 대해 스무 장짜리 멍청한 보고서라도 쓰고 있기를 얼마나 바랐는지.

그녀는 갑자기 무슨 말이든 하고 싶은 충동을 느끼며 라자 쪽을 바라보았지만 손전등이 꺼져 있어서 그의 얼굴이 보이지 않았다. 라자가 다시 손전등을 켜고 나서야 그녀는 걱정 가득한 그의 얼굴을 보았다.

"무슨 문제 있어?" 그녀가 물었다.

"아픈 거 아닐까?"

"누가?"

"누구겠어?"

라자가 여자의 얼굴에 불빛을 비추자 땀으로 흠뻑 젖어 있는 여자의 얼굴이 눈에 들어왔다. 여자가 눈을 찡그리다가 시선을 돌렸다.

"괜찮아요?" 라자가 물었다. 불빛은 여전히 그녀의 눈을 비추고 있었다.

여자는 아래를 내려다보았다. 라자가 몸을 기울여 그녀의 팔을 잡자, 여자는 움찔하더니 거칠게 팔을 빼냈다.

"아무래도 멈춰야 할 것 같아." 마침내 라자가 말했다.

"무슨 소릴 하는 거야?"

"저 얼굴 좀 봐. 분명히 뭔가 문제가 있어."

"그냥 멀미를 하는 걸 거야." 클로이가 말했다.

"여기서 토하는 모습을 보고 싶니?"

그녀는 시선을 돌렸다. 라자의 말이 맞았다. 그리고 멈추기는 싫었지만, 이것만 아니면 상당히 매끄러울 여정에 균열을 일으키는 그 어떤 일도 그 순간엔 달갑지 않았지만, 그녀는 마침내 고개를 끄덕이며 동의했다.

"전화기 있지?" 그가 물었다.

"무슨 전화기?"

"그 휴대전화기."

그녀는 고개를 끄덕이고는 배낭에 손을 넣어 지난밤에 듀프리가 준 조그만 임시 휴대전화를 꺼냈다. 여자는 이제 헛구역질을 하기 시작했다.

라자는 전화를 걸었고, 한참을 기다리다가 말했다.

"여기 문제가 좀 있어요." 라자는 다시 한참을 기다리더니 그 여자의 상태에 대해 테오에게 설명하며 차를 꼭 멈춰야 한다고 말했다. 클로이는 테오의 말을 듣고 있는 라자의 얼굴을 쳐다보았다. 마침내 그가 "알았어요" 하고는 전화를 끊었다.

"뭐라고 해?"

"이십 분 안에 세울 거래."

"이십 분?"

"그게 다음 출구래."

그동안 그들 앞에 앉아 손으로 입을 막고 있는 여자의 눈에는 두려움이 가득했다.

"괜찮아질 거예요." 라자가 말했다. 그는 여자에게 손을 내밀다가 그녀가 뒤로 홱 물러서기 직전에 멈추었다. "차를 세울 거예요. 알겠죠? 이십 분 후에요."

여자는 멍한 얼굴로 두 사람을 쳐다보았다. 그러고 나서 긴 시간, 아마도 이십 분쯤이었을 그 시간이 흐르는 동안 아무도 말을 하지 않았다. 클로이는 나중에 깨달았지만 그 시간 라자는 분명 계획을 짜고 있었을 것이다.

하지만 그 순간 여자 생각에 몰두해 있던 클로이는 뭐가 잘못된 건지, 멕시코에 내리면 그 여자를 어떻게 할 것인지, 라자는 그 여자를 돌보아야 한다고 주장할 것 같은데 정말 그렇게 해야 할 것인지, 아니면 여자를 라레도 외곽의 아무 버스정류장에나 버려두고 갈 것인지 등을 생각하고 있었다. 그런 생각을 하고 있는데 트럭이 속도를 늦추더니 몇 분 후 완전히 멈추었다.

라자는 손전등을 껐다. 몇 분쯤 지나자 트럭 뒤쪽에서 자물쇠 열리는 소리가 나고 다시 몇 초 후에 뒷문이 활짝 열렸다. 이른 아침의 햇빛이 눈부셔서 그녀는 눈을 찡그려야 했다. 여자는 깜짝 놀란 모습으로 라자 쪽을 쳐다보더니 노, 노, 하면서 그의 팔을 꽉 잡았다.

"그냥 공기를 좀 쐬게 해주려는 거예요." 그가 말했다. 그리고 손으로 입을 가리키며 다시 말했다. "공기. 알아요? 산소?"

테오는 화물칸 앞쪽에 서서 짜증스러운 얼굴로 손목시계를 흘낏 보았다.

"오 분이에요." 그는 라자에게 말하고 뒤돌아 내려가 트럭 앞쪽으로 갔다.

라자는 여자를 도와 일어서게 한 다음 좁은 통로를 통해 밖으로 데려갔고, 클로이는 그 뒤를 바짝 따라갔다.

"이 여자 데리고 화장실에 좀 갔다 올래?" 트럭에서 내려오자 라자가 말했다. 차는 조그만 건물 뒤에 주차되어 있었는데, 앞쪽은 주유소가 딸린 미니마트인 것 같았다. 건물 뒤에는 대형 쓰레기통 하나와 주차된 차들이 몇 대 있었고, 그 뒤로는 멀리 쓸쓸하게 뻗어나간 고속도로와 영원히 펼쳐질 것만 같은 흙먼지 이는 갈색의 들판이 보였다. 그곳이 어디인지 알 수가 없었다. 샌안토니오와 라레도 사이 어디쯤일 거라고만 짐작했다.

"가고 싶어하지 않는 것 같아." 클로이가 마침내 말했다.

"일단 손을 좀 잡아줘." 그가 말했다. "토하고 싶을지도 몰라."

클로이는 여자를 쳐다보고 미소를 지었지만 손을 잡으려 하자 여자는 거칠게 뒤로 물러서며 화물칸 구석 끝까지 돌아가 거기 혼자 서 있었다.

"우리만 가진 않을 거예요." 라자가 여자에게 소리쳤다.

하지만 소용이 없었다. 타인에 대한 불신이 깊이 각인된 사람임에 분명했다.

라자는 클로이를 쳐다보고 어깨를 으쓱했다. 몇 시간 후 클로이의 머리에 떠오른 것은 바로 그의 표정, 너무도 차분했던 그의 표정이었다.

"뭐라도 사다줄 게 있는지 한번 보자." 그가 말했다. "드래머민*이나 물 같은 거라도. 멀미에 먹을 만한 거 말이야."

"안 먹을 것 같은데?"

"그래도." 라자가 다시 어깨를 으쓱하며 말했다. "뭐라도 해야 하잖아, 안 그래?"

그녀는 그를 쳐다보았다. 솔직히, 그녀는 왜 그들이 뭐라도 해야 하는지, 왜 이 여자의 문제가 갑자기 그들의 것이 된 것인지 알 수 없었다.

"우리, 돈 아껴야 해." 마침내 그녀가 말했다.

"야, 왜 이래." 그가 웃음을 터트렸다. "드래머민이 얼마나 한다고, 이 달러나 되나?"

그녀는 결국 건물을 끼고 돌아 미니마트 앞쪽으로 갔다. 무슨 일이 벌어지고 있는지도 모른 채. 그것이 그와 나눈 마지막 대화가 될 줄은 짐작도 못한 채.

몇 분 후 드래머민을 사들고 돌아왔을 때, 건물 뒤 주차장은 완전히 비어 있었다. 트럭은 온데간데없고 넓게 펼쳐진 콘크리트 바닥에 돌로 눌러놓은 종이 한 장이 있을 뿐이었다. 그녀는 돌을 내려다보고, 그다음엔 텅 빈 주차장을 둘러보았다. 처음에 그녀가 느낀 것은 공포나 두려움이 아니라 냉기였다. 서늘하고 얼얼한 깨달

---

* 멀미약의 상표명.

음이었다. 그와 함께 그녀는 지금 무슨 일이 일어난 것인지 천천히 자각하기 시작했다. 시간이 흐른 뒤, 그녀는 그때의 느낌을 일종의 울렁증, 혼란, 방향감각 상실 등으로 묘사하게 되겠지만, 그 순간에는 그 느낌을 적절히 표현할 말이, 자신이 느끼던 절망감의 깊이를 적절히 포착할 말이 없었다. 잠시 후 그녀는 돌멩이 근처로 다가가 라자가 남긴 종이를 집어들었다. 그 위에는 서둘러 갈겨쓴 글씨, 어린애의 필체 같은 글씨가 있었다.

클로이,

넌 날 아니까 내가 왜 이런 일을 하는지 알 거야. 날 미워하지 말아줘. 나중에는 잘된 일이라 생각하게 될 거야. 내가 보장할게. 이게 끝은 아니야.

영원히 널 사랑하는 너만의 라자.

삼십 분쯤 클로이는 거기 바닥에 앉아 있었다. 건물 뒤쪽 주차장의 차가운 콘크리트 바닥에 주저앉아, 완전히 넋이 나간 상태로 편지를 되풀이해 읽으며 그게 무슨 뜻인지 생각하려 애를 썼다. 물론 그 말이 무슨 뜻인지, 그가 왜 이런 짓을 했는지는 알고 있었다. 그녀를 보호하기 위해서였다고, 아마도 그는 나중에 그렇게 합리화할 터였다. 처음에 그 문제로 브랜든의 아파트에서 싸웠을 때 그가 말했던 것처럼. 그녀에게 더 나은 삶을 위한 기회를 주고 싶었다고 말할 것이었다. 자신의 불운으로부터 그녀를 지키기 위해서라고.

그래도 어떻게 이렇게 된 거지? 왜 난 미리 알지 못했던 거지?

라자가 했을 일은 상상이 가능했다. 그가 트럭 앞으로 달려가 테오에게 얘기하는 모습, 어쩌면 지폐를 몇 장을 쥐여 주면서 자기가 왜 그런 일을 하는지, 왜 그녀를 두고 떠나는 것이 그녀에게 최선인지 설명하는 모습을 그녀는 상상했다. 아니 어쩌면 그들은 전날 밤 그녀가 아이스하우스의 화장실에 있는 사이 이미 소리 죽여 속삭이면서 모두 계획해두었는지도 몰랐다. 이제 그녀가 아는 것은 단지 그가 사라졌다는 것, 그리고 그녀는 그가 떠나도록 놔두었다는 것이었다. 그녀는 그가 사라지도록 내버려두었다. 클로이는 자신을 떠난 라자에게 화가 나는 만큼이나 그것을 보지 못한, 너무도 빤했던 걸 알아차리지 못한 자신에게 더 화가 났다. 그러니까, 내가 멕시코에 함께 가도록 라자가 가만 놔둘 리가 없잖아. 그런데 왜 나는 그럴 거라고 생각한 거지?

주변에 펼쳐진 세상은 온통 조용하고 밝고 완벽하게 정지되어 있었다. 머리 위 하늘은 밝고 끝없는 파란색의, 영화에 나오는 광활한 텍사스의 하늘이었다. 도로 저쪽 멀리 낡은 농장 주택 몇 채와 빛바랜 간판에 갓 만든 엠파나다를 광고하고 있는 버려진 가게 하나가 있었고, 그 뒤 울타리 너머로는 겨울을 난 뒤 아직도 갈색으로 메마른 초원이 펼쳐져 있었다. 간간이 주간고속도로에서 빠져나온 차들이 주유소로 들어오거나 초원을 가로질러온 트럭이 지나가기도 했지만 그 외에는 텅 빈 느낌을 주는 곳이었다. 텅 비고 버려진 곳, 어디에도 없는 곳, 한때는 중요했겠으나 그뒤로 오래

잊혀버린 곳 같은.

잠시 후 미니마트에서 클로이는 자신이 정확히 어디에 있는지 알게 되었다. 커툴라 국경에서 몇 킬로미터 북쪽이요. 주유소 직원은 말했다. 샌안토니오와 라레도 중간쯤. 그는 마치 그런 위치에 있다는 게 그의 주유소가 중요한 곳이라는 뜻이라도 되는 듯 우쭐대며 말했다. 그러고 나서 그녀가 버스정류장으로 가는 가장 빠른 길에 대해 묻자 그는 곁눈질로 그녀를 쳐다보았다. 마치 미국에서 버스여행을 한다는 것이 너무나 생소하다는 듯이. 그는 자기가 아는 버스정류장이라고는 몇 킬로미터 떨어진 커툴라에 있는 곳뿐이라고 했다. 정확히는 10킬로미터 조금 못 되는 거리. 맘만 먹으면 걸어갈 수도 있는 거리라지만, 그녀는 문득 거기까지 갈 맘이 없음을 깨닫는다. 신용카드 한 장 없이 수중에 달랑 몇 달러 정도밖에 없는 처지라, 그곳에 간다 해도 버스요금조차 댈 수 없을 것 같았다. 지갑을 열어보니 안에는 십오 달러 정도 현금이 있었다. 그들이 갖고 있던 돈 대부분은 라자와 함께 멕시코로 가는 중이었다. 그렇게 몇 푼 안 되는 지폐를 내려다보고 있는 동안 그녀는 마침내 무슨 일이 일어난 건지 정리가 되면서, 그 모든 일의 냉엄한 현실, 라자가 저지른 배반의 어마어마한 의미가 마침내 이해되기 시작했다.

"괜찮아요?" 카운터 뒤쪽의 남자가 물었다. 그녀는 울고 있었다. 그녀는 양팔로 배를 꽉 누른 채 손에 눈물을 쏟고 있었다. 분노 때문에 우는 건지 슬픔 때문에 우는 건지 알 수 없었다. 방금 세상에서 가장 사랑하는 남자에게 배신을 당해서인지, 이제 다시는 그를 볼 수 없을 거라는, 그와 다시는 대화를 나눌 수도 없을 거라는 사실을 바로 그 순간에—배를 찌르는 아픔처럼 구체적인 확신과 함께—깨닫게 되어서인지도 알 수 없었다. 이제 다시는 그의 피부를 만질 수도 없고 그의 머리를 쓰다듬을 수도 없고 연기 자욱한 술집에서 함께 술잔을 기울일 수도 없었다. 그와 함께 집을 마련하고 아이를 갖는 일은 이제 상상할 수도 없고, 그녀가 늘 그려보았듯이 그와 함께 늙어가며 그를 돌볼 수도 없게 되었다. 앞으로의 그의 모습, 아니 그가 앞으로 그렇게 되리라고 그녀가 상상했던 모습도 직접 볼 수가 없게 되었다. 그는 이미 뉴 라레도로 떠나버린 뒤였다. 그는 이미 다른 사람으로, 새로운 신분과 새 이름을 가진 새로운 사람으로 변신하고 있는 중이었다. 그가 미리 말해주지 않았기에 그녀는 알 수도, 찾아볼 수도 없는 이름으로.

"화장지 좀 줘요?" 카운터 뒤의 남자가 또 물었지만 그녀는 고개를 저었다. 그러고는 옆에 있는 아이스박스에서 1.1리터들이 맥주 두 병을 꺼낸 다음 남자에게 담배 두 갑과 성냥 한 개를 달라고 했다.

총액이 그녀가 가진 액수를 넘어버렸지만 카운터 뒤 남자는 그녀에게 미소를 지어 보이며 맥주와 담배를 봉지에 넣었다.

"정말로 안 도와줘도 돼요?" 그가 물었다.

그녀는 고개를 저은 뒤 운동복 소매로 눈물을 닦았다. 한마디 말도 없이 문을 걸어나간 그녀는 길 건너 지붕 달린 벤치에 앉아 맥주를 마셨다. 두번째 병의 마지막 한 모금까지 다 마신 뒤에야 그녀는 전날 듀프리가 준 휴대전화가 있다는 사실을 깨달았다. 그렇지만 그녀는 한 시간을 더 기다렸다. 그들이 차를 돌려 자신을 데리러 올지도 모른다고 여전히 믿으며 텅 빈 도로를 물끄러미 쳐다보고 있었다. 그렇게 거의 한 시간을 기다린 후에야 그녀는 전화기를 꺼내 오빠에게 문자를 보냈다.

8

늦은 오후의 태양이 로나의 아파트 바닥과 벽에 이상한 기하학적 무늬들을 만들고 있다. 식탁에 앉아 차가운 아이스티를 마시고 있는 엘슨은 뒤편 베란다를 왔다갔다하며 전화통화를 하고 있는 로나를 쳐다보고 있노라니 잠시 멍한 기분이 든다. 로나가 누구와 무슨 얘기를 하고 있는지 궁금하기도 하지만, 그의 생각은 주로 방금 전에 그녀와 나눴던 대화를 떠올리고 머릿속에서 되새겨보는 일로 되돌아간다. 마치 그렇게 하면 결과가 달라지기라도 할 것처럼, 그녀가 전한 정신이 번쩍 드는 진실을 바꿀 수 있기라도 할 것처럼. 이 주도 아니고 삼 주도 아니고 육 주나 늦어지고 있다는 로나의 말. 늦어진다. 그녀는 그 말을 마치 다른 것, 즉 반납이 연체된 도서관 책이라든가 늦은 오후의 점심이라든가 직장에서의 회의 등을 가리킬 수도 있는 말처럼 내뱉었다. 처음에 그는 그녀의 말을 제대로 이해하지 못해, 두 번이나 되풀이해 물은 뒤에야 그녀가 무슨 말을 하는지, 그게 무슨 뜻인지 감을 잡기 시작했다. 그리고 그때, 그는 절대 묻지 말았어야 할 한 가지를 묻고 말았다. 그의 아이가 확실하냐고 그는 물었고, 그녀는 침실로 걸어들어가 문을 닫는 것으로 대답을 대신했다.

로나는 삼십 분 동안 그곳에 틀어박힌 채, 그가 제발 나와보라고, 얘기 좀 하자고, 그렇게 물어본 걸 용서해달라고 아무리 애원해도 모두 무시했다. 그동안 그의 음성사서함은 메시지들로 가득 차고 있었다. 케이든스가 보냈을 것이 확실한 메시지들, 독설에 찬 증오와 비난으로 가득찬 메시지들, 그에게 어디 있는지 물으며 눈앞에 닥친 상황을 어떻게 이토록 노골적으로 무시할 수 있느냐고 묻는 메시지들일 것이었다. 사실 그는 그녀에게 해줄 대답이 없었고, 그래서 전화를 받을 수가 없었다. 지금 그가 아는 것은 단지 그의 책임이 다른 곳에, 로나와 그녀의 뱃속에 있는 아이에게 있는 듯하다는 것, 그리고 그런 말을 해놓고 로나를 떠나면 문제는 더욱 심각해질 것이라는 사실뿐이었다. 어쩌면 돌이킬 수 없을 수도. 도저히 용서할 수 없는 일일지도. 그래서 그는 머릿속으로 그 상황을 합리화하며 옳은 일을 하고 있다고 스스로에게 말했지만, 지금 이 순간 그는 확신이 없다.

뒤편 베란다에 나가 있는 로나는 이제 자리에 앉아 손으로 전화기를 부여잡은 채 엄숙하게 고개를 끄덕이고 있다. 바로 몇 분 전 전화기가 요란하게 울렸을 때 그녀는 방문을 열고 뛰쳐나와 그와 눈도 마주치지 않고 곁을 지나치더니 베란다로 나가는 유리 미닫이문을 쾅 닫았다. 그는 지금 로나를 쳐다보며 그녀가 누구에게 이 얘기를 했을지, 자기 엄마에게도 얘길 했는지, 그렇다면 일이 어떻게 될 것인지 생각해본다. 로나가 어려서부터 가톨릭 신자로 자랐음을 감안하면, 그리고 아까 자기 아이가 맞느냐고 묻는 그를 그렇게 멸시하듯 쳐다본 것을 보면, 그녀가 아이를 키우기로 결심했다고밖에 생각할 수가 없다. 그리고 처음에 엘슨은 그런 생각에 공포 비슷한 것을 느꼈지만—케이든스와의 미래는 이제 산산조각이 났다는 서늘한 깨달음—지금 그가 느끼는 것은 오직 슬픔, 슬픔과 죄책감뿐이다. 물론 이것이 무엇을 의미할지 그는 알고 있다. 케이든스와 아이들에게 어떤 의미일지, 그가 미래에 대해 세울 수도 있었을 모든 계획에 어떤 영향을 미칠지도 알고 있다. 그날 아침 수영장 가에서 케이든스와 함께 앉아 상상했던 것이 무엇이든, 그 전날 침대에서 그녀 옆에 누워 품었던 환상이 무엇이든, 이제 그 모든 것은 사라져버렸다. 두번째 기회에 대한, 새로운 시작에 대한 그 모든 희망, 그 모든 것이 사라져버렸다.

게다가 그는 눈앞에 닥친 좀더 현실적인 문제들도 고려해야 한다. 아이를 또하나, 더구나 이렇게 늦은 나이에 키우는 데 드는 금전적, 정서적 비용에 대해. 대학교육을 위해 저축을 해야 할 것이고, 양육비를 대야 할 것이며, 그의 얼마 안 되는 남은 재산을 허리띠를 졸라매며 나누어야 할 것이다. 그리고 물론 클로이 문제도 있다. 아이의 상황을 무시하고 클로이보다 로나를 더 챙기고 있는 지금 느끼는 죄책감도 있다. 그의 인생에서 클로이보다 중요한 것은 사실상 아무것도 없었다. 그런데 지금 그는 바로 그런 짓을 하고 있는 것이다. 이 두 종류의 죄책감과 두 가지 책임을 어떻게 조화시킬 것인가? 그건 마치 그에게 주어진 잔인한 시험, 그리스 신화의 주인공들이 겪는 불가능한 난제 같은 느낌마저 든다. 그가 무슨 일을 하든, 무슨 말을 하든, 누군가는 실망하게 될 것이다. 하지만 그건 늘 그랬던 것 아닌가? 항상 무슨 일이 잘못되기만 하면 책임을 뒤집어쓰는 사람은 나 아니었나? 늘 내가 어찌해볼 수 없는 일 때문에 그렇게 당했던 거 아닌가? 생각하면 생각할수록 그는 덫에 걸린 짐승이 된 듯한 기분이 든다. 이 상황을 벗어나는 유일한 길은 철저하게 나누어서 생각하는 것뿐이다. 먼저 로나를 해결하고 나중에 케이든스를 해결하는 것이다. 경찰들은 케이든스와 면담을 하고 난 후에도 계속 거기 있겠지만 로나는 절대로 그러지 않을 것이다.

식탁 앞에서 뒤로 기대며 그는 마침내 로나가 통화를 마치고 전화기를 닫는 모습을 쳐다본다. 그녀는 낭패감이 서린 얼굴로 그를 쳐다보더니 천천히 문을 열고 안으로 들어온다.

"무슨 일이야?" 그는 옆을 지나가는 그녀에게 묻지만 대답은 없다. 대신 그녀는 냉장고 문을 열고 주스를 따르기 시작한다.

"누구랑 통화한 거야?"

그녀는 유리잔을 들고 식탁에 와 앉는다.

"당신 아내요."

"케이든스?" 그가 그녀를 쳐다보며 묻는다. "케이든스가 어떻게 당신 번호를 알아?"

"그것 참 좋은 질문이군요." 그녀가 그를 쳐다보며 묻는다.

"나 아니야."

"음, 그럼 제 직장으로 전화했나보죠."

"당신이 어디에서 일하는지 케이든스가 안다고?"

"제가 말했어요. 그 왜, 그날 밤 병원에서." 로나가 그를 쳐다본다. "어쨌든 당신 아내가 엄청 속상한 것 같아요."

"나 여기 있다고 말했어?"

"아니요. 그런데 당장 전화해달래요."

그가 그녀를 쳐다본다.

"이유는 말했어?"

"무슨 멕시코 얘기를 하던데요. 모르겠어요. 히스테리 상태 같았어요."

"멕시코?"

"그래요. 그러는 것 같았어요."

그는 도대체 무슨 뜻인가 헤아리며 그녀를 빤히 쳐다본다. 멕시코라고? 도대체 멕시코에 뭐가 있다는 거지? 케이든스가 급기야 정신이 나간 건가?

"있죠, 그분 좋은 여자예요." 로나가 한참 뒤에 말한다. "당신 아내요. 당신은 그런 사람과 함께 있으니 운이 좋은 거예요."

"그 여자가 나랑 함께 있다고 생각하는 이유가 뭐지?"

“제 생각엔 그분은 늘 당신과 함께 있었어요.” 로나가 애매하게 말한다. “당신이 그렇지 않다고 생각할 때조차도.”

엘슨은 어깨를 으쓱하며 이건 또 무슨 시험인가 생각한다.

“그래서, 지금 전화 안 할 거예요?”

“당신 아직도 나한테 화났어?”

로나는 그를 쳐다보다가 주스를 마신다.

“얼른 전화나 해요, 엘슨.”

“곧 전화할 거야. 하지만 이 얘기를 먼저 해야겠어. 알겠어?”

“할 얘기 없어요.”

“아니, 정반대지. 우리 할 얘기가 환장하게 많은 것 같은데?”

로나는 이제 앞에 있는 잡지를 가져다 넘기기 시작한다.

“전 아직 아무 결정도 안 했어요.” 그녀가 마침내 고개도 들지 않은 채 말한다. “그냥 알려주고 싶었던 것뿐이에요. 알겠어요? 그게 다예요.”

“만약 내가 그 아이를 키우자고 한다면?”

“그럼 전 거짓말하지 말라고 하겠죠.”

“거짓말 아니야.”

“엘슨.” 그녀가 말한다. 눈빛이 이젠 훨씬 부드럽다. “저기요, 이렇게 해줘서 고마워요. 네, 저도 알겠어요. 옳은 일을 하려고 애쓰고 있다는 것. 저도 알아요. 하지만 그렇게 간단한 문제가 아니잖아요. 네? 제 말은, 당신이 저랑 결혼하기를 기대한다든가, 그런 게 아니잖아요.”

"안 될 게 뭐야?"

"엘슨."

"왜?"

그녀는 잠깐 말을 멈추고 그를 물끄러미 바라본다. 그들 주위로 방안 가득 햇빛이 쏟아진다. 믿을 수 없을 정도로 많은 양의 햇빛, 부드러운 호박색의 햇살이 두 사람에게 뽀얀 빛을 드리운다.

"엘슨." 좀더 부드러워진 그녀가 그를 진지하게 쳐다보며 말한다. "일단 아내한테 전화부터 하세요, 네?"

그래서 그는 전화를 한다. 로나의 집 뒤편 베란다의 시원한 그늘 아래 서서 그는 담배를 꺼내 불을 붙인 후 주머니 속 전화기를 꺼낸다. 멀리 한 무리의 일꾼들이 좁은 뒷골목 끝 가로수의 나뭇가지를 자르고 있고, 그 아래에서는 자전거에 올라탄 아이들이 그 모습을 지켜보고 있다. 단순한 일을 하는 단순한 즐거움이군, 그는 생각한다. 단순한 끝이 있는 단순한 일을 하는 단순한 즐거움. 바로 지금 사무실이나 현장에서 그런 일을 하고 있다면 얼마나 좋을까? 단순한 끝이 있는 단순한 일. 오직 그런 일만 해결하면 되던 시절이 얼마나 그리운지. 그는 고개를 돌려 유리 미닫이문 너머로 자신을 지켜보고 있는 로나를 쳐다본 다음, 다시 전화기를 쳐다본다. 마침내 저장된 연락처에서 케이든스의 번호를 찾아 발신 버튼을 누른다. 그녀가 무슨 말을 하든 좋은 말은 아니리라는 것을 알기에 마음을 다잡는다. 하지만 전화를 받는 그녀의 음성은 놀랄 정도로 차분하고, 마치 자다가 일어난 것처럼 나른하기까지 하다.

"엘슨." 그녀가 말한다. "세상에."

"미안해."

"도대체 어디 있었어?"

"얘기하자면 길어. 다른 날 얘기하자, 알았지?"

"다른 날?"

"그래."

그녀는 잠시 말을 멈추더니 놀랍게도 더이상 추궁하지 않는다.

"그거 알아?" 그녀가 마침내 말한다. "상관없어. 지금 난 아무래도 좋아. 믿을 수 없을 거야, 엘슨. 젠장, 당신은 정말 못 믿을 거야."

"뭘?"

"그애가 찾았어."

"누가?"

"리처드가. 방금 전화로 얘기했는데 지금 데리러 가는 중이래."

"클로이?"

"그래, 물론, 클로이."

"어디 있대?"

"커툴라."

"텍사스 주 커툴라?"

"그래. 그애가 왜 텍사스 주 커툴라에 있는지는 내게 묻지 마. 나도 모르니까. 그리고 상관없어, 엘슨. 정말이야. 지금은 상관없어. 내가 아는 건 그애가 집에 오고 있다는 것뿐이야."

그 순간 제자리에 서서 입을 딱 벌리고 마당을 쳐다보는 것 말고는 아무것도 할 수가 없는 그는, 지난 삼 주 동안 계속 지고 다니던 육중한 짐들이 피부층처럼 벗겨져나가는 것을 느낀다. 처음에는 믿을 수 없는 기분이 들었다가 다음에는 이상한 종류의 벅찬 기쁨, 현기증 나는 평온함 등, 전에 느껴본 적이 없는 감정들을 그는 경험한다. 수화기 건너편에서 케이든스의 목소리가 형사들에 대해, 벡위스란 아이에 대해, 무혐의 판정에 대해 이런저런 말들을 하지만 그런 말들은 귀에 들어오지 않는다. 뒤를 돌아보니 로나가 유리문 너머로 그를 지켜보고 있다. 그는 로나에게 손을 흔들고 웃어 보이며 엄지손가락을 치켜세운다.

잠시 후, 그녀가 다가와 문을 열고 입모양으로만 왜요? 뭔데요? 하고 묻는다.

그는 수화기를 손으로 가리고 로나에게 미소를 지으며 윙크한다.

"좋은 소식이야."

"네?"

"좋은 소식." 그가 다시 말한다. "미치게 좋은 소식."

9

리처드는 인터넷에서 찾은 설명에 따라 샌안토니오가 있는 서쪽으로 가다가 35번 주간고속도로를 타고 라레도를 향해 남쪽으로 갔다. 클로이는 68번 출구, 그러니까 커툴라 바로 전에 있는 출구로 나와서 처음 보이는 주유소에 차를 세우라고 했다. 길 오른쪽에 있는 조그맣고 누르스름한 흰색 건물이야, 클로이는 말했다. 그 앞에서 기다릴게.

그런데 막상 와보니 클로이는 어디에도 보이지 않는다. 그는 혹시 어딘가에서 잘못 들어왔거나 설명을 잘못 이해한 건 아닌지 의문이 생기기 시작한다. 클로이가 처음 전화했을 때 너무나 기뻐서 흥분한 나머지 정신이 없었기 때문에 그애가 하는 말을 거의 알아들을 수가 없었다. 출구 번호를 잘못 적었거나 숫자가 엉켜 86이라고 한 걸 68이라고 적었을 가능성도 크다. 그는 다시 전화기를 꺼내 클로이가 걸어온 번호로 전화를 해보지만 응답이 없다. 건물 앞쪽으로는 주유소에 연결된 흰색의 조그만 미니마트가 있다. 그는 그곳을 바라보며 혹시 클로이가 그 안 화장실에라도 간 걸 아닐까 생각해본다.

여기까지 내려오는 동안 그는 클로이가 썼던 전화로 몇 번이나 다시 전화를 걸어봤다. 물론 그애는 그러지 말라고, 전화를 끊는 순간 바로 버릴 거라고 했지만, 그는 그래도 걸었다. 왜 그 전화를 쓰면 안 되는지, 애초에 왜 임시 휴대전화를 가지고 있는지 클로이는 말해주지 않았다. 사실, 그애는 말해준 것이 거의 없다. 자신이 지금 곤경에 처해 있다는 것과 오빠의 도움이 필요하다는 말뿐이었다. 그는 안전하기는 한 거냐고 동생에게 물었고, 그애는 당장은 그렇다고, 하지만 서둘러달라고 말했다. 그애의 목소리에는 전에는 한 번도 들은 적 없는 절망적인 공포 같은 것이 묻어났다. 그리고 그가 전화를 붙들고 있으려 할수록 그애는 더욱 안절부절못했다. 이제 끊어야 해, 리처드. 마침내 그애가 말했고, 전화는 끊겼다. 클로이가 한 번도 라자의 이름을 언급하지 않았다는 것, 복수로 '우리'라 하지 않고 단수로 '나'라고 말했다는 것이 이상하게 느껴졌다. 라자가 그애와 함께 있기는 한 건지, 아니면 그애가 두려워하는 대상이 바로 라자는 아닌지 궁금했다.

그는 다섯 시간이나 걸려 이곳에 도착했다. 내내 속도를 냈고 정체구간을 거의 만나지 않았음에도 길고 힘든 여정이었다. 뷰다 혹은 카일 같은 이름을 지닌 텍사스의 작은 마을들을 수없이 지나며 황량한 평야를 끼고 달리다가, 가끔은 사적지나 술집 광고판이 붙은 출구들을 지나쳤고, 막 구워낸 엠파나다나 바비큐 갈비를 파는 길가의 포장마차들을 가끔 만나기도 했다. 결국 너무 막막하고 지루한 나머지 그는 엄마에게 전화를 해 소식을 알렸다. 클로이가 그러지 말라고 경고했지만, 하지 말라고 사정했지만, 그는 문득 엄마를 달래야 할, 엄마에게 뭔가 주어야 할 필요를 느꼈다. 그날 앞서 휴스턴을 막 나설 때 그는 엄마가 전화기에 남긴 메시지를 들었다. 엄한 경고와 거친 비난, 심한 실망으로 가득찬 그 메시지를 그는 차마 다 듣지 못하고 전화기를 옆으로 치워야 했다. 엄마가 한 말들이 너무도 아프게 다가왔다. 그때 그는 깨달았다. 자신이 너무 심했었다. 너무 오래 사실을 숨겨왔던 것이다. 하지만 몇 시간 뒤 전화했을 때 엄마의 목소리는 훨씬 차분했다. 이 소식을 알렸을 때, 자신이 어디에 가고 있고, 누구를 데리고 올 것인지 말했을 때, 몇 초를 말없이 가만있던 엄마가 울기 시작했다. 울음소리가 어찌나 요란했던지 전화기를 귀에서 떼어내야 했다.

"농담 아니지, 리처드?" 마침내 엄마가 물었다. "제발 아니라고 말해줘."

"제가 왜 그런 일로 농담을 하겠어요?"

"모르겠어." 엄마는 말했다. "그래도 아니라고 약속해줘."

"장담해요."

"확실하지?"

"확실해요."

그리고 다시 한번 긴 침묵이 흘렀고, 엄마는 다시 울기 시작했다.

잠시 후 엄마는 정신을 차리고 클로이가 아직 라자와 함께 있는지 어떤지 아느냐고 물었다. 그가 모른다고 하자 엄마는 다시 경찰 조사에 대해, 그리고 앞서 만나 얘기를 나눈 형사에 대해 얘기하며 기소가 취하될 거라는 소식을 전했다. 엄마는 두 사람에게 그 얘기를 전하는 것이 정말 중요하다고 했다. 그 정보가 제대로 전달되는 것이 정말 중요하다고.

"기소가 취하될 거라고요?" 그가 어리둥절해하며 물었다.

"그래."

"둘 다요?"

"아니, 클로이만. 어쩌면 라자도 그럴 수 있겠지만, 클로이는 확실해."

"세상에."

더 묻고 싶은 게 많았지만, 그는 엄마의 감정이 격해지고 있음을 느낄 수 있었다. 더이상 엄마를 흥분하게 하고 싶지는 않았다. 그래서 대신 그는 아무에게도 얘기하지 말라고, 특히 경찰에게는 알리지 말라고 당부했다. 엄마가 커툴라의 경찰에 연락해보라고 제안했을 때 그는 그러면 안 될 것 같다고 대답했다. 그애가 조용히 처리해달라고 했어요. 그는 말했다. 그애 의사를 존중해야 할 것 같아요. 수화기 저편의 엄마는 아무 말도 하지 않다가 마침내 동의했다.

"아이를 집에 데려온다고 약속만 해라." 마침내 엄마가 말했다.

"그러려고 온걸요."

"약속해, 리처드."

"약속할게요."

"그리고 리처드." 엄마가 말했다. "내가 음성메시지에 한 말들."

"괜찮아요, 엄마."

"아니야. 괜찮지 않아."

"엄마." 그가 말했다. 그리고 다시 엄마가 훌쩍거리는 소리를 들었다. "엄마, 있죠, 진짜로 괜찮아요."

그는 전화를 끊었다. 그리고 라디오를 켜고 잠시 모든 것을 차단하려고, 그가 애초에 텍사스 주 커툴라에 가는 이유 자체를 잊어버리려고 애썼다.

이제, 도로 건너편을 보니 꽃이 핀 덩굴과 등나무로 뒤덮인 조그만 헛간이 하나 보이고, 그 뒤로는 비파나무와 상록참나무가 점점이 서 있는 쓸쓸한 들판이 넓게 펼쳐져 있다. 머리 위 하늘을 보니 해가 낮아지기 시작한다. 그는 다시 한번 미니마트를 쳐다보고 손목시계를 확인한 다음 차에서 내리기로 결심한다. 처음으로 극심한 공포가 느껴지고 불안감이 커지면서 어디선가 길을 잘못 들어왔거나 뭔가 끔찍하게 잘못된 게 분명하다는 생각이 든다. 원인이 무엇이든 그는 갑자기 위기감과 함께 아드레날린이 솟구치는 것을 느낀다. 그는 차에서 내려 미니마트를 향해 걷기 시작해서 마침내 입구에 도착하자, 문을 활짝 열어젖힌다. 그가 건물 안으로 너무나 빨리 들어가는 바람에 카운터 뒤에 있던 남자가 음료를 거의 쏟을 뻔한다.

"어서 오세요." 남자가 약간 놀라면서 말한다.

리처드는 남자를 쳐다본다. 피부가 햇볕에 그을렸고 머리가 벗어지기 시작한 키 작은 멕시코 사람으로, 목 아랫부분에 뱀 문신이 보인다.

"뭘 도와드릴까요?" 남자가 이어서 묻는다.

"내 여동생." 리처드가 불쑥 말한다.

"뭐라고요?"

"여기 누구 온 적 없나요?"

남자는 당혹스러운 얼굴로 그를 쳐다본다.

"제 여동생을 찾고 있는데, 혹시 여기 왔나 해서요."

"방금 전에요?"

"아니, 한참 전에요. 몇 시간 전쯤." 그가 말한다. "제 동생이 도로 건너편에서 전화하고 있다고 말했거든요. 저 건너에서 누구 본 적 없어요?"

남자는 도로 저쪽을 건너다보며 눈을 찡그리더니 다시 리처드를 쳐다본다.

"금발?"

"네."

"키가 이 정도?" 남자는 그의 머리 위로 손을 올린다.

리처드는 고개를 끄덕인다.

"맥주를 마시고 있었고?"

"그건 모르겠지만. 아마도."

"오늘 아침에 여기 왔었는데. 담배랑 맥주를 샀어요. 그러고는 한 시간쯤 저기 앉아 있다가 가던데."

"어디로 갔는지 아세요?"

남자는 어깨를 으쓱한다.

"트럭에 탔어요. 내가 아는 건 그게 다예요. 그런데 그전에는 버스에 대해서 물었거든. 근데 필요 없어졌나봐요."

"트럭이라고요?" 리처드가 갑자기 겁에 질려 묻는다. "어떤 종류의 트럭이죠?"

"흰 트럭이었는데." 남자가 말하고는 팔을 넓게 펼치며 덧붙인다. "커다란."

"그게 언제였는지 아세요?"

"몇 시간 전이었어요."

리처드는 그를 쳐다본다.

"누가 운전하고 있었는지는 보셨어요?"

"트럭 말이에요?"

"네."

남자는 고개를 젓는다.

"못 봤어요." 그러고는 리처드를 쳐다본다. "동생이 맞는 거 같아요?"

"잘 모르겠어요. 아마도요." 리처드는 갑자기 배가 조여드는 듯 느끼며 창문을 통해 도로를 바라본다. "근처에 다른 주유소가 있나요? 여기, 그러니까, 이 도로에?"

남자는 고개를 젓는다.

"우리뿐이에요." 남자는 대답하며 애처로운 듯 그를 쳐다본다. "괜찮아요?"

"예?"

"땀을 흘리잖아요."

그때 이미 리처드는 뒤로 돌아 문을 나가 밴을 향해 가고 있다.

그는 운전석에 앉아 창문을 내리고 담배에 불을 붙이며, 이제 무엇을 할 것인지, 엄마에게 뭐라 말할 것인지, 남자가 묘사한 여자애가 정말 클로이였을지 다른 사람이었을지 생각한다. 그 여자애가 정말 클로이라면 그애는 지금 어디 있을까? 누가 그애를 데려간 걸까? 그들은 어디로 가는 중이었을까? 갑자기 그는 일이 이렇게 쉬울 거라고 믿었던 자신이, 다른 복병이 있을 거라고는 짐작도 못한 자신이 바보처럼 느껴진다. 그리고 그는 이 모든 게 처음부터 함정은 아니었는지, 그들을 모두 따돌리려는 속임수나 정교한 위장은 아니었는지 의심하기 시작한다.

그는 기어를 넣은 후 미니마트 주차장을 나와 다시 고속도로로 나간다. 머지않아, 지금부터 휴스턴의 엄마 집 진입로로 들어가는 사이 어느 시점엔가, 이 소식을 전해야 할 거라는 생각이 든다. 엄마는 그를 추궁할 것이고, 무너져내릴 것이고, 처음에 제안한 대로 커툴라의 경찰에게 왜 연락하지 않았느냐고, 왜 그렇게 장담하며 고집을 부렸느냐고 추궁할 것이고, 그는 가만히 앉아 그 모든 것을 들어야 할 것이다. 그러고는 대답할 말이 없다고, 지금 이 순간 동생이 어디 있는지도 모른다고 엄마에게 말할 수밖에 없을 것이다. 너무도 중요한 일이어서 엄마를 실망시켰다는 사실을 인정하지 않을 수 없을 것이다.

지금 그에게 엄마와 그런 대화를 해야 한다는 생각은, 클로이가 영원히 사라져버렸을지도 모른다는, 사라져 존재하지 않을지도 모른다는 매우 현실적인 가능성보다 더 괴로운 일이다. 대체 사람이 어떻게 그럴 수 있는지, 어떻게 그렇게 사라져버릴 수 있는지, 가족, 친구, 미래까지, 자기 인생의 모든 것을 다 걸고 그렇게 내던져버릴 수 있는 건지. 무엇을 위해? 남자를 위해? 사랑에 대한 낭만적 이상을 위해? 그전의 많은 어떤 순간들이 떠오른다. 늘 여동생을 보호하고, 대신 둘러대주고, 부모님 앞에서 방어해주던 수많은 순간들. 고등학교 때 그애가 파티에 갔다가 운전할 수 없을 정도로 술에 취하면 늘 데리러 가주고, 수업에 빠질 수 있게 가짜 편지를 써주고, 숙제를 고쳐 써주고, 그애가 야단맞지 않게 하려고 거짓말을 하거나 의도적으로 부모를 속였던 수많은 순간들. 그래서 지금 그애는 어떻게 되었지? 내 그런 행동 때문에 그애가 뭐든 자기 뜻대로 해도 된다는 그릇된 생각, 그릇된 안심, 모든 행동에 반드시 결과가 따르는 것은 아니라는 순진한 믿음만 갖게 된 건 아닐까?

그런 생각을 하며 고속도로를 타는데 조수석에서 전화가 울리기 시작한다. 그러나 그 순간 그는 너무나 낙담하고 공포에 질려 있던 나머지 전화기가 울리도록 내버려둔다. 엄마일 것이다. 아니면 상황 보고를 듣고 싶은 아버지거나. 하지만 전화가 바로 다시 걸려오자 그는 말이 안 된다 싶으면서도 문득 클로이일지도 모른다는 생각이 들어 전화를 받는다.

"클로?"

"리처드." 남자 목소리가 대답한다. 마이컬슨의 목소리다. "통화가 되어 정말 다행이군. 자네가 모임에 안 나와서 무슨 일이라도 생긴 건가 걱정했다네."

"우리 모임이요?"

"그래, 우리 워크숍. 자네만 안 나왔어. 자네랑 자네 친구……"

"브랜든."

"맞아, 브랜든. 어쨌든 이렇게 통화가 되어 정말 다행이야. 엄청 좋은 소식이 있거든."

"지금은 길게 통화할 수가 없어요." 리처드가 말한다. 갑자기 속이 울렁거린다.

"일 분이면 돼, 리처드." 마이컬슨은 계속 말을 이어가며 그날 일찍 누군가와 한 대화, 미시간에 방금 열린 어떤 자리, 재정 지원 등에 대해 이야기한다. 하지만 곧 모든 것이 흐릿해지면서 클로이에 대한 생각이 머리를 채우고, 지금 같은 순간에 마이컬슨과 대화를 하고 있다는 것이 어이없게 느껴진다.

"내가 한 말 들었나?" 마이컬슨이 묻는다. "이미 다 끝난 일이야. 자넨 이미 들어간 거야. 그냥 서류들만 보내면 돼. 그것들은 우편으로 보냈나?"

"저 그만 끊어야겠어요." 리처드가 말한다.

"리처드, 자네 지금 내 말 듣고 있는 건가?"

"제 여동생이 사라졌어요." 리처드가 말한다. 정신이 멍해진다.

"뭐라고?"

"그애가 사라졌어요. 죽었는지도 몰라요."

"죽어? 무슨 소릴 하는 건가, 리처드."

그러나 마이컬슨이 다음 말을 잇기 전에 그는 전화를 끊고 무음 모드로 바꾼 다음 미니밴의 가속페달을 끝까지 밟는다. 자동차들 사이를 누비며 함부로 달리다보니, 그는 더이상 도로에, 이 땅에 연결된 사람이 아닌 것처럼 느껴진다. 그 무엇에도 연결되지 않은 사람처럼 느껴진다. 멀리 태양이 지평선 너머로 사라지며 낮이 밤으로 바뀌기 시작하자, 그는 마음을 다잡으며 동생이 전화를 끊기 직전에 했던 말을 떠올린다. 그애의 입에서 마지막으로 나온 말. 보고 싶어죽겠어, 리치, 그애가 말했다. 오빠는 정말 모를 거야. 그러고는 말했다. 있지, 리치, 나 지금 끊어야 해, 응? 전화기 너머로 요란한 경적 소리가 들렸고, 곧이어 전화는 끊겼다.

10

부엌 싱크대 가에서 케이든스는 커피를 한 잔 더 따른 후 이 늦은 시간에 아직도 뜰을 가꾸고 있는 엘슨을 내다본다. 뒤뜰 투광조명의 인공 불빛을 받으며 그는 뗏장을 깔고 롤러로 고르고 물을 뿌린다. 그는 초저녁에 샴페인 한 병을 팔에 끼고 꽃과 케이크를 들고 나타났다. 그러고는 밖으로 나가 자기 차로 가더니 싱싱한 뗏장을 몇 개 가지고 나와 데크에 내려놓았다. 뜰 뒤쪽에 맨 흙이 드러난 부분을 잔디로 덮고 싶어, 그가 말했다. 클로이가 와서 보면 좋도록 해놓고 싶어. 진작 했어야 할 일이야. 그는 덧붙였다. 손을 좀 봐줘야 하는 일이라고. 그리고 지금 케이든스는 그를 쳐다보며 남자들과 잔디에 대해 생각한다. 남자들은 자기 집 잔디의 상태가 그들의 부양능력이나 남자다움을 밖으로 드러내 보인다고 생각하는 것 같았다. 어쨌든 최소한 엘슨의 경우에는 그랬다. 잔디에 문제라도 생기면 그는 주말 내내 그것을 손보며 안달을 했고, 약을 너무 많이 쳐서 말라버린 건가, 물을 너무 많이 준 건가, 너무 짧게 자른 건가, 이런저런 궁리를 했다. 지금 이 순간 그의 그런 모습은 코믹해 보일 수도 있었을 것이다. 심지어 사랑스러워 보일 수도 있었을 것이다. 리처드에게서 소식을 들은 지 거의 여덟 시간이 되어간다는 사실만 아니라면.

조리대 위에 걸린 시계를 쳐다보며 그녀는 시간을 계산해본다. 커툴라까지 다섯 시간이고 돌아오는 데 또 다섯 시간. 차가 막혔더라도 늦어도 열시에는 돌아왔어야 한다. 시침이 1을 향해 다가가고 있는 지금—그러니까 새벽 한시가 다 되어가고 있는 지금—뭔가 문제가 생긴 거라고 생각하지 않을 수가 없다. 앞서 그녀는 뜰에서 뗏장을 놓고 있는 엘슨의 옆에 서서 클로이가 오면 어떻게 행동할 것인지, 어떻게 축하할 것인지 얘기를 나누었다. 그들은 클로이가 한 일에 대해서나 그들이 얼마나 걱정했는지에 대해서는 아무 말도 하지 않기로 했다. 오늘밤에는 비난이나 질책은 하지 않을 것이다. 오늘밤은 축하를 위한 밤일 뿐 그 이상은 없을 것이다. 그리고 최소한 오늘밤에는 온 가족이 함께할 것이다. 비록 그녀는 그 의미를 엘슨이 생각하는 그대로—새로운 시작, 새로운 출발로—받아들이지는 않았지만, 그래도 그 생각에 마음이 들뜨기는 했다. 그들 인생의 매우 어두운 시간에서 일시적인 유예를, 일시적인 휴가를 갖는 것이다. 그런 다음 사건의 여파와 후유증을 감당해내고, 민사소송이나 불가피한 심문과정, 언론 등에 대처할 것이다. 하지만 적어도 오늘밤만은 그 모든 일들을 머릿속에서 몰아낼 것이다. 오늘밤, 그들은 그저 딸을 맞이하는 일만 할 것이다.

어쨌든 계획은 그랬다. 케이든스는 너무 불안하고 흥분한 나머지 가만있을 수가 없었다. 집안을 허둥지둥 돌아다니면서 진공청소기로 거실을 청소했고 클로이의 침대를 정리했고 피자를 주문했고 삼십 분에 한 번씩 리처드에게 받지도 않는 전화를 계속 하다가 다시 처음부터 반복했다. 하지만 그때와 지금 사이, 리처드가 처음 전화했던 순간부터 주문한 피자 위의 치즈가 굳기 시작한 순간 사이의 어느쯤엔가, 그녀는 그런 낙관, 그런 희망을 잃어버렸다.

베란다 문을 통해 엘슨을 바라보다가 그와 눈이 마주치자 그녀는 손을 흔든다. 엘슨은 카키색 바지에 묻은 흙을 털어내며 역시 손을 흔들더니 장갑을 벗고 웃으며 집 쪽으로 걸어온다.

"보기 좋은걸." 안으로 들어서던 그는 그녀가 미리 꽂아둔 꽃과, 미리 차려둔 식탁과, 줄지어 세워둔 조그만 봉헌 양초들을 둘러보며 말한다.

"지금 한시야." 그녀가 말한다.

엘슨은 시계를 본다.

"오다가 뭘 좀 먹으려고 쉬었을 거야."

"세 시간 동안이나?"

"글쎄." 엘슨은 어깨를 으쓱한다. "차도 막힐 테고. 그것도 고려해야지."

"엘슨, 내가 전화를 그렇게 했는데 얘는 한 번도 연락을 안 하잖아."

"리처드가 전화하지 말랬다고 당신이 나한테 그랬잖아. 안 그래? 걔가 전화하지 말라고 했어."

케이든스는 그를 쳐다보며 고개를 끄덕인다.

"있지, 당신 걱정 좀 그만해, 알겠어? 애들은 집에 오고 있어. 아마 어디서 좀 지체되고 있는 걸 거야."

케이든스는 조리대로 다가가 커피잔을 집어든다. 그동안 엘슨은 그녀 옆을 지나쳐 현관으로 걸어간다.

"어디 가?" 그녀가 그의 등뒤에 대고 외친다.

"밖에 내 차에." 그가 소리쳐 대답한다. "뗏장을 다섯 개 더 깔아야 돼. 그럼 다 끝나."

잠시 후, 현관문이 열렸다가 쾅 닫히고, 그녀는 부엌 한가운데에 있는 아일랜드 조리대로 가서 불빛이 약해지고 있는 촛불들을 끈다.

베란다 문을 통해 바라보니 뒤뜰이 정갈하다. 엘슨은 잔디밭 뒤쪽 맨 흙 부분만 메운 것이 아니라 화단 세 개의 흙을 갈아엎고 잡초도 뽑았다. 수영장 가의 데크를 쓸었고 고압세척기로 베란다를 청소했으며 나무에 뿌리덮개를 새로 덮어주었다. 어쩌면 이것은 스트레스에, 불안에 대처하는 그만의 독특한 방법인지도 모르지만, 그렇다 해도 분명 그것은 전에는 본 적이 없는 방법이다.

그럼에도 아까 든 생각은 여전하다. 엘슨 같은 남자는 설명할 길이 없었다. 가장 특이한 방법으로 마음속에 다시 파고드는 남자, 그의 인생에서 가장 중요할 수도 있는 만남을 앞두고 납득이 안 되는 방식으로 사라졌다가 뒤뜰에서 몇 시간 동안 뗏장을 놓는 것으로 보상하려 하는 남자. 그녀가 그런 그를 용서하기로 했다는 것, 그가 한 짓을 무시하기로 했다는 것, 그의 태만을 눈감아주기로 했다는 것은 그녀 자신도 설명할 수 없는 일이었다. 그것은 처음 본 사람에게 이십오 년간의 결혼생활을 설명하려 하는 것과 같았다. 그런 습관들은 그녀 안에도 배어들어 있었다. 그 습관들은 다른 모든 것과 마찬가지로 그녀의 일부이기도 했다. 그리고 엘슨 역시 그녀의 일부였다. 그렇지 않은 척하고 싶지만 그럴 수 없었다. 두 사람은 떼려야 뗄 수 없게 연결되어 있었고, 단일체 안의 조직들처럼 결합되어 있었다. 그리고 아무리 오래 떨어져 있어도, 아무리 큰 배신을 해도, 심지어는 이혼까지도 그것을 바꿀 수는 없었다.

그런 생각을 하며 그녀는 뒤뜰을 내다보고 수영장의 잔잔한 물과 어두운 하늘을 바라본다. 얼마 후 멀리에서 깜빡이며 그녀를 부르는 휴대전화 불빛이 눈에 띈다.

전화기를 밖에, 수영장 가에 있는 조그만 유리탁자에 놓아두었다는 사실을 완전히 잊고 있었다. 전화기를 향해 달려가며, 유리문을 밀어젖히고 수영장을 향해 나아가며, 그녀는 다시 마음이 들뜬다. 리처드. 그녀는 생각한다. 이렇게 다행일 수가.

하지만 막상 전화기를 들고 보니 '발신자 표시 제한'이라는 문구가 떠 있다. 그녀는 잠시 그것을 바라보다 전화를 받는다.

"하딩 부인이세요?" 저쪽 목소리가 묻는다. 젊은 남자 목소리다.

"네."

"절 모르시겠지만, 따님의 말을 전달하려고 합니다."

"누구세요?"

"따님이 자기는 안전하다고 하더군요. 사랑하고 정말 미안하다고 전해달라고요. 따님 말을 그대로 전해드릴게요. 미안해, 엄마. 하지만 날 믿어줘야 해. 안전할 때 내가 전화할게."

푸른 등으로 밝힌 수영장의 잔잔한 물을 쳐다보며 케이든스는 울렁증을 느낀다.

"말도 안 돼요." 마침내 그녀가 말한다. "그애는 지금 집에 오고 있어요. 우리가 통화하는 지금 이 순간, 내 아들이 그앨 데려오고 있다고요." 하지만 말을 마칠 무렵 전화는 이미 끊어져 있고, 전화를 건 사람도 사라져버린 뒤다. 그녀는 재발신을 해보지만, 그 번호는 사용되지 않는 번호라는 안내 목소리가 나온다. 패닉에 빠진 그녀는 집 쪽으로 돌아서며 이건 다 장난일 뿐이라고, 잔인한 장난일 뿐이라고 생각한다. 하지만 누가 그런 장난을 하겠어? 사람이 어떻게 그렇게 잔인할 수가 있겠어? 그 목소리는 내가 아는 목소리가 아니었어. 전에 한 번도 들어본 적이 없는 목소리였다고. 이제 그녀는 부엌을 통해 안으로 달려가며 엘슨을 부르지만 그는 어디에도 보이지 않는다. 엘슨, 그녀는 다시 부른다. 가슴이 마구 뛴다. 하지만 대답이 없다. 그녀는 엘슨이 뗏장을 가지러 밖으로 나갔다는 것을 기억하고 다시 현관을 향해 달려간다. 하지만 그녀가 현관문을 열자 진입로에 보이는 것은 차 뒤편에서 뗏장을 꺼내는 남편이 아니라 보도 가장자리에 주차된 그녀 자신의 미니밴이다. 그리고 그때, 리처드의 모습이 눈에 들어온다. 온통 땀에 전 몸과

빨간색 티셔츠와 골반에 느슨하게 걸쳐진 헐렁한 청바지가. 그리고 엘슨이 보인다. 여전히 흙투성이인 채 리처드에게 다가서는 엘슨. 그리고 두 사람이 잔디밭 가장자리, 가로등 아래에서 서로 부둥켜안는 모습. 어렴풋한 두 사람의 실루엣, 부들부들 떨며 흐느끼는 두 사람의 몸, 몇 년 동안 그녀가 보지 못했던 모습. 그 순간 그녀는 오랜 실망의 세월 동안 마음속에 쌓인 확신과 공포를 느끼며 깨닫는다. 여기 무언가—지금 이 순간 무언가—끔찍하게 잘못되었다는 것을.

• 7부 •

In between days

1

어렸을 때 그들이 그 게임을 고안해낸 것은 지루함을 이기기 위한 것이었지만, 어쩌면 부모와 공유하는 관계로부터 거리를 둔 둘만의 관계를 유지하고 싶어서 그런 것일 수도 있다. 분신을 만들어내고 이름을 지어내던 그 게임. 그녀는 블레이즈였고—부유함과 음모를 드러낸다고 생각한 이름—그는 션, 언젠가 그가 읽은 책에서 가져온 이름이었다. 그들은 가족 휴가지나 학교 복도에서, 때로는 저녁식사 자리에서까지 끊임없이 그 게임을 했고, 서로를 각자의 분신 이름으로 부르며 수수께끼 같은 내용으로 가득한 비밀쪽지를 몰래 교환했다. 심리학자들이 그런 게임에 대해 들으면 엄청나게 흥미로워하겠지, 그는 생각했다. 그들은 게임의 의미를 해석하려 들면서 어쩌면 다음에 일어날 일들에 대한 우려스러운 징후라고 정의했을 수도 있겠지만, 리처드는 그 일에 대해 심각하게 생각하지 않았다.

사실, 그 모든 기억들이 되살아난 것은 미시간 대학에서 이 주째를 보내고 있을 때, 그리고 클로이가 사라진 지 거의 석 달이 지났을 때, 이메일을 한 통 받은 후였다. 그 이메일은 모르는 주소(bl7462@hotmail.com)로부터 온 것이었고, 제목란은 비어 있었다. 보통의 경우라면 그런 이메일은 읽지도 않고 지워버렸겠지만 어떤 이유에선지 그는 그것을 열었고, 순간 정신이 멍해졌다.

션,
나 미워해? 제발 아니라고 말해줘.

사랑하는 블레이즈.

컴퓨터를 노려보며 여러 번 되풀이해 메시지를 읽었지만 머릿속은 정리되지 않았다. 처음에 그는 바로 답장을 해서, 너무나 보고 싶다고, 그리고 물론 미워하지 않는다고, 어떻게 미워할 수가 있겠느냐고 말하고 싶었다. 하지만 그때 그는 학교 도서관에서 학부 학생들 틈에 앉아 있었고, 이미 네시 수업에 늦은 상황이었기 때문에 일단 컴퓨터를 끄고 수업에 들어갔다. 그는 나중에 정신이 좀더 명료할 때, 머릿속을 정리할 시간이 있을 때 답장을 쓸 수 있으리라 생각했다.

그는 거의 한 시간을 들여 답장을 써냈다. 자신의 이메일이 여전히 감시당하고 있을 가능성에 대비해 클로이에게 쓰는 편지라는 게 드러나는 말은 피하려고 했지만 동시에 묻고 싶은 것도 너무 많았다. 안전하니? 아직 라자와 함께 있니? 어디 있는지 말해줄 순 없니? 무엇보다도 그는 동생이 살아 있다는 걸 알게 되어, 물론 죽었을 거라 생각한 적은 없지만, 얼마나 기쁜지 꼭 말해주고 싶었다. 지난 몇 달간 그애 생각을 얼마나 많이 하고 있었는지 말해주고 싶었다. 또한, 그애가 확신하지 못할 경우에 대비해, 이제 원할 때 언제든 집에 와도 안전하다는 것, 사실상, 최소한 법의 관점에서는, 그애에게 아무런 잘못도 없다는 것을 알려주고 싶었다. 그는 클로이에게 벡위스란 아이의 상태가 좋아졌으며, 그녀에 대한 혐의가 풀렸고, 라자와 함께 미국으로 돌아와 증언을 하기만 하면 두 사람 모두 완전한 면죄를 받을 수 있다는 것을 확실히 말해주고 싶었다. 그는 매우 신중하게 이메일을 썼다. 승의 재판 날짜와 지방검사의 이름, 심지어 어머니가 고용한 사설탐정의 사서함 주소까지 적어넣었다. 그런 다음 다시 한번 보고 싶다는 말과 함께 서명을 했다. 사랑하는 션, 이라고.

그날 저녁 열시에 이메일을 보내고 답장을 기다렸으나 답장은 오지 않았다. 다음날 그는 이메일을 한번 더 보내 무슨 일이 있느냐고 물었지만 이번에도 답장은 없었다. 그리고 이틀 후 그의 편지함에는 해당 주소가 존재하지 않는다는 반송메일이 들어와 있었다. 그는 클로이가 메일을 확인하긴 한 건지, 아니면 그가 답장을 보내기 한참 전에 이미 계정을 없애버린 건지 궁금했다. 또다시 메일을 보내봤지만 그 또한 거부되었다. 그는 컴퓨터 모니터를 노려보았다. 클로이가 누군가를 보호하려 한다면 그건 분명 자기 자신이 아니라 라자일 터였다. 아직도 미국에서 두 건의 폭행 혐의를 받고 있는 라자. 하지만 그렇다면 왜 애써 이메일을 보내고 계정을 없애는 수고를 무릅쓴 것일까?

그뒤로 몇 주간 클로이의 이메일은 그의 머리를 떠나지 않았다. 그는 아무 일도 할 수 없었다. 수업에 집중할 수도, 친구들과 어울릴 수도, 강의를 맡은 학부 수업을 준비할 수도 없었다. 몇 시간마다 한 번씩 그는 이메일을 확인하며 또다른 메시지가 와 있기를 바랐으나 메일은 한 통도 없었다. 그는 엄마에게 전화해 얘기할까도 생각해보았다. 클로이가 죽었다고 생각하는 엄마. 결국 엄마에게 얘기하는 것이 인간적인 도리이겠지만 그러면 일이 어떻게 될지 그는 알고 있었다. 그 경우 클로이가 용서하지 않을 것이었다. 엄마는 클로이가 사라졌다는 사실을 확인하자마자 사설탐정을 고용했고, 리처드에게 이삼일에 한 번씩 전화를 해 일의 진행상황을 알려주었다. 아직까지 확실한 단서를 찾진 못했어, 엄마는 말했다. 하지만 수색 범위를 멕시코의 오지 한 곳으로 좁혔단다. 엄마는 가장 최근의 통화에서 그렇게 말했지만 그때조차도 그는 엄마가 회의적이라는 것, 최악을 대비하고 있다는 것을 알 수 있었다.

그동안 미시간에서 그의 생활은 기대했던 것보다 나았다. 최소한 누구든 그런 상황에서 기대할 만한 생활보다는 나았다는 뜻이다. 마이컬슨의 고집에 못 이겨 그는 자료를 담당부서에 보냈고,

몇 주 후 책임교수가 전화했을 때 그는 그 여교수의 태도와 진심 어린 상냥함에, 그리고 그를 한 방향으로 몰아가지 않는 어떤 느낌에 매료되었다. 와도 좋고 오지 않아도 돼요. 이건 본인의 선택이니까. 여교수는 그렇게 말했다. 그리고 며칠 후, 그는 책임교수에게 전화를 걸어 제안을 받아들였고, 그때 그는 이제 더이상 휴스턴에 꼭 있어야 할 이유가 없다는 것, 부모와 그간의 일로부터 되는대로 멀리 떠나 있고 싶다는 것을 깨달았다.

그리고 이곳에 있는 동안 그다지 나쁠 것도 없었다. 도시는 아기자기했다. 독립 서점들과 커피숍과 셀 수 없이 많은 술집들이 있는 나른한 대학도시였다. 도심을 가로지르는 강가에 조그만 아파트를 얻은 그는 오후나 저녁이면 강변을 따라 산책을 하곤 했다. 나뭇잎의 색깔이 이미 바뀌기 시작했고 가을 들어 처음 부는 차가운 바람이 그의 얼굴에 부딪혔다. 가끔은 클로이 생각을 하며 그애가 스트래섬에 처음 갔을 때 그곳에 대해 묘사하던 얘기들을 떠올렸다. 계절이 바뀐다는 게 어떤 건지 오빠는 모를 거야. 클로이는 그렇게 썼다. 진짜 계절 말이야. 정말 끝내줘, 리치. 그는 강변을 산책하며 동생이 한 말이 이런 뜻인가 생각했다. 산책에서 돌아오는 길이면 가끔 그는 시인들이 잘 가는 술집에 들르곤 했다. 조그맣고 담배연기 자욱한 그 싸구려 술집은 벨벳 언더그라운드와 레너드 코헨의 노래를 많이 틀어주었다. 거기 가면 항상 보는 사람들이 있었는데, 그와 비슷한 젊은 남녀들이 호박색 위스키 잔을 쾅 내려놓으며 로버트 하스에서 조리 그레이엄까지, 그 어떤 주제에 대해서도 열성적으로 얘기하곤 했다. 가끔은 그곳에서 굉장한 대화를 나누기도 했다. 얼른 아파트로 돌아가 글을 쓰고 싶게 만들던 대화, 마이컬슨은 주지 못했던 방식으로 영감을 주는 대화들이었다. 그리고 멋진 사람들도 만났다. 특히 그 학기 대학원 워크숍에서 강의하던 젊은 방문 시인이 있었는데, 그는 리처드를 두 번 저녁식사에 초대해 그의 작품에 '뛰어난 장래성'이 보인다고 말했다. 그는 그 남자의 말이 그냥 하는 말인지, 그러니까 그를 침대로 끌어들이기 위한 의도적인 칭찬인지 어떤지 확신할 순 없었지만 꼭 그런 것 같지는 않았다. 그는 마이컬슨과 달랐다. 그에게는 지저분한 느낌이 없었다. 젊고 잘생겼으며 원하면 누구와도 함께할 수 있을 사람 같았다. 그 시인이 자신을 선택한 것은 단지 운일 뿐이라고, 혹은 아무리 못해도 어떤 징조일 수는 있다고 리처드는 생각했다. 다시 다른 사람을 신뢰할 수 있게 되리라는 징조.

처음 그 사람과 데이트했을 때, 그는 리처드를 도시 반대편에 있는 조그만 인도 식당에 데려갔다. 김이 오르는 커리를 앞에 두고 두 사람은 그의 작품에 대해, 그리고 리처드의 작품에 대해 얘기했고, 밤공기가 쌀쌀한 밖으로 나온 뒤에 남자는 옆 술집의 차양 밑에서 리처드에게 키스를 했다. 그의 입술은 차갑고 부드러웠다. 그때 그와 키스하며 리처드는 깨달았다. 마코스 이후로 다른 사람과 이렇게 기꺼이 키스한 건 이번이 처음이라는 사실을.

이상했다. 술집에 있을 때나 강의실에 앉아 있을 때, 영화를 보려고 줄을 서 있을 때나 강의를 담당한 학부 수업에서 졸린 눈을 하고 앉아 있는 학부 신입생들을 가르치고 있을 때, 그는 이상하게도 평온함을 느꼈다. 그는 자신이 그곳에 있는 어떤 이유, 즉 목적이 있다는 사실에 편안함을 느꼈다. 그러고 나서 아파트로 돌아와 글을 쓰려고 앉아 있거나 저녁식사를 준비하고 있으면 예전의 외로움이 다시 찾아오며 생각은 과거로, 휴스턴으로 되돌아갔다. 사실 그는 휴스턴에 대해 더이상 생각하고 싶지 않았다. 이제 그에게 말도 하지 않는 브랜든이나 최근에 애인과 살림을 합친 아버지나 사이비 조사에 터무니없는 돈을 쏟아붓고 있는 어머니에 대해 생각하고 싶지 않았다. 그런 생각은 아무것도 하고 싶지 않았다. 과거는 과거일 뿐인 척하고 싶었고, 그 시절의 삶은 다른 사람이 살았던 다른 삶이었던 척하고 싶었다. 그리고 지금 자신의 모습이 앞으로도 계속될 것처럼 굴고 싶었다. 하지만 어쩔 수 없이 그의 정신은 과거로 흘러들어가 지난봄의 사건들을 되풀이해 생각하곤 했다. 그런 순간들이면 그는 자리에서 일어나 담배에 불을 붙였고, 때로는 와인 한 잔을 따라놓고 컴퓨터 앞에 앉아 글을 썼다. 이메일을 열고 새로운 편지를 쓰는 것이었다. 그는 안녕, 블레이즈, 하고 서두를 시작하여 모든 것을, 동생에게 하고 싶은 모든 말, 후회와 두려움, 분노 등을 다 토해냈다. 그가 편지를 쓰는 상대는, 그리고 나중에 그 글을 이메일로 보낼 계정은 더이상 존재하지 않는다는 사실을 알면서도.

2

이제 와 생각해보면 그녀가 가장 괴로운 것은 클로이가 전혀 모른다는 사실이다. 그녀에겐 딸과 얘기할 기회가, 그애에 대한 모든 혐의가 이제는 풀렸다는 사실을 설명할 기회가 없었다. 그런 기회가 있었다면 클로이가 신경을 쓰긴 했을까. 마음을 바꿔 집에 돌아왔을까. 아니면 어찌 됐든 아무 차이가 없었을까. 사실 그녀는 알 수 없고 앞으로도 알 수 없을지도 모른다. 지금 그녀가 아는 거라곤 클로이가 없어졌다는 사실뿐이다. 우울한 순간에는 가끔 최악을 상상하기도 하지만 마음속으로는 딸이 아직 살아 있다고 믿는다. 한때 엘슨과의 결혼생활이 잘되리라고 믿었던 것과 비슷한 방식으로, 의식적으로 애써 부인해가며 딸의 생존을 믿는다. 그 반대를 믿는다는 것은 결국 패배를 인정하는 것이고, 그녀 인생에 희망을 주던 유일한 것을 포기한다는 것이다.

그녀는 최근에 피터슨과 상담을 하면서 그 모든 것을 설명하려 했지만, 피터슨은 그냥 멍하니 앉아서 그녀를 쳐다보기만 했다. 지난 몇 달 동안 그녀는 피터슨을 다시 찾아가기 시작했다. 대개는 지루하고 외로워서였다. 당장 대화할 상대가 너무 없었다. 리처드는 미시간으로 갔고, 엘슨은 로나의 집으로 들어갔으며, 개빈은 힘들었던 마지막 만남 이후로 그녀의 전화를 받지 않기로 결심한 듯했다. 최소한 피터슨은 말할 상대, 들어주는 사람이긴 했다. 비록 전형적인 피터슨 스타일로, 그녀에게 주는 것은 거의 없었지만.

마지막 상담에서 그녀는 집을 팔겠다는 생각, 이미 몬트로즈에 아파트를 알아보고 있다는 사실, 집을 팔고 받는 돈이면 한동안 쪼들리지 않으면서 클로이를 찾는 조사에 자금을 댈 수 있을 거라는 생각 등에 대해 말했다. 리처드와 마찬가지로 피터슨 역시 그녀가 고용한 사설탐정과 전반적인 조사에 대해 회의적이었고, 리처드와 마찬가지로 피터슨 역시 그녀가 조금은 강박적으로 변해간다고 생각하는 것 같았다. 하지만 그렇게 말하는 대신 피터슨은 엘슨이 어떻게 생각할 것 같으냐고 물었다.

"엘슨이 알 필요는 없죠." 그녀가 말했다.

"음, 언젠가는 알 것 같은데요, 안 그래요?" 피터슨이 웃었다. "그러니까, 집 등기에 그 사람 이름이 아직 있잖아요. 맞죠?"

"대체 누구 편이에요?" 그녀가 물었다.

"이건 편을 갈라 생각할 문제가 아니에요, 케이든스." 그는 웃으며 말했다. "예전에도 그랬고."

불만스러운 기분으로 상담실을 나온 그녀는 집 근처의 와인 바에 가서 밤시간 대부분을 보냈다. 사실 그녀가 집을 팔고 싶은 정확한 이유는 그 집이 엘슨을, 예전의 삶을 상기시켰기 때문이다. 날마다 딸의 침실을 지나쳐야 하고 과거라는 텅 빈 동굴에서 인생을 보내야 한다면 어떻게 다음 단계로 나아갈 수 있단 말인가? 무덤 속에서 사는 것과 같잖아요. 그녀는 피터슨에게 말하고 싶었다. 하지만 그러는 대신 그녀는 와인 바에 가서 실컷 취한 뒤 혼자 집으로 돌아갔다.

지난 석 달 동안 그녀의 부엌은 일종의 사무실로 변모했다. 사설탐정이 습득한 모든 정보가 조리대 위에 여기저기 흩어져 있거나 파일로 정리되어 있거나 벽에 붙어 있었다. 그날 밤 바에서 집으로 돌아왔을 때, 그녀는 그곳이 꼭 미친 사람의 집 같다고 생각하며 맥주를 한 잔 따랐다. 단서들 대부분은 결국 쓰레기로 밝혀졌다. 조사는 아무런 소득이 없었고, 기대했던 인물들에게서도 아무런 실마리가 나오지 않았다. 클로이의 예전 학과 동료나 친구들은 말하기를 거부했다. 모든 것이 그렇게 빨리 사라질 수 있다는 것, 학교가 모든 것을 그리도 빨리 덮어버렸다는 것, 신문들도 즉시 관심을 거두어버렸다는 것이 그녀는 놀라울 따름이었다. 결국 그들의 동정심은 모두 타일러 벡위스에게 향해 있었고, 이제 그 아이가 나아져 학교에 돌아와 삼학년을 마치고 있는 지금, 라자와 클로이의 행방은 그들의 관심 밖으로 밀려나버린 것 같았다. 심지어 스트래섬 경찰국조차 딸의 사건을 우선순위가 낮은 사건으로 분류해버렸다. 그들은 멕시코에서 다소 형식적인 조사, 그러니까 멕시코 경찰 당국에 전화 몇 통화 한 것 말고는 변변히 한 일도 없는 듯한 조사를 끝으로 그녀에게 전화해 새로운 정보가 있으면 연락하겠노라고, 그동안은 계속 전화하지 말아달라고 했다. 그 아이들은 결국 나타날 겁니다. 그들은 말했다. 조금 지나면 다들 제 발로 나타나거든요. 그러더니 그녀에게 이 사건을 담당하게 된 형사의 번호를 주었고, 그 형사는 아무리 전화해도 연락을 주지 않았다.

마침내, 처음에는 엘슨의 주장에 따라, 그들은 사설탐정을 고용했다. 데어릭 로우라는 그 남자는 앨버트 던이 추천해준 사람이었다. 하지만 데어릭 로우와 몇 번의 성과 없는 만남을 끝으로 엘슨도 포기한 듯했다. 지난주에도 클로이와 라자가 지금 멕시코 남부에 숨어 있다고 믿을 만한 근거가 있다는 데어릭 로우의 조사 결과를 전하자, 엘슨은 수화기 저편에서 잠시 침묵에 빠졌다가 마침내 물었다.

"이 사람한테 우리가 얼마를 지불하고 있다고 했지?"

"비용이 무슨 문제야?" 그녀가 되물었다.

"성과가 있으면 문제가 아니지. 그런데 지금, 뭐야, 석 달은 되었지?"

"포기하고 싶다는 거야?"

"그렇다고 안 했어. 하지만 어쩌면, 저기 그러니까, 다른 사람하고 애기해보는 게 낫지 않을까 해서."

그녀는 그대로 전화를 끊어버렸고, 이후 거의 일주일 동안 엘슨과 말을 하지 않았다. 그가 신경쓰지 않는다고 한다면 틀린 말일 것이다. 지난 한 달 동안 그와 충분히 대화를 하면서, 그녀는 엘슨도 이 사건에 집착하고 있다고, 아니 오히려 더 집착하고 있는지도 모른다고 생각하게 되었다. 하지만 그는 어떻게든 앞으로 나아가는 법을 찾은 듯했다. 계속 직장에 나가고 스물몇 살 먹은 애인과의 관계도 지속하면서. 그녀가 원망스러운 것은 그의 회복력, 그의 힘이었다. 이런 상황에서 늘 무너지는 것이 그 사람 본성 아니었나? 왜 그것이 내 몫이 된 거지? 그녀는 스스로 질투가 많은 사람이라고 생각하지 않았고, 하룻밤 같이 잔 뒤에도 엘슨과의 관계가 잘되리라고 진심으로 믿지도 않았지만, 마음 한구석에서 왠지 속은 듯한 느낌, 뭔가 착각해 그가 정말로 변했다고 믿어버렸다는 느낌이 들었다.

지난 한 달 동안만 해도 그녀는 열 번 이상 엘슨과 만났는데, 만날 때마다 그는 안정되고 여유로워 보였고, 데어릭 로우가 제공하는 어떤 정보에도 너무 흥분하거나 우울해하지 않으려고 했다. 모든 것이 다 앞뒤가 안 맞는 것 같다고, 그는 지난번에 만났을 때 그녀에게 말했다. 데어릭 로우가 언젠가는 클로이가 멕시코 남부에 있는 것 같다고 했다가 또 얼마 후에는 미국에 돌아와 있다고 말한다는 것이었다. 엘슨의 말이 맞는다는 것을 그녀도 인정하지 않을 수 없었다. 정보가 전혀 앞뒤가 맞지 않았다. 확실한 것도 없었다. 확증 가능한 것도 없었다. 최근의 만남에서 그녀는 그 말에 거의 수긍할 뻔했지만 마음 한켠에서는 그럴 수가 없었다. 이 시점에서 데어릭 로우를 포기한다는 것은 결국 항복한다는 것과 같은 의미였다. 그것은 지난 몇 달 동안 그들이 함께 해온 일이 어떤 면에서 쓸모없는 짓이었다고 인정하는 것을 의미했고, 그녀는 그럴 수가 없었다. 게다가 다른 사람을 고용하면 더 잘하리라고 누가 보장하겠어? 결국 내가 들인 미미한 노력들이 모두 쓸모없는 것이었단 말이야? 시몬의 가게로 가 그 아이와 얘기를 나눠보려 했던 시도들, 대화를 거부하는 라자의 부모에게 걸었던 수많은 전화들, 클로이의 학과 친구들에게 보낸 이메일들. 그녀는 심지어 스트래섬의 학생처장에게도 연락을 해보았다. 조용한 말투의 그 남자는 이제 클로이가 그곳 학생이 아니기 때문에 자신이 해줄 수 있는 일이 별로 없다고 말했다. 하지만 그 와중에도 엘슨은 차분하고 냉정하게 모든 것을 철저히 생각하고 숙고하고 질문하고 의논했다. 마치 새로운 건축물의 설계안에 대해 논의하는 사람 같았다. 최근에—바로 몇 달 전에—딸을 잃은 남자가 아니라.

그날 밤 와인 바에서 술에 곤죽이 되어 집으로 돌아오면서, 케이든스는 그런 생각을 하고 있었다. 나중에 수영장 가에 앉아 리처드의 전화를 받을 때도 마찬가지였다. 전화를 하는 리처드의 목소리는 처음부터 초조하게 들렸고, 말을 자꾸만 끊어가며 시작했다 멈추기를 반복해서 그녀를 긴장하게 했다. 결국 리처드는 클로이에 대한 정보가 좀 있다며, 그걸 엄마에게 말해주면 아무에게도, 심지어 그 사설탐정에게도, 특히 아버지에게는 더더욱 말하지 않겠다고 약속해야 한다고 말했다. 그녀는 그만큼 말하는 것만으로도 리처드가 얼마나 초조한지 느낄 수 있었다. 그것만으로도 그애가 제 동생을 배신한다는 죄책감을 느끼고 있다는 걸 감지했으므로 약속하는 것 말고는 방법이 없었다.

리처드는 그뒤로도 한참 말이 없다가 마침내 클로이가 살아 있다는 증거가 있다고 말했다. 그리고, 확실하지는 않지만 안전하게 지내고 있을 거라는 확신이 든다고도 했다. 물론 그녀는 어떻게 그걸 알게 되었느냐고 물었고, 역시 리처드는 말해줄 수 없다고 대답했다. 그는 그저 엄마가 알아야 한다고, 엄마가 알기를 원할 거라고, 엄마에게 그 정도는 해줘야 한다고 생각했다고만 말했다. 그녀는 아들에게 말해주어 고맙다고 말한 뒤 눈을 감고 의자에 등을 기댔다. 그녀의 깊은 의심들이 갑자기 모두 확인되었다.

그뒤 며칠 동안 그녀는 리처드에게 연거푸 전화를 해 정보를 더 얻으려 했지만, 전화를 할 때마다 그는 방어막을 치며 더이상 묻지 말라고 사정했다. 데어릭 로우에게 말하고 싶기도 했지만 아들의 의견을 존중해서 말하지 않았다. 하지만 그 첫번째 밤에 리처드가 한 말 중에 뇌리에 박혀 떠나지 않는 말이 있었다. 경찰 당국에 말하는 것을, 그리고 데어릭 로우나 아버지에게 말하는 것을 그토록 반대하는 이유가 뭐냐고 리처드에게 묻자, 그 아이는 말을 멈추고 한참 동안 생각을 했다. 그러다가 마침내 말했다.

"생각해봤는데요, 엄마, 제 생각에는 그애가 한동안 사라져 있도록 놔둬야 할 것 같아요."

"그게 무슨 소리니?"

"제 말은 그러니까." 리처드가 점점 작아지는 목소리로 말했다. "클로이는 아마 아직 나타날 준비가 안 된 것 같아요."

"아직 나타날 준비가 안 되다니, 그게 무슨 뜻이야?"

"말 그대로예요. 아직 나타날 준비가 안 된 것 같다고요."

3

로나가 이제 임신 중기로 들어섰으니 그는 머지않아 케이든스에게 말을 해야 할 것이다. 머지않아 그들은 식당에서 우연히 만날 수도 있고, 두 사람을 다 아는 사람이 로나와 함께 있는 그를 보고 케이든스에게 말을 전하게 될 수도 있다. 피할 수 없는 일 같긴 하지만, 그녀에게 전화할 생각을 할 때마다, 그 대화를 상상할 때마다, 그는 마음 한켠에서 공포를 느낀다. 두 사람 다 얼마나 괴로울지, 그것이 그들의 관계에 어떤 의미일지 알기에. 그것은 결국 두 사람이 함께한 인생의 마지막 장을 확정짓는 일이 될 것이다. 케이든스를 아예 보지 않을 거라는 뜻은 아니지만. 그가 아이들의 삶에서 완전히 손을 떼겠다는 뜻은 아니지만. 그러나 이제는 절대로 예전과 같을 수는 없을 것이다. 다시 함께할 가능성에 대해, 다시 하나로 합칠 가능성에 대해 그들이 언젠가 품었을지도 모르는 희망,

그 모든 희망은 이제 사라졌다. 케이든스 역시 자신과 마찬가지로 그런 희망에 매달렸는지는 모르겠지만, 이 소식은 어쩔 수 없이 그녀를 흔들어놓고, 어쩌면 엄청난 충격에 빠뜨릴 것이다. 몇 달만 지나면 그가 다시 아버지가 된다는 사실, 곧 새로운 가족과 함께 새로운 삶을 시작하게 될 거라는 사실을 그녀가 알게 된다면.

물론, 아직 그 소식을 케이든스에게 전하지 않았다는 사실, 아직도 그녀에게 비밀로 하고 있다는 사실은 지난 몇 달간 그와 로나 사이에 큰 언쟁의 원인이 되고 있다. 당연히 로나는 그것을 걱정스러운 징조, 앞으로 닥칠 일에 대한 징조, 그가 아직도 그녀와 끝내지 못했다는 표시라고 받아들였고, 그는 안 그래도 스트레스가 심한 시기를 보내고 있는 케이든스의 감정을 헤아려주고 싶을 뿐이라고 로나에게 설명했지만 그녀가 납득하지 못한다는 것도 알 것 같다. 아직도 그분을 사랑하는 거예요. 어느 밤엔가 로나가 말했다. 너무 훤히 보여요. 그는 그런 게 아니라고 로나에게 장담했지만, 진정으로 그녀를 납득시키는 유일한 길은 아이에 대해 케이든스에게 말하는 것, 그 마지막 한 걸음을 떼는 것뿐임을 그는 알고 있다. 그는 전날 밤 로나에게 다가가 그녀를 감싸안으며 말했다. 이번주에 말할게. 알았지? 약속해.

하지만 케이든스를 두고 가끔씩 다툴 때를 제외하면 지난 몇 개월간 두 사람 사이는 대단히 부드러웠다. 그가 이사 들어오던 날, 그녀는 이것이 자신의 신뢰를 되찾기 위한 긴 여정의 첫걸음이 될 거라고 그에게 말했다. 다시 신뢰를 회복해야만 할 거예요, 그녀는 말했다. 물론 저 역시 당신이 그런 노력을 할 수 있게 해줘야겠죠. 당신을 이 집에 다시 들인 이 제스처, 이것이 그 첫걸음이 될 거예요. 그녀는 이 말을 매우 엄숙하게 했고, 그는 그녀의 경고를 '한 번만 걸리면 끝'이라는 뜻으로 받아들였다. 하지만 동시에 그 경고는 그녀가 이 모든 것을 매우 심각하게 생각하고 있으며, 둘의 관계가 잘되게 하려고 힘껏 노력하고 싶어할 뿐만 아니라 그를 미래의 동반자로, 함께하고 싶은 남자로 보고 있음을 뜻하기도 했다. 그래서 그 역시 그녀에게 힘을 주고 세심하게 살펴주고 관심을 보여주려고 힘껏 노력했다. 병원에 갈 때마다 차로 데려다주었고 산전 검사가 있을 때마다 함께 갔으며 육아에 대한 책을 사주었고 그녀가 이런저런 걱정을 할 때마다—아기가 배를 찬다거나 딸꾹질을 할 때—모두 다 지극히 정상적인 현상이라고 안심시켜주었다. 어쨌거나 그는 다 겪어본 일, 두 번이나 겪어본 일이니까. 가끔은 그녀에게 그렇게 말하고 싶을 때도 있었고, 그녀가 지금 경험하고 있는 것을 케이든스의 경우를 들어 설명하고 싶을 때도 있었지만, 실제로 그렇게 하지는 않았다. 그보다 그는 힘을 주려고 최선을 다했고 처음 부모가 되는 사람처럼 행동하려 애를 썼으며, 한편으로 그걸 즐기기도 했다. 설렘과 불안을, 그리고 초음파 사진이나 처음 아기가 배를 찬 순간처럼 단순한 일이 주는 단순한 기쁨을. 심지어 그보다 멋질 것 없는 부분까지, 가령 로나가 구역질을 할 때 차로 약국에 데리고 간다거나, 임신 중기에 겪는 악몽에서 깨었을 때 얘기를 나누며 다시 잠들게 도와주는 일 등까지도 즐기게 되었다. 결국 그 모든 것이 거래의 일부, 게임의 일부이고, 가끔씩은 예컨대 경제적인 압박 같은 좀더 현실적인 문제들이 걱정되기도 하지만 대부분은 무시하려고 노력한다. 결국은 모두 어떻게든 될 것이다. 그는 알고 있다. 리처드가 태어난 순간 그가 어떻게든 헤쳐나갈 방법을 찾을 수 있으리라는 것을 알았던 것처럼. 아이가 태어나면 관건이 되는 것은 헤쳐나갈 수 있느냐의 여부가 아니라 어떻게 헤쳐나가느냐의 문제니까.

지난밤 로나의 초음파 검사가 끝나고 집으로 돌아오면서 그는 그런 생각을 하고 있었다. 검사 결과는 두 사람이 곧 사랑스러운 여자아이의 자랑스러운 부모가 될 것임을 알려주었다. 딸이라니. 그 생각을 하자 처음에 그는 당황스러웠고, 곧장 클로이를 떠올렸으며, 그것이 그애와 자신에게 어떤 의미가 될 것인가 생각했다. 어떤 면에서는 형벌처럼 느껴졌다. 일종의 잔인한 우주적 농담. 결국 이건 내 상처에 뿌리는 소금이 아니면, 바로 전의 실패를 끊임없이 상기시키는 일이 아니면 뭐란 말인가? 자라며 날 원망하게 될 또하나의 딸아이, 내가 보호하지 못하게 될 또하나의 딸아이. 생각하면 할수록 그는 마음의 동요를 느꼈다. 로나도 그것을 감지했는지 한참 뒤 불을 끄더니 잘 자란 말도 없이 잠자리에 들었다.

부엌에 홀로 앉아 그는 술을 한 잔 따라 들고 뜰을 내다보았다. 옆방에서 로나가 텔레비전을 켜고 잘 준비를 하는 기척이 들렸다. 텔레비전에서 누군가 린든 존슨에 대해, 그다음에는 야생화에 대해 얘기하는 소리가 들리더니 곧 샤워가 조용해졌다. 그는 식탁 앞에 앉아 잔에 탱커레이*를 더 따르며, 자신이 이 모든 일을 잘못 생각하고 있는 것은 아닌지 자문해보았다. 이건 어쩌면 형벌이 아니라 선물일지도 모르겠다. 이건 어쩌면 두번째 기회, 잘못을 바로잡을 기회인지도 모르겠어. 바로 얼마 전에 딸 하나를 잃었지만 이제 막 딸 하나를 얻게 되었어. 이것이 클로이에게 저지른 모든 실수를 바로잡을 기회라는 걸 난 어떻게 모를 수가 있을까? 이것이 두번째 기회라는 걸 어떻게 모를 수가 있지?

하지만 어쨌든 아기를 그런 식으로 생각하고 또 클로이를 그런 식으로 생각하니 이상한 기분이 들었다. 찬찬히 생각해보면 그건 어딘가 일그러진 사고방식, 술 때문에 비뚤어진 논리였다. 게다가 한 아이가 다른 아이랑 무슨 상관이 있단 말인가. 인간은 건물과 다르다. 사람은 대체할 수도 다시 만들 수도 없다. 혹 그것이 가능하다 하더라도 클로이보다 더 완벽한 아이를 상상이나 할 수 있을까? 최근에 저지른 모든 실수를 감안하더라도 클로이는 그가 바랄 수 있는 이상으로 훌륭하게 자라주었고, 비록 그애 자신은 모르겠지만, 그는 딸이 너무도 자랑스러웠다. 그가 최소한 하루에 한 번씩은 마음속에서 연습해보는 딸과의 대화에서 그는 바로 그런 이야기를 그애에게 해주곤 한다. 네가 얼마나 자랑스러운지 모른다. 너의 모든 면을 얼마나 속속들이 자랑스럽게 생각하는지 몰

* 영국산 진의 브랜드명.

라. 하지만 그날 밤 그는 그런 말들을 딸에게 해줄 기회가 정말 있을까 궁금했다. 케이든스가 그에게 해준 말들로 미루어보면 딸아이는 지구상에서 완전히 자취를 감춘 것 같다. 그 아이는 자신의 모든 흔적을 지워버렸다. 아이는 멕시코의 가장 어두운 구석으로 숨어들었거나 미국에 돌아와 가명을 쓰며 살고 있을 것이다. 그런 건 중요하지 않다. 지금 중요한 것은 딸이 사라졌다는 것. 이 밤 로나의 부엌에 앉아 그러고 있는 것처럼 그런 생각이 너무 많아질 때면, 그는 극심한 슬픔을 느끼곤 한다. 자신의 삶에서 모든 것이 다 사라져버리는 것 같은 기분이 든다. 어떻게든 이해하려고 애쓰면 애쓸수록 현기증이 나는 그런 일들이 있다. 이런 일이 그에게 일어났다는 사실. 딸이 부모의 삶에서 빠져나가기 위해 그런 극단적인 방법을 썼다는 사실. 그들의 심정은 거의 생각하지 않았다는 사실. 심지어 전화 한 통 걸어오지 않는다는 사실.

그는 뒤쪽 베란다로 걸어가 담배에 불을 붙이고 로나의 야외용 탁자에 앉아 골목에서 들어오는 불빛을 받고 있는 정원용 가구들을 쳐다보았다. 침대에 누워 잠들어 있는 로나를 떠올리며, 그는 그녀의 우려가 여러 가지 면에서 타당하다고, 어떤 차원에서 그는 늘 케이든스를 사랑할 거라고, 그의 일부는 늘 그들이 과거에 누렸던 삶을 되찾겠다는 생각에 매달릴 수밖에 없을 거라고 생각했다. 이제는 불가능하지만, 리처드는 추운 중서부로 가서 잭 케루악이 되겠다고 애쓰고 있지만, 클로이는 어느 외국에서 가명을 쓰며 살고 있지만, 그는 곧 갓난 여자아이의 아버지가 되겠지만, 그들의 삶이, 그리고 지난 육 개월 동안 일어난 모든 일들이 이제는 되돌릴 수 없게 되었지만, 그는 아직도 시간의 개념에 저항하며 과거로 돌아가려 애쓰는 자신을 깨달았다.

그리고 이런 순간이면, 이렇게 생각이 과거로 흘러갈 때면, 그가 늘 떠올리는 어떤 기억이 있다. 클로이가 삼학년이 되면서 학교로 돌아가기 전날 밤에 네 사람이 함께 모여 식사를 하던 날의 기억. 이제 일 년도 더 지난 그날은 그의 기억에 네 사람이 한가족으로 모인 마지막 자리였다. 그와 케이든스가 이혼을 알리기 훨씬 전이었고, 리처드가 대학원에 가겠다는 말을 꺼내기 전이었으며, 클로이가 후일 휘말리게 되는 폭행사건의 피해자 남학생을 만나기도 훨씬 전이었다. 그 모든 것이 일어나기 훨씬 전이었던, 모든 면에서 특별할 것이라고는 없었던 그 기억 속에서, 그들은 식탁에 앉아 찐 옥수수와, 클로이와 함께 그가 그릴에 구운 햄버거를 먹고 있다. 그들은 모두 다른 방식으로 식사 준비를 거들었다. 리처드는 옥수수 껍질을 벗겼고 케이든스는 샐러드를 만들었으며 그와 클로이는 뒤뜰에 나가 햄버거를 굽고 각종 소스들을 세팅했다. 그리고 이제 모두 함께 모여 앉아 식사를 한다. 네 명 모두, 한가족으로. 그로부터 일 년 후, 그들은 서로 거의 말도 하지 않게 될 것이다. 서로의 삶에 대해 아주 작은 부분들조차 모르고 지내게 될 것이다. 심지어 클로이가 어디에서 사는지도 모르게 될 것이다. 하지만 지금은 여기 함께 있다. 지금은 한방에서 그들이 전에 천 번도 더 앉았던 식탁에 함께 둘러앉아 있다. 함께 식사를 하고 있다. 침묵 속에서. 이 순간, 그들은 함께 있다. 가족이라면 으레 한다고 믿는 것, 가족이라면 그래야 한다고 배운 것들을 행동으로 옮기면서.

4

뵈르터 슈트라세의 미술디자인 학교 건너편에 있는 조그만 사이버 카페에서 클로이는 또다시 오빠에게 자신이 떠난 이유를 설명하려고 노력하고 있다. 그녀와 라자가 여기 동베를린의 프렌즐라우어 베르크에 온 지 육 주가 지나는 동안 그녀는 길이가 한 페이지를 넘는 이메일을 스무 가지도 넘는 버전으로 써왔다. 실제로 보낸 유일한 이메일에서 그녀는 그저 오빠에게 자기를 미워하느냐고만 물었고, 며칠 후 그녀는 겁에 질려 계정을 아예 없애버렸다. 자신이 저지른 짓을 라자가 알면, 자신이 무슨 일을 했는지 라자가 발견하면 용서하지 않겠지만, 그래도 그녀는 다시 여기에 와 오빠에게 설명을 해보려는 것이다.

그녀가 이미 초안을 써놓은 이메일은 대부분 어조가 너무 방어적이거나 너무 냉정하다는 느낌이 들었다. 그녀는 진정 설명될 수 없는 것을 논리적으로 설명하려 애쓰고 있었다. 진정 정당화될 수 없는 것을 정당화하려고 애쓰고 있었다. 하지만 이번에는 실제로 일어난 일을 자세히 묘사하려 한다. 그들의 행동들이 자연스레 드러내는 진실이 있기를 바라며. 그녀는 오빠에게 라레도 외곽 어딘가에서, 그들이 그녀를 버리고 간 순간부터 국경 근처에서 트럭이 속도를 늦추기 시작한 순간 사이 어느 쯤엔가, 라자가 마음을 바꾸었다는 사실을 설명하려는 것이다. 그는 마음을 바꾸었다. 최소한 그는 그녀에게 그렇게 말했다. 그의 마음속에서 무언가 무너져내렸다. 그는 그것을 마음이 약해진 순간, 신념이 흔들린 순간이라고 묘사했지만 그녀는 그렇게 보지 않았다. 클로이는 항상 그것을 다른 것이라고 생각했다. 라자의 사랑의 증거라고, 그가 그녀 없이는 살 수 없다는 표시라고. 거의 이십 분 동안 화물칸 벽을 두드렸어, 라자는 나중에 말했다. 하도 심하게 두드려서 손가락 관절이 피투성이로 멍이 들었지. 너무 두드려서 옆에서 함께 타고 가던 여자가 울기 시작했어. 테오가 마침내 차를 세웠을 때 그 사람한테 빌었어. 평생 그 무엇을 위해서도 그렇게 빌어본 적이 없어. 차를 돌려서 돌아가자고 빌고 또 빌었어.

나중에 라자는 클로이가 그 얘기를 다시 해달라고 하면 화를 내곤 했다. 나한텐 정말 창피한 순간이었단 말이야. 그는 말했다. 테오 앞에서 울었던 일이나, 마냥 서서 빌었던 일 모두. 하지만 클로이로서는 리처드에게 가장 하고 싶은 얘기가 바로 그것이다. 그 이야기야말로 지금 그녀가 왜 그곳에 있는지, 왜 그때 그런 짓을 했어야 했는지 가장 잘 설명할 수 있기 때문이다.

물론 리처드가 모든 것을 알 필요는 없다. 그들이 누에보 라레도에서 지낸 지 한 달도 채 안 되어 멕시코시티로 갔던 일이나 마침내 그 나라를 떠나기로 결정한 일까진 리처드가 알 필요가 없다. 팔로 알토에 사는 라자의 친구가 비행기 표를 사는 데 필요한 돈을 얼마나 쉽게 부쳐주었는지, 라자가 얼마나 쉽게 여권을 손에 넣었는지, 두 사람이 어떻게 외모를 바꿨는지—라자는 턱수염을 길렀고 클로이는 머리를 염색했다—또는 베를린의 브란덴부르크 공항에서 어떻게 아무 문제 없이 세관을 통과할 수 있었는지는, 리처드가 알 필요는 없다. 동베를린의 제너레이터 로프트에서 보낸 첫 주에 대해서도, 지난 몇 주간 그들을 기꺼이 자기들 집에 재워준 미술 전공 미국인 유학생 세 명에 대해서도 리처드가 알 필요는 없다. 그들이 베를린에 도착한 후 지금까지 모든 사람들이 얼마나 친절했는지도, 그들이 얼마나 이 도시를 사랑하는지도, 두 사람 다 최근에 일자리를 구했다는 사실이나—라자는 프렌즐라우어 베르크에 있는 모젠로트 카페에서 접시를 닦고 그녀는 룩수스 바에서 서빙을 하는—이제 몇 주만 있으면 프리드릭샤인에 있는 조그만 원 베드룸 아파트에 첫 달치 집세 보증금을 낼 수 있게 될 거라는 것도 리처드가 알 필요는 없다.

이 모든 것을 그는 알 필요가 없다. 그녀가 이젠 앤이라는 이름으로 불리고 있다는 것도, 성을 리로 바꿨다는 것도 알 필요가 없듯이. 지금 리처드가 알아야 할 것은 그녀가 한 일이 두려움이 아니라 사랑에서 비롯된 일이었다는 것, 그녀가 세상에서 가장 사랑한 남자가 더러운 화물칸의 철벽을 거의 반시간 동안이나 두드렸기 때문이라는 것뿐이다. 오빠가 알아야 할 유일한 이야기는 그것뿐이다.

그녀는 지금 길 건너 미술학교 앞의 비에 젖은 보도를 바라보며 여기 앉아 있긴 하지만, 이 조그만 컴퓨터 앞에 앉아 가장 최근에 쓴 이메일의 마지막 줄을 입력하고는 있지만, 그런 지금도 그녀는 오빠에게 이 이야기를 할 수 없음을, 이 이메일을 보낼 수 없음을 알고 있다. 지금 시점에서 이 정도의 정보를 준다는 것은 두 사람이 자수를 하는 것과 매한가지다. 처음의 이메일을 보냈던 것도 위험한 짓이었다. 그래서 그녀는 이메일을 임시저장하고 로그아웃한 뒤 카운터로 가 커피를 한 잔 더 주문한다.

물론 그들이 돌아간다면 어떤 일이 벌어질지 그녀는 알고 있다. 지난 몇 달 동안 인터넷에서 그 이야기를 따라가고 있다. 그녀는 승이 기소되었다는 것에 대해서도, 타일러가 점차 회복했다는 것에 대해서도 물론 알고 있다. 그들이 증언하기로 동의한다면 지방검사로부터 면책을 받을 수 있을 거라는 것도 알고 있다. 리처드는 그녀에게 보낸 이메일에서 그 점을 명확히 설명했고, 재판 날짜와 연락할 변호사 이름과 심지어 엄마가 고용한 사설탐정의 사서함까지도 알려주었다. 하지만 이제 그녀에겐 그 무엇도 상관이 없다. 지난주에 라자에게 그 얘기를 했을 때도 그는 그냥 웃으며 말했다. "그래, 그렇게 할 수도 있겠지. 돌아갈 수도 있을 거야. 하지만 그렇다고 내가 증언을 하진 않아."

그때 그녀는 그의 그 말이 진심임을 알았다. 아무리 대단한 면죄부를 준다고 해도 그가 친구를 배신하지 않는다는 단순한 사실은 변하지 않을 것이다. 이미 그를 배신한 승과 같은 친구라 해도. 그건 그의 본성이 아니다. 그건 그의 기질이 아니다. 그의 그런 고집을 예전엔 원망했지만 지금은 다르다. 이제 그녀는 그의 그런 태도를 받아들이고 심지어 존경까지 하게 되었다. 그건 라자라는 사람의 일부이다. 그런 생각을 하며 그녀는 커피를 들고 테이블로 돌아간다.

조그맣고 어두운 카페는 독일인 미술학교 학생들로 가득하다. 그들은 컴퓨터 앞에 앉아 열심히 자판을 두드리며 골루와즈 담배를 피우고 그녀는 이해하지 못하는 얘기들을 진지한 목소리로 나누고 있다. 벽에는 지나간 시대의 상징들, 이 거리에 예전에 서 있었던 신고전주의 건물들의 흑백사진과 공산주의 선전문구로 채워진 밝은색 광고전단, 상자에 든 제2차세계대전 가스마스크 등이 걸려 있다. 이곳은 영원히 과거 속에서 살아갈 도시야, 클로이는 생각한다. 영원히 역사로 정의될 도시. 새롭게 다시 활기를 찾은 지금의 상태에서도, 미술 분야의 부흥과 도시 재정비에도 불구하고, 이 도시는 결코 과거에서 완전히 벗어날 수 없을 것이다. 그리고 어쩌면 그게 핵심인지도 모른다. 어쩌면 벽에 걸린 이 모든 과거의 소품들의 핵심이 그것인지도 모른다. 아무리 열심히 노력해도, 아무리 멀리 떠나도 과거로부터 진정으로 벗어날 수는 없다는 것.

하지만 그게 사실이라면 내가 한 일을, 그리고 미국을 떠나온 뒤로 느낀 이런 짜릿한 자유를 어떻게 설명할 수 있을까? 클로이는 창가의 작은 테이블에 앉으며 자문한다. 진정으로 과거에서 벗어날 유일한 방법은 과거를 지워버리고, 자신을 지워버리고, 새로운 정체성을 만들어내고, 가족과 친구와 고국과의 모든 유대를 끊어버리는 것일 수도 있을까? 그리고 그게 사실이라면 그런 식으로 얼마나 버틸 수 있을까? 영원히 이렇게 살 수도 있을까, 아니면 언젠가는 돌아갈 필요를 느끼게 될까? 그녀의 앞길을 막는 것이 있다면 그것은 오로지 죄책감, 가족에 대한 이상한 의무감, 어머니와 리처드에게 느끼는 책임감, 두 사람에게 남긴 것이 거의 없다는 회한이었다. 오빠에게 서둘러 보낸 수수께끼 같은 이메일. 테오를 통해 듀프리에게 전달해 엄마에게 보낸, 아마도 안심보다는 두려움을 주기만 했을 전화 메시지. 클로이가 종종 생각하는 것, 그녀를 계속 괴롭히는 질문은 자신이 과연 돌아가게 될 것인가 아닌가 하는 문제다. 물론 선택에 따르는 결과는 이미 알고 있지만 중요한 것은 그것이 아니다. 중요한 것은 자신이 창조해낸 이 새로운 삶이, 이제 막 시작한 새로운 삶이 성취감을 느끼기에 충분할 것인가, 하는 문제다.

지금 클로이가 아는 유일한 것은 한 시간 내로 라자가 일을 마치고 이곳으로 와 자신을 만날 거라는 사실이다. 그가 도착하면 그들은 바로 커피에서 맥주로 옮겨갈 것이고, 그다음에는 도시 반대편에 있는 다른 술집으로 가서 친구들 몇 명을 만날 것이다. 만난

지 얼마 되지 않은 새로운 친구들이고 아주 잘 알지는 못하는 사람들이지만 이 밤이 끝날 때쯤이면 훨씬 더 잘 알게 될 것이다. 그들은 외출을 위해 모아놓은 돈으로 살 수 있는 만큼의 맥주를 살 것이며, 몸이 허락하는 만큼 늦게까지 밖에서 어울릴 것이며, 지금까지 배운 서툰 독일어로 힘들여 얘기하고 새로운 친구들이 가르쳐준 독일 노래의 가사를 외우려고 애쓸 것이다. 조그만 술집은 따뜻한 조명으로 밝혀져 있을 것이고, 실내는 담배연기로 자욱하고 웃음소리가 요란할 것이다. 그리고 새로 만난 독일 친구들 앞에서 사랑하는 남자의 옆자리에 앉아 있는 그 순간, 그녀에게 휴스턴으로 돌아간다는 생각은 불가능한 일처럼 느껴질 것이다. 지금 그녀는 그것을 안다. 대서양을 건너는 비행기값을 알아볼 때마다, 이곳과 휴스턴 사이의 거리를 따져볼 때마다, 부모의 이혼에 대해서나 스트래섬에서 있었던 고난, 그리고 오빠의 잘생긴 얼굴을 떠올릴 때마다, 이미 저질러진 피해에 대해서나 돌이킬 수 없게 된 일에 대해서나 되돌릴 수 없는 시간에 대해서 생각할 때마다, 그 모든 것에 대해 생각할 때마다 알게 되듯이. 지금 그녀는 안다. 창밖으로 비에 젖은 동베를린의 거리, 생소한 도시의 생소한 간판들을 내다보고 있는 지금 알고 있듯이. 머지않아 비행기 표를 사기에 충분한 돈을 벌게 되더라도, 머지않아 집에 돌아갈 수 있는 수단이 생기더라도, 돌아가는 길은 단지 너무 먼 여정, 너무 먼 거리라는 사실을.

· 옮긴이의 말 ·

In between days

앤드루 포터는 2008년에 단편집 『빛과 물질에 관한 이론*The Theory of Light and Matter*』으로 등단한 신예작가다. 현대 도시의 외로운 젊은이들의 이야기를 감성적이고 진솔한 문체로 잔잔하게 그린 그의 단편집은 전혀 알려지지 않은 작가의 뛰어난 처녀작을 펼쳐보는 행운을 얻은 독자들에게 의외의 감동과 기쁨을 안겨주었다. 그의 작품은 명료하면서도 섬세한 문장으로 인물의 심리를 담담하게 드러내기 때문에, 개별 사건이나 문화적 배경의 특수성을 넘어 보편적 공감을 끌어내는 힘이 있다. 그래서인지 영어 독자나 한국어 독자들의 정서적 반응이 신기할 정도로 비슷한 흔치 않은 현상이 나타났다.

『어떤 날들*In Between Days*』은 이 작가가 발표한 두번째 작품이자 첫번째 장편소설로, 와해되는 가족의 이야기를 사색적으로 그리고 있다. 이 소설에는 익숙한 듯 낯선 가족이 등장한다. 유망한 건축가였지만 나이가 들면서 직장에서도 가정에서도 자기 자리를 잃어가는 유약하고 무감한 아버지, 나이 많은 남자를 사랑해 다니던 대학도 그만두고 결혼한 뒤 가족 뒷바라지에 몰두해 살다가 결국은 이혼을 선택하는 어머니, 좋은 시를 쓸 재능이 있지만 도전을 두려워해 낮에는 카페에서 일하고 밤에는 술과 파티에 빠져 사는 아들, 어렵사리 적응한 대학에서 사고에 휘말려 정학처분을 받고 집으로 돌아오는 딸.

이들은 하나같이 상처를 보듬고 어찌할 줄 몰라 자기 안으로 파고드는 여린 사람들이다. 때로는 자기 마음도 읽지 못하고 어디로 가야 할지 갈피를 잡지 못해 늘 머뭇거린다. 삶이 공허하고 의미가 없다. 그런데 이 아슬아슬한 가족을 뒤흔들어 모두의 삶을 완전히 바꿔놓는 사건이 발생한다. 그리고 이들은 이야기가 진행되면서 조금씩 진상을 드러내는 그 사건을 각자의 방식으로 감당하며 자신의 삶을 아프게 돌아보고 힘든 선택을 하면서 자기 자리를 찾아간다.

『어떤 날들』에서 앤드루 포터의 간결하고 힘을 뺀 문장은 막힘없이 잘 읽힌다. 그러면서도 인물의 내면에 깊숙이 들고나는 조절이 뛰어나 묘하게 마음을 흔드는 힘이 있다. 소설의 끄트머리에 가서야 완전한 내막이 드러나는 중심 사건 또한 끝까지 궁금증을 자극하며, 주인공들이 만나고 교유하는 인물들이 살아가는 다양한 모습도 흥미롭다.

그런 매력 때문인지 어리석은 짓을 하는 인물도 미워할 수 없고 의외의 선택을 하는 인물에게도 공감하게 된다. 상처를 피하려다 오히려 자신을 상처 입히기도 하는 그들의 행동은 때로 이해하기가 힘들고 갈등에 대한 반응도 답답할 때가 있다. 하지만 그런 유약함이 어쩐지 익숙하게 느껴지는 것은 그것이 우리가 자신이나 주변 사람들에게서 어렵지 않게 발견하는 여린 속살이기 때문인지도 모른다. 그리고 그런 인물들에게 공감하면서 나와 타인을 이해하는 시야가 넓어지는 경험도 이 소설을 읽는 큰 즐거움인 것 같다.

떠오르는 신예 작가로 주목받는 앤드루 포터는 지금까지 낸 단 두 권의 책으로 다수의 문학상을 수상했고 여러 매체에서 호평을 받았다. 현재 텍사스 주 샌안토니오의 트리니티 대학에서 영문학과 문예창작을 가르치며 새로운 작품들을 집필하고 있다고 하니, 머지않아 앤드루 포터가 그려내는 쓸쓸한 사람들, 자신에게 상처를 낼지언정 세상에는 털끝만큼의 흠집도 내지 못하는 유순한 사람들을 다시 만나볼 수 있을 것 같다.

지은이 **앤드루 포터**
1972년 미국 펜실베이니아주 랭커스터에서 태어났다. 뉴욕의 바사대학교에서 영문학을 전공하고, 아이오와대학교 작가 워크숍에서 MFA를 받았다. 2008년에 출간한 데뷔작 『빛과 물질에 관한 이론』으로 플래너리 오코너상을 수상했으며, 이후 프랑스와 네덜란드 등 10여 개국에서 번역되어 나오며 폭넓은 독자층을 확보하고 있다. 현재 트리니티대학교에서 문예창작과 교수로 재직중이다.

옮긴이 **민은영**
고려대학교 영어교육과를 졸업하고 이화여자대학교 통번역대학원에서 석사학위를 받았다. 현재 전문 번역가로 활동중이며, 옮긴 책으로 『곰』『거지 소녀』『사랑의 역사』『남자가 된다는 것』『칠드런 액트』『존 치버의 편지』『여름의 끝』『에논』『내 휴식과 이완의 해』 등이 있다.

문학동네 세계문학
어떤 날들

1판 1쇄 2015년 9월 10일 | 1판 3쇄 2023년 11월 20일

지은이 앤드루 포터 | 옮긴이 민은영
기획 김이선 | 책임편집 김영수 | 편집 조연주 손예린 이희연 | 독자모니터 김세희
디자인 김선미 유현아 | 저작권 박지영 형소진 최은진 서연주 오서영
마케팅 정민호 서지화 한민아 이민경 안남영 왕지경 황승현 김혜원 김하연 김예진
브랜딩 함유지 함근아 고보미 박민재 김희숙 박다솔 조다현 정승민 배진성
제작 강신은 김동욱 이순호 | 제작처 더블비(인쇄) 천광인쇄사(제본)

펴낸곳 (주)문학동네 | 펴낸이 김소영
출판등록 1993년 10월 22일 제2003-000045호
주소 10881 경기도 파주시 회동길 210
전자우편 editor@munhak.com | 대표전화 031) 955-8888 | 팩스 031) 955-8855
문의전화 031) 955-1927(마케팅) 031) 955-8861(편집)
문학동네카페 http://cafe.naver.com/mhdn
인스타그램 @munhakdongne | 트위터 @munhakdongne
북클럽문학동네 http://bookclubmunhak.com

ISBN 978-89-546-3725-1 03840

잘못된 책은 구입하신 서점에서 교환해드립니다.
기타 교환 문의 031) 955-2661, 3580

www.munhak.com